当代中国人文大系

中国当代新潮小说论
（修订版）

吴义勤 著

中国人民大学出版社
·北京·

"当代中国人文大系"
出版说明

改革开放以来,中国社会的变革波澜壮阔,学术研究的发展自成一景。对当代学术成就加以梳理,对已出版的学术著作做一番披沙拣金、择优再版的工作,出版界责无旁贷。很多著作或因出版时日已久,学界无从寻觅;或在今天看来也许在主题、范式或研究方法上略显陈旧,但在学术发展史上不可或缺;或历时既久,在学界赢得口碑,渐显经典之相。它们至今都闪烁着智慧的光芒,有再版的价值。因此,把有价值的学术著作作为一个大的学术系列集中再版,让几代学者凝聚心血的研究成果得以再现,无论对于学术、学者还是学生,都是很有意义的事。

披沙拣金,说起来容易做起来难。俗话说,"文无第一,武无第二"。人文学科的学术著作没有绝对的评价标准,我们只能根据专家推荐意见、引用率等因素综合考量。我们不敢说,入选的著作都堪称经典,未入选的著作就价值不大。因为,不仅书目的推荐者见仁见智,更主要的是,为数不少公认一流的学术著作因无法获得版权而无缘纳入本系列。

"当代中国人文大系"分文学、史学、哲学等子系列。每个系列所选著作不求数量上相等,在体例上则尽可能一致。由于所选著作都是"旧作",为全面呈现作者的研究成果和思想变化,我们一般要求作者提供若干篇后来发表过的相关论文作为附录,或提供一篇概述学术历程的"学术自述",以便读者比较全面地了解作者的相关研究成果。至于有的作者希望出版修订后的作品，自然为我们所期盼。

"当代中国人文大系"是一套开放性的丛书，殷切期望新出现的或可获得版权的佳作加入。弘扬学术是一项崇高而艰辛的事业。中国人民大学出版社在学术出版园地上辛勤耕耘，收获颇丰，不仅得到读者的认可和褒扬，也得到作者的肯定和信任。我们将坚守自己的文化理念和出版使命，为中国的学术进展和文明传承继续做出贡献。

"当代中国人文大系"的策划和出版，得到了来自中国社会科学院、北京大学、清华大学、中国人民大学、北京师范大学、复旦大学、南京大学、南开大学等学术机构的学人的热情支持和帮助，谨此致谢！我们同样热切期待得到广大读者的支持与厚爱！

中国人民大学出版社

序

范伯群　曾华鹏

《中国当代新潮小说论》是吴义勤独立撰写的第二部专著，也是他花了三年心血的博士学位论文。他的第一部专著是他的硕士学位论文《漂泊的都市之魂——徐訏论》，出版后就参加了江苏省出版界的第一次香港书展。徐訏是20世纪四五十年代旅港作家群中成就最卓越者之一。在香港，纪念徐訏的文章很多；但为徐訏写一本专著——全面论述徐訏的作家论，这却还是第一部。这部专著以它论述的广度和深度得到我国香港学术界的注目，进而也受到国内外读者的好评，还获得了江苏省哲学社会科学优秀成果奖。

吴义勤的硕士论文就有所成就绝非偶然。从大学本科到硕士生阶段，在这一漫长的学习生涯中，他爱读书，勤动脑，严格地接受正规的学术训练，因此有较为深厚的理论修养和较强的理论思辨能力，除了熟悉社会分析等传统的研究方法之外，他也极善于吸收和运用新颖的研究方法。而他在学习中的另一个特点是，平时非常关注中国当代文学发展的最新步伐。在攻博期间，他对当代新潮小说研究得"如火如荼"，他有兴趣对于80年代以来中国最前沿的文学现象作出迅捷、及时的反应，进行系统的研究和全面的评价。他的理论功底与他的研究兴趣的"联姻"，使他选择了"中国当代新潮小说论"为博士学位论文的题目，作为他要攀登的一个新的高度，也是他要"擒拿"的新的猎取目标——第二部专著。

吴义勤博士学位论文的答辩委员会的成员不仅知名度大，权威性亦高。贾植芳教授是这一答辩委员会的主任，委员有钱谷融、潘旭澜、张德林、陈思和、王晓明和曾华鹏等教授；范伯群作为指导教师也列席答辩会。经过认真的答辩，答辩委员会对其论文作出总体评价：

论文所选择的"新潮小说研究"这一课题有相当的学术难度和重大理论、实践意义。作者对新潮小说诞生的历史文化语境、观念革命、主题话语、叙述模式、艺术成就及历史局限等诸多理论层面所作的综合、系统、全面的研究是清晰、独到和有相当的学术深度与学术开拓性的。论文对新潮小说在观念和思维领域的叛变姿态作出了深入的阐释与判断；对"灾难""性爱""死亡"等主题话语进行的理论性与实证化分析，精确切入了新潮小说文本世界的本质与核心。论文采取理论寻绎与作品阐释相结合、宏观审视与微观剖析相结合、作家论与作品论相结合的视角与原则，不作玄虚蹈空之论，文风朴实，有理有据，有史有论，较好地完成了对新潮小说文学史意义的科学把握和历史定位，显示了作者很强的科研能力、理论思维能力和艺术感悟力，也反映了其严谨扎实、实事求是的学术研究态度。这是一篇优秀的博士学位论文。作者能圆满地回答答辩委员提出的问题。同意通过答辩，并建议授予文学博士学位。

我们觉得答辩委员会对他的博士学位论文的评语既充分体现了教授们对年轻的"跨世纪人才"的鼓励与期望，也对他的学术成果作出了中肯的评估。这部专著的确可以称得上当前研究中国新潮小说的最新成果。吴义勤系统有序地对三代新潮作家作了紧密的追踪研究，对新潮小说代表作品也加以细致的具体分析，既对新潮小说的文学史地位和价值予以宏观把握，又对新潮小说的文本进行微观阐释。尤其在对新潮长篇小说的研究方面，作者投入了大量的精力，对新潮长篇代表作的逐一解读成了本书的一大特色，也体现出了国内分析长篇新潮小说的最高水平。

吴义勤不仅治学严谨，而且文风朴实。他虽说也被列为新潮批评家之一，但他却反对以故作艰深的"新"，让读者去忍受难以卒读的煎熬；在他的论文与专著中，没有那种卖弄新名词和以玄说玄的不良文风。他力求以通俗易懂的文字阐明自己的学术观点，整部书稿读来清新流畅，毫无故弄玄虚之感。可以说，他的观点新、视角新、方法新，但文风却严肃得近于"旧"。他非常注意用通达晓畅的方式去言说最新潮、最难懂的文学现象。文风的平易近人显示了他的高度的学术自信心。他认为摆出一副"新得不能再新"的架子，用那令人如堕五里雾中的"高深莫测"去吓唬读者，是无法使读者心悦诚服的。

　　记得吴义勤曾给为提交答辩而打印的文本取过一个题目——《失意的凯旋》，当时的副题才是现在的书名——《中国当代新潮小说论》。我们以为这个貌似自相矛盾的"失意的凯旋"是耐人寻味的。它非常传神地勾画出新潮小说在当今文坛上的地位和处境，同时也非常有分寸感地指出了其成就与遗憾。在这一富于综合效应的"浓缩形象"中，尽现作者的机智，这种富有灵性的学术素质也是这部专著能举重若轻地评论这个非常棘手的文学现象的保证。当读者开卷阅读时，定会为作者的机智所吸引；读者在书中文字览胜时，定会感到不虚此"行"。

目　　录

导论　新潮小说的理论界定及其历史演变 …………………………… 1

上篇　综论

第 1 章　新潮小说的观念革命 ………………………………………… 18

第 2 章　新潮小说的主题话语 ………………………………………… 41

第 3 章　新潮小说的叙事实验 ………………………………………… 80

第 4 章　新潮小说与 21 世纪中国文学的未来 ……………………… 120

中篇　作家论

第 5 章　苏童：南方的文学精灵 ……………………………………… 130

第 6 章　叶兆言：穿行于大雅与大俗之间 …………………………… 151

第 7 章　陈染：生存之痛的体验与书写 ……………………………… 164

第 8 章　毕飞宇：感性的形而上主义者 ……………………………… 175

第 9 章　斯妤：遥望废墟中的家园 …………………………………… 189

第 10 章　徐坤：沉浮在语言之河中的真实 ………………………… 198

第 11 章	鲁羊：超越世俗	205
第 12 章	韩东：与诗同行	215

下篇　作品论

第 13 章	绝望中诞生：新潮长篇小说的崛起	228
第 14 章	《米》：在乡村与都市的对峙中构筑神话	244
第 15 章	《敌人》：心狱中的幻境与真实	256
第 16 章	《东八时区》：对于生命的两种阐释	268
第 17 章	《呼喊与细雨》：切碎了的生命故事	279
第 18 章	《抚摸》：末日图景与超越之梦	288
第 19 章	《风》：穿行于写实和虚构之间	299
第 20 章	《施洗的河》：罪与罚	307
第 21 章	《边缘》：超越与澄明	314
第 22 章	《呼吸》：在沉思中言说并命名	326
第 23 章	《和平年代》：梦魇与激情	338
第 24 章	《黑手高悬》：苍凉的挽歌	348
第 25 章	《纪实和虚构》：由敞开到重建	357
第 26 章	《我的帝王生涯》：沦落与救赎	369

第27章 《一个人的战争》：女性的神话和误区 …………… 380

余论 先锋的还原：新潮小说批判 ………………………… 390

后　记 ……………………………………………………… 400

再版后记 …………………………………………………… 403

导论　新潮小说的理论界定及其历史演变

在新时期中国文学中"新潮小说"是一个曾经相当辉煌的文学话语。由于人们常常把它和"先锋小说""实验小说""探索小说""形式主义小说"等混为一谈，且其自身也有所谓"前新潮"和"后新潮"之分，所以其所指在很大程度上就呈现出一种混乱而模糊的状态。但是，作为一次卓有成效的文学革命的真实记录，"新潮小说"在中国当代文学史上的历史地位和话语价值依然是无法抹杀的，李劼甚至极端地视其为中国当代文学的真正开端，把其前的文学史统称为现代文学史。虽说我并不完全赞同李劼的观点，然而他对新潮小说话语价值的估计我觉得仍然是可以认可的。不过，作为本书的论述对象，我觉得我首先就无法回避赋予"新潮小说"以清晰所指和准确命名的责任。然而，命名是困难的，我们常常会感受到一种事物的存在，却无法真实地言说这种存在。就"新潮小说"来说，这种失语的尴尬尤为令我们痛苦。我们无数次地为"新潮小说"欢呼、辩论、争吵，可当人们突然间问我们"新潮小说"到底是什么时，我们却发现自己和询问者一样感觉莫名其妙，它就如夏日夜空中闪烁的萤火虫，在我们面前很鲜亮地划过，很快就沉入了无边的黑暗，我们根本无从捕捉。于是，从前的争吵、辩论……一切的一切都变得毫无意义。事实上，长期以来，"新潮小说"正是作为一个其具体所指和含义被悬置了的空洞能指被谈论的。许许多多的文学作品、文学现象和不同风格的作家都被笼统地归入"新潮小说"的名下而失去了必要的区分和厘定。所谓"新"自然是相对于"旧"而言的，在这个意义上，"新潮"的所指无疑是宽泛的，固然1985年以后的中国文学相对于这之前的现实主义作品具有新潮意味，就连伤痕文学、反思文学、改革文学、寻根文学、意识流小说、现代派小说等之间也都有"时间"上的显而易见的新潮递变意味，40年代延安解放区的文学作品对于当时的文学氛围来说也恰恰是一种"新潮"。但这显然不能作为我们逃避对"新潮小说"进行理论界定的借口，无论如何，在种种相对性和混乱中总会有某种恒定的价值和话语限定存在。可以说，"新潮文学"是一种流动的文学类型，这种流动或缓慢，或剧烈，在某一特定的时代具有某种相对的稳定性。流动意味着变化和丰富，但又绝不是毫无基本规则，不是毫无目的的无所不包的大口袋；而除去这种流动性，"新潮文学"对于意识形态话语和习见的艺术规则的反叛性同样也是有其自身的某种定则和目的的。首先，我觉得"新潮小说"主要是就一种不断创新求变的思维方式、艺术精神而言的，从这个角度说，"新潮小说"命名为"先锋小说"似乎更为恰当。"先锋"（Avant-garde）原为军事术语，后来成为马克思主义的政治术语，最后为画家、作家尤其是批评家所借用，指某种甘为破旧立新做先锋的美学意图。先锋派力图改变旧的、现存世界的趣味，并强迫它接受一种新的感觉，其行为极具预言性和战斗性，因此往往不被理解。先锋派的历史可以追溯到19世纪初法国的小浪漫派的活动，此后的达达主义、超现实主义、新小说、"如是"集团等，都曾是先锋派的重要角色。先锋派往往具有强烈的革命色彩、弑父意识和挑衅性，他们反对偶像崇拜，反对现存的占统治地位的意识形态和美学趣味。正如法国先锋作家尤奈斯库在《论先锋派》中所说，所谓先锋派，"应当是一种前风格，是先知，是一种变化的方向。……这种变化终将被接受，并且真正地改变一切"①。也就是说，先锋派应满足两个条件：其一，它是文学创作中勇于创新的尖兵；其二，这种创新对于后来的文学发展具有方向性的意义，能赢得一定声势的追随者。而批评家赵毅衡则认为判别先锋派有四个标准：其一，形式上的高度实验性；其二，力求创新，着意创造的是困难的形式，好像有意让大部分读者看不懂；其三，往往受到同行的侧目，甚至受到同行的反对；其四，有能力为艺术发展开辟新的可能性。② 对比而言，虽然新时期中国文坛的新潮小说还很难与真正意义上的先锋派相提并论，但其表现在对小说观念、小说传统、小说形式和内容诸方面的反叛倾向和创新追求仍然是无法超越的。其次，"新潮小说"在中国我觉得还是一种特殊的文学潮流、文学运动以及一批特定作家的作品的特指。可以说，"新潮小说"是中国特定历史文化语境中产生的一种文学现象，它的创作者主要是50年代末60年代初出生的一群有较高文学修养的年轻作

---

① 尤奈斯库．论先锋派//王忠琪，主编．法国作家论文学．北京：三联书店，1984．
② 赵毅衡．先锋派在中国的必要性．花城，1993（5）．

家，他们受到西方从现代主义到后现代主义等众多不同作家作品的影响，不满于中国文学长期以来的固定模式和陈旧技巧，试图通过小说形式的探索和实验来革新中国小说的面貌，从而实现他们走向世界的文学抱负。应该说他们的努力是很有成效的，在今天无论是谁谈到新时期中国文学的成就都无法忽略新潮小说的巨大影响和它带给中国文学的巨大声誉。新时期文学之所以能引起世界文坛的广泛关注，也正与新潮小说的成就密不可分。再次，我觉得"新潮小说"更重要的还是针对中国读者的阅读经验和审美心理而言的一种弹性文学话语。"新潮小说"提供了一种全新的阅读体验，我甚而以为中国"新潮小说"的"创新"本质上就是阅读意义上而非创作意义上的"创新"。在阅读方面，"新潮小说"呈现在读者眼前的文本无疑是陌生而新颖的，它迥异于我们耳熟能详的传统文学经典，也与同时代的权威文学话语格格不入，从其诞生之日起就伴随着种种冷落、误解和"读不懂"的抱怨，并事实上给我们的审美习惯和审美心理造成了巨大的冲击。而在创作方面，"新潮小说"的创新意义则有令人怀疑之处，从某种程度上来看，"新潮小说"更多时候只不过完成了对西方先进艺术经验的模仿、移植和翻译，更有讽刺意味的是它们所效法的文学"蓝本"常常是西方已经"落潮"的东西。也正是因为如此，我才更愿意以"新潮小说"而不是"先锋小说"来命名本书的论述对象。鉴于上述原因，要给本身就充满了各种歧义的"新潮小说"一个准确的理论界定几乎是不可能的，但我突然记起了我所喜爱的两个北京青年批评家跟我讨论"新潮小说"时给我的告诫：理论往往需要一些果断甚至武断，否则我们只能一事无成。如此，不避武断和冒险，本书尝试对"新潮小说"作如下命名：新潮小说是在中国文学自身的变革要求和世界先进文学思潮的影响这双重因素催生下于80年代中期以后产生的一种文学现象，它有自己特定的作家群体和代表性的文学作品，是新时期中国文学的最重要、最有成就的小说流脉。新潮小说对中国文学的传统、现实和未来都具有很大的革命意义，其全新的小说范式对中国文学的经典理论和审美心理都具有强烈的颠覆性，当代文学的面貌也由此得到了改写。因此，我们至少可以对作为一种文学话语的新潮小说作三种理解：它既是一种文学现象，又是一种精神状态，还是一种审美思潮。为了对新潮小说有一个更为具体和明晰的阐释，拟从下述几个方面作进一步的探析。

一、新潮小说诞生的历史-文化语境

任何一种文学现象的产生都离不开特定的生存空间和特殊的历史-文化语境，在最单纯的文学表象背后无一例外地隐藏着政治、经济、思想、文化等各方面的解释。众说纷纭的"新潮小说"就更是中国20世纪八九十年代历史-文化景观的投影。

80年代以来的思想解放运动和改革开放的政治经济氛围，无疑是我国思想文化史上第二个"五四"来临的重要前提。随着社会"奇理斯玛"（Charisma）中心的解体和多元化意识形态的形成，当代中国社会被置于一个巨大的"文化落差"之中，不同的时代，不同的信仰，不同的观念、行为方式和价值体系被混乱不堪地汇集在一起。尤其是在改革开放过程中，其经济和文化活动远离政治一体化的"市民社会"的形成，为市民文化和娱乐文化、通俗文化的成长提供了一个自由的空间，从而形成了主流意识形态、知识分子精英文化和市民文化三元分离的状况。虽然"奇理斯玛"的解体不过是"文化失范"的一种表述，但这种解体对于文学艺术来说却又并不是一件坏事。马克斯·韦伯就曾借用它来指有创新精神的人物的某些作风品质。因为正如爱德华·希尔斯所指出的，"奇理斯玛"赋予社会以中心或中心价值体系。社会有一个中心，社会结构中有一个中心带，而这个中心或中心带是价值和信仰领域的一种现象："奇理斯玛是符号秩序的中心，是信仰和价值的中心，它统治着社会。它之所以是中心，因为它是终极的、不能化约的；很多人虽不能明确说出这点，但却能感觉到这样一个不能化约的中心。中心是带有神圣性质的，……中心价值体系的存在，根本上取决于人类需要结合能超越平凡的具体个人存在（并使其改观）的某种东西。人们需要与大于自己身体范围的和在终极的实在的结构中比自己日常生活更为接近核心的一个秩序的一些符号相接触。"[①] 显而易见，这种中心价值系统的崩溃所导致的文化脱序、道德混乱与失意为文学艺术的创新、蜕变和实验创造了一种较为宽松自由的文化心理空间。各种名目的艺术观念、小说样式、文学潮流都获得了名正言顺的登台

---

① 希尔斯．中心与边缘．芝加哥：芝加哥大学出版社，1975：7．

亮相的机会，中国当代新潮小说也正借助于这股"自由"的旋风扫荡了中国文坛。

当然，谈到中国当代新潮小说诞生的文化语境，我们更应重视的还是矗立在其背后的世界文学背景。80年代之后随改革开放之风涌入中国的西方从现代主义到后现代主义的各种文学观念和文学作品无一例外地对中国作家的心理造成了巨大的冲击。西方几百年间的文化艺术成果共时性地呈现在中国十余年的文化空间中，一方面给中国作家强烈的新鲜感，另一方面又给他们以挥之不去的自卑感和艺术滞后感。中国当代作家们比"五四"知识分子更具一种学习西方的焦灼意识。事实上，伴随文化翻译和交流事业的兴盛，几乎任何一部外国文学经典（包括80年代因为诺贝尔奖而"爆炸"了的拉丁美洲文学）都短时间内有了中国版本，这就为中国作家模仿性的写作提供了大量的机遇。有人曾戏谑地称十部外国文学名著就可以完整地演绎全部新潮文学史。这种观点虽不无偏激，但新潮小说是在西方小说的温床上孕育并一直在其阴影下生长这一不争的事实也可谓人所共知。它至少昭示了中国当代新潮小说与世界先进文学的密切关系以及中国文学前赴后继地走向世界的不懈追求。而从理论层面上说，西方叙事学理论、形式主义理论、新小说理论、语言学理论以及海德格尔、萨特等的存在主义哲学思想在新时期中国文学理论界的大行其道也为新潮小说的文体实验确立了卓有成效的理论背景。

如果说世界先进文学刺激了中国新潮小说的孕育、生长和发展的话，那么没有中国文学自身革命力量的成长，新潮小说的诞生同样是不可想象的。我个人认为，早在新潮小说正式引起中国文坛关注之前，中国文学就已经做好了相当不错的铺垫。这些铺垫至少有下面几个层次。

朦胧诗和王蒙等的意识流小说

80年代初期，中国文学第一次有了较为自觉的"现代主义"文学运动。这次运动的发端自然是朦胧诗的崛起，但对新潮小说具有比较直接影响的还是王蒙、宗璞等的意识流小说。遥想当年王蒙的《春之声》《蝴蝶》以及宗璞的《我是谁?》等小说给中国文坛造成的巨大轰动和反响，至今都有一种令人难以忘却的温馨和感动。更重要的是，由朦胧诗和意识流小说引发的关于"现代派"的争论，尤其对中国当代文学构成了猛烈的冲击。资料统计表明，仅1978年至1982年五年时间，关于现代派问题的争论论文就有不下五百篇。由袁可嘉等人选编的《外国现代派作品选》（上海文艺出版社），第一版于1980年出版，第一次印刷就发行五万册，迅速告罄，即使在1983年，第三卷出版，也印刷了二万一千册。陈焜的《西方现代派文学研究》于1981年出版，引起的轰动恐怕现在难有可与其相提并论的学术著作。该书第一次印刷一万三千册，不只大学里的专业教师争相抢购，普通的文学爱好者也津津乐道，足可见外国现代派文学的魅力。高行健1981年出版的《现代小说技巧初探》亦在作家中引起了浓烈的兴趣。冯骥才在给一位作家的信中记录过这种心情：

> 我急急渴渴地要告诉你，我像喝了一大杯味醇的通化葡萄酒那样，刚刚读过高行健的小册子《现代小说技巧初探》。如果你还没有见到，就请赶紧去找行健要一本看。我听说这是一本畅销书。在目前"现代小说"这块园地还很少有人涉足的情况下，好像在空旷寂寞的天空，忽然放上去一只漂漂亮亮的风筝，多么叫人高兴！①

的确，西方小说的蜂拥而入大大开阔了中国作家的眼界，增长了其见识，宗璞在读了卡夫卡的小说后就情不自禁地感叹：原来小说还可以这样写！作家们难以经受其巨大的诱惑，纷纷尝试用西方式的变形感受来描绘"文革"中真实的生存体验，这就有了《我是谁？》等一批荒诞小说的面世；同时，西方现代小说的艺术技巧也开始犹抱琵琶式地在当代小说中露面，这就有了《春之声》等最初一批意识流小说的问世。不管这最初的尝试是真现代派，还是伪现代派，我们如果避开这些无意义的理论争吵就会发现这样一个基本事实，即中国作家这些朴素的"现代味"的创作，已经给中国当代文学以有益的启发，它们可以说是刺激当代新潮小说崛起的第一声春雷和第一面旗帜。很大程度上，正是这类不很成功的作品给了新潮小说作家以艺术上的自信和借鉴的勇气。

文化寻根小说

如果说王蒙等作家的新时期作品所呈现的新的美学因素还没有

---

① 高行健. 现代小说技巧初探. 上海文学，1982（8）.

在中国文学中造成革命性的影响的话，那么，文化寻根小说在文坛的崛起则实实在在地给了中国文学一个根本性的触动。几十年的文化封闭和禁锢，使中国作家普遍地有一种艺术迟到感和文化失落感。面对以欧美大陆为中心的灿烂辉煌的20世纪世界文学，他们在茫然失措和瞠目结舌的同时，也油然而生重建中国文化的紧迫感。这个时候，以经济发展水平而论和中国同属第三世界的拉丁美洲的文学的爆炸，适时地给了中国作家以启发和某种代偿性的自信。于是，一个在世界文化和世界文学的参照之下进行民族文化和历史反思的文学寻根运动可以说是应运而生了。寻根文学的主体是一批具有较强使命感和责任感的知青作家。虽说他们的理论难免稚拙和混乱之处，但他们不满文学现状、立足文化批判和文学构建的自信和勇气则无疑给中国文学注入了一剂强心针。事实上，寻根文学也确实构成了中国新时期文学的第一个热点和高潮，在此之前似乎还没有一次文学运动像它这样得到过全社会如此自发而热烈的关注。这一次，文学因为名正言顺再也无须像王蒙等当初的探索那样战战兢兢的了。正因此，文学寻根运动取得了非常引人注目的成就。韩少功的《爸爸爸》，阿城的《棋王》，王安忆的《小鲍庄》，郑义的《老井》，扎西达娃的《系在皮绳扣上的魂》和《西藏，隐秘的岁月》，贾平凹的"商州系列小说"，李杭育的"葛川江系列小说"，郑万隆的"异乡异闻系列小说"等都构成了中国新时期文学特别的风景。在这里，我无意于对寻根文学的成败得失作全面探讨，但我必须对寻根文学之于新潮小说的重要性作出恰当的估价。我认为，寻根文学虽然表面上对于西方现代文学采取的是一种保守的姿态，但我们一旦撕去笼罩在其上面的文化和思想反思的外衣，就会发现寻根小说已经与我们经验中的现实主义形态相去甚远，其在小说艺术形式方面的探索和进展丝毫也不逊色于其在思想文化领域取得的巨大成就。寻根文学本质上已经结束了单一的写实主义时代，抛弃了小说创作上所谓主题性、情节性、典型性之类的规范，在小说的叙事方式和语言形式上取得了可贵的突破。这种突破简略地说不外两个层面。其一，写意化的语言和叙述方式。无论是王安忆的《小鲍庄》、韩少功的《爸爸爸》，还是阿城的《棋王》，这些小说或飘逸或反讽或凝重或幽默的语言风格都给中国读者前所未有的阅读体验和审美效应。至少在最表层的小说形态上，寻根文学悄悄地完成了它的革命。其二，隐匿和虚化的文本结构方式。寻根小说已经摒弃了经典的整一结构方式，小说无一例外都充满了空缺和空白。艺术线索也呈现出多重和混乱的状态，传统小说的明晰和直白开始为模糊、多义甚至晦涩所替代。当然，我们也无须掩饰，寻根小说确实有它令人生气的观念化倾向，这是中国文学的一个历史久远的顽疾。但对于新潮小说而言，它的成就和价值毕竟更为可贵。它也是日后新潮小说义无反顾地蹈入形式主义实验之海洋的不可或缺的艺术准备和桥梁。它不仅为新潮小说扫清了部分艺术障碍，先期完成了一部分艺术实验，同时甚至也以文本的生涩培养了一部分读者的阅读心理，使他们不至于在以后面对新潮小说的晦涩时显得惊慌失措。

观念意义上的"现代派"小说

这是比寻根文学稍晚在中国文坛露面的在当时引起过广泛关注的又一批新小说。其代表作家首推刘索拉，还有徐星、王朔、刘毅然等。与寻根作家不同，这些更年轻一辈的作家，最具轰动性的是他们对现实生存和生活观念的背叛。他们没有寻根作家文化批判的神圣感、庄严感，也没有寻根作家文化建构的使命感和责任感。相反，他们有的正是对于神圣、信仰、崇高的亵渎热情。他们热衷的是冲决既有生活的准则和规范，以游戏的态度对待人生。他们是一帮生活的"顽主"，粉碎了我们曾经建立的完整的生活形象。在刘索拉的《你别无选择》、徐星的《无主题变奏》、刘毅然的《摇滚青年》以及王朔的《顽主》系列等一批作品中，主人公们无一不是以一种夸张的方式弘扬"自我"与社会的对立，变态地宣泄着对社会的不满。因此，在我看来，把这些观念性小说视为"现代派"小说实在是新时期中国文学的一个最大的误会。虽然他们小说中并不少见正统西方现代派作品所常有的空虚感、孤独感、失落感之类的主题，但显然这些体验并不是真诚的，甚至还远没有宗璞等的荒诞小说可信。从与西方现代文学的关系来看，如果说寻根文学主要是受了以马尔克斯为代表的拉美文学的滋润的话，那么观念意义上的"现代派"小说则更多地承袭了欧美"黑色幽默"一路的"后现代"作家的衣钵。观念意义上的"现代派"小说对中国文学的意义在此意义上也仅是一种观念革命而远非真正的小说革命，它在寻根小说的历史文化批判之后又完成了对于生存观念的批判，这才是其实际意义。不过，对于新潮小说来说这种观念化的小说依然功不可没，它拆除了环绕于小说之外的又一道篱笆，为日后新潮小说的全面出击再次作了有力的奠基。新潮小说能在形式主义的大旗下彻底摆脱政治、社会学、历史学以至文化学的制约，获得审美意义上的本体性和自足性，刘索拉等人在"观念"领域的革命实绩是迫切而又必需的。

当然，上文所分析的中国当代文学在新潮小说崛起之前所做的三次铺垫并不是彼此孤立和隔绝的，它们是各自不同而又具有逻辑联系的共时态的文学运动，它们共同为新潮小说在形式主义大旗下对中国文学进行最大规模的革命做好了从观念到艺术等各个层面的准备。此外，这三者在出现之初又都是作为"新潮"被谈论和接受的，我们不妨把它们称为真正的"前新潮"，其与新潮小说的亲缘关系以及不可替代的话语意义和催生作用当毋庸置疑。

二、中国当代新潮小说的三次浪潮

前文已经说过，中国当代新潮小说不是一夜之间突然光顾文坛的，它是特定历史文化语境的产物，只不过其呈现的方式具有某种绝对性和极端性而已。事实上，新潮小说虽然历史并不太长，也就十几年的历史，但它在中国文坛掀起的波浪却远非一个单纯的理论术语所能概括。尽管新潮小说一直被文学权威话语排斥在文学话语的边缘地带，用一位评论家的形象说法就是它一直"在边缘处求索"，但从作为一个文学自足体的新潮小说自身来说，其求索、实验、颠覆的热度就一直没有降温过，相反它也并不是一个刻板划一的文学思潮，而是以一浪高过一浪的气势不断壮大和深化发展着。具体地说，我认为中国当代新潮小说在它不长的历史里至少经过了三次大的浪潮。

1985 年前后以马原的出现为标志的第一次浪潮

可以毫不夸张地说，马原在 1985 年、1986 年的异军突起无疑是中国当代文学最具革命性的事件。直至今天，我们回忆那段历史仍然会禁不住津津乐道喜形于色。马原作为一座丰碑，其宣言新潮小说真正面世的话语价值无人能替代。实际上，马原正是新潮小说的扛大旗者，一大批新潮作家都是在他挥动的旗帜指引下聚集起来投奔新潮文学事业的。

马原的意义在于他是中国当代第一个真正意义上的形式主义者，

他第一次在实践意义上表现了对小说的审美精神和文本的语言形式的全面关注,并把文学的本体构建当作了自己小说创作的绝对目标。用李劼的话说就是:"马原的形式主义小说向传统的文学观念和传统的审美习惯作了无声而又强有力的挑战。从这个意义上说,马原的形式主义小说,乃是新潮文学最具实质性的成果。这种形式主义小说的确立,将意味着中国新潮文学的最后成形和中国当代文学的一个历史性转折的最后完成。"① 不过,要对马原的"形式主义"小说予以准确命名是相当困难的。我想说的是,在马原的形式主义小说背后也矗立着 20 世纪世界文学的背景,他的审美选择使他倾心于博尔赫斯、略萨、罗布-格里耶等大师和魔幻现实主义、结构主义、新小说等的审美原则。虽说马原早在 70 年代就已跨入文坛,但实际上马原对于中国当代文学的真正意义却是从 1984 年他的《拉萨河女神》的发表才呈现出来的。《拉萨河女神》是他创作生涯的转折,1985 年初他随即又发表了他的代表作《冈底斯的诱惑》。从这两部作品开始,马原式的形式感、叙事方式、语言形式在中国当代小说界光彩夺目了。马原以他的文本要求人们重新审视"小说"这个概念,他试图泯灭小说"形式"和"内容"间的区别,并正告我们小说的关键之处不在于它是"写什么"的而在于它是"怎么写"的。他第一次把如何"叙述"提到了一个小说本体的高度,"叙述"的重要性和第一性得到了明确的确认。在《拉萨河女神》中马原表现出了对于叙事的绝对关注,语言也变成了纯粹操作性的叙事语言,在这种语言中作家有着强烈的故事意识,它时时提醒读者的介入,又反复声明故事的"虚构性"。不带任何情感色彩的纯线性叙事语言在小说中比比皆是,比如:

读者应该首先知道几种简单又很要紧的事实。

为了把故事讲得活脱,我想玩一点儿小花样。

小说结构上,这篇小说采用的是一种拼贴式结构。小说七个小节,从第二个小节开始每一个小节讲述一件事情。六个故事彼此没有任何必然性因果联系,只是在同一个故事空间里发生,由同一群故事人物操演而已。这种结构方式以一种崭新的思维方式推翻了传

① 李劼. 论中国当代新潮小说. 钟山,1988(5).

统的中国小说的叙事方式及这种方式之后的生活观念和思维方式。如果说在《拉萨河女神》中，马原的小说观念和叙事形式还具有一定的尝试性和稚拙性的话，那么在《冈底斯的诱惑》中，他的努力已经变得成熟而卓有成效了。不仅纯线性的语言得到了得心应手的运用，拼贴式的结构也显浑然天成。而且，小说的人物和小说的故事又为更高的具象性和更深邃的偶然性所推动，展示出变化无穷的叙述层次和神奇莫测的故事内容。从此以后，马原的创作进入了一个近乎疯狂的状态。《叠纸鹞的三种方法》《涂满古怪图案的墙壁》《拉萨生活的三种时间》等，几乎每一部小说都给我们一份惊奇。到《虚构》，马原达到了他小说创作的高峰。"我就是那个叫马原的汉人"这句叙述语式成了当代文学影响最为深远的一个经典句式。《游神》《错误》《阅读大师》《大元和他的寓言》《旧死》等小说无疑标志着中国当代新潮小说的第一批经典性杰作的问世。直到1987年马原推出了他唯一一部也是整个新潮小说界第一部长篇小说《上下都很平坦》之后，新潮小说的第一个浪潮才算到了落幕之际。马原在这之后基本上封笔，新潮小说的大旗将由另一批作家来继承了。

也许有人会同时想起另外两位在1985年、1986年间引起过轰动的作家，这就是莫言和残雪。不错，莫言的《透明的红萝卜》、"红高粱"系列和残雪的《苍老的浮云》《黄泥街》等小说都以令人触目惊心的文本形态和阅读效果当之无愧地跻身于新潮小说的行列。这些作品与新潮小说在形成期的三种形态已经有了革命性的区别，它们开始自觉地把各种观念成分溶入风格各异的叙事里，由此各种各样的文学个性上升为小说的主导因素，中国小说一度千篇一律的面貌得到了改写和瓦解。就莫言来说，他贡献于新潮小说的是他奇异的感觉。莫言极擅长把童性感觉镶嵌在他的小说中，尤其在叙事进入惊心动魄的时刻时，这种感觉更为引人注目。很难对莫言的感觉化文本作纯粹理性的分析，但其带给莫言小说的特异审美特点还是可以大致把握的。拿《透明的红萝卜》和《红高粱》这两部小说来说，其所叙述的故事并不奇特，一个是童年记忆，一个是抗日传奇。然而，经过作家童年感觉的照耀，它们就一下子都变得神奇而充满魅力。在感觉化的语言之流背后，我们读到了生命和历史的异样沉重，从而感受到了蕴藏在叙述语言和叙述内容的反差之中的强大的审美张力。显然，莫言对原始生命力量的关注也是他的小说成就的一个方面，向前他继承了寻根文学，向后他启发了其他新潮作家。

这也是莫言作为一个新潮作家特有价值的体现。不同于莫言，新潮作家残雪引人关注的是她的心理小说。同以感觉取胜，残雪的感觉则充满了女性的歇斯底里式的尖刻。她的小说具有一种梦幻式的结构，叙事混乱随意而毫无逻辑性可言。无论是人物、故事，还是场景、对话，都变化无常、闪烁不定。残雪小说文本构成的方式实际上就是一个个噩梦的自然主义式的呈现。因而，她的小说也就由此演化成了一种梦的精神分析。梦幻逻辑是她小说的本质，也是我们尝试进入其文本的唯一可能的通道。不过，残雪的小说同时又缺乏梦幻的诗意色彩，而是充斥着变形的形而下的丑恶。《苍老的浮云》无情地剖解出夫妻、邻里、亲友、朋辈之间的种种冷漠和虚伪，从而描绘出一个充满敌意、猜忌、防范、窥探以及动物般噬咬的混浊而肮脏的世界。《黄泥街》把聚焦从家庭转向社会，但呈现在我们面前的同样是一个混浊而疯狂的世界，这里充斥着老鼠、污水、粪便、疯猫、形形色色的疯人。残雪的小说就是这样疯狂而不可理喻，她的非理性的晦涩、难懂的文本也可算是新潮小说的一方奇观。但残雪的文本显然太富女性的个人化特征，这使她到如今哪怕在新潮小说家中也仍然是落落寡合，没有能形成更大的气候。因此，某种意义上说，残雪永远是中国文坛星宇中的一颗孤星，她的耀眼光芒中总是充满了寒意。

通过上文对三位作家各自艺术个性的简单分析，我想我已经能够说明同为新潮小说第一代作家，残雪、莫言尽管成就同样卓著甚至成名比马原更早，却无法作为标示新潮小说时代到来的代表的原因了。莫言和残雪各自的地位当然无法被替代，但他们却缺少马原那一呼百应的号召力量，其文本就更没有马原式文本那种表演性、示范性和集体操作性了。也就是说，莫言、残雪虽然以其新潮创作对中国文学发动了冲击和革命，但他们显然还缺乏马原式叙事革命的整体性、粉碎性和彻底性。在这种情势下，面对倾巢出动的新潮作家们对马原的顶礼膜拜，莫言和残雪事实上也只有心悦诚服了。

1987—1990 年，中国当代新潮小说的第二次浪潮

新潮小说第二次浪潮的主将是一群比马原更为年轻的后生，他们又被称为"马原后"作家和"后新潮"作家。当然，1987 年并不是一个绝对的界限，其代表作家洪峰、孙甘露、苏童、潘军、余华、格非、北村、吕新、叶曙明、杨争光等都是在 1985 年、1986 年前后就已开始了新潮小说的创作。不过，当时马原的光芒太亮以致掩去了他们的成绩。当1987年马原停笔之后，他们终于在全国各地一夜之间几乎同时冒了出来。他们的同时献技带来了中国小说最令人兴奋的一段时光，这段时光也是中国新时期文学成果最为丰硕的时期。新潮小说真正成为文学话语的中心，也正是因为第二代作家们集束性作品的巨大成功。

虽然第二代作家仍然具有各自的艺术个性，但我更愿意把他们作为一个战斗的整体看待。在小说观念上，他们在马原等"新潮"前辈的基础上进一步强化了小说作为一种叙事文本的本体性，进一步否定了功利主义文学的传统。他们凭借人多力量大的优势，几乎对小说理论的一切层面都进行了全面、彻底、坚决而极端的清算、消解和颠覆。与此同时，他们也以自己的创作从不同的层面互补性地丰富、充实和建构了新潮小说的美学准则。在这篇导论性的文字里，我当然无力也无须对他们的艺术个性和贡献逐一作出陈述与评析。简略地说，他们的成就固然表现在"非现实性"主题的全方位开拓上——新潮小说对于生存本质、深层人性以及灾难、死亡、暴力等特殊人生境遇的刻画应该说是相当深刻而震撼人心的，但我仍然倾向于认为新潮小说的最大成就还是体现在小说形式层面上的小说故事叙述、小说语言和小说文本结构等几个方面。洪峰作为得到马原真传的弟子，和苏童、叶兆言等代表了这代作家在故事叙述上的最高成就；孙甘露和吕新等则代表了他们在小说语言实验上所能达到的最后可能性；格非、余华等无疑是新潮小说在文本结构方面最成功的探索者。由于在本书后面的章节里我还要对这些作详细的阐析，因而这里我就不作展开了。需要指出的是，这代作家的创作有从"形式"向"历史"转化的趋势。他们之间形式探索的程度各不相同，蜕变退化更是难以避免。特别是到了80年代末，这种分化就更为明显，除了孙甘露等少数作家还在坚守新潮阵地外，大部分人已收敛了他们的实验锋芒。1989年前后与"新写实小说"的联合就是这种撤退的一个突出表现。苏童、余华、北村等作家都已开始热衷于故事性文本的创作，叶兆言甚至已经变成了真正意义上的通俗作家。特别是当他们都开始长篇小说写作之后，轰轰烈烈的第二代新潮作家创作也就纷纷落幕了。也许纯属偶然，第二代新潮作家以长篇退场采取的竟是和马原同样的告别方式，这是不是他们对马原的最好的怀念和谢恩？

90年代新潮小说复兴浪潮

随着新潮小说第二代的蜕化，人们纷纷预言了新潮小说的灭亡。应该承认，新潮小说第二代达到了新潮小说的巅峰同时也走到了它的极限。各种各样的小说枷锁都被拆除了，各种各样的小说可能性都被试验过了。新潮小说还有什么可做呢？当然不能否认商业时代的到来对于消解新潮作家的先锋性所起的作用，但我认为新潮小说的蜕变根本原因还在于新潮小说自身失去了继续探索的动力和目标。这个时候，我发现新潮小说并没有如人们预言的那样消亡，相反，新潮的火炬在90年代出人意料地再次熊熊燃烧了起来。进入90年代，文学无疑更寂寞、更边缘化了，此情此景中如能再次出现一批文学先锋，则实在是再令人兴奋不过了。而在我看来，90年代新潮小说的复兴主要由两股力量促成。一是80年代的新潮作家在销声匿迹一段时间后于90年代又携带着他们的长篇创作重新杀入了文坛。可以说90年代长篇小说的风起云涌也是中国当代文学20世纪最动人的文学景观之一。苏童、余华、格非、孙甘露、吕新、洪峰、潘军等几乎每一位新潮作家都在短短的几年内出版或发表了他们的长篇小说。这表明80年代的这批新潮作家重新找回了艺术的自信，而这些长篇小说无论从思想蕴涵还是从艺术形态来看也都确实代表了这批作家小说创作的最高水平。也可以说这批长篇小说表明了他们对于生活把握能力和艺术表现能力的极大提高，是80年代新潮作家走向真正成熟的标志。二是90年代一批新生代新潮作家（亦称90年代先锋派）的崛起。在这里我要郑重记下他们的名字，他们是：鲁羊、韩东、陈染、朱文、林白、东西、鬼子、海男等等。就目前的创作业绩来说，他们还远未达到前辈的水平，他们的创作在形式实验和探索方面也没能提供更为先进、更为新鲜的东西，当然就更不能妄说他们超越了新潮小说的成就了。然而，在许多昔日的"先锋派"纷纷洗手不干或改头换面的商业时代，他们这种勇往直前的勇气难道不值得我们尊敬？谁又能说他们的努力不代表了中国文学的希望呢？尽管在这个时代标新立异的困难比任何时代都要大，他们受到文学传统和社会现实的双重压力，同时新潮小说已有的巨大成就也是他们很难翻越的高山，但我仍然看好他们的未来。就我个人的阅读经验而言，我觉得这批作家引人注目的地方主要有三点。

一是新生代新潮作家在继续进行形式实验时，他们文本中的生活体验性有了大幅度的增强,像陈染、林白这样的作家的小说甚至有着强烈的个体自传色彩。这对于前期新潮小说片面地以想象的方式描绘非经验题材的倾向可以说是一种较好的矫正。二是新生代的新潮小说已经初步从"历史"的迷雾中走了出来,他们的许多文本已经开始了对于"现实"的言说,这表明新潮作家已不再对"现实"失语了。三是新生代小说已经开始脱离"西方话语"模式而尝试建构和寻找文学的个人话语。

不过,在对新潮小说的潮流作了如上梳理之后,我觉得我非常有必要对我这里分类性叙述的相对性加以说明。事实上,在短短的十来年的时间内新潮小说"三代"人之间其实并没有一种明显的"代沟",不但在年龄层次上他们彼此不分伯仲,除了第三代作家整体上确乎比前两代年轻一些外,第二代与第一代之间则实在不存在年岁上的差异,而且三代作家实际上很多时候是并肩作战的战友。因此,本质上说我的划分其实是并不科学的,但为了叙述和阐释的方便,我似乎又不得不取此权宜之策。

此外,在这篇"导论"的最后,我还得对新潮小说作出总体上的判断和必要的阐释。我觉得"新潮小说"的演变发展就整个中国当代文学的历史来看无疑是一次"失意的凯旋"。表面上看这是一个充满矛盾的词组,既是"凯旋"本就谈不上"失意",如果"失意"也就根本不会"凯旋"。但这种矛盾的组合却又确确实实统一在新潮小说这里,某种意义上,这对矛盾也正是对于新潮小说命运和成就的绝好概括和总结。繁衍在当代中国这个特殊的文化语境中,新潮小说注定了本质上就只能是一个巨大的矛盾。在中国当代文学史上,新潮小说的划时代伟绩是无法抹杀和不可替代的,某种意义上它是中国当代文学的一座里程碑,它为提高中国小说艺术品位所立下的不朽功勋将永远镌刻在文学史册上。这当然是一次声威赫赫的"凯旋"!但是,这次伟大的"凯旋"并没有给新潮作家带来真正的光荣。在得到接受和认同方面,新潮小说的境况就很令人悲哀。新潮小说至今也没有为普通大众读者所接受,它似乎永远只能是少数读者的案头读物。文学权威话语虽然不能抹杀新潮小说的成就,但其对新潮小说的言说却总是羞羞答答和言不尽意。新潮作家高举着他们的小说战果"凯旋",可迎接他们的却只有几个躲躲藏藏的人影和稀稀落落的掌声,你说他们能不感到"失意"和失落吗?

上篇
综　论

第1章　新潮小说的观念革命

　　回顾新时期文学,新潮小说常常被视为一次文学暴动。这次文学暴动至今留在人们记忆中的印象还是如此强烈而生动,以至许多人直到现在谈起它还心存余悸。如果说新潮小说确实对中国当代文学具有某种颠覆性的话,那么我个人觉得它的革命性则主要体现在两个层面:一是花样百出令人耳目一新的小说文体形态;二是新潮作家在观念领域对一切既有文学观念和理论体系的全面消解。而从本质上说,新潮小说最大的颠覆性还是表现在观念层面上,正是有了观念上的"反动"才有了新潮小说那惊世骇俗的极端化文本实验。前者是前提和基础,后者只不过是在它作用下的一种结果和可能性。因此,当我们试图对新潮小说的本体面貌作出全面阐释和探讨时,对其在小说观念层面的"革命"作出理论的总结和评价将是我们必然的立足点。然而,话说回来,新潮小说的文艺思想又是相当庞杂而混乱的,它缺乏明晰的体系和系统。也就是说,新潮小说往往"破"大于"立",解构的勇气总是高于建构的热情。当然,指出这种混乱并非为了否定对其进行概括和反思的可能,相反,这种概括和反思在今天已变得越来越迫切和必要。本章将试图从小说"是什么"、小说"怎么写"、小说"内容"与"形式"的关系、"真实"与"虚构"的关系以及小说的本体与功能等几个方面来切入对新潮小说及其表征的文学思维方式革命的反思。

一、"人"是否应成为文学的"革命"对象?

　　在我们耳熟能详的文学理论教科书和文学权威经典中,我们曾经无数次地被告知一个似乎千古不变的真理性命题:文学是人学。人类世世代代的文学成就也充分证明和演示了这条真理的绝对性。我们知道,离开了"人"这一主体,离开了表现"人"、塑造"人"、探索"人"这一艺术目标，文学将不成其为文学。从这个意义上说，文学演变的历史其实也可以看作人类探索、解剖、认识"人"自身的历史。从《荷马史诗》到文艺复兴再到19世纪的欧美和俄苏文学，离开了"人"的光辉简直就无法想象。而20世纪的中国文学就更是"人学"理念的绝好实践和证明，从鲁迅开始建构的中国现当代文学的人物长廊事实上已经成了20世纪中国文学成就的一个象征与缩影。与"人学"相比，艺术有时倒是变得无足轻重。就拿从"文革"梦魇中苏醒过来的新时期中国文学来说，无论是"伤痕文学""反思文学"还是"改革文学"，其巨大的成就和反响其实正是源自在对"文革"非人政治的批判和控诉中所实现的对"人"的重新发现与礼赞。那种强烈的主体意识、"自我"热情和人道主义精神可以说至今还感动和激励着一代又一代中国人。我们必须承认，新时期文学确实建立了一个关于"大写的人"的神话，对于"人"的重新认识、重新塑造已成了新时期中国文学最重要的一条精神线索。但是，这条线索到了新潮小说这里却令人触目惊心地被切断了，我们不无心酸地发现，新时期文学苦心经营的那个"人"的神话以及与"人"有关的一套相应的话语体系已经无可挽回地破灭了。当然，话说回来，新潮小说对"人"的消解与革命也不完全是一种无根据的即兴式的"游戏"行为，而是在某个层面上契合了小说从古典向现代转换的内在要求，并代表了在文学与"人"的关系上的某种新的认知。因为，认同文学的"人学"特征，并不是要把"人"抽象化、形而上学化，并不是说这个"人学"从古至今是一成不变的；相反，我们看到，正是这个"人学"在内涵与形式上的巨变酝酿和决定了传统小说向现代小说的转型。同样是"人学"，其在古典小说和现代小说中的面貌却是截然对立甚至水火不容的。无论是作品中人物形象的审美内涵，还是作家塑造人物的方式，抑或对待人的态度与认知，现代小说与古典小说都已是相去甚远。在这个意义上，新潮小说对于"人"的理解与处理也可以说正是现代小说范型的一次成功实践。

　　现代小说人物与传统小说人物的不同，首先就表现在作家对待"人"的态度的不同上。传统小说基本上都建立在对于"人"的理性认知的基础上，对于人的神圣性和崇高性的理解，使传统小说自然而然地把"人"构思成文本的中心。"人"的形象、思想、情感等等成了传统小说价值坐标与意义聚焦的主体。这必然也就形成了一种影响深远的人本主义小说美学。但是随着现代心理学和精神分析学的发展，随着对人的精神与意识结构的探索，传统的对于人的一整套理性认知开始遭到怀疑和解构，"人"不再是清晰、高大、神圣、智慧的主体，而是成了暧昧、混沌而可疑的对象。可以说，现代小说对于传统小说的革命也正是在对"人"的反叛中拉开帷幕的。因为，正是人的物化、破碎化、"非人化"导致了我们经验中的传统小说大厦的彻底崩塌。新潮小说在中国新时期文学中可以说扮演的就是这种"人"的"谋杀者"的角色。在新潮小说中，新时期文学所塑造的那些大写的主体顷刻间就被一批破碎、堕落的主体和小人物取代了。新潮作家不再信奉文学的社会学和人学价值，也不再理会所谓的"典型"说，而是把文学视为一种纯粹的审美本体。他们认为人物和小说中的其他因素比如结构、语言等等一样都只不过是审美符号，就如卡西尔所说的"符号"。余华就公开宣称："我并不认为人物在作品中享有的地位，比河流、阳光、树叶、街道和房屋来得重要。我认为人物和河流、阳光等一样，在作品中都只是道具而已。"① 正因为如此，余华等作家不仅不屑于传统意义上的"典型"说，甚至都懒得去塑造一个完整意义上的人物。许多作家都不愿给他们的人物命名，而是偷工减料地用 A、B、C、D 或甲、乙、丙、丁或他、大个子、红之类的代词来指代。余华在他的中篇小说《世事如烟》中甚至直接以 1、2、3、4、5、6、7 来指代小说中的人物，"人"的地位在小说中已变得相当低微。而在吕新的《黑手高悬》等小说中人物更是蜕变成了"背景"，小说的主体已经完全被黑土、残垣和风物景致替代，"人"几乎被"物"彻底淹没了。我们看到，余华等中国的新一代作家们就这样轻而易举地完成了对于"人"的"谋杀"。他们否定了新时期之初中国当代文学所张扬的"大写的人"的神圣性，以他们的小说对"人"进行着非常随意的"非人化"亦即物化的处理，"反英雄"成了他们共同的文本风格。在他们的文本中不仅难见那些文艺复兴时期的所谓"人的精灵"或史诗性"英雄"，甚至连正常态的"人"也难以看到；在他们文本中四处游荡着的都是那些失去了"人"的光环的白痴、流氓、地痞、土匪、恶棍、神经症等等。在某种意义上，我们可以说，"人"的地位的下降或"人"的"非人化"蜕变确实构成了现代小说向传统小说第一层面的

---

① 余华. 虚伪的作品. 上海文论，1989（5）.

挑战。

其次，现代小说在具体的人物塑造方式和对人物的美学理解上也与传统小说有着根本性的差别。传统小说讲究对于人物的工笔细描，肖像描写、行为描写和表情描写等都是传统小说塑造人物的重要手段。比如中国古典名著《水浒传》中的108名大将就可谓个个栩栩如生，他们的出场、造型、性格、语言等等都是浓墨重彩，给读者留下了深刻印象。而与此迥然不同的是，现代小说对人物的塑造则更"写意"和抽象，对人物外在性格和形象的精雕细刻式的描写已变得次要和落伍；相反，对人物内在心理、意识和精神结构的探索开始占据重要地位。传统小说中那种"外相"的"形象人"在现代小说中可以说已完全被那种抽象的"内在"的"心理人"取代了。在这个过程中，人的潜意识、梦境、人性的恶等就被彰显和挖掘出来了。拿新时期中国文学来说，表现人性恶就是一个非常重要的主题线索。余华的《现实一种》、苏童的《米》、残雪的《黄泥街》等小说无一例外地把"人"的那种恶之本性当作小说表现的目标，那些"非人化"的行为方式和各种扭曲变态的生命形态借助于阴暗的心理呈示，带给读者的正是对"人"本身的无穷恐惧。与此相应，现代小说自然也就无法再遵循传统小说特别是传统现实主义小说所热衷的"典型化"原则了。在过去的文学理论中，无论是福斯特的"圆型人物""扁平人物"，还是恩格斯所谓"典型环境中的典型人物"，强调的都是人物塑造的"整合"美学与"集中"美学。这种小说美学以人物形象的丰满、个性与共性的融合等等作为小说的至高境界，在对人的现实性和真实性的营构中实现其艺术理想。但这种理想在现代小说中已经开始被视为一种过时的应该被遗弃的东西。现代小说中的人物大都不再具有"典型性"，他们成了一些抽象的符号、怪诞的意念和支离破碎的象征。人物的完整性已被肢解，人物不再有清晰的形象，不再有日常的音容笑貌和生活经历，而是被变形、异化、夸张成了模糊的阴影。就如卡夫卡的《变形记》《城堡》等小说中的人物一样，他们已没有活生生的"人"的气息，而只剩下了象征的外壳。中国当代新潮作家中余华、孙甘露、格非、吕新可以说都对这种"写意化"、抽象化的人物处理方式情有独钟，在孙甘露的《信使之函》和吕新的《南方遗事》等小说中，"人"都成了飘忽的影像和意念的化身，感性的生命质地、情感质地已是了然无痕。

另一方面，传统小说的典型化原则是建立在作家对人的自信以及对人的必然性的理解基础之上的，因此，传统小说往往讲究所谓性格的逻辑，讲究所谓性格发展转变的必然性与真实性，而现代小说表达的则是人的不可知性、神秘性与人性的无穷可能性。在现代小说中，作家对其笔下的人物不再具有全知全能的理性，因而在叙事态度上也与传统小说拉开了距离。中国文学传统意义上的理性化叙事也相应地被新潮小说的非人格化的冷漠叙事取代了，叙述者的正义感、责任感以及理想激情等等我们从前的文学引以为傲的东西几乎全部面目全非、烟消云散了。余华的《现实一种》《难逃劫数》等小说都可谓是这种"冷漠"的"零度情感"叙事的代表。此时，新潮作家在小说中关注的已不是"性格"问题而是"欲望"问题："事实上我不仅对职业缺乏兴趣，就是对那种竭力塑造人物性格的做法也感到不可思议和难以理解。我实在看不出那些所谓性格鲜明的人物身上有多少艺术价值。那些具有所谓性格的人物几乎都可以用一些抽象的常用语词来概括，即开朗、狡猾、厚道、忧郁等等。显而易见，性格关心的是人的外表而并非内心，而且经常粗暴地干涉作家试图进一步深入人的复杂层面的努力。因此我更关心的是人物的欲望，欲望比性格更能代表一个人的存在价值。"[①] 我们应该承认，现代小说在"人学"领域对传统小说的革命不仅拓展了人性表现的深度，丰富了人性表现的可能性，同时也提供了小说艺术的可能性与自由度，余华等作家在小说叙事上的自信应该说与此有很大关系。这是因为，"人"的神圣性被解除之后，作家面对的就是一个完全物化的世界，在这个世界里作家没有了对于"人"的情感的、心理的、文化的、历史的禁忌，相反，他们获得了一种难得的优越感和轻松感，拥有了文本操作的绝对自由，叙述、写作上的无所顾忌和随心所欲也就理所当然了。这也是中国新潮小说长期乐此不疲地沉醉在形式领域从事"叙事革命"的一个"人学"背景。

然而，当"革命"渐渐成为一种回忆或背景时，"革命"的代价也就变得越来越令人不安了。新潮小说的"人学"革命确实丰富了中国新时期文学的可能性，并提供了中国文学摆脱社会历史学附庸身份、挣脱意识形态期待和阅读惯性的有效路径，从而获得了某种写作的"自由"，但是与此同时，它也在不知不觉中改变了"文学"

[①] 余华．虚伪的作品．上海文论，1989（5）．

的形象，使"文学"变成了一种抽象、冷漠、晦涩的"符码"。那么，一个远离了情感、真、善、美和基本道德内涵的文学还是那个有着永恒魅力的文学吗？如果文学"自由"的获得要以对"文学"本身的扭曲、牺牲为代价，那么这种"自由"的代价是不是太大，它还有意义吗？对新潮小说来说，这样的追问似乎永远是一种心头之痛，他们在品尝"革命"的快乐的同时，也不得不吞下艺术的苦果。从这个意义上，我觉得，余华、苏童等作家90年代的"转型"以及对"人学"的回归可以说正是一种幡然悔悟，是对"极端"的观念革命的切实反思。

二、"生活"是文学的"敌人"吗？

"文学是生活的反映""生活是文学的源泉"同样是我们的文学理念、文学经验所建构的"文学真理"。对于中国作家和中国读者来说，它们的真理性几乎是不言自明的。许多时候中国文学都是凭借其与社会和生活的密切联系而成为意识形态关注中心的。在我们的文学话语中，一部作品所以具有成就，其根本原因就在于它成功而真实地再现和重温了生活的实在面貌。对于一个作家来说，衡量他水平的实际标准就是他的人生阅历、生活体验和洞察、把握现实的能力。也正因为从这样的观念出发，我们才会有所谓"深入生活"的说法，才会有一整套与"生活"有关的文学评价话语。可以说，"生活"某种程度上已成了衡量文学价值的一个重要尺度。应该说，在我们这个崇尚"现实主义"的国度里，对"生活"的强调，是符合现实主义的美学准则的，也有利于现实主义文学的繁荣。

但是，对于视现实主义为一种过时、落伍文学样态的新潮作家来说，有关"生活"的这一切又恰恰是他们所鄙视和不以为然的。他们并不否认文学与"生活"的关系，但是对"生活"的理解却已发生了天翻地覆的变化。在他们的观念中，出现在通常文学话语中的"生活"是一个亟须清理的、被严重污染了的概念。他们首先要打破的就是关于"生活"的等级制度和神圣化预设。他们认为"生活"本身并没有差别、没有等级，人只要活着就在"生活"，"到处都有生活"。过去那种所谓"深入工农兵生活"的说法，所谓重大题材或"×××题材"的说法，其实是在人为地制造"生活"的等级，是把"生活"政治化和意识形态化的极端体现。对于文学来说，"生活"价值体现在作家对"生活"的艺术表现的好坏上，体现在"生活"进入文学的方式上，而不是"生活"本身先天赋予的。

其次，新潮小说打碎了所谓"生活积累"的神话。在通常的文学理解中，"生活积累"其实强调的主要是亲历生活和体验生活的积累。所谓"深入工农兵"生活，也就是要丰富这方面的生活经验。文学话语中所谓工人作家、农民作家、军队作家等等，其实也都是与这些作家的生活领域有关的。这些概念和话语背后的潜台词就是一个作家只能写他所经历、所体验的生活，没有去过工厂就不能写工人生活，没有去过军队就不能写战争生活，没有去过农村就不能写农民生活……从最一般的意义上说，这样的认知是符合人类认识世界的规律的，也是无可厚非的。但从另一个角度来说，这样的认知又是机械、形而上学的，并在某种程度上有违文学的特殊性。在新潮作家看来，文学中的"生活"有直接生活与间接生活、知识性生活与体验性生活、现实的生活与想象的生活、日常的生活与可能的生活之区分，文学的魅力就存在于这些"生活"间的张力中。如果说年长一些的新潮作家还具有一定的生活体验，因为他们大都经历过知青苦难的话，那么更多的一批60年代、70年代出生的新潮作家则几乎都是从学校里出道，对于现实和历史，他们的经验主要是间接的而非直接的、知识性而非体验性的。他们视文学为一种纯粹的精神性创造活动，认为一个人能否成为一个作家关键取决于他有没有作为一个作家的天赋，即有没有丰富的想象力和语言表现力。至于有没有生活经验，他们认为是次要的。女作家斯妤就说一个作家30岁之后即使与世隔绝，他的"生活"经验也足够他写一辈子。普鲁斯特有严重的"怕光症"，他每天几乎都生活在黑窗帘拉得严严实实的房间里，但是这并没有影响他对于人类情感与思想的体察，没有影响他对世界的想象，反而成全他写出了《追忆逝水年华》这样的惊世杰作。因此，对新潮作家来说，"生活积累"固然是文学积累的一个内容和方式，但最好的文学积累还是沉浸在西方和东方文学经典中的阅读。一方面，这种阅读本身就是一种"生活"；另一方面，这种阅读又提供了许多"生活经验"和关于"生活"的想象。恰如孙甘露所表白的："我出没于内心的丛林和纯粹个人的经验世界，以艺术家的作品作为我的精神食粮，滋养我的怀疑和偏见。"[1] 新潮作家都乐于承认他们生活体验的贫乏和肤浅。余华说过，日常经验的真实尺度对他已经失效，他所迷恋的只是"虚伪的形式"[2]。马原也说："我知道我缺少某些当一个好作家所必需的基本的东西。对社会生活，我缺乏观察的热情和把握，缺乏透视能力和归纳的逻辑能力。"[3] 我并不认为这样的说法就是他们的自谦，相反，我倒更乐于把这种自白当作新潮作家的一种真实的局限，只不过，这种局限反过来可能更成全了他们。因为，说到底，"生活体验"的浮泛表征的只是"亲历生活"的缺失，对新潮作家来说，"亲历生活"并不是文学表现的"唯一生活"，文学中的"生活"应该有更广阔的疆域、更丰富的内涵、更复杂的形态。因此，"亲历生活"的缺失，既不会成为文学表达的"盲区"或"空白"，更不会成为文学表达的"禁区"，作家们完全可以凭"想象"去弥补"生活"体验的不足。与"生活"相比，"想象"显然更为重要。在谈到周梅森时，苏童就特别强调了"想象"和"白日梦"的重要性："也许一个好作家天生具有超常的魅力，他可以在笔端注入一个世界，这个世界空气新鲜，或者风景独特，这一切不是来自哲学和经验，不是来自普遍的生活经历和疲惫的思考，它取决于作家自身的心态特质，取决于一种独特的痴迷，一种独特的白日梦的方式。"[4] 而关于自己，他更是不止一次说过，他是边玩游戏机边写作的，游戏能最大限度地激发作家的想象力。在《小说月报》的一次座谈会上，他曾说："无数次遇到青年朋友问我：《妻妾成群》是怎么写出来的，是采访还是有真实的史料放在那儿呢？就像所有的人问我其他作品是怎么写出来的一样，我都觉得特别尴尬，特别难堪。好像我有一个秘密，一下子被人家揭穿了。因为我确实什么东西都没有。全是自己想出来的。这可能牵涉到我写小说是不是过于不认真了，或者说过于亵渎文学了，我有这种恍惚。然后我跟人家说，我是瞎编的，说完了自己就觉得很不过意，就是说不能这样对待文学。静下来想一想，事情可能不是这么简单。作家呈现在小说中的究竟是一种什么东西，可能比较难办，所有的艺术分歧，可能也在这儿。就是说，我所想象的'妻

---

[1] 孙甘露．一堵墙向另一堵墙说什么？．文学角，1989（3）．
[2] 余华．虚伪的作品．上海文论，1989（5）．
[3] 马原．小说．文学自由谈，1990（1）．
[4] 苏童．周梅森的现在进行时．中国作家，1988（1）．

妾成群'这么一种生活，这么一个园子，这么一群女人，这么一种氛围，年代已经很久远的这么一个故事，我想可能是我创造了这么一种生活，可能这种生活并不存在。这牵涉到作为一个作家、一个创作者，我是怎么写东西的，我的兴趣在什么地方，我的想象，我的白日梦，或者我的比较隐秘的感情意识怎么流露、怎么诉诸文字。又出现一个故事、小说，而不是听说了什么，调查了什么。这也是我对好多朋友问我这个问题的解释。我的小说好多事情没有影子。客气一点说，可能只有十分之一，还不是扎扎实实的生活，可能还是影子，或者只是道听途说。但有时很奇怪，譬如我写过一个短篇，坐长途汽车路过苏北，看到一个大草垛，写着'挥手向西'，后来就根据这个写了一篇小说。生活当中一闪而过的东西，不是很具体的，是模模糊糊的东西——我的所有小说可能都是这样的，就来自这些东西。"① 显然，把写作和游戏等同起来的新潮作家热衷的不是现实生活本来是什么形态，而是在乎活在他们的想象中的可能形态。换句话说，他们不在乎生活的必然性，而在乎生活的无限可能性。他们的小说不是再现生活的本来面貌，而是尽可能地凭想象去"创造"生活。因此，对于新潮作家来说，他们文本中的"生活"形态不能用真实的逻辑而要用想象的逻辑去把握和阐释。从这个意义上说，新潮作家就不存在什么不能表现的生活领域，想象无所不能，他们能对他们所不熟悉的生活和人物的心理有透彻的甚至出人意料的把握，也就能够理解了。比如，苏童对妇女生活的表现、余华对犯罪心理的挖掘就常令人拍案叫绝。显然，新潮作家这种崭新的文学观念对于新潮小说的独特文本魅力的获得是有着决定意义的。其最大限度地拓展了新潮小说的表现自由度，也极大程度上改变了中国文学惯常的那种与现实的单一的对应关系，而是以丰富的想象和出神入化的语言改写了现实生活的本真形态，并很好地制造和保持了文学与现实的必要距离。新潮小说文本也由此保证了那种绝对意义上的审美本体性和"现实生活"的美学符号化。

再次，新潮小说解构了生活的真实性，表达了对日常生活和"生活常识"的怀疑。新潮作家并非如我们通常理解的那样对"真实性"这个概念毫无好感，相反，他们倒是时常表现出对"真实性"的捍卫，余华说："我的所有努力都是为了更加接近真实。"② 但是，

---

① 苏童. 小说的现状. 文学自由谈，1991（3）：100.
② 余华. 虚伪的作品. 上海文论，1989（5）.

他们的"真实"却无疑与我们日常的理解大相径庭。对于余华来说，日常生活经验的"真实"正是"想象"的头号敌人："也不知从何时起，这种经验只对实际的事物负责，它越来越疏远精神的本质。于是真实的含义被曲解也就在所难免。由于长久以来过于科学地理解真实，真实似乎只对早餐这类事物有意义，而对深夜月光下某个人叙述的死人复活故事，真实在翌日清晨对它的回避总是毫不犹豫。因此我们的文学只能在缺乏想象的茅屋里度日如年。"① 因此，余华特别强调了区分"生活真实"和"精神真实"的重要性："我开始意识到生活是不真实的，生活事实上是真假杂乱和鱼目混珠。这样的认识是基于生活对于任何一个人都无法客观。生活只有脱离我们的意志独立存在时，它的真实才切实可信。而人的意志一旦投入生活，诚然生活中某些事实可以让人明白一些什么，但上当受骗的可能也就同时呈现了。几乎所有的人都曾发出过这样的感叹：生活欺骗了我。因此，对于任何个体来说，真实存在的都只能是他的精神。当我认为生活是不真实的，只有人的精神才是真实的时，难免会遇到这样的理解：我在逃离现实生活。汉语里的'逃离'暗示了某种惊慌失措。另一种理解是上述理解的深入，即我是属于强调自我对世界的感知，我承认这个说法的合理之处，但我此刻想强调的是：自我对世界的感知，其终极目的便是消灭自我。人只有进入广阔的精神领域才能真正体会世界的无边无际。我并不否认人可以在日常生活里消解自我，那时候人的自我将融化在大众里，融化在常识里。这种自我消解所得到的很可能是个性的丧失。"② 与此同时，对"生活常识"和"生活真实"的怀疑也必然带来小说观察世界的态度和方法的变化："当我发现以往那种就事论事的写作态度只能导致表面的真实以后，我就必须去寻找新的表达方式。寻找的结果使我不再忠诚于所描绘事物的形态，我开始使用一种虚伪的形式。这种形式背离了现状世界提供给我的秩序和逻辑，然而却使我自由地接近了真实。"③ 在新潮小说这里，"虚伪"的形式恰恰表征了一种新的"世界观"，它们否定了对"生活"的那种逻辑的、理性的、本质的、必然性的认知模式，而代之以对"生活"的偶然、神秘、不可知性的热情。可以说，在新潮小说这里，从可知论到不可知论、从逻辑到反逻辑、从必然性到可能性、从理性到非理性，正是其消解"生活"

---

①②③　余华. 虚伪的作品. 上海文论，1989（5）.

和"真实"这两个概念的基本精神路线。

而也正出于对"真实"的怀疑,新潮小说才对"虚构"表现出了非凡的热情。由于新潮作家否定生活与文学的逻辑联系,他们弃绝了传统的深入生活的体验方式,而代之以以阅读为主的想象性的生活体验。这就使他们自觉不自觉地消解了传统上我们对于文学真实性的追求,他们不承认小说与生活有任何形式的对应关系,更不要说所谓反映生活的"真实性"了。他们认为小说的本质在于虚构,小说中呈现出来的"生活"是一种艺术想象和虚构的结晶,不是现实生活的反映或折射,而是一种完全自足的、独立的与现实生活平行的"生活",因此它有自己的逻辑、自己的原则。在这里,既不存在我们所企盼的所谓高度艺术化的生活的"本质"和"更高的真实",也不会遵照我们一己的愿望赋予现实以一种艺术的参照。我们知道,作为传统文学理论核心概念之一的"真实性"的哲学基础是形而上学的认识论,即认为在人(认识者)的存在之外,在语言的存在之外,有一个独立的实体性的对象(客体)。人的认识如果正确反映了它,就具有真实性,否则就没有真实性。认识论上的这种形而上学机械真实观反映在文学理论上,就是用文本之外的所谓现实来验证文本的真实性(如描写的可信性等)。而实际上,文学话语是一种虚构话语,根本不可能通过外在的参照来证实或证伪,更何况在人之外一无所有,有也没有意义,意义是人建构的。人通过语言和符号不但建构了自身的意义,也建构了世界的意义。因而自从有了人,世界就变成了符号和语言,变成了文本。我们从前一直从技巧的角度来谈虚构,认为虚构只是反映实体的方式,言下之意是:被反映的实体是独立于虚构(语言)而存在的,因此可以反过来检验虚构(语言)的真实性。但既然语言之外一无所有,那么我们用以检验虚构的所谓"实体"就仍只能是虚构。这样关于真实性的问题根本上就成了一个假问题。诚如托多罗夫所言:"文学恰恰是一种不能够接受真实性检验的言语,它既不真实也不虚假,因而提出这样的问题是毫无意义的。文学作为'故事',其性质就是如此。""文学作品中的任何句子都既不真实也不虚假。"[①] 应该说,中国广大新潮作家对于文学"真实性"的怀疑和否定是既有相当的理论革命性,又符合他们的文学创作实际的。

---

① 托多罗夫. 文学作品分析//张寅德. 叙述学研究. 北京:中国社会科学出版社,1989.

在新潮小说这里，"虚构"无疑是其创作的圭臬。王蒙就说过："小说最大的特点在于它是假的。……小说是根据生活的真实来的，但它本身是假的，这是它最大的一个特点。英文管小说叫 fiction，fiction 本身的意思就是虚假。这个假是非常严肃的假，是从生活当中来的，是根据真的东西写出来的。但是它变了，它变的方式是通过虚拟。"① 显然，王蒙在强调小说的"虚假"性时，其真实的思维指向却无疑是通向"真"的，他仍然不忘照顾"假"与"真"的关系和文学与生活的关系，这大概也正是王蒙这类作家"过渡性"的体现。而到了新潮作家这里，"虚构"问题就被强调为一种绝对意义了。从马原开始，新潮作家对"虚构"的追求就成了一种潮流，而"元虚构"则是这种潮流的极端形式。叙述者在小说里谈论自己的小说创作和小说构思，戳穿自己的叙述技巧，告诉读者所有一切不过是自己的"虚构"，这样的方式无疑是对中国读者"真实性幻觉"的一种致命打击。马原在《虚构》中说："我就是那个叫马原的汉人，我写小说，……我用汉语讲故事，……我再去编排一个耸人听闻的故事。"叶兆言更是在《枣树的故事》中直言不讳，打破了"故事"的"原生性"和"真实性"："我深感自己这篇小说写不完的恐惧。事实上添油加醋，已经使我大为不安。我怀疑自己这样编故事，于己于人都将无益，自己绞尽脑汁吃力不讨好，别人还可能无情地戳穿西洋景。现成的故事已让我糟蹋得面目全非。"现在看来，"虚构"在新潮文本中隆重出场，一方面固然使新潮小说拥有了崭新的美学品位，但其主要意义却在于对传统"真实观"的瓦解。这种对于小说真实性的有意破坏，对小说虚构性、欺骗性的有意戳穿，有点类似小说自身的"自杀"，其实是有着深远的人文背景的。对于西方来说，它是对根深蒂固的现实主义价值体系的反叛。而中国新时期文学中"真实"之所以一下子变得"一言九鼎"，成为衡量文学的价值标准，这实在也不是一种单纯的文学现象，而是与盛极一时的人道主义思潮有着密切的关系，本质上它是属于思想史而非文学史的。可以说，就当代文学来说，"真"与"假"的对立绝不单纯是一种美学概念意义上的对立，而是有着特定的伦理意义。其后，新潮小说对新时期文学的反动因而也不单纯是对一种文学现象的反动，而是一次否定之否定的革命。从美学上讲，新潮小说不愿再受"真实"框框的束缚，也不愿认同这种以真实为旨归的文学形

---

① 王蒙. 漫话小说创作. 上海：上海文艺出版社，1983：78.

态；从思想史的角度来说，新潮小说既不愿追随追寻人的本质和本真状态的人道主义潮流，更不愿对文学异化为"伦理"的奴隶取放任自流的态度。事实上，新潮作家是既不承认新时期关于文学的神话，又不认可新时期的所谓"人"的神话。他们再一次悬置了"真实"，必然会在"虚构"上倾注热情。在新潮小说近乎语言游戏的没有所指的文本自我指涉和狂欢中，真实性变得无限动荡，真实之物几乎难以现身，人们也普遍地丧失了信仰，真与假、现实与想象的分界线已被拆除了。在他们的观念中，文学艺术已经无力反映这个混乱的世界，文学艺术只能反映它自身，它取消了现实性之后，只有一种东西是真实的，那就是文学艺术所创造（虚构）的世界。他们用小说文本尝试着去开拓"另一种真实性"，也即无限的可能性，小说的世界既成了现实世界的无限可能性的象征表达，也成了现实世界无限之可能性难以实现的寓言。新潮作家甚至把世界观、真实观变成了一种形式的问题，余华说："当我发现以往那种就事论事的写作态度只能导致表面的真实以后，我就必须寻找新的表达方式。寻找的结果使我不再忠诚于所描绘的事物的形态，我开始使用一种虚伪的形式。这种形式背离了现状世界提供给我的逻辑和秩序，然而却使我自由地接近了真实。"[①] 不过，余华这里的所谓真实已不是日常生活的经验真实，而是精神的真实。在作家的眼里，前者已是麻木、重复、缺乏想象力的代称，作家需要的是后一种真实，那是一种纯粹的个体的新鲜经验。或者可以说新潮小说正是以对现实真实的"虚幻化"来作为自己精神真实获得之手段的。他们把现实打成碎片之后，正可以在小说里任意地以近乎游戏的方式重新再造现实。"现实"变成了纯粹主观的产物，并终于在轰毁了的"人"的神话的废墟上逐步开始对叙述者"自我"神话的重建。而作家们也显然在文本的虚构中得到了欲望的释放和自我的解放，并在根本上触动和瓦解了我们的文学和生活思维。

三、"语言"与"形式"是文学的"终极"吗？

在现代小说中，"语言"开始变得越来越重要。虽然在传统的小

---

① 余华. 虚伪的作品. 上海文论，1989（5）.

说中也非常强调语言的作用,所谓"文学是语言的艺术"或者"小说是语言的艺术"这些命题所指涉的其实正是"语言"对于文学不可替代的价值;但是,在现代小说和传统小说那里,"语言"的意义和内涵又是完全不同的。传统小说话语中的"语言",在把文学当作独立于语言的意识形态这一文学思维的制约下,其实并没有自身的独立性,作为受"内容"决定的"形式","语言"只不过是文学借以反映生活的方式、媒介而已。而在现代小说话语中,"语言"已开始实现由工具论向本体论的转化。在西方,自从索绪尔语言学革命以来,语言学开始在文学活动中居于本体的地位,语言学对于文学的意义也得到了前所未有的强化。对于现代小说来说,"语言"开始变成一种第一性的存在,开始成为文本的绝对中心。这种"第一性"和"中心"地位的确立,也可以说是现代小说向传统小说告别的最显著的标志。而中国当代新潮小说对于"语言"革命的热情可以说正是与现代小说的潮流相呼应的。

新潮作家以出众的才华和智慧,把"语言"创造成了新潮小说所发动的文学革命的总前提。某种意义上,新潮作家所要呈现并希望引起注目的其实正是语言,他们的作品可以没有主题、没有人物、没有故事、没有结构、没有意义,但就是不能没有语言。孙甘露在其《访问梦境》中曾这样描述新潮文本:"这是一个辞藻的世界,而辞藻不是用来描写想象的。想象有它自身的语言,我们只能暗示它和周围事物的关系,我们甚至无法逼近它,想象中的事物抵御我们的辞藻。"一方面,新潮作家把语言视作他们与世俗现实对抗的有效手段,语言的本体性和作为海德格尔意义上的"存在家园"的神性都是他们所致力于表现的目标。另一方面,语言的超越性又使他们在颠覆了一个现实世界的同时,又重造了一个同样强大的语言世界,从而在对语言的挥洒中获得了创造世界的巨大愉悦。显然,从叙事策略的角度来看,语言无疑是新潮作家的一个最为基本的策略,它最终决定了新潮小说的文本形态和艺术风貌,并成了新潮文本当之无愧的第一存在。蒋原伦在谈到新潮小说的语言时曾戏称:老派小说读故事,新派小说读句式。其实新潮小说在语言上的独特匠心,不仅要我们去读句式,还要我们读词汇,甚至读标点。在很大程度上,我们对新潮小说感到新奇,感到它们非同凡响,也正是从它们那出其不意的语感、句式、词汇组合上体验出的。所谓新潮小说的读不懂最先就是从语言的陌生感衍化而来的,新潮文本即使不用深奥冷僻的语汇（实际情况是新潮作家恰恰有这方面的爱好），它的每个句式、句群、段落也常会令人产生不知所云之感。许多人抱怨新潮小说每一句话都能懂，但能懂的话组合成一个段落或文章时却不懂了，讲的就是这种情况。

首先，新潮作家强烈的话语欲望赋予了新潮文本语言膨胀的表征。读新潮小说，我们立刻就会被淹没在语言的海洋中，各种各样的话语方式、各种各样的语言意象铺天盖地地呈现在我们面前。在最初的阅读经验中我们无法去感受和体验语言之外任何东西的存在，故事、人物、主题等都离我们而去，只剩下一个个的语符与我们摩肩接踵。作为这种话语欲望的具体表现，新潮文本总是充斥着一连串的排比长句，而"像……"类的比喻句式更是新潮作家们的共同嗜好。新潮作家对于语言从不吝啬，只要有可能，他们会把一切附加性、形容性的修饰语堆放到其文本中。事实上，语言的大规模的宣泄既给新潮文本带来了崭新的面貌，同时也给人一种语言过剩和膨胀的印象。语言淹没了故事，淹没了人物……也淹没了小说本身。孙甘露的《信使之函》这样的文本就是新潮作家语言欲望无限膨胀的最典型的代表。一方面，小说中那些优美的句式、一泄如注的语言气势确实给我们前所未有的阅读体验和快感；但另一方面，他的这些语言表演又以其极端的无意义化、自我化和绝对化，使整个文本蒙上了故弄玄虚、卖弄语言的不真实感和乌托邦意味。更有意味的是，新潮作家还试图用他们的语言对"存在"重新命名，孙甘露和鲁羊、吕新可以说是三个代表人物。

其次，新潮小说的语言游戏在具体形态上又呈现出自律化的倾向。在新潮小说的文本中，语言往往呈现出自然流动的多种形态，语言的自我增殖能力过于强大，常使文本的话语处于一种无规则的"失控"状态中。新潮作家似乎致力于语言的精细化和优美化，对于语感、节奏、造型以及音韵、色质等方面的追求都十分引人注目；但同时，语言的粗俗化和日常化的一面也在新潮文本中得到了最大限度的表现。这就从根本上导致了新潮小说在语言风格上的"杂糅"色调，并具体表现为三种平行的语言流向。

一是语言的诗化倾向。一般来说，新潮作家大概是中国作家中文学天分最高的一代人，他们对语言的感觉、体悟和把握能力是历代中国作家中最为出色。而且他们中的许多人比如孙甘露、苏童、鲁羊、韩东、陈染等还都是诗人出身，由写诗而走向写小说，这就更决定了他们文本的特殊诗质。他们总是尽一切可能地挖掘语言的巨大潜能和表现力，使笔下的任何一种景观都呈现出迷人的诗意色调。苏童的一大批反映童年生活的作品，固然洋溢着浓郁的诗意，就是他的那些表现人性丑恶与现实灾难、罪恶的小说如《米》《妻妾成群》《我的帝王生涯》等小说从语言层面上来观照也仍然是极富诗意的。余华作为新潮作家中最冷酷的人性杀手，他的文本世界密布着令人恐惧的生存景观，但在这背后语言的诗性同样闪闪发光。在长篇《呼喊与细雨》中，这种诗性更是在对一个少年情怀的言说中得到了淋漓尽致的表现。而最能代表新潮作家在小说语言方面的诗性力量的还是孙甘露。孙甘露在他的一切小说中都对语言的诗性进行了不懈的表现，无论是早期的《信使之函》，还是后来的《大师的学生》《忆秦娥》，抑或长篇小说《呼吸》，孙甘露可以说最为充分地向我们展示了语言的巨大可能性和诗性。孙甘露的小说没有别的主体，语言就是其文本的主体和一切，在语言之外我们注定了对孙甘露无法言说。没有了语言，没有了那个活跃在文本中的言语者，就没有了孙甘露，也就没有了孙甘露的小说。

　　话说回来，在对新潮小说的诗化倾向进行描述的同时，我们还应看到，所谓诗性虽然以语言为外在符码，然其本质上却仍是一种精神性的体现。我们所谈论的新潮文本的诗性固然体现在话语本身的呈现上，但更由语言内涵的诗性决定。而实际上新潮作家对于"存在"的诗性探讨，也正是诗性的一个重要的精神根源。我们刚刚分析过的孙甘露文本的诗性就天然地有着这种哲学化的内涵，而吕新、北村等作家在作品中对神性的探索也更有着对"存在"的哲学化理解。北村的长篇《施洗的河》在中国当代文学中可谓是一部具有划时代意义的作品，对于它的评价当然可以见仁见智，但其对于"存在"神性的言说以及由此而来的语言的诗性则无疑是其价值的一个最重要方面。

　　二是语言的世俗化潮流。新潮作家似乎总是具有天生的极端性，把小说语言提升到超脱世俗的诗性境界的是他们，而反过来把小说语言同粗俗的日常语言等同起来的也是他们。我想这也应是他们语言欲望膨胀的又一种表征。对于新潮作家来说，语言的可能性是一种最大的可能性，语言可以是诗的升华，也可以是世俗喧哗的还原。正因为如此，在新潮文本中我们才看到了另一种语言风景，即对于传统的文学禁忌话语和大量的生活中粗鄙话语的极放肆的使用。很多时候，我们走进新潮文本就不得不与那些粗话、脏话以及流氓、痞子式的语言迎面相遇。我们也许一下子会很怀疑这些语言竟出自那些新潮的语言崇拜者之手，然而实际情况是新潮作家就是把粗俗与诗性这似乎水火不相容的两类语符统一在他们的同一文本中。其最极端的两个例子我认为就是刘震云的长篇小说《故乡相处流传》和叶兆言的长篇《花煞》。在这两部小说中语言的诗性色彩几乎全被生活的粗鄙面貌淹没了，新潮作家所致力的语言美感很大程度上已经被血腥、恐怖、荒诞的氛围取代了。

三是语言自我指涉及其能指化倾向。"能指"和"所指"本是索绪尔创用的一对语言学术语，用来指涉任何符号所必然具有的两个方面。但在新潮小说这里，"能指"和"所指"的有机联系却被有意割断、阻隔了。余华的小说喜欢将其语言的所指延宕，从而造成特殊的文本效果。《往事与刑罚》中那个折磨人的"刑罚"究竟是什么，直到文本结束也未完全揭示出来，也许根本就是子虚乌有；《鲜血梅花》中的主人公所追寻的仇人的具体所指也一直被悬搁着，到结尾才初露端倪。对比而言，孙甘露则更富绝对性，他的文本甚至根本就不出示"所指"，而让纯粹的"能指"化语流在小说中任意地播散。他的小说可以说是最典型的能指化文本，语言无所顾忌地自由嬉戏，常使读者如堕云里雾里，不知其所云为何。《信使之函》中连续使用26个"信是……"的句式，可究竟"信是"什么却令人通读全篇依然不得要领。《访问梦境》《请女人猜谜》两部小说也因为"所指"的缺席而呈现出晦涩难懂的文本形态。可以说，他的小说是完全"能指"化了，"所指"则被虚化和隐匿了。各种各样的能指在他的文本中自由流动，构成了语言自我指涉的怪圈景象。孙甘露之外，吕新的《南方遗事》《中国屏风》以及鲁羊的《某一年的后半夜》等小说也具有同样的语言特色。

需要指出的是，新潮作家对于语言游戏化策略的运用是有着特殊的文学意义的。我们不能简单地把它视为玩语言、玩文学。事实上，语言问题确实是文学创作的一个最根本的问题。因为文学说到底只能是语言的艺术，离开了语言的传达，文学注定只是一个空洞的神话。新潮作家把语言放到一个绝对化和本体化的地位，正是新潮作家文学思维发生革命性转变的具体表现和主体性高度张扬的必然结果。在新潮作家的努力下，不仅中国小说语言的表现力、可能性、丰富性得到了最大限度的拓展，而且以语言为契机中国文学的面貌和中国文学的观念都有了根本性的改观,其最突出的征象就是文学向其主体性和本体性的复归。

而与对"语言"的崇拜一样,新潮小说对文学的"形式"意义也特别重视。在中国语境里,"形式主义"几乎天生带有贬义色彩,无论在日常生活领域,还是在文学艺术领域,其否定性内涵都是不言自明的。但新潮小说却致力于为文学的"形式主义"平反,马原更是从一开始就高举起了"形式主义"的大旗,并不断赋予"形式主义"正面的、积极的、肯定性的内涵。新潮作家认为小说的关键在于其形式而不在于内容和意义,更不在于所谓主题。因此,他们关注的不是小说"写什么"而是小说"怎么写",他们反对"题材差别论"和"重大题材论",认为"写什么"并不能决定一部作品的艺术价值,只有"怎么写"才能体现艺术的优劣、高下之分,才能把不同的作家区别开来。在某种意义上,"反主题"、晦涩难懂的风格其实正是新潮作家"主动"追求的艺术结果。在这个问题上,新潮作家特别在语言、结构、意象和文本生成过程等方面充分施展了他们的才能。他们反对传统的关于内容和形式的"二元论",强调内容与形式的"一元论",认为小说的形式和内容本质上是二而一、一而二的关系,形式就是内容,内容也就是形式。索尔·贝娄的"有意味的形式"之说是他们所崇奉的艺术原则。可以说,"内容"形式化和"形式"内容化正是新潮小说基本的形式策略。诚如李劼所说的那样,"小说形式和小说内容是密不可分的关联物,就像一张纸的两个面一样,翻过去是内容,翻过来是形式。形式即内容。就小说而言,所谓形式不外乎是表达方式,即说话的方式(语言方式)和讲故事的方式(叙事结构)。小说中的任何一句话、任何一个故事,并不因为是被说出来而成立的,而是由于被怎样说出来而成立的。怎样说是方式,即形式。"① 不同作家小说的区别不在他们故事本身的不同上,而在故事叙述方式的不同上。不同的叙述方式决定了不同的故事形态及魅力,不同的表达形式决定了不同小说的风貌。因此新潮小说的个性和风格都充分显现在它们如何叙述和讲述故事上了,新潮小说的全部意义也就在它们的形式表演和近乎游戏色彩的语言、结构等方面的操作中得到了淋漓尽致的发挥。其一,语言的充分游戏化。在新潮小说这里,语言被上升至绝对的主体地位。不但每一

---

① 李劼.论中国当代新潮小说.钟山,1988(5).

个新潮文本都以语言上的各具特色引人注目,而且许多文本甚至就以语言作为小说的主体,比如孙甘露的文本就是如此。在新潮作家的小说中,语言既高度自律化了,同时又高度能指化了,读他们的小说当然会有很美的语感,但更多的时候由语言的狂欢和能指与所指的高度游戏化的分离所引起的晦涩、歧义甚至不知所云才是真正的阅读感受。也就是由于这个原因,新潮小说才比以往的任何一种中国文学文本都更需要"解读"。其二,结构的迷宫化和叙述的感觉化。在新潮作家的词典里,文学之为文学,其根本标志就是它的审美形式的独特性。因此他们从来就不会放弃任何可能的机会去玩小说的组装和拆解游戏。所有这一切的形式实验和操作表演都在使人眼花缭乱的同时使人获得一种全新的阅读感受和审美体验。某种意义上说,新潮小说无疑是一种智力魔方,它的出现对于中国文学来说怎么说都是一次考验。其实更准确地说,新潮小说重新赋予了我们关于小说"内容"和小说"形式"的内涵,内容被化解了,又是被再生了。也正由于新潮小说放逐了"意义",它才无须为了追求意义的透明而注重内容的传达,才可能专心于形式的试验场,逍遥于意义法庭之外。北村就把小说称为一种"既透明又黑暗"的博尔赫斯式的"体",这种"体"就是奇异的形式感,它有时近乎一种在"语"中表达"不语"、在"不语"中表达"语"的禅境。在这一境界中,形式就是内容,它没有意象和作为手段的象征,作品成为人与世界的象征的联导,"一个黑暗的实体"[①]。

然而,对于小说来说,语言与形式的强调固然是小说艺术发展的内在需要,离开了在语言和形式上的本体性表演,小说艺术的"可能性"无疑就会受到极大的损害。我觉得,中国小说新时期以来在叙述和艺术上的进步显然离不开新潮小说在语言层面和形式层面的极端化表演与推动。新潮小说不仅赋予了中国当代小说在"形式"和"技术"领域的"现代感",而且彻底改变了中国作家的文学惰性与文学思维。但问题随之而来,新潮小说在打破文学的"内容"、主题和意义神话的同时又建构起了关于语言和形式的神话,它们把语言和形式视为文学的"终极",从而从一个极端走向另一个极端,同样构成了对小说的伤害。因为,语言和形式的探索说穿了仍然只应是文学"可能性"之一种,它不能涵盖文学的无穷"可能性",更不

---

① 北村. 谁家的乐园. 文学角,1989(1).

应成为否定文学的人文内涵和思想内涵的借口。长期以来，人们对于新潮小说"缺乏人文精神""玩弄形式""游戏文学"等等的指责虽然有夸大其词的成分，但新潮小说在语言和形式上的极端性姿态也确实值得认真反思。另一方面，新潮小说语言和形式上的探索、实验还不得不尴尬地接受关于艺术"原创性"的拷问，新潮小说在语言和形式上的成就在中国语境和阅读意义上的"创新性"是毋庸置疑的，但是在"创造"的意义上，它们的"创新"就大打折扣了，对西方现代派文学、对马尔克斯、对法国新小说等等的"模仿"，已经使新潮小说的"原创性"广遭怀疑。我们当然要充分肯定这种艺术上的"拿来主义"对于中国新时期文学的特殊意义，事实上这也是一个无法超越的必经的阶段。我们要追问的是：在这个过程中新潮作家的"创造性""主体性"究竟体现在什么地方？而这也许才是新潮作家最需要作出回答的地方。

四、"功利主义"的幽灵真的被驱散了吗？

从理论上说，新潮小说所发动的这场文学革命的颠覆性除了表现在上文所述的具体的艺术实践领域外，最根本的还表现在它对于文学功利主义的真正鄙视以及对"文以载道"的权威教条的全面背叛上。在中国这个以实用理性为构架、以食色文化为形态的文化-心理空间里，文学从来就是与精神本体的构建相隔绝的。文学不是作为一种独立的精神活动和独立的形式体系存在，而是作为一种手段、一种工具、一种有目的的操作行为而不断地发挥它的功用。所谓文以载道，"道"的内容总是十分具体、十分明确，不是某个政治意图，就是某种伦理原则。这样的文学观即使到了"五四"也没有得到彻底改观。虽然西方启蒙理性对"五四"文学形成过巨大的冲击，但这种冲击远未能根本瓦解传统的文学观念。文学依然是"为什么"的文学，只是文学的人文主义得到了一定程度的加强。新文学在其后几十年的发展长河中，虽然形式上的探索一直在一些有为作家那里被始终不渝地坚持着，但这种形式探索很久以来都只能处在某种边缘状态，更重要的是它本身就是极为不彻底的，它往往被局限在局部的、技巧的层次上，根本无力对深层文学观念形成冲击。这种文学"为什么"的目的论传统发展到后来干脆就变成了以语符的方式图解政治、图解"语录"口号或某项具体的方针政策,"文以载道"终于成了服务性文学诞生的温床。就是新时期早期的那些引起过巨大轰动的文学作品,如今回想起来,我们也会心酸地发现它们其实不值得我们如此为它们骄傲。那种强烈得不能再强烈的伦理主义和人道主义背后依然活动着的是功利主义和实用主义的鬼影。因此,无论从中国文学的远古传统还是近现代传统来看,其实质都是一脉相承的,梁启超那句把小说革命和兴国大业视为一体的呐喊一直就溶化在中国知识分子的血液里。

正因为有这样的理论背景,新潮小说那种反人道主义、反伦理主义的小说态度才尤其具有革命意义。新潮作家不但没有了那传统意义上的文学使命感和责任感,否定了文学的实用功利,而且,他们根本就认为文学是没有目的性可言的。他们认为文学的本体意义只在于文本的生成过程和阅读过程,而不在所谓的认识意义。他们认为文学根本上是一种审美活动和智力活动,而绝不是一种对现实的认识活动。一方面,他们特别强调作家的主体性和他们创造文本、支配文本的绝对自由;另一方面,他们又觉得小说文本是一个开放的"过程",小说永远也没有真正意义上的完成时,它需要读者极富主体意识地共同参与创造。在这个意义上,他们认为作家在文本制作上的故弄玄虚是完全必要的。难怪新潮作家不时地会宣称他们对自己笔下的文本一无所知,因为他们只不过在用语词堆积各种不同的魔方,堆积的"过程"和堆积的成果就是他们创作的全部,而再拆装的工作他们交给读者去做了。欣赏那被其不知所云、艰涩模糊之文本折磨得焦头烂额的读者于无意义处寻找意义的无望努力,亦不失为新潮作家一项有意义的"审美活动"。说穿了,新潮作家所希望的无非就是改变中国人长期以来形成的思维传统和对于文学的态度。打破了功利主义的枷锁,无论是作家还是读者的审美能动性都有了充分的发挥余地。新潮小说之所以引发那么多绵绵不断的话题,形成那么多截然不同的声音,本质上也正是因为人们从功利主义的单一话语模式中解放出来之后获得了各自独立的话语权力和话语方式。从这个意义上说我宁愿把新潮小说对功利主义的放逐看作一种对于文学审美本性的还原,文学借助这次机会摆脱了所谓认识功能和教育功能的捆绑,真正轻装上阵,享受语词的游戏和文本的狂欢,文学的愉悦性、审美性、个体性、主体性、创造性都得以在一种洒脱的境界中自由地呈现。正如新潮批评家吴亮在谈到新潮小说时所说的:"先锋文学的美学出发点是艺术的个体人本论,它不追求民族性和地域性的表达,这些中间价值既不具有人类特征也不具有个人特征。民族性和地域性对人类来说意味着封闭和狭隘,对个人来说则意味着禁锢与压抑。……先锋文学反对权力本位论。它纯粹是个人自由的形式化,纯粹是个人想象力的原创性表达,纯粹是含有幻想潜能和革命批判潜能的语言陈述。先锋文学还反对大众本位论,因为正是大众本位构成了权力本位的基础,它始终是一切保守的审美价值的土壤。大众习俗、趣味、道德和日常规范无疑是对想象的窒息,对创造的扼杀。无论是权力本位还是大众本位都会导致文学的工具论和服务论,而将文学的最内在的本质——个人自由——掩盖起来,使它成为一种十分被动的东西,进而使所有读它和写它的人都成为一群被动的东西。先锋文学不代人立言,在它看来代人立言是一种权力的僭越——它既然反对任何权力凌驾于自身之上,当然不会将自己凌驾于他人之上。先锋文学是人类持久不衰为争取个人自由的灵魂而战的一种当代方式,是对整体主义价值观及其他各式各样强制性价值观的反抗。在争取个人自由的过程中,先锋文学通过的不是行动,而是幻想;不是现实的运作,而是想象的运作……真正的先锋只看着自己想象的画面,只倾听自己灵魂的自由呼喊,只书写自己的文字。现实与他何干?物质与他何干?"[①]但不幸的是,新潮小说在极端化地否定了文学的实用主义和社会功利之后,却又自投罗网陷入了"文学的功利主义"。显然,"功利主义"作为一个文学病毒和文学幽灵并不是轻易就能被消灭的,当新潮作家在极端地"革"功利主义之"命"时,功利主义却已经改头换面在新潮作家身上"发作"了。所谓"无意义"就是"意义","无目的"就是"目的","无功利"即是"功利",这大概就是纠缠在新潮作家这里的永恒悖论。在我看来,新潮作家那种过于高涨的"革命"热情、夸张的姿态以及在文本中不断"自我现身"的行为都隐含着明显的"功利主义"色彩。他们把文学视为一种自我证明的竞技运动。一方面,新潮作家把文学创作看成自己的生命过程和生存方式;另一方面,又潜伏着把生活中的竞技状态扩展到创作活动中从而丧失高远的审美境界的危险。我觉得,这也显示了新潮作家在革新传统的思维方式的同时,自身的思维又陷入了新的误区,那就是那种

---

① 吴亮. 真正的先锋一如既往. 文学角,1989(1).

非此即彼的二元化思维方式的变形表演。新潮作家追求艺术上的极致这本是好事，但他们似乎没有意识到文学的境界并无绝对的新旧之分，因而在批判传统时往往连同那些艺术上的进步因素和蕴含于创作中的真诚都一起否定了。而事实上，艺术上的批判只有在兼容批判对象的时候才能超越批判对象并进而扬弃批判对象。

综上所述，我觉得新潮小说对于文学观念和文学思维的革命主要有两条基本线索。一是从"为人生而艺术"向"为艺术而艺术"的过渡。在这种过渡中新潮小说实现了它的辉煌，也孕育了它的局限。二是把文学的革命从"思想革命"的阴影下解放了出来，从而真正在中国文学史上完成了一次完全和本质意义上的"文学革命"。但是，这场"文学革命"同样也是功过各半，它在"加速度"地推进中国小说"现代化"进程的同时也留下了许多艺术上的后遗症。

第 2 章 新潮小说的主题话语

　　我知道，我在这里郑重其事地提出所谓主题问题其实是一件吃力不讨好的事情。对于新潮作家来说，对他们进行主题分析实在无异于一种侮辱。因为在他们的文学语汇中，"主题"一直是一个充满贬义色彩的词。几乎在一切可能的场合，新潮作家都充分表达了对这个语词的鄙视。人们读新潮小说往往很难直接从字面上获得具体确切的文本意蕴，不仅小说的故事之间没有必然的因果关系，而且文本话语的本事、词句、语调三个层面也处于离散状态，阻塞了正常的通往文本意蕴的途径。最终，新潮小说展示给读者的是一幅迷津般的景象：你随叙述者一直走，绕来绕去，最后走到一个地步，你发现这是一条死胡同。而叙述者却说，意义就在于你走过的路。这直接的后果就是：意义的言说等于无意义。许多读者也因此把新潮小说视若畏途：我不知道它在说什么。但我却觉得，无论是哪一种宣称什么都拒绝表现的文学，它们最终都难以逃脱对"什么"的表现，新潮文学同样如此。新潮作家尽管反复声明了对于文学主题的不屑一顾，对现实、真实和功利主义的无暇理睬以及对于形式主义和语言虚构的痴迷和钟情，然而在他们的文本中，在他们那夸张化和极端化的"形式"背后，其现实的破碎化和真实的虚幻化本身又显然正是一种昭然若揭的"主题"。正因为如此，我觉得如果想对新潮小说的总体特征和审美面貌进行全面而综合的分析与研究，那么离开了对"主题"的剖析将是难以想象的。事实上，对新潮小说来说，"主题"的阐释也无疑是进入新潮小说文本世界的重要阶梯和钥匙，这种阐释既是必要的又是充满了无限的可能性的。当然，新潮小说的主题话语在其内涵上和传统意义上的"主题"之区分还是非常明显的。一方面，新潮小说主要描绘的是"非功利"的现实和生存景观；另一方面，新潮小说世界内的生存和生命形态又呈现出鲜明的"边缘化"色彩。在从前的小说文本中处于文化、道德、政治等禁忌中的世界图景开始堂皇地出现，并进而占据了新潮文本主题话语的中心，替代和篡改了传统的主题风景。因此，对于在语符方式和深层蕴涵方面都迥然不同的新潮主题的把握也势必要求我们采取全新的释码方式，这样我们才能做到对新潮文本的顺利进入。鉴于此，本章对新潮小说主题话语的诠释也不得不采取特定的视角。我尝试的是通过对于新潮小说基本话语的分别阐述而达到对新潮小说主题的总体把握的方式。还想说明的是，虽然新潮作家都把对小说意义和深度模式的革命当作自己最崇高的艺术使命，但事实上新潮小说并不能真正逃出意义的陷阱，它们在反意义的同时总会不自觉地表现出一种意义，甚至反意义本身也就是一种意义。而新潮作家们所致力拆除的小说深度模式也总是在他们所摧毁的意义废墟上以另一种形态顽强地呈现出来。这大概就是新潮小说无数无法克服的悖论之一吧。不过，正由于这个悖论，本章对新潮小说主题话语的阐释又在很大程度上变成了对新潮小说意义模式的概括，这也是我无法逃避的一个宿命。更为不幸的是，我无法重建一套独立的专门适用于新潮文本并与传统的主题话语彻底划清界限的全新词汇系统。这就使本章即将进行的对新潮小说主题话语的评述有陷入"陈词滥调"的危险，也许我能做的唯一的工作就是尽可能地把传统语境和新潮小说中的相同"话语"的不同呈现方式进行卓有成效的区分。我认为对于新潮作家来说，他们的最基本的主题话语就是亵渎和救赎。这是两个主导的主题语词，对于"人性"的沉沦和丑恶形态的展示以及对堕落了的"人"及其人性的拯救憧憬可以说是贯穿新潮小说全部历史的两个基本主题线索。围绕这两个主题话语新潮小说相应地形成了它的一套完整的支话语系统。自然，本章对新潮小说主题话语的阐释也必然开始于对这些支话语的描述。

一、灾难

在新潮小说文本中，灾难景象和灾难意识可以说相当引人注目。从某种意义上说，新潮文本呈现出的一种最基本的生存景观也就是生命的灾难景观。苏童的《米》《我的帝王生涯》《妻妾成群》，余华的《现实一种》《一九八六年》《世事如烟》《活着》《呼喊与细雨》，洪峰的《极地之侧》《瀚海》《和平年代》《东八时区》，格非的《敌人》《边缘》《迷舟》，吕新的《抚摸》《中国屏风》《黑手高悬》，北村的《施洗的河》，潘军的《风》等等新潮小说文本无一例外以对灾难密集而刺目的铺陈、暴露与渲染而引人注目。事实上，"灾难"某种意义上也成了昭示中国文学世纪末特色的最具代表性的风景，中国文学还从来没有如新潮小说这样对血雨腥风的悲剧灾难倾注如此巨大的热情。正因为"灾难"在新潮文本中拥有举足轻重的地位，本章才把"灾难"作为新潮小说的首要主题话语加以论述，以期从中寻绎某种能体现新潮小说本质存在的指涉。就个人的阅读体会而言，新潮小说对灾难的描写呈现出下面几个显著的特点。

其一，灾难作为一种整体的生存遭遇。

对于灾难的深切感受本是西方现代派文学的一个基本主题，无论是加缪的《局外人》《鼠疫》、萨特的《恶心》，还是莫里亚克的《爱的荒漠》、艾略特的《荒原》和卡夫卡的《城堡》，无一不是因其对灾难的独特书写而彪炳史册的。灾难感在现代文学中的出现是与第二次世界大战对西方人价值观念和生存信仰的轰毁密切相关的。作为一次巨大无比的人类灾难，第二次世界大战以其无可比拟的毁灭性使人类的乐观情怀被彻底瓦解了，人们普遍对现代文明失去了信心，战争的巨大杀伤性连同它所制造的世界性文明废墟成为一道永远的阴影铭刻在人们的心里。世纪末的绝望和恐惧的情绪成了整整一代人的精神死结。这个时候，西方现代派文学致力于表现灾难和对灾难的忧患可以说是顺理成章。而作为一种传统，灾难也由此成了现代派文学的一个基本主题。应该说中国文学向来是比较缺乏这种灾难意识的，"商女不知亡国恨，隔江犹唱后庭花"是中国文学的一种特殊的病态景观。"文革"对中国文学是一个大的触动，"文革"的巨大灾难在心理上对中国人的伤害丝毫不下于第二次世界大战对西方人的精神打击。这就使中国新时期文学形成了一个控诉和表现"文革"灾难的高潮，"伤痕"文学、"知青"文学、"反思"文学等就是杰出的代表。但是这个时期出现于中国文学中的灾难还更多地具有一种"历史"的还原色彩，作家热衷的是对那段骇人听闻的历史灾难的再现和还原，带有极强烈的政治倾向性和功利目的。因此，当我们今天回首这段文学史时，我们更多地获得的是一种理智上的愤怒，而极少审美上的感动。可以说，灾难对于"文革"后中国作家来说只不过是一盏酒，是作家用来浇心中块垒的工具，它的实用功利性要远远大于它的审美意义。从这个意义上说，"灾难"在中国文学中的形态就与在西方现代派文学中的形态有了根本的区别,西方现代派作家是把"灾难"当作一种本体意义上的生存境界来加以感受和表现的,它凝结了作家的形而上的思索和生存追问。本质上,它是作为一种抽象的形而上的审美载体呈现于小说文本中的。而中国文学中的"灾难"相比之下则具有一种形而下的具体性。这种状况到了"寻根"文学中得到了一定程度的改观,韩少功的《爸爸爸》《女女女》以及王安忆的《小鲍庄》等小说中的"灾难"已经开始出现某种形而上的本体论色彩,《爸爸爸》中丙崽的遭遇和《小鲍庄》中所表现的灾难都已不是可以还原的现实性灾难而是具有某种抽象的寓言性了。不过,真正使"灾难"作为一种美学因素在中国文学中出头露面的功臣还是崛起于80年代中期的新潮作家。在新潮小说文本中,"灾难"可以说是一种独立自足的生存景观,它以一种无目的性的纯自然形态镶嵌在故事的纹理中,构成了小说的真正中心和笼罩性的精神氛围,与其说它是具象的,不如说它是抽象的、精神化的。新潮作家扫荡了中国文学沿袭已久的那种"革命乐观主义"情怀,而代之以一种残酷、冷漠甚至幸灾乐祸的悲冷态度,以"天灾人祸"作为审视人类生存的基本背景。正因为如此,新潮小说才充满了铺天盖地的灾难图景,许多小说文本及故事的展开过程也就是"灾难"的实现过程,"灾难"的具象、"灾难"对主人公心理的威胁以及主人公在灾难境界中的挣扎实际上就是一个新潮文本的全部内容。苏童的《1934年的逃亡》讲述的就是蒋氏一生所遭遇的灾难,那种惨不忍睹的悲剧图景成了每一个阅读者挥之不去的沉痛感受。他的另外一些小说比如《飞越我的枫杨树故乡》《罂粟之家》《蓝白染坊》《妻妾成群》等以及长篇小说《米》《我的帝王生涯》也都反复渲染和描写了"灾难"性的生命景象。如果说苏童笔下的"灾难"还具有某种具体的生命遭际性,它更多地消融在故事的进程和人的命运之中的话,那么余华的《现实一种》《四月三日事件》《河边的错误》等小说内的"灾难"则更多地呈现为一种心理感受。《河边的错误》中的山岗、山峰兄弟以及他们的老母亲和山岗的儿子皮皮都处于一种灾难的阴影中,并最终导致了亲人互相残杀的大"灾难"。《难逃劫数》中的东山、露珠、沙子、老中医也各自在对灾难的预感和恐惧中走向了最后的毁灭。所谓"劫数"也就是灾难,是一种笼罩在小说主人公生存宇宙上空的宿命。而到了格非的小说中,"灾难"则纯粹变成了一种决定小说的结构和组织的形式因素。无论是早期的《迷舟》中萧的"死亡之途",还是长篇小说《敌人》中的无以言明的"火灾",都是小说的结构核心和故事推动因素。从某种意义上说,格非的小说几乎全部是以对"灾难"的探究和展示作为其主题和形式中心的。与上述作家的作品不同,吕新小说中的"灾难"更为主体化了,他的小说几乎不再以人物作为主人公,而是把"灾难"推向前台使其直接成为叙述和文本的中心,《黑手高悬》和《抚摸》都以随风飘散的"灾难"风景和对这种风景的言说作为真正的主体。

其二,灾难作为一种"历史"景观。

仔细考察新潮小说文本我们会发现,新潮小说对灾难的书写有着鲜明的"历史"化倾向。"灾难"很大程度上是以"历史"的而非"现实"的形态呈现的。这与新潮小说对"灾难"的审美化和本体化的表现可以说是密切相关的,没有了"现实"的文化、伦理、道德和心理的"禁忌",新潮作家处理他们的对象就有了得心应手的自由发挥的余地。苏童、格非、潘军等作家之所以能对"灾难"有淋漓尽致的渲染和叙述,事实上正是因为"历史"赋予了他们想象力自由驰骋的机遇。可以说,"灾难"主要是一种想象的产物,而不是一种真实的对照物。另一方面,新潮文本中的所谓"历史"也绝非真正意义上的历史,而是一种高度的虚构化的产物。对于苏童的《飞越我的枫杨树故乡》等小说来说,历史及其"灾难"只不过满足了作家创造、颠覆"历史"的欲望和特殊的心理体验快感。新潮作家通过这种精神化的"飞越"和漫游不仅弥补了自己与前代作家的生活体验相比没有"历史"发言权的遗憾,而且以对历史的"灾难"化改写化解了"历史"的神圣性,从而使边缘化、虚构化的"历史"终于成了他们自由出入的领地。在这个意义上说,新潮小说对"灾难"的执迷亦不妨被视为一个卓有成效的写作策略。北村、格非、马原、洪峰、余华等作家的"灾难"小说都可以从这种阐释视角得到理解。

其三,灾难的生命化。

在新潮作家的小说文本中,灾难在许多时候更是一种生命沦落的凄凉的风景。"灾难"是主人公生存境遇的寓言化的表述,是一种精神毁灭历程的象征。对于新潮作家来说,"灾难"是他们对人类生存命运的一种基本假设,也是他们消解"人"及其神圣性的一个基本前提。把人置于极端性的生存境界中进行冷酷的审视是新潮作家们的一个共同的叙事爱好。苏童让蒋氏在接踵而至的"灾难"中为自己的七个儿女送葬（《1934年的逃亡》），格非让赵老忠一辈子生活在"大火"的阴影和恐怖中（《敌人》），余华让一家三代人都在隔绝的"空气"中心有余悸地面对死亡的入侵（《现实一种》）。正因为如此，新潮作家的小说中的"灾难"与其说是"天灾"（这种"天灾"在新潮文本中确实随处可见，比如苏童、鲁羊笔下的水灾，格非、潘军笔下的火灾，等等），还不如说是"人祸"更为准确。因为无论是对于苏童、余华，还是对于格非、洪峰来说，对"灾难"的表现都远非他们的真正目的。事实上，"灾难"只是一种艺术手段，它被强化和夸张地突显出来，目的只是检测人性的畸变和生命的沉沦。尽管新潮作家无意于把"人"作为自己小说的中心，但这并不表示新潮小说就可以彻底放逐"人"，即使"人"被物化、异化，甚至破碎化了，然而从根本上说其仍然是"人"而非"非人"。因此，我更愿意这样看待新潮小说对"人"的灾难化处理：新潮小说在摒弃了对生活和人的本质化、典型化的理解后，可以获得探究"人"的各种各样的生存可能性的自由，而处于"灾难"境地中的"人"的"非人化"的行为方式和各种扭曲变态的生命形态亦正是"人"的本质可能之一。在这里，新潮小说其实切合了西方存在主义哲学的主题：人的存在本身就是最大的灾难，而自我的存在又无疑是他人的大灾难。这种情况余华的小说可谓是最好的证明。《现实一种》中皮皮、山岗、山峰、祖母等各自的生命都呈现出噩梦般的灾难性，而皮皮之于山峰家的小孩、山峰之于皮皮、山岗之于山峰以及子孙们之于祖母又都显然是一种"灾难"。《难逃劫数》同样如此，东山、露珠、沙子、森林、广佛、彩蝶、小孩等虽然各自于灾难的"劫数"中拼命挣扎，但灾难总是不期而至，最终几乎无人能幸免于难。余华的人物总是注定走向阴谋，走向劫难，走向死亡。他总是把生活推到某种极端的状态，直面描写生活的最粗鄙而远离理性的区域，既给人以审美上的震惊，又显出了叙事上的武断甚至蛮横的色彩。这也可以说是新潮小说的一个集体爱好。

二、性爱

新潮小说旨在对人类的生存本质作全新的探求，具有特殊文化敏感性的"性爱"主题当然是它们不愿放弃的独特话语。而且由于性爱的表现长期以来一直是中国文学界许多文学革命的"导火索"，因而这对以张扬反叛、革命为使命的新潮小说更是一种巨大的诱惑。实际情形也确是如此。从马原开始，新潮小说三代作家的文本无一不以对性爱的探索引人注目。甚至更早一些的那些被我们作为新潮小说的背景而论述的"引言"性作家王蒙、宗璞、张洁等作家也都以他们的"性爱"力作为文坛所瞩目。不过，就新时期中国文学来说，"性爱"的具体内涵和表现形态是有着鲜明的阶段性的。在新时期最初的"伤痕""反思"文学中，"性爱"是作为一种被剥夺了的精神权利被书写的。它和当时风靡一时的人道主义思潮是紧紧维系在一起的，在对"文革"暴政的控诉中，"性爱"可以说是一种非常具有感召力的文学语码，其扭曲的形态和不幸的命运无疑是全中国历经磨难的整整一代"人"的逼真写照。鲁彦周的《天云山传奇》男女主人公曲折离奇的爱情遭遇就曾成为新时期很长一段时间内的文化热点和话语中心。周克芹的《许茂和他的女儿们》、张弦的《被爱情遗忘的角落》、张洁的《爱，是不能忘记的》也都以对病态爱情的渲染和控诉引发了文化心态、意识形态和大众情感的长久震颤。不过，显而易见的是，"性爱"在这些文本中还主要是一种意识形态性质的文化代码，它主要呈现出精神性的光辉并作为诗意的美好的精神存在与现实生存的丑恶、扭曲、变态形成鲜明的对照。从文学角度来说，这种爱情虽然美好，但远远没有深入"性爱"的深层本质，也可以说"性爱"在这时候的文学中还主要是工具性的而非本体论意义上的。我们甚至也很难说这种爱情就是真正意义上的"性爱"，它更多地属于"爱"而忽略了对"性"的表现。事实上，其所携带的浓烈的伦理色彩和意识形态话语性也都某种程度上妨碍了小说对"性爱"本身各个层次的深入探讨。

到了"寻根"小说中，"性爱"可以说才真正得到了多层面的表现。王安忆的"三恋"一出几乎引起了全社会的普遍震动，虽然她的小说中的"性爱"也难免意识形态的控诉性质，但王安忆不同凡响之处在于她对"性爱"的探索既突进到了文化层面，但又更把"性爱"作为一种人性和生命状态来表现。王安忆肯定了爱情中的"性"的合理性和美好性，并结合特定的文化和政治背景对畸形扭曲状态下的"性"进行了形象、心理和人性层面的认真探索。许多人承认王安忆是新时期中国文学界最为大胆的女作家之一，她的"大胆"很大程度上也是与她在"性爱"探索上的尝试分不开的。除了刚才提到的"三恋",她的《小鲍庄》《岗上的世纪》对于特定时代特定形态的"性爱"的表现也是相当触目惊心的。王安忆之外,刘恒是另一位对于"性爱"有特殊理解的作家。他的《白涡》《伏羲伏羲》都曾不折不扣地引发了新时期的"文化大地震",尤其是后者经由张艺谋之手改编成电影《菊豆》更是成了一个重大的世界性文化事件。刘恒对"性爱"的探索很难说就超越了王安忆,实际上就二人对"性爱"的文化性处理的角度看,他们的小说主题其实并没有本质的区别。和王安忆一样,刘恒也突出了"性"在爱情中的地位,并把"性"作为处理"性爱"题材的关注中心,只不过,两人的表现角度稍有不同而已。同样揭示"性"欲望的合理性和重要性,同样注重对压抑"性"的政治、文化和历史因素的挖掘,王安忆的描写更多还有一种诗意的赞许,因此即使是不幸的"性爱"中也会呈现出美好的一面。而刘恒的着眼点则主要是人物自身的人性欲望的自我压抑的惨烈和沉重,菊豆和杨天青的那种畸形"性爱",其心理自戕的窒息氛围就远没有王安忆的《岗上的世纪》那种苦中作乐的欢快。不过,需要指出的是,王安忆也好,刘恒也好,他们对"性爱"的肯定最终所确立的其实正是"性"作为一种必然的生命状态的合理性。他们是把"性"作为一种特定的生命状态来书写的,这就不仅使"性"的地位从爱情的精神化传统中凸现出来,更重要的是开始了脱离"性爱"的伦理化和意识形态所指而取得自身独立话语的历程。也许正因为有了他们的这种努力,许多"寻根"作家笔下"性爱"才作为一种原始生命强力得到大张旗鼓的弘扬。莫言的《红高粱》中"我爷爷"和"我奶奶"那朝气蓬勃的性爱无疑是一种最为典型的意象,它通过电影画面的定格一度成了我们民族精神生命力的美好象征。事实上,对于"寻根"作家来说,特定的"性爱"状态也正是他们所苦苦追寻的民族生命之根的一部分。新时期小说中一个阶段以来充满了"野合"的场面,与作家们对"性爱"的这种新发现、新认识不无关系。通过对自然性和人性意义上的"性"的美化和表现,中国文学完成了对于"性爱"描写禁忌传统的打破。当然,如果要中国这些作家完全抛开伦理性和意识形态认识去对"性爱"作纯粹生物学、哲学和美学上的观照似乎也是不现实的,因为就上述这些作家来说,他们毕竟承载了太多的中国文化传统,他们的社会文化良心和文学抱负都不允许他们远离社会责任感和使命感而像西方作家那样写纯粹的"性"。这个任务似乎只有期待新潮作家去实现了。

考察新潮小说对"性爱"话语的表述，我们当然不能抹杀上述作家对新潮作家的启示意义和筚路蓝缕之功。应该说，"性爱"作为一种精神权利或作为一种生命状态被强调，正是新潮作家展开他们对"性爱"的探索之前不得不认同的一个艺术前提和"前话语"。如果说新潮的前辈作家们所做的是对性爱中"性"的成分的肯定的话，那么新潮作家显然又要进行一次"造反"。新潮作家剥离了性爱上所附着的伦理性和意识形态性，但他们的艺术目的却南辕北辙。前述作家在强调性爱的话语独立性时，所致力的是对"性"的正面的、合人性的以及美好的因素的表现，而新潮作家却恰恰要发掘"性"自身的破败性、丑恶性和非人性。因此，新潮文本中才引人惊讶地充斥了乱伦、强奸、淫乱、嫖妓、宿娼、阳痿、性病等变态或病态的"性爱"景象。要是说，"寻根"及其之前的作家们还在努力使"性爱"中"性"和"爱"的分离统一起来的话，那么新潮作家所乐此不疲的却正是这种"分离"，并最终彻底放逐了"爱"。我们可以发现，新时期中国文学在"性爱"问题上实际有趣地完成了一个自我否定的"圆圈"："伤痕""反思"文学开始了对"爱"的最初祈祷，其后的"寻根"类的文学开始了对"性"在爱情中的合理性和神圣性以及"爱"与"性"的统一性的证明，而到了新潮小说这里，"爱"又被瓦解了，"性"与"爱"的同盟不存在了，"性爱"又回到了它的起点。显然，"性爱"不是作为一个美丽的语词而是作为一个充满了罪恶的语词被新潮作家书写的。这与新潮作家对"灾难"主题的热衷也可以说是一致的。在他们的词典里，"性爱"当然亦是一种生命状态，但它是一种丑恶的生命状态，不仅不是生命强力的表征，相反还是生命灾难的说明和催化剂。其对新潮文本所建构的地狱般的生存景观有着当然的无可替代的建构作用，也是新潮小说主人公们生命沉沦的绝好写照。同时，在新潮文本中"性爱"也是一种"人性"因素，但它不证明人性的自然性、美好性和生命性，而是代表了人性自身无法隐藏的丑恶性和破坏性。具体地说，新潮小说对"性爱"的表现呈现出下列明显特征：

其一，"性爱"的本能化、欲望化和生理化。

新潮作家不满于中国文学对于"人"的一整套理想主义的话语系统，他们全心全意地进行着对"人"的神话的解构。这就使新潮作家不得不把传统文学作品中涂抹在"人"身上的种种人文性的、社会性的和意识形态性的油彩清洗干净。而经由新潮作家特定话语的清洗，"人"就逐步还原为"人"——生物学意义上的人。这必然影响到新潮作家对"性爱"的表现和认识。正因为如此，我们才发现在新潮文本中，"性爱"变得如此的不可理喻、如此的丑陋不堪和如此的惨不忍睹。新潮小说的主人公们在对待性爱的态度上大都与动物无异，男人对女人的占有欲望实际上就是一种生命原始本能的冲动，这里既没有爱和情，也就更谈不上所谓责任和义务了。苏童笔下的五龙对米店老板女儿的占有和虐待无疑是他动物本能的放大，他的残忍、凶狠、阴毒正是附着于本应充满人性的"性爱"上才更令人不寒而栗（《米》）。北村笔下的刘浪对于"性爱"的渴望更是出于生理的本能冲动，从他在医学院对着女生偷偷手淫，到他止不住自己的欲望勾引马大的女人，他与女人在床第之间的种种表演都令人感觉既恶心又恐惧。女人对他来说，只不过是一种工具：一方面，借助它刘浪可以满足宣泄自己的本能欲望；另一方面，它更是自己智谋和才能的一种证明。在他那里，女人说穿了只是一件衣服，高兴时可以穿穿，不高兴时可以随便扔掉、送人或者撕成碎片。这里不存在"爱"也不存在"情"，有的只是赤裸裸的肉体关系和工具性质（《施洗的河》）。不过，需要指出的是，无论五龙，还是刘浪，他们的生理本能的宣泄固然也在某种意义上对于其生命而言具有快感和意义，但更多的时候"性爱"对于他们而言却是自找的一种灾难，"性爱"的疯狂只是他们昙花一现的生命的一种毁灭力量，很大程度上他们生命的沉沦是由性爱引发和催化的。五龙和刘浪都以阳痿收场就是一个证明。其他作家作品如叶兆言《枣树的故事》中岫云和土匪头子白脸的性爱关系也明显地呈现出本能化和生理化的特点。照理说，岫云对自己的杀夫仇人白脸应该充满仇恨和恐惧，但事实上岫云却与白脸有着长达几十年的"下流"关系。这种"性爱"状态显然是无法从文化和意识形态角度进行诠释的，它只有在"性"的生物性和本能性上才能被理解。可以说，新潮作家对"性爱"的本能化和生物化的还原对于把"性爱"从社会学的樊篱中解放出来使其回归本体和自我具有相当重要的意义。新潮作家对"性爱"之所以有如此得心应手的表述，本质上正是得力于由这种还原而来的自由以及表达禁忌的被拆除。

其二，"性爱"的病态化、畸形化和非人性化。

相对于我们对性爱的传统理解和文学经验，新潮小说对性爱的造型可以说大大违背了我们的阅读期待。不仅如上文所分析的，性爱本质上体现为一种放逐精神和情感的生理化和本能化的特征，而且其形态上也远离审美的意境而呈现出审丑的意味。这就是说，新潮小说对于性爱的审视是以对其丑恶一面的冷酷揭示为基本特征的。性爱由此失去了它残留的最后一丝温馨和诗意，而以彻头彻尾的病态、畸形图景出现在新潮文本中。如果说在余华的《难逃劫数》中东山和露珠的性爱在一连串的阴谋中呈现出的是一种可怖的悲剧景观的话，那么苏童的《十九间房》中土匪头子当着春麦的面强暴他老婆并要他倒尿壶的场面，以及《妻妾成群》中陈佐仟和姨太太们之间荒谬绝伦的性爱生活则无疑是主人公们江河日下的生命状态的寓言性写照。此外，五龙向着女人的子宫里放置大米的恶习（《米》），马大把女人绑在柱子上、刘浪把女人折磨得倒在床上的特殊嗜好（《施洗的河》），都同样呈现出巨大的丑陋性。在新潮小说这里，性爱不仅不能体现和实现人性，更多的时候，它反而是一种作恶的手段，它以自身的攻击性和破坏性映射出人性的堕落与沉沦。性爱一方面显示出恶人们对于他人的占有和无恶不作的支配性，另一方面也暴露了人性的软弱、卑琐和萎缩状态。换句话说，新潮小说中的性爱之所以如此令人无法面对，也正是由于性爱被新潮作家当作人性恶的集大成和典型代表来加以言说。从这个角度看，新潮文本中充斥了性病、梅毒、色情狂、性变态者、阳痿病者等等令人不忍卒看的描写就一点也不奇怪了。

其三，"性爱"表述的非文化化和非意识形态化，亦即"性爱的本体化表达"。

我在这里专门列出"性爱的本体化表达"问题来加以陈述，并不是说明上文所描绘的两种性爱图景就不具备"本体化表达"的特征。事实上，这样的陈述显然是没有根据也难以令人信服的。我要说，新潮作家之所以会以上述两种方式来书写性爱本身，就是因为他们突破了传统性爱表现模式，它们也正是以两个不同的层面共同完成对性爱的"本体化表达"。这里要讲的也只能是一个相对性的不同层面，它与前两者是一种平等而平行的关系，而不是一种统属关系或高低关系。所谓"性爱的本体化表达"，我的意思是指把性爱作为一种纯粹的审美（或审丑）对象而加以审美观照的艺术态度，这种态度正超越了对性爱的文化或意识形态的审视，因而在表达上具有充分的艺术自由度和审美独立性，其呈现出的形态也相应地具有文化陌生性和个人想象性与体验性。我觉得这种"本体化表达"的最有代表性的文本就是新潮小说对性爱的游戏形态的描述。如果说上文的两种性爱的模式在"本体化表达"上还具有某种局限的话，那就是这两种性爱还都具有特殊的"历史悲剧性"，这使小说的沉重之中不知不觉间仍然透露出某种文化意味和意识形态性。而新潮小说的另一类文本，在注重对"现实化"的性爱的书写时已经彻底放弃了那种文化的或历史的悲剧情结，呈现出一种满不在乎的"游戏性"。这种"游戏性"在我看来正是对性爱进行"本体化表达"的前提条件。洪峰在这方面可谓杰出的代表，他是新潮作家中对性爱的探索最为痴迷的一个。他的几乎每一篇小说都以性爱故事作为文本的主体，性爱某种意义上正是洪峰小说的全部主题所在。但洪峰的性爱很多情况下只是一个自足的存在，在性爱的故事之中并不存在微言大义，性爱就是故事，故事就是性爱，除此作家再不赋予任何阐释性。在《极地之侧》中男主人公甚至连女主人公朱晶究竟存在不存在都不清楚："我这回进山找她是想跟她结婚。我现在有妻子，很漂亮；还有孩子，很聪明。我的日子可以说过得很平稳。我突然就想找那女孩子并且想和她结婚，具体原因以后再讲或者不讲。纯属私事，讲与不讲取决于我是否高兴。我只是想让你知道，这故事里有爱情内容，它本身还包含了婚外恋三角恋凡此种种等等等等。"性爱的游戏倾向可谓十分明显。苏童的许多现实婚恋题材的小说如《已婚男人杨泊》《离婚指南》《井中男孩》《平静如水》以及长篇小说《城北地带》等对性爱的表现和探索也呈现出游戏性质。而孙甘露对性爱的表达在新潮作家中同样具有代表性，他的长篇小说《呼吸》中的男主人公罗克与四个女主人公的变化不居、随心所欲的性爱生活，也显然对应于他无所事事游戏人生的态度。无须再举例，我们将会发现，"游戏"对于新潮作家来说显然具有两种含义：一方面，它是指主人公们对性爱的态度以及相应地呈现于文本中的性爱形态；另一方面，它更是指新潮作家言说性爱的话语方式。而后一方面在我看来才更切合于我所要阐述的"性爱的本体化表达"的命题。因此，我觉得性爱的本体化问题最终其实落实在性爱的语词化上了。由于新潮作家把性爱当作一个纯粹的语言符码，性爱就从意义的禁忌中完全解放出来了，所谓"游戏"也只有在这种语词化的语境中才有存在的真正可能。在这里我还想特别提到《作家》1989年第6期，在这个颇具先锋意味的新时期有影响的文学期刊上，由洪峰发动以"恋爱故事"为题专门发表了二十余篇新潮作家的短篇小说，这可以说是新潮作家一次有关性爱主题的集体表演和集体言说。他们风格不同的话语系统呈现的却是共同的游戏风格。甚至这次文学事件本身就是一个很典型的游戏行为。通过这次共同登台，新潮作家对于性爱的本体化表达也无疑达到了极致。

三、死亡

在新潮作家的主题话语中"死亡"无疑是另一个出现频率相当高的词。中国文学中还从来没有像新潮文本这样充满了"死亡"的气息。某种意义上说，死亡不过是灾难的一种特殊或典型形态，专门把其从灾难中分列出来似乎难免重复之处。但是，死亡的特殊地位和话语价值都迫使我们不得不对其在新潮小说中的意义加以特别的审视，"灾难"固然包含了"死亡"，然而"死亡"相对于"灾难"却又具有不可替代的言说性。不对"死亡"进行专门的阐释和梳理，我们对新潮小说的把握和言说就很难切中肯綮和要害。

应该说，新潮作家对"死亡"的全神贯注正是他们那种强烈的革命性和反叛意识的一个具体表征。某种意义上，"死亡"亦是中国社会的一个具有光荣传统的文化禁忌。重生轻死无疑是中国人的一种典型的生命态度和生存哲学。这种禁忌以及与此相应的对死亡的规避心态一直烙在中国人的心理结构的深层，不但影响了中国人的行为和生命方式，而且甚至影响了中国人的语言和话语习惯。也正因为如此，中国语言中才有了那么多的"死"的同义词和替代表达方式，而"死亡"这个原初语汇却仿佛被人遗忘了，很少被人运用。就文学作品而言，中国文学当然不乏对死亡的描写，但死亡绝大多数情况下只是一种情节手段，它或者是为了渲染悲剧气氛，或者是为了强化作品主题的感染性。也就是说，它呈现在作品中的主要是认识论的意义，而不是一种本体论意义上的生命意识。死亡只是一个结果，而不是一个生命化的动态过程。新时期以后的中国文学对于死亡的描写总的来说应该承认是相当有成就的。尤其是新时期文学对于"文革"的反思和控诉所内含的强烈的悲剧意识，都使作家们在对"伤痕"的展示中不自觉地把艺术视角投向了死亡。我们现在都乐于承认，新时期中国文学是最富于悲剧精神的，其实在很大程度上新时期文学的悲剧力量来自充斥于当时小说中的那些惨不忍睹的死亡场面。不过，话说回来，今天我们回头审视那些曾令全中国人涕泪涟涟的"死亡"小说，虽然与传统小说相比更具有那种直面死亡、大胆描写死亡的艺术勇气，但要说它从根本上对传统文化和文学观念有多么大的超越似乎也令人难以置信。本质上，出现于新时期文学作品中的"死亡"其实仍是那种传统意义上的情节化的死亡，它的功能主要是主题性和精神性的。它离西方现代文学那种以死亡本身作为审美对象的小说方式还很遥远，更谈不上达到西方作家那种对死亡的本体化、哲学化和语言化的观照了。这种情况的根本改观，应该说仍然是从新潮小说开始的。由于新潮作家是无"根"的一代人，没有文化禁忌的束缚，因而他们可以无所顾忌地放手在他们的文本世界中重构他们对于"死亡"的想象和假定。

首先是死亡的感观化、过程性与直接体验性。传统文学作品对死亡的描写更多注重的是死亡带给他人的感受及其造成的社会、家庭后果等，但对于死亡本身以及死亡主体的死亡过程和死亡感受几乎无力涉及。新潮作家却在这前人止步的地方开辟了巨大的写作空间。新潮作家以想象的方式对死亡过程、死亡主体的直接经验进行了感观化、直观性的呈现。我们可以不论这种体验的真实性（好在新潮作家本就不屑于所谓真实性），但我们无法不承认新潮作家提供了迥然不同于我们既有文化和文学规范的书写"死亡"的崭新模式。在新潮作家这里，我们看不到对死亡的恐惧，也没有对死亡的悲剧陈述和主题化言说，而是第一次呈现出一种感性、直观的具象形态。这一方面得力于新潮作家观照死亡的纯审美心态和想象力，另一方面也很大程度上归功于新潮作家出色的语言能力。我们不妨看看余华是怎样描写"死亡"的：

> 那天早晨她醒来时感到一种异样的兴奋。她甚至能够感到那种兴奋如何在她体内流动。她明显地觉得脚指头是最先死去的，然后是整双脚，接着又延伸到腿上。她感到脚的死去像冰雪一样无声无息。死亡在她腹部逗留片刻，然后像潮水一样漫过了腰际，漫过腰际后死亡就肆无忌惮地蔓延开来。这时她感到双手离她远去了，脑袋仿佛正被一条小狗一口一口咬去。最后只剩下心脏了，可死亡已包围了心脏，像是无数蚂蚁似的从四周爬向心脏。她觉得心脏有些痒滋滋的。这时她睁开眼睛看

到有无数光芒透过窗帘向她奔涌过来,她不禁微微一笑,于是这笑容像是相片一样固定下来。

——余华《现实一种》

在这段直接的死亡描写中,死亡主体不仅不再缺席,反而还充满了感官的动感和视觉的快感,不仅没有对死亡的恐惧,反而还流动着兴奋和享受之情,死亡不仅不再抽象,反而呈现为血肉丰满的一个完整过程。

对于中国当代文学来说,新潮作家这种对于死亡的体验式描写,无疑是有它的特殊意义的,它打破了中国人的思维和认识禁区,消解了死亡的神秘性和不可言说性,既拓展了文学表现的领域,扩充了文学表现的经验,又为当代文学提供了新的死亡言说模式。而新潮作家在体验死亡时又各尽其所能地进行着对传统话语模式的解构,以及对自我瞬间感受和体验独特性的强化,这就使出现于新潮文本中的死亡不仅被陌生化于我们的经验,而且形态也多彩多姿地呈现出无限的可能性,这不能不说是新潮作家对于小说生产力的一种解放。

其次是死亡的审美化、超越性、反伦理性。在我们经典的文学话语中,任何一种描写对象都是有它的原因和目的的。一位著名的世界文学大师就曾教导我们,如果在小说或电影的开始,墙上挂着一把枪,那么在其后的情节中这把枪一定会响,否则这把枪的出现就是失败的、没必要的。同样,具有极大悲剧性和崇高性的死亡在小说中就更不是可有可无的了。《红旗谱》《红日》《林海雪原》这些中国当代文学的经典之作中,英雄之"死"和敌人之"死"从来也是壁垒分明的,或是为了伸张正义,或是为了批判丑恶,小说的主题意义和教育价值很大程度上都是紧紧附着于不同的"死亡"之上的。但显然,这些教条对于顽童一样的新潮作家是不具备约束力的,"死亡"正如他们文本中的其他许多话语一样,只是一种话语而毫不具备话语之外的意义和价值。新潮作家对于死亡的态度完全是一种审美的态度,他们是把死亡当作一种纯客观的小说对象来加以审视和叙说的,这就使出现于新潮小说中的"死亡"具有了很强的文本化色彩。

一方面,死亡被彻底客观化、他者化,失去了其蕴含的伦理的悲壮性或悲剧意味。人们面对死亡的伦理情感和情绪在新潮小说中被全面消解了。如果说，在莫言的《红高粱》中活剥人皮的血淋淋的死亡场面还能唤起读者的愤怒、仇恨等伦理情感，余华的《现实一种》《一九八六》等等小说中人面对死亡时则完全呈现出一种冷漠的非情感状态。另一方面，与此相应，表现在小说文本中的把玩、欣赏死亡的倾向自然在所难免。试看下面几段文字：

> 冬天下第一场大雪的时候，红菱姑娘的尸体从河里浮起来，河水缓慢地浮起她浮肿沉重的身体，从上游向下游流去。
> 红菱姑娘从这条河里来，又回到这条河里去。
> 香椿树街的居民都拥到和尚桥头，居高临下，指点着河水中那具灰暗的女尸，它像一堆工业垃圾，在人们的视线中缓缓移动。当红菱姑娘安详地穿越和尚桥桥洞时，女人们注意到死者的腹部鼓胀异常，远非一般的溺水者所能比拟，于是她们一致认为，有两条命，她的肚子里还有一条命随之而去了。
> ——苏童《南方的堕落》

> 到处都是尸体……天边泛出紫灰色，月亮隐没在光秃秃的树梢背后，赵谣小心翼翼地跨过那些残缺的肢体——在那些血污和尸体中间……在稠厚的血腥中，在被鲜血浇得湿漉漉的草丛中，赵谣看见了一副熟悉的面容：这个本分的小木匠什么时候加入了王标的队伍？
> ——格非《风琴》

无须再举例，我们会发现在新潮小说的文本中死亡都呈现为一种绝对的文本化状态，新潮作家对于死亡的描写更多的时候都是一种想象的产物，也就是说，它主要是一种"形式"，我们的文学经验积淀在其上的那些文化的、情感的、心理的意义和内涵都被剥除了。他们以冷观的方式试验着自己的文学想象力和描写技巧，死亡由此也变成了他们的一种赏玩对象。正如余华的一篇小说《往事与刑罚》中的刑罚专家形容"死亡"境界时所说："那时候你会感到从未有过的平静，一切声音都将消失，留下的只是色彩，而且色彩的呈现十分缓慢。你可以感觉到血液在体内流得越来越慢，又怎样在玻璃上洋溢开来，然后像你的头发一样千条流向尘土。你在最后的时刻，将会看到一九五八年一月九日清晨的第一颗露珠，露珠在一片不显眼的绿叶上向你眺望。将会看到一九六七年十二月一日中午的一大片云彩,因为阳光的照射,那云彩显得五彩缤纷。将会看到一九六〇年八月七日傍晚来临时的一条山中小路,那时候晚霞就躺在山路上,温暖地期待着你。将会看到一九七一年九月二十日深夜月光里的两颗萤火虫,那是两颗遥远的眼泪在翩翩起舞。"这样的死亡境界确实只有在新潮小说的文本中我们才有机会面对和接触。死亡在此不仅不具有那种呼天抢地的残酷和痛苦性质,而且完全呈现出一种美感和诗意魅力。某种意义上说,新潮作家对死亡的欣赏性的描写和表现也是他们艺术气度的一种表征,其与新潮作家整体上以新的叙述风度和手法描述对整个世界的全新思索的艺术追求是协调统一的。而且,这种对于死亡描写的文本化和美学化倾向与前文我们所分析的新潮小说对死亡的想象化体验也丝毫不矛盾,相反两者在新潮小说文本中正处于一种相辅相成的联系之中。有了对死亡的想象化体验,才会有对于死亡的冷观性的"远视"和纯审美化的叙述;反之,正由于对死亡有这种超越性的美学视角,新潮作家对死亡的各种"体验"和言说才有了充分展开的可能。这实在是一而二,二而一的事情。①

四、罪恶

在新潮小说的主题词典里,罪恶也一直是令新潮作家魂牵梦绕的一个特殊话语。新潮作家对"人"的沉沦状态的表现很大程度上是与他们对罪恶的特殊把握紧紧联系在一起的。在打破文学禁忌的"潘多拉"魔盒之后,"罪恶"也是新潮作家最早放飞的毒鸟之一。虽说前文我们所谈到的灾难和死亡也都带有"罪恶"的性质,但我更愿意在这里专门列出一节来阐说新潮小说的罪恶主题。这其实也是必然的,新潮作家既然要亵渎和消解"人",那么罪恶自然是他们所无法回避的话题,只是我们的阅读心理和思维惯性一时还没有能够想到新潮作家一下子会走得那么远那么坚决而已。我在这里几乎不能举出哪怕一部没有书写罪恶的新潮小说文本,各种各样的"罪恶"陈列在新潮小说文本中,以致我们从前由阅读而来的关于人类的温情脉脉的文学经验顷刻间就被冲得面目全非了。某种意义上说,

---

① 关于"死亡"的分析请参阅下文:洪治纲.生命末日的体验.文艺评论,1993(4).

新潮小说所描绘的就是一种纯粹的地狱之境。在从前的文学作品中只有在特殊情形下才会出现的罪恶，如今被新潮作家处理成一种普通的生存景观呈现在小说文本中，它渗透在人们日常生活的各个方面，成为人类生命中一种触手可及无法躲避的灾难。而作恶者也不纯粹是传统意义上的恶人，新潮作家告诉我们现实生活中的每一个普通的个体都有可能在自觉或不自觉中加入某种罪恶之中去。从另一个方面看，在新潮作家亵渎了人的神圣性，在打破了对于人的善恶两分的绝对化思维之后，恶的泛滥也似乎是他们必然的选择。罪恶既强化了新潮作家对于人之亵渎的彻底性和绝对性，同时又满足了新潮作家对于边缘性的生存际遇的想象、夸张和体验，在这个意义上新潮文本对于罪恶的特殊偏执就不是不可理解的了。当我们今天重新审视他们的这种文学选择时，我们迫切需要理清的也许只是罪恶在新潮小说整个历史上的主题价值和话语意义，从而对其在新潮文本中的地位作出合理的评估。然而当我们开始对罪恶展开言说时我们又不得不面临一种特殊的困难，这就是在新潮文本中罪恶的形态实在是太丰富了，历史的、现实的、心理的、个体的、群体的……各种各样的或大或小的罪恶，要对它们逐一进行阐说几乎是不可能的。因此，我也不得不采取一种比较偷懒的评论方法，即以抽样的方式对暴力、犯罪这两种主要的罪恶形态进行重点分析。

先说"暴力"。"暴力"很大程度上是新潮作家重新阐释人时所发现的一个重要的主题话语。新潮作家以他们的独特文本对隐藏在人性深处的暴力嗜好进行了淋漓尽致的挖掘，从而以文学的方式验证了现代动物学家洛伦兹对人的评判："人类的暴力行为和攻击性与动物出自同一渊源，人类与动物一样，存在着原始的本能。"[①] 如果说在早期新潮作家如莫言、残雪和马原等的小说中，暴力更多还只是对恶人的一种表述，其主要对应的是土匪、流氓、恶棍这类边缘状态中的人的话，那么到了后期新潮和新生代作家那里，暴力已经成了一种普遍意义上的生存景观，它不再只是那些特定的社会规范之外的恶人的行为表征，而是几乎所有的人都或隐或显地存在着的一种普遍人性。确实，走进新潮小说世界，我们首先必须面对的就是"恶人"们所兴起的暴力恐怖。苏童的《飞越我的枫杨树故乡》《罂粟之家》《1934年的逃亡》固然给我们展示了一幕幕暴力图景，

---

① 洛伦兹．攻击与人性．北京：作家出版社，1987：扉页．

而长篇小说《米》则更是通过五龙闯荡都市恶贯满盈的一生充分刻画了在一种罪恶的历史情境中以暴力对抗暴力、以罪恶对付罪恶的那种灭绝人性、毁灭世界的可怕画面。他的另一部长篇小说《我的帝王生涯》所着力描写的主人公端白同样是一个暴力崇拜者，他出游途中射杀大臣的残忍、暴戾已经到了令人发指的地步，而他残杀宫女的毒辣、阴险也远非常人所能想象。与苏童一样，北村亦是新潮作家中对暴力主题进行过着力探索的作家。他的长篇小说《施洗的河流》可以说是一部典型的以暴力为主题的小说，小说以刘浪和马大两个黑帮的争斗为基本线索，通过他们此消彼长的互相残杀尽情展示了各种罪恶之间的较量，而在这种较量之中暴力被凸显了出来，它几乎同时毁灭了争斗的双方并进而毁灭了整个生命世界。虽然小说最后以两个恶棍的"受洗"完成了某种人生的救赎，但本质上说他们所掀起的暴力巨浪对存在、对世界、对生命的罪恶却是永远也无法"洗"尽的。此外，叶兆言的长篇小说《花煞》和刘震云的长篇小说《故乡相处流传》也是两部对于暴力进行了多层面的扫描与刻画的典型文本。某种意义上说，这两部小说对暴力的展示和言说，已经到了登峰造极的地步。

相比较而言，余华可能是新潮作家中最杰出的一个暴力倾向者。他的许多小说不仅以暴力作为主题，甚至还常常以冷观和审美的态度为暴力造型。在《现实一种》中，余华向我们展示了亲人骨肉相残的血腥场面："山峰飞起一脚踢进了皮皮的胯里。皮皮的身体腾空而起，随即脑袋朝下撞在了水泥地上，发出一声沉重的声响。他看到儿子挣扎了几下后就舒展四肢瘫痪似的不再动了。"余华不仅对此显得无动于衷，而且当他继续挥笔描写山岗被枪毙和被解剖的"过程"时，他的笔触甚至还带有一种欣赏和抒情的意味，试看下面《现实一种》中的文字：

> 然后她拿起解剖刀，从山岗颈下的胸骨上凹一刀切进去，然后往下切一直切到腹下。这一刀切得笔直，使得站在一旁的男医生赞叹不已。……那长长的切口像是瓜一样裂了开来，里面的脂肪便炫耀出了金黄的色彩，脂肪里均匀地分布着小红点。接着她拿起像宝剑一样的尸体解剖刀从切口插入皮下，用力地上下游离起来。不一会儿山岗胸腹的皮肤已经脱离了身体像是一块布一样盖在上面。她又拿起解剖刀去取山岗两条胳膊的皮

了。她从肩峰下刀一直切到手背。随后去切腿，从腹下髂前上棘向下切到脚背。切完后再用尸体解剖刀插入切口上下游离……

失去了皮肤的包围，那些金黄的脂肪便松散开来。首先是像棉花一样微微鼓起，接着开始流动了，像是泥浆一样四散开去。于是医生仿佛看到了刚才在门口所见的阳光下的菜花地。

女医生抱着山岗的皮肤走到乒乓球桌的一角，将皮一张一张摊开刮了起来，她用尸体解剖刀像是刷衣服似的刮着皮肤上的脂肪组织。发出的声音如同车轮陷在沙子里无可奈何的叫唤。

…………

无须再引用下去，仅就这里所录的文字我们就几乎是第一遭领略了人被剥皮、肢解的残酷情形。有趣的是在看莫言的小说《红高粱》所展示的土匪剥人皮的暴行时，我们更多地可以感到作家那压抑不住的愤懑，而在余华这里却只能感受到一种超凡脱俗的冷漠。某种意义上说，余华对于暴力的"宽容"也是中国当代新潮文学的一大奇观。而到了《古典爱情》中余华更是对于所谓"食肉寝皮"暴力景象通过柳生的行踪和双眼进行了有声有色的描绘：

幼女被拖入棚内后，伙计捉住她的身子，将其手臂放在树桩上。幼女两眼瞟出棚外，看那妇人，所以没见店主已举起利斧。妇人并不看幼女。

柳生看着店主的利斧猛劈下去，听得"咔嚓"一声，骨头被砍断了，一股血四溅开来，溅得店主一脸都是。

幼女在"咔嚓"声里身子晃动了一下。然后她才扭回头来看个究竟，看到自己的手臂躺在树桩上，一时间目瞪口呆。半晌，才长嚎几声，身子便倒在了地上。倒在地上后哭喊不止，声音十分刺耳。

…………

这当儿妇人奔入棚内，拿起一把放在地上的利刃，朝幼女胸口猛刺。幼女窒息了一声，哭喊便戛然终止。待店主发现为时已晚。店主一拳将妇人打到棚角，又将幼女从地上拾起，与伙计二人令人眼花缭乱地肢解了幼女，一件一件递与棚外的人。

…………

重新睁开眼来。腿断处跃入眼帘。斧子乱剁一阵的痕迹留在这里，如同乱砍之后的树桩。腿断处的皮肉七零八落地互相牵挂在一起，一片稀烂。手指触摸其间，零乱的皮肉柔软无比，而断骨的锋利则使手指一阵惊慌失措。柳生凝视良久，那一片断井颓垣仿佛依稀出现了。

不久胸口的一摊血迹来到。柳生仔细洗去血迹，被利刀捅过的创口皮肉四翻，里面依然通红，恰似一朵盛开的桃花。想到创口是自己所刺，柳生不觉一阵颤抖。三年积累的思念，到头来化为一刀刺下。柳生真不敢相信如此的事实。

显然，从余华这样的文字中我们是无法企望我们从前所认同的那种对于"暴力"的批判和控诉的。我的意思当然不是说，余华就是在小说中鼓吹暴力、颂扬暴力。其实，余华的文化中立状态的纯审美描写既是一种夸张，同时更是一种反讽，他是要以极端化的方式来颠覆从前那高高在上自以为是的"人"，是要还原"人"的丑恶和暴戾的深层本性。这同时也是新潮作家们的共同追求，"暴力"赋予了他们一个打碎人类既有生存神话的机会，在"暴力"这面魔镜的映照下人性和生命的泥泞与沉沦状态终于彰显出来了。现在看来，新潮作家之所以热衷于战争题材小说的写作，很大程度上也正和他们对"暴力"主题的特殊爱好有关。因为某种意义上说，战争正是人类所不得不面对的最残酷最具毁灭性的"暴力"，在战争的名义下任何"暴力"都有被放大的可能。无须具体分析，我这里只要开列一些具有代表性的作品的目录就能看到"战争"在新潮家族里的特殊地位了。这里有苏童的《我的帝王生涯》《十九间房》，格非的《边缘》《迷舟》《雨季的感觉》，吕新的《抚摸》，叶兆言的《枣树的故事》《花煞》，杨争光的《棺材铺》，北村的《施洗的河》，余华的《一个地主的死》，刘震云的《故乡相处流传》，刘恒的《苍河白日谣》，等等。这些作品以战争为题材，但作家们的构思中心却不再如我们从前所习惯的那样通过一场战争的描写来弘扬正义贬斥罪恶，相反战争在新潮作家这里更多的只是一种背景、一个特定的文学空间，在这里新潮作家可以尽情地对罪恶加以展示，对人性中的"暴力"嗜好及其对"人"本身的毁灭性进行充分披露。就对暴力的描绘来说，战争某种意义上正是暴力的同义语，而从对人性以及生存罪恶的揭示来看，战争又是比暴力更具兼容性的试剂，在它身上暴力及其之外的几乎所有的罪恶都难免原形毕露。

不过，上文我们所涉及的更多是一种特殊或者说是极端化状态下的"暴力"，实际上在新潮小说中"暴力"还呈现为另一种比较日常化的形态。这就是在我们每一个普通人的生存中所潜隐着的暴力倾向。在我看来，对这种暴力的表现应该更能代表新潮作家探索"暴力"主题所达到的深度。我还是要首先谈到苏童，他的一大批表现童年记忆的小说在新潮文学中可以说别具一格。而这些小说的一个重要主题也就是对少年暴力嗜好的表现和挖掘。《稻草人》以白描般的手法写光天化日之下两个少年打死另一个少年的暴行；《南方的堕落》《刺青时代》以及长篇小说《城北地带》都以香椿树街"一群处于青春发育期的南方少年，不安定的情感因素，突然降临于黑暗街头的血腥气味，一些在潮湿的空气中发芽溃烂的年轻生命，一些徘徊在青石板路上的扭曲的灵魂"[①] 为描写对象。苏童通过对这些少年拉帮结派、互相斗殴、彼此追杀等暴力行为的书写，令人信服地向我们展示了流淌在"少年血"中的暴力汁液。虽然苏童的文笔即使写的是暴力和罪恶也都充满美丽的诗意和抒情意味，但当我们目睹一个个年轻的生命在"暴力"的毒液中被毁灭的惨烈画面时，我们仍然会止不住悚然心惊，而不得不对我们自身，对"人"这个概念进行重新审视和思索。与苏童的作品相似，在余华的长篇小说《呼喊与细雨》中，孙家林、孙广林兄弟的彼此仇视，特别是哥哥毒打弟弟的情节也令我们对人性中的"暴力"潜能不寒而栗。而在《现实一种》中，余华更是对一个幼童身上的暴力品行进行了特殊的放大。皮皮虽说只有四岁，但他对于向堂弟施暴却充满了激情：

> 这哭声使他感到莫名的喜悦，他朝堂弟惊喜地看了一会儿，随后对准堂弟的脸打去一个耳光。他看到父亲经常这样揍母亲。挨了一记耳光后的堂弟突然窒息了起来，嘴巴无声地张了好一会儿，接着一种像是暴风将玻璃窗打开似的声音冲击而出。这声音嘹亮悦耳，使孩子异常激动。然而不久之后这哭声便跌落下去，因此他又给了他一个耳光。堂弟为了自卫而乱抓的手在他手背上留下了两道血痕，他一点也没觉察。他只是感到这一次耳光下去那哭声并没窒息，不过是响亮一点的继续，远没有

---

① 苏童. 少年血. 南京：江苏文艺出版社，1993：自序.

刚才那么动人。所以他使足劲又打去一个，可是情况依然如此，那哭声无非是拖得长一点而已。于是他放弃了这种办法，他伸手去卡堂弟的喉管，堂弟的双手便在他手背上乱抓起来。当他松开时，那如愿以偿的哭声又响了起来。他就这样不断去卡堂弟的喉管又不断松开，他一次次地享受着那爆破似的哭声。后来当他再松开手时，堂弟已经没有那种充满激情的哭声了，只不过是张着嘴一颤一颤地吐气，于是他感到索然无味，便走开了。

在这段文字中，余华再次以他冷峻的声音宣告了美好人性的灭亡。他告诉我们人性本恶，暴力就是那天生的罪恶之一种，即使在一个小孩身上它也是锋芒毕露，就更不要说那些在社会的黑色染缸里浸泡过的成年人了。

新潮作家这种对暴力的人性还原除了表现在少年和儿童身上外，还更多地涉及普通人的日常生活。如果说残雪的小说更多的是把暴力心理化，通过对人们阴暗内心的探视来揭示人性深处的残忍、暴戾的恶性的话，那么叶兆言、北村、格非、苏童、余华等作家则更倾向于在日常的生存场景中显现暴力的阴影。叶兆言的《最后》以阿黄对老板的残杀渲染了暴力对于一个普通青年的日常生活的颠覆；北村的《孙权的故事》则通过孙权及其朋友醉酒时由争吵而打斗直至最后一方被杀死的事件，使隐藏在各自内心深处的敌视和攻击性得到了充分的展露；而余华的文本就更具代表性，上文我们提到的《现实一种》其实就是以对日常普通家庭内的暴力罪恶的揭示为基本主题的。与这篇小说相近，他的其他许多小说如《夏季台风》《难逃劫数》等也都给我们看到了"阳光下的罪恶"。前者通过地震事件尽情表现了人与人之间的隔膜和彼此的侵犯、攻击本能，后者则直接在一连串的暴力事件中逼视了人性的丑恶。小说中活动的芸芸众生也很难说就是上文所说的那种"恶人"，但他们从事暴力的能力和嗜好却丝毫也不逊于"恶人"们，或者说他们具有同"恶人"们一样的毁灭人生和人性的力量。甚至在小说中我们还会发现他们对暴力的那种由衷的欣赏和激情，且看：

广佛走到他跟前，站了片刻，他在思忖着从孩子身上哪个部位下手。最后他看中了孩子的下巴，孩子尖尖的下巴此刻显得白森森的。广佛朝后退了半步,然后提起右脚猛地踢向孩子的下巴,他看到孩子的身体轻盈地翻了过去,接着斜躺在地上了。广佛在旁边走了几步,这次他看中了孩子的腰,他看到月光从孩子的肩头顺流而下,到了腰部后又鱼跃而上来到了臂部。他看中了孩子的腰,他提起右脚朝那里狠狠踢去。孩子的身体沉重地翻了过去,趴在了地上。现在广佛觉得有必要让孩子翻过身来,因为广佛喜欢仰躺的姿势。于是他将脚从孩子的腹部伸进去轻轻一挑,孩子一翻身形成了仰躺。广佛看到孩子的眼睛睁得很大,但不再像萤火虫了。那双眼睛像是两颗大衣纽扣。血从孩子的嘴角欢畅流出,血在月光下的颜色如同泥浆。广佛朝孩子的胸部打量了片刻,他觉得能够听听肋骨断裂的声音倒也不错。这样想着的时候,他的脚踩向了孩子的胸肋。接下去他又朝孩子的腹部踩去一脚。

可悲的是,造成广佛滥施暴力并将一个活生生的生命顷刻间毒打致死的原因却只不过是小男孩偷看了他和彩蝶偷情。人性的疯狂和残暴确实给人触目惊心之感。更重要的是在广佛施暴的同时一直有个女性彩蝶在欣赏观看着,这就使这段罪恶更具有某种扩散性和残酷色彩,彩蝶虽然没有动手,可谁又能说她身上潜藏的暴力倾向会不及广佛呢?许多论者都说余华是中国作家中一个最冷酷的人性杀手,我想从余华对暴力与人性的洞悉来看,这种断语还是符合实际的。

再看犯罪。其实把暴力和犯罪区分开来完全是一种叙述策略,因为从本质上说暴力只不过是犯罪之一种。如果说在新潮小说中前文所讲到的"战争"题材占有特殊地位的话,那么"犯罪"题材在新潮作家心目中就更是举足轻重了。"战争"题材虽说为新潮作家表达极端性的生存想象和体验赢得了足够的荣誉,但比较起来它毕竟只是一种太古老的文学话语,而"犯罪"则似乎更契于新潮作家的文学革命理想,它不仅同样能使新潮作家在对人性罪恶的表现上大有作为,而且还为新潮作家进行"智力"上的游戏提供了广阔的舞台,从而验证了新潮作家所谓"小说乃想象和智力的产物"的理论设想。确实,从早期的马原到后来的格非、苏童、叶兆言、余华、潘军,再到晚生代的鲁羊等,"犯罪"都是他们乐于反复言说和重组的一个语码。我这里不想分析"犯罪"对于新潮文本结构上的特殊意义，对这点我之后在论述新潮小说叙事风格时将会展开讨论。我主要的任务是从主题学的意义上对新潮作家的"犯罪"热情作出阐释。在我的印象中，苏童的《园艺》《南方的堕落》，格非的《敌人》《傻瓜的诗篇》，余华的《河边的错误》《偶然事件》，潘军的《南方的情绪》《风》，北村的《聒噪者说》《孙权的故事》，叶兆言的《绿河》《最后》等等一系列的小说都是以对"犯罪"的探索为其文本中心的。某种意义上说，对"犯罪"行为及心理根源的追问正是新潮作家逼视人类深层本性和生存真相的艺术捷径之一。应该说，最早在小说中表现人类犯罪心理的新潮作家是残雪，她的许多女性文本虽然生涩艰深，有时难免给人不知所云之感，但通过残雪对主人公彼此猜忌、窥视、诅咒、陷害等阴暗心理和行径的隐语化言说，我们会发现残雪对于"人"动物化的处理和阐释是相当深刻而准确的。然而，残雪对"犯罪"的潜意识分析和讲述毕竟是隐语化的、不自觉的。在她之后的这批作家才真正无所顾忌地开始了对于"犯罪"的自觉而直接的探索。本来，"犯罪"小说一直是通俗文学的一个代表性主题，残雪对它的介入是以她那晦涩的文本形态为保障的，事实上无论残雪讲述怎样题材的一个故事，人们都不会把她和通俗文学联系起来，毕竟两者之间的差异太明显了。而苏童这批作家就不同了，他们的文本形态缺少残雪那种极端性和绝对性，这使人们很容易就从通俗文学的视点来对它们加以理解，从而对他们作为新潮作家的先锋性产生怀疑。目前的苏童、叶兆言等几位作家也事实上正面临这种窘境。但我要说，本质上，小说的先锋性并不存在于其"写什么"上，而是决定于作家"怎么写"。也正是在此，我们对苏童等作家的"犯罪"系列小说有了新的阐释可能性。就已有作品来看，新潮作家对"犯罪"的探索和表现有下面几个鲜明的特征。

第一，新潮小说着力于表现主人公对于"犯罪"的剖析。在大部分新潮文本中，"犯罪"更多是作为一种既成的事件存在着的。因而它具有某种先验性和背景意味。而作家着力展开的其实是一两个主人公对于一个"犯罪"案件的查证、访问、分析和猜测。这就使新潮小说本质上与展示"犯罪"画面的通俗文学划清了界限。更重要的是，新潮文本中的"犯罪"往往是无头无绪的，它几乎不具备任何可破解性，因而在小说中主人公的分析也几乎是纯主观性和纯智力性的。也就是说，新潮作家注重的其实只是"犯罪"作为一种主题的话语性（可言说性）。某种意义上，我们应该认识到新潮作家不是在"描写"犯罪而是在"研究"犯罪。正如叶兆言在他那本以"犯罪研究"作为副标题的小说集《绿色陷阱》的《自序》里所直言不讳地承认的那样:"犯罪实在是一个太古老的话题,在这本书里,我有意无意地写了许多地道的犯罪。我写了杀人、强奸、绑架,包括一系列下流小说中屡见不鲜的暴力事件。""小说一旦接近这个话题的边缘,便情不自禁地沾上了侦探小说的光。我的确有心尝试写写侦探小说,而且明白无误知道会写不好。"① 然而,实在地说,新潮作家的真正目的本就不是要写得像,非驴非马的"四不像"小说才是他们的最大收获。因为对他们来说,写作一种形态的小说,本质上并不是为了重振或还原这种小说,而是为了对它进行彻底的篡改和颠覆。原来的小说形态是否已经面目全非,这不是他们关心的问题,他们只需要其作为一种可以让他们任意发挥、自由言说的话题出现就足够了。还是叶兆言在《绿色陷阱》中讲得诚实:"为什么我们会对犯罪感兴趣呢?为什么我们要津津乐道地谈论犯罪?这本书的目的,也许就是为了研究这些为什么。"② 进入叶兆言的小说文本,我们会发现"犯罪"确实不是被展现或推理的,而纯粹是被"讲述"的。《古老话题》讲述一个女人张英与别人私通并与奸夫谋杀了自己丈夫的案件。但直到张英奸夫被处死,整个案件都仍然处于众说纷纭的扑朔迷离之中。在每一个人的话语中,案件都会向着相反的方向被阐释。不仅"我"一直如堕云里雾里,甚至检察机关也不得不在张英丈夫的自杀和他杀的问题上郑重其事。"虽然张英供认不讳,但是那个男人一次次的招供翻供,一次次的认罪叫屈",却也使这个谋杀案难免疑窦丛生。就算那个男人"男女关系上的确声名狼藉,而且向来出尔反尔",但张英丈夫有过自杀的历史,这"历史"也不容人不心生疑虑。实际上,从"我"目睹张英打电话报警那一刻起各种各样的话语可能性也就随之诞生了。张英是一种话语,张英母亲是一种话语,小姑是一种话语,女记者是一种话语,警察老李是一种话语……此外还有许多不同的话语不绝于耳,可以说小说正是在一种众语喧哗的状态下结束对这个案件的讲述的,就如小说所叙述的,在奸夫奸妇双双问斩半年之后,"我"在火车上仍听到了男主角的一个熟人"充满一种莫名其妙的信心"以"略知内情的神态"所发的议论:"这又不是什么秘密,不就是玩了个女人吗?那

---

①② 叶兆言. 绿色陷阱:自序. 哈尔滨:北方文艺出版社,1993.

小子生来好这行，女人一上他的手，嗨，你听他整天吹吧。这女人，既不是头一个，也不是最后一个，说他为了她，真的，为了那张姓的什么女人，谋杀，何苦，你们说何苦？玩女人？"余音袅袅，确实在这样的小说中"犯罪"实在只是一种话语，它本身的内涵已经不是很重要了。此外，《最后》对于阿黄杀死老板事件进行猜测性的分析，《绿河》探索一起流氓强奸案，《红房子酒店》对金老师谋杀妻子案的特殊叙述，《绿色陷阱》讲述一宗绑架女子案……叶兆言的小说对于"犯罪"话语性的挖掘在新潮作家中可称是用力最多的。与叶兆言相似，余华的《河边的错误》、北村的《聒噪者说》、格非的《敌人》、潘军的《风》等也都是以对犯罪话语性的多方探索为典型特征的。《河边的错误》中那接二连三的河边凶杀所激起的矛盾重重的流言和猜测都在一个疯子的捉弄下被一次又一次地瓦解，而可笑的是疯子的话语又是不可证明的，这就使小说自至终总是笼罩在话语的冲突之中。《聒噪者说》中叙述者对一件死亡案件的调查，虽然陷进了沉默之海中，但每一个人物似乎都倾向于哑语，甚至连那唯一的线索也就是一本《哑语手册》。然而实实在在的在小说"哑语"般的语言迷津中，在作家所展示的语言命名和事实真相的错位之中，我们听到了遥远的话语"聒噪"。《敌人》在一场大火的阴影中叙说主人公对于隐藏的"敌人"的疑忌和恐惧，各种各样的偶然性，各种各样彼此排斥的可能性在小说中轮番上演，而那杀人、纵火的"犯罪"本身倒变得若有若无了。因此本质上说，对"敌人"的言说才是这部长篇小说的真正重心。《风》的故事也是以主人公对一起历史疑案的寻访为线索的，但当我们走进作家那交织着历史和现实的纠葛的艺术世界时我们就如同陷入了一个巨大的谜语之网中。不同的谜语和不同的对于谜的解释共同汇成了多声部的话语变奏，而事实本身则被淹没在这话语的海洋中，像一阵风一样飘忽而过了。无须再举例，我们将会发现，新潮作家对"犯罪"的表现与描写主要是出于一种话语权力的需要而不是其他。对"犯罪"的研究使他们一方面对一种古老的主题有了重新阐释的可能，另一方面，也无疑使他们以语言征服世界的艺术野心又在一个新的话题中得到了强化。

第二，在新潮作家的"犯罪"题材小说中，对于人性可能性的探索是和对于小说写作可能性的探索统一的。前面我们已经说过，新潮作家是把"犯罪"小说作为展示他们才华和智力的一种特殊题材看待的。因此，在他们的小说中，对此类小说传统写作模式的打破也是他们一个义不容辞的使命。如果说传统小说如《福尔摩斯探案集》中的主人公对案件的推理和分析也确实是一种高级智力和才华的显露的话，那么在新潮文本中的主人公所显现的则是另一种完全不同类型的才华和智力。在新潮小说中，主人公往往是一些写作者或阅读者，叶兆言的《最后》、潘军的《风》等小说的主人公则直接是作家。作为作家，他们对于"犯罪"案件的兴趣和阐释方式就与福尔摩斯迥然不同。他们不是致力于对事实的查证、分析和严密的推理，而是热衷于主观的想象、猜测以及凭借此对"犯罪"进行的书写。也就是说，在从前的罪案小说中我们看到的是主人公对各种可能性的排除和对一种可能性的归趋，而在新潮小说中情况刚好相反，主人公所津津乐道的正是从一种事实和可能中节外生枝地想象出无限多的可能性。这悄悄地化解了罪案本身，而把主人公的各种设想、猜测放到了小说前台，而他们的智力和才华也就在使简单的事情复杂化、清晰的线索紊乱化的过程中得到了充分的展露。余华的《偶然事件》可以说是一篇代表作。小说以咖啡馆的一起杀人案为起因，主体部分是两个主人公陈河与江飘的生活片断，以及两人以书信的方式展开的对咖啡馆凶杀案的探讨。在小说藏头露尾扑朔迷离的叙述中我们发现陈河已经陷入了一种不能自拔的婚姻悲剧中，而其悲剧的制造者正是他的书信对象江飘，但两个主人公似乎对此还处于未知状态。最后小说在陈河模仿了咖啡馆的凶杀杀死江飘后戛然而止。整部小说几乎没有一丝连贯的线索，各个小节看来毫无头绪和联系，但作家却能从从容容地在文本的最后使全部松散的枝节顷刻间就浑然一体，确实显示了小说结构方面非凡的才华。还必须指出，对余华他们这些新潮作家来说，"犯罪"小说实在是他们探索小说写作无限可能性的一种重要实践。"犯罪"的话语化处理使他们的文本以多种话语之间的对话和交流为基本结构特色并呈现出鲜明的复调小说风格，同时主人公对于"犯罪"的想象化的"故弄玄虚"色彩的处理和解析又为以后章节我会专门谈到的格非式的迷宫化小说结构的成功尝试创造了条件。另一方面，新潮小说对于"犯罪"主题的漫无边际的话语讲述方式，也很大程度上赋予了其更为广泛的主题内涵和意义。某种意义上，在话语中"犯罪"的消隐和被替代也就同时意味着另一种相关主题的被彰显和强化，这也正是一种艺术的辩证法。我们发现，在新潮文本中最醒目地矗立在

"犯罪"话语背后的主题语词就是"人性"。要是说新潮作家在他们的犯罪类文本中曾经不遗余力地展现过什么的话,那么他们展现的不是犯罪本身而是"犯罪"所暴露的人性的恶。苏童的《园艺》叙述的是一个大家族的男主人公意外被杀引发的故事,然而透过主人公的女儿、儿子、姨太太们关于主人公"失踪"的言说和表演,苏童以他的轻灵之笔所着意刻画的也正是从人物内心流溢出的人性的恶臭。余华的《现实一种》对兄弟相残的描写、《河边的错误》对疯子杀人事件的渲染就更是突出了对人性恶的否定。我们时常会感到新潮作家对于人的态度是悲观的,这不仅从他们的言谈中可以看到,在他们对于某些文学话语的讲述中我们更会得到明确的证实,有关"犯罪"的话题只不过是其中之一。

五、绝望

如果说我们上文所涉及的新潮小说的主题话语主要是对于人的生命状态的探索的话,那么显然对于人的精神状态的追寻与表现也理应是新潮小说主题话语所必须关注的。而这里要阐说的有关"绝望的救赎"的话题也实在是新潮文本的一个具有特殊地位的精神主题。关于绝望的话语在从前的中国文学中一直是声音比较微弱的,直到1985年前后新潮小说兴起之后,对绝望的关怀和表达才越来越在中国文学中占有突出的地位。尽管本质上说,新潮作家对于绝望的讲述仍然不可避免地带着西方文学的话语特征,但毫无疑问新潮小说毕竟让我们看到了中国作家是如何体验绝望,又是如何传达他们对绝望的感受的。然而,刘索拉等人的不足在于他们虽然开始言说绝望,但出现在其文本中的绝望却不是体验性的,而是间接性和模仿性的,无论是《你别无选择》,还是《无主题变奏》,其语言的夸张色彩都总是挤压着作家体验的真诚。某种意义上,这种绝望是"拿来主义"的观念性的绝望,而不是真正的存在意义上的绝望,它通向个体,通向局部,通向表象,但无关世界的整体与本质,它是形而下的而非形而上的。残雪的绝望是形而上和形而下的混合,她有着对于人性和世界的绝望的表达,这种表达使其通向形而上和哲学的领地,但她的表述高度抽象、高度荒诞,缺乏阅读层面的共鸣性,因而某种程度上被中国文学界冷落了。马原、余华、苏童、格非等的小说,也有着对绝望的书写,但是绝望很大程序度上也是先验性的、理性化的,缺乏与生命和存在本身的直接勾连。从北村开始,新潮小说对绝望的言说开始出现新的品质。《水土不服》中,主人公的绝望体验有着形而下与形而上的奇妙结合,现实与心灵、精神与灵魂、此岸与彼岸在绝望的观照下呈现出哲学和诗性的亮光。诗人康生在当今时代似乎是一个不合时宜的怪胎,他的诗性梦想和诗意的人生方式都成了我们时代嘲弄的对象,而四处碰壁的现实更是把诗人引向了绝望。"水土不服"既是对诗人不幸命运和生存状态的描述,更是对他的绝望精神状态的一种把握;诗人接二连三的自杀行为既可以说是他绝望心态的绝好流露,又可以说是他反抗绝望的精神火花的迸发。《施洗的河》中主人公刘浪的沉沦、绝望与获救的精神历程可以说也透露了一种崭新的艺术信息。在这个意义上说,北村是一个具有过渡性的新潮作家,他对新潮小说从绝望的言说转向对精神救赎的祈祷起了某种特殊的启示和先导作用。也正是在这点上,我们可以理解,《施洗的河》和苏童的《米》同样描绘充满罪恶和绝望的生存黑暗,但两者的话语意味和主题向度却迥然有别的根本原因所在,苏童笔下的五龙和北村笔下的刘浪虽同样采取以恶抗恶、以罪抗罪的生命方式,可五龙只能在绝望中毁灭,而刘浪却"新生"了。不管刘浪的"新生"多么牵强而不可思议,毕竟作家做出了新的艺术努力,北村的特殊贡献也就正在这里。

在对新潮小说关于绝望的话语历史进行了上述回顾和梳理之后,我们现在可以对他们呈现在文本中的绝望话语作某种总结和概括了。虽说这样的归纳常常不如人意,然而实在地说如果我们希望对新潮作家的绝望话语有个总体而全面的认识与把握,那么这样的工作注定是别无选择的。我觉得,在新潮小说文本中"绝望"主要呈现为如下几种形态。

第一,现实的绝望。前文我们谈到的"灾难"和"死亡"的话语其实就是对现实性绝望的绝好描述,不过这里的"现实"并不是在时间意义上与"历史"对比着的那种"现实",而是指一种当下的生存境遇,因此它是涵括了"历史"的。如果要从时间的意义上来说,新潮文本倒似乎更应该用"历史"来限定,因为新潮作家提供给我们的绝大部分是"历史"形态的故事。在我的印象中,新潮作家都是极善于描绘存在的绝望处境的。他们总是把主人公置于一种欲生不得、欲死不能的地狱之境中来体验和审视其绝望的挣扎,"天灾人祸"是他们新潮文本的最基本的生存景观。苏童的小说某种程度上正是新潮作家这种倾向的杰出代表。他的《飞越我的枫杨树故乡》最初向我们展示了"我"的家族的灾难和祖先们的绝望生命历程；其后的《1934年的逃亡》更通过祖母蒋氏的惨痛遭遇，通过她被丈夫遗弃、被地主陈文治迫害和一个个替子女收尸的非人经历，淋漓尽致地刻画了她所面临的生存绝境和心理绝望；而他的《青石与河流》《蓝白染坊》《罂粟之家》《妻妾成群》以及长篇小说《米》《我的帝王生涯》等无不以对黑暗生存、生命景象和对人物绝望心态的展示而令文坛注目。我们发现，苏童小说的基色总是灰暗而凝重的，某种程度上这也恰恰是与他小说对绝望的言说相统一的。苏童的笔下总是充满了太多的死亡、毁灭与灾难，这一切都汇成了一种绝望的血液流淌在小说的文本中，使我们在阅读的时候时时会感到一种无法排解的沉重和窒息。而显而易见的是，这股绝望的黑色汁液远不止流淌在苏童的文本中，而是汇成了一道联结所有新潮文本的精神长河。在叶兆言的《枣树的故事》、杨争光的《棺材铺》、格非的《敌人》、北村的《施洗的河》、余华的《世事如烟》《活着》、鲁羊的《某一年的后半夜》等一长串小说中，那种对现实生存状态和生命境遇的绝望描写都可谓遥相呼应。这里还特别想提一下鲁羊的《某一年的后半夜》这篇小说。在这篇近乎梦呓的小说中，作家通过"我"——一个白痴对世界的感受、恐惧与思索，寓言化地把人类被现实遗弃的命运再现了出来。"我"在这个世界上不仅失去了安身立命之处（仅能栖居于大柴垛），而且几乎失去了与他人的交流能力与语言能力，只能以一己无援的思想去对生存的绝望作最后的反抗。鲁羊作为新潮晚生代的代表作家，其对现实绝望的言说与阐释，某种意义上应该说正代表了新潮小说对于绝望话语的探索所能达到的最新水平。

第二，命运的绝望。如果说在新潮作家对现实绝望的表现中所谓天灾人祸构成了一种绝对性的破坏力量，那么我们还应看到"命运"也是主人公绝望生存境遇的一个隐性的杀手。在中国文学中，命运的话语可以说从来也没有像它在新潮小说中这样被强调过。在我们从前的文化意识形态中，"命运"是一个被批判的词，我们信奉人的无限创造性，根本就不相信所谓命运的存在。因此，在许多时候，"命运"一直是被封存在封建迷信的词典里的。在新时期的中国当代文学中虽然许多作家也在作品中控诉了命运的不公，然而这种命运更多的是在一种大的历史背景中被表现的，它强调的是个体的生存遭际在整体的历史格局中的错位。也就是说，这种命运只不过是特定的历史错误造成的，它是人为的、主观的，因而也并非不可改变的。从某种意义上说，我们还很难把这种命运视为那本真性的命运。实际上，真正意义上的命运应是那神秘的非人所能理喻的超人类的力量。它是客观的、永远也不以人的意志为转移的超现实的神秘存在。而对此的真正表现确实也只有在以打破文化禁忌为己任的新潮作家那里才有可能。扫视新潮文本，我们会发现"命运"在主人公们的生存境遇甚至小说本身的艺术结构上的特殊意义。由于新潮作家不再以传统的意识形态模式来处理小说的题材和人物，因此新潮作家就可以获得许多新的关注人类生存境遇的审美视点。而毫无疑问的是，当新潮作家无须对生命和人类再作所谓本质化和必然性的把握和表现时，命运就自然而然地成了他们着力挖掘和言说的一个特殊话语。作为一种超现实力量，命运在新潮作家文本中主要是作为制约人生死祸福的宿命被言说的。在新潮小说中，主人公们对于自己的生命途程可以说毫无选择的可能，他们往往会不知不觉地在各种偶然性之中陷入某个生命的陷阱，从而跌入死亡或灾难的深渊。余华的《往事与刑罚》直接借刑罚专家和陌生人之口对命运以及必然与偶然的关系进行了探讨。陌生人隐隐感到与刑罚专家的相识是一种"命运的安排"，刑罚专家则更是直言不讳地说："我想我们都明白必然属于那类枯燥乏味的事物，必然不会改变自己的面貌，它只会傻乎乎地一直往前走。而偶然是伟大的事物，随便把它往什么地方扔去，那地方便会出现一段崭新的历史。"事实上，小说最后刑罚专家自缢而亡也正是对偶然和命运的神秘力量的印证。而余华的另一篇小说《世事如烟》更可以说是这方面的代表作。在这篇小说中余华对人生的偶然性和宿命感进行了登峰造极的书写。活动在小说中的人物1、2、3、4、5、6、7都仿佛命运的玩偶，无法看清自我的生命途程，而一个个的灾难则紧紧追踪着他们，逼迫他们与死亡的宿命一一签约。即使那个诡秘的算命先生天真地想通过剥夺儿子的寿数和蹂躏少女的贞操来返老还童，终也无法逃脱苍老和死亡的劫运。如果说余华的小说偏重的是对个体偶然性宿命的表现的话，那么在苏童、格非、潘军等人的小说中命运又带有了某种整体性。苏童的长篇小说《我的帝王生涯》以端白的命运淋漓尽致地表现了一个王朝无可挽回的崩溃宿命；格非的《敌人》和潘军的《风》则以一场无头无绪的大火书写了两个家族的破败宿命。

另一方面，新潮作家在表现命运的不可抗拒性的同时，又非常热衷于对人主观的命运感、预感的描绘。这种预感的被反复渲染和表现某种程度上也正是新潮小说那神秘的命运色彩的重要根源之一。新潮小说中不仅活跃着一大批女巫和算命先生，而且几乎每一个主人公都对灾难有某种程度的预感。也正由于有了对死亡和灾难的预感却又无法逃避，人物内心的那种绝望感才越发强烈和震撼人心。格非《敌人》中的赵龙和赵虎死于那种死亡的预感中，苏童《我的帝王生涯》中的端白最后奔向首都又何尝不是去赶赴预感中的王朝灭亡的"大典"？而在余华、北村、叶兆言等新潮作家的小说中命运的神秘预感更是比比皆是，这里也毋庸再多举例了。只不过要说明的是，除了对于作为主题话语的命运具有特殊的言说价值之外，预感还是新潮小说文本的重要结构要素。格非的许多小说比如长篇《边缘》等就是以"预感"作为小说结构的推动力量的。这点我在以后谈到新潮小说的叙事革命时还将专门论说，此处就点到为止了。

第三，人性的绝望。新潮作家对于绝望的言说当然不会仅限于对生存景象的表现，隐藏在现实和命运之后的是另一种更沉重的绝望，即对于人性本身的绝望。我前文已经说过，新潮作家基本上是人性的悲观主义者，他们对灾难、暴力、罪恶、死亡等主题话语的言说很大程度上是建立在对于人性本恶的认识和判断基础上的。新潮作家对于生命和存在的绝望、对于世界的绝望说到底正是对于人性的绝望。可以说正是人性的沉沦导致了生命的沉沦和黑暗的"世界之夜"的降临。关于人性恶的话语我前文已多处涉及，此处也只能一带而过。然而其在整个新潮小说的主题话语系统中的特殊意义却是我们不能忽视的，是必须反复申说的。人性的绝望应该是新潮小说主题话语的精神基调，它决定了新潮文本生命世界的沉沦景观。更重要的是，正由于有着对人性的强烈绝望，才有了新潮作家对于拯救话语的讲述，才有了新潮小说主题风格的转型。因此，人性的绝望既是一种本质性的话语，同时又是一种过渡性的话语，它直接滋生和联结了新潮小说的两种精神风景。

六、救赎

在绝望的边缘处，救赎的话语可以说是应运而生了。新潮作家集体性地关注救赎的话题，似乎还只是进入 90 年代以后的事情。当他们把生存的绝望和黑暗夸张性地表现到极点之后，当他们把世界彻底消解为虚无之后，新潮作家突然发现人没有了，自我不存在了，于是重建人类心灵的任务又摆到了他们面前。当然，对于新潮作家来说，对于救赎的期待与对于世界的否定仍然是联系在一起的，他们试图建构的是文学的超越性和自我的超越性，以自我和文学来实现对世界之夜的拯救。因此，从本质上说，新潮小说的救赎话语同样具有在形而下和形而上双向轨道上并行的特征。在新潮文本中，关于救赎的话语主要呈现为三个重要阶段。

其一，对于"自我"和原始生命强力的呼唤。这可以说是新潮作家对于拯救主题进行言说的第一个阶段，它是一种现世的救赎，是对于绝望生存处境的一种自发的反抗。应该说"自我"是新时期中国文学之初就被充分表现和讲述了的一个特殊话语。从伤痕文学到寻根文学再到新潮文学，"自我"的话语可以说是一个贯穿的主题。不同的是伤痕文学致力的是对自我被摧残的控诉以及在新时期的重新觉醒，而新潮文学则热衷于对旧自我的打破和对一种新自我的确立。在刘索拉的《你别无选择》和徐星的《无主题变奏》等文本中那种不满于现实也不见容于传统的充溢着青春激情的"自我"，毫无疑问对现实和人的精神都有一定的振奋作用。某种意义上，我们可以把这样的"自我"称为人对于自己的平庸现状的一种"拯救"。其后新潮小说开始大规模地对人的沉沦状态进行描绘，"自我"以及人性的迷失成了新潮文本的普遍风景。在这样的文本中，新潮作家最终所塑造的只有一个"自我"——叙述者或说就是作家本人的自我。这个"自我"以其对罪恶的津津乐道和对生存黑暗的冷酷、无动于衷甚至游戏性的态度超越于生存世界之外，因而从一种对比性之中获得了审美性的"救赎"。而在残雪和新潮晚生代作家陈染、林白等人那里"自我"又开始呈现为一种绝对性，对于"自我"隐私和极端个人化体验的讲述使叙述者暂时获得了某种宣泄痛苦的快感和解脱感。但这种"自我"毕竟呈现为一种病态性，本质上也只是"非自我"，因而其对于人生的"救赎"自然也更多局限在文本和审美意义上，在人生层次上它仍然是虚妄的。统观新潮文本，无论其是呼唤"自我"还是消解"自我"，他们在"自我"讲述中的否定性都极大程度上弱化了它的"拯救"功能，本质上，"自我"的话语在新潮文本中从"沉沦"的角度进行理解才更符合实际。此外，在

"自我"话语的身边，新潮作家对于原始生命强力的礼遇和膜拜也十分引人注目。最初对人的原始生命强力进行重点讲述的作家是莫言，他的"红高粱"系列小说对爷爷、奶奶激越生命方式的歌颂在新时期中国文坛上无异于刮起了一道生命旋风。而在这股旋风之中，海明威的《老人与海》的走红中国文坛更是对新潮作家寻找原始生命强力的文学热情起到了推波助澜的作用。文学寻根运动某种意义上说正是对原始生命强力的一次有组织的集体寻找。就新潮作家来说，虽然总体上他们对人、对生命、对存在持否定的态度，但在泥泞般的生存景观中，作家对于人的生命潜力的表现和挖掘还是相当充分的。苏童的《祖母的季节》对于坚忍顽强的祖母的刻画，《1934年的逃亡》对蒋氏在一连串打击下顽强生存意志的表现，《青石与河流》中对欢女忍辱负重、旺盛而长久生命力的挖掘都无疑在小说黑暗的现实中透发出了一线生存的光芒。而洪峰的《生命之流》、格非的《边缘》、吕新的《黑手高悬》、余华的《活着》、刘恒的《苍河白日谣》等小说也都对人的原始生命强力进行了充分的描写。尤其是被称为"人性的冷酷杀手"的余华的《活着》，对于老人福贵在他那一生中无数次非人遭遇和不幸命运面前所表现出来的顽强活着、决不屈服的乐观品格、生命质感和意志强力的描绘更是给人以强烈的心灵震撼。可以说，在余华的全部小说中，《活着》既是最沉重的一部小说，同时又是最令人振奋的一部小说。贯穿余华所有小说的那种浓得化不开的黑暗天幕终于在此被撕开了一个豁口，生命的亮光由此照了进来。很显然，在新潮作家这里，原始生命强力是一个相当重要的救赎语码，它是新潮小说全部绝望景象里的几乎唯一的现实性的正面救赎力量。正是有了原始生命强力的"救赎"作用，生命才从本质上免于彻底被毁灭的遭遇，并由此获得了神性和终极期待的可能。

其二，对乌托邦的钟爱与热情。

对新潮作家来说，"生活在别处"的超越冲动，赋予其文本以乌托邦的热情与冲动。北村的《水土不服》康生试图以"诗和音乐"、以"爱情的神话"来对抗世俗化物质化的时代大潮，格非的《傻瓜的诗篇》主人公杜预在对一个神经病人的精神幻想中沦入绝望的精神错乱之中，余华的《往事与刑罚》主人公刑罚专家在对古代刑罚的精神幻想中以原始的自杀方式走进了死亡的大门，苏童的《我的帝王生涯》的主人公端白则试图以走索艺术和自由的平民生活来拯救自我。这是新潮小说所营构的一种精神乌托邦图景。新潮小说的另一种乌托邦情结则体现为对语言本身的乌托邦狂热。新潮小说将语言本体化、绝对化，将世界视为语言叙述的结果，这不可避免地带来了语言的乌托邦化。孙甘露是这方面的代表，他的几乎每一部小说都具有北村《聒噪者说》的语言乌托邦特征。无论是早期的《信使之函》还是近期的长篇新作《呼吸》，孙甘露都把他的主人公置身在语言的乌托邦海洋里游泳，从而以幻想化的纯语言的方式反抗着实在。说孙甘露是当代中国作家中最大的一个语言乌托邦制造者，实在并不是夸张。此外，吕新的《南方遗事》、鲁羊的《银色老虎》等小说文本也都有着典型的语言乌托邦特征。

从北村、苏童、余华等新潮作家的小说风景里我们看到了一群乌托邦者的精神历程：从现实到心灵、从外在到内在、从苦难到幻象。这是小说的一种进步，因为小说由此又回到了人的精神本身，而不再盲目于语词的欢悦。只是乌托邦终究是一堆掩盖终极实在的美丽泡沫，它并非人类精神的真正归宿。在乌托邦笼罩下，人物绝望依旧，而存在本身也黑暗依旧。看来要根本解救现代人，还要重新寻找新的"方舟"。

其三，对于神性和形而上话语的讲述。

绝望的衍生以及对绝望的表达都表明新潮作家开始了对存在问题的超越性思考。只是由于新潮作家把反抗绝望的期望替代性地诉诸乌托邦这个虚构的国度，因而本质上就未能站到绝望的反面，超越真正的存在悲剧，而是又一次陷入精神的迷茫之中了。我们并不否认新潮作家描述存在的深渊处境和人的沉沦际遇的深刻性，但我们又必须指出，新潮作家只专注于存在的绝望这一维，而把与绝望对立的希望和拯救这一维遗忘，他们对于世界的把握就必然是偏颇的。作家在描绘绝望、堕落的生存景象时应该让人们看到终极的光芒对生存黑暗的穿透，而不应该把绝望本身当作终极来加以摹写。正如德国著名的人类学家古茨塔夫·勒内·豪克在他的《绝望与信心》一书中所说的："在今天的文学艺术中，如果我们只表现焦虑和绝望的歇斯底里，而不去表现希望和信心乃至确信的情绪，那么毫无疑问，这只是表现了'自然'生命的一半。"[①] 事实上，上面我们所分析的新潮作家以乌托邦对信仰的虚假承诺也仍然是对绝望的一

---

① 豪克. 绝望与信心——论20世纪末的文学与艺术. 北京：中国社会科学出版社，1992：2.

种强调，它只能算是一种伪救赎话语，而与真正的神性救赎相去甚远。而海德格尔就曾说过，绝望的诞生来源于生存根基的朽化和世界意义中心的沦落。为此，他将我们的生存世界描述成天、地、人、神共在的四重结构，而所谓的"贫乏时代""深渊时代"的典型境遇就是"神的隐匿"和缺席。当我们能够在文本中发现、寻找和言说"神"的话语时，我们对于绝望的反抗就获得了一线曙光。具体地说，新潮作家对神性救赎话语的讲述和表达有下述两个重要层面。

（1）对于精神还乡的歌吟。进入90年代之后甚至以冷漠叙事为特征的新潮作家也开始在他们的文本中注入某种抒情色质了。而其中一个重要的抒情对象就是还乡。吕新某种意义上可以说是新潮小说的后起之秀，他对还乡的诗性祈祷在长篇小说《抚摸》中得到了充分的发挥。小说并没有一个贯穿的故事，但分散在小说各个部分的各种人生片断和故事风景却无疑都奔向了一个共同的还乡主题。无论是战争的残酷还是环境的险恶都无法扑灭那燃烧在人物内心的家园期待和梦想。因此，哪怕迎接他们的是一个陷阱、一种毁灭，他们也全然不管，依然一个接一个地投奔故乡的怀抱。我们说《抚摸》之所以在描写梦魇般的生存景观的同时，仍然能给我们一种诗性的超越梦想，很大程度上也正得之于作家对人物精神"还乡"的心理历程的表现和挖掘。此外，格非的《边缘》、苏童的《米》、余华的《呼喊与细雨》等小说也都在对人物的"还乡"和家园心态的描写中获得了一种精神的澄明和敞亮。而洪峰的小说《重返家园》虽然以不断的调侃和消解的方式叙说故事，但在对年轻时的各个朋友不同生命遭际的叙述中，作家的那缕乡情和那种刻骨铭心的怀念还是令人感动地呈现在小说中。小说题词所引用的但丁《神曲·地狱篇》中的那句名言——"你们走进来的，把一切希望都抛在后面吧"，并不能真正代表小说的精神向度，因为我们在小说所展示的绝望景象背后恰恰读到了"希望"。

（2）对于神性光辉的直接祈求。在中国文学中，神和上帝一直就是不存在的，这与中国人的宗教意识孱弱有着直接的关系。中国人向来缺乏宗教感，更难以想象西方人那种对上帝的虔诚和趋奉。这就使中国文学对于人的精神世界的探索最终往往落实到世俗的层面上，而缺乏神性的精神超越话语。在新潮小说这里，对于宗教和神性话语的关注某种程度上开始得到强化。超越世俗而投注人的精神世界开始成为新潮小说的一个共同倾向，尤其是晚生代的新潮作家鲁羊等更是在对现实的坚决拒绝中维护了其文本精神品格的绝对性和超越性。正因为如此,新潮作家主题话语越来越有了某种形而上的色彩和哲学化倾向。人的整体的生存境遇而不是人的个体遭遇成了新潮作家思索的中心,正如北村所说的:"艺术家作为一个人,他在实存的空间中感到一种彻底的无力性,这是他'逃亡'的终点,在这个关键环节中,作家应该回答'存在'这个问题,他的存在、存在的价值、意义和方式,也就是他的逃亡方式,从一个实有空间向艺术空间的逃亡,精神对原有价值观念的逃亡,由此确立他与世界的精神关系。"[①] 可以说,新潮作家最专注讲述的正是"存在"这个世界性的大话题,他们热衷的是对"存在"的本真性和终极性的关怀,而本质上对世俗的生命缺乏热情。孙甘露的文本固然是一种极端,但在他的极端中我们会看到语言的神性和永恒性;陈染、林白等的文本对个体心理体验绝对性的强调也呈现为一种极端,但在她们的极端之中我们同样会体会到对于人的神性的言说;而在鲁羊对于存在的破碎状态的描述背后,我们也将遭遇他对于本真存在的那种渴求,在其《某一年的后半夜》这样的文本中,我们更是不得不经受作家对于存在的神性逼问。但从整体上来说,这些作家对于神性的形而上言说和哲学化关怀毕竟为他们的文本的艰涩所遮盖,因此其所呈现的神性光芒也具有某种间接性和暗淡性。真正给我们敞开了神性光辉的作家应是北村。从长篇小说《施洗的河》开始,他的《孙权的故事》等一系列中篇小说都对神性的救赎进行了充分的言说。《施洗的河》在新潮小说的历史上无疑是一个里程碑式的作品,它以对两大恶人刘浪和马大相继弃恶从善被拯救的故事,第一次在中国文学中讲述了宗教救赎的主题。北村把神和上帝带入了新潮小说的生存世界,从而使深渊性的生存景观顷刻间就被照亮了。我们现在还很难评说这次引入的真正意义,但可以肯定的是,对于神性话语的直接讲述和虔诚信奉无疑将会增加新潮小说的主题深度,并为新潮小说开启一种新的可能性。尽管就目前来说,北村所展示的神性拯救仍难免具有某种虚妄性,北村的文本在表现神性救赎时也有陷入一种模式化之中的危险,但这毕竟是中国作家第一次卓有成效地对西方的神性话语进行言说,其对于消除东西方文学话语的

---

① 格非与北村的通信. 文学角, 1989 (2).

隔阂也是具有特殊意义的。①

在对新潮小说的主题话语进行了上述列举和梳理之后，在此我还想对这些话语之间的内在联系作一简单的总结，以期对其有一个总体的把握。在我看来，灾难、性爱、死亡、罪恶、绝望、救赎这几个主题话语在新潮小说中其实是紧紧联系在一起的，对它们的列举式分析和描述完全是一种行文的策略。而且在许多情况下这几个主题话语还是互相兼容和内含的。它们都统属在"人性"和"生存"两个总话语下，并从各自的角度对这两个总话语进行阐释。"灾难"和"死亡"是对于生存的"沉沦"状态的描绘，"罪恶"是对于"人性"沉沦的叙说，而从"性爱"之中我们既可以看到生存的无奈又可以感受到人性的挣扎。而正由于有了他们对于"生存"和"人性"沉沦景观的展现，"绝望"的精神痛苦和体验才会被新潮作家醒目地凸现在作品中，而也就是因为有了"绝望"的体验，"救赎"的话题才会应运而生。可以看出，新潮小说的几个主题话语是相辅相成地呈现在新潮文本中的，只不过在不同的文本中和不同的时期它们出现的方式和频率不一样而已。新潮小说之所以能在中国当代文学中掀起一场跨世纪的革命，本质上也是与其对这几个主题话语的反复讲述和特殊处理密不可分的。

---

① 关于"绝望"和"救赎"两节，请参阅下文：谢有顺. 绝望：存在的深渊处境. 文艺评论，1994（5）.

第 3 章 新潮小说的叙事实验

对于 20 世纪 80 年代的新潮小说，文学界和评论界的态度可谓相当暧昧和复杂，有怀念，也有告别，有赞赏，也有否定，它既是天使，又是魔鬼，可谓"万千宠辱集于一身"，许多人都以一种"爱恨交加"的莫名情绪来谈论它。这一方面说明，新潮小说与飞速发展的时代以及这个时代的文学风尚和审美趣味之间已经产生了不可逾越的隔膜与距离；另一方面也说明，即使在文学的改朝换代日益频繁的新世纪，新潮小说也仍然难以被真正遗忘。事实上，新潮小说已经成了一种潜在的文学"遗产"，对它的怀疑、诅咒与否定恰恰是其价值的反证。现在的问题是，新潮小说究竟给我们留下了一种什么样的"遗产"？在中国当代文学尤其是新时期文学现代性转型的历史进程中，它究竟扮演了什么样的角色？一种普遍的观点认为，新潮小说的贡献在于它完成了对于中国意识形态性的文学规范与文学形态的解构，并在叙事领域完成了与西方现代小说艺术的接轨，可以说，它是文学领域一次高速度、高效率的"现代化"运动，它不仅真正接续上了因为战争、各种政治运动以及"文革"等等而被耽搁的中国文学的现代化历程，而且以最短的时间与当代世界的艺术潮流完全合流，既造就了一批"世界性"的作家，也造就了一批"世界性"的文本。应该说，这样一种"跨越式"的"反积累"性的文学生产方式本身必然会伴随着对文学本体的伤害与牺牲，但是正所谓"恶也是历史发展的动力"，这种伤害与牺牲也许正是新潮小说这份"遗产"不可分割的部分，正是以它为代价新潮小说才建构起了它的审美现代性与艺术现代性。从这个意义上说，新潮小说的"遗产"无疑是一种"变味"的遗产，它与我们对"纯正"的文学传统的想象无关，它的魅力恰恰在于某种怪异的、不合规范的"偏离"。本章不想简单地评判新潮小说"文学遗产"的价值及其功过是非，而是试图回到新潮小说的文本现场去探讨它的叙事实验的展开方式，并以此从一个侧面透视这份"遗产"的复杂性。曾有人全面否定新潮小说的叙事成就，认为新潮小说的叙事只是对"西方"现代艺术的拙劣模仿，不仅毫无原创性可言，而且切断了中国小说艺术自身的传承发展之路。而这正是本章的出发点，我想回答的是：新潮小说模仿的究竟是怎样的"西方"？这种"西方"又是如何在中国生根发芽并最终蔚为大观的？

事实上，新潮小说之所以被称为"新潮"，很大程度上并不是因为主题话语的独特性，而是得力于新潮作家在小说叙事领域所进行的声势浩大而又卓有成效的革命。对于新潮作家的阐释和理解必须在对这种革命有充分认识的前提下，才有确实性和可能性。事实上，在新时期中国当代文学中，新潮小说之所以会形成如此巨大的声势，之所以会被当作一件最有成就的文学事件来谈论，也正与其叙事方面大胆而放肆的革新密不可分。有关新潮小说的话题主要也就是从叙事形式层面铺展开来的。另一方面，上一章我们所分析的新潮小说的主题话语能顺利地被表达和讲述，离开了其在形式上的革命作基础也是难以想象的。可以说，叙事领域的革命既是新潮小说观念和主题内涵革命的具体体现和实践载体，同时也为它们的最终实现提供了保证。三者的关系是一种彼此包含又互相促进的关系。对于新潮小说的总结和论述离开了对其叙事成就的阐释和把握将注定是不全面的、偏颇的、难以令人信服的。米歇尔·布托尔说过："小说是绝妙的现象学的领地，是研究现实以什么方式呈现在我们面前或者可能以什么方式呈现在我们面前的绝妙场所，所以小说是叙述的试验室。"① 正因为如此，面对新潮作家花样百出的叙事实验，将是我本章所无以逃避的使命。而新潮小说的叙事革命和它的其他一切层面一样，本质上又是庞杂混乱而不可言说的，我将不得不对其"形式"加以适当的归类和取舍，以使我的叙述能以较有条理和层次的方式展开。这也就决定了不科学乃至牵强附会之处的不可避免，但我别无他途。我个人认为新潮小说在叙事形式方面的革命主要体现在叙事策略、叙事结构、叙事风格等几个层面，本章将逐一对其展开分析和描述。

---

① 布托尔. 作为探索的小说//柳鸣九. 新小说派研究. 北京：中国社会科学出版社，1983.

一、叙事策略：元小说·历史化·语言游戏

新潮小说登上中国文坛之后，对它的一个最基本的共识就是其文本的形式主义色质。确实，新潮小说将西方近百年来的叙事成果纳于自己的视野之后，他们对于小说应该怎么写的实验一下子就丰富得让人眼花缭乱了。而新潮小说之所以在形式的探索上很快就能取得令人瞩目的成就则与他们对于叙事策略的卓越选择和运用关系密切。许多人都认可新潮小说醉心于"形式"的事实，而且对其形式的表演性、操作性和非原生性很不以为然，但是我们很少去进一步追问新潮作家何以会如此热衷于形式、热衷于表演。如果说"形式"某种程度上是审美现代性或艺术现代性的象征性符号的话，那么我们在认同新潮小说在形式探索上的成就及其必要性的同时，也更应该看到这种"形式"背后的精神因素与文化因素。我觉得，在新潮小说这里"形式"与其说是一种艺术能力的证明，不如说是一种无奈的策略的选择。只有对其叙事形式背后的"策略"意味有清醒的认识，我们可能才能正确评价新潮作家热衷"形式表演"的深层动因，才能体味这种"形式"崇拜背后的复杂性。因此，对我们来说，要重新评价新潮小说的叙事实验，从叙事策略入手无疑是一条必然的路径。当然，不同的作家在策略选择上的差异是非常巨大的，本章不可能对其作系统、全面的总结与归纳，而只是试图从共性与原则层面来切入新潮小说"形式"策略背后的精神因素与文化因素。

第一，暴露叙事与"元小说"策略。

看新潮小说，我们就仿佛在观看新潮作家的叙事表演，感觉化、幻觉化、意象化、解构化……各种各样的叙事绝活可谓层出不穷。而其中最引人注目之处则莫过于新潮作家对他们叙述行为本身的暴露。这与我们第 1 章所探讨的新潮作家观念上对于"真实"观的革命有着显然的因果关联。尽管人们对小说是虚构的这一事实都有不同程度的认识，但对于这种虚构性却有着两种截然不同的看法。传统的现实主义小说家力图掩盖这种虚构性，以求得似真性的审美阅读效果；而某些现代西方的小说家如博尔赫斯、巴思等则反其道而行之，他们在讲故事的同时总是故意揭穿其虚构性的本质，从而达

到对真实性或似真性效果的解构。在后一种作家那里，真实性这个小说理论概念已经超越了传统的哲学认识论层次，而在本质上被视为一个文体学问题和一种叙述策略。而中国当代的新潮作家们恰恰就是认同和信奉的这后一种真实观。他们总是在其文本中不断暴露叙述行为与写作活动的虚构本质，不断地由叙述人自己来揭自己的老底，自己来解构自己的故事，明白告诉你：我讲的故事是假的。这就像一个玩魔术的人，在不断地引诱你上当的同时，又不断地告诉你诱你上当的诀窍。这些作品中的叙述人或作者常常公开自己的身份，甚至谈论小说的叙事技巧，将小说家自己看世界、表现世界、蒙骗读者的家数（叙事成规）全给抖了出来，叙事行为、叙事方式本身被主题化了，成了被谈论的对象。小说在此情况下就成了关于故事的故事，关于叙述的叙述，关于小说的小说。这正好与传统的现实主义小说形成了悖反，因为传统现实主义小说给人的幻觉是：它似乎不是叙述而是生活本身。

而在西方理论界这种暴露叙述行为的小说又称"元小说"（metafiction）或自觉小说、自我意识小说、滑稽模仿。meta-原是希腊语"之后"的意思。亚里士多德把他的哲学放在自然科学之后，因此名之为metaphysics。但哲学在逻辑上处于自然科学之前，所以中文译为"形而上学"。现代科学哲学用meta-这一前缀既非"之后"，又非"之上"，实际上指的是比原层次更深一层的深层次。因此，任何对一门学科理论背后的深层原则进行探讨的学科，均被称为"元理论"。而"元小说"在西方文学中的演变也无疑是从这种元理论发展而来的。照约翰·巴思的意见，这种"元小说"的目的就在于把作者和读者的注意力都引向创作过程本身，把虚构看成一个自觉、自足和自嘲的过程，不再重复反映现实的神话，而是模仿虚构的过程。[①] 尽管对这样的小说目前在西方理论界仍是存在争议的，但就我们来说，这种争论毫无意义。我们所要做的是对已经成为一种文学事实的中国当代新潮小说中的大量"元小说"仿作进行认真的梳理和分析，以寻绎某种具有实践意义的文学经验。

新潮小说中比较早地运用元小说技巧的作家是马原，他发表于1986年第五期《收获》上的《虚构》给文坛带来的轰动效应已远非新时期之初《班主任》等小说的影响所可比拟，更主要的是后者

---

① 巴思. 充实的文学：论后现代主义虚构小说. 大西洋月刊，1980（1）.

的成功主要得力于题材和主题的时代效应而前者靠的则是"奇特的文体"。小说的题目"虚构"似乎就在告诉我们：小说叙述的本质——虚构正是此篇小说的中心话题。小说的第一部分可以说是对小说叙述的虚构本质所作的调侃式理论阐述，它也被作为该小说的读解指南而劈头塞给读者：

  我就是那个叫马原的汉人，我写小说。我喜欢天马行空，我的故事多多少少都有那么点耸人听闻。

  明确地将叙述人（"我"）与作者（"马原"）画等号，旨在表明下面讲述的故事是作为小说家的马原"天马行空"杜撰出来的。对此，作家直言不讳："我其实与别的作家没有什么不同，我也需要像别的作家一样观察一点什么，然后借助这些观察结果去杜撰。"叙述人兼作者的这种"坦诚"的态度使得小说的似真性效果失去了基础从而土崩瓦解了。有了这样一针"防疫针"的作用，小说中"钻玛曲村""住安定医院"等表面看来极其写实甚至近乎通讯报道的文字都带有了虚假性。而在此后的故事讲述中，作为集作者、叙述人与主人公于一身的"我"虽不再这么肆无忌惮地谈论自己的写作秘诀，但仍不忘在故事讲得娓娓动听时突然现身给读者当头棒喝。比如当"我"有一天傍晚与女主人公谈到哑巴以及爬山等经历时，突然插入"我是一个写小说的作家，我格外注意人物说话的情形，我知道她的情况极为罕见"云云。再次强调"我"自己作为作家（虚构者）的身份，使得正在进展的故事又成为被谈论的对象，暴露了叙述的虚构本质。而最能体现"元小说"或"自觉小说"意味的是小说的第十九部分，即在临近故事结束的时候，作者兼叙述人直接跳出来与读者及受叙者对话：

  读者朋友，在讲完这个悲惨的故事之前，我得说下面的结尾是杜撰的。我像许多讲故事的人一样，生怕你们中的一些人认起真：因为我住在安定医院是暂时的，我总要出来，回到你们中间。我个子高大，满脸胡须，我是个有名有姓的男性公民，说不定你们中的好多人会在人群中认出我。我不希望那些认真的人看了故事，说我与麻风病患者有染。……所以有了下面的结尾。

马原在这里干脆把自己之所以要这么虚构的苦衷全抖了出来，从而使以上话语成了关于虚构的虚构，成为典型的元小说文体策略。

马原的其他许多小说也程度不同地使用了元小说技巧，如长篇小说《上下都很平坦》（《收获》1987年第5期）的开头就开宗明义地宣称："这本书里讲的故事早就开始讲了，那时我比现在年轻，可能比现在更相信我能一丝不苟地还原现实。现在我不那么相信了，我像一个局外人一样更相信我虚构的那些所谓远离真实的幻想故事。"此类反讽式的自省表明了对真实性的公开嘲弄与背弃。在故事的叙述中，叙述人、作者和主人公三位一体的"我"不时插入对虚构、对小说理论与技巧的议论，如："我在虚构小说的时间里神气十足，就像上帝本人。""我不知道那个叫马原的写这部小说时对我那里的实际情况知道多少，偶然失误？""不是我要把全部故事从头开始，我不是那种着意讨读者厌的傻瓜作家，我当然不会事无巨细地向读者描述姚亮走进知青点走进知青农场那一天的全部过程。"把为何如此写的底细这么告诉读者，即是一种典型的关于叙述的叙述，关于虚构的虚构。

马原之后另一个得"元小说"精髓的作家是洪峰。在他的《极地之侧》中，"我"频繁地变换身份，一会儿是叙述人"我"，一会儿是洪峰（作者），一会儿又是主人公（章晖或其他）。而开头两段中几句着意点明小说创作技巧上的考虑的话则是典型的元小说语式："在我所有糟糕的和不糟糕的故事里边，时间地点人物等等因素充其量是出于讲述的需要。换句话说，你别太追究细节。这样大家都轻松。""有个叫马原和一个叫程永新的人写信来说你这篇小说写得短写得好而且写得比别人好。我可以写短——我说话吃力自然做不来长文章，但我不敢保证这篇东西好更不敢保证它比别人的好。"此外在小说中间，作者还时常插入"这是洪峰的想象""你马上会想到：这女孩和洪峰之间要有故事开始""后来的事证明洪峰对了"之类旨在阐释小说何以这样讲述的话。显然，这种对于讲述过程的讲述既是对叙述本质的暴露，也是对小说似真性效果的颠覆。而在洪峰的另一篇小说《瀚海》中以讲述本身为话题的元小说技巧也同样被运用得极其圆熟。比如：

> 我的故事如果从妹妹讲起，恐怕没有多大意思。我刚才说到的那些，只不过是故事被打断之后的一点联想。它与我们后

面的故事没有关系，至少没有太大关系。所以今后我就尽可能不讲或少讲。这有助于故事少出屑头，听起来方便。

"听起来方便"这一叙述策略似乎成了故事何以这般讲述的唯一原因，而不是因为生活本来就是如此。作者甚至大胆到直言不讳地宣称："如果大家已经熟悉我这种故弄玄虚的讲述方式，我想大家现在就一定预感到这个故事的后半截又要发生某种意料之外的变故，的确如此。"在洪峰这里"故弄玄虚"的讲述方式倒成了故事之所以发生以及之所以这般发生的原因，根本就难以发现什么现实的依据。

洪峰而外其他新潮作家如苏童、叶兆言、格非、潘军、吕新等在运用元小说技巧上也都有成功的经验。苏童的《1934年的逃亡》中叙述者会突然兀立出来与读者对话："我是我父亲的儿子，我不叫苏童"；《算一算屋顶下有几个人》中叙述者有"两年前我就想写一篇关于屋顶和人的小说"的告白；《乘滑轮车远去》中有"下面我还要谈别人的事，请听下去"的插入语。如此等等都是元小说技术的绝好运用。叶兆言的《最后》和《关于厕所》也是新潮小说中比较杰出的两部元小说。《最后》一开篇就写一个叫阿黄的职员杀死了他的老板，作家把血淋淋的杀人细节描写得细致入微，表现了叙述人对于暴力行为的远距离的玩赏态度；第二部分突然杀出一个正在写这一杀人故事的"作家"（当然不一定就是叶兆言），以上的杀人场景正是这个作家写的，而且他正在因阿黄的杀人动机问题而苦恼。这样，小说就成了一部关于小说的小说，叶兆言的写作行为与小说中那个"作家"的写作行为交错并置，对小说写作秘诀的探讨成了其中心所在。它由三个部分组成：阿黄杀人；"作家"如何写阿黄杀人；叶兆言记录"作家"如何写阿黄杀人。由于我们一开始就知道，关于阿黄杀人不过是"作家"正在杜撰的故事，而且他还在为如何写作其杀人动机而苦思冥想，因而我们很清楚后面那个在阿黄、酒瓶子、鱼贩子和贞丫头之间发生的故事当然不过是为了解释阿黄的杀人动机而杜撰的，这即是暴露叙述行为而导致的似真性效果的消解。《关于厕所》同样是运用元小说手法的典范之作。小说由一个女青工小梅逛上海找不到厕所尿湿裤子的故事写起，其后不断地穿插"作家""我"对这件事的思考与回忆，旁征博引，并使整部小说发展成了一篇关于厕所的调查报告或研究论文。元小说所具有的那种叙述上的表演性特征可以说得到了淋漓尽致的发挥。在新潮作家中，潘军对于元小说技巧也可谓情有独钟，他的《南方的情绪》对于元小说表演功能的发掘简直到了令人叹为观止的地步。小说由作家"我"收到一个女人的匿名电话邀他去一个叫蓝堡的地方写起，其后"我"的历程和正在创作的小说《南方的情绪》就重叠起来，各种各样的人物都从不同的角度走进了《南方的情绪》之中。正如小说中所说："她落落大方地走进我的小说，凭借超人的机智和勇敢帮我杜撰情节以完成这部作品。可是她又中途不辞而别，那么关于她的故事在以后的章节里只能用省略的方式来表达了。这当然十分遗憾。"而整部小说就是在一种莫名其妙的神秘中走入一个又一个的歧途，《南方的情绪》最终也成了一个支离破碎的构思和写作过程的呈现。"我"游走于主人公、叙述人、作家、潘军之间，仿佛一个梦游症或精神病患者，在小说最后甚至宣称："不久前我作为作家的经历似乎很遥远，似乎发生在另一个人身上。我不过是作为旁观者，存在于那个荒诞不经的故事之中。我现在起居十分方便，健康状况也十分好，我简直弄不清是在别的地方还是在我自己的家里，一切都那么顺利。"这样，整部小说就处于一种建构与解构的循环之中，叙述行为也因此彻底暴露在读者的视野内。潘军的其他许多小说如《流动的沙滩》和长篇小说《风》等也都在暴露叙事方面有着成功的经验，此处不再赘述。晚生代的新潮作家同样表现出了对元小说技巧的特殊热情。无论是鲁羊的《弦歌》，还是陈染的《嘴唇里的阳光》，故弄玄虚的"作家"形象总是相当引人注目。

在新潮作家的文本中，对元小说策略的运用方面可举的例子还很多，这一技巧因为凸显了作家在叙述方面的自主性和能动性而深受新潮作家的喜爱。某种意义上，它主要涉及的是小说的技巧层面，具有很强的可操作性，这就为以标新立异为艺术追求的新潮作家表演叙述的技巧提供了条件。此外，新潮作家普遍生活和人生体验不足，这更促使他们把艺术的热情投注在形式的花样翻新上，元小说可以说是他们找到的第一颗灵丹妙药。新潮文本在整体上呈现出元小说的风格实在也不是不可理解的了。

从叙事学意义上说，"暴露叙事"与"元小说"策略在对第一人称叙事功能的挖掘上确实功不可没。中国新潮作家在反叛传统的小说观念和小说写作模式时，最初所致力进行的一场"技术"革命也可以说就是小说人称的革命。而由"我"替代"他"而带来的新潮文本浓烈的叙事表演色彩也正构成了新潮小说共同的叙事风格。这显然是与新时期以来广大作家追求个性和自我表现的强烈愿望合拍的。现在回过头来重新审视这股第一人称创作潮流，我们当然承认这里面有着许多显而易见的不如人意之处，但在新潮小说诞生之初"第一人称"的革命意义仍是不能抹杀的。某种意义上，一大批新潮作家正是以他们小说中的那个"第一人称""我"来占领文坛和读者的。对于马原的认识离不开《虚构》中的"我就是那个叫马原的汉人"这一经典句式，对于苏童的接近也离不开《1934年的逃亡》等小说中的"我叫苏童"等叙事话语的反复提示，而余华、叶兆言、洪峰、孙甘露、吕新、潘军也无不与他们文本中的第一人称"我"具有某种同构性。在我看来，"第一人称"叙事策略的发现和运用对于新潮小说的意义至少有两个方面。

一方面，第一人称叙事为新潮作家表现自己的反叛姿态、阐扬自己的艺术观念和艺术个性提供了机会。通过第一人称"我"的全面表演，新潮作家的主体性和被压抑的自我都得到了极大程度的释放。新潮小说文本之所以一下子就与传统小说文本拉开了距离，新潮小说文本之所以有那么多彼此不同、相互冲撞的"话语"，根本原因也就在于这种第一人称叙事对于小说生产力的解放。第三人称的叙述方式可以说是理性主义时代最权威的叙述方式，它对于开拓潜在小说深层结构中的普遍性的理性道德主题可以说功不可没，但同时这样的叙事视角又把小说文本限定在一种千篇一律的道德话语结构中，离开了特定的主题深度模式，它的意义将无从呈示。而对于新潮作家来说，他们要打破的也就是这种陈旧的观念和模式，要铲除的就是这种"深度"神话，他们力求使现代小说叙述从"道德化"的理性束缚中解放出来，自由而随心所欲地去面对道德之外的那个"物的世界"。对此，罗布-格里耶在他的《未来的小说道路》一文中曾作过生动的说明："我们必须制造一个更为实体、更为直观的世界，以代替现有的这种充满心理的、社会的和功能意义的世界。让物件和姿态首先以它们的存在去发挥作用，让它们的存在驾临于企图把它们归入任何体系的理论阐述，不管是感伤的、社会学的、弗洛伊德主义，还是形而上学的体系。"[①] 而显然，此种对于"物的世界"的还原，第三人称叙事自然是无力承担的，只有作家采用具有限制特征的第一人称叙述，以确认和接受某种时空限制的方式叙述

---

① 罗布-格里耶. 未来的小说道路//柳鸣九. 新小说派研究. 北京：中国社会科学出版社，1983.

故事，以"我"的眼光去确认这个感性的世界，存在的本真性和"物性"才能真正呈现。

另一方面，第一人称叙事大大拓展了小说形式实验的可能性。实在很难想象，如果没有第一人称对于新潮小说文本的全面入侵，新潮小说全新的文本形态和叙述实验如何成为可能。我觉得，第一人称叙事功能的全面挖掘正是新潮小说文本形式花样翻新的一个艺术前提。无论是新潮小说故弄玄虚的话语方式还是新潮小说飘忽不定的结构形态都是在第一人称叙事的导演之下完成的。在第一人称的制导下，小说的主要人物已经不再是叙述对象，而是叙述者本身了。正如娜塔丽·萨洛特所说："小说的主要人物是一个无名无姓的'我'，他既没有鲜明的轮廓，又难以形容，无从捉摸，形迹隐蔽。这个'我'篡夺了主人公的位置，占据了重要的席位。"① 而随着人物关系的变化，小说的话语、结构等等也都必须作出相应的调整，新的小说形式据此可说是应运而生了。叙述者以参与的态度卷入到事件中去，他的一言一行、一举一动，甚至情绪的微小变化都可能影响到叙述的节奏和速度，带来叙述时空的变化，并进而改变小说的结构形态。而尤其当新潮作家在他们的小说文本中赋予精神病人、白痴、罪犯、儿童等主人公以第一人称叙事权力时，小说叙述的随机性、任意性和变幻性也就更为引人注目了。由于小说主人公"我"的心理活动变幻无常，完全带有个体活动的色彩，因而有鲜明的不确定感和变幻感，这既有效地打破了理性的逻辑规范，又为新潮小说创造了前所未有的非理性化倾向。

在新潮作家的文本中，对于元小说策略的运用可以说已经成了一种普遍的策略，从马原开始，几代新潮作家创作了大量的元小说文本，我们当然没有必要在此对这些文本一一进行举例分析，但我们要弄清的是，新潮作家何以如此热衷于在小说中"出头露面""自我暴露"。在艺术层面上，我们当然可以认定这种叙述行为的暴露是一种艺术主体性和能动性呈现的结果，它主要涉及的是小说的技巧层面，具有很强的可操作性，这就为以标新立异为艺术追求的新潮作家表演叙述的技巧提供了条件。更重要的是，这种技巧具有"西方性"和"现代性"特征，这为新潮作家克服滋生于20世纪80年代的因为纯文学神话和现代性滞后而来的艺术焦虑症提供了通道。

---

① 萨洛特. 怀疑的时代//柳鸣九. 新小说派研究. 北京：中国社会科学出版社，1983.

但从精神文化层面上来说，这种叙述技巧的选择恰恰源于其主观性，它使得作家真正成了小说世界内的第一主人公、一个最大的主体，它使作家有了自我实现的真正的满足，从而完成了对历史、现实与意识形态遮蔽的有效反抗。我觉得，从作家自我意识的满足和主体意识的成长的角度来看，这种暴露叙述策略更有意义，它使在个体与历史、时代的对峙中日感渺小、屡遭压抑的作家拥有了一个独一无二、自说自话、主宰一切的虚拟舞台，这应该说不失为中国当代知识分子从"文革"灾难中苏醒过来后培养自信心的一种有效方式。此外，还不得不说的是，这种"暴露"性的写作又恰恰是一种最容易、最简单的写作，它如果能够代表某种艺术现代性的话，那无疑也仅仅是一种表层的现代性，它是以对艺术本身的复杂性和丰富性的牺牲为代价的。某种意义上，这种表演性的写作反证的正是新潮作家艺术能力的不足，在那样的时代，新潮作家还无力对生活、历史、人生进行更深刻的诠释，他们只能在一种虚假的"形式"想象中完成对一个时代文学的虚拟的救赎与超越。换句话说，也许正由于这种"技艺"是"他者"，是"西方性"的、非中国的，新潮作家才更夸张地在小说中"自我现身"，以强调自己的存在，以防"自我"被"西方"的技艺再次遮蔽。

第二，小说时空设置的"历史化"策略。

新潮小说虽然从1985年前后登上文坛至今已经有了三代人、三个潮头，但从其文本上来看，远离现实醉心历史的趋势则似乎一直被保持下来了。莫言的"红高粱"系列、马原和洪峰的"知青"系列、格非的"迷舟"系列、苏童的"枫杨树故乡"系列、叶兆言的"夜泊秦淮"系列以及为新潮作家所共同爱好的"旧家族"和"兵匪"题材系列、90年代新崛起的新潮长篇小说系列无不以对于历史的刻意书写而引人注目。对于"历史"对中国文坛的大肆入侵所带来的中国当代文学的奇特景观，文学批评界曾宣称是一种新的小说流派"新历史小说"诞生了。但出现于新潮小说文本中的历史显然与我们传统所理解的"历史"大相径庭。在这里，"历史"已经被剔除了"历史"本身所内含的那些特殊的人文涵蕴，而呈现为一种较纯粹的"历史"时空或氛围。这种"历史"氛围不以真实的历史事件、历史人物为根据，只是把小说人物活动的时空前推到"历史形态"中，时间的历史性和人物故事的现代性并行不悖，有点近似于"现代派着古装"。某种意义上说，新潮作家在其文本中所努力建构的"历史"本质上说已不是一个主题话语而是被改写成了一个形式话语,它的被读解也要求我们必须脱离其物象性和意象性的层次而从叙事策略的角度加以观照。在新潮文本中,小说时空被先验性地设定为"历史",这就使小说的叙述中"记忆"成了一种特殊的操作方式。某种意义上,新潮作家正是以"记忆"的方式重温人类的经验,同时又把现实的经验"记忆"化。毫无疑问,在新潮作家这里,"历史"本身也不过是一种主观性的"记忆"和虚构。对于"记忆"的大规模挖掘和表现某种程度上已构成了新潮小说的一种特殊风景。几乎所有的新潮小说的故事都是以"记忆"的方式展开的,回述和回溯的语气可以说是新潮小说叙述者最典型、最乐于使用的叙述语式。就从童年视角来说,从莫言的小说开始,以童年的视角观照成人世界就成了新潮作家们的一个共同的叙事爱好。苏童的"童年"系列和"枫杨树故乡"系列、余华的《呼喊与细雨》等少年生活系列、陈染的"黛二"系列、韩东的"下放地"系列等等都是以童性思维与成人世界的冲突来观照和表现生存主题的。在这种童性叙事面前不仅现实的逻辑秩序被大范围地颠覆与瓦解了,我们既有的话语方式、感觉与思维方式也都全部面临着断裂、崩塌的危险,甚至时间和空间的内涵在这里也都被改写了。在这里,现实与历史之间的界限似乎已经泯灭,而第一人称"我"的叙述的经验性限制和必然的"过去"化指向事实上也正为新潮作家"历史化"叙事策略的实施提供了条件。

当然,在从"形式"的层面对"历史"进行分析和阐释之前,我们仍然首先必须确立一个理论前提,那就是对于"历史"的主题和精神意义的充分确认和尊重。因为,对于作家来说,每一种文学选择都必然伴随着特定的情感体验和价值判断,其复杂的心态结构和精神活动具有关联社会学、心理学、文学、思维学等众多精神领域的泛文化的内涵。而"历史"在新潮作家这里也恰恰首先是一种具有特殊实践价值和理论价值的精神现象。它与新潮作家颠覆文学意识形态和权威话语的总的主题意识是一脉相承的。"历史"固然是新潮作家逃离现实的一种表现,但更是他们的创作自由得以充分发挥的温床。在"历史"的庇护下,新潮作家可以不顾一切既成的文化和文学规范的制约,对于整个世界(包括历史和现实)进行纯审美化的自由建构与创造。正因如此,在新潮小说中"历史"的本来面目已经被新潮作家彻底消解了,经由新潮作家的误读与改写,历史最终只成了一种特殊的精神活动的思维载体和媒介。其功能正好验证了罗曼·罗兰对历史的描述："历史所能做的只是表现某种精神气质,即关于当代事件及其与过去将来关系的某种思想方法与感觉方式。"① 另一方面,虽然对于"历史"的执迷体现了新潮作家对"现实"言说能力的缺乏,然而我们也应该看到"历史"其实乃是新潮作家的双重策略的体现,除了下文我们将要重点分析的形式策略之外,它还是一种特殊的生存策略。新潮作家如果要在中国这个有着特殊文化禁忌的国度里进行切实可行的文化颠覆和亵渎活动,离开了某种特定的"障眼法"是难以想象的,而"历史"氛围正是这样一种有着生存保护功能的"障眼法",它既满足了新潮作家自我实现的心理需要,同时又在将"现实话语"转化为"历史话语"的过程中赋予了"现实"新的"意义",这也就如罗兰·巴特所说的:"历史话语并不是顺依现实,它只是赋予现实以意义。""它大概是针对着实际上永远不可能达到的自我之外的所指物的唯一的一种话语。"② 不过,对于新潮小说中"历史"主题意义的认同和尊重,并不能使我们完成对"历史"的全面理解和阐释,要标示"历史"之于新潮小说的实际意义,仅仅从主题意义着手是远远不够的。或者我们甚至可以说,纯粹的主题分析注定了只能是一种"误读"。只有换一个视角从新潮作家的叙事形式的革命入手,我们才真正获得了深入"历史"堂奥的机会。"历史"的全部话语价值和革命性也将在此得到彰显。实际上,"历史"对新潮小说来说,完全是一种虚拟性的"空间",它对新潮作家来说心理学的意义甚至要大于艺术的意义,因为正是有了"历史"这个不可"验证"的"能指化"的巨大空间,新潮作家才有了随心所欲地想象"历史"与"现实"的巨大自由,才有了克服源自现实的心理障碍与恐惧的信心。

新潮小说在把"历史"(包括现实)能指化、虚拟化之后,不仅为小说形式的建构创造了条件,更重要的是为小说赢得了随意处置历史与现实的自由及合法性。如果说,在本质主义的历史观面前,作家面对历史这个强大的主体时只能处于一种弱势的自卑地位的话,那么在新潮小说这里"历史"的主体性已经消失,它变成了一个被创造、被叙述出来的"对象","历史"与作家的地位发生了根本的

---

① 罗兰. 法国作家论文学. 北京:三联书店,1984.
② 巴特. 历史话语//张文杰,等. 现代西方历史哲学译文集. 上海:上海译文出版社,1984.

改变。作家成了历史的主宰,这对作家自我想象的满足无疑是非常有益的。苏童的《我的帝王生涯》可以以一个完全虚构的、子虚乌有的王朝和皇帝来寓言化地书写中国历史与宫廷文化,刘震云的《故乡相处流传》也可以把从曹操以来的几千年的历史进行戏谑和反讽性的描写,他们对"历史"的想象无疑是夸张的、极端的,甚至是武断的,但这种想象因为越过了"史学"的疆界而顺利逃脱了意识形态的监控。从一定意义上,新潮作家的"越界"想象正是因为"历史化"的氛围而被宽容,被默许,被合法化了。与对待正统的历史小说不同,新潮作家的小说几乎从来就没有被计较过他们的"历史观"。他们对"历史"偶然性、神秘性、宿命性的展示,对灾难的渲染,对战争正义性的消解,对人物正邪界限的消除,都以"形式"或艺术的名义得到了某种肯定与纵容。可以说,在"探索"的名义下,新潮小说突破了所有的文化与现实的禁忌,甚至还挑战着人类道德、伦理与正义的底线,但因为这一切都在"历史"的掩护下,所以其并没有与现实(包括政治与意识形态)发生实质性的冲突。

在新潮小说这里,"历史"是罪恶的、血腥的、欲望的、非理性的,新潮作家无意去呈现一个完整的"历史图像",而是热衷于对"历史"的阐释,这种阐释以强调自我欲望的合法性为前提,以对于道德或理性视野中"历史"的颠覆为旨归,有着强烈的寓言化色彩。"现实"与"历史"完全同构,现实与历史之间的界限似乎已经泯灭,它们遵循共同的逻辑原则,即使余华的《现实一种》这样以"现实"命名的小说,我们也完全可以读到一种"历史"的腐朽气息。实际上,对新潮作家来说,"历史"已经成了涵盖了"历史"与"现实"本身的"大在",它是新潮作家对于世界进行终极想象与解释的基础,因而具有不可避免的形而上学特征。但是,我们看到,新潮小说中的"历史"又并没有因为寓言性和形而上学特征而陷入空洞、抽象、概念化的泥潭,反而具有感性的丰富的形态,这主要得力于新潮作家"大寓言,小细节"的历史书写策略。一方面,新潮作家总是自我"现身"渲染对待历史的情绪与感觉;另一方面,新潮作家总是对历史的局部情境和具体细节情有独钟,而这正是"历史"得以具象化的根本原因。

当然,以个体化视角对于"历史"进行随心所欲的消解,其追求的最终结果是小说"时空"的高度能指化和"时空"结构的非理性化、非逻辑化,"历史"没有了所指,只成了情绪化和想象化的

"可能性"片断，这固然有利于新潮作家艺术创造性的发挥，但似乎也隐含着虚无主义的致命缺陷。更重要的是，新潮小说的"历史化"策略较成功地彰显了作家的自我，较成功地告诉我们"历史不是什么"，却没有能力告诉我们"历史是什么"，这实际上还是没有解决"历史"被遮蔽与被误读的问题，说穿了，对"历史"的"迂回"战术固然可以显示新潮作家的聪明，但不敢对"历史"正面强攻、正面建构终究还是显示了他们艺术能力的欠缺。

第三，游戏化策略。

新潮小说以反叛的姿态登上文坛，这种反叛既表现在观念、思维、精神层面上，也落实在艺术实践层面上。对叙事解放、艺术自由的追求，对各种艺术桎梏（传统的理念、现实的规约）的打破是新潮小说艺术反叛的内涵。在这方面，"游戏化"策略的成功运用可以说是推动新潮小说"革命"历程的关键所在。

游戏，在中国实用主义和功利主义至上的语境里似乎并不是一个褒义词，它对应的可能是不严肃、亵渎神圣、玩弄文学等含义。但实际上，从文学艺术的起源来说，游戏恰恰是一个根本性的源头。从亚里士多德到维特根斯坦和尼采，西方先哲们都充分肯定了"游戏"之于文学艺术的重要性。对中国新潮作家来说，对游戏化策略的选择，一方面可以视作对于文学艺术本性的一次重新认识，另一方面更是一种无奈之举。因为在80年代的中国文学语境里，对"大词"、对"宏大叙事"的推崇，仍然是一种普遍的文学趣味，要使文学生存从这种过于沉重的想象与期待里解放和摆脱出来，"渐进"的"改良"的方式显然是行不通的。这正是"游戏化"这种极端的，似乎有损自我文学形象的文学策略成为新潮作家首选的一个重要原因。

新潮小说的游戏化策略，首先表现在对于启蒙叙事和道德叙事伦理的颠覆。许多人抱怨中国文学的政治化和意识形态化，但是大家常常忽略了支撑这种政治化和意识形态化的文学背景。我觉得，中国的文学传统、大众审美基础正是滋生这种现象的土壤。而从20世纪中国文学来说，"五四"以来的启蒙叙事伦理以及现实的代代相承的道德伦理某种程度上也强化了文学的政治性与意识形态性。新潮小说对启蒙伦理和道德伦理的解构，可以说找到了解放被重重束缚的中国文学的根本线索。新潮作家对历史的神秘化、非理性的解读，对人物的符号化与物化的处理，对欲望与潜意识的挖掘，对人性的本能与罪恶的放大等，不仅使得"五四"以来启蒙叙事伦理面临真正的崩溃，而且强大的道德伦理也终于变得摇摇欲坠。更重要的是，借助这种伦理颠覆，新潮作家不仅建立起了面对世界和人时的绝对"自由"与绝对"主体"地位，而且这种游戏化的姿态也使得现实的伦理、道德规约对他们失去了约束力，可以说，他们以"自降一格"的方式赢得了"现实"对他们的宽恕。

其次，新潮小说的游戏化策略，还主要表现在语言的游戏化方面。对于新潮小说来说，其文本的绝对中心毫无疑问就是语言。在语言上新潮作家投注了他们最大的热情，也表现了他们最出众的才华和智慧。语言是新潮小说所发动的一切意义上的文学革命的总前提，离开了语言，新潮文本的革命意义不仅会大打折扣，甚至根本就不复存在了。某种意义上，新潮作家所要呈现并希望引起注目的也正是语言，他们的作品可以没有主题，没有人物，没有故事，没有结构，没有意义，但就是不能没有语言。本质上新潮作家是把语言作为一种至高无上的文学存在崇拜着的，语言的光辉是新潮作家所企盼的最高文学境界。一方面，新潮作家把语言视作他们与世俗现实对抗的有效手段，语言的本体性和作为海德格尔意义上的"存在家园"的神性都是他们所致力于表现的目标；另一方面，语言的超越性又使他们在颠覆了一个现实世界的同时，重造了一个同样强大的语言世界，从而在对语言的挥洒中获得了创造世界的巨大愉悦。显然，从叙事策略的角度来看，语言无疑是新潮作家的一个最为基本的策略，它最终决定了新潮小说的文本形态和艺术风貌，并成了新潮文本当之无愧的第一存在。而具体地描述新潮小说的语言策略，我们又不得不与"游戏化"这个曾被本文反复言及的语码遭遇。蒋原伦在谈到新潮小说的语言时曾戏称：老派小说读故事，新派小说读句式。其实新潮小说在语言上的独特匠心，不仅要我们去读句式，而且要读词汇，甚至读标点。很大程度上，我们对新潮小说感到新奇，感到非同凡响，也正是从它们那出其不意的语感、句式、词汇组合上体验出来的。所谓新潮小说的读不懂最先就是从语言的陌生感衍化而来的，新潮文本即使不用深奥冷僻的语汇（实际情况是新潮作家恰恰有这方面的爱好），每一个句式、句群、段落也常会令人产生不知所云之感。许多人抱怨读新潮小说每一句话都能懂，但能懂的话组合成一个段落或文章时却不懂了，讲的就是这种情况。可以说，新潮小说语言的游戏化策略也正是导致其在文本结构、故事形态、主题蕴涵等层面上的革命性的主要艺术因素。

在新潮小说的文本中，语言往往呈现出自然流动的多种形态，语言的自我增殖能力的过于强大，常使文本的话语处于一种无规则的"失控"状态。在新潮文本中，语言脱离所指的自我指涉与无限能指化是游戏性的最典型表征。"能指"和"所指"本是索绪尔创用的一对语言学术语，用来指涉任何符号所必然具有的两个方面。但在新潮小说这里，"能指"和"所指"的有机联系却被有意割断、阻隔了。苏童、叶兆言等如今的小说虽然有较强的故事性甚至通俗性，但他们初期的新潮创作都不同程度地存在着语言所指与能指脱节的现象。苏童的《你好，养蜂人》、叶兆言的《枣树的故事》中就都有这种语词游戏的典型例证。余华的小说中也是屡见不鲜，他喜欢将其语言的所指延宕，从而造成特殊的文体效果。《往事与刑罚》中那个折磨人的"刑罚"究竟是什么，直到文本结束也未完全揭示出来，也许根本就是子虚乌有；《鲜血梅花》中的主人公所追寻的仇人的具体所指也一直被悬搁着，到结尾才初露端倪；而《四月三日事件》更是有着法国新小说的语言色质。

如果说余华对于语言的游戏策略主要表现在对于语言"所指"的故意延宕的话，那么孙甘露则更富绝对性，他的文本甚至根本就不出示所指，而让纯粹的能指化语流在小说中任意地播散。他的小说可以说是最典型的能指化文本，语言无所顾忌的自由戏嬉常使读者如堕五里雾中，不知其所云为何。《信使之函》中连续使用26个"信是……"的句式，可究竟"信是"什么却令人通读全篇依然不得要领。《访问梦境》《请女人猜谜》两部小说也因为所指的缺席而呈现出晦涩难懂的文本形态。可以说，他的小说是完全能指化了，所指则被虚化和隐匿了。各种各样的能指在他的文本中自由流动，构成了语言自我指涉的怪圈景象。孙甘露之外，吕新的《南方遗事》和《中国屏风》以及鲁羊的《某一年的后半夜》等小说也具有同样的语言特色。

需要指出的是，新潮作家对于语言游戏化策略的运用是有着特殊的文学意义的。我们不能简单地把它视为玩语言、玩文学。事实上，语言问题确实是文学创作的一个最根本的问题。因为文学说到底只能是语言的艺术，离开了语言的传达，文学将注定只是一个空洞的神话。新潮作家把语言放到一个绝对化和本体化的地位正是新潮作家文学思维发生革命性转变的具体表现和主体性高度张扬的必然结果。在新潮作家的努力下，不仅中国小说语言的表现力、可能性、丰富性得到了最大限度的发挥，而且以语言为契机，中国文学的面貌和中国文学的观念都有了根本性的改观，其最突出的征象就是文学向其主体性和本体性的复归。

二、叙事结构：迷宫情境下的空缺、重复与多重本文

对于新潮小说的叙事策略有了大致的了解之后，我们阐释新潮文本的内部组织的条件就基本成熟了。在这里，我们将首先对新潮小说的文本结构进行分析和描述。某种意义上，对结构的强调也是新潮小说形式革命最突出的表征之一。结构作为新潮小说最重要的形式话语，它对新潮文本的表现形态可以说有着举足轻重的影响。对于结构的苦心经营，一方面使新潮小说具有与西方形式主义小说相近似的结构品格和文本魅力，另一方面又使崇尚智力游戏的新潮作家们获得了充分展示自己才华和智力优越性的机会。而对新潮小说形式主义的评价，也很大程度上基于对其文本结构革命性和陌生化的认识与评判。因此，我们认为对新潮小说的文本结构作出正确而符合实际的阐释是我们进入新潮小说形式世界首先必须跨越的一道门槛。在新潮作家对于小说结构所作的种种具有强烈革命性的艺术探索中，我们会对新潮小说整体的形式特征有初步的观照。

考虑到新潮小说诞生的特殊文化语境，我们对新潮小说文本结构的探讨也不能离开矗立在新潮小说背后的世界现代文学的宏观背景而孤立地进行。我们将不得不看到正是西方现代文学所促成的新潮作家的观念变革催生了新潮小说的结构实验。今天评论界普遍认同的对于新潮小说所谓"迷宫"结构的命名，其实也是由许多观念层面的革命支撑着的。这些观念包括因果必然律的抛弃、线性生活链的打破以及叙述与描写的分离等诸多方面，由于在本书第 2 章我专门对此有过分析，此处就不再申述了。而具体说来，新潮小说的所谓结构"迷宫"又更多的是受了阿根廷人博尔赫斯的影响，新潮小说的不少文本都有典型的博氏烙印。格非某种程度上被公认为博氏最得意的"中国弟子"，而孙甘露也不止一次表达过对他的喜爱："博尔赫斯的身世是我无限缅怀的对象之一。他对古籍的爱好，对异域的向往，对迷宫的神秘注释，对故乡加乌乔的隐秘感情，对诞生地布宜诺斯艾利斯的不厌其烦的评论，对形而上学的终身爱好，对

死亡和梦的无穷无尽的阐发是我迷恋的中心。"① 当然，在新潮作家这里，其结构"迷宫"是仍有着鲜明的艺术创造性的。不仅不同的作家对迷宫的建构方式各自不同，就是同样的迷宫内部其层次也是富有变化的。在我看来，新潮作家对于"迷宫"的营构大致有三种方式。

其一，文本空缺的大量运用。

作为一种追求难度的叙事，新潮小说对线性叙事和因果逻辑叙事持排斥的态度，叙事的空缺、突转、反常甚至无厘头成为常态。小说因此变得难解，不仅主题、意义、人物的完整性难以呈现，即使故事和情节本身也失去了连贯性，文本需填补的"空缺"比比皆是。

"空缺"在新潮文本中的呈现形态是多种多样的，它既可以是人物的"空缺"（死亡或失踪），也可以是情节、故事的"空缺"（中断或分岔），还可以是语言或意义的"空缺"（所指的延宕或缺席）。在此我特别要提到的是新潮小说的"迷宫"结构。在新潮小说的几乎每一部文本中都横亘着一个难以索解的"迷宫"。整部小说的行进方式似乎是在破译这个"迷宫"，但其实越是走近"迷宫"，"迷宫"就越是不可理解。《风》和《敌人》都叙述了对一次发生在历史上的家族火灾原因的查找，主人公力图通过现实的调查追踪去填补那个历史原因的"空缺"，但历史的"空缺"非但未能补上，填补的过程反而成了新的"空缺"和"迷宫"诞生的温床——主人公莫名其妙地死亡和失踪。这样，大的空缺滋生小的空缺，整部小说都陷入了神秘莫测的迷宫情境。而叶兆言的《五月的黄昏》、北村的《聒噪者说》和格非的《迷舟》《黄昏》也是这方面的代表作。《五月的黄昏》对叔叔死亡原因这一"空缺"的查找与猜测、《聒噪者说》警探对于一次死亡事件的调查最终都以主人公面对"迷宫"时的茫然与无奈而告终。

此外，在苏童、余华、吕新、潘军等新潮作家的文本中这种利用叙事空缺来建构小说结构迷宫的成功之作也极多，这里由于篇幅关系就不再列举了。但我们要强调的是，"空缺"又绝不仅仅是一种单纯的形式话语，它同时也是一种哲学意识的体现，它是和新潮作家看待现实与历史的世界观密切联系着的，它体现了新潮作家对于

---

① 孙甘露．写作与沉默．文学角，1989（4）．

世界可知论的彻底背叛和对于"不可知论"的虔诚认同，是新潮作家消解小说主题及意义的一种方式。它在构成新潮小说的特殊叙事结构的同时，也在主题意义上颠覆了"历史"和"存在"本身。它既使新潮文本呈现出难以索解的迷宫结构图景，又赋予了新潮小说主题意旨的多重性，本质上它也是构成新潮小说难懂性、晦涩性和不可阐释性的一个重要根源。

其二，重复的反复出现。

在新潮小说的迷宫结构中，我们一方面与大量的"空缺"不时遭遇，另一方面又不得不在新潮作家所设置的一连串"重复"中兜圈子。我相信，"重复"也是我们正确描述新潮小说的迷宫结构不得不破译的一个重要的形式语码。对于"重复"的理解，我们当然也不能抛开新潮作家对于"存在"问题的探索而作孤立的考察。我觉得，"空缺"与"重复"并不是对立而是统一的，它们是解构策略下的两个最重要的范畴。

格非的《褐色鸟群》是对于"重复"进行极端性运用的典型。"我"与少女"棋"的三次相遇，情境是重复的，但彼此又是相互排斥和否定的，这种"重复"的哲学意义多少掩盖了其在形式结构上的特殊价值。而实际上，在新潮小说这里"重复"是一种非常突出的小说结构手段。所谓迷宫结构，离开了"重复"这一有效的建构手段是无法想象的。而具体地看，"重复"在新潮文本中的呈现方式也是极其富于变化的。这里当然有刚刚分析的《褐色鸟群》为代表的结构性和主题性高度重合的"重复"，更有情节、意象、人物、细节甚至话语等纯粹形式领域的"重复"。余华的《此文献给少女杨柳》就不失为一部对"重复"进行了纯结构化探索的小说。整部小说以三次重复组成：叙述人客观叙述一个外乡人为寻找献眼睛的姑娘去小城"烟"路遇沈良向他讲述谭良和炸弹的故事；叙述者"我"听桥洞里的人讲十年前和"我"一样的对一个少女的内心经历以及这个少女杨柳的眼球治好他眼睛后他去小城"烟"遇一个老人讲谭良和炸弹的故事；最后是"我"自己眼睛失明，一个白血病患者杨柳的眼球移植给"我"的故事。外乡人、桥洞里的人和"我"相同而重叠的经历以不同形式不同话语状态呈现的扑朔迷离的"重复"正是这部小说结构的全部。只是由于"重复"在小说中被强调得过于外露，因而它成了镶嵌在文本中的结构硬件。这就使小说结构在获得那种梦寐以求的"迷宫"效果时也不得不以美学魅力的丧失为代价。而格非的小说《傻瓜的诗篇》同样是运用话语"重复"来结构作品的成功之作。在小说中作家有意"重复"了这样一段话:"……他好像是走在一条乡间的麦垄中,父亲带他去村外钓鱼;又像是走在去大兴安岭的路上,北方的雨来得又快又急,将道路砸得坑坑洼洼。"这段话先是在描述杜预的梦境时被讲述,后又在他对父亲的回忆中出现,再后来当他在雨中想到莉莉时这段话又被"重复"了。通过"重复"我们对杜预的精神创伤以及他梦境般的生活现实就获得了一种理解,而小说也就可以在现实与历史以及梦境、幻觉与真实之间自由结构。

在这里,我显然无法对新潮小说的众多"重复"形态进行分析,尽管如此,我觉得对新潮文本意象化"重复"的审察仍然不能省略。我要特别指出的是,我们通常所谈论的新潮小说的意象化的结构,其实也正是"重复"的艺术手段得以成功实现的典型成果。在苏童的长篇《我的帝王生涯》中,如果离开了在其文本中反复出现的"纸鸟""棕绳"等结构性的意象,我们对整部小说的把握就会遇到许多困难。同样,对于潘军的长篇小说《风》来说,那穿行于文本中的一次次出现于人们面前的"风""火"以及"坟墓"意象也都起着相当突出的结构作用。说《风》是一部迷宫小说,很大程度上也正与这些无法索解、充满歧义的意象之谜有特殊的关系。在余华的《古典爱情》、吕新的《抚摸》、叶兆言的《枣树的故事》等小说中意象的"重复"也是屡见不鲜。某种意义上说,新潮作家在打破情节的线性因果之后,意象性的"重复"可以说是他们发现的一个具有充分艺术功能的结构手段,借助于它不仅小说的松散的情节获得了整体联系的可能性,而且在"设谜"的同时也有效地为"解谜"指明了路径,从而增强了新潮文本的可解读性。我觉得,在新潮作家这里,重复的意象、故事和话语本身就是一些特定的能指和"谜码",它们反复出现正构成了迷宫结构的基础,因为重复的出现不是使故事、情节更清晰,相反却是对于故事"透明性"和"敞开性"的一种有意遮掩。

其三,多重本文的成功运作。

我个人认为,对于新潮小说来说,如果"空缺"与"重复"作为艺术手段为新潮文本的迷宫结构提供了可能性的话,那么多重本文的叙事策略则进一步赋予了这种迷宫结构更大的现实性,而且显而易见,多重本文的可操作性也大大超出了前二者。也可以说,"空缺"与"重复"之能在新潮文本中成功呈现本就是多重本文的叙事策略成功运作的结果。正因如此，我们应把多重本文的艺术方式作为迷宫结构的核心和基础，并对它展开切实而有效的分析与阐释。

我相信，新潮作家在他们的文本中设置迷宫，其根本目的并不是为了拒绝读者，而是为了更有效地召唤和引诱读者。这就决定了新潮文本本质上的开放性。而多重本文正是这种开放性的实践手段和具体体现。在进入这个话题之后，我们会发现几乎每一部新潮小说文本都不同程度地烙上了多重本文的烙印，我们甚至可以说多重本文是新潮小说最具共性的一种形式话语。

马原的《冈底斯的诱惑》《拉萨河的女神》《虚构》等小说已经开始通过"拼贴式"的结构，把各自不同、相对独立的故事"拼贴"在文本中，从而形成多重本文的形态。不过，马原对于多重本文的运用还很不彻底，其文本的开放意义也极其有限。真正在小说中全面探索多重本文的无限可能性而又成绩卓著的是马原后的洪峰、孙甘露、苏童、潘军、余华、叶兆言、格非、吕新、鲁羊等这批作家。要指出的是，如果从策略意义上说，多重本文与本书前面曾经探讨过的"元小说"策略有着明显的因缘关系，同时也有着巴赫金"复调小说"理论的烙印。"元小说"强调对于小说叙述的叙述，对于小说虚构的虚构；"复调"理论强调文本内不同声音的"对话"和"多音齐鸣"。这些理论原则无疑都为新潮作家进行双重本文的结构实践提供了切实的理论依据和参照。而从具体运作方式上看，新潮作家普遍运用的"暴露"小说构思和操作"过程"的本文策略也更可以说是由这两种理论直接催生的。如果说，在马原和洪峰的小说中这种对构思和写作过程的"暴露"还仅局限于叙述人进进出出于故事不断打断故事进程的"自我叙说"所强化的小说"虚构性"的话，那么这种浅层次的多重本文结构在孙甘露等小说家这里已经被发展得相当圆熟了。孙甘露的《请女人猜谜》中我们目睹了《眺望时间消逝》这另一重文本，而在他的《境遇》中我们则直接参与了作家对《境遇》这部小说的构思和创作的全过程，在这部小说的开头作家就直截了当地向我们陈述了文本的双重性。

> 这个故事和我们的日常生活是并行不悖的，它只是一些较次要的方面远离我们的习惯。
>
> 这个故事开始的年代很早，几乎可以说遥远。因此，对某些细节我只能小心地推测。故事延续的时间很长，直到今天还

没有结束，我只好放弃在一部小说里对人物和事件作出评价和判断的权利。更让我为难的是，故事的主人公似乎是我的慈爱的母亲，这就给冷静而客观的叙述带来了不小的障碍。

　　还有一些多余的话不得不说。我刚开始写小说那会儿，通常不交代时间地点，倒不是想让小说蒙上虚幻的色彩，只是贪图方便，好在什么人无端生事时避免麻烦。可这一来没想反让小说沾上了乌托邦味，这类幼稚的想入非非叫今人着实取笑了一通。这个叫《境遇》的故事的真实程度依然十分可疑，我试着在若干章节内给出准确的时间和详细的地址，以期像时钟的秒针给人一种确切而稍纵即逝的感觉，即便如此，我还是担心它的效果，我不知道还有什么比时间更令人捉摸不透的了。

....

　　正是在这样的话语基调的支配下，《境遇》完全演变成了一部关于《境遇》的小说，一部"元小说"。对于《境遇》的虚构、消解、重组等等成了《境遇》这部小说的全部内容。这样的文本在其他新潮作家的小说中也是屡见不鲜。叶兆言的《最后》把对一个凶杀案的描写与作家对这起凶杀案的分析、推理交合在一起，而这一切也就是这部叫《最后》的小说的全部。苏童的《井中男孩》在文本中同时平行地铺开了对另一部小说《井中男孩》的叙述，可以说是一部典型的双重本文结构的小说。潘军的小说在这种结构的运用上，也是很见功夫。他的《南方的情绪》和《流动的沙滩》所制造的扑朔迷离的结构氛围就是双重本文策略的集中体现。这里我想特别谈谈《南方的情绪》。在这部小说中作家"我"接到一个莫名其妙的电话后去一个叫蓝堡的地方写作小说《南方的情绪》，小说主体部分就是"我"的奇特的梦游一般的冒险历程。这是一重本文，也是实写的本文。但同时小说也存在着另一重本文，这就是"我"要写作的《南方的情绪》这篇小说，它是一个虚拟的被悬搁的本文。虽说两重本文在名称上是同一的，主题内涵和情绪也在小说的进程中融为一体，但在结构上的对峙却是显在而无法抹杀的。吕新《抚摸》里的"战地笔记"和洪峰《东八时区》《和平年代》等里面的不同叙述声音也都有着显而易见的"多重本文"性质。在晚生代的新潮作家中特别擅长运用双重本文结构的是鲁羊。他的几乎每一部小说都以这种双重本文的风格引人注目。他的小说大都由"现实"和"历史"

这双重文本组成，但他不是直接进入回忆或追述，而是从现在的生活场景起步或者干脆设置两条线索采取"写作中的写作"这样的结构方式。这种方式可以说正是融入了"元小说"和"复调小说"理论原则的典型的双重本文结构。《弦歌》中"我"与玲和娜的故事与"我"所寻找和叙述的祉卿的故事构成了双重本文和"复调"结构；《佳人相见一千年》中平行展开的姑姑和巳娘的故事也正是具有"复调"性的双重本文结构；而《岩中花树》则更为复杂，在作家对叙事行为的有意暴露中，"我""你""他"三种人称同时登场，纪实、冥想、梦幻互相纠缠，形成了祉卿的故事、"我"的故事、鹿与龙薇的故事这三重本文和三重复调。在鲁羊这里，我们可以说是充分领略了新潮小说双重本文结构的文体可能性和魅力。

总之，双重本文结构作为新潮作家的一种重要的形式策略，对于充分发挥新潮作家文体探索的主体性和可能性，以及对新潮小说迷宫形态的最终形成无疑都起到了决定性的用。

三、叙事风格：反讽、荒诞、神秘的三维统一

对于20世纪80年代的中国新潮小说来说，张扬而怪异的美学风格是其赢得文坛广泛关注的重要原因。但是对于其风格的界定、理解和认识文学界却有显著的分歧：新潮作家视其风格为个性与才情的体现，而评论界与读者虽然都认可新潮作家的才华，但对其风格则更多的是视其为一种姿态与策略，并因其模式化、复制性、非原生性而视之为非个性化的产物。这里其实就存在一个深刻的悖论：新潮作家所谓个性化的追求何以会呈现出一种反个性化的结果？或者说，新潮作家"反集体"的写作，何以会呈现出一种"集体"的风格与形象？现在回过头来重新审视新潮小说的历程，我们不能不承认，新潮小说确实建构了中国文学史中一个重要的反叛者的形象，但这个反叛者显然是一个群体的形象而不是一个个体的形象，"个体"已经消失，它被完全溶解在"新潮小说"的整体形象中，失去了独立的话语价值。因此，对于新潮作家来说，风格也许是最难描述的一种存在。这不仅因为新潮作家以追新逐异为自己的艺术目标，每个人都处于一种变动不居的状态之中，更因为他们个人的风格无论如何花样百出都无法从人们对新潮小说风格的整体认识中突围而

出。这也使得新潮作家们只能无奈地放弃对风格的个人化营构，而老老实实地臣服于那个整体的风格，并在主观上不再把风格当回事。苏童就不止一次地说：风格只不过是一种迷人的陷阱。① 那么，新潮小说的整体美学风格又是怎样的呢？对这个问题，虽然从文学界的角度来说仍然很难有统一的认知，但我觉得至少有两个层面的内涵是可以成为共识的：一是形式主义风格。新潮作家试图实现的是中国小说从"写什么"到"怎么写"的转变，在这个过程中，把"形式"美学强化到极致既是他们的局限，又是他们的贡献。二是"反悲剧""非悲剧"的风格。既然新潮作家以"反叛"为旗帜，以消解和亵渎为口号，他们的小说文本对"悲剧"文学风格的反动就是情理之中的事。众所周知，新潮小说的题材域是灾难、罪恶、暴力、死亡、仇恨等非现实、边缘性的题材，这类题材涉及的是人的生、死、情、仇等大生大死、大悲大痛的情感，应该说天然就具有"悲剧性"的质素。新潮作家何以能够把"悲剧性"极强的题材处理成"非悲剧"甚至"反悲剧"的风格呢？我觉得，这与新潮小说对反讽、荒诞、神秘三种叙事风格的狂热追求密不可分，这三者既是构成新潮小说"非悲剧"美学风格的重要原因和手段，又是新潮小说"非悲剧"风格的主要内涵与元素。

反讽：反叛还是和解？

作为极端的反传统主义者，新潮作家对于经典文学叙事的不以为然和不屑一顾本质上是必然而正常的。因为如果没有了叙事态度上的革新和颠覆，新潮作家所发动的这场文学革命至少在形态上就会逊色不少。同时也正是在这种反传统的背景上，"反讽"作为一种叙事风格或者说一种叙事策略被新潮作家发现并反复进行讲述也可算是水到渠成之事。可以说，"反讽"是新潮小说最先凸现出来的一个共同风格，在新潮小说中对于人、对于历史、对于现实、对于文化、对于传统、对于文学和小说本身等等的"反讽"可谓举目皆是。正是扛着这面风格的大旗，新潮小说才完成了对传统小说写作和体验方式的最初颠覆，也由此初步标示了自己的文学品格。反讽（irony）一词来自希腊文 eironia，原为希腊戏剧中一种定型角色，即

---

① 苏童. 妇女生活. 福建：浙江文艺出版社，1992：序.

佯作无知者，在自以为高明的对手面前说傻话，但最后这些傻话被证明是真理，从而使对手出丑露乖。柏拉图《对话录》中的苏格拉底扮演的就是这种角色。在古典和中世纪的逻辑学里，这个词已变成指这种角色所使用的技巧，即口是心非，说的话表面意义像是假的，深层的意思却是真的。在现代文论中，新批评派发展了反讽的理论，把它作为一种根本的文学特异性，作为所有文学文本结构中都具有的品质。而在中国当代新潮小说这里"反讽"本身则更多地具有某种形式的意味。本质上，它是指一个词、一个事件、一个人与其获取意义和生存的上下文（context，也称情境）发生了不符、背离或冲突。而表现在文学中，"反讽"的典型形态就是意义的互相冲突与无限增殖，以及作家对种种不相协调的矛盾的"重组"。在新潮小说中我们可以随处看到相互矛盾的物象之间、人物之间、事件之间的不协调组合，新潮作家所热衷于去做的就如莫言在其《红蝗》中所说的那样："总有一天，我要编导一部真正的戏剧，在这部戏剧里，梦幻与现实、科学与童话、上帝与魔鬼、爱情与卖淫、高贵与卑贱、美女与大便、过去与现在、金奖牌与避孕套……互相掺和、紧密团结、环环相连，构成一个完整的世界。"某种意义上，"反讽"也正体现了一种新的文学思维与艺术逻辑，它集中代表了作家们融合梦幻与现实、想象与虚构、平庸与崇高等对峙性存在的尝试与努力。正如艾略特所说："诗人的头脑……经常使迥然不同的经验融合在一起，而普通人的经验是混乱的、无规则的、支离破碎的。普通人会坠入情网或阅读斯宾诺莎的著作，但两者却毫无关系，他的爱情同样和打字机的噪声或做饭的气味毫不相关，然而在诗人的脑子里这一切却被综合成新的整体。"① 不过，具体地考察新潮小说文本，我们将会发现新潮作家对"反讽"的营构又有两种具体方式。

首先，自然是言语层面所构成的直接反讽。在中国新时期的文学中运用言语反讽最成功的例子也许还得首推王朔的作品。某种意义上王朔是新时期中国文学中的一个神话，他的巨大声誉可以说当代任何一个作家都无法相比。他也可以说是一个了不起的文体家，他把各式各样的"文革"语汇、政治术语、领袖语录、民间俚语、广告用语等等熔于一炉，使其相互指涉，在语言的乌托邦中想象性地对社会等级制度进行摧毁，从而获得一种巨大的"反讽"效果。

---

① 艾略特. 艾略特诗学文集. 北京：国际文化出版公司，1989.

而单就新潮作家而言，新潮小说中的言语反讽当然有上文说到的王朔式的运用"元小说"的"戏拟"、"戏仿"（parody）的手法而得来的反讽。比如刘震云的《故乡相处流传》、刘恒的《逍遥颂》、叶兆言的《花煞》等文本就颇有王朔式的语言风格。拿《故乡相处流传》来说，莎士比亚那个著名的"生存还是死亡"的沉思，变成了曹操在一次战前会议上的骂骂咧咧的话：

  在一次曹府的内阁会议上，丞相一边"吭哧"地放屁，一边在高台上走，一边手里拿着健身球说："活着还是死去，交战还是不交战，妈拉个×，成问题了哩。"

  在这样的文本中，刘震云对于人物语言和叙述语言夸张而荒诞的运用无疑使我们在具体的阅读中就会立即陷入反讽的语境中。
  然而，在我看来，新潮小说言语反讽的主要方式却不在此，而是由作品中叙述人的叙述态度与读者的阅读期待心理的相悖和对比构成的。新潮作家寻求以新的小说观念和新的叙述方法来对历史进行重构，与此同时，他们也要求读者从一个新的角度来认识历史，以取得对作品的认同。可以说反讽正是他们颠覆传统阅读经验的一种重要方式。洪峰的小说是一个突出的例子。他的《瀚海》的故事是沉重、充满了悲剧感的，但叙事人的叙述语调却是漫不经心甚至带有调侃意味的。这部小说给人的印象是其所讲的故事与这故事的讲述方式极不协调。作家热衷的只是把人生的艰辛和悲壮当作有趣的故事来讲，每每卖弄自己的叙述技巧，却拒绝对故事做出阐释和价值判断。他只对故事的曲折富于戏剧性感到得意，他希望读者注意的只是他的叙述技巧而不是他的叙述内容。由此，他的超然物外的审美态度就与读者的阅读期待构成了反讽。他的《讲几个生命创造者的故事》中主人公"我"由于失眠竟然对于亲生儿子都想用安眠药来"灭口"，为此他跟妻子、儿子进行了一次又一次的较量，最后才终于败下阵来。对于作家充满激情的叙述我们显然只有从反讽的意义上来理解才不致误入歧途。同样的情况在洪峰的另一篇小说《奔丧》中也得到了充分的表现。主人公"我"听到姐姐报告父亲死亡的消息时，却只是专注地欣赏姐姐的乳房；在奔丧中"我"更是毫无悲哀之感，心里想着的只是如何偷偷与初恋情人约会。"我"叙述的仿佛不是自己的事,而是别人的事,话语中充满了事不关己的风度和后现代式的反文化与调侃的态度。而在这种态度中,反讽就自然而然地呈现了。余华的《一个地主的死》同样令我们目瞪口呆。这其实是一个壮烈的故事:年轻的地主王香火被日本兵抓去当向导,日本兵让他带他们去一个叫松篁的地方,王香火却将他们带上了另一条路,使日本兵陷入绝境,他自己也被杀死了。让一个地主做出如此壮举,而把长工写得愚昧麻木,这本已够让持社会学标准的读者惊讶的了,而更令读者吃惊的是作者也没有对王香火的英雄行为进行渲染,甚至也不讲他的动机,只是以冷漠的语调叙述了这件事的过程。王香火在被日本兵捅穿肚子时还显出了一副窝囊相,大叫:"爹啊,疼死我了!"而借助于这种冷漠化的叙述,余华较好地以反讽颠覆了历史和我们传统的阶级论功利主义的阅读习惯。

其次是情境反讽。这是一种更为常见也更为意味深长的反讽,它广泛存在于由人物、观察者构成的艺术情境之中。在新潮小说中这种反讽最具有艺术代表性,也最能凸现新潮小说的风格特征。具体地来说,情境反讽在新潮小说中又主要于叙述与描写的矛盾和反差中呈现出来。我们通常知道,新潮作家一向是重叙述而轻描写的,他们是致力于把小说的叙述功能发掘到极处的。因此,新潮小说最引人注目的可以说就是对于罪恶、灾难和人类的黑暗生存景观的冷酷叙述,这种叙述显然是对于人类整体存在的一种具有象征意味的反讽。正如克尔凯郭尔所说:"反讽在其明显的意义上不是针对这一个或那一个个别的存在,而是针对某一时代和某一情势下的整个的特定的现实……它不是这一种或那一种现象,而是它视之为在反讽外观下的整个存在。"① 但是在特定的文本中我们又会发现在那些冷漠叙事的边缘和空隙处常常充满了某种诗意的抒情性的描写段落。这样,冷漠叙事与抒情描写这对矛盾就自然而然地构成了新潮文本的文体反讽。余华的《鲜血梅花》中,阮海阔出发去替父报仇,母亲自焚为他送行,阮海阔目睹火光,非但没有悲痛欲绝,反而有游离恍惚之感:

他走上大道时,不由回头一望。于是看到刚才离开的茅屋

---

① 克尔凯郭尔. 克尔凯郭尔日记选. 上海:上海社会科学出版社,1995.

出现了与红日一般的颜色。红色的火焰贴着茅屋在晨风中翩翩起舞。在茅屋背后的天空中，一堆朝霞也在熊熊燃烧。阮海阔看着，恍恍惚惚觉得茅屋的燃烧是天空里掉落的一片朝霞。阮海阔听到了茅屋破碎时分裂的响声，于是看到了如水珠般四溅的火星。然后那堆火轰然倒塌，像水一样在地上洋溢开去。

阮海阔转身沿着大道往前走去，他感到自己跨出去的脚被晨风吹得飘飘悠悠。大道在前面虚无地延伸。母亲自焚而死的用意，他深刻地领悟到了。在此后漫长的岁月里，已无他的栖身之处。

在这里，母亲自焚而死的悲痛完全为超然而审美性的描写所冲淡，也被对自焚"意义"的领悟化解，人物与其所处情境相分离的反讽意味极其明显。

当然，反讽在新潮小说中被广泛运用与新潮作家对现实采取的一种观赏者的超然态度有关。审美主体在文本中是超然于局外、不动声色的反讽观察者，他在反讽面前所产生的典型感觉可以用三个词组来概括：居高临下感、超脱感、愉悦感。他明彻地看到了受嘲弄者无所觉察的事实，在受嘲弄者受到难以摆脱的束缚或陷入窘境时，他显得自由而超脱；在受嘲弄者做徒劳的努力时，他摆出局外人的姿态；在受嘲弄者深信世界的真实和有意义时，他却洞悉了世界的虚幻与荒诞。正如托马斯·曼所说：反讽是"无所不包、清澈见底而又怡然自得的一，它就是艺术本身的一，它是最超脱的、最冷静的、由未受任何说教干扰的客观现实投出的一"①。而从艺术效果上说，反讽某种程度上正是对悲剧性的消解，新潮小说大量言说死亡、罪恶、灾难、暴力等悲剧性的主题，但我们很难从中体会悲剧意义，相反却时时感受到玩赏、游戏的喜剧性，其中的重要转折因素就是反讽。也正因为如此，我们不得不指出，新潮小说的反讽风格既是新潮作家反叛文学传统与现实的一种手段与方式，同时又是一种逃避和回避现实的方式，它以"柔性反抗"的姿态在某种意义上缓解、转移了与现实正面的对抗，把悲壮、沉重的主题变"轻"了，其最终结果实际上就是消解了新潮小说的批判性与反叛性。

---

① 托马斯·曼. 我的时代//崔道怡，等. 冰山理论：对话与潜对话. 北京：中国工人出版社，1987.

荒诞：哲学还是观念？

"荒诞"（absurd）最先是作为一个音乐术语而出现的，其意思是指音调上的不谐和。在音乐上，音调的不谐和会给人非常紧张的感觉。而作为一个当代文学和批评术语，"荒诞"则意指人类脱离他们的原始信仰和形而上思维基础，孤独地、毫无意义地生活于一个陌生的世界。荒诞文学虽然大量运用表现主义和现实主义方法，但其哲学基础却是一种存在主义形式，它认为人类从虚无开始，走向虚无，整个人生过程是一种既痛苦又荒诞的存在。在人类生活的世界上，他们无法与周围环境建立一种有意义的联系，无法确定自我的价值。对此，尤奈斯库曾描述说："我们生活在一个彼此不能理解的世界上，在这里，所有的只是一片混沌。在这种混沌中，应当去寻求一种真理或者什么意义吗？那是没有必要的。"① 而加缪在其著名的《西绪弗斯神话》中更是集中阐明了这种哲学："在一个突然被剥夺了幻想与光明的世界里，人类觉得自己是陌生者。他的存在是一种不可挽救的流放。……这种人与自己生活的分离，演员与自己背景的分离，真的构成荒诞的感觉。"② 而在文学中，对于荒诞的表现可以说是西方现代文学的一个源远流长的传统。荒诞出现于文学中的标志是些非逻辑的、不连贯的梦魇般奇幻的极端形式。在加缪的话语中它是对"意义"的一种否定："加缪以'荒诞'一词去称呼人与世界之间的深渊——人类的精神渴望和在世界上实现这些渴望的可能性之间的深渊，因此对它来说，'荒诞'既不存在于人也不存在于物，而在于两者之间除了'陌生性'之外不可能建立任何其他的关系。"③ 荒诞的观念在戏剧和小说方面表现得最为突出，因而出现了"荒诞派戏剧""反英雄"和"反小说"，例如萨缪尔·贝克特的《等待戈多》、约瑟夫·海勒的《第二十二条军规》，以及托马斯·品钦的《V.》等等。

在新时期中国文学中，荒诞可以说是最先被中国作家发现并加以表现的具有文学革命意味的话语之一。但是在大多数作家那里，

---

① 尤奈斯库．论先锋派//王忠琪，等．法国作家论文学．北京：三联书店，1984．

② 加缪．西绪弗斯神话//乐黛云，等．世界诗学大辞典．沈阳：春风文艺出版社，1993．

③ 罗布-格里耶．自然、人道主义、悲剧//柳鸣九．新小说派研究．北京：中国社会科学出版社，1983．

荒诞主要还是一种观念性的东西而远非一种终极性的存在体验。宗璞的《我是谁?》《蜗居》等新时期著名的"荒诞小说"所表达的那种"荒诞感"都带有鲜明的历史批判色彩，因而成了反思"文革"异化和扭曲人性的一种特定方式。其后，一批新起的作家从对现实生活的反抗着手来表现生存的"荒诞"。他们的荒诞意识也主要来自对西方现代主义的观念性模拟。从刘索拉的《蓝天绿海》《寻找歌王》到徐星的《无主题变奏》，从王朔的《顽主》到刘毅然的《摇滚青年》……那种先验的"荒诞"不仅不能代表真实的生存体验与人生情感，不仅不具有作家们苦苦追求的"先锋性"，反而带有天然的"主题先行"或观念先行的桎梏。可以说，只是在新潮小说崛起之后，"荒诞"作为一个现代主义的文学话语才在中国文学中得到了真正意义上的言说和表现。

当然，在新潮文本里，荒诞首先也仍然只能体现为一种主题风格。对新潮作家而言，"荒诞"代表的正是他们对于世界的一种反抗的姿态，"荒诞"是对"秩序"的反动，是对于既定现实的不认可。因此，从某种意义上说，"荒诞"的图景正是新潮作家对于世界和人性的一种反抗性的想象，借助于它新潮作家轻而易举地完成了对理性的、秩序的、可知的世界的颠覆与消解，从而为"新世界"的建构打下了基础。马原的《虚构》以对"玛曲村"和麻风病人的荒诞性处置，虚虚实实地表达了生活的荒诞与人性的荒诞之间的关系。余华的《现实一种》则通过家族内亲人间亲情关系的荒诞性建构，表达了对于人的非理性的认同。而他的《刑罚一种》《难逃劫数》《一九八六年》等小说也都以对人的命运的夸张彰显了人生的荒诞性。苏童的小说重在揭示女性的荒诞体验以及命运的无助感，他的小说充满抒情味，但抒情指向的并不是人性的美好建构，而是各种无法预期的破碎与幻灭，《红粉》《妻妾成群》《罂粟之家》都把荒诞感嵌入了人性的最深处，从而把人与世界不可知的命运放大了。在这种意义上，荒诞无疑是具有某种深度意味的，它代表了新潮作家在精神指向上的双重否定，一是对于世界的否定，一是对于人的否定。但是，这种否定对于新潮小说来说，又显然缺乏悲壮的效果，这主要是由于新潮作家不自觉地把荒诞普泛化、极端化了，当荒诞无所不在，它就遮蔽了生活与世界的本真，新潮作家也自然就无须去对这种"本真"加以发掘了，这使得荒诞与世界本身的"对比"消失了，它成了一个巨大的符号，对它的认同甚至已掩盖了对世界和生活本身的热情。这当然就会削弱荒诞本身的悲剧效果与深度力量。与北村的小说相似，叶兆言的《花煞》和刘震云的《故乡相处流传》这两部充满了荒诞存在的长篇小说也同样不能激发我们的悲剧感，相反却有某种喜剧意味。这也许正与新潮小说反悲剧的艺术追求相一致，因为新潮小说尽管如前所说其主题话语全是"灾难""死亡""罪恶"等传统的悲剧性话语，但其实这些语汇的悲剧内涵早已被新潮作家抛弃了。新潮作家无疑信奉了新小说派拒绝悲剧和崇高的态度，悲剧是"本末倒置，是一个陷阱，是一个弥天大谎"，"我们必须拒绝比喻的语言和传统的人道主义，还要拒绝悲剧的观念和任何使人相信物与人具有一种内在的至高无上的本性的观念，总之，就是要拒绝一切关于先验秩序的观念"①。也正由于脱离了悲剧的逻辑结构，新潮小说才和新小说派一样强调了存在的荒诞性和作为一种叙述关系的荒诞性。

其次，荒诞在新潮小说这里有时也只是一种表层的形式风格。当荒诞由对世界的反抗变成对世界的遮蔽时，理性的思考就演变成了非理性的狂欢。对世界普泛化的荒诞着色，实际上已经变成了一种简单化的本能反应，世界的丰富性和复杂性不但未能得到呈现，反而被严重遮蔽了。在这里，莫言和残雪可能是两个极端的例子。莫言的小说对于荒诞的感觉有奇异的灵感，他的《透明的红萝卜》《球状闪电》等小说都把历史缝隙中的荒诞感表现得极为生动炫目，某种意义上，莫言是以感觉代替思想，但他的荒诞感确实有着丰富的人性内涵与历史内涵。而对残雪来说，荒诞就是世界和自我的全部，荒诞成了一种幻觉和梦境，它与世界本身的对应关系完全消失，那种先验的设定使荒诞反而变得空洞而简单。这里，当然有人性的异化、有现实的压抑，但是这一切似乎都是荒诞世界里与生俱来、不证自明的东西，因为与现实过于遥远，它的非理性、它的极端不但不能给人恐惧与震撼，相反，却能让人迅速脱离情境，因为那只是一道风景而已，丝毫不能激起我们的悲剧感。她的《山上的小屋》《苍老的浮云》都可以说把人类的荒诞感表达到了登峰造极的地步，但是她的由极度的理性而来的极度的非理性，却使小说的艺术力量大打折扣。

再次，某些时候，荒诞对于新潮小说来说还表现为一种具体的

---

① 罗布-格里耶.自然、人道主义、悲剧//柳鸣九.新小说派研究.北京：中国社会科学出版社，1983.

修辞手段与艺术技巧。在我看来，新潮小说的荒诞风格与其对夸张手法的极端化运用密不可分。某种意义上，夸张可以说是新潮小说一个最易为人所感知的艺术风格。内容层面上新潮小说对于灾难、罪恶、血腥、绝望等的夸张化的讲述，使我们仿佛置身在一个地狱般的"世界之夜"中，看不到一丝存在之光。而正因为生存世界被新潮作家夸张到了一种绝对黑暗的地步，那种生存的荒诞感自然就随黑暗一同涌溢了出来。而另一方面，新潮作家在言说灾难、罪恶等时那种极度的冷酷、无动于衷甚至欣赏、诗意的态度本质上也正是一种夸张的艺术态度而非实际的人生态度。残雪的《突围表演》对于一个莫须有的通奸事件的夸张化的描述把人性的荒诞和现实生活本身的荒诞可以说都放大到了耸人听闻的地步。北村的《施洗的河》对主人公刘浪、马大求生不得、求死不能的绝望、荒诞、无意义的精神状态的刻画也显然得之于作家那种夸张的叙述态度和叙述方式。此外，余华的《古典爱情》对于肢解肉体的血腥场面冷漠而夸张的叙述、苏童的《我的帝王生涯》对于端白出游途中射杀大臣杨松和在宫中残暴虐待宫女的罪恶行径的白描、叶兆言《花煞》对疯狂的群众围杀教民的愚昧暴行的津津有味的讲述……所有这些无一例外因艺术上的"夸张"把我们投入到一种荒诞的生存图景中。

而在形式层面上，新潮作家对于小说形式的痴迷与偏执更是一种艺术夸张的直接体现。在语言、结构、叙述、时空处置等众多技术领域新潮作家的操作实验都给人留下了极度夸张的印象和感受。而新潮小说的荒诞风格与他们的形式夸张可以说是因果相连的。就拿时空的处理来看，新潮作家所热衷的时空自由切割的艺术方式，不仅对于新潮小说的"迷宫"结构的实现有重要的意义，同时我们更应看到它对小说那种荒诞感的催化作用。比如在刘震云的长篇小说《故乡相处流传》中作家把曹丞相时代至今的几千年的时间自由并置在小说中，古代、近代、现代、当代同室操戈，人物长生不老，语言五花八门。而小说也正在这种时空形式的极端化的处理中彻底消解了时间，消解了历史，从而使形式的荒诞与小说内容的荒诞较好地统一在一起，呈现出了特殊的文本魅力。除了时空处置而来的荒诞外，在形式领域我觉得还应提到的是作为一种语言修辞策略的荒诞。这当然也并非新潮作家首创，在王蒙、王朔的小说中这种荒诞的策略化运作已经可以说是相当成功了。在新潮小说中，孙甘露、吕新、鲁羊等是这方面的高手，他们把语言改写成了小说第一性的存在，让语言自我生成自我增殖，但又不赋予其意义，这就使得《信使之函》《南方遗事》等作品成了纯粹的语言表演，华章丽句与空洞的意义、铺张的语句与虚无的诗性构成了巨大的荒诞，让我们对新潮小说的语言由崇敬而变得茫然。某种意义上，这种语言的狂欢同样是一种消解悲剧性的手段，世界对人的压抑造成的是失语，而语言的无节制的宣泄其实是一种更大的失语。如果说世界对于"失语"还有某种警惕的话，那么对胡言乱语则完全可以忽略不计。而从新潮作家自身来说，语言宣泄的快感也许就会麻痹他们愤怒的神经、意志和斗志，使他们的思想再次变得混乱。

需要指出的是，新潮作家对于荒诞风格的营造，既代表了他们的世界观，以及对人生、现实和历史的认知，又代表了他们的艺术观。更重要的是，在新潮小说这里，荒诞似乎从来就没有上升为一种哲学，更多的时候，它不过是新潮作家借用而来的先验的观念，或者是一种表层的修辞手段或艺术方式，它"符号化"地停留在形式的浅表层面，因而也必然难以企及对现实、历史以及人的精神、灵魂进行深入拷问的深度层面。

神秘：艺术还是迷信？

读新潮小说，我们总会不知不觉地陷入某种神秘的气氛中去，这固然与新潮作家作为中国新时期文学的一支新军，他们本身的崛起就具有某种神秘性有关，但更重要的还是他们的文本所营构的特殊的艺术效果使然。神秘，某种意义上说，它也是与新潮作家文学观念的革命紧紧联结在一起的，它是对文学认识功能的一个有效的解构手段。它彻底打破了文学反映生活、把握生活的传统理论神话，打破了人们对于必然性和本质性的认同，并把偶然性作为一面旗帜插在了文学的高地上。也就是说，神秘使人们失去了对于本质、对于深度的期待，而把世界和生命的不可知的一面呈现了出来。在这里正体现了新潮文本潜隐的一个深刻悖论：新潮作家正是以他们的无所不知和无所不能言说着对于世界和生命的无能为力。

自然，在新时期中国文学中，对神秘的探索和表现也并不是从新潮小说才开始的。早在寻根文学中，"神秘"就已得到了呈现。扎西达娃、韩少功、张炜、王安忆等的大量有反响的小说作品，比如《西藏，隐秘的岁月》《爸爸爸》《古船》《小鲍庄》等等，都不同程度上切进了神秘的深度。从总体上看，他们虽然对各种神秘的生命、历史和文化现象进行了探索，但他们对时间永恒伸越的思索、对人类生存终极价值的追问都并非植根于存在论意义上的那种真正的神秘，而只是对历史和文化探究所遗留下的一些不可知的观念或意识。可以说，尽管这些作家对于"深度"孜孜以求，而实际上他们在开辟了一个新的题材领域和主题话语之后，"神秘"却更多的只是一种风格上的表征和艺术上的氛围，它远未融化到作家所追求的意义深度中去。而到了新潮作家这里，由于他们对文本的"深度"本就持怀疑和否定的态度并视其为一个"虚假的幻觉"，因此，"神秘"就更是变成了一个形式话语呈现在新潮文本中。具体而言，我觉得新潮小说的神秘风格主要来自两个方面。

一是对于非经验世界的叙述。新潮小说呈现在读者面前的生存景观基本上都是与传统的文学话语格格不入的边缘性景观，兵匪、仇杀、天灾、奇俗、黑幕、宫闱、宗族、妓院、罪恶等等带有文化禁忌色彩的话语成了新潮作家们乐此不疲的正宗话题，比如苏童的"红粉"系列小说、马原的"西藏"系列小说，以及残雪、林白、陈染等的"女性隐私"系列小说等就都因其题材的"边缘性"而天然地带上了神秘的色彩。对于非经验世界的叙述在新潮小说中还表现为对大量超自然、超理性的未知"神秘"的直接言说和描绘。不但在几乎每一篇新潮小说中我们都能看到算命先生一类的超验者的存在，而且灵验、鬼神、预感、报应、宿命等神秘因素也于新潮文本中随处可见：在苏童的《我的帝王生涯》中不时晃动着一个无所不知的"疯子"；在余华的《呼喊与细雨》中开头就出现了一个神秘的黑衣人；在吕新的《黑手高悬》里是"鬼"火闪烁；而在北村的《施洗的河》中则更是"鬼""神"结伴同行……此外，还必须指出的是，新潮小说所言说的最本质的非经验还是在于对"生"和"死"本身的探究。因为就人生来说，最大的两个缺憾无非就是对于出生的没有意识与自觉以及对死亡的无法体验。因此，某种意义上，"生"与"死"正构成了人类的最大的两个神秘。新潮作家对于死亡和生命现象的反复言说和描绘显然也正源于一种对"神秘"的表现和探究热情。洪峰的《极地之侧》《东八时区》等小说都对"生"与"死"的神秘性倾注了巨大的热情；而余华则更是在《古典爱情》《刑罚一种》等小说中试图赋予"生"和"死"这不可体验的存在以"体验性"和形象性。此外，苏童、格非、叶兆言、潘军等也都在他们的小说中不遗余力地探索或制造着"生与死"的神秘。

二是新潮作家"玩弄"叙述和结构的必然结果。新潮小说浓郁的神秘倾向在我看来最主要的根源还在于新潮作家在文体效果上对"神秘"的主观追求。如前所述，新潮小说总是浸润在一种感觉化和幻觉化的叙事氛围里，这种氛围里时间和空间以及现实与历史的关系被颠倒了，梦境与真实被混同了，叙述者与主人公和作者的同盟被整合或拆解了。这就导致了扑朔迷离的神秘风格的不可避免。在结构方面，新潮小说对于"迷宫"结构的热衷，也是产生其文本神秘风格的一个重要催化剂。在它们的"迷宫"中不仅情节失去逻辑关联不断短路、人物生死无常，而且鬼神、预感、报应等非理性以及魔幻的因素都直接变成了文本结构的推动力量。正因为如此，由"迷宫"大规模滋生的"神秘"也正成了新潮小说本身一个特别的结构元素。新潮小说区别于传统小说的一个重要特征就是对于小说整一性的本质化和必然化结构的抛弃，以及对偶然性乃至神秘性结构因素的发掘。在新潮文本中，纷繁的头绪、破碎的景象和飘忽的时空常常构成一种以偶然性为核心的散漫的辐射状的情绪世界。新潮小说对于死亡的表现可以说是对这种以偶然性为核心的小说结构的最有意思的象喻。在马原、洪峰等作家笔下，死亡都是毫无理由、莫名其妙的。洪峰的《重返家园》在描写了勋勋送过去的女友时被火车轧死的情节后，叙述者有一段议论颇耐寻味："大家还想如果不是追火车而是追汽车也不会出现这个结果，大家还想如果女孩子不在火车开动之前喊勋勋的名字，同样不会出现那样的结果，但大家只能面对一个事实：勋勋被火车轧死了。"这段话完全可以指代情境小说所要表现的无处不在的偶然性、人在这种偶然性面前的无能为力以及文本自身对应于这种偶然性的结构特征。

需要指出的是，对于小说来说，神秘既具有美学效果，同时又具有某种超越意义。对神秘的营构，对于长期为现实所累、蛰伏于现实桎梏中的中国作家来说不失为一种解放与超越的手段，因为神秘保证了生活与文学之间的"距离"，也带来了文学界对于"生活"的超越性。此外，我们还应看到，神秘风格一方面根植于"不可知论"，但另一方面又似乎正代表了对于"未知"的向往与探索热情，并不能简单地加以肯定或否定。然而，就新潮小说来说，我们却不能不遗憾地指出，新潮小说所营造的"神秘感"实际上只不过是其叙述方式开展活动的借口，或者是叙述方式的某种阶段性的副产品。

"神秘"不是生存内在深度的体现,而不过是叙述人的一副面具或脸谱。它使严肃的事物玄虚化,使清晰的事物模糊化,把小说改造成了暧昧不清的形象,并从根本上使得神秘的哲学价值和美学价值大打折扣。不仅如此,对新潮小说来说,"神秘"风格某种意义上还成了新潮作家"反智"的借口,成了他们逃避对社会、历史和人生进行严肃思考的掩体。当"神秘"成了新潮作家对于世界的唯一解释时,不仅科学、智慧、思想、公理、常识变得可笑,人与世界也变得一样"不可知",我们只能任由迷信、宿命的气息对人与世界的篡改。这实际上不是新潮作家主体性强大的彰显,而恰恰是其主体性脆弱不堪的证明。

四、时间与幻觉:叙事革命的起点与终点

在上文对新潮小说的形式世界和叙事风貌进行了走马观花般的浏览之后,我们仍难以对新潮小说的叙事革命进行一次总结性的命名和概括。在对新潮小说文体的把握和描述之中我们似乎还遗忘了某种本质性的话语,这就需要我们再次回眸那潮起潮落的新潮小说演变史。而在此回顾中,"时间"和"幻觉"两个形式话语终于从新潮文本的迷宫深处向我们款款而来了。显而易见,这两个话语是决定新潮小说文体面貌的两个最为本质的因素,新潮作家在叙事领域所进行的风云变幻的一切表演都可以在此得到阐释。换句话说,这两者正是新潮小说文体革命和叙事革命的根源和基础,它们是起点也是终点。本章对于新潮小说叙事成就的考察最终落实在这两者身上也实在是势所必然的事。

如果把新潮小说文体的一切变革统统归结为"时间"意识的觉醒,这显然太简单化也太狭隘了。但如果我们说新潮作家所进行的文体革命是以对"时间"这个形式话语的讲述为起点而大规模展开的,这还是符合实际的。正如北村所说:"到底是历史由现在构成还是现在存在于历史之中,这里一定有一种选择。我选择前者,所以我只相信瞬间是唯一真实的,我全部使用现在进行时态,因为作者、叙述者、叙述对象和读者在文本中具有一种时间,也就是说他们都只能经历这种时间,而不会大于这种时间。这种时间既没有明确的中心,因此也无所谓起始以及结束。有中心,这结构可能就废了。

不少文本中的物象包括人，对于我而言都是来历不明的，我感兴趣的只是秩序问题，是一些片断如何构成表象。"①

"时间"对于新潮文本的意义，首先体现在叙述方式上，新潮作家对"时间"的叙述有两个经典句式：

  许多年以前……
  许多年以后……

这两个句式脱胎于哥伦比亚人加西亚·马尔克斯《百年孤独》开头第一句话：

  许多年之后，面对着行刑队，奥雷连诺上校将会想起那久远的一天下午，他父亲带他去见识冰块。

这个句式最大的意义就是"时间"完全主观化了，叙述者成了"时间"的真正占有者和支配者，"时间"对于叙事的压力完全消除了。苏童的《1934年的逃亡》、格非的《褐色鸟群》、叶兆言的《枣树的故事》、余华的《难逃劫数》、刘恒的《虚证》、洪峰的《和平年代》、鲁羊的《弦歌》等几乎所有的新潮小说文本都有着这两个经典句式的影子。而余华的小说《往事与刑罚》更是让我们直接目睹了"时间"的死亡情景。小说是这样叙述刑罚专家对于时间的谋杀的：

  ……他将一九五八年一月九日撕得像冬天的雪片一样纷纷扬扬。对一九六七年十二月一日，他施予宫刑，他割下了一九六七年十二月一日的两只沉甸甸的睾丸，因此一九六七年十二月一日没有点滴阳光，但是那天夜晚的月光却像杂草丛生一般。而一九六〇年八月七日同样在劫难逃，他用一把锈迹斑斑的钢锯，锯断了一九六〇年八月七日的腰。最为难忘的是一九七一年九月二十日，他在地上挖出一个大坑，将一九七一年九月二十日埋入土中，只露出脑袋，由于泥土的压迫，血液在体内蜂拥而上。然后刑罚专家敲破脑袋，一根血柱顷刻出现。一九七一年九月二十日的喷泉辉煌无比。

---

① 格非与北村的通信. 文学角，1989（2）.

在这里我们似乎又可以与新潮小说的一个潜隐的悖论不期而遇，这个悖论就是新潮作家以对时间的充分自觉和尊重所完成的恰恰是对时间的谋杀。博尔赫斯曾说过："只有不属于时间的事物，才在时间里永不消失。"某种意义上，新潮作家对于"时间"的艺术处理过程也正是一个时间的"非时间"化的过程，在"时间"作为一个技术化的叙述因素凸现在文本中的时候，它才具有超越"时间"的意义。

新潮小说对"时间"的另一种得心应手的呈现方式是对于时间的空间化处理。苏童的《1934年的逃亡》把整个故事抛给"1934年"，余华的《四月三日事件》则把时间定格在"四月三日"这一天。在另一个作家洪峰那里，"时间"的空间化又有另外的形态。他的作品总是把具体的时间作为符码凸现在小说的空间中，一方面这使故事的发展有着客观的效果，另一方面，它也使文本可以脱离必要的过渡而直接在"时间"符码的导演下发生空间性的转折。在他新近的长篇小说《东八时区》和《和平年代》中，这种时间处理方式可以说得到了充分的运用。作家对时间的变换不作任何主观的交代，然而在"1992年""1989年""1963年"这些直接凸现在文本中的时间语码的作用下，故事乃至人物的意识都会在"过去"与"现时"中自由穿插。这就使"时间"转折最终被转化成了空间画面的"蒙太奇"，从而带来了新潮小说文体扑朔迷离的变化。

"时间"而外，"幻觉"也是我们需要重点阐释的一个形式语汇。如果说"时间"问题主要作用于新潮小说的文本结构层面的话，那么"幻觉"则主要体现了一种叙述态度，它直接制约了新潮小说的表面形态。某种意义上说，对于"幻觉"的追求也是与新潮作家对传统"真实"观念的颠覆有关的。在此，残雪无疑必须首先被提及。她的《山上的小屋》《阿梅在一个春天里的沉思》等小说可以说是中国当代文学中第一批大规模表现"幻觉"并以"幻觉"作为最基本的文本构成方式的小说。她的女性奇特而怪异的幻觉某种意义上构成了中国新潮文学最具冲击力和革命性的风景。"幻觉"在新潮文学乃至整个当代文学中的弥漫是与残雪的首倡之功分不开的。在她之后，新潮作家才开始了对于"幻觉"的大规模书写。

残雪之后，余华、苏童、格非、吕新、鲁羊都是对"幻觉"非常执着的新潮作家。格非的小说曾被人称为"仿梦小说"，其原因不仅在于他的文本中充满了"幻觉"，还在于"幻觉"已经深入到了他小说的结构中。他的《褐色鸟群》与晚生代新潮作家鲁羊的《某一年的后半夜》就是这方面的典型文本。而在孙甘露这里,对"幻觉"的迷恋则构成了他所有叙述的出发点。他把他的第一本小说集以《访问梦境》作为标题,就可见他对于幻觉的酷爱。他的小说《夜晚的语言》更是一种典型的幻觉结构,丞相惠的遭遇无疑是一种梦境的释放与拨弄的结果。正如小说中所说:"丞相惠是这样一个人,他不断地睡去又不断地醒来,不断地做梦又不断地回忆刚做过的梦。"在梦境的制约和导演下,惠找神医泉、沼、风眠医治盲眼的二十年途程可谓恍如隔世,作家在小说中也不得不声明:"对于一个梦见自己做梦的人,我无力再写下什么了。"纳博科夫说过:"艺术达到了最了不起的境界是要具有异常的复杂性和迷惑性的。"① 如果说中国当代的新潮小说具有某种"复杂性"和"迷惑性"的话,那么"幻觉"无疑对这种境界的实现起到了举足轻重的作用。

概括地说,我觉得"幻觉"对于新潮小说的意义至少体现在这样几个层面:其一,"幻觉"以其特殊的方式证明了世界和存在的神秘性与不可知性;其二,"幻觉"带来了新潮小说故事走向的多维性与不可解释性,并进而瓦解了对于小说的意义期待;其三,"幻觉"作为一种叙述方式构成了新潮小说变幻无定的文本结构形态的基础。②

---

① 纳博科夫. 洛丽塔. 南京:江苏文艺出版社,1989:附录.
② 本章对于新潮小说"叙事实验"的分析参阅了下书:陈晓明. 无边的挑战. 长春:时代文艺出版社,1992. 谨此感谢.

第 4 章　新潮小说与 21 世纪中国文学的未来

在中国当代文学史上，新潮小说所掀起的文学革命实在是意义深远的。这场革命发生在 20 世纪的最后十几年内无疑具有跨世纪的意味，它既是 20 世纪末中国文学最辉煌的一次表演，同时又为 21 世纪中国文学的发展预示了前景。无论是它的成就还是它的局限对于中国文学来说都是一笔巨大的精神财富，值得我们认真地加以总结和梳理。

我个人觉得，新潮小说在中国当代文学史上之所以具有无可比拟的成就和话语价值，最根本的一点就在于它完成了 20 世纪几代中国作家一直想完成而又一直未能如愿以偿的对于文学本体的审美还原。新潮小说才真正把文学从社会学、历史学、政治学等等意识形态的束缚中解放了出来，从而实现了文学形态与社会政治形态、文学话语与意识形态话语的分离。具体地来考察，新潮小说的艺术成就又主要体现为下列几个层面。

其一，新潮小说充分展示了汉语小说写作的丰富可能性。在新潮小说之前中国文学的一个经久不衰的传统是现实主义的写作范式。但这个范式很快就被新潮作家极端化的文本实验冲击得七零八落。新潮作家把西方的现代主义、表现主义、心理主义、未来主义、新小说派、魔幻现实主义、后现代主义等各种各样的文学思潮统统纳入他们文体实验的视野之内，中国当代文学的面貌由此发生了翻天覆地的变化。一方面，小说的主题内涵已经根本上脱离了传统现实主义文学的那种理性的、直观的、对应式的反映论模式，而呈现出非理性的、模糊化的、难以解释的不可知景观。也就是说，现在新潮小说再也不像从前的小说那样好懂、好读了。另一方面，新潮小说形式层面上也难以再见传统小说那种具有因果逻辑性的情节和故事了，就是话语的讲述方式也都具有相当的陌生性。没有一定的智力和文学水平，一般读者已很难从容进入新潮文本了。即使是一个简单透顶的故事和情节在新潮作家别出心裁的叙述方式和结构方式的导演下也会变得生涩难懂了。特别是新潮作家把关于小说写作的思路从"写什么"转移到"怎样写"之后,"叙述"的地位在新潮小说中被强化到近乎神圣的地步。西方近一个世纪以来的各种各样的文本操练方式都被新潮作家置入了他们的文本中,中国小说写作的可能性和丰富性可以说是达到了空前绝后的程度。这一切既大大提高了中国当代文学的叙事水平,有效地促进了汉语小说在叙事和形式层面上与西方先进文学的接轨,从而改变了中国小说对于西方文学长期以来的隔膜状况;同时,也极大地刺激了中国作家和中国读者新的审美经验和新的阅读经验的生长。

其二,新潮小说对于西方先进叙述方法的大规模引进和出神入化的融会贯通极大地提高了汉语小说的叙事水平。新潮作家把"叙述"的地位抬到一种神圣的地步之后,在"怎样写"、如何叙述的问题上他们倾注了巨大的热情。西方从"新小说"派、意识流到后现代主义、拉美魔幻现实主义等各路的形式实验无一例外地在他们的文本中得到了重现。更为可贵的是,新潮作家在"引进"这些先进的陌生于我们的文学传统的叙述方法时表现出了相当的自信和主体创造性。对于他们来说,这些叙述方式虽然是"拿来"的,却是他们完全可以自由驾驭的。因此,叙述方式的革命在新潮小说文本中总是给人以得心应手的感觉,他们仿佛不是"模仿者"而是创始人,在小说中进行着炫耀式的表演。而且,在新潮小说中"技术"与内容也不是处于"隔膜"状态的,充分中国化的故事和充分西方化的讲述总是水乳交融地融合在一起,这既显示了这批新潮作家对于西方文学出色的感悟和把握能力,同时也表明了中国当代小说整体叙事水平的大幅度提高。事实上,对于新潮小说的整体评价,虽然众说纷纭很难统一,但对于它们在形式探索领域所取得的成就,文学界则是普遍认同的。就目前的中国当代文学来看,不仅新潮小说的文体形态有着鲜明的西方色彩,就是传统的现实主义小说甚至通俗文学作品在叙述层面和言语方式上也都不同程度地吸纳了新潮小说的文本"技术",从而在叙述方面烙上了"新潮"的痕迹,这就充分证明了"新潮"叙述方式侵入中国当代文学的深广度并提示了中国当代文学整体叙事水平的大幅度提高。某种意义上,中国当代小说艺术表现手段之丰富、小说叙述水平之高、文本形态之新颖都可以说达到了中国文学的前所未有的高度。因此,

…121

从小说技术这个层面上我们就可以看到新潮小说对于中国新时期当代文学的杰出贡献。

其三，新潮小说关于文学观念的大胆革命以及敢于探索、勇于创新、大胆反叛、广采博纳的艺术精神极大地解放了中国作家的文学想象力和主体创造性。新潮小说对于中国当代文学来说无疑具有巨大的开拓意义，其在小说观念领域所发动的革命不仅颠覆了中国文学源远流长的"载道"传统，而且对于整个文学史的发展方向都具有无以替代的启示价值。新潮作家对于前文我们曾分析过的"文学是语言学"和"文学是主观想象的产物"这两个命题的强调都是对于"文学是生活的反映"的传统认识论模式的致命打击。某种意义上，新潮文本的文体特征正是由这两个理论命题制导出来的，新潮作家对于语言的苦心经营，对于自身想象力的放大与夸张无疑都与他们崭新的文学观念和文学思维密不可分。事实上，正是在观念和思维革命的推动下新潮作家的主体性才得到了极度的发挥和张扬。而如果没有了新潮作家强烈的文学主体性，新潮小说那种多彩多姿的语言风格、出神入化不落俗套的艺术想象、新颖别致的文本结构、超越世俗超越经验的生存景观都是难以想象的。虽然很大程度上新潮小说的文学革命还主要发生在小说形式领域，但在形式的背后是有着观念和思维领域的本质上的革命支撑着的。中国文学的本体性、审美性、主体性从来也没有像现在这样得到如此强烈的尊重和强调，文学的独立品格以及文学与社会其他意识形态的分离也从来没有像现在这样引人注目并得到全社会的普遍认同。可以说，新潮小说对于文学观念和文学思维的反叛不仅为当代文学的实践所证明，而且已开始作为一种理论成果逐步汇入了文学史的进程。另一方面，新潮作家在小说形式领域大胆反叛传统和文学权威话语的革命精神，也是人类一切艺术不断向新领地和新的高度进发的推动力量。新潮作家从诞生之日起可以说就是在一种意识形态的边缘处艰难生存的，他们标新立异的创作既受到文学主流话语的排斥，同时又受到广大读者的冷落。然而广大新潮作家却不为大的文化环境的压迫所动，甘心在冷落、寂寞的境遇中坚持自己的艺术理想和艺术创作，终于从世俗的罗网中杀出了一条血路，为中国当代文学开辟了一条新路。在这批新潮作家身上蕴藏着西方从现代主义到后现代主义等一代代伟大作家所共有的那种反叛、求索、创新的艺术精神，这种艺术精神对于中国当代文学来说实在是非常可贵而必需的。中国现当代文学几十年来的单一化的传统和格局之所以能在短短的十来年内就被彻底打破，也正根源于新潮作家们对于文学的虔诚、坚持和热爱，根源于他们那种以高扬的主体性为特征的艺术精神的发扬光大。

当然，我们在对新潮小说的成就、经验和贡献给以充分的评价的同时，也应看到新潮小说也有着许多近乎先天性的局限。这些局限不仅极大地制约了新潮小说本身向更高境界的发展，而且给整个当代文学的良性、健康发展留下了难以抹去的阴影。因此，对于新潮小说的这些潜流和局限进行全面的分析和总结就不仅是必要的而且是相当迫切的了。就我个人的阅读体会而言，中国当代新潮小说在诞生伊始就内含了其自身难以克服的许多悖论和矛盾，这些悖论和矛盾实际上也正是整个中国当代文学界在世纪转型之际必须认真反思和研究的重要课题。

其一，新潮小说对于革命、反叛以及"自由"写作境界的极端化追求，却最终适得其反，恰恰导致了写作的不自由。新潮小说处理经验的形式和技巧都是极端化的。形式上，它要处理一些前所未有或至少中国还不曾有过的感知形式、语言表达形式、结构形式等；内容上，它要处理一些中国小说以前不曾或不忍或忌讳处理的经验、感觉、想象、幻想、意象等。对于写作者来说，极端化的处理无疑是一件难度和风险极大的事情，因而难免吃力不讨好的尴尬。更可怕的是，在这种"极端"身边，新潮作家心驰神往的"自由"却悄悄溜走了。新潮作家总是要反叛什么，总要革什么的命，这个反叛、革命的对象对他们的制约就太大了，使他们不管写什么都要走到极端的路上去，而把许多有价值的东西轻易排斥掉了。从这个意义上说，新潮小说只是一种对象性的文学，是牺牲了的文学，是为了争取自由而永远与自由失之交臂的文学。

其二，新潮小说观念层面上对于个性的坚执和张扬与实际创作中的模式化和非个性化构成了一对触目的矛盾。新潮小说的历史虽然不长，却已形成了一个根深蒂固的模式化传统。不仅主题是千篇一律的灾难、性爱、死亡、历史、罪恶，而且叙述上也是千人一面的孤独、回忆、梦游、冥想。对于西方文学经典的模仿、翻译以及对于中国传统文学典籍的改写已经成了这代新潮作家的一种最典型的写作方式，这种方式无疑是对他们标榜创造性和独特性的文学姿态的有力讽刺。有人说用十部西方现代文学的经典就可以概括中国新潮文学的全部历史，这话虽然苛刻，但也确实击中了中国当代新潮作家们的要害。而在我看来，新潮小说也是最经不起比较阅读的文本：我们可以读单个作家的单个作品，但不能读他的全集；可以读一个作家的作品，而不能把他放在新潮作家群体中去阅读。我觉得，中国的新潮小说其实仍然没有找到真正属于自己的"个人话语"，新潮作家只是陷在对西方文学话语的集体言说之中不能自拔，离开了法国新小说和马尔克斯图腾，他们注定一无所有。

其三，新潮小说对于纯审美艺术原则的宣扬不仅未能把新潮作家的作品提升到一个纯美的境界，相反却让他们的文本充斥了丑恶。这使得他们的理论宣言和创作实践再一次呈现为一种破裂、分离和矛盾的状态。面对新潮作家笔下那鬼魅丛生、阴暗一片的丑恶世界，我们有理由怀疑他们那种所谓纯美的真实性，我们更有理由相信他们对于丑恶的热情要远远大于他们对于美的热情。他们的审美能力究竟何在？他们的作品美在何处？对于这样的追问，新潮小说其实也是难以承担的。

此外，新潮小说的巨大矛盾还表现在新潮作家们超越、清高、先锋的文人姿态与他们世俗性的生存现实之中，表现在他们的孤芳自赏和媚俗举止之中，表现在他们对功利主义的讨伐和他们实际创作的功利倾向之中，对此我就不再申述了。而在这种种矛盾或悖论的背后，新潮小说的一些具体的局限和不足也就自然地呈现在我们面前了。我个人觉得，新潮小说的不足主要有三个方面。

其一，文本自恋与语言的泛滥。

新潮小说在形式的实验领域确实取得了引人注目的成就，但与此同时，新潮小说也滋生了浓烈的"唯形式主义"倾向。新潮作家在超越世俗、远离现实的同时日益沉迷于纯文本的语言制作中，文本自恋色彩和语言的极度泛滥也就成为新潮小说一个致命的弱点表现了出来。新潮作家往往沉醉于文本的游戏之中，任意挥洒语言，语词毫无节制，放任自流，彼此没有意义的关联和指涉，而纯粹在能指的自我增殖作用下进行自律化的反应。读新潮小说总是给人一种语言膨胀的感觉，新潮作家的语言暴力所导致的语言泛滥最终既淹没了文本的意义、故事、人物，也淹没了文本和小说自身。语言的泛滥最终只能导致对语言的消解和"失语"，正如新潮作家北村所认识到的那样："语言可以是一个陷阱、一片沼泽、一颗朝你飞来的子弹或是别的什么，我总是想避开它们。在语言的包围中，我一度连掩体也没有了，就感到几乎静止不动了，一动不动，就变成一个没有影子的人，我才发现真正可怕的不是语言和表达，而是失语。"①我们承认新潮作家对于小说"语言性"的重视对于文学的审美还原所具有的重要意义，但任何事情都应有个限度，新潮小说玩弄语言的游戏化态度本质上已经走到了其文学革命的反面，而成了对这种革命的嘲弄与反动。伴随新潮作家文学革命的那种对于文学的忠诚和热情也由此蒙上了一层阴影，这是很令人痛心的。海德格尔指出：语言的狂欢是艺术自戕的最后仪式。黑格尔也曾批评说："认为独特性只产生稀奇古怪的东西，只是某一艺术家所特有而没有任何人能了解的东西，如果是这样，独特性就只是一种很坏的个别特性。"

其二，人文关怀的失落。

我们曾对新潮小说所表现出来的艺术精神给予了高度的评价，但是令人遗憾的是新潮小说艺术精神的获得却又导致了其人文精神的失落。艺术精神和人文精神的矛盾可以说也是新潮小说世界内一对很醒目的矛盾。新潮小说对于把当代文学从社会意识形态的束缚中解放出来来说功不可没，然而新潮作家又常常从一个极端走向另一个极端，他们在消解了文学的认识功能和服务功能的同时，把文学的使命感、责任感和人文关怀等等也全部消解了，从而不知不觉之中就落入了"为艺术而艺术"的陷阱。新潮作家缺乏人文关怀的另一种表现就是新潮作家对于生存黑暗的夸张言说，在他们的文本中人性的罪恶、生命的脆弱、灾难的不可抗拒等织成了一道强大的生存之网，而所谓崇高、神圣等等的精神话语都被他们无情地放逐了。他们把人无一例外地驱入沉沦和深渊之境却绝不给其指明救赎的希望。这种冷酷和残忍建立在他们对于人和生存的悲观主义态度上，因而他们也不愿对人的精神前景给以关怀。从单个的作品来看，新潮小说可以说都是相当精致艺术成就也相当高的，但无论就单篇还是从整体来看，新潮小说都没有那种"伟大"意义上的作品。自然，我们就更不用期待中国的新潮作家们向我们提供"史诗性"的作品了。而实际上，从整个人类文明史和世界文学史来看，大凡史诗性的"伟大"作品都是与其强烈的历史使命感、责任感和人文关怀密不可分的，无论是托尔斯泰的《战争与和平》、马尔克斯的《百年孤独》，还是海明威的《老人与海》都是如此。而中国新潮作家们则显然更陶醉于技术主义的操作和游戏，许多作家可以轻易地把写

---

① 北村. 失语和发声. 文学自由谈，1991（2）.

作视为跟搓麻将、逛大街、下馆子、玩游戏机没有多大区别的事情。写作被称为"写字"（王朔语）——它只不过是将桌上的麻将牌换成一叠纸、一支笔而已。有的作家甚至将写作与玩牌游刃有余地交叉进行。这种没有生命感动也没有生命体验的"玩性"的写作境况不仅带来了他们作品的矫情与伪饰，也使作家的人格面貌变得暧昧不清，他们仅将一些外在化的生活物象呈现在读者面前，却放弃了对人物精神深处的挣扎与苦痛的关注。他们笔下到处飞溅着大师式的故事、大师式的结构和大师式的语言，却唯独缺乏大师式的大质量的心灵。大师的笔是人类的笔，大师的小说可以称为终极的小说，它们与人类的精神产生联系，在大师的作品中我们看到的是大师那颗与人类相通的忧伤或燃烧的心。大师有能力将他笔下的个体朝类性转化和升华，从而使全人类都热爱他们的作品。在此，我们目睹了中国的新潮作家们与大师们的惊人差距。我觉得，如果中国的新潮作家们仍然一如既往地躺在他们的"形式"温床上不思进取，一任文学的人文精神长期流失，那么新潮文学的前景将会令人大为怀疑。此外，就新潮小说的整个历史来说，那种极端化的个人主义和世纪末情绪都显得过于浓烈了，罗素曾说："每一个社会都受着两种相对立的危险的威胁：一方面是由于过分讲纪律与尊敬传统而产生的僵化，另一方面是由于个人主义和个人独立性的增长而使得合作成为不可能，因而造成解体……""真理不再需要请权威来肯定了，真理只需要内心的思想来肯定。于是很快就发展起来了一种趋势，在政治上趋向于无政府主义，在宗教方面趋向于神秘主义……结果无论在思想上还是在文学上，就都有一种不断加深的主观主义；起初这是作为一种精神奴役下要求全盘解放的活动，但它却是朝着一种不利于社会健康的个人孤立倾向而稳步前进的。"[①] 某种意义上，新潮小说对于人文关怀的失落也正是罗素所指出的这种病态倾向的一个极好的说明。

其三，当代性失语。

出于对传统现实主义文学黏着现实的功利主义倾向的反动，新潮小说在小说观念上采取一种反抗现实的态度，其最直接的后果就是"历史"的迷雾笼罩了新潮小说的全部艺术世界。我们不否认"历史"作为一种小说形式框架对于新潮作家反抗现实意识形态、专

[①] 罗素．西方哲学史：上卷．北京：商务印书馆．1963：23，20．

注文体实验的特殊意义。事实上，新潮作家能在很短的时间内就对西方近一百年来的叙事成果进行卓有成效的操练，很大程度上就是因为"历史"作为一面保护伞巧妙地隔开了意识形态禁忌并为他们创造了一个自由的审美空间。然而问题也就出在这里，新潮作家太喜欢"历史"这个避风港了，他们乐此不疲地奔波于各种野史、稗史之间任想象力任意发挥，把当下的生存现实似乎彻底遗忘了。这里，对于"历史"的夸夸其谈和对于现实以及当下生活的失语又构成了新潮小说的另一重矛盾。由于这种矛盾，新潮小说读来仿佛就是一种历史典籍和遗物，而全然没有当代生活的气息。一时间，有关地主、土匪、老爷和姨太太等人的陈年旧事从历史的尘埃中走了出来，大摇大摆地占领了新潮小说的主要领域。如果说苏童、叶兆言等的"历史"情怀还表现出了对历史的诘问的话，格非则完全遁入历史自身的愉悦当中了。他无意于去探查历史的意义，历史只是一个推远了的生存背景。一旦历史话语的权威性消解，格非那由中心向边缘的话语运作便成了对人类意识的围困，人置身其中，只剩下永远找不到答案的疑问："敌人"是谁？"青黄"是什么？"傻瓜"何指？显然，新潮小说的历史主义梦想使其文本在消解历史和现实的同时自然而然地就陷入了虚无的泥坑，成为一种本质上无根的文学。诚如陈晓明分析新潮作家时所指出的："对于'晚生代'来说，'文革'是错过的、无法进入的历史，却也因此成为永久的记忆障碍，它那'神奇的真实性'被抽象化为记忆的形式，它的那种造反、反叛、革命、暴力，乃是一次纯粹的艺术创造。因为经过'文革'，知青群体成为'新时期'的神话主角；因为没有经历过'文革'，'晚生代'无法讲述'新时期'反'文革'的神话，这是一次神奇而伟大的掠夺。虽然他们没有成为'文革后'的历史主角，然而他们却完成了一次'后文革'的艺术革命。"① 我们不要求文学与现实生活同步，也不要求文学做现实的代言人或传声筒，但文学应该具有它自己独立的当代性审美品格则是毋庸置疑的。在这个意义上，新潮小说对于当代生活的熟视无睹和哑口无言如果不是逃避生活的不良倾向的显露的话，至少也是缺乏把握和表现当代生活能力的一种有力证明。而新潮作家的当代性失语从另一个方面来看，也是新潮作家艺术想象力丰富与单一这对矛盾的体现。毫无疑问，新潮小说

---

① 陈晓明.无边的挑战.长春：时代文艺出版社，1992：第一章.

的创作者们在自己的作品中充分展现了其想象力的活跃与丰富，种种他们并未曾亲身经历、体验过的生活、场景、事件、人物活灵活现地溢于笔端。但是他们的想象力如上文所分析的却不约而同地朝着自己的童年或"历史"的方向伸展，而很少涉足现时态下的生活，即使偶有下笔也不及前者那样出神入化，在这个意义上新潮作家的想象力又显然过于单一了。我觉得，新潮小说只有将自己艺术想象的翅膀朝各个不同的方向纵横驰骋才会更有前途。世纪末的钟声已经敲响，对于中国当代这批最具才华的作家，中国文学界无疑寄予了厚望。我对新潮小说也并不悲观，我相信21世纪中国文学的辉煌与希望也正孕育在眼下这些充满矛盾的新潮小说文本中，新潮文学的繁荣和成熟都已不再是一个遥不可及的乌托邦梦想，让我们共同期待吧！

中篇
作家论

第 5 章　苏童：南方的文学精灵

一、苏童小说的生命意识

苏童可以说是新潮作家中有着特殊地位的一位作家，也是一位从不愿固定自己的作家，从"历史追寻"小说到"现实追寻"小说，从"枫杨树"系列到"枫杨树后"小说再到"红粉"和"妇女"系列小说，他每次都以迥然不同的形象刺激读者的阅读习惯。他甚至不愿意自己的小说具有特定的风格，认为风格是一种"陷阱"。那么，苏童是以怎样的一种方式确立贯穿于这些小说中的主体形象的？苏童又是以什么样的方式区别于其他新潮作家的呢？为什么无论反差多么大的小说我们只要一读就能认定是苏童的作品呢？很长时间以来，我都在琢磨这些令人困惑的问题。我一度以为是苏童的语言塑造了他的个性，然而当我怀着自以为是的自信去比较其他新潮作家的小说时，我的信心很快就瓦解了。我意识到在苏童轻灵的语言背后一定还有某种深层的东西被遮蔽着被忽略了。我一次又一次地把自己投入他的小说世界，并终于在这种投入中获得了豁然开朗的感悟：苏童独特的生命态度和生命意识从语言身后彰显出来，进而使他的小说世界得到了重新敞开。

（一）

文学的生命意识源于自我意识的觉醒这一大的社会思潮和文学思潮。文学先是强烈地呼吁社会对创造的尊重，进而发展到对人的心理世界的关注，再发展到生命意识的生成。诚然，生命是文学的永恒母题，对生命的礼赞也曾使文学红光满面，但事实上，现代人的生命却面临着毋庸置疑的困境和尴尬。一方面，现代人蔑视权威、打破一切偶像后，现代社会并未呈现为一片"王道乐土"，相反它使人感受到的只是一片忧郁、凄凉的精神荒原。另一方面，新世界的陌生而炫目的光芒又令人迷惘而一时无所适从。在无限的孤独感、放逐感和陌生感中留给人的，除了对生命存在的深切体验之外，再没别的了。生命的失重，使现代人焦灼地寻找生命，并在潜意识中赋予这种生命以万能的力量，既可救赎又可济世。也许正由于这种目标过于崇高而不切实际，因而追寻的途程就更充满艰辛、满含血泪，并常伴有方向感的迷失。苏童在这追求大军中最年轻也最敏锐，但他同样也难以免俗。现世的最佳生命方式他一时难以找到，就转向传统，试图发掘历史和现实的隐秘内涵，让历史帮助他建立现实的价值体系。因此，他的小说就显示出公然对立的两极：对现实的思索和对历史的执着。

从1985年《石码头》发表开始，随着《祖母的季节》《青石与河流》《飞越我的枫杨树故乡》《1934年的逃亡》《丧失的桂花树之歌》《故乡：外乡人父子》《蓝白染坊》《罂粟之家》等小说的相继面世，苏童小说就卓然自立了一个"枫杨树"系列，这里几乎浸透了作者的全部灵性和追求，也呈现出了全部的矛盾和不安。这些小说既表现了对于枫杨树故乡的热烈执着，也表达了作家追求失落后的迷惘。作家满怀深情地想从祖先身上挖掘出可以激活后人灵性的生命程式，但他更多地感受到了野蛮与愚昧。他本意是想为祖先立传，到后来却发现自己已完全站到对立面，对祖先口诛笔伐了。从神话原型批评的理论来看，苏童的小说客观上呈现出一种神话价值。蔡斯评价麦尔维尔神话时说："神话也是一种象征性的寻找父亲的努力，这个父亲不是宗教中的上帝，而是一种文化理想。这个神话有两个中心主题：堕落与探索。所要探寻的恰恰是在堕落中失去的东西，堕落是麦尔维尔从象征的命运和自己的命运中获得的一种本能的意象。"① 苏童的探寻正是陷入了与麦尔维尔共同的困境。他追踪历史的踪迹，追寻祖先的光荣，但追求的目标最终却是子虚乌有，成了一种变态的光荣和实质上的丑。追求的行程和追求的目标就这样突然脱节了。于是从前的追求越是执着就越是荒唐和滑稽。如果这些是人生路程上的寻常现象，那么这就是人生的一大悲哀、一大荒诞。

苏童显然不能释怀于这种荒诞，于是他的"历史追寻"小说开始了对于"枫杨树乡村"的逃离，从而进入了"后枫杨树"阶段，

---

① 蔡斯. 神话——原型批评. 西安：陕西师范大学出版社，1987：21.

其代表作为《妻妾成群》《第十九间房》《园艺》以及长篇小说《米》和《我的帝王生涯》等。在这些小说中，作家已经开始从对生命的狂热追求和极度失望情绪中走出来，冷静、理性、形而上地审视生命的残缺了。生命意识和文化意识的交融是这个时期苏童小说的重要特色，他总是从生命悲剧的背后发掘其深层的文化根源，从而使小说内涵越来越趋凝重。如果说《妻妾成群》旨在揭示封建畸形的婚姻文化对于女性生命的扼杀的话，那么《米》则完整地揭露了都市淫靡文化摧毁一个乡村生命的全过程，而《我的帝王生涯》则形象地展示了中国帝王文化窒息吞噬生命的本质。作家对于生命的悲剧感受已经超越了祖先亲人，而延伸到了整个历史、整个民族、整个文化，充分展现了个体生命与文化生命之间的辩证关系。总的来说，苏童的"历史追寻"小说在对生命形式及生命意识的追求与表现中呈现出几个明显的倾向。

其一，对祖宗的诅咒与发泄。在精神分析学说中，"父亲"是个不同寻常的概念，"父亲"绝不仅仅表现了一个男人在家族血缘中的位置，"父亲"还意味着在社会文化中所拥有的一切特权：强壮、威严、荣誉、家庭的主宰、对于女性的占有。这些都是儿子们对于父亲力量的感受。儿子们对这些特权满怀嫉妒，只是现存的文化秩序阻止这些嫉妒的发作罢了。但父亲作为一种权威，是一种深深的压抑。而"审父"乃至"弑父"正是对权威的审查，这种审查带有强烈的心理动机。在苏童笔下，无论是只通狗性不谙世事的幺叔，还是嫖妓赌博、抛妻弃子的陈宝年，无论是阴险毒辣饮人精血的陈文治，还是如狼似虎、残害弱者的石匠，这些人物作为祖先的神圣光环被无情地剥去了，这里没有了崇高与静穆，也没有灵性和平雅，有的只是丑恶和堕落。而写于"后枫杨树"时期的《妻妾成群》更是对"父亲"陈佐仟的罪恶作了淋漓尽致的揭露，他的生命存在是建立在对女性生命的摧残之上的，即使他已步入生命的黄昏仍然不忘让一个个年轻的女性作为陪葬，梅珊被残忍地投进井中，颂莲被逼疯，而第五房太太却又迎进了家门。我们发现无论是"枫杨树"系列还是"后枫杨树"系列，苏童的"历史追寻"小说中，"父亲们"的生命模式都呈现出基本相似的走向，亦即生命力的逐步萎缩乃至近于零（死亡）。在《米》和《我的帝王生涯》中作者干脆一开始就设计了"父亲"的死亡，在历史的反讽面前作家对生命的乐观热情消耗殆尽。

其二，对生命原始魄力的挖掘。虽然我们发现苏童对于生命的追寻总体上呈现出一种失意状态，但并不是说他的路途就坎坷沉闷得嗅不到一丝花香，闻不到一声鸟语。在当代小说中，表现生命和生命流动成为重要的主题，那种用以观照生活的"显意识"明显消退了，代之而来的是生存本身的强度和质感，是生活自身的"原色魄力"，是生活自身的粗野、质朴之美，作家只追求一样东西，那就是生存的真实。苏童正是借助于对生存真实的展示获得了一种对失望的解脱和安慰。生命是受时间限制的，所以生命更应珍惜在有限的生命长度内的尽量丰满和充实，以获得精神意义上的无限。人类的命运是悲观的，但人类的生命意识应是乐观的。因为人类的生命自信可以对抗命运，生命对命运作不屈不挠的斗争，即使毁灭也在所不惜，生命的美丽与伟大，可能也正在于此。但不容逃避的是，痛苦是生命存在不可缺少的因素，痛苦与生俱来，并一直伴随生命走到终点，存在一日，痛苦一日，没有痛苦的生命就会显得毫无生气。因此，人的生命意识中也必然有着痛苦的内涵。在苏童的小说中，生命的痛苦可以说得到了最大限度的揭示，主人公几乎无一不充满不幸的命运和极度的痛苦。但热爱人生的人正是那些敢于将生活的苦酒一饮而尽的人。痛苦的分量越大，对生命的感受程度就越高。《祖母的季节》中祖母对祖父那坚韧持久的思念，《1934年的逃亡》中蒋氏在一连串打击下顽强的生存意志，《青石与河流》中欢女忍辱负重、旺盛而永久的生命力……作家对原始生命力的挖掘最集中体现在女性先辈身上。对比前文，我们发现苏童小说中存在着一种有趣的"重女轻男"现象，这也许是苏童日后转向写"红粉"和"妇女生活"的最初契机。欢女经历了那么多的不幸和打击，本已是悲伤的逃亡，偏偏又遇上了蛮横粗野的石匠；本已是心血流淌，又不得不忍受失去心心相印的丈夫的心酸。也许她特别需要金钱拯救自己，但她却义无反顾地弃黄金于河底。一个石匠已经够残忍的了，她却不得不做了"石匠们"的女人。她命运多蹇，生命充满阴影，却斗垮了"最强的男人"，"她脸上凝结着世上罕见的美丽的神情"，她没有眼泪只有仇恨，唯有儿子不能报仇，才使她由衷地伤感，这是一个多么强悍而有血性的生命体！

其三，对男女两性关系的探索。对生命的呼唤一旦落入潜意识层次，必然形成对性的执着——性是生命最直接的代表，是生命的原初动力。因此，性主题可以说是生命原型的另一种表现程式。但在苏童的"枫杨树"故乡并没有理想的"性形态",男女之间的性关系基于一种情欲,而在这种情欲的发泄过程中又伴随着种种变态和畸形。因而,下一代的生命就呈现为同一种生命力异化的萎缩状态,出现了许多白痴似的子孙。这其实正暗示了作家的一种失望心态,也在更高的层次上把自己对祖先生命模式的追求途程作了回顾与反思。在其后的"后枫杨树"系列和"妇女"系列小说中,作家更是把性作为切入生命意识的窗口,充分展示了文化对性的扭曲以及对生命的压抑。如果说《我的帝王生涯》描绘的是"妃子"们的卑贱生命状态和命如纸薄的命运的话,那么《妇女生活》等反映妓女改造题材的小说更是直接从女性的性体验和性心态出发,表现了生命力在文化压抑下无可奈何的萎缩以及积重难返的病态惯性,从而透示出作家在"历史追寻"小说中深层的生命悲剧意识。

(二)

生命意识是与死亡意识相连相融的,死亡关怀正是生命意识的重要内涵。海德格尔指出:"日常生活就是生和死之间的存在。"① 在生命的任何时刻,我们都走向死亡,死亡其实就是生命的一种特殊形态。因此,生命与死亡只是一个统一存在的两个方面,在形而上的意义上,两者是同一个哲学问题。一个作家张扬生命、追求理想的生命形态,必然会把视角转向死亡这个神秘的领域。

苏童的目光也时常指向死亡,在他的"枫杨树"和"后枫杨树"系列小说中,作者对历史人生的描述无不浸透了浓厚的死亡意识和悲剧意识。作家挖掘的每一个故事与传说的毛孔里都流淌着命运和死亡的黑水,流动着在这历史之河里的生灵们的愚昧与麻木,荒凉与落寞,渺小与僵化。历史在不停地前行,而他们却没有独立自主的人格,盲目服从命运的安排,服从某种统一的意志,显得封闭而自足,后人替他们悲哀而他们自身却无动于衷:蒋氏受尽磨难最终仍是归顺陈文治(《1934年的逃亡》);老五面对着自己女人的被掠夺却只能心酸地随水漂走(《青石与河流》);简少贞变态压抑地苦度一生,还束缚、限制妹妹对幸福的追求(《另一种妇女生活》);二太太卓如不仅对自己玩物的命运毫无意识,甚至还参与了对梅珊和颂莲等年轻生命的扼杀(《妻妾成群》)……既然这些历史生灵没有拯救

---

① 海德格尔. 存在与时间. 北京:三联书店,1987:281.

自我的充分自觉，作家也就毫不犹豫地赋予了他们死亡和失踪。在苏童的小说中，死亡形态一般来说有下面几个特点：第一，充满血缘伦理色彩。刘老侠杀死父亲娶其姨太太做老婆；陈茂死于自己的儿子沉草，演义又死于自己的哥哥之手；五龙残忍地杀死了米店老板又强奸了他的女儿……死亡如果由自己的亲人制造，这种死亡的本体意义就更彰显，更扣人心弦，而作家在其中蕴含的情感态度和价值判断也就更突出，这既是对没落人物毫不留情的埋葬，又在深层意蕴上宣告一段辉煌"历史"的消失。第二，苏童笔下的死亡总是具有偶然性和无常性的特点。在一种不可抗拒的悲剧命运面前，"我"的幺叔溺水而亡，狗崽叔伤寒而殁，刘素子和猫眼女人异命同"死"，陈宝年意外而终……我们发现，死亡几乎密布在历史的路途上，在每一个历史的瞬间，它都会不期而至，与主人公相遇。第三，苏童小说中死亡形态的又一个特征就是与失踪紧密相连。死亡和失踪无疑是苏童小说中最常见的意象：外乡人父子奇怪地失踪了，看桂花的父亲也一去不归；狗崽深夜迷失于黑暗之中，环子抢了"我"父亲后也无影无踪；童震永远地沦落异乡，三个小男孩的小黄猫也神秘地隐而不现……死亡与失踪在终极意义上可以说是相通的，死亡就是失踪，而失踪在某种程度上说也是死亡。死亡从宗教上讲是进入了现世看不见的彼岸世界，而失踪则有两种可能：一是死亡；一是纵不死亡，在此岸也不为人所见，成为一种"视觉死亡"。但无论是死亡还是失踪都给小说发展制造了一种情绪导向：追寻。无限期地追寻那逃亡的、那失去了的东西，但追寻的结果却是悲哀的。无论朝哪个方向追寻，无论城市和乡村以何种轨迹循环，苏童都没有能找到价值的辉煌，他追到的更多是饥荒和瘟疫，是死亡，是失踪。于是他接近目标后又恐惧地逃离，追寻与逃离成了他这种小说的内在旋律。在寻找理想的生命模式失败后，苏童又急切地寻找一种可供补偿的死亡模式，从否定性的意义上幻化出一种理想的生命程式。他的"逃离"再次宣告了这种企图的破产。

从审美情感上说，苏童笔下的死亡是恐怖而令人厌恶的。但从作家对丑恶的描写中，我们却可以看到一种潜在的努力：苏童不只是为了写出生活的存在形式，更重要的还是为了写出民族的某种性格的生命存在形式，即把各种层面的因素都挤压到生命的形式中，写生命的躁动，生命的扭曲，生命的萎缩的悲剧性存在过程，从而激起重塑民族灵魂的愿望。民族灵魂的发现和重塑可以说是新时期文学的大动脉。然而，死亡又理应成为延续生命的手段，海德格尔就把死亡理解为"向着一种可能性的存在"，强调唯有把死亡意识带入自身的人，才能具有真正有价值的生活，才能延长自己的生命。苏童笔下的死亡虽然呈现出一种否定意向，但否定中又包含着肯定，作家否定一种死亡形态就隐含了肯定另一种死亡形态的可能性，表现死亡就是反抗死亡。苏童希望一种有意义的死亡形态，使人精神上能有所复生。他笔下死亡形态的丑恶，正是基于祖先们对死亡缺乏充分自觉的沉重，而这种沉重也预示了某种期望：精神永生。从这个意义上来理解死亡，苏童对"死亡"的逃离，倒又不是一种绝望，而恰恰是一种超越、一种升华了。

　　从表现形态上看，苏童小说中的"死亡"具有一种神秘、象征色彩。他喜欢写梦，山、水、草、木均具灵性，能预示人的未来，暗示主人公的命运。他常从梦的角度切入主人公的潜意识，他笔下那漂浮着弃儿的死人塘，那接纳一对对死去情侣的竹林，那充满灵性的石头流水，那独立尘世的蓝白染坊，那有着魔力的罂粟香味，那迷幻诱人的井……这一切都显得空灵神奇，具有浓郁的象征意味，也是对人物死亡场所的构建。苏童笔下死亡与失踪的神秘色彩一方面昭示着命运的某种不可知性，另一方面也体现了作家对生命意识的抽象。人渴望生命恐惧死亡，但生命（出生）和死亡的体验都是人所经验不到的。人最神往的，也正是人的存在形式，但人把握不了它，这就是人类的困境，神秘也许正是对这种困境的一种解释、一种说明。

（三）

　　上文着重探讨的是苏童"历史追寻"小说中的生命形态和死亡形式。而苏童小说的生命意识在"现实追寻"小说中同样有着多方面的表现，作家对生命的关注是一以贯之的。人在实现现代化的目标时，在孤独中向自身寻求力量以期从对外界价值的依附中挣脱出来表现自己的价值时，精神的危机也会随之而至。中国大批年轻的作家似乎已经正视了这种现实，他们在感受、在表现这种精神痛苦时总是站在现实的制高点审视人生的价值，以求达到对这种精神痛苦的解脱与超越。他们一方面努力建筑一套崭新的价值体系，呼唤一种完美的生命形态，另一方面又毫不犹豫地把追求途程的艰辛袒露在读者面前，他们这种心灵的真实更能激起读者的共鸣与思索。

应该说，真正有价值的文学不应该提供什么现成的说教给读者，而应促使读者去思考得到某种充实的途径。正是在这个意义上，苏童等青年作家的小说才弥足珍贵。

生命是如此神秘，现实的生命又是如此变幻莫测多姿多彩。在展示现世生命形态时，也许由于过于切近，真实得让人难以忍受的个体经验使作家的心态变浮躁了，充满了焦灼感。苏童说："也许一个好作家天生具有超常的魅力，他可以在笔端注入一个世界，这个世界空气新鲜，或者风景独特，这一切不是来自哲学和经验，不是来自普遍的生活经历和疲惫的思考，它取决于作家自身的心态特质，取决于一种独特的痴迷，一种独特的白日梦的方式。"[①] 他的小说创作可以说真实地袒露了这种心态。从探索现世生命的处女作《第八个是铜像》开始，他的《白洋淀红月亮》《桑园留念》《伤心的舞蹈》《井中男孩》《怪客》《一无所获》《离婚指南》《另一种妇女生活》等一大批作品可谓形成了一个独立的现实生命世界。这些小说浸淫了浓重的生命体验，并伴随着时代心理的挖掘。泰纳说过，如果一部作品内容丰富，并且人们知道如何去解释它，那么我们在这作品中所找到的是一种心理，时常也是一个时代的心理，有时更是一个种族的心理。苏童"现实追寻"的目标也许正是这种"时代心理"和"种族心理"。

按照存在主义的说法，人生是荒诞不合理的，任何存在都是无意义的。现代人对生存环境有一种本能的厌恶，环境对生命的压抑成为一种普遍性的生存感受。苏童小说对这种生命的荒诞感有着生动的演示，具体表现在三个方面：（1）个体生命的渺小与失落感。人活在这个世界上生死无常，或许他会试图追寻某种东西，让自己的生命发光，但到头来，却只有失落。"我"执着地寻访养蜂人，"我"十二岁就潜心钻研舞蹈，"我"认真地保护金黄的桂花树，"我"一往情深地寻找梦中的竹板庄……"我"有那么多的追求与向往，但到头来，风流云散，还是"一无所获"。一种悲哀和苦闷就充满了"我"的心灵，"我"只能从一个地方到另一个地方，从一条街到另一条街地进行着永恒的寻找与流浪。这种无结果的寻找其实就是不寻找，人的追求与荒诞相比简直不成比例，苏童在这里展示的是一种形而上意义上的深刻。（2）生命存在的偶然性感受。人的生

---

① 苏童. 周梅森的现在进行时. 中国作家，1988（1）.

命从某种意义上说只不过是一片飘忽的黄叶,一缕弯曲的烟云,是偶然的造化。人其实在许多时候都无法把握自己,不仅在与自然的对立中免不了自卑感,而且"世界上好多对比也让人鼻子发酸"。苏童所要表现的就是起落悬殊、偶然性迭出的人生际遇。情意绵绵约会归来的姐姐却因为对金鱼的误杀而被亲弟弟杀死;骑自行车的妇女须臾间就葬身车轮下;"我"苦心积累的三千元钱借给一位诗人而永远地失去了;失却多年的手枪和伞在不经意间竟又回到了"我"的手中……这就是《平静如水》展示给我们的生命形态!人们在偶然性的法则下生存,他们追求、幻想却终究难以抗拒迎面而来的幻灭。(3)生命的孤独。虽然中国不像西方世界那样经历过两次世界大战后成为"孤岛"与"荒原",却也经历过改革的阵痛和长久的灾难。人们面临新价值选择时的危机感与不知所措感,必然导致孤独感的诞生。苏童笔下就密布了许多人的"孤岛":"井中男孩"痴迷于井,养蜂人陶醉于自然,"我"对城市的寻访与调查,猫头对滑轮车的贪恋,都是孤独感的表现。主人公被孤独苦恼着,像一只困兽左冲右突,"只要有办法把那堆孤独屎壳郎从脚边踢走,就是让我去杀人放火,也在所不惜"(《平静如水》)。在这方面表现最深刻的两部小说是《另一种妇女生活》和《离婚指南》。前者通过简少贞姐妹以及酱油店的三个女人两条线索,表现了人与人之间的隔膜、封闭和无法沟通;后者直接把笔伸向爱情婚姻内部,本来最具包容性和相遇性的爱情婚姻其实已变成了孤岛,男女双方不但不能心心相印,而且更不能相容。但荒诞的是杨泊拼尽全力也没有能离婚,仍被绑在婚姻的大床上,继续着日复一日隔膜如路人的生活。

　　如果说在"历史追寻"小说中苏童着力表现的是对理想生命程式和死亡模态的追寻,那么在"现实追寻"小说中苏童着力传达的则是生命的感受,生命意识从另一条渠道又流了出来。从审美情感上来体察苏童的生命体验,我们发现作家的心态是中立的,既没有玩赏也没有诅咒。作家的"情感中立"状态更多是为了"呈现"一种心理真实,在唤起人们生命感受的同时,激起人们思考的欲望。他其实也不可能完全袖手旁观,"中立"背后,隐现着"主观",隐现着他自己的一种探讨,只是他没有把这种探讨强加于人的迫不及待的冲动。这主要表现在揭露人性恶和塑造新人性两个方面。《乘滑轮车远去》中道貌岸然的江书记与音乐教师,《平静如水》中勾魂摄魄的悲伤女孩子,《井中男孩》中故作高深的诗人水扬,《怪客》中残忍的怪客和蛮横的三霸……这些人物的一个显著特点就是虚伪和作假。发现和表现人性的缺陷，正是为了理解自身的缺陷，从而使人性更加完善。这既显示了作家剖析人性的深度，也表现了对真诚的呼唤。"全世界都在装假，我走来走去都碰到黑白脸谱，没有人味，没有色彩。女的装天真，男的假深沉，都在装假，谁也不敢暴露一点角落性的问题。"（《井中男孩》）应该说苏童是敢于暴露一些"角落性"问题的。这体现了作家的胆识与魄力。但是苏童在揭露人性恶时的从容与挥洒，到了他建构理想生命形态时就荡然无存了。他不但失去了写《第八个是铜像》时的乐观自信，而且常常捉襟见肘，发出无可奈何的自嘲。在《离婚指南》《已婚男人杨泊》《稻草人》等小说中，他甚至不得不把正面的人生和理想的生命形态违心地"毁灭"了事。显然，在无法找到恒定的价值标准和理想生命之时，苏童落入了一个"无为"的怪圈。这其实也是一种大幸。艺术家如果一心放在善恶两面的选择之中而无暇他顾，就会或多或少地离异于人类前进的必然途程，造成艺术作品的浅薄与虚假。苏童的困惑之处，也许正是他的深刻之处。

二、苏童的文体实验

当我们流连于苏童"风景独特"的小说世界时，一定会为他在历史与现实之间的求索、追寻而感喟，而唏嘘。这种强烈的审美效应并不仅仅得自作品的深刻意蕴，也来自小说所体现出的苏童独特、自觉的文体意识。富于感染力的作家常常是大胆而独特的文体家。所以，某种程度上说，我们觉得苏童的文体实验和操作更令人着迷。

多能叙述者：切入与逃离

对于叙事作品来说，叙述方式的特征首先体现在叙述者的设置上。尽管各种创作方法和创作思潮对叙述者的设置从来没有一个固定的模式，但从整体上看，现实主义的叙述方式大都乐意使叙述者超越作品的内在关系，成为全知全能的操纵者，在那里向读者讲述一切，不管读者是愿意听还是不愿意听。事实上这个叙述者就是作者本身，这种作者我们称为导演型作者。而到了新时期中国文学中，这种倾向已发生了明显的位移，导演型作者日益让位于角色型作者，叙述者与作者分离。一篇小说无论采取哪种人称，大都倾向于叙述者对于事件、关系、氛围、情绪的介入，乃至于扮演一个角色。苏童的小说正体现了这种自觉的追求。他的小说通常都用第一人称，给人一种直接切入感。布托尔说："作者在文本中引进一个他本人的代表，即用'我'向我们讲其本身故事的叙述者。显然这对作者十分有利。"因为"'他'把我们弃在外面，'我'却把我们带进内部"[①]。作者当然大于他所创造的叙述者，但是叙述者在通常情况下会摆脱作者的控制，进入一种与作者对立的自由状态，从而获得一种主体身份，并把作者置于客体的地位来进行观察。苏童小说中的"我"就是一个与作家本我脱离了的叙述者，对作者的背叛使"我"获得了一个纵横驰骋的广阔空间。在《1934年的逃亡》中苏童提醒读者："你们是我的好朋友。我告诉你们了，我是我父亲的儿子，我不叫苏童。"苏童是作家，"我"只是父亲的儿子。"我"不愿做作家苏童，叙述者在这里正式对作者发出了"离异"的声明。

尽管如此，我们仍然觉得苏童小说叙述者的问题不是简单划一的，它有时还相当复杂。他的小说叙述者与作家的分离并没有导致他小说的纯客观化，相反，叙述者后面的隐含作家倒常作犹抱琵琶半遮面的表演。韦恩·布斯在《小说修辞学》中把小说叙述者进行了分类：一种是自我意识的叙述者，能意识到自己是作家；一种是那些很少讨论甚至不讨论他们写作核心的观察者与叙述者；还有一种是那些似乎意识不到他正在讲述、写作、思考或反映一部文学作品的叙述者和观察者。[②] 苏童的小说中这三种类型的叙述者似乎都能找到，但更多是第一、第二种类型，这正构成了他小说叙述者的独特魅力和全部复杂性。他的叙述者大都具有二重组合的特点，即隐含作家与角色人物的秘密组合。而这种组合的紧密程度与显露程度又使他的小说呈现出不同的风貌。

一种类型的小说，叙述者只是个见证人，引导着故事的进程，他更多地成为作家的一种手段和媒介；而作家显然没有赋之以角色意识，他与隐含作家实质是同一的，不过充当了作家的传声筒。《舒农或者南方的生活》中"我"只是由于在香椿树街出生，15年前在这里待过，因而有许多印象和传闻，"我说过这只是印象而已"。《算一算屋顶下有几个人》中"我"与角色分离更加明显，"我"只是布

[①] 布托尔. 小说技巧研究. 文艺理论研究, 1982 (4).
[②] 布斯. 小说修辞学. 桂林：广西人民出版社, 1988：163.

下一个小说圈套,"现在我拉出一根线头就可以把他们说到的那家伙牵出来,我想看清那家伙的神秘面目。"而隐含作家也控制不住地跳出来说:"我还必须把我从未去过的皖南小村任家畈作为小说环境来描写,这一切因此蒙上虚构色彩。"《乘滑轮车远去》中"我"似乎进入了情节,但与故事的隔膜还是很明显,"我"是一个见证人,叙述了"九月一日整天的事情",作者不时把这种提示性的语言分段独立,来显示"我"与故事的关系。这些小说叙述者有明显的逃离故事的倾向,他在故事中的地位,我们称为"伪角色"。

另一种类型的小说,就是叙述者与作者的距离拉远,而更切入故事。"我"与故事的演进变化息息相关,"我"有时甚至还成了主人公,这时的叙述者已由见证人向当事人蜕变,"伪角色"也变成了"真角色"。《你好,养蜂人》中"我"是一个无所事事、心怀奇想的大学肄业生,"我"对养蜂人徒劳的寻找构成了整个小说的意绪。《井中男孩》第一句就把叙述者的当事人身份交代清楚了,"事情说起来很简单,在一个闷热的夏日正午,我的女友灵虹突然不辞而别了,离开了我们的家",以后"我"与故事缠绕在一起一直走到小说的结尾。《飞越我的枫杨树故乡》以及《1934年的逃亡》交织着叙述者"我"对祖先、对家族的追寻与回忆,或者说正是"我"的思绪流组成了小说本身。"我"的强烈主观色彩、主观投入情绪与作者有着显然的区别:隐含作者是平静而从容的。这种"切入型"小说主要是指苏童的"现实追寻"小说,他的一部分"历史追寻"小说能并入这一类,则是得力于"情绪切入"。

再一种类型的小说就是上面两种类型的杂交。两种类型的叙述者都在小说中出现,使小说中的叙述者呈现出对故事逃离与切入的和谐辉映的状态。《青石与河流》可作代表。小说中有两个叙述者:"儿子"和"孙子"。当"儿子"作为叙述者时,他就亲身经历了那"青石与河流"的洗礼,他是故事的一个构成因素。当"孙子"作为叙述者时,则表现出对故事的超越,他似乎仅仅进行了一次家史记载。小说视角来回转换,形成一种摇曳多姿的故事格局。

苏童对小说叙述者的重视与不断翻新,使他的小说叙述灵活而俏皮,充满张力。他的小说叙事充满了随意性和现实性,似乎毫无构思,信马由缰,随行随止。"叙述者"的飘忽不定,叙事视角的不断转移,带来了他小说时空切割的紧张变动状态,历史与现实,脚下之地与千里之外,任意挥洒。苏童小说中叙述者的"多功能"正是他小说魅力的一个重要根源。

那么苏童又是如何在他的操作中确立他的叙述者的呢？他是怎么找到这个多能儿的呢？这又是一个非常有趣的问题。我们发现苏童通常在开篇就把叙述者引出，并暗示整部小说的叙述内容及叙述基调。《舒农或者南方的生活》："关于香椿树街的故事，已经被我老家的人传奇化了。"这至少包含了三层意思：（1）小说叙述香椿树街的故事；（2）"我"的老家是香椿树街；（3）"我"也是像老家人一样"传说"这个故事，"我"是故事的叙述者，而不是当事人。《1934年的逃亡》开头："我的父亲是个哑巴胎，他的沉默寡言使我家笼罩着一层灰蒙蒙的雾障足有半个世纪。"这里首先交代了叙述者"我"是父亲的儿子；而父亲的怪癖及阴影成了"我"叙述这个故事的动机和动力；"我"参与了故事的发展，提出了许多疑问：父亲为什么是哑巴胎？他何以似烟雾？这半个世纪有何灾祸？……这些疑问其实正是"我"试图解开的，这使小说充满了神秘气氛。可以看出，苏童几乎所有小说开首一句都离不了"我的老家""我的父亲"这样的偏正结构，这其实正是他定型叙述者的一种努力，既确定了叙述者，又交代了与故事的关系。《乘滑轮车远去》里的"我们街上"、《井中男孩》中的"我们那个城市"、《丧失的桂花树之歌》里的"我祖父的祖父"……苏童不遗余力而又辛辛苦苦地寻找着他小说的第一句话。他找到了第一句话，就找到了他小说的叙述视角，就找到了他的代言人，也就找到了他的小说。

苏童小说的叙述者一经确立，其全部独特性便立即显露出来。我们以为苏童小说的叙述者最迷人之处就是他对自己地位的不尊重，进进出出，随随便便，有一种嬉皮士的风范。他根本不安心当一个叙述者，他也想尝尝引导者的滋味，具有一种强烈的引导意识。他不是导演，不向你说教；但他提醒你去看小说，不要沉得太深，要保持距离。苏童小说的叙述者往往在故事的行进中突然割裂故事兀立出来与读者谈话："我是我父亲的儿子，我不叫苏童"（《1934年的逃亡》）；"两年前我就想写一篇关于屋顶和人的小说"（《算一算屋顶下有几个人》）；"下面我还要谈别人的事，请听下去"（《乘滑轮车远去》）……他摆出一副与读者一道旁听故事进程的架势，提醒读者不必捶胸顿足，痛哭流涕。此外，苏童小说叙述者还有一个特点就是他喜欢用"历史记录法"，好用中性词及或然性语言造成一种准客观化的趋势。例如，在《舒农或者南方的生活》中，他就屡用"比如"

"譬如"来讲述故事进程，语气平静，力图显示自己与读者的亲近及对故事的疏离。这其实使他的小说呈现出诱惑性的结构。因为读者一旦发觉他小说中的叙述者并不是高高在上的先知，就会克服自卑，渴望走进小说对话。

破坏结构：反匀称、反连续与空白意识

中国传统小说一向讲究结构的针脚严密，布局的匀称和谐。而新时期中国新潮作家则显示了对传统的"高超越姿态"，正如亨利·詹姆斯所说："一种充满生机、正在茁壮成长的艺术，好奇心重，喜爱活动，则必然对刻板的禁令有一种无法消除的不信任感。"①

在本章的第一部分我曾试图证明苏童的小说追求一种具有普遍意义的价值观念。而任何价值内容总得借助于一定的符号媒介、一定的传达手段才能呈现出来。与苏童小说的内涵价值的不确定性相对应，他的叙述也显露出一种不定多变的混乱状态。他的小说结构操作上表现出对"原始规范结构"的破坏，而破坏和建设往往是一对孪生兄弟。

第一，空间：匀称性的打破。

为了叙述的方便，我们这里的空间有三层意思：第一空间是小说人物活动、故事展开的空间；第二空间是小说文字化在期刊上占据的空间；第三空间是小说的包容量和隐语能力，也叫"涵义空间""情绪空间"。苏童小说的物态形式（第二空间）与其内涵本身的不确定性和启示性有某种对应性关系。比如《平静如水》中作者用了许多分节，而节与节之间的字数有很大差距，就是标题也或长或短，所占版面分配严重不均，这里不但谈不上匀称之美，简直就有混乱之嫌。不过，这混乱却是对主人公浮躁、焦灼心态的"明晰"揭示。加缪说："我在否定明晰的时候，提高了我的明晰，我在压毁人类的事物之前，提升了人类。"② 我们看到苏童制造混乱，其实是一种寻找更为"明晰"的生存价值的尝试。第二空间的模糊虽抹杀了传统和谐匀称的规范，而第三空间的张力却无限扩大了。

苏童小说的第一空间呈分裂状态：既有历史空间，又有现实空间；既有叙述者的讲述空间，又有故事展开的空间。这些空间是不

---

① 布斯．小说修辞学．桂林：广西人民出版社，1988：25.
② 加缪．西绪弗斯神话//乐黛云，等．世界诗学大辞典．沈阳：春风文艺出版社，1993：25.

对等的。他的故事几乎全是由叙述者的回叙来展开的。叙述者所处的空间狭小而且相对模糊，有时简直就不知道是何空间，而叙述者所讲述的空间则清晰而明确，他的用笔显然"比例失调"。这反映到结构上，就形成了他小说"吹气球式"的结构操作方式，口很小，吹气后却逐渐膨胀，以很小的框架包容很深的内容，这就是苏童小说结构的弹性所在。《舒农或者南方的生活》叙述者现在在什么地方根本就不知道，只知道"我"的老家是香椿树街，故事也发生在那里。《1934年的逃亡》"我家来到了都市"，这个城市怎样，不知道。《青石与河流》两个叙述者所处的时空显然是不同的，"儿子"在马刀峪度过两个黄昏，而"孙子"居住的空间则很隐晦。但"儿子"是从什么地方去马刀峪这块风水宝地的呢？"儿子"的出发点是不是"孙子"的现居地？这些问题都没有清楚的答案。苏童的叙述者站在现在，回溯过去，但从气球口吹进的气流遇到球衣会有部分"反弹"，过去就又不时对现在挤眉弄眼。这样他的小说由现在的空间着笔，大段展示过去的空间，而借助于"反弹"的作用，过去的空间中又常有现在的空间穿过。这种空间交织的操作，一方面由于作家的偏爱程度不同而破坏了小说的匀称，另一方面也明显影响了小说的时间处置。

第二，时间：拒绝连续性。

新时期小说早就冲去了传统小说那种时间、地点的线性发展——开端→发展→高潮→结局顺序推演的小说模式，许多新的小说时间结构程式创造出来了，意识流式的无头无绪的时间回流与脱节，成为许多小说家的共同追求。苏童小说的时间意识也正体现了这种倾向，形成了独特的时间结构。叙述时间的操作处理作为一种手段和方法，使小说的"涵义空间"（第三空间）得到扩张，也即通常所说的通过对顺序的处置寻求隐语的张力。叙述出来是为了安排语言符号的顺序，同时它又生来为了追求尽可能多的意义传播与空间张力。叙述是有顺序的，我们读书就是要发现下一步发生了什么。但现代小说不以时间状态的未完成状来吸引读者，而是使读者在仔细阅读中发现除文本之外的其他事情。作者打破时间安排的常规，追求非连续状态，正是为了把读者引向一种和线性有区别的秘密横向对话，使一种原本以言语为媒介的对话转入以想象为媒介的对话，跳跃间隔，刺激想象。

苏童小说时间处理上最大的特色就是对连续性的拒绝。我们曾把他的小说分为"历史追寻"小说和"现实追寻"小说两种类型。前一种小说固然历史和现在间的错位断裂比较明显，就是后一种类型的小说也不是因果链式的连续前进，仍时有波折，时有中断。破坏顺序成为他小说时间处理上的一种手段。我们看到，苏童完全没有"先后"意识，蔑视承上启下的关系，就像一个不懂音乐的顽童，将钢琴拆了，把顺序音阶打乱再组装起来。这体现在作品中有两个特点。

第一，叙述时间与小说现实时间的分裂。通常这类小说的现实时间在当代，而叙述的则多是远古的事。历史时间固然破坏了现实时间，而小说现实时间的穿插又导致了历史时间连续性的丧失。《飞越我的枫杨树故乡》叙述的是现代"我"对故乡的追寻，而那段历史的演示，又时常为现实中"我"的插入所打断；《青石与河流》交叉了三种时间——祖母的山中历史、"儿子"的复仇历史以及"孙子"的现在讲述，时间的线性发展链割断了；《井中男孩》中的时间受控于叙述者，而叙述者（小说中的作家）又常因小说而中断叙述，不同时间互相侵略，小说的明晰性受到挑战。

其二，叙述时间不按故事发展顺序演进，而由叙述者主观调度，跳跃性极强。即使同是叙述一个"大顺时段"的故事，由于叙述者像一个梦游病人，大都呈意识流或自言自语状，因而他可以从早上讲起，忽然讲到昨天或者讲到晚上，又会突然提示一句"我现在该讲那天下午的事了"。时间的连贯性在操作中被叙述者的主观意绪随意切割了。苏童的小说时间因而带有了强烈的主观色彩。比如《乘滑轮车远去》故事似乎没有原生形态，只是"我"把想起的九月一日的事情拼凑起来，告诉读者而已。时间不是自然流程，是"我"安排的，是跳着前进的，"我"放下哪段时间不说，哪段时间就没有故事。

当然，苏童小说的时间处理的特色还远远不止这两个方面，但我们必须看到，苏童小说的时间的不连续与他讲究空间的不对称是对应的，都暗合了他追求一种价值的不确定性的目标，也表明了他对小说隐语功能的实验。应当承认，苏童有一种强烈的征服时间的欲望，他对线性时间的反叛并不同于传统小说的时间颠倒。传统小说常有"上回说到""从前"等转换标志，而苏童则显得挥洒自如。

第三，空白意识：接受系统弹性与文体完整性的破坏。

苏童小说讲究空间的不对称和时间的不连续，都与他强烈的空白意识有关。他的小说叙事省略和情节的中断则是一种典型的空白艺术。空白的手段是省略，也即一种简化原则，但其目的是追求表现更多的效应。对小说来讲，空白的基本意义应在于对叙事所作的操作处理上。故事是存在的，其表现手法则是空白；情节是可以想象的，但其表现手法则是虚化。小说根本上是一种叙述艺术，但小说的本身局限导致其不可能完整而无所不包地叙述，对象的取舍选择是任何叙述的必由之路。叙事上的空白不仅是对读者接受想象的尊重和鼓励，也是对于叙述者局限性的肯定。小说空白的增加无疑扩大了小说能指的隐语功能，使接受系统富有张力和弹性。

苏童小说的空白意识首先就表现在时间连续性的打断上，这造成了许多空白：时间空白、情节空白、人物意识空白……让读者去想象、去填充这一个个充满魅力的"黑箱"，这在上文论述时间操作时已有所涉及。其次就是空间处理上的空白，除了上文说到的空间匀称性的破坏造成的空白之外，苏童小说的叙述者作为结构因素进进出出，他进来时带来空白，出去时又留下空白。《乘滑轮车远去》中"我"在铁匠弄像兔子似的拼命逃跑后，留下了一大堆空白，既是故事情节空白，又是思想空白："我"跑哪儿去了？"我"跑时会发生什么？……但接着"我""按照时间的顺序下面就该讲下午的事了"，"我"根本无意于填补那段空白，而是把它悬搁在那里。

我们觉得讲苏童小说的空白意识还特别应注意到对小说物态化的文字（第三空间）的空白追求。他的小说叙述者与读者的对话常常是用空白隔开故事。他有时在操作中还运用绘画、乐谱、启事、新闻等来与整齐连贯的方块字对立显出空白。《你好，养蜂人》中，养蜂人的家与城市的图，《1934年的逃亡》中狗崽的人生曲线图，一方面使小说呈现出一种召唤结构，让读者关心主人公的命运，另一方面又使前面紧锣密鼓的文字排列得以舒展一下，如凿出一个出气孔，使人不致太闷。《井中男孩》一段离别乐谱与文字的隔膜形成了文字和意义的双重空白，对于不识乐谱的读者来说，唯有茫然注视或者抬头他顾的份儿。

小说空白的增大，一方面固然强化了小说意义空间的张力，另一方面也构成了对小说完整性的破坏。读者的随便介入，与叙述者的任意走出，使小说呈一种被肢解的状态。这显示了苏童成功的文体实验，同时也多少对艺术作品的细腻性、完美性构成了威胁。

语言的缠绕：失却规范之后

每个作家都面临着一个艺术传达的问题。波普尔将实在的物理对象叫作世界1，将人们的主观经验过程叫作世界2，将已被人类精神确切把握的结果叫作世界3。[①] 作家只有把自己的思想感情、故事凝固为物态的语言文字才能从世界2进入世界3。因此语言问题日益受到作家的重视。80年代的中国作家语言意识显然强化了，他们对语言的价值有了更深层次的理解，于是各自在语言上狠下功夫，大胆探索，渴望语言将他们载入艺术的新王国。苏童的语言实验也无疑增添了他小说的风采。

首先，从他的小说词语选择与组合来看。

文学符号的最小质量单位是词。符号系统首先是靠一个个词来组接的。词一方面是泛理性的，受思维的管辖，另一方面又是非理性的，它往往会穿过理智层深入作家那幽深而恍惚的深层情怀去探问其是否合于主体的本意。就是说词既是语义性的，又是体验性的，只有在意义和意味方面都能契合主体心灵图景的词才有资格成为符号。因为："……形式与感情在结构上是如此一致，以至在人们看来，符号与符号表现的意义似乎就是同一种东西，'犹如'音乐听上去事实上就是情感本身。"[②] 这就是符号与图景的同构。苏童小说词语与其心绪就有很强的同构性。他选择的词语凝聚了他强烈的主观体验。可以说他的词语也是一种煽情性词语，随意性很大。当作者思绪朦胧时，词语就模糊；当作者思绪清晰时，词语就明朗，词语成为叙述者心境的晴雨表。具体地说来，苏童的词语选择有如下特点：（1）凝重的色彩。苏童的小说词语带有作者特定价值心态的烙印。苏童追求一种新的价值体系，但他充满了困惑，并没有找到一种可以心安理得地躺在上面的终极价值，他的心情难免会浮躁与沉重。正如第二次世界大战后，血淋淋的现实在吞噬无数青年生命的同时也吞噬了西方盲目的乐观意识，战前的豪言壮语消逝在废墟和灰烬之中。苏童并没有绝望，事实上他一直在追求，但轻松是不可能的，这就决定了他词语选择的凝重色彩。《1934年的逃亡》中充塞了"雾障""惶乱""飘忽""灾星""颓败"等等含有悲剧性预示意义的词语。苏童还特别注重词语的色彩选择，他偏爱阴冷的色调。

[①] 科学知识进化论——波普尔科学哲学选集．北京：三联书店．1988：410, 353.
[②] 朗格．艺术问题．北京：中国社会科学出版社，1983：24, 25.

第5章 苏童：南方的文学精灵

《舒农或者南方的生活》中几乎所有的灾难、隐私都有一道蓝光相随；《罂粟之家》中小女人死时猫眼也发出蓝光；《1934年的逃亡》凤子死时她的遗容则是酱紫色的。"蓝""黑""紫"三色成为苏童小说中出现频率最高的色调词。词语的灰暗色调给读者一种强烈的压迫感，压得人透不过气来。作者似乎也同样气喘吁吁，无可奈何地感慨着人物的悲剧宿命。（2）模糊的语义。苏童特别善于选择那些客观中性的、不确定的词语。在他的小说中常能读到"我无法解释""我无法想见""我似乎看见""我不知道"这样的否定式的动宾结构，它们表明对世界的无能为力感，也加深了对故事意义理解的难度。既然作者也如白痴，读者就只好在模糊中把故事看下去。这是作者在有意制造模糊，增加阅读阻力。同时，他也选用"比如""猜想""譬如"等中性词力图在主观性词语中开辟出客观性的新大陆。把自己放在与读者同等的地位上，这一方面与作者视角的局限性一致，另一方面也表明作者对那沉重气氛的逃离，他试图借此证明自己与故事的分离而摆脱沉重的心情，使他的词语紧张度得以减轻一些。但沉重与轻松的转换也带来了语意的朦胧。说他沉重又不沉重，说他轻松又很沉重，而作者究竟要轻松还是沉重，文字上显得矛盾而模糊。语言的模糊性同时强化了语言的暗示力，"一个系统复杂性增大时，它的精确性必将减小"①。苏童小说词语选择上的不一致性、模糊性还表现在对雅与俗的处理上。一方面，他追求凝重的悲剧色调，其词语尽管阴暗但仍是优雅的；另一方面，他大量引用粗言俗语，甚至一些脏词也被搬进了文学殿堂，雅与俗难解难分地纠缠起来。这其实也正暗合了80年代文坛的一种审丑现象，莫言就在《红蝗》中对大便津津乐道。（3）词语的超常操作组合。受苏童小说的情绪化影响，他的词语组合也像情绪流一样没有规则，或长或短，或轻或重，或粗言俗语，或雅词丽句，纷繁复杂，多彩多姿。词语结构上则超常配对，或者把抽象概念事物化，或者运用多重感觉复合，或者用动宾不调式，或者用矛盾形容法，或者用词与表现对象的不等式，作者在语言的实验上可以说是十八般武艺全使上了。像"灾难的铁锈味""甜蜜的忧伤""流浪的灵魂""倒霉的季节"等词语组合无不生机盎然、活泼生动。

其次，我们来看苏童小说的句式选择。

---

① 楼世博，等．模糊数学．北京：科学出版社，1985：8.

词语作为符号只有组接成句才能传达出某一内在图景的完整意思。对不少作家来说，传达情调主要是靠句式来实现的。"每句话都是一个新的开端，每句话都像是给一个姿态或一种物品抢镜头拍照。而对于每一个新姿态或话语，又都相应地造一个句子。"① 苏童的句式选择也凝聚了他特有的情调和姿态，他的心态是不稳定的，他的句式也就是不统一的。

不过，一般说来，他选择的操作方式以长句为主，而且尝试用省略标点的意识流手法来构成长句。长句适宜表现连绵的思想，包容量大。苏童急切地寻找着价值体系，不断发问，又不断地否定自己，有时自我缠绕，心有千千结。他看中长句正是他这种复杂思绪的必然要求。《井中男孩》中"我流氓我恶棍我犯罪但我不是唯一的这是我干每一件事时的安慰"这种长句就适于表现作者独特的语言构思。他追求一种反讽式的语言基调，他的语句常常前后语意纠缠循环造成一种语义的回流，传达出他的追求的急切心态以及追求途程的曲折。《1934年的逃亡》中"你们是我的好朋友，我告诉你们了，我是我父亲的儿子，我不叫苏童"，就是一种典型的悖论式语句结构。"你们"是"我"的朋友，"我"因而告诉"你们"故事。而事实上是苏童在讲故事，那么"我"就是苏童，但"我"又不叫苏童，"我"是"我"父亲的儿子，因此，"我"也不是"你们"的朋友……语意的缠绕，就这样增加了苏童小说的阅读阻力，好像第二十二条军规一样，使人陷入怪圈。

苏童从来就没有固定的面孔，他选择长句设置语言迷宫，显出他驾驭语言的大度与气魄；但他并不满足于此，他也常使用短句，造成一种频繁的跳行，行文显得活泼，这当然与上文提到的空白意识也是相关的。

请看《你好，养蜂人》：

你是和平社寻找人吗
我是寻找人
你想好了吗
想好了我没
你有家伙吗

---

① 萨特.加缪的《局外人》.文艺理论译丛，1984（2）.

什么
　　............

　　这里没有标点符号，实录了电话内容，句子长短不一，显得参差不齐，很不规则。但这种频繁跳行成了一种明快的节奏，消除了读者在大块大块文字组成的黑块前的沉闷感和阅读过程中因长时间的不停顿所可能产生的烦躁情绪，而且能产生特写效果，使读者集中注意。这种短句与跳行在苏童小说中也自有其生命力，它与长句的配合倒也形成了一种奇异的文体错落之美。

　　总之，苏童的小说由于那种蔑视规范的精神，语言的操作极有灵活性和自由度，无论语言的缠绕还是句式的潇洒都使他的小说生动得流光溢彩。苏童的实验操作令人欣慰，他的飘忽不定的叙述者、随机而有弹性的结构、缠绕而多彩的语言都构成了他文体独特的风貌。老作家林斤澜曾说："苏童小子一天比一天长高了。"① 我们也觉得苏童的文体实验确实进入了结晶期，对他的期待将不是没有根据的。

---

① 林斤澜，戴晴. 关于艺术描写中"虚"与"实"的对话. 钟山，1987（5）.

第6章 叶兆言：穿行于大雅与大俗之间

一

时至今日，我仍然觉得在新时期青年作家中叶兆言是一位比较难以谈论的对象。至少，我们在用通常的批评语式对他进行概括、归类时会感到某种别扭、不自然甚或心虚。这不是因为叶兆言浑身长了"刺"，也不是因为他令人望而生畏的"高产"和时刻不停的"变化"，更与人们所谓的文化品位与家学渊源毫无关系。所有的一切其实都源于我们自身，源于我们批评的惯性或惰性。当我们自以为是地概括、总结、抽象出一系列共时的文学名词、文学现象、文学特征去指称一个时期的作家作品时，却不无尴尬地发现叶兆言这样的作家其实是无法被概括和归类的，他是一个无法被"类化"的异端。当我们因为《枣树的故事》而把叶兆言当作典型的先锋作家谈论时，他却已投入了《追月楼》这样的文化风情小说的写作之中；当我们正以他的《状元境》为标本大谈小说的文化品位时，他却已转身营构《去影》等"新写实"小说去了；当我们还在乐此不疲地总结《红房子酒店》等新写实文本的特征时，他制作的《关于厕所》这类"后现代"叙事已经粉墨登场了……叶兆言总是如此不留情面地嘲笑着我们制造出来的一个个文学"时尚"，"先锋""新写实""新历史""后现代"这些批评界引以为傲的"超级命名"似乎无一例外与叶兆言的小说实践存在着某种错位关系。这种"错位"对批评者来说，无论如何都是一种耻辱。而要克服这种"错位"，我们就应进行批评的历险，我们应以冒险的方式重新走入叶兆言的精神世界和文本世界，以我们真正个人化的发现和阐释，重新赢回批评的自尊。在这个意义上，我愿把本章所做的工作视为这个冒险旅程的开始。

其实，在新时期作家尤其是青年作家中，叶兆言并不是一个神秘莫测、阴损刻薄的作家。相反，他倒是一位非常难得地呈现出本色和朴素面貌的作家。他总是以"埋头拉车"的方式默默经营着小说创作，我们几乎听不到他在任何文学潮头上的主动发言。他总是以自己的"文本"而不是"嘴巴"去参与新时期文学的进程，他的每一个文本几乎都在响应着文坛的潮汐并传达着其艺术探索的信息。他从来也没有发表过文学宣言，但是从传统的现实主义写作到先锋写作，从文化风俗小说到新历史小说，从新写实小说到现代主义或后现代主义小说，在新时期小说的每一个转折点叶兆言却几乎都留下了自己探索的足迹。他是一个丰富、博大、多变的艺术个体，但他不同于那些浅薄的文学追新族或赶潮人，他的丰富和多变是其不断突破自我、寻求超越的内在艺术需要决定的。我们注意到，即使在他声名大振、大红大紫的时候，叶兆言也从来没有对自己的小说有过丝毫的沾沾自喜，相反，他倒是时刻警惕着自己的艺术局限并对汉语小说的现状与前途充满忧虑。正如在《枣树的故事》"自序"中他所说的："十九世纪的小说大师们早就陈旧不堪，新世纪的现代派鼻祖们也老态龙钟，但是即使是这些陈旧不堪老态龙钟，仍足以衬托出今天汉语小说的暗淡无色。文坛向来喜新厌旧，虽然小说演变本身就是一部创新之史。我们已陷入小说实验室的囹圄，面对灿烂的世界文学之林，小说家惭愧而且手足无措。新的配方也许永远诞生不了。文学的选择实在艰难，大家在实验室里瞎忙一气，不是抱残守缺，便是贩卖文学最新的国际流行色。挑战来自四面八方，小说家尚未到达'六宫粉黛无颜色'的日子，黄鹤却已一去不复返。……汉语小说究竟何去何从？小说的实验室很可能就是小说最后的坟墓。障碍重重，左右为难，除了实验的尝试和尝试的实验，小说家很难造出自身以外的任何新鲜事来。另一方面，小说家只能创造出自己所没有的东西。创新成了大而不当的掩饰，小说家们常常最不知耻，有意无意重复别人的发现，又自我感觉良好地申请专利。世界文学之林容纳了并且只接受一切优秀之作，今天的小说实验室是否还有希望真正难说。……小说再也不激动人心，最后的道德感在崩溃，最后的故事情节在消亡。一切似乎都到了最后关头，如果我们不能坚守住小说自身最后的防线，小说的灾难就会演变成小说的末日。"① 也许，正是这份清醒构成了叶兆言小说写作的内在动力。

---

① 叶兆言.枣树的故事.南京：江苏文艺出版社，1994：自序.

二

叶兆言曾被评论界不容置疑地定位为"先锋派"。在中国,"先锋"既是一个光荣的词,也是一个需要清洗的词。"先锋"当然代表了一种荣誉,但这种荣誉在其被随意播撒的过程中也可能会演变成一种"意识形态",一种人人趋之若鹜的时尚,一种遮蔽或扼杀作家个性的"鸦片"。我们不能不承认,在许多时候中国的"先锋"已经成了一种廉价的标签,成了形式主义或技术主义的代名词,它不但不是作家个性与创造性的表征,反而成了一种集体性的操作与投机行为。从这个意义上说,当我们想当然地为一个作家贴上"先锋"的标签的时候,我们可能恰恰忽略和轻慢了这位作家最为本真的东西,我们完成的可能正是对这位作家彻头彻尾的误读。我这样说,并不是要否定"先锋"对于中国文学的价值,事实上我一直对中国的"先锋"文学心存幻想,我要否定的是中国作家与"先锋"这个词产生关系的方式。我觉得,即使是"先锋"这样美妙的称谓,如果在与你产生关系时你不能赋予它新的内涵和你个人化的阐释,而仅仅维持一种语言上的快感,那它对你就是毫无意义的。① 令人高兴的是,叶兆言并不是这样一种"先锋派"。在他所有的作品中,拥有中国式先锋"名分"的代表作无疑是《枣树的故事》。这部小说以"多少年来,岫云一直觉得当年她和尔汉一起返回乡下,是一个最大的错误"这种典型的"马尔克斯句式"的成功运用成了当时先锋小说叙述艺术的经典之作。应该说,比起同时代那些半生不熟的马尔克斯模仿者来说,叶兆言的叙述才能确实高人一等,其在形式感及技术领域的老到、娴熟与富有现代感也真正无愧于评论界对它的高度赞扬。但对于叶兆言来说,这显然不是这部小说的全部。与中国广大先锋作家把小说从"写什么"转移到"怎么写"的革命狂热不同,叶兆言在《枣树的故事》中虽然也因"怎么写"而取得了骄人业绩,但作家更关注的仍然是"写什么"。叶兆言是一个主题意识非常强烈的作家,即使在他最"形式主义"的文本中,我们也会轻而易举地就触摸到其对于"深度主题"的热爱。叶兆言长于不动声色

---

① 关于"先锋"的问题,我曾在拙作《无望的告别》中作过同样的表述,载《当代作家评论》2000 年第 4 期。

的人性勘探，对于特殊境遇中人的特殊的精神与心理状态的剖析是其特长。《枣树的故事》同样如此。小说在它先锋、新潮的形式背后其实表达的是对一个女性的怜悯和理解。岫云是这部小说的真正核心。她的命运、情感、精神、心理的剖析构成了小说最激动人心的力量。叶兆言是一个典型的人本主义者，他并不认同其他先锋作家在陶醉于"形式迷宫"时把人物"符号化"或变成可有可无的存在的做法，在他的小说中，"人"永远是第一位的，即使在他最形式化的小说中"人物中心"的理念也从来没有动摇过。在《枣树的故事》中，我们看到，在作家苦心经营的"形式"背后光彩夺目的仍然是丰满、深刻的女主人公岫云的形象。在他笔下，声名狼藉的弱女子岫云不仅在与强大的历史对峙中获得了个体存在的合理性，而且某种程度上被赋予了生命的美丽与人性的光辉。作家对传统所谓的坏女人没有道德的说教与高调的批判，也没有抽象的心理分析，而是在女性自身欲望和生命历程的展开过程中自然而然地传达出一种对人、人性、人的欲望的尊重、理解、同情和人道主义的温情。小说写人之深、写情之切、剖析人性之用力都是叶兆言此前小说所没有的。对于这样的一部小说，当我们把它的价值仅仅局限在"形式"或"技术"上时，实际上恰恰可能是对作家作品的一种歪曲或误读。从这个意义上说，叶兆言在对《枣树的故事》的一片颂扬声中很快就改弦易辙也不是没有理由的。

综观叶兆言的小说创作，我觉得他其实是无愧于"先锋派"这个称号的。他是一个自足的、与中国作为"类"的先锋派没有关系的作家。他从来就没有认定只有某种文本、某种"形式"才是"先锋"的，相反，他认为"先锋"是一个流动的不断实现的"过程"，所有具有真正的个人思索和艺术探索的文本，不管它以什么样的形态出现都有可能是"先锋"的。时尚的与传统的、主流的与非主流的、雅的与俗的、现实主义的与现代主义或后现代主义的等等，彼此并不一定就是两极对立、水火不容、剑拔弩张的，它们完全可以"条条大路通罗马"以各自不同的方式完成对于"先锋"的殊途同归。这就是叶兆言的"先锋观"。而叶兆言之所以能在"夜泊秦淮"系列、"犯罪研究"系列、"爱情问题"系列等诸多反差极大的文本之间游刃有余，显然也是与此分不开的。在叶兆言这里，抽象的"先锋"标签已经被灌注了异常丰满感性的内涵，它既可以是大雅的，也可以是大俗的。大雅与大俗，这对我们通常视作根本对立的范畴，在叶兆言这里却相亲相爱成了价值等同的"先锋"境界。我想，这可能正是叶兆言作为一个先锋作家最不同凡响的地方，也是他遭人误读最深的地方。我记得，叶兆言的《走进夜晚》《花煞》《花影》等作品面世时，就曾和苏童的《妻妾成群》等小说一道，作为先锋派"堕落、蜕变"的标志受到过猛烈抨击。

三

叶兆言的"大雅"之作，除了我前面提到的以《枣树的故事》为代表的所谓"先锋文本"之外，最为人所称道的就是其"夜泊秦淮"系列。这个系列由五部中篇小说组成，它们是《状元境》《追月楼》《半边营》《十字铺》《桃叶渡》。而稍稍扩展开去，我觉得长篇小说《花影》《1937年的爱情》《花煞》也都可以归到这个系列里面去。

在我看来，"夜泊秦淮"系列的艺术魅力或者说"大雅之处"主要表现在三个层面。一是其丰厚深远的文化含量。叶兆言对南京秦淮文化有非常深刻独到的理解与把握。一方面，在《状元境》等小说中作家表现出了对于秦淮风俗掌故、文化习性的稔熟与喜爱。那些具有文化"符码"意味的茶馆、酒楼、妓院、画舫、庭园在他的小说中总是栩栩如生、神态毕现，仿佛一幅幅气韵生动的文化风俗长卷。秦淮河畔的历史、现实与人生都得以在一种"文化"的意蕴中被呈现。相较于80年代以来文化寻根小说或地域文化小说，叶兆言的秦淮文化风情的展示显得更为地道、自然和具有艺术力量。另一方面，叶兆言"夜泊秦淮"系列小说文化含量的更为重要的方面体现在其对于秦淮人生命方式、生存心理和生活态度的阐释上。《状元境》中的三姐与张二胡、《追月楼》中的丁老先生都算得上是具有标本意味的"文化人"。他们的喜怒哀乐、悲欢离合背后无一例外有着其浸淫其中的"文化"的影子。他们是一群文化的守灵人，秦淮文化已融入了他们的生命血液变成了他们的人性，并从根本上影响了他们的生存态度。在这个意义上，你可能对三姐的人生或者张二胡的人生有种种不理解，但你却不能不被他们身上所散发出的那种文化气韵感染。我觉得，叶兆言"夜泊秦淮"小说的文化和文学价值其实就主要体现在这里，他不是为写文化而写文化，他没有为

"文化"二字所累,而是把文化真正人格化和生命化了。二是小说所营构的古典雅致的文人境界。许多人激赏叶兆言小说的"文气""书卷气"也正是针对这一点而言的。丁帆先生对叶兆言"夜泊秦淮"小说的所谓"文气"曾有过精彩的论述,这里我们不妨照章引用,他说:"我以为,这类小说是以'文气'取悦读者的。'文气'乃'气韵生动'也,这种古典主义的风格情感与叶兆言强烈的现代意识结合在一起,形成了一种意蕴的分层结构:从作品的表层结构来看,在极其平淡的叙述框架下,这种'文气'变成了一种可读性很强的叙述结构,一般读者可从行云流水式的平白叙述中得到文化和故事的餍足;从深层结构来看,那种文人的志趣、精神、形容、飘逸、超脱、自然、典雅、复古、冲淡……均在小说纤秾、含蓄的表述内面呈现出来了。"① 在叶兆言的这类小说中,《状元境》可以说是最能体现文人境界与文人情趣的一部小说,正如丁帆所分析的:"这部小说的整个'文气'与叶兆言这个创作主体的心境极其吻合,人物的清奇、情节的缜密,具有很强烈的故事小说的'悬念'意味;而当你读出这清奇'悬念'背面的自然、飘逸、旷达之神韵来时,你就不禁会为作者那种超脱人生的心境而拍案叫绝。……小说最后在三姐死后用一节专门来追恋人物,明眼的读者似看得出有些落俗套,然而,作品却以平实冷峻的叙述抒发了绵长的人生哲学之神韵:'张二胡常常坐在这,一杯清茶,满腹闲情,悠悠地拉二胡。这二胡声传出很远,一直传到附近的秦淮河上,拉来拉去,说着不成故事的故事。从秦淮河到状元境,从状元境到秦淮河,多少过客匆匆来去。有的就这么走了,悠悠的步伐,一声不响。有的走走停停,回过头来,去听那二胡的旋律,去寻找那拉二胡的人。'这段结尾其实不落窠臼。从表层结构来看,它完成了小说的故事结局,叙述了张二胡的下场;从深层来看,这是用诗的抒情手段来描写人物的心境,有一定的意境。然而,从更深刻的哲学内涵来考察,它叙述的是足朝红尘、匆匆过客背景下的平常百姓的生存状态和生命意识。这是一种不经文人夸张的原生状态下的人生境界,可谓'文气'中的'文眼'。正是在这里,小说所达到的境界是一般作品难以企及的。"② 当然,从文人境界这个角度来说,孙犁、汪曾祺、林斤澜、阿城等作家均有近似的艺术追求,叶兆言的独特之处在于他的从容,

---

①② 丁帆. 去影. 武汉:长江文艺出版社,1992:跋.

虽然在《追月楼》中其对文人境界的表达因某种极端性的处理而呈现出一定的局促之感，但总的来说，他的小说是能做到圆润饱满自然成趣的。在这类小说中，叶兆言的文人情怀得到了自然的释放，文本主体与创作主体也处于一种彼此和谐的"互文"状态中，这使得那种文化上的雕琢、做作、外露痕迹最大限度地得到了克服。三是小说对汉语小说潜力与美感进行了卓有成效的挖掘与呈现。叶兆言出身书香门第，"夜泊秦淮"系列小说可以说是最能体现他的文学修养的一种文本。他在语言上的敏感、天才在这些小说中得到了最大限度的发挥。也许对别人来说，那种典雅的语言风格、那种韵味十足的语感节奏、那些涵蕴丰厚的意境意象等都是需要刻意追求或苦心经营的，而在叶兆言这里却几乎是与生俱来、水到渠成的。"二十年代江南的小城是故事中的小城。这样的小城如今已不复存在，成为历史陈迹的一部分。人们的想象像利箭一样穿透了时间的薄纱，已经逝去的时代便再次复活，时光倒流，旧梦重温，故事中的江南小城终于浮现在我们的面前。"（《艳歌》）"状元境这地方脏得很。小小的一条街，鹅卵石铺的路面，黏糊糊的，总是透着湿气。天刚破亮，刷马子的声音此起彼伏。挑水的汉子担着水桶，在细长的街上乱晃，极风流地走过，常有风骚的女人追在后面，骂、闹，整桶的井水便泼在路上。各式各样的污水随时破门而出。是地方就有人冲墙根撒尿。小孩子在气味最重的地方，画了不少乌龟一般的符号。"（《状元境》）"就在追月楼的旧址上，原先也有一幢楼。这楼是李纯做江苏督军时盖的，因为楼前有个小水池，明月之夜，从楼上看，天上一月，水中一月，故称二月楼。二月楼盖好的当年，丁老先生的独子归了天。又隔一年，平白无故一场大火，丁家大院偏偏是二月楼化为灰烬。风水先生的意思，丁老先生命属土，楼者，木也，木克土，所以非大吉大利。土又克水，门前一池水，不安宁便是应了正果。"（《追月楼》）这里三段引文，风格虽各不相同，但从中所体现的叶兆言的语言才能却是相通的。第一段话是一种伤感文雅的诗化叙述语式，它体现的正是现代性的叙述语言对于一个古老故事的占领。第二段话则充分体现了汉语言切入日常人生情境的特殊潜能，一个"脏"字不仅具象生动、契合描写对象的特征，而且提起了后面的故事，有着多重隐喻、象征含义。第三段话则是典型的古典叙述语言，作者文白相间，恰如其分地以语言的方式突入了小说的精神空间与文化空间。在叶兆言这里，无论是口语俚语、日常方言，还是文言句式、书面用语均能在造形表意、营造意境以及推进小说叙述上充分发挥潜能。可以说，在语言领域，叶兆言已经成功地把"大雅"与"大俗"、古典与现代、口语与书面语"杂糅"、整合为一体，并据此创造出一种充分个性化的能彰显汉语言美感与力量的语言风格。

四

叶兆言的"大俗"之作主要是指他的那些"准侦探小说"，如《古老话题》《最后》《绿河》《红房子酒店》《绿色陷阱》《走进夜晚》等。这些小说在叶兆言的作品里也许分量不是很重，但对他来说，这些作品并不是可有可无的，既不是简单的媚俗之作，也不是无聊的消遣应景之作，更不是如有人批评的仅仅是"为稻粱谋"之作。相反，叶兆言自己倒非常看重这类作品，他认为这类小说的写作同样也是对自己的一种考验和挑战。在他的小说集《绿色陷阱》的"自序"中，叶兆言说："这本书的副标题可以叫作'犯罪研究'。犯罪实在是一个太古老的话题，在这本书里，我有意无意写了许多地道的犯罪。我写了杀人、强奸、绑架，包括一系列在下流小说中屡见不鲜的暴力事件。""犯罪几乎是与生俱来的。生命诞生之日，犯罪的种子便发了芽。犯罪和生命一样古老，一样壮大，一样不屈不挠。小说永远是现实生活的一面镜子。好的小说永远试图表现那些永恒的东西。"[①] 在本书的台湾版"自序"中他又说："我不喜欢看侦探小说，尤其是那种被人津津乐道的严密推理，越看头越昏，越看越觉得自己智力低下，不可救药。正宗的小说史里，侦探小说似乎一直得不到恰当的评价，虽然很多人爱看，有着很好的销路。中国老派写侦探小说的，总给人一种游戏的感觉，一眼就看出来是学外国人，而且学得不好，偷工减料，没任何创新，属于伪劣产品。""写小说的人老喜欢和自己过不去。犯罪是个最古老的话题，小说一旦接近这个话题的边缘，便情不自禁地沾上了侦探小说的光。我的确有心尝试写写侦探小说，而且明白无误知道会写不好。事实上，无论在生活中，还是在小说里，我都不善于使用逻辑推理。"[②] 从叶

---

① 叶兆言. 绿色陷阱. 哈尔滨：北方文艺出版社，1993：自序.
② 叶兆言. 绿色陷阱. 台北：远流出版事业股份有限公司，1992：自序.

兆言的这段自白中,我们至少可以得出两点结论:其一,作家对于这类小说的创作有着强烈的主体自觉,他是把它作为一种与"自己过不去"的自我挑战纳入自己的艺术实践的。其二,他的"准侦探小说"又是与传统的侦探小说完全不同类型的创作,他根本无意于对那种经典侦探小说进行重写,相反,他致力的是对它的颠覆与解构。从这个意义上说,当我们用对付传统侦探小说的眼光、视角或话语来阅读和评价叶兆言的侦探小说时,就极有可能会陷入一种巨大的误区之中。

当然,这样说,我的意思并不是就要否定叶兆言此类小说的"通俗性"的一面。事实上,这一面是根本无法掩盖的。比如暴力、犯罪、性、欲望、偷情等传统侦探小说必不可少的趣味语码、情节符码在叶兆言的小说中就同样是不可缺少的。比如长篇小说《走进夜晚》通过一具尸体的被发现其实也就讲了两个故事:一个是何老板的偷情被杀,一个是右派马文的乱伦被杀。两个故事借即将退休的警察老李的视点叙述出来,其传奇性和刺激性应该说是足以满足读者的阅读期待的。再比如,《古老话题》对通奸杀夫案件的叙述、《最后》对血淋淋的杀人场景的描写、《绿色陷阱》对绑架凶杀事件的渲染等都有很浓烈的视觉效果和感官冲击力。另一方面,小说在表层叙述结构上也自然而然地烙上了传统侦探小说的烙印,案情展示—侦破过程—结局呈现,这样的叙述套路和结构模式似乎在叶兆言的小说中也难以避免,而这在本质上又是很符合读者对这类小说的阅读惯性的。

如果从这样的角度看问题,那么我们确实无法讳言叶兆言小说的"俗",但是这样的"俗"显然又是与传统的侦探小说不可同日而语的。叶兆言的独特之处在于,他正是用这种铺张的、浓艳的、毫不掩饰的"大俗",实现着他对"大雅"的艺术追求。唯其"大俗",我们才看到了"大雅"的不易,也唯其"大俗",我们才更深地体会到了作家"俗中见雅"的卓越才能。大致说来,叶兆言把其"准侦探小说"雅化的方式主要表现在两个方面。

其一,叙述的现代化与先锋化。前面我们说过,叶兆言的准侦探小说本质上并不能完全脱离传统小说的模式,但是在叙述方式上,叶兆言却完成了对传统故事式叙述的根本颠覆。与传统侦探小说为"案情"所累不同,叶兆言的叙述已经完成了对于故事和案件的彻底游离。在他的小说中,案件不再成为主体,相反它成了小说的一个背景，而叙述成了主体，对案件的猜测、分析与解构成了小说的中心。《最后》中杀人事件成了一个幻想之物，它的真实性变得十分可疑。《古老话题》的中心故事也一直处于解构与颠覆之中，即使在张英被枪毙之后，案情也没有真相大白，反而新添了更多的疑团。叶兆言是"元虚构"叙事的高手，这一点，我们完全可以在他的准侦探小说中得到证实。

其二，深度主题的进一步挖掘。在叶兆言的准侦探小说中，案情与侦破过程已经变得相当不重要，相反，对人性的研究却达到了一个前所未有的高度。叶兆言总是借助于特殊的案件，对人性、人的欲望、人的深层心理和精神结构进行无情的解剖，而这恰恰赋予他那些表面简单的侦破故事以深刻的人文内涵与思想深度。我们看到，在叶兆言的这类小说中，他大张旗鼓地写到了"罪恶"，但小说对于"罪恶"的渲染与铺展一方面虽然具有相当大的诱惑性与可视性，但另一方面，它可能正是开启人性的一把特殊钥匙。《走进夜晚》对马文变态的心理和精神结构的解剖可谓振聋发聩；《红房子酒店》对小学老师压抑的性心理和变态的精神习性的揭示，也同样触人灵魂。这样深刻的主题和复杂的人性已经使得小说突破了通俗小说的疆域，而直通先锋之门了。

经由如上的艺术努力，我们看到叶兆言成功地完成了通俗的侦探小说与"高雅"的先锋叙述和先锋主题的嫁接，"大俗"与"大雅"再一次"暗度陈仓"，达到了水乳交融。

五

叶兆言能做到大俗大雅，从主题层面上考察，除了得力于如上所说的他对人性、罪恶等贯穿话语的成功剖析之外，显然也与其对"爱情"这个主题词的言说有很大关系。叶兆言是一个书写爱情的高手，我个人觉得，在新时期中国作家中描写爱情能比叶兆言出色者还不多见。他笔下的"爱情"，无论结局怎样，都能做到如泣如诉，充满了艺术的感染力。有时候，我甚至认为，叶兆言书写爱情的功力丝毫也不逊色于港台言情小说。这样说，似乎再一次把叶兆言贬到了通俗作家的位置上，但我要说，"言情"作为一种基本的文学能力，无论对于通俗作家还是对于先锋作家来说都是必不可少的。

在叶兆言的小说家族中自始至终存在着一个"爱情谱系"。《1937年的爱情》《别人的爱情》《艳歌》《花影》《爱情规则》等是其代表。我发现，很多时候，"爱情"不仅是叶兆言心仪的一种表现对象，而且成了他观察世界、表现世界的一个非常独特的视角。正是借助于"爱情"这个窗口，叶兆言窥见了人性的善良与美丽、人生的无奈与无常以及世界的浑浊与不可知。也正因如此，叶兆言笔下的爱情总是充满了美感与魅力、无奈与感伤。大致说来，我们可以从下述几个层面来分析叶兆言小说"爱情"主题的独特性。

首先，叶兆言以他的神奇之笔充分展示了"爱情"本身的特殊魅力。在这方面，《1937年的爱情》与《花影》可谓提供了两个经典性的范本。前者把丁问渔的浪漫爱情书写得一波三折，荡气回肠；后者则以好小姐的爱情历险写尽了情海里的辛酸、痛楚与暗算。但是无论悲喜，在爱情的王国里他们都是那样的纯粹、真实，感人至深。那些偶然随意的心动，那些不小心的伤害，那些处心积虑的算计、猜疑与嫉妒，都既是一种痛，又是一种美。这大概也正是爱情世界里的辩证法。

其次，叶兆言在表现爱情本身的同时也努力挖掘着爱情背后的社会内涵、历史内涵与人性内涵。在《状元境》中三姐与张二胡的爱情背后，我们既体会到一种历史的沧桑，更能读到一种文化的韵味；在《悬挂的绿苹果》所言说的张英爱情不幸的背后我们体味到的则更多是一种时代的悲哀；而在《艳歌》和《爱情规则》中我们目睹的是现实生存对人的压抑以及对爱情的扭曲……尤其当叶兆言通过爱情视角来进行人性和文化批判时，作品就更是力透纸背。《去影》所表现的迟钦亭与师父张英的爱情，所包含的其实是两种不同的性心理与欲望追求，这里既有成长期青年性心理焦虑的揭示，又有着对俄狄浦斯情结的思索。而《花影》则在对男权文化、封建文化以及畸形性心理、乱伦禁忌等的批判中书写了一曲古典的爱情悲歌。《别人的爱情》借助通奸、偷情、欺骗这些失败的爱情景象完成的也是对于现实和人性的双重批判。人性的阴暗、自私、占有欲等在小说中被彰显和放大到了极致。爱情本是世界上最美好的东西，但它唤起的可能恰恰是世界上最丑恶和丑陋的东西，这也许正是爱情的悖论所在吧。

再次，叶兆言对于爱情的书写是与对于艺术可能性的探索紧紧结合在一起的，在他这里，爱情成了通向艺术可能性的一条特殊通道。在《悬挂的绿苹果》中张英在世俗的眼光中是绝不可能与青海人有"爱情"的，但小说结尾我们却看到张英恰恰就辞职跟青海人走了，而且走得情意绵绵，义无反顾；《枣树的故事》中岫云跟杀夫仇敌白脸本也应是水火不容的，但他们之间的私情却终究还是按照可能性的逻辑不可思议地发生了。而最能体现这种可能性追求的小说无疑是长篇小说《1937年的爱情》。我个人觉得，这是叶兆言迄今为止创作的最好的一部小说，也是20世纪90年代中国长篇小说的一篇杰作，一部近乎完美且能激动人心的作品。说实话，我不太明白，它为什么没能引起足够的反响。这里，我不谈其他，只说说"爱情"。丁问渔和雨媛的爱情，按照现实的或常规的逻辑是根本不可能发生的。这有辈分上的原因，丁问渔是雨媛的长辈，而且有亲戚关系，也有对象自身的原因，雨媛的丈夫英俊潇洒，是当时被视为稀世珍宝的空军飞行员，他与雨媛郎才女貌，丁问渔似乎根本就无机可乘。更重要的是，雨媛本人对丁问渔也一直充满了厌恶与鄙视。但是叶兆言却真实而令人信服地向我们展示了这段爱情从不可能变成可能甚至必然的不可思议历程。当那浪漫、纯粹而永恒的爱情最后到来的时候，我们心中涌起的是无法遏止的感动。这是一个美轮美奂的艺术世界，作家营构"可能性"的天才令人惊叹。可以说，完全是因为这部《1937年的爱情》，我才开始把叶兆言命名为"可能性的大师"。

六

关于叶兆言的话题当然远不止这些。我从"大俗"与"大雅"的角度对叶兆言所作的谈论也完全有可能是一种不切实际的空谈。但既然是一次冒险，我就愿意承担自己的失败。另外，还想说的是，本章对叶兆言大俗大雅的文本境界的论说，并不能掩盖叶兆言小说那些天生的局限。相反，我觉得，叶兆言的小说，无论从大雅的角度，还是从大俗的角度来看，都面临着严峻而迫切的挑战。从俗的角度看，叶兆言的《花煞》等小说下笔未免过狠、过毒了些，那对于人性恶的铺陈、渲染读来总觉太夸张、太张扬，也太粗糙了。《走进夜晚》作为一部长篇小说其结构的处理也太随意和简单了些。从雅的角度说，《爱情规则》里莎莎最后的结局所寓含的道德批判视角也过于强烈，这多多少少损害了小说的美学力量。而《追月楼》对于情节和故事的设置又显得过于戏剧化，那种溢于言表的文人语式与文人心态，也许会适得其反，恰恰带给读者一种"故弄风雅"的感觉。

当然，这一切也许过于苛刻了，对于能在大雅与大俗之间自由驰骋的叶兆言来说，他所达到的境界已经足以令人羡慕了。我这里对他的歪评，最多只能算是一种提醒，对与错之间早已无法计较了。至于叶兆言究竟愿意做老巴尔扎克、海明威，还是马尔克斯，也终究不是我能说了算的。但我不大同意叶兆言走出老巴尔扎克或海明威而走向谁谁谁的说法，我觉得，这未免小看了叶兆言，因为对他来说，所有的都是他需要的，他的否定不是简单的抛弃，而是一种综合与兼容，要不然，我们怎么会说叶兆言是一位"可能性的大师"呢？

第 7 章　陈染：生存之痛的体验与书写

> 我早已惯于在生活之外，倾听
> 我总是听到你，听到你，
> 从我沉实静寂的骨中闪过。
>
> 一个斜穿心脏的声音消逝了，
> 在双重的哭泣的门里。
> 只有悒郁的阳光独步，于
> 平台花园之上
> 和死者交谈。
>
> ——陈染《与假想心爱者在禁中守望》

　　作为一位女性作家，陈染在 90 年代的中国文坛上确实具有一种独一无二的言说价值。这种价值不仅体现在她所呈现的与 90 年代的总体文化语境大相径庭的一部部小说文本之中，而且更直接地从她卓尔不群的小说写作姿态上标示出来。陈染对于小说实验性、先锋性和新潮性的偏执与坚守，使她的写作自然而然地带上了某种极端的意味，并自然而然地成了各种文化潮头所无法回避的一种尖锐存在。而对我来说，陈染在 90 年代的无限风光则无疑坚定了我对于中国当代新潮文学的一种纯粹个人化的判断。我不同意评论界不绝于耳的那种关于新潮小说在 80 年代末就早已死亡和终结的断语，而是认为新潮小说在 90 年代以后正进入一个新的复兴发展阶段。这方面最突出的标志就是新生代新潮小说作家的涌现，陈染、鲁羊、韩东、朱文等就是其中的杰出代表。在我看来，90 年代的中国文学之所以在商业主义的全面围困中依然能够取得超越 80 年代的巨大成就，本质上讲就正得力于这些新生代作家的风格独具的个人化创作。离开了新生代作家的写作，90 年代的文学文本不仅必然会黯然失色，而且简直就无法想象。从这个意义上说，我们对

20世纪末中国文学的研究和评判注定不能回避对90年代新生代作家群的审视和阐释。而具体到作家个体来说，陈染在新生代一族中似乎尤为引人注目。她的自由写作的文人姿态、纯粹而又边缘化的女性文本经验以及前卫性的话语方式无疑都构成了90年代中国文学的一方奇异风景。正因为如此，对于陈染文本世界的进入和言说就既是我们剖析她个人化的艺术范式的一个有效途径，同时又是我们整体性地阐释新生代作家的一个逻辑层面和学术视点。

　　与时下商业大潮中的各种欲望化的生存狂欢景观不同，陈染的小说呈示的却是一幕幕带有终极意味的人类悲剧性生存景象。她把自己孤立于欢乐的人群之外，以一种思想者的姿态体验和言说着掩盖于生存表象背后的那种生存之痛。我不知道，当代还有没有哪位作家会如陈染这样专注于对生存痛苦的发掘和书写，但我敢肯定，在"生存之痛"的表现上陈染无疑是把文本主题融入生命体验的最真诚最绝对的一个。陈染是透明的，她勇敢地暴露和敞开了她所体验和感受的全部生命之痛，用她自己的话说就是她努力做到的就是"让那些应该属于我的一个三十岁女人的血血肉肉真实起来，把欲望、心智、孤独、恐惧、病态、阴暗等等一切的本来面目呈现出来"。陈染又是隐晦的，她在我们当下的世俗文化谱系之外重建了一套超世俗的具有形而上色彩的精神文化谱系，她对存在的言说很大程度上让我们重温了那种在我们时代已久违了的对于"生存"问题的哲学和神性关怀。显而易见，她的这种声音和话语方式与流行的大众话语系统是格格不入、无法共鸣的。作为一个独语者和孤独者，陈染对于自我的极端坚守总给人一种无以释怀的沉痛，而同时她以瘦弱的女性之躯去独自面对和承担那巨大的生存之痛的生命勇气又不能不让人油然而生敬意。她的微弱的、私语性的声音也许没有洪钟大吕那般振聋发聩，却也绝不是可以充耳不闻、忽略不计的。我惊讶于年轻的陈染对于"生存"这个过于沉重的大话题的执着，更钦佩作为女性的陈染书写"生存"时的那种真正哲学化的思维。正因为如此，我觉得陈染应是我们当下的一把难得的精神标尺，她对于"生存之痛"的出示将为我们提供一种从混浊、黑暗的生存之地突围而出并进入敞开和澄明境界的崭新可能。而一旦进入陈染小说的文本世界，我们会发现所谓"生存之痛"在她这里也不是纯粹形而上和哲学化的，它有着立体的多重的丰富层面和表现形态，我们可从下述几个层次作具体的考察。

其一，孤独之痛。

读陈染的小说，我们首先遭遇的就是在她的文本世界里绵延不绝的那个庞大的孤独者家族。无论是耄耋老者，还是妙龄少女，无论是在偏僻的小镇，还是在繁华的闹市，"孤独"都是主人公们在不同时空中的共同体验。而对陈染来说，"孤独"显然正是作家用以探寻人类生存困境和精神家园的一个特殊的艺术视角。某种意义上，对于"孤独"的反复言说也正是她所有小说的一个贯穿主题。青年评论家汪政和晓华就曾准确地用"习惯孤独"来概括陈染小说的精神线索，并把"孤独"命名为陈染小说的第一"主题词"。而从陈染的创作自叙中我们还发现，"孤独"并不仅是指她小说的文本状态，也正是她当下的写作和人生方式的直接体现。陈染是一个对孤独十分敏感并常常耽于孤独的特殊个体，她自称："按照常情来说，我已经是一个孤独而闭塞的人了。""我极少外出，深居而简出。到别人家里去做客，常常使我慌乱不堪，无所适从……平日我在自己家中，在自己的房间里胡思乱想，清理太多的这个世界上的人和事的时候，我也是习惯拴上自己的房门，任何一种哪怕是柔和温情的闯入（闯入房间或闯入心灵），都会使我产生紧张感。"在这种情况下，陈染和她笔下的孤独者就有了特定的亲和性、同构性与互文性。也就是说，现实世界中的陈染与文本世界中的那些陈染的创造物在"孤独"的语境中就有了互相阐释的生命关系。正因为如此，"孤独"这个带有鲜明的现代主义和存在主义印痕的哲学"话语"呈现在陈染的文学文本中就有了中国此前的各种"现代主义"文本所未曾有过的那种体验性与生命意味。陈染对于"孤独"的言说本质上远离了那种"思想"和"哲学"意义上的讲述方式，而把它融入了生存主体的生命体验和感觉态度，并在对特定的"孤独者"个体的塑造中真正凸现了"孤独"话语的文学价值。在此意义上，陈染可以说是中国当代一位杰出的"孤独"守望者和讲述者，卓尔不群的"孤独"话语方式和超凡脱俗的"孤独者"群像是她对于世纪末中国文学的特殊贡献。而对于"孤独"话语的倾听以及对于"孤独者"群像的注目也显然正是陈染提示给我们的两把打开她文本世界的钥匙。

在陈染的小说中，"孤独"首先是一种生存状态，一种弥漫性的生存氛围。主人公们活动于其中的文本世界可以说是一个完完全全的孤独者的世界，隔绝的空气阻碍着人们自由的呼吸。无论是在家庭中，还是在社会中，主人公们都时时刻刻处于一种孤独的境遇中，生存个体不仅彼此无法沟通，无法交流，甚至还彼此提防、窥视、诅咒。我觉得在陈染的全部小说中一直存在着一个贯穿性的抒情主体。从她早期的《归，来路》《小镇的一段传说》《塔巴老人》，到近年来的《空的窗》《时光与牢笼》《站在无人的风口》《另一只耳朵的敲击声》《潜性逸事》《无处告别》《与假想心爱者在禁中守望》等小说，主人公以自我倾诉的方式呈现也好，命名为"罗莉""水水""雨子""寂旖""黛二"也好，尽管他们可以是男人也可以是女人，可以是老人也可以是少女，有着不同的语符代码，但"孤独"无疑是他们共同的生存体验和生命表征。一方面，孤独是现实的生存世界对个体生命施加压迫的产物。个体与社会和他人的对抗乃至敌对某种程度上正是孤独感的深刻源头。主人公们的许多怪癖和生存恐惧事实上只有在一个适宜"孤独"滋生和繁殖的特定氛围中才会萌生。在这方面，《无处告别》可以说是一个典型的文本。黛二与朋友、与现代文明、与母亲、与世界的那种紧张关系既带来了她生存的巨大的"压力感"，同时又直接用一次次的背叛、失望、阴谋、受骗、堕落等等的生存挫折创造了黛二的"无处告别"的沉重孤独。而《小镇的一段传说》则更是一个寓言性的文本，罗古河北岸的神秘传说和小镇人心照不宣的现实文化状态天衣无缝地交织成了一张覆盖主人公精神生命的灰暗大网，罗莉陷入其中左冲右突并在极度的孤独中走向疯狂成为小镇历史"传说"的新的一页，可以说正是一种无法挣脱的宿命。在"小镇"这样一种封闭性的生存"版图"中主人公走向遮蔽、走向自我封闭、走向孤独实在是最自然不过的结局。陈染的小说中反复出现的"尼姑庵""破庙""破损的家庭""空洞之宅""牢笼"等等意象其实也正如"小镇"一样只有作为压迫性的孤独氛围来理解才是合理的。另一方面，主人公的"孤独"又强化了生存世界的非本真性和黑暗性。无论是《小镇的一段传说》对于罗莉孤独和死亡的描写，还是《塔巴老人》对尼姑庵中塔巴老人以及《站在无人的风口》对老女人孤独生命的极端表现，抑或《空的窗》对盲女和老人两重孤独世界的探寻，都为我们揭示了"世界"对于人的荒诞和可怖的一面，并进而使主人公们的孤独体验获得了一种支撑性的广阔世俗"背景"。在这方面，《麦穗女与守寡人》就相当典型，守寡人在深夜出行时对于"钉子""门""陷阱"等恐怖性场景的幻觉化想象就把世界对于人的压迫、威胁和扭曲以及在这种压迫中人的巨大精神恐惧进行了充分的渲染。置身于小说的情境中,我们就会在一种总体的悲剧性氛围中获得对于"存在"的新的理解。

其次,孤独在陈染的小说中还是一种生存态度,一种主动的对于世界、对于他人的对峙态度。世俗世界的灰暗固然制造和繁衍着孤独,但对于生存个体来说孤独也并不就是一种"负生存"。孤独是一种孤立,同时也是一种逃离,是远离遮蔽走向澄明之所的心灵突围。孤独是一种关系的丧失,但也是一种自由的获得。也许正因为如此,我们阅读陈染的小说,主人公们对于孤独的珍爱和偏嗜总会让我们怦然心动。《归,来路》中"我"喜欢孤独,怕开会,想辞职,"关上门独自一个脱得一丝不挂"并沉迷于幻想和回忆是"我"的独特爱好;《小镇的一段传说》中罗莉正是借助于离群索居开"记忆收藏店"的孤独一度变得生机勃勃、青春焕发;《空的窗》则通过退休老教师对于"孤独"的恐惧绝望和盲女对于"孤独"的升华的对比让读者目睹了现代人两种不同的"孤独"心态。在作者眼中,盲女的孤独其实正是一种特殊的生命境界,她对于世界的远离和无视给了她阐释这个世界的充分而绝对的自由。我们看到,陈染一方面对现代人的孤独之痛进行了充分的挖掘和书写并很大程度上把它与人的生存困境联系在了一起,但另一方面作家又不愿现代人在这种生存痛苦中被轻易压垮,因而她的主人公面对"孤独"时往往在体味痛苦之际也同时获得了生存的勇气。此情此景中的"孤独"也就不仅给人以悲剧感而是更充满了一种生存的悲壮。

其二,家园之痛。

如果说孤独之痛在陈染小说中是一种弥漫性的存在的话,那么家园之痛则是和孤独相随相依的一种更本质的生存痛楚。当然,所谓"家园"在陈染的小说中也是有双重所指的。一方面,它对应于主人公当下的现实家园;另一方面,它更指向人类的精神家园。走进陈染的文本世界,我们会发现她所营构和表现的"现实之家"几乎全都是残缺和破损的,"家"的丧失某种程度上已经成了主人公们生存悲剧性的直接注解和显在表征。一群无"家"的个体在寂寞如沙漠的世界上徒劳地挣扎着,孤独、苦闷、徘徊、变态乃至仇恨和死亡交织成了一曲人生的悲剧旋律,陈染的小说也由此覆盖上了一层灰暗、清冷的色调。而具体考察陈染的小说,我发现她对"家园"失落之痛的表现又是沿着两个特定的层面来展开的。一是父母之家的丧失。陈染的大部分小说都是表现父母离异或父母远离人世的

"孤儿"的生存感受。作为一些"无父"的个体,"家"对于他们的保护和温暖随着父亲的远离而成了一种不着边际的梦想。他们面对社会和世界时再也没有了依靠和退路,"家"和世界一样成了一种共同的压迫他们生存和心灵的灰暗之所。正因为如此,对"现实之家"的逃离、恐惧乃至仇恨就成了主人公们经年累月的一种最日常的情绪与心态。《另一只耳朵的敲击声》和《无处告别》这两篇以黛二和母亲的内心矛盾为线索的小说可为代表。一老一少两代寡妇在一个以墙和门窗封闭起来的空间里进行着一场窥视与反窥视、诅咒与反诅咒、进逼与反进逼的心理战争,在这种爱与恨、亲与仇互相交织的战争中,"家"的本真已随硝烟而消失殆尽并最终蜕变为一座扭曲人性的"牢笼"与"地狱"。对于黛二来说,逃离"家园"甚至成了她生存幻想的一个重要内容,她与母亲的内心较量很大程度上也正集中在"逃"与"关"这两种对"家"的不同态度上。正如她自己所称:"我永远都陷在'离开'这个帝王般统治我一生的字眼里。"可惜的是黛二最终并未能实现对于"家"的逃亡,这也是她终日陷在巨大的生存焦虑与痛楚中无法自拔的主要原因。与这两部小说相似,《小镇的一段传说》《秃头女走不出来的九月》《巫女与她的梦中之门》《潜性逸事》《站在无人的风口》等小说也都把"父母之家"解体的破败景象以及这种"家庭"碎片对于主人公现实生存的巨大压力描绘得淋漓尽致。在《秃头女走不出来的九月》这部小说中陈染甚至隐喻地昭示我们:主人公"秃头女"被父亲打出家门的不幸其实正是她的大幸,相比于父母之家而言,"尼姑庵"其实更具有"家园"性质。一扇家门的关闭,正是另一扇家门开启的前提。没有父亲的将她逐出家门,也就没有"尼姑庵"向她的敞开。二是"自我"之家的破碎。陈染的小说世界内总是行走着一对对同床异梦的爱人、情人和友人。她的主人公不是寡妇、离婚者(或即将离婚者),就是妓女、同性恋、变态者。他们或者本就无家可言,或者是家的破坏者,现实之家在他们的冲撞、挤兑和拆解之下几乎无一能避免分崩离析的可悲结局。在这里陈染表现了她对于爱情、友谊、亲情等的悲观和怀疑态度,并从根本上否定了在"自我"与"他者"之间建立沟通和理解的可能性。如果说在《时光与牢笼》中水水与丈夫的爱情之家虽已摇摇欲坠却仍维持着一种世俗的形态的话,那么,在《潜性逸事》中我们则和主人公雨子一道在现实之家灰飞烟灭的缕缕尘埃中目睹了爱情和友谊的双重覆灭。对于丈夫的粗俗,雨子日益不能忍受，因而萌生了离婚的想法，并告诉了自己心灵的"知音"李眉。然而，实际上李眉却是她"心灵相通的敌人"，正是超凡脱俗的李眉最终要嫁给雨子的丈夫。生存荒诞和生命的尴尬就这样轰毁了人类的爱情之家。同样的家园破灭景象在《饥饿的口袋》中也清晰可见，剧作家麦弋女士因为离婚而把她的现实之家改造成了一座"空洞之宅"。女友的同住和男女的短暂回归不但未能给她丝毫"家"的回忆，相反她还在他们的双重背叛中再次体味了"家园"人去楼空后的凄凉与辛酸。

　　与"现实家园"的失落相对应，对"精神家园"流逝的悲悼也是陈染小说的一个重要主题层面。对于现代人来说，"无家可归"的生存焦虑既根源于现实之家的破败，同时更来源于内心和精神上的无助与无奈。而从根本上说，现代人的生存困境和绝望心绪的突出表征就是精神之家的无处着落和无从寻觅。陈染的小说某种意义上正是在对主人公们精神之家流逝后的幻灭、痛楚、绝望、焦灼等等心态的解剖、呈示中逼近了横亘在人类面前的这道永恒的生存难题。活跃在陈染小说中的生命都是精神之家的弃儿和放逐者。他们以自己决绝甚至变态的方式对抗着世界对抗着他人也对抗着自我。《归，来路》中的"我"一方面固然因现实之家的丧失而有着在姐姐家做寄寓者的现实痛苦，另一方面更有着对于精神家园的焦虑和困惑，她对于孤独的偏爱、对于回忆及怪想的执迷、对于世俗生活的厌倦都是寻找精神家园之旅受阻后茫然失落心态的一种典型表征。《空的窗》中失去老伴的退休教师和失去光明与恋人的"我"都处在一种对"精神之家"的寻找与祈求之中。老教师对于送死信的虔诚一方面是他抵抗孤独和绝望的精神良药，另一方面也是他试图在现实之家的废墟上重建精神之家的生存梦想的一种实现。而盲人少女"我"在失去光明远离现世沉入彻底的黑暗之后反而获得了生命的澄明与敞亮，她没有失明之前所无法找到的"生命与光亮"在她成为盲人之后一下子就照彻了她的心灵，以至于她每天清晨都能矗立窗前眺望"太阳的升起"；《塔巴老人》中的塔巴和黑丫虽然是两代无家的孤独者，但在尼姑庵内他们的交流与相通又何尝没有为他们构筑起暂时的"精神之家"呢？在此意义上我们似乎能对陈染小说主人公的"尼姑庵情结"和向往"幽僻之所"的怪癖获得一种精神理解。一方面，对于尼姑庵以及各种幽僻之所的崇拜和呵护是他们悲剧性地失去现实之家后一种无奈的生存选择；另一方面，这种举措又是他们试图超越世俗生存重建精神家园的主动而决绝的生命姿态的一种生动写照。而毫无疑问，陈染对这样一种精神努力是充满感动和敬意的。

其三，失语之痛。

然而，在我看来，不管是孤独之痛还是家园之痛，其本质都是一种语言之痛。对于世界、对于"他者"的无法言说和失语实际上才是现代人生存痛楚和生存困境的最本质的表现形态。而陈染的小说对于人类失语之痛的表现可以说达到了一个前所未有的高度。她小说中的几乎每一个人物都是独语者和准独语者，他们对于世界和他人无从进入也无法对话，无一例外都只有面对内心和自我一途，仅凭梦想、幻觉般的自言自语在生存的泥淖中沉沦、挣扎。"无人倾诉"的失语之痛可以说是各种各样的主人公共同的生存状态和人生命运。而某种意义上，我们上文所分析的孤独之痛也正是这种失语之痛的一种特定表现形式。失语之痛孕育并催生孤独之痛，孤独之痛反过来又强化和加剧了失语之痛，两者共同把主人公们带入了生存之夜的黑暗和混沌之中。需要指出的是，陈染小说对于失语之痛的表现同样具有不同的层次。一方面，失语首先表现为世俗层面"对话"的艰难。在陈染的小说世界中每个生命个体相对于"他者"来说无疑都是孤独而封闭的，沟通和对话不仅是不现实的而且实际上也是不可能和被否定的。在陈染所营构的世界里，不仅父母和儿女之间存在深深的敌意无从对话，夫妻、情人和密友也无不是些在本质上并没有共同语言的陌路人。陈染的小说主人公大都是些倾诉者，但他们倾诉的对象都只能是他们自己，除此之外并不存在一个能听懂他们倾诉之声的"他人"，这是陈染对于主人公生存悲剧性的一个基本阐释。在《另一只耳朵的敲击声》和《无处告别》中我们可以从黛二与母亲彼此的敌视、憎恨中清晰地目睹母女之间无从对话的悲哀与绝望。黛二"像一个陌生的旁观者一样审视这女人"，在她眼中，母亲是一个"矛盾、怪癖和绝望"的出色寡妇和"出色侦探"，并视之为自己"永恒的负疚情结"；而母亲眼中的黛二同样是一个"谜"，是一个不可理喻的怪胎。母女俩各自不同的话语逻辑就这样制造和导演了一出家庭悲剧。而在《时光与牢笼》《与假想心爱者在禁中守望》《秃头女走不出来的九月》等小说中陈染又对夫妻、情人之间的"无语状态"作了生动的解剖。尤其是《秃头女走不出来的九月》，这部小说实际上就是一个阐释人类失语之痛的生动寓言。莫根和"我"是一对似乎无法分离彼此相知相爱的情人,但莫根突然失踪了,他的消失宣告了"我们"之间所谓心灵相通相互理解的虚假性。"我"并不能真正听懂莫根的语言,而莫根对"我"的话语同样也无动于衷。最终"我"不得不在小说中承认:"我永远是一个被人类之声隔绝和遗弃的人,一个失去耳朵的秃头女。""我的内心一向孤寂,世界繁乱的嘈杂声永远无法真正进入我的身体。"不过,我个人觉得,在对于失语之痛的书写上,陈染最出色和最深刻之处还在于其对人类"伪对话"状态的发现和揭示。这方面的典型文本是描写朋友间的亲密友情之虚幻的小说,如《饥饿的口袋》《麦穗女与守寡人》《无处告别》《潜性逸事》等,其中《潜性逸事》最具代表性。在这部小说中,雨子是把"不喜欢说话,习惯说半句话"的充满神秘的李眉作为自己的心灵知音的。她自认最能听懂李眉的沉默和"半句话",也只有李眉才理解她的心语。作为亲密的朋友,两人也似乎确实做到了无话不谈、心心相印,雨子要跟丈夫离婚的想法也只告诉了李眉一人。然而,随着小说的向前推进,我们却和雨子一道心酸地发现李眉是如此陌生和无法理解。而当丈夫向雨子宣称李眉要嫁给他时,两位朋友过去的相互倾诉立即就变得虚幻和不真实起来,所谓的语言和心灵契约自然也就土崩瓦解了。同样的景观在《麦穗女与守寡人》中也有出色的描写,守寡人"我"与英子"倾诉"到深夜后一起回家,但在出租车上"我"因精神幻象而杀死了司机。法庭审判时因为找不到诱拐者而无法给"我"定罪,在"我"希望心灵的倾诉者英子为"我"作证时,她却指证"我"为诱拐者。现实就是如此荒诞和不可思议,它再一次提醒主人公,人与人之间真正的"对话"只是一种自欺欺人的乌托邦想象。另一方面,"失语"又表现为哲学层面上神性和精神话语的缺失,这种缺失作用于陈染的小说文本就是对于"现实"的悬搁与放逐以及对于"过去"和"回忆"的迷恋。阅读陈染的小说我们不难发现,她对"现实话语"的舍弃是一贯而绝对的,她全部小说的话语指向几乎都是针对"过去"的,"向过去倾诉"我觉得正是她小说的一种最基本的话语状态。这种状态一方面固然使"失语之痛"和"时间之痛"结合在一起深化了作家对于存在之痛的表现,另一方面也赋予她的文本一种抽象的形而上意味,进而较好地凸现了陈染对于"存在"问题的现代主义态度。而实际上,在我看来这才是陈染对于"失语"问题思考的核心所在。在《归,来路》中陈染最先表达了拒绝现实话语的焦灼和寻求超现实精神话语的渴望。"我"大学毕业留校任教本是人人羡慕的事,但"我"却充满了压抑和孤独感。无论是跟学校里的各式人等还是跟姐姐和姐夫,"我"都没有共同语言,即使与H女的同性恋行为也丝毫不能唤起"我"的话语欲望,"我"只想把自己封闭在往事、回忆和怪想里虚构精神上的对话者。一夜不归之后,"我"与两千五百岁老者的交谈和对话无疑是精神幻象发挥到极致的产物。虽说两千五百岁老者也很难说就是一个真正意义上的神性话语的发出者,他对于"自我""人"等等的言说事实上也并未超越现代主义的话语范畴,但对"我"来说,一个倾听和对话对象的获得至少在精神层面上使"我"的生存焦虑得到了一定程度的缓解。其后《小镇的一段传说》《塔巴老人》《空的窗》《站在无人的风口》等小说也都把主人公追求神性话语的心态历程真实地袒露了出来。在这些小说中,主人公对于神性的祈祷首先就表现在对于"时间"的敏感上。小说叙述都向着"过去"飞奔,"现实"是一种缺席的存在,"回忆"是一种基本的人生方式和小说方式。《小镇的一段传说》中罗莉就是凭借对于"记忆收藏店"内神秘往事的发现与沉迷而获得摆脱现实生存困境的精神力量的。遗憾的是她在过去岁月中的风尘仆仆和喁喁私语并未使她真正接近救赎现代人的神性之光,相反她却被厚重的与"现实"同谋的"过去"吞没、毁灭了。《巫女与她的梦中之门》中的"我"更是对于时间有着一种特殊的崇拜和恐惧,正如小说中所说:"九月是我一生中一个奇奇怪怪的看不见的门。""我"在九月里被父亲打出了家门,又在九月里走向"尼姑庵"这新的寄寓之地,还在九月里遭遇到了父亲一样光脊背的男人,让他破了贞操。"九月"的命运就这样决定了"我"对于现实的绝望和失语,"我只与内心的九月互为倾诉者,分不清我们谁是谁"。而《塔巴老人》中的老人和《空的窗》中的盲女也都是在对于"往事"和时间的执着中接近心灵和精神之中的神明的,老人话语中的神是过去的一段爱情,盲女话语中的神则是现实中永不存在的光明。尽管与虚幻的过往之爱的对话只是把老人孤独地送入了坟墓,对心中光明的眺望也并未把盲女从生存的黑夜中拯救出来,但是在那微弱的神性之声里,我们是能感受到主人公精神的巨大震颤的。同样的生存景象在《站在无人的风口》这篇小说中也有很好的表现,老尼姑谜一般的一生其实正是浸泡在一段无法诉说的辛酸往事里的,作为"一个靠回忆活着的人",她与两套玫瑰外衣的窃窃私语正是她悲剧人生的形象写照。本质上，她并未能进行一次走向"神"的真正对话，而是在她的"漫无边际的心灵黑夜"里演绎了"世界的悲剧性结构"并"在永久的沙漠里终于被干旱与酷热变得枯萎"了。其次，陈染小说对于神性精神话语的祈求还表现在主人公总是坚守沉默并以写作和文字对存在与虚无本身发问上。陈染笔下的人物通常是作家、诗人或文字工作者，他们往往能在无人对话的境遇中以文字的方式与自己对话，与存在对话，与虚无对话。陈染热衷于对于冥想、梦境、幻象等等的书写，而这正是虚构神性对话者的一种特殊的想象方式。《潜性逸事》中雨子就自认"热爱文字是她的性情与思维使然"，并在梦境和预言般的心灵氛围中把自我的生存之痛演绎得穷形尽相。《另一只耳朵的敲击声》中黛二一方面"记录她所看到的行为怪异者与精神混乱者的言行"，一方面也在这种梦游般的写作中与文字本身建立了一种对话关系。《饥饿的口袋》中的剧作家麦弋女士更是把现实的生存和电脑文字对应、混淆为一体，在她与电脑的对话里真实与虚构之界已经泯灭，生命的荒诞和生存的沉重都只是在幻象里浮沉。而《与假想心爱者在禁中守望》则通过主人公与照片上的情人的幻觉对话，以及现实中与钢琴师的无从对话，把现代人寻求神性对话者的幻灭之痛渲染、刻画得入木三分。陈染昭示我们：现代人既然失去了现实的对话者，那么他也就不可能找到精神上的真正对话者，无法言说的"失语状态"将是现代人的一种宿命。而一旦人的生存与语言脱离了，那么重返语言之途就更是充满了悲剧性。在此意义上，上文所说的陈染小说主人公向往"幽僻之所"的"尼姑庵情结"同样是与他们的失语之痛互为因果、互相阐释的。

在对陈染小说中的生存之痛作了如上分析之后，我觉得对陈染小说进行一种总体概括似乎是迫在眉睫的。因为，作为当代中国文坛一个风格独特的写作者，陈染的小说无疑具有多种形态和多种言说可能性。在陈染的艺术世界里，对于"存在"的追问是她小说的总主题，对于存在的遮蔽状态的表现与书写是她的基本艺术视角，对于女性孤独者变态的生存心理和人格形象的塑造是她对当代文学的特殊贡献。本章对其小说"生存之痛"的分析与阐释只不过涉及了陈染全部艺术世界的一个极微小的层面，它还远远不能构成对陈染的完整阐释，但我希望这是一个良好的开端。

第8章　毕飞宇：感性的形而上主义者

一

在迄今为止的小说创作中，毕飞宇虽然进行过多种多样的艺术尝试和探索，但他的作品所呈现出的总体风格却基本上是统一的，那就是感性与理性、抽象与具象、形而上与形而下、真实与梦幻的高度谐和与交融。他的小说有着丰满感性的经验叙事的特征，但同时他对于抽象的形而上叙述又有着更为浓厚的兴趣。表面上，他的小说创作也呈现为三个阶段，即历史的阶段、哲学的阶段和世俗的阶段。但毕飞宇不认为这三个阶段只是一种题材的区分，他认为这三个阶段其实代表的是他对于小说和世界的不同态度、不同视角与不同理解。在致笔者的信中，他宣称这三个阶段只有就小说的语义承载而言才是有意义的，他说："我的想法是使作品呈现出'历史的'语义、语气、语态，'哲学的'语义、语气、语态，'世俗的'语义、语气、语态。"[①] 可以说，正是在这种不同的"语义、语气、语态"里毕飞宇凸现了他的非凡想象力以及他对于现实与历史的深刻体验与特殊敏感，从而实现了他"抽象的叙事"的审美理想，在他看来，"抽象所带来的平静、宏大、形而上，实在是一种大美"[②]。许多人都承认毕飞宇的小说有某种难得的"大气"，我想，这种"大气"离不开他的"抽象"，也离不开他的想象与经验，更离不开历史与现实、想象与经验在"形而上"旗帜下的特殊遇合。事实上，毕飞宇对于许多基本的艺术问题的理解都是形而上化的，这直接决定了他小说的艺术风格和写作姿态。比如，他所理解的"语言""是一种语词的渗透、互文，它们'液化'成句子，使句子（叙述、白描等）上升为一种语言，一种参与世界的方式，一种美"。而"现实主

[①②] 毕飞宇1998年3月27日致笔者信。

义"在他眼中也与我们的经典理解迥然不同:"现实主义应当从哲学意义和语言学意义上分别对待。现实主义其实是语言对'在'的一种走势与趋近,是语言对'生存'的一种亲近企图,离开了这个,先谈'人物''细节',又能说出什么呢?现成的例子是,《水浒传》也许比《西游记》更浪漫,《红楼梦》也许比《百年孤独》更魔幻。语言亲近此岸的,无论花样如何,都是现实主义的,语言亲近彼岸的,无论形态多么质朴,都是非现实主义的。"① 而就我个人的阅读体会而言,毕飞宇小说的此种风格在他的艺术世界内又集中体现为作家对"错位情境"的出色塑造。在他的小说中,"错位情境"是多维立体的,也是蕴涵丰富复杂的。它是世俗的,又是哲学的、形而上的;它可以指涉个体的生存状态、心理状态、人性状态与命运状态,又可以整体性地指涉某种对于历史或现实的寓言化理解;它可以是一种真切、具体的"实在",也可以是一种隐喻、抽象的象征,或一种虚幻的精神氛围;它可以是背景,是手段,又可以是目的,是主体,是对象……我觉得,"错位情境"既是毕飞宇呈现他审美理想的艺术载体,又是他能够把感性经验融入抽象叙事的艺术桥梁,对它的有效阐释,将是我们理解毕飞宇及其小说的前提。

二

首先,"历史"的错位。毕飞宇是一个对"历史"有特殊兴趣的作家,这可能与他在写小说之前那段"学者梦"有某种程度的关系。在他的许多小说中,叙述者都是史学研究者或历史学家,《叙事》中的"我"是史学硕士,而《驾纸飞机飞行》中的"我"则是史学博士。在他看来,"历史"是人类生存不可逃避的渊薮,它制约和决定着人类的现实与未来。但"历史"又永远是可疑的,它充满主观性、意识形态性和欺骗意味,所谓客观、公正、真实的"本真历史"只是一个虚幻的神话。也正因为如此,所以我们所熟知的"历史"与那种隐藏在"历史"帷幕背后的"本真历史"常常是"错位"的。而恰恰是这种"错位"构成了"历史"存在的本源与真相,构成了人类生存的最大悲剧与荒诞。毕飞宇在他的小说中所致力的就是对

---

① 毕飞宇1998年3月27日致笔者信。

这种"本源"与"真相"的叩问和揭露，他无意于单纯地"解构"或"建构"某种"具体的历史"，而试图在对"历史"的抽象化追问中实现对于世界和"历史"的双重阐释。我把中篇小说《孤岛》看作是毕飞宇创作历程的真正开端，实际上这的确是一个不错的开端。在这篇小说中，毕飞宇既显示了他感性地营构"历史"语境的独特才能，又淋漓尽致地展现了他以寓言化的方式追问和观照"历史"的形而上情怀。"扬子岛"是一座远离人类文明和时间秩序的孤岛，它本是一个自足自为具有神秘、雄浑、野性气息的生态群落和"历史"存在。但一场龙卷风带来了文廷生、熊向魁、旺猫儿三个"天外来客"，这里的"历史"和原先的稳定秩序就被彻底改变和打乱了。从此，雷公嘴、文廷生、熊向魁之间钩心斗角的权力争斗就成了孤岛"历史"的主要内涵。在"权力"欲望的驱使下，一次次的阴谋、一次次的罪恶构成了"历史"的主体与动力，而一个个的生命则成了"历史"的牺牲品，"历史"在此露出了它狰狞而血腥的本相。主人公熊向魁对"历史"的认识就是如此："他预知自己的生命离辉煌的顶点不再遥远。这个顶点，是权力，是统治别人，是驾驭别人的肉体和灵魂的统治力。人活着除了能支配别人外，还有什么趣儿！至于光阴倒转、历史回流，人头落地，那又有什么相干？只要你有了权，你就可以宣布'历史在前进'。谁敢说真话你就可以让他闭嘴，永远地闭上！在扬子岛，什么是历史？历史就是统治！历史必须成为我的影子，跟在我的屁股后头转悠，它往哪儿发展，这都无所谓。否则，我宁可把它踩在脚底下，踩得它两头冒屎。"在作家笔下，近乎封闭的扬子岛，虽然有着承载"历史"阐释的独立功能，但实际上它更是寓言性的，扬子岛的"历史"可以说是整个中华民族的历史甚至整个人类文明史的一个缩影、象征和寓言。在这个寓言里，作家既展示了人性与历史进程的特殊关系，又揭示了历史的种种偶然性与神秘性。正如小说中所说的："历史这玩意儿偶发因素实在是太多，只要哪儿出了点问题可能就完全走样儿了。历史无所谓必然，所谓必然必须在事情发生之后。在事情没有发生以前，你无法知道历史'必然'要往哪里行走。""你要是处于某一历史中，你就不能正确地看待这段历史，你会把历史看得异常神秘，只有回过头去，你才知道历史正如你吃饭拉屎一样简单。这种错位正是历史的局限……"

如果说《孤岛》借助于"历史"的混沌与错位表达的是作家对

于"历史"的一种整体性怀疑的话,那么到了《楚水》和《叙事》中,"历史"的错位情境中则融入了更多的文化、家族、种姓和个人命运的内涵。《楚水》的叙事建立在"天灾"(水灾)、"人祸"(日本侵华战争)这两个历史背景上。对于楚水来说,这是一个强制性的、错位的"历史"。它不仅使生活在楚水的人们脱离了他们原来的生活秩序,而且使楚水的文化、现实与"历史"进程被迫中断、扭曲、变形。这种新的"历史境遇"使得楚水人的生存遭到了极大的威胁。与《孤岛》整体性地呈现"历史"的"错位"过程不同,《楚水》重点探讨的是主人公们对这种充满颓败气息的错位境遇的反应、态度,以及他们生存方式、生存心理和深层人性的变化。冯节中是这段历史的主角,这个在"北平读过大学"且对屈原的诗句"依前圣以节中兮,喟凭心而历兹"情有独钟的"诗人",在一场大水破坏了他回乡发财的美梦之后,很快就凭他的无耻与"聪明"发现了另一条发财大道。他用"一天三顿米饭,一个月两块大洋"的饵把那些被大水困得精疲力竭、饿得两眼发绿的姑娘们、媳妇们骗到了他的船上,一转眼间就在城里开起了一家供日本人玩乐的妓院——青玉馆。小说在对冯节中的卑鄙无耻人性进行揭露的同时,也对普遍人性的苟安与堕落给予了沉重的批判。这些妓女无疑是受害者,是受虐者,但不幸的是她们之中除了桃子愤而自杀之外,其余人则麻木愚昧,对受虐无动于衷,其中"满江红""雨霖铃"甚至还表现出了某种做"婊子"的天才,为了争得头牌妓女的地位,两个人极尽其能地钩心斗角着。在这里,作家把"历史"的荒诞与人性的荒诞相融合揭示了历史颓败的沉重意味。不仅如此,作家还把他对历史和人性的批判视角延伸到了"文化"层面,从而把"历史的错位"抽象成了"文化的错位"。冯节中把二十个妓女的名字编排成"念奴娇""沁园春""摸鱼儿""满江红""雨霖铃"这些充满诗意的词牌,但这些妓女只不过是供日本人蹂躏的玩物,作家以反讽的笔调传达的无疑是对中国传统文化破败命运的思索。而冯节中更是没落中国文化的象征,是一个病态、畸形的文化象征体,在他身上美与丑、善与恶、崇高与卑鄙、干净与肮脏全被以一种扭曲、变形的方式结合在一起,他已经腐败堕落到了不知何为堕落的地步。他的房里挂满了名贵字画,他甚至还在围棋的黑白世界里赢了侵略者盐泽,但这一切都无法更改他出卖自我、必然灭亡的命运。他的无耻甚至连侵略者盐泽也不以为然,盐泽说:"我们做什么了?我的兵向来守纪律,他们不胡来,他们只不过是付钱嫖妓,叫姑娘当妓女的不是我们,是你。"而同样从"文化"的视角阐释"历史",《叙事》则在《楚水》的基础上进一步把对"历史错位"情境的探讨延伸到了现实领地,把对"文化"的怀疑演变成了对于"自我"的怀疑,作家试图揭示"历史错位"对于现实生存的巨大精神压力。在小说中联结"历史错位"境遇和"现实生存"困境的枢纽则是"种族的认同"问题。小说以"历史"和"现实"相交织的视角展示了三种婚姻关系,即"我"与林康的"当值婚姻","我的父亲"和"我的母亲"的婚姻,以及日本军官板本六郎和婉怡("我奶奶")的婚姻,把这三种婚姻关系联系起来的则是"我的家族史研究"。在"我"的研究中,"人体是历史的唯一线索,人体是历史唯一的叙事语言":林康与她的老板私通,因而其身孕有极大的可疑性质;而"我"自身的血统也同样可疑,"我身上流着四分之一的日本人的血",因为在那个错位的"历史"情境里面,日本人板本六郎对婉怡实施了"性占领","这样的大屈辱产生了父亲,产生了我,产生了我们家族的种性延续"。这样,"历史"与"现实"在种性问题上就以一种荒诞的方式完成了宿命性的循环,在这种循环中自我迷失了,家族也迷失了,"我"对种性的探讨最终沦入了一种绝望而尴尬的境地。尽管作家试图通过文化的追思来实现"语言的自我确证",以逃避血缘锁链中"我是日本人"的困窘,但"语言"和"文化"价值的肯定(比如板本六郎对中国书法的崇拜)并不能掩盖"种姓归属"的迷惘,相反它可能增强了主人公现实生存的悲剧性。

不过,在毕飞宇的"历史"寓言类小说中最精彩的还是《是谁在深夜说话》这部中篇小说。在作品中,作家把现实的寓言和历史的语言相交织,把对"历史"的"建构"与"解构"置于一种和个体的现实感受、历史情怀息息相关的荒诞语境中,十分具象而抒情地展现了"历史"大厦崩溃的"哲学情景"。文本以"城墙"作为结构的中心,它是一个客观的"实体",又是一个象征性的"意象",其作为一个承载着历史和现实双重内涵的特定语符,联结着小说的两条基本情节线索。一条线索是居住在城墙根的"我"在现实状态下的"历史梦游"。"我"常在深夜在城墙下散步,不时在想象中遭遇"明代",走进"明代"。而美人小云在"我"的"明代情结"中则有着明代秦淮名妓的风韵。但是,当"我"有朝一日终于和小云"苟且"之后,却在小云的"俗态"里发现重温历史的梦想实在太过荒唐。另一条线索是来自兴化的建筑队对于破败的明代城墙的修复。建筑队曾许诺把城墙修复得如明代一样，甚至还要比明代"完整"。可等城墙修完了，"我"却发现旧城墙砖仍然堆在那里，并未动用。"城墙复好如初，砖头们排列得合榫合缝，逻辑严密，甚至比明代还要完整，砖头怎么反而多出来了？""历史恢复了原样，怎么会出现盈余呢？"历史显然承担不起这种苛刻的追问，它昭示：任何对于历史的修复都是虚妄的，任何对于历史的主观阐释都是远离历史真相的，历史里面永远都有着无法破解的"神秘余数"。这也就是作家所要揭示的"历史"哲学。在这部作品中，作家让他的"寓言"、让他对历史的形而上"抽象"凝结在感性可观的"城墙"意象中，让哲学思索和历史感受从小说的情节和故事肌理中自然地生长了出来，其成功的艺术经验值得称道。

三

其次，人性的错位与心理的错位。这一类小说对应于毕飞宇自称的"世俗语态"，它以现实的破碎状态为表现对象，以现代人生存困境的剖示为基本艺术目标，尤其在对现代人生存心理和人性异化状态的刻画上毕飞宇表现出了他不俗的才能。而在这个意义上，"错位"实际上就是"异化"的同义词。在这方面，我们首先应该提到的小说是《雨天的棉花糖》。这是一部叙述感觉与形而上内涵结合得相当完美的小说，我一直把它视为毕飞宇的代表作。在这部小说中作家以它沉重而又朴实的笔墨叙述了一个个体生命与现实、文化、习俗、家庭、社会等等方面的"错位"，并在这重重错位情境中揭示了主人公人性变异、生命扭曲的悲剧命运的深层内涵。进入小说世界，我们发现，红豆生命的第一重悲剧是他的"性情角色错位"。他身为男儿却很女性化，从小就是一个"爱脸红、爱忸怩的假丫头片子"。"红豆曾为此苦闷。红豆的苦闷绝对不是男孩的骄傲受到了伤害的那种。恰恰相反，红豆非常喜欢或者说非常希望做一个干净的女孩，安安稳稳娇娇羞羞地长成姑娘。他拒绝了他的父亲为他特制的木质手枪、弹弓，以及一切具有原始意味的进攻性武器。"这种"错位"当然会带给红豆一些生存的尴尬与困窘，比如在青春期他就常受到大龙们的嘲笑，但不管怎样，在作家笔下，红豆都不是一个变态者，无论从心理还是生理意义上看他都仍是一个健康、正常的生命个体，只不过他有一种迥异于一般男性的独特禀性而已。红豆生命的第二重悲剧是他的"社会角色的错位"。本来，女性气质的红豆适合的也应是一种特殊的社会角色，比如像叙述者"我"一样上大学、当官或成为一个作家和艺术家之类都是不错的选择，但命运偏偏让他走进军营，去忍受哪怕最男性的人都难以承受的生命境遇。在这样的"错位情境"里，红豆的失败悲剧注定了是难以逃避的。而红豆生命的第三重悲剧则是他的"自我意识"与"公众文化心理"的错位。应该说，这才是杀害红豆的刽子手，是红豆悲剧的真正核心。红豆牺牲的消息使红豆成了一个英雄，可以说，他的"死"带给红豆家人和社会的与其说是一种悲痛，不如说是一种欣慰。但不幸的是红豆"死而复生"，他作为一个"俘虏"被放回来了。这一结果使人们普遍对红豆感到失望。他的"英雄"父亲对他的厌恶自不用说了，甚至他的母亲也说："豆子，妈看你活着，心像是用刀穿了，比听你去了时还疼……"红豆只能在痛苦的战争记忆和世俗的精神压力的双重夹击下沦入一种由恐惧、自憎、自疑、焦虑、绝望等灰暗情绪编织而成的深渊之网中，他彻底迷失了"自我"，只能在28岁的年龄精神分裂绝望地离开了这个世界。这是一篇相当有思想深度和现实批判力度的小说，作家用笔的冷峻、犀利某种意义上使我们看到了鲁迅的风格，而红豆的悲剧也有着祥林嫂悲剧的影子，他个人的生命、灵魂、人性、命运"异化"的背后隐藏的是巨大的"社会集体无意识"黑手，它才是造成主人公悲剧的真正根源。

　　与《雨天的棉花糖》从社会文化心理意识的批判入手探讨人性"异化"问题的艺术视角相一致，《枸杞子》《受伤的猫头鹰》《充满瓷器的时代》《祖宗》等小说对于生活的错位情境和人性的错位情境之间对应关系的揭示同样具有引人入胜的艺术效果。《枸杞子》中的生存"错位"源于斟探队的到来和父亲的"手电筒"，而"北京"的与人私通以及被谋杀则是这出"近乎无事的悲剧"的"死水微澜"，它对应的是人性的麻木与萎缩；《受伤的猫头鹰》则通过对于一只"受伤的猫头鹰"的残酷虐杀批判了人类日常人性中潜藏的残忍的攻击性本能；《充满瓷器的时代》在对历史与现实中的两次"错位"的"偷情"事件的叙述中彰显的是人性欲望的某种毁灭性气息；而《祖宗》更是在一幕精彩的家庭戏剧的白描中，通过后代们对于"太祖母"的谋杀，揭露了人类谋杀历史的罪恶企图和潜意识深层的性恶本能。

　　与上述小说于生活的"错位"中挖掘、表现"人性恶"的追求不同，毕飞宇"世俗语态"的小说更多的还是着眼于对于"错位"状态的生存心理和情感意识的细腻剖析。在这方面，《五月九日或十日》《生活边缘》《哺乳期的女人》《九层电梯》《那个男孩是我》《武松打虎》等小说可为代表。《五月九日或十日》这篇小说没有紧张的故事情节和矛盾冲突，只藏头露尾地叙述了一个事件：妻子的前夫在五月八日晚上突然来访了。应该说，这位"不速之客"是在一个错误的时间、以一种错误的方式来到了一个错误的地方，他制造了生活中一次突然的"错位情境"。此时，预感、猜疑、嫉妒、仇恨、忧郁等可能的心理情绪密布在文本的每一寸空间里，会发生什么事呢？小说充满了内在的紧张与期待。可实际上却什么事也没有发生，前夫睡了两天觉后不声不响地走了。作家没有戏剧性地去表现这对夫妻的稳定生活状态被打乱的过程，而是"以静制动"，十分沉着、到位地展示主人公们一如既往的平静、单调甚至重复的日常生活，把他们复杂汹涌的心理活动全部控制在文本的潜在空间里。毕飞宇在"人物心理戏剧化"方面举重若轻的才能令人称道。而这种"心理戏剧化"的特征在《武松打虎》中则表现在主人公阿三对老婆与村长偷情事件的矛盾心态上。小说通过孩子们的一场"战斗"把"你妈妈和队长睡觉"这一人所共知的事实推到了阿三面前。阿三再也无法佯装不知，只得喝了酒去找队长。可队长是"老虎"，他却不是"武松"，他只是在队长门前"凭什么，凭什么"喊了几声，就被队长训斥回去了。小说的高潮是在晚上等候听说书的打谷场上，阿三的老婆和四婶以及队长的老婆爆发了一场"打斗"，这把阿三的悲剧进一步公开化了。可不幸的是，讲"武松打虎"故事的说书先生掉到河里淹死了，"武松打虎"的情境再也不会重现了。这是一个具有隐喻意味的象征性情节，它表明在队长的"权力语境"里面，阿三这类小人物的"打虎"梦想永远也不会实现。我们看到，作家虽然没有直接去分析和展示阿三的生存心态和心理痛苦，但通过几个白描性的场景描写，阿三丰富、复杂、多维的心理世界和情绪世界可以说已经感性而立体地呈现在文本中了。而《生活边缘》则向我们展示了生活中两种类型的错位情境。一是夏末和小苏的"边缘状态"。小苏大学毕业后不愿回山沟教书，放弃工作和画家夏末"未婚同居"，但小苏又怀孕了。生活的、精神的、心理的、情感的巨大压力使他们陷入了一种尴尬无奈、焦灼愤激的生存困境之中，他们的挣扎既无望，又可怜。二是房东阿娟、耿师傅家的"儿子"悲剧。耿师傅夫妇因为生了个儿子而欢欣鼓舞，可他们没有注意到哑女小铃铛却因为小弟弟的到来而感到了巨大的情感失落。小铃铛情感焦虑与心理仇恨的直接后果就是她用剪刀剪去小弟弟的"小鸡"这悲剧性的一幕。小说把两种错位情境在小说中交替呈现，淋漓尽致地揭示了日常生活中小人物们的生存心态与精神情绪，尤其对小铃铛病态心理的精神分析入木三分，十分到位。而与这篇小说相似，《哺乳期的女人》对于儿童特定生存心理的精神分析也十分精彩。旺旺生活中的"错位"表现在他从小没有吃过母亲的奶，他是喝奶粉长大的。而父母整天在外做生意，也使旺旺实际上处于一种母爱的"缺乏"状态。这使得邻居惠嫂饱胀的乳房构成了对于他的巨大诱惑。终于，在某一天，旺旺一口咬住了惠嫂的乳房。实际上，旺旺对奶的渴望正是对于母爱的一种渴求，这是非常健康而正常的童性心理的体现。小说的深刻在于从旺旺的行为生发开去，通过人们过于激动的"反应"，对普遍人性心理的阴暗、卑琐进行了无情的批判。从"这小东西，好不了"的窃窃私语中，我们认识到的不是旺旺的病态，而是断桥镇整个文化氛围和大众群体的精神畸形，正是它们完成了对于一个年幼儿童的心理迫害。

四

需要指出的是，对于毕飞宇来说，对"历史"错位情境和"世俗"人生错位情境的挖掘并不是其小说的根本目的，对于世界与人的哲学把握、对于历史与现实错位情境背后的"哲学语态"和"意义错位"状态的发现才是其小说最基本的主题线索。不过，毕飞宇的"哲学语态"与前面我们分析的"世俗语态"和"历史语态"并不具有分类学的意义，也不具有时间的先后意义，而是处于一种共时性的结构状态中。"哲学语态"是对于"历史语态"和"世俗语态"的一种抽象与升华，是毕飞宇小说的艺术目标与理想归宿，实际上三者是密不可分地交合在一起的。因此，在他小说的"历史语态"和"世俗语态"背后实际上都隐含着"哲学语态"的"深度模式"。这种特征从最表层意义上来看，直接体现在毕飞宇小说的叙述人设置和叙述语式上。他的小说的"叙述人"大都是一些喜欢沉思冥想、追根问底的"学者"型知识分子，他们总是会在小说中不时跳出"故事"之外直接表达自己对于世界、人生、历史、时间等等的"哲学化思想"。比如，在他的文本中我们会时常读到这样的文字："拯救扬子岛人的命运与扬子岛人自身的命运之关系，颇似于历史之于时间的关系。不论历史往哪个方向延伸，时间总是不慌不忙地按照自身的速度往前走。时间蕴含着历史，而历史时常错误地以为自己操纵着时间的走向。说到底，时间的人化才成了历史，换言之，历史只不过是时间的一种人格化的体现。宇宙中，真正的、合理的生命，其不可逆的形式只有一个：时间。时间，作为空间的互逆表现，是一种绝对的存在与绝对的真——而历史，只不过是时间的一节大便，历史所提供的空间，则被时间逻辑界定为这种大便的厕所。"(《孤岛》)"知音相遇作为一种尴尬成了历史的必然结局。卖琴人站在这个历史垛口，看见了风起云涌。历史全是石头，历史最常见的表情是石头与石头之间的互补性裂痕。它们被胡琴的声音弄得彼此支离，又彼此绵延，以顽固的冰凉与沉默对待每一位来访者。许多后来者习惯于在废墟中找到两块断石，耐心地接好，手一松石头又被那条缝隙推开了。历史可不在乎后人遗憾什么，它要断就断。"(《卖胡琴的乡下人》)"历史的叙述方法一直是这样，先提供一种方向，而后补充。矛盾百出造就了历史的瑰丽，更给定了补充的无限可能。最直接的现象就是风景这边独好。从这个意义上说，补叙历史是上帝赐予人类的特别馈赠。"(《充满瓷器的时代》)"信仰沦丧者一旦找不到堕落的最后条件与借口，命运就会安排他成为信仰的最后卫士。"(《因与果在风中》)"'厌倦'在初始的时候只是一种心情，时间久了，'厌倦'就会变成一种生理状态，一种疾病，整个人体就成了一块发酵后的面团，每时每刻都有一种向下的趋势，软绵绵地坍塌下来。""游戏实在就是现世人生，它设置了那么多的'偶然'，游戏的最迷人之处就在于它更像生活，永远没有什么必然。"(《那个夏天那个秋季》)我们当然承认这些具有"思想火花"性质的叙述文字对于深化作品思想意蕴和精神主旨的特殊价值，但同时这种"哲学语态"实际上也为毕飞宇的小说在艺术上设置了两个难题：一是观念化问题，一是感性与理性、经验与哲学的游离问题。应该说，在毕飞宇一部分小说中这两个问题是明显存在的，叙述者抒情、议论的冲动多少影响了小说的整体美感。但对这个问题又不能一概而论，同样是在小说中直接阐述形而上思想，他的第一人称视角和第三人称视角小说的效果就不一样。第一人称小说由于有着自我体验性的成分，主人公和叙述者基本上是重合的，因而其抒发的哲学就有了感性特征，虽然仍然难以避免观念化，但这种观念化由于与人物的性格、身份、经历等结合在一起而有了可信性。而第三人称小说，当作家完全从寓言化的视角来表达形而上思索时，其观念化局限也许会得到有效的克服，但当作家直接如第一人称小说那样倾诉"思想"时，经验与哲学、故事与哲学游离的矛盾就会彰显出来。《卖胡琴的乡下人》等第三人称小说的不足大概就源于此。《孤岛》在整体寓言效果的营构上相当成功，具有客观性的第三人称叙事语态的贯彻是其成功的主要原因。尽管如此，仍有一些主观性的叙事成分破坏了小说的艺术和谐，比如，对于小河豚的叙述："她不懂做作也不会做作。在她身上，一切都是自然的懵懂的，道德、规矩、社会、伦理……这些与她无关，从生下来那一天就与她无关。她不需要明白这些，她只是一个女孩，完全的、彻底的，同时也是完整的女孩。"我能理解作家对于女主人公的喜爱，但是这种迫不及待的"定性化"的叙述实在是与整部小说寓言氛围不和谐的败笔。相反，上面我们分析过的《是谁在深夜说话》以及长篇新作《那个夏天那个秋季》则是毕飞宇以第一人称进行形而上叙述最成功的小说。在《那个夏天那个秋季》中作家叙述主人公耿东亮在现代社会的自我迷失和人性异化，第一人称的自述中个体的体验、困惑、疑虑与他独特的经历和故事紧紧叠合在一起，形而上的思想已溶入了主人公的夜游、哭泣、呼喊，甚至身体的每一次疼痛体验中。耿东亮不是一个"哲学家"，但是他用他的语言、他的世俗举止、他的身体在具体演绎着西方现代主义和存在主义的哲学主题。作家在这部小说中对于形而上思想的世俗化和本土化阐释自然而不突兀，应该说是他多年探索的一个成功结晶。尽管这部小说的单薄容量与单薄结构似乎还不足以支撑一部长篇小说，但至少从形而上主题表现的角度来看毕飞宇完成了他的一次艰难超越。

可贵的是，毕飞宇本人对他这种写作姿态的负面效应也有着充分的艺术自觉。毕飞宇有着两副不同的笔墨，一副笔墨致力于呈现感性的小说形态，一副笔墨营构的是文本的哲学形态。他成功的艺术经验在于把自己对于"抽象美的追求"外化在"意象阶段"，以"意象"为媒介把两种笔墨艺术地整合在一起，以作家的想象与经验的形而上遇合来完成对于感性和理性相和谐艺术境界的抵达。在给笔者的信中,他说:"说实话,我的不少作品不得不停留在意象阶段,因为它精致、灵动,符合最一般的审美理想。我只想保留一种总体的大气,一种内质的丰富与恢宏,至于小说的外在'包装',我至少用余光注视着公众。"① 他这里所讲的"意象"又体现为两个小说层面:一是对于"形而上"思想的感观"造型",亦即让"思想"成为在文本这棵大树上自然生长而出的"青枝绿叶",而不是作家贴在树干上的花花绿绿的"标语招牌";一是对于"形而上"思想讲述的口语化、中国化,亦即把"思想"用中国人的思维和中国人的话语改造得通俗易懂,把"思想"变成主人公性格的一部分,而不是把西方的晦涩"哲学文本"剪贴在小说中。而与他意象化的追求相一致,我们发现,毕飞宇总是赋予他的文本一种非常感性、直观的"外壳"——生动的故事、新奇的想象、生活化的经验、丰满的细节、变幻的景物、戏剧性的场面等等在他的小说中可谓层出不穷,这可以说最大限度上满足了读者对于小说文本浅层次的感官需求。从这个意义上说,毕飞宇小说首先呈现给我们的还是那些充满感性喧嚣的混沌"历史"与"世俗"交响,它们即使脱离文本表层形态背后的形而上思想也已经具备了自足自为的独立艺术价值。此时,你接受不接受、认同不认同小说的形而上追求都已无足轻重,因为它关涉的只是读者对于小说境界的不同理解问题,而不是小说本身艺术价值的高低问题。正因为如此,所以我们说,毕飞宇是一个形而上主义者,同时更是一个感性的形而上主义者。

五

作为一个具有自觉的"形而上"追求的作家,毕飞宇小说的"深度感"几乎是不言自明的,这一方面源于上文我们所说的他对世界、人生、历史的"哲学"理解,另一方面又源于他对人性的深入解剖。毕飞宇的小说用笔往往不露痕迹,但其切入人性、人心、人情之深、之狠绝非一般作家可比。然而对我们来说,毕飞宇小说的艺术力量却并不仅仅根源于他的"深度"。相反,毕飞宇小说最打动

---

① 毕飞宇 1998 年 3 月 27 日致笔者信。

我们的还是其"哲学"背后的那些令人怦然心动的美与情感。毕飞宇的小说无论表现怎样的主题，都能营构一种特殊的美感。这种美有时让人心痛，有时让人沉醉，有时又让人恍惚。像《怀念妹妹小青》《青衣》这样精彩绝伦的小说，其传达的那种悲剧美感几乎到了使人灵魂出窍、精神窒息的地步。与这种美感相呼应，毕飞宇小说的情感张力也同样扣人心弦。毕飞宇的小说并不表现重大的主题，往往切口很小，都是取材于人生的某种特别敏感的、最关乎人心的事件、阶段或状态。作家通常不会在小说中正面抒情，但他的"冷面"情感汹涌在平静的文字下面，总能使读者在不自觉中被卷入或伤感或忧郁的情感磁场，并难以自拔。《哺乳期的女人》《怀念妹妹小青》等小说的艺术魅力很大程度上就与小说那种古典主义式的感伤气息密切相关。在这个意义上，我们可以说，毕飞宇不仅是一个感性的形而上主义者，而且是一个古典的唯美主义者和主情主义者。

　　在我眼中，毕飞宇是一个与众不同的新生代作家。他的"新"与他的"旧"紧紧联系在一起。他不是一个"夸张""激进"的作家，我们可以看到，在他的文本中既没有新生代作家所谓"欲望化"叙事的特征，也没有前期新潮作家"玩弄技术"的倾向。即使他的"形而上"，如上文我们所分析的，也都是以一种通俗直白的语言呈现出来的，它没有西化哲学的晦涩难懂，而是有着与世俗人生息息相关的感性特质。他给人一种朴实、稳重而又踏实的印象。一方面，他是一个态度非常认真的写作者，他从来不愿随便把一个作品出手，他总是要让每一部作品放在身边"磨"上很久，其对文本各个"枝节"的重视和认真有时近乎"苛刻"，这也是他的作品数量很少的一个原因。另一方面，他又非常讲究文本形态的日常性，他不喜欢写作的极端化，他的小说总是有着完整连贯的故事、流畅通俗的叙事、不温不躁的语言、清晰匀称的结构。这使得毕飞宇对于"形而上"的追求至少在文体方面与普通读者之间没有了"障碍"和距离，这也可以说是作家"用余光注视着公众"的写作策略的成功。

　　当然，我们指出毕飞宇写作姿态的朴素与传统，目的并不是否定他艺术上的探索性，相反，他的"守旧"强化了他卓尔不群的独特艺术个性。从这个意义上说，毕飞宇是一个艺术悟性和艺术感觉非常好的作家，他的朴实正是他健康的文学心态和良好的艺术自信心的体现，而夸张、凌厉、偏激、声嘶力竭背后倒可能正是对于艺术能力欠缺的一种掩饰。毕飞宇是一个才华出众的短篇小说高手，在营构短篇小说时其显示出的那种从容与大气令人羡慕。他以其冷静、从容不迫的叙事，准确而到位的描写，对语言节奏、语感、语式、意象等的苦心经营，积蓄着其文体点到即止、含而不露的气势与力量。他的小说没有雕琢做作之痕，总给人一种水到渠成、自然而为的感觉，这与他优雅的叙述感觉和大智若愚的"敏慧"是密不可分的。不敢说毕飞宇将来的文学成就会有多大，但至少目前，他显示出了某种令人高兴的势头，我们有理由对他寄予厚望。

第9章　斯妤：遥望废墟中的家园

在当代文坛上，女作家斯妤的名字是和她在散文领域里的探索紧紧联系在一起的。作为90年代"新散文"潮流的主力，她的那些以对生存以及永恒等带有终极意味的形而上问题的哲学追问为主要内容的系列散文不仅彻底改写和颠覆了"散文"在读者审美经验中仅仅言说"抒情写意"等话语的"轻文体"形象，极大地提升了当代散文的品位，而且也根本改变了散文在新时期文学格局中一直游离于文学探索边缘的尴尬局面，直接在主题和话语层面上接续和呼应了发生于小说领域的文学革命。而这也许正是斯妤这两年来能迅速以自己"喷发"式的"新小说"创作轰动文坛的一个文学背景。当《故事》《梗概》《红粉》《风景》《梦非梦》《线》《一天》《出售哈欠的女人》等小说在两年的时间里纷纷走进我们的阅读视野时，任何意义上的对于"小说家"斯妤的忽略都变得不可饶恕。不管斯妤是不是在有意改变自己作为一个散文家的形象，但至少"小说家"斯妤可以脱离"散文家"斯妤而照样光彩夺目。自然，她小说文本的话语价值也无须在"散文"文本的参照中被发现，事实上，斯妤和她的小说已经作为一种崭新的话语可能构成了90年代中国当代文学的一道独特风景。

许多评论者都承认斯妤的小说贡献了当前文学一种"新素质"，但要准确阐述这种"新素质"的内涵又似乎充满了困难。这不止因为对于斯妤来说，其对小说的探索正处于一种"现在进行时"的未完成状态，她的"新素质"是流动、发展的而不是凝固、静止的，还因为对批评者来说，一种新的文学现象从被发现到被认同再到准确地被命名和言说，其本身就需要一个过程。在此意义上，我们批评界对于斯妤突然在小说领域里冲锋陷阵一度哑口无言、目瞪口呆也就是可以理解的了。而在我的理解中，斯妤的"新素质"首先就在于她那种"遥望废墟中的家园"的伤感而抒情的写作姿态，对这种姿态的有效体认和阐释将是我们真正走入斯妤小说世界的必然路径。

一

迄今为止，斯妤的所有小说似乎都植根于一种根深蒂固的"废墟"情结，对于现实生存的拆碎、瓦解和抵抗构成了贯穿于她全部小说的一个基本主题。在斯妤的小说向我们展现的现实碎片中，"生存的荒诞"也可以说是唯一可以捕捉的意象。对于"荒诞"的感受、体验和书写构成了斯妤当下写作的一个特殊视角。通过对于"荒诞"的体认与想象，斯妤有效地拆除了人类的现实生存基地，从而赋予了她的小说文本一种独特的涵蕴指向和价值形态。某种意义上，她笔下纷繁的人生画面、错综的故事线索以及哲学化的生存思索都只有统一在"荒诞"这个主导话语之下才会获得各自的阐释可能。

考察斯妤的文本世界，我们会发现，斯妤笔下的荒诞首先是与呈现在她小说中的破碎的世界图式紧紧勾连在一起的。《蜈蚣》中的下乡女知青司徒为了既逃避吞下成为"摇摇夫人"的苦果，又不担当对抗"扎根"号召的罪名，而不得不选择死人作为自己丈夫的困窘和尴尬，与"我"最终选择和"四脚蛇"结婚的大义凛然式的果断互相对应，共同书写和凸现了一个特定时代和一种特定历史境遇里生存世界的整体荒诞性。主人公个体生命的残缺和破碎无疑只是那种弥漫性的世界坍塌图像的荒诞投影。《寻访乔里亚》中乔里亚的不幸命运以及《斑驳》中安宝、蔡高、玫珍、锦云姐妹等的破败生命轨迹也都是"文革"这个荒诞的历史背景里的一个个小小水花。生命个体无法选择世界，但世界却武断地主宰着生命个体，这也许就是这些人物生存现实中所遭遇的最大荒诞。同样，在《走向无人之境》和《出售哈欠的女人》中主人公荒诞的人生选择和荒诞的生存境遇，自然也正是植根在商业社会和都市文明畸形联姻后秩序崩毁、价值失落这样一种荒诞的世界图式之中的。

其次，在斯妤这里荒诞还更多表现为一种心理感受。斯妤擅长在女性的生存体验和心灵幻想中描绘那种困扰现代人的荒诞意识，这使她的小说对于"荒诞"的造型具有独特的形而上色彩和心理深度。显然，斯妤认同萨特在他的《恶心》、加缪在他的《鼠疫》等小说中对于作为一种人类生存状态的"荒诞"的表现与阐释。在她的小说里她特别挖掘的就是"荒诞"带给现代人的那种无法逃避的

"恶心感"和"吞噬感"。而通过"荒诞"的心理化呈现，斯妤对于生存和荒诞的追问最终就落实到这样一个共识之上，即荒诞的可怕不在于它作为一种强迫性的命运对于个体现实生存的摧毁，而在于它作为一种压迫性力量对于人的精神、心理、态度、意识等的扭曲与摧残。《走向无人之境》中主人公辛亚偏执、荒唐近乎变态的人生态度以及对于编辑部、对于社会、对于家庭的荒诞体验无疑有着她的"黑色童年"情结的影响。《梦非梦》中聂心对于"办公室压抑"的恐惧、焦虑与变态抗拒也有着更为现实的心理内涵。她的噩梦、她的借气功意念杀人以及她最后的走向疯狂都典型地凸现了现代人生存的荒诞性。此外，《一天》中黎明女士与其情人因偶然错位而产生的荒诞境遇以及《风景》中"我"变成一个热水袋的荒诞梦境也都是现实生存压迫、窒息主人公精神和心灵的感觉化呈现。可以说，荒诞的精神化、感觉化和心理化正是斯妤小说表现现代人生存困境时的一种基本范式和特定视角。

我们发现，斯妤小说中的主人公通常与现实环境有一种疏离甚至对抗的关系，这种关系正是荒诞感得以滋生的温床。无论是《寻访乔里亚》中的乔里亚、《故事》中的安力，还是《走向无人之境》中的辛亚、《红粉》中的陆雨凝，抑或《梗概》中的"我"、《梦非梦》中的聂心、《出售哈欠的女人》中的"美友"等，主人公几乎都处在与"现实"的紧张关系之中，自我与现实的冲突以及自我对于现实的恐惧、憎恶、逃避构成了他们基本的生存感受和心理矛盾。借助这种关系，斯妤一方面表达了对于"现实压抑人"这一现代主义命题的深刻思考，另一方面更对于生存个体本身的心理病态和人性畸变进行了深入的挖掘。斯妤在她的题为《裂变与再生》的创作谈中曾说："我发现自己更愿意放过表面的生存，而致力于捕捉其内在的、带有某种规律性的东西。我也发现自己对于人的情感方式不再那么兴趣盎然了，而更乐意发掘人性的纷繁复杂、诡谲莫测。"[①]而在我的印象中，这种对于"人性"内涵的反复挖掘也正是斯妤小说主题深刻性的一个潜在根源。在《出售哈欠的女人》中上演的那个荒诞剧背后我们固然可以看到人性被权势、欲望、金钱等扭曲变形的恐怖画面，而在《寻访乔里亚》《走向无人之境》《故事》等小说中作家对于人性的审视和批判同样使人感到触目惊心。《故事》通

---

① 斯妤．裂变与再生．作家报，1995-12-16.

过安力和女儿星光度假时的奇特经历把两代人的生存焦虑和一个历史的疑案勾连在一起，以一种神秘的方式展现了人性的可怕一面以及世界破碎后的心理景象。短篇小说《线》则以鲍一鸣的阴毒、凶狠的面貌与她两面三刀的丑陋心理和变态人性的统一展示了生存的荒诞与黑暗。某种意义上，她本身不但已经溶化于生存荒诞性之中成为荒诞生存的有机体，而且事实上构成了对于主人公"我"、对于世界的一种可怕的压迫力量。我们阅读这部小说时所产生的那种挥之不去的"恶心感"事实上也正导源于对她的心理和人性的恐惧与厌恶。

显然，在斯妤这里，"荒诞"对于生存和对于世界的毁灭性是双重的：它既摧毁了人类的现实世界，更毁灭了人类的精神世界；它既打碎了人类的现实家园，更轰毁了人类的精神家园。这也使得"溃败的家园"成了她小说的一个最重要的主题意象，它构成了斯妤新潮小说精神追求的一个艺术起点。

然而，斯妤对于荒诞的体验和书写、对于溃败家园的凝视却并不是为了表达对于生存的绝望和逃避，相反她所热衷表达的正是人类在家园"废墟"上对于精神家园的坚定遥望。荒诞只是起点而不是终点，它最终唤起的只是人对于荒诞、对于现实、对于废墟的拒绝、否定和击穿。事实上，这种强大的否定之声也正是斯妤小说的一个贯穿的精神线索，它引导我们以另一种方式走进她的文本世界并获得一种崭新的理解。而具体考察斯妤的小说，我们会发现在她的文本世界内，人对于现实的"抵抗"又呈现为两种基本方式和形态。

其一，现实的反抗。在斯妤的小说中我们时时能感受到主人公反抗世俗压迫的苦闷、焦虑和急切，他们在现实的生存之网中左冲右突，茫然地寻找着维护自我并突入精神家园的路径。只可惜他们在黑暗中对于光明的寻找却常常以沉入更深的黑暗而告终，这使得斯妤的小说总是不自觉地带有某种悲剧感。《斑驳》中余牧师为在"文革"中保住"家园"以女儿嫁支书，却更迅速地招致"家"的毁灭，并把两个女儿锦云姐妹的生活道路彻底颠覆了。《寻访乔里亚》中的乔里亚由于经受了友情和亲情的背叛、性侵犯等现实的打击而走上了变态的复仇之路，她的以恶抗恶和以毒攻毒不但没能真正拯救自己的灵魂，相反却以自己的双手泯灭了自己的人性，毁灭了自己的生命。她对于现实的超越却以对于"地狱"的沉入而结束，这样的悲剧实在不能不让人为之黯然神伤。《走向无人之境》中的辛亚对于世界的反抗虽然表面上看是卓有成效的，她不但很快在出版社有了靠山，而且很快在诗歌界崭露头角，而在情场争斗和办公室角力中她也似乎占了上风，但她这种对于现实世界"无人之境"的获得却是以出卖自己的女性身体为前提、以自我人性的丧失和内在心灵的扭曲为代价的。从这个意义上说，她对于现实的变态抗拒仍然是失败的，"无人之境"非但未能赋予她心灵的光明，反而使她心理的黑暗越来越沉重了。而《梦非梦》中的聂心对于现实压迫的反抗同样没能减轻她的心理忧虑，她的借气功意念杀人之举伤害的不是她的"敌人"而恰恰是她自己，在小说的最后我们看到她已变成了一个名副其实的疯子。

其二，幻想的反抗。现实是如此恐怖，也是如此强大，它总是把主人公们反抗它的努力轻易地就打得粉碎。斯妤显然不愿意让她的主人公就这样束手无策地为现实所吞噬，于是"幻想"的莅临就几乎是必然的了。对于斯妤的当下小说写作而言，以"幻想"的方式抗击世俗无疑是她的一种基本艺术策略。这不仅决定了她的小说具有那种与生俱来的"幻想"结构形态，而且"幻想"还成了她赋予主人公们的一种特殊的生存方式和精神方式。某种意义上，对于"幻想"的热情和偏爱也已经成了斯妤本人的一种引人注目的生命方式和小说方式。在一篇文学访谈中斯妤就曾明确说过："文学家有时是为人提供梦幻——一种观照现实的东西。"① 如果说在言说"荒诞"时斯妤向我们展示的更多是一种家园和世界被毁的黑暗景象的话，那么当我们面对斯妤小说中的"幻想"景象时一个美丽的精神家园又似乎在小说深处矗立起来了。《故事》中星光对于梦游的痴迷和对于玩具女娃娃的倾诉与倾听无疑是"幻想"化的，但这种幻想却有效地消解了星光由对于妈妈的暴怒脾气的害怕而产生的生存恐惧。这里，星光的梦游可以说已初步传达出了与人类现实生存世界相对峙的彼岸精神家园的遥远而模糊的信息。《红粉》中主人公陆雨凝化名"红粉"后以其绰约的风姿、非凡的才华对男人世界和文学世界作了双重嘲弄。她的飘忽的行踪、乖戾的行为方式都构成了对于现实的对峙，而她最后的神秘失踪和销声匿迹则更是把自我对现实的鄙弃和拒绝态度隐喻化地凸现在小说中，虽然作家在小说结尾处告

---

① 斯妤. 从心中流出的一首歌. 香港作家报，1996-03-01.

诉读者"我"、陆雨凝、"红粉"其实是一个人，小说中的故事也许只不过是一个梦境，而也正是在这种梦幻状态中主人公对于自我的坚守、对于自由生命方式的向往、对于精神家园的渴望最终粉碎了"世界之夜"的黑暗和现实生存的泥泞。斯妤也借此形象地向我们展示了"幻想"对于自我的精神拯救功能和对于现实的超越与穿透功能。而《梗概》和《出售哈欠的女人》中的"幻想"则以一种荒诞的形式呈现出来，这种"以荒诞的方式对抗荒诞"的奇特构思某种意义上也正是斯妤小说的特殊魅力之所在。前者通过一个"幽默大师"的日常现身，把"幻想"对于现实的拯救功能具体化了。"幽默大师"不仅帮"我"表妹巧妙地离了婚，还治好了"我"大哥的懦弱性格，帮女儿惩罚了班上的调皮学生。"幽默大师"完全超越于现实之上，他对于现实的透视和把握能力可以说正是主人公"以精神超越世界"的生存理想的一个生动落实，难怪小说中的"我"要把重建家园的理想寄托在他身上。后者中的"出售哈欠的女人"同样是一个超越世俗的形象，在城市的污泥浊水中她既感到茫然又感到不屑一顾。她心甘情愿地被"鬼男人"利用不是说明了她的愚昧而是说明了她的不屑。她设计卖了"鬼男人"和自己进入官场和商场的举动就以她的"能力"和"智谋"给了狂妄的现代人一个深刻的嘲弄和教训。只不过，拒绝城市、拒绝世俗甚至拒绝与人交往是她的本性使然，她最终取回自己的"哈欠"义无反顾地远离城市的行为正是对她的自我和自由的一种捍卫。她是一束火炬，既照亮了她自身，也洞穿了现实的丑恶和黑暗。她的"哈欠"状态不仅是她无视世俗的一种象征，还正代表了一种生命的本真状态、一种精神的自由化状态和一种生存的澄明与敞开状态。

当然，"幻想"虽然对于现实具有某种拯救性，但终究只能是通向精神家园的一种可能性路径。在幻想中呈现的精神家园虽然隐约可见，却依然改变不了它的虚幻色彩。《梗概》中神奇的"幽默大师"最终还是不得不承认自己的局限："我的力量只作用于好人，对恶人，我无能为力。"既然连神明也有局限，那么主人公"我"无法从尘世罗网的捆绑中挣脱而出也可算是一种必然的宿命了。而《梦非梦》中的聂心没能靠"幻想"抵抗她的疯狂，《故事》中星光幻想的"家园"却通向了一个历史的丑剧，《出售哈欠的女人》中的"哈欠"甚至还成了人类互相诋毁、攻讦的手段和工具……这里，"幻想"在经过一段美丽的飞翔之后不得不再次落向现实大地与"荒诞"

重逢。斯妤把"家园"的毁灭和"家园"的重建统一到了人类的宿命之中，使人类在"废墟"边缘遥望"家园"的形象显得悲壮无比。也许斯妤关注的本就不是人类超越现实的最终结果，她也无意于提供一种建构精神家园的现成方式和终结答案，她关注的只是人类的那种特定的充满悲剧感的超越或遥望的"姿态"与过程。在对这种姿态或过程的凝视中，斯妤充分发挥了她的想象力，也把超越生存的精神追问伸越进了一个更广阔的时空领域。

二

在当下的新生代小说家中，斯妤无疑是一位有着很好的文体自觉的作家。与她小说所表现的那种诗意追寻主题相一致，斯妤对于小说形式的探索也有着一种近乎完美的追求。正如她自己所说的："无论小说还是散文，我恪守一条原则，即内容与形式同构的原则。什么样的内容要求什么样的形式，只有找到与所要表达的素材同构的那一种形式时，作品才会成功，才有可能趋于完美。"[①] 而这种对文体"内容与形式同构"的自觉意识与她多年散文写作的艺术经验相融合就赋予了斯妤小说一种独特的形式蕴涵和审美品格。

阐析斯妤小说的形式感，我们首先必须重视的就是她的既变幻不定又朴素清晰的叙述方式。斯妤总是追求文本叙述与小说诗意内涵的完美契合，并自然形成了两种个性化的叙述范式：一是幻想式的叙述。这可以说是斯妤小说最为典型的一种叙述方式。斯妤习惯于在作品中设置一个第一人称的女性叙述者，这个叙述者时刻处于现实的压迫之中，她的焦虑、恐惧、幻想构成了叙述的中心和文本的中心。而在这个叙述者的制导之下，整部小说也就有了一种独白或倾诉式的情绪基调：一方面，作家可以尽情地对于人物的生存心理进行全方位的立体透视，从而把小说的心理深度提升到一个新的高度；另一方面，小说追随着叙述者的情绪、意识、幻觉等的变化向前推进，对于"幻想"的表达和讲述就以"幻想"的方式呈现出来，这就极大地增加了斯妤小说的美学魅力。《风景》中"我"对于自己变成热水袋梦境的叙述，《梦非梦》中"我"——聂心对于由生

[①] 斯妤. 从心中流出的一首歌. 香港作家报，1996-03-01.

存恐惧而来的心理幻象的呓语般的叙述等都典型地传达出了这样的艺术信息。二是反讽式的叙述。在斯妤的几乎所有小说中，我们似乎都可以或明或暗地听到一种反讽或者幽默的声音，这在《梗概》和《出售哈欠的女人》等小说中最为明显。某种意义上，反讽无疑是与斯妤小说对于生存荒诞性的表现相统一的，反讽式的叙述正体现了叙述者或主人公对现实"荒诞"的批判、对峙态度。同时，反讽和幽默一样也根源于一种生存的智慧，它本质上是建立在对于现实的洞透基础上的。反讽是一种远观、一种审视，因而它与小说人物"遥望"家园的精神指向也是呼应的。如果说前一种幻想式的叙述方式作为内视角，作家着力的是对于个体生存心理的挖掘的话，那么后一种反讽式的叙述方式则是一种超越性的视角，作家着力书写的正是人类超越现实、渴望精神家园的梦想。斯妤曾要求作家"既要有不息的激情，又要有悲天悯人的情怀、宽厚仁慈的心态"[①]。这里，两种叙述方式不仅契合了斯妤对于"激情"和"悲悯"两种文学心态的追求，而且恰好对应了斯妤小说主题的两个层面，这也可以说是斯妤"内容与形式同构"的艺术追求的一个具体落实。

　　与斯妤小说的叙述方式相联系，斯妤对于文本结构和文本语言的经营也卓有成就。在我看来，斯妤小说的一种基本结构就是"幻想"结构。而对于人的精神存在与物质存在的分离的追问正是这种结构的核心纽结。曾作为主题话语被我们谈论的"幻想"在斯妤的小说中更是一种形式话语并具有举足轻重的结构功能。"幻想"既是她小说人物的精神和行为指向，同时更是一种文本结构的纽带。它联结着小说中的"废墟"和"家园"两个中心意象，有效地推动着小说的演进节奏和速度。《故事》是一个典型代表。这篇小说其实隐含着一个双重本文结构，安力和星光的"故事"背后还有着一个五十年前的"故事"。不但表层的故事由安力对于生活的"幻想"——摆脱离婚后的心情烦恼——所推动，而且从前的"故事"也是在星光的"幻想"——梦游中呈现出来的。没有了幻想，就没有了故事，也没有了小说。斯妤并不热衷于讲故事——尽管《寻访乔里亚》这样的小说证明了她有着出色的讲故事能力，她热衷的是对精神与存在对立之中人的心理承受能力的探索。这使她不自觉地就把对人物精神和心灵世界的解剖设定在她文本的中心位置。她小说的"幻想"

---

① 斯妤. 从心中流出的一首歌. 香港作家报，1996-03-01.

结构也可以说正是服务于这个中心的必然的产物。而斯妤在小说结构上对于"幻想"的重视甚至也直接反映在她小说的语言形态上。斯妤的语言总是具有一种心理化的色彩和梦态抒情的气息。这无疑为斯妤小说那种整体"幻想"氛围的营造提供了便利。然而斯妤的不同凡响之处在于,即使在一种纯粹"幻想"形态的小说中她的语言也不是艰深、晦涩,令人无法把握的。斯妤追求一种简练和明晰,她试图摒弃新潮小说乐此不疲的故弄玄虚的话语方式而以一种朴素的方式进入"幻想"、言说"幻想"、切入和追问存在。这充分显示了她对于自己语言能力的高度自信,也赋予了她的小说文本一种清新冷峻的风格。这自然也是与她的小说主题指向相一致的:当她试图描绘人类的精神家园时,她的小说语言相应地会流溢出一种诗意的清新风格,如《故事》《红粉》;而当她去着力揭示和逼问人性的黑暗与生存的废墟时,她小说的语言就又有了一种冷峻深沉的风格,如《梦非梦》《出售哈欠的女人》。

  评论界都承认斯妤的小说具有一种现实主义的深度和力量。但斯妤的现实主义又显然不同于我们经典理解中的现实主义,在斯妤这里我们不仅能感受到现实主义对于现实世界的把握与穿透力度,而且能遭遇现代主义对于"存在"的沉重追问以及具有浪漫主义色彩的各种幻想。也许这也正是斯妤的"新素质"之所在,她把沉重与幽默、悲剧与荒诞、现实与幻想等奇妙地统一在她的文本中,形成了一种充满"可能性"的小说风格和形态。有人曾称斯妤的小说为"幻想现实主义",我想上述这些"新素质"可以说正是对此的一个绝好阐释。

第 10 章 徐坤：沉浮在语言之河中的真实

无论从什么意义上说，徐坤能在两年时间内走红文坛都是一件令人惊讶的事情。这不仅因为文学在当今这个商业时代已经实实在在地退居社会"边缘"，再也难以企盼那种由某一部作品而来的"洛阳纸贵"万众争阅的盛世景象了；还因为就文学自身来说，近十年来中国文坛追"新"逐"后""各领风骚三五天"的浮躁与喧哗也已使中国的广大读者变得麻木、冷淡和处变不惊，再也不愿去为那些"新""奇""怪"的文学鼓噪欢呼了。然而，徐坤的巨大成功似乎告诉我们例外仍然存在。仿佛是一夜之间冒出来的一样，徐坤以她的《白话》《呓语》《梵歌》《斯人》《热狗》《先锋》等集束式的作品和那种特有的小说方式吸引了文学界的注意，并把我们时代许多被称为"文学"的文字比照得黯然失色。我不否认，徐坤对于世纪末中国高级知识分子生存状态的叩问具有某种"题材效应"，因为对于最广大的中国人来说"博士""教授"这些高级知识分子的生活确实具有一定的神秘性，徐坤撩开他们的面纱把他们的人生和心态解剖呈现出来正可以说是对读者好奇心的一种满足。但从根本上来说，过去那种因"伤痕""改革"等种种热点"题材"而产生轰动效应的文学时代已是一去不复返了。徐坤的作品能使文坛瞩目更重要的还是得力于她小说的内在力量以及她卓尔不群的小说方式。正因为如此，对徐坤的阐释和理解唯有对她文本的"内在力量"和"特殊方式"进行有效的总结和梳理才是令人信服的。而我们今天的文学和文化如果想从徐坤这里获得某种有益的启示，似乎也只有从此出发才不至于误入歧途。

一、还原与消解：知识分子叙事的破裂

徐坤当然属于 90 年代崛起的新生代新潮作家，但与其他新潮作

家比如鲁羊等的哲学化形态的"贵族性"文本相比，徐坤的小说显然更具有平民性和现实性。尽管徐坤也许并不认同现实主义的艺术原则（在我们这个时代现实主义已是一个被新派作家遗弃的落伍的话题），但她对于当下生存现实的出色把握和深刻表现可以说丝毫也不亚于那些经典的现实主义作品。读她的小说，给人最深的印象就是真实：生存的真实和灵魂的真实。无论是作者叙述话语的有意调侃、戏讽，还是故事情节的喜剧色彩都无法冲淡这种真实感。而就我个人的阅读体会而言，其小说真实感的最直接的根源就在于作家对世纪末中国知识分子生存状态的艺术还原。在20世纪中国现代文学的长河中最能挖掘和表现知识分子自身矛盾性和悲剧性的作家当首推钱锺书，他的《围城》对于现代知识分子病态生存的追问、嘲讽和调侃可以说至今还令读者忍俊不禁。而在80年代中国文坛上又出现了另一个以拿知识分子"开涮"为能事的文化英雄，他就是王朔。他自称最瞧不起知识分子，因而在他的一系列小说中都把知识分子当成笑料而讽刺挖苦着。在某种意义上，徐坤对知识分子的表现可以说正是介于钱锺书和王朔之间。前者在知识分子和时代的错位的表现中体现的是一种对于存在的哲学化的思考和对于人生的悲悯的关怀，后者则是以一种近乎痞子式的漫骂努力把知识分子塑造成一种人皆可笑之的"非人"。徐坤所完成的则是一种还原，对于作为一个普通人的知识分子的人格、人性的"还原"。同样致力于打破一个知识分子"神话"，徐坤显然比王朔更平静和宽容，因而也更为真实。读徐坤的小说，我们会发现她笔下的知识分子已经完完全全地从精神贵族沦为世俗社会里的贩夫走卒。他们和千千万万的普通人一样汲汲于名利、沉浮于私欲，在世俗的罗网中他们的人性和人格的另一面凸显了出来。不过，需要指出的是，徐坤对于当代知识分子的还原是与对当下处于转型期的社会现实的剖析紧紧联系在一起的。她准确地把握了文化溃败的商业时代对中国人尤其是知识分子的巨大冲击，令人信服地把知识分子的世俗化还原书写成了特定文化语境的产物。在这样的语境中，"爱"成了首先被异化的对象和牺牲品。一方面，对于婚外艳遇的隐秘欲求已日益膨胀而急切。如果说《白话》中博士与李晓玲和红嘴唇的深夜谈诗和"我"对小林出国的反常态度，《梵歌》中佛学博士阿梵铃对于师妹小梅与台湾学者惠明关系的"醋意"还都是潜意识中渴求艳遇的那种"思凡"之心的不自觉流露的话，那么在《热狗》中陈维高则把这种"思凡"

之心通过对女演员的"捧角"而令人羡慕地落到了实处。另一方面,爱情和性本身在当今社会也正沦为一种欲望的手段和工具。《呓语》中阿炳和他老婆的爱情其实就维系在"老婆的二姨夫在美国"这个虚妄的世俗信仰上,一旦骗局被戳穿,爱情也就泡汤了。有意思的是他们两人都同样在使用着"爱情"这一工具,阿炳企图通过老婆实现出国的梦想,而老婆则希望借助阿炳达到调进北京的目的。双方都是害人者,也都是被害者。在他们的较量中,唯有"爱情"的碎片依稀可见。《斯人》中老姜不惜以迫害诗人的手段威逼诗人接受她的性引诱,《先锋》中东方美妇人不但委身富商做情妇而且公然以出卖自己的"性"隐私来打官司以求再次出名。它们无不深刻地揭示了爱情的工具性。其次,在我们今天的文化语境中,金钱和名利已经越来越成功地统治了人们的心灵,而弄虚作假崇洋媚外也成了一种时尚。《斯人》中诗人崇敬的绿为了评职称竟可以写阿谀之信去奉承曾被她声讨过的古久先生;《梵歌》中空空和不空两位学界前辈为了名利之争甚至不惜在阿梵铃的答辩会上互相攻讦;《先锋》中寺庙里的和尚们如今也学会了弄虚作假,而"先锋派"内部也因为女人和权力之争而四分五裂;《呓语》和《斯人》中作家更是向我们描绘了出国热潮在中国大地上升腾的病态风景……这样的世俗景观在世纪末的中国本是一种常态的生存状态,但当我们想到我们目睹的是那些曾被视为"文化精英"的知识分子在表演时,他们在世俗之河中游刃有余的投入又怎能不令我们心寒呢?

当然,当知识分子的世俗还原在徐坤的小说中成为一种现实时,我们除了能感受到那种震动灵魂的真实感外,还能体味一种生存的荒诞感。这种荒诞感一方面寄寓于知识分子精神存在和世俗存在的矛盾,另一方面,也是世纪末中国病态生存景象的投射。对于知识分子的还原,我们在徐坤小说中既看到了他们人格和人性中的负面因素在一个特殊的文化环境中的潜滋暗长,同时更看到了商业时代的生存准则是怎样在逼迫知识分子们撕去他们清高的面纱。说穿了,个人的荒诞只不过是现实荒诞的一个副本和产品。从这个意义上说,知识分子们放弃精神上的坚守而向世俗的物质的各种欲望投降似乎已不仅是一种生存的策略而是一种生存的必需。这也使得徐坤文本中的知识分子还原失去了某种悲剧性,而具有特定的喜剧色彩。《白话》讲述一场90年代的"上山下乡"运动,知识分子们不仅无法在这场"锻炼"中得到考验和改造,而且"多余人"一般的无所事事使他们不得不努力发掘自身的世俗性来赢得世俗存在的认同。由此，在他们为与工农结合而把京腔转化为"白话"的成功壮举中，荒诞的汁液可以说在四处流淌着。而《梵歌》中阿梵铃所目睹的历史剧中关于武则天和玄奘调情、韩退之与薛怀义争风的场景以及《热狗》《斯人》等小说中所展现的形态各异的"国际会议"则都淋漓尽致地揭示了世纪末文化全面溃退的生动画面以及这种画面中五颜六色的荒诞。也许最能让我们体味我们时代的文化荒诞和矛盾的小说还是《先锋》，这部小说把中国新时期以来的文学和文化史作了夸张而形象化的描述。所谓新潮、所谓先锋、所谓文化精英的原形都被以漫画的手法呈现在我们的面前。从"废墟"先锋到寻根归隐之风，从前卫到后卫，从现代主义到后现代主义，主人公撒旦、鸡皮们只要把他们的作品贴上不同标签就可以时时得风气之先了。然而，恰恰就是这样的作品居然成了我们时代的文化"经典"，这难道不是一种巨大的荒诞吗？而小说中"先锋"和尚办"函授"举办观摩教学以及老太太们推销避孕套作进城"痰袋"的情节也都把现实和文化的荒诞性演示得尽态极形。

　　事实上，经由徐坤的还原之手，我们一方面会为身居其中的现实、文化的荒诞真实所震撼，另一方面我们也更为知识分子的被彻底消解和知识分子神话的破灭而扼腕神伤。神圣的知识分子只不过成了一种伤感的记忆、一个远去了的神话，那些关于知识分子的所有伟大的叙事在这里都出现了巨大的裂缝。然而，我们似乎也没有必要只是伤感，知识分子被还原、被消解了，但不是被消灭了。我甚至还可以说他们是"新生"了，他们被淹没在世俗的人流中之后，普通人的欲望、人性、追求都可以毫不羞涩地去寻找去宣泄而不必压抑在潜意识里了。换句话说，他们不"知识分子"了，但他们更"人"了。这是不是值得庆幸呢？

二、调侃与反讽：小说文本的喜剧性

　　如果说徐坤对知识分子的还原以她特有的叩问当代生存的方式使我们接近了世纪末中国人生存状态和精神状态的真实的话，那么她特有的话语和文本方式则可以说是她小说艺术魅力的直接来源。我觉得徐坤的小说能在当今文坛引起巨大的轰动，主题和题材的深刻性和真实性固然是一个重要因素，但说到底再深刻的主题都必须借助于小说形式本体的建构才会变成现实。更何况，我们发现徐坤对于知识分子的还原的一个最重要的层面就是对于他们话语方式的还原。如果说《白话》里作家形象地向我们展示了知识分子抛弃自身的语言方式而向世俗话语"白话"学习"还原"的过程的话，那么《热狗》《斯人》等小说中知识分子们则无疑在现实名利和欲望的浮沉中"完美"地实现了他们向世俗话语的认同和回归。可以说，离开了如上这些小说在语言上的经营和努力，离开了知识分子话语还原与小说文本话语的内在契合，徐坤还原和消解知识分子的真实性和可行性是很令人怀疑的。某种意义上说，徐坤小说的真实就是沉浮在语言之河中的真实。

而具体考察徐坤的小说的话语方式我们会发现其小说的最鲜明的风格和魅力就是与小说主题所展示的荒诞真实相统一的那种喜剧性。可以说，调侃式的喜剧气氛也正是对我们时代文化本质的一种准确阐释，在商业文化导演的各种各样的文化轻喜剧中悲剧已经失去了其地位和价值。换句话说，现时代的人（包括知识分子）已无力去承担那种对于生存悲剧和精神悲剧的沉重思考了。徐坤以她的小说所完成的正是对芸芸众生特别是知识分子生存困境的真实素描。一方面，她小说的表层形态总是以客观叙事和写实情境为主体，她喜欢采取非价值化的冷观视角让各种人物进行着充分的夸张化的自我表演，在这种表演中人物行为、话语的荒诞性、矛盾性都被以反讽的方式烛照出来了。《热狗》中围绕"分房"风波而展开的知识分子间一波又一波的"智斗"，《斯人》中万众一心聆听考托福气功布道的"狂热"与"虔诚"，《梵歌》中王晓明和导演等拍电影编排武则天风流故事时的"真诚"和"一本正经"，《先锋》中先锋艺术家们的"内讧"等无不具有一种漫画式的讽刺效果。另一方面，徐坤更善于以叙述和人物语言的调侃、夸张、反讽来直接制造喜剧性的效果。现实中的一切都经作家调侃之手的涂抹而丑态毕露。她调侃90年代的"上山下乡"（《白话》），调侃梵、佛学、电影、历史和艺术（《梵歌》），调侃学问和权威（《热狗》），调侃爱情和性（《呓语》）……正如一位著名编辑在其编发徐坤小说《先锋》的手记里所说："《先锋》是欢乐的。如果说以艰涩的陌生化表现世界并考验读者曾是一种小说时尚，《先锋》对世界对读者都摆出了亲昵无间的姿态。它强烈的叙述趣味源于和读者一起开怀笑闹的自由自在；它花样百出的戏谑使对方不能板起面孔——在这狂欢节的夜晚，即使素不相识，何妨给他画个花脸，然后相对大笑？""《先锋》是嘈杂的；它拒绝文体和语言的统一性、同质性，戏剧、百科全书、新闻、评论镶嵌拼贴在一起；抒情的、沉思的、形而上的、形而下的、市井饶舌、庙堂议论，七嘴八舌、众音齐鸣。这是话语的假面舞会，每一种话语方式都被诙谐地模仿，每一种话语套路都从日常语境中解放出来，尽情展示着它的另一面的本性。"[1] 确实，正是通过语言的挥洒，徐坤小说主题上的那种荒诞意味得以在调侃和反讽化的喜剧文体中以另一种方式呈现出来。

三、结语：呼唤精神的另一种方式

虽然我们说徐坤的小说通过对于知识分子的还原达到了对当下现实中知识分子、文化乃至精神的全面消解，但我们却不能由此误解徐坤就是反文化、反精神、反知识分子的。相反，我觉得徐坤正是以她偏激的"造反"来实现自己对于文化、对于精神的理想呼唤的。对此，正如她自己所解释的："假如无法以理性去与媚俗相对峙，那么何妨换个方式，抛几句妄语在它脚下，快意地将其根基消解。"我们时代当然需要张炜、张承志式的愤世嫉俗张扬精神和信仰的正面呐喊方式，但我们似乎也无力否定徐坤这种把生存荒诞放大到极致以从背面凸现精神和文化价值的特殊方式的意义和价值。某种意义上，我甚至觉得在当今这个文化崩溃的时代徐坤的方式才更切实可行，更具有警示性。

应该说，在徐坤小说的嬉笑怒骂里面，我们是能时时触摸到作家的忧愤、良知和信仰的。对于精神的关怀和呼唤其实正是她所有小说的一个共同的潜在主题。在其小说集《先锋》的"后记"中徐坤曾说："尽管时下里人们谈起'终极关怀'时与谈'临终关怀'一样惶惶不安，似乎现代化的到来，便意味着人文精神的寿终正寝，但我始终相信，只要有人的地方，就会有精神在生长着，并且还会生生不息，生生不息地绵延过我的血液和肢体，一脉相承地向前迁延、流淌下去。"阅读徐坤的小说你不能不承认这种"精神"的信仰

---

[1] 李敬泽. 关于《先锋》. 人民文学，1994（6）.

是确确实实地贯彻于她全部创作的始终的。即使在《热狗》《斯人》这样的对知识分子的消解之作中我们感受最深的仍是精神的"流淌"。《热狗》中陈维高的"捧角"虽说可作为知识分子人格堕落的一种佐证，但他在"分房"过程中的愚拙和好说话以及最终在医院里的那把老泪还是让我们看到了一丝精神火花。《斯人》中的诗人当然也是一个被讽刺的对象，但他与现实的格格不入，对于老姜的嘲讽和拒绝，对于绿媚俗之举的失望和不解，都在诗人的生存方式和世俗的生存方式的矛盾中凸现了诗性精神的价值。

我相信，对于徐坤来说，打碎是为了重建，欢笑溢满了苦涩。尽管她曾对知识分子的精神状态给予了毫不留情的讽刺，但她仍是一个精神的坚守者和护卫者，一个清醒的现实主义者和理想主义者。她批判和反对的不是知识分子本身，而是知识分子身上所潜藏的那些导致知识分子精神丧失和沦落的东西。还是如李敬泽先生在评《先锋》时所说的："《先锋》热烈地、兴趣盎然地关注着现实，这种关注包含着知识分子清醒的文化承担：文化就在我们身边令人振奋令人困惑令人欢喜令人忧的现实生活中生长，对现实的关注也就意味着对文化的过去、现在和未来的审视、批评和守护。"也许，徐坤之于我们这个时代的价值和意义正彰显于此，我期待她有更辉煌的未来。

第 11 章　鲁羊：超越世俗

> 我并不是为了少数精选的读者而写作的，这种人对我毫无意义，我也并不是为了那个谄媚的柏拉图式的整体，它被称为"群众"。我并不相信这两种抽象的东西，它们只为煽动家们所喜欢。我写作是为了我自己和我的朋友们；我写作，是为了让光阴的流逝使我安心。
>
> ——博尔赫斯

尽管在口头语言和书面文字中鲁羊不止一次地表达了对阿根廷人博尔赫斯这段文学独白的偏爱和热情，但我仍然不愿把鲁羊的出现以及鲁羊式的写作当作一个纯粹个人化的事情。在我的意识里，鲁羊及其关于自由写作的文人梦想从根本上说并不能脱离当代写作史的大背景而自我呈现。纵然鲁羊可以凭借某种独特性差异自称不是这个背景的"产品"，但他注定了无法割断这个背景"强制性"地辐射于他身上的因果关联。鲁羊倾其心力所表现的，与当代声名显赫的大写家们在写作姿势和态度上的对峙，显然只有在整体人文背景的衬托下才具有其相应的革命性和话语意义。这样的结果也许与鲁羊的初衷大相径庭，但这也是他无法回避的宿命。正因为如此，我们对鲁羊的论述也注定了无法绕开对一种背景的描述，这同样也不是我的初衷，然而我无可奈何。

一

鲁羊迄今为止所发表的小说大概还不足二十部，然而他带给中国文坛的震动却远非这个数字所能说明。作为一个陌生的闯入者，鲁羊视小说为"写作者融入了梦想和智力的某种精神综合体"。他的小说观念、文本结构乃至主题涵蕴都以一种崭新的面貌构成了对经典和现实意义上的小说世俗形态的背叛。同时，鲁羊远离世俗的写作姿态也造成了世俗阅读和世俗批评的窘境与尴尬，这使他的文本呈现出一种无法命名的状态。

　　鲁羊的小说似乎很难概括出传统意义上的主题，然而，这并不是说他的小说就没有主题，我觉得某种贯彻于他所有小说的共同精神指向仍然是存在并可以被感受、把握和阐释的。这个精神性主题就是对世俗生存的弃绝以及对诗性生存的向往。他的小说一般都具有双重本文的特色。借助于对"历史"和"现实"双重本文的编织，作者表达出一种超越世俗生存的理想。当然，无论是在鲁羊的现实文本还是历史文本中，我们都能读到世俗生存的场景，比如《弦歌》中"我"与玲似爱非爱的状态，《岩中花树》中鹿和龙薇的性爱图景，《仲家传说》中仲家和李家的家族仇杀，《佳人相见一千年》中姑姑和已娘两极的生命状态等等，然而由于作者总是把这些内容作为一种生存悲剧加以阐释和观照，因此在文本深层总是流淌着一种诗性的理想同时也就在这声音中升腾为一种"梦的文本"。在"梦的文本"里，主人公都以自己的特殊方式逃离了世俗生存，从而获得了一种生命的澄明与敞亮。如果说《楚八六生涯》中的楚八六、《岩中花树》《弦歌》中的"祉卿"是以对音乐的迷醉超越了世俗的性爱、恩怨和是非非的话，那么《薤露》中的方邻，《仲家传说》中的"他"，乃至《弦歌》等小说中的"我"则是以"写作"完成了对当下生存的逃离。我们发现，无论是现实文本还是历史文本中的主人公都有一种逃离和流浪的情结，这种出逃情结正体现了一种反抗世俗的生存向往，是对本身生存意义的一种寻找。然而，对于鲁羊来说，这超越于世俗之外的"梦的文本"，其实现也有特殊的方式。这种方式就是冥想。冥想使主体与存在保持一种距离，使存在成为自我审视的对象。由于冥想使冥想者从当下生存中抽身而出，因此，冥想其实正是另一种形式的逃离，并从心理上完成了对世俗的抛弃。在鲁羊的小说中不仅叙述者（隐含作家）是一位终极冥想者，他把冥想作为一种基本的人生存在方式，其全部的人生经验和心理历程都浓缩成了回忆、梦幻、独白、倾诉等特定的冥想形式；而且，小说的主人公们从某种程度上说也都被烙上了冥想者的印痕。姑且不论《弦歌》《岩中花树》中的"我"与"祉卿"的冥想性格，即使在具有侦探小说意味的《白砒》中瘦公、孚儿和探长也都有冥想的嗜好。一个精致的谋杀故事中,我们看不到清晰的逻辑框架,而只有飘忽的冥想思绪和心理感觉,这种阅读感受对我们来说既是一种诱惑又是一种刺激。综观鲁羊的小说,我们可以看到一个冥想者系列。主人公在"现实"和"历史"双重本文中作无穷无尽的梦幻冥想,这种冥想不仅泯灭了历史和现实的距离,实现了对于世俗的弃绝和抛弃,而且还以对存在恒常性的体认构筑了存在和小说本身。

因此,我们说,冥想在鲁羊这里就具有了多重功能。它是一种生存方式,也是一种小说方式;它是一种心理图景,也是一种世界图式;它是一种介入存在的勇气,也是一种自我人格的维护;它重建了存在,也超越了存在;它回避了存在,也走进了存在;它是"诗意居住"的前提,也是通向美丽的"存在家园"的桥梁。

首先,鲁羊赋予冥想一种审美消解的功能。鲁羊的小说主题也涉及灾难、罪恶等生存负面图景,但这些在前期新潮小说中被极端化、情绪化处理的主题在鲁羊小说中已被淡化。鲁羊的目的不在展示丑恶、苦难,而是从存在论的高度沉思、升华这一切。他往往将罪恶、灾难的过程一笔带过,而着重揭示罪恶、灾难对于生存个体的心理意义。也就是说鲁羊完全视"灾难""罪恶"等为审美对象,他抗拒现实中伦理、道德、文化规范的价值评判,而纯粹从审美的视角去理性地言说这种特殊的"存在"。《白砒》中那谋杀父亲的罪恶在不同"在者"的冥想中呈现出完全不同的内涵;《夏末的局面》中对水灾、谋杀和险恶人心的表现也都是通过信圆法师和宝光和尚的禅悟来实现的;更典型的是《忆故人》中的马余,他被黑头欺骗之后非但没有情感和道德上的愤怒和焦虑,反而迅速沉入冥想的人生境界,转而思考"死讯""苦难""手稿"等三种事物。显然,在这里冥想不仅消解、淡化了生存的恐惧和荒诞,而且使主人公获得了超越生存的能力。他可以把自我作为一种"他者"加以审视,这正是诗性生存的直接源头。

其次,鲁羊赋予冥想一种阅读功能。冥想者也是阅读者,冥想正是对存在的阅读。鲁羊的小说中有各式各样的手稿和文本,《楚八六生涯》中的《生涯自述》、《薤露》中的《落城史》、《蚕纸》中小裙的叙事、《弦歌》中的"祉卿传说"等都具有"手稿"性质,而《忆故人》中主人翁马余甚至还计划要建一个"手稿博物馆"。显然,"手稿"正是对存在的一种象征。《形状》中"我"对各种"积木"手稿的阅读也正是对各种存在可能性的阅读与阐释。同时,我们还要指出，小说主人公之间的关系也是一种阅读关系，现实文本对历史文本的阅读可以说是小说主人公冥想的来源，而历史文本对现实文本的潜阅读，又把主人公陷入一种对比中，从而更没入冥想。有趣的是，《弦歌》《岩中花树》中的祉卿、《薤露》中的方邻、《楚八六生涯》中的楚八六等等都构成了现实文本中主人公的生存理想。这种生存理想的逆向性可以说正是鲁羊小说的一个显著精神特征，它潜在地折射出了鲁羊的文化判断和审美皈依。这些逆向性的"他者"都有两个共同特点：其一，具有人格美。他们漂泊无定，自由自在，独立于人生和社会存在之外，具有执着的追求和淡泊的情怀，如祉卿；其二，他们都是艺术家，在音乐、文学等方面有精深的造诣，他们把人生艺术化，同时也把艺术人生化了，他们的人生境界是一种典型的文人境界和诗的境界。正因为如此，他们就具有了无限的可阅读性。无论是他们的人格、人生还是艺术都有无穷的魅力和难解的神秘，这推动主人公作无限的冥想作永远的阅读，就如聆听楚八六弹奏的天籁之声和翻阅马余的积木手稿一样。

再次，鲁羊又赋予冥想一种言说和对话的功能。本质上，言说和对话表现了人类互相沟通的理想和愿望，这种理想的实现也正是一种生存诗性的实现。《佳人相见一千年》是已娘存在和姑姑存在的对话；《弦歌》《岩中花树》是"我"与祉卿的对话；《形状》是"我"与马余的对话……鲁羊的小说基本上都采用对称的人物结构，这种结构其实也正是一种对话的需要。甚至有时主人公独自冥想也正是一种言说和对话，他是向存在和虚无对话。这种对话一方面具有巨大的自由性，另一方面又具有强烈的话语性。也许正因为鲁羊的小说以冥想沟通存在，因而跨进了生存、永恒等终极问题的门槛，鲁羊小说的宗教感也就随之而来。我这里讲的宗教感主要不是指鲁羊阐扬了某种宗教教义，也不是指小说中出现了许多和尚、道士这样的主人公，而是指冥想正是一种最典型的宗教思维方式。鲁羊其实是从最本质处切入了宗教感的精髓。一般来说，宗教主要是一种具有自我心灵指涉功能的心理经验，这具体地说就是指"体验"与"幻想"这两类经验。文人信仰者与世俗信仰者之能真正分道扬镳，根本上就因为具有了这种宗教经验。按照威廉·詹姆士的说法，宗教只不过是各个人在他孤单的时候与任何他认为神圣的对象保持关系所发生的感情、行为与经验，对于信仰者来说，哲学或神学常常是次要的东西，而情感与经验——才是宗教的灵魂。一种信仰与其说是理智的选择，不如说是理性的皈依；一种宗教与其说是思考的结果，不如说是经验的感受。要人寻找终极归宿与心灵快乐的深层需求，无须逻辑论证便会附着于某种对象，这对象时有时无，是神是人，这并不重要，因为在皈依的感性力量驱动下，经过皈依的沉思、想象、体验、模拟等心理过程，信仰者正好得到了信仰应给予的一切承诺。从某种意义上说，鲁羊小说中的冥想者也都是信仰者，现实文本中的"我"对古代文人（艺人）生活方式的体验与幻想、言说与对话，正是一种宗教性崇拜的体现。而主人公"我朝着事件发生的方向侧耳细听从时光彼处隐约传来了马、唐二人当年的语声"（《薤露》），这样的"倾听"姿态也就是一种崇拜姿态。正如海德格尔所说，倾听乃是以心去听，乃是以生命去体味、感觉和领悟，它要求人们收回向外的视线，将之投注于自己的内心，使心如明月，与神明相会。这样，由于宗教经验的渗透，不仅现在与历史文本中的人生可以互相言说、倾听、对话，而且小说本身也脱胎换骨，有了觉悟与安慰心灵的意义。

二

鲁羊小说的独特性最主要的还体现在他的小说文体方面，他自称要把小说"当作一种涵容更广泛的大文章"来写，并提出了"新散文主义"和"新寓言主义"两大口号。虽然，鲁羊本人对此口号的内涵并无明确具体的阐发与界定，然而，它带给鲁羊小说文体语言和结构上的巨大变化却依然是令人欣喜的。

鲁羊的小说对常见小说模式的冲击是有目共睹的。除了《楚八六生涯》和《仲家传说》等等少数小说有较明显的故事模式外，鲁羊其他小说的面貌已被他搞得面目全非。他自己曾说过："小说可能是写作者融入梦想和智力的某种精神综合体，是否要借助外部形状和故事情节的描述，只不过是此刻的考虑。"从《薤露》《蚕纸》《白砒》《形状》《佳人相见一千年》等小说来看，鲁羊的小说话语已逐渐容纳了对话、议论、说明、叙述、描绘、心态等各种小说因素，成为一种摆脱了单一的叙述、描述等故事型模式的综合性小说形态。这种综合性在《佳人相见一千年》等小说中表现为比比皆是的语境碎片，它不仅是语言上捉摸不定的意味感的来源，同时也是文化扑朔迷离和结构变幻感的根源。照我的理解，这也正是"新散文主义"在文本结构上的一种体现。鲁羊总是在他的小说中挣脱故事的束缚，以一种"散文化"的方式呈现出文体的综合性。正如维特根斯坦把他的《哲学研究》视为"相簿"，认为书中所描述的各种语言游戏如同相簿里的一张张照片，各张照片之间没有必然的联系，也没有任何共同的本质，它们仅仅是向我们展现了我们过去的活动，引起我们对往事的回忆一样，鲁羊的小说也正有这种游戏色彩。其最典型的文本是《形状》，各种积木也正是"照片"一样按照一种游戏规则组合在一起。读鲁羊的小说一定会有这样的感觉和印象，它们玄奥、空灵，对时间、历史有一种独特的体认。这些小说大都是虚构性的回忆。采取回忆的结果，是使作品获得了虚空、绵长、古久或伤感的气氛，这样的氛围很适于营造带有古典色彩的文人境界。但是鲁羊的小说又不是直接进入回忆或追述，而是从现在的生活场景起步或者干脆设置两条线索采取"写作中的写作"。在一段时期中，这几乎成了鲁羊结构上的嗜好。这种"双重本文"的写作也正体现为一种复调结构，《弦歌》中"我"与玲和娜的人生关系的叙述和"我"所寻找的祉卿的故事构成一种复调；《佳人相见一千年》中姑姑和已娘的故事也是一种复调；而《岩中花树》则呈现更为复杂的形态，不仅小说有意暴露了叙述行为，而且"我""你""他"三种人称同时在小说中出现，纪实、冥想、梦幻互相纠缠，形成了祉卿的故事、"我"的故事、鹿和龙薇的故事三重复调。这是一部充分展示了小说文体可能性的小说，也是最能代表鲁羊文本实验成就的一部小说。显然，鲁羊对于小说结构的放纵，也正体现了一种自由主义的散文精神。而对于小说的寓言结构，鲁羊又有他独特的理解。他说："我认为一切门类的艺术都试图以其有限的方式去认知和体验世界中人类生存的真相，但那个真相如同哲学家所崇奉的真理一样，是不可言说的。甚至是一种无限空洞，无限而深邃。所有的艺术创造活动，写作和绘画，舞蹈和音乐，究其终极只不过是各自奔跑的徒劳的寓言。"他把寓言结构视作一种情境，一般语言很难抵达的一种境地。也可以说鲁羊的寓言结构正是一种接近和表达无限的努力。这种寓言化结构的实现，在鲁羊的小说中主要表现为两个方面：其一，小说空间性的强调。鲁羊的小说往往有意淡化，甚至仿佛遗忘历史的时间性，转而追求空间化：故事似乎是在没有具体年代、时间标志的地方发生。《夏末的局面》《形状》《忆故人》等小说都直接用"那一年"一类虚指的时间,而《佳人相见一千年》《弦歌》《岩中花树》等小说中的时间符码也都缺乏实在的意义。我们可以发现在鲁羊的每部小说中都几乎存在一种空间性的焦虑,他们大都没有属于自己的居处,只是实际上的"寄居者"。《弦歌》中"我"冒险爬十五层楼的水管的经历,从反面验证了栖身居所获得之艰难。《岩中花树》中"我"寄居小阁楼的困窘正是"我"悲剧性生存的一种写照。《夏末的局面》中大水冲垮了庙宇,"船"也是作为一种空间性的理想而出现的,但它最终被别人抢走了。而《风和水》中父亲生前居室的狭小与他死后骨灰存放空间的难得又何尝不是一种辛酸的对比?……总之,鲁羊在小说中努力把人物置于一种空间性的观照之中,共时性展示人生和存在的本性与诗性,其"空间"正是一种生存家园的象征。显然,现代人如何找到一个空间作为自己"精神的家园",这正是一个永恒的生存难题。空间的缺失,也许比时间的流逝更具有灾难性,这是鲁羊着力表现的思考。其二,鲁羊小说重在通过象征来接近无限和永恒。《银色老虎》就是一篇充满整体象征性的小说。在阅读之中,你肯定会注意到这幅画面的几个关键性组成部分:银色老虎、深不可测而又清澈的井潭、水底的小乌龟以及幼小的"我"。你还会注意到使这幅画面生动起来的两次遭遇:"我"的滑落井潭看见银色老虎以及"我"在手术时挣扎着逃离银色老虎的捕捉,我们可以从这两次激动人心的事件中体验到"我"对存在既迷恋又恐惧的情结。而《佳人相见一千年》《弦歌》《楚八六生涯》等小说中对乐器的描写也都是一种象征,它们都对应对比于主人公的生存命运,同时又是一种生存境界的体现。

鲁羊是一个文体意识很强的作家,他承认:"文体应该是小说最基本的质地,是写作者的入学考试。"正因为如此,他就特别重视小说的语言建构。从语言角度来看,鲁羊的小说鲜明地表现了对新潮小说语言暴力的放弃。小说语言的审美化还原既是鲁羊小说的特点也是他对新潮小说变革的贡献。这具体体现为两个方面:其一,语言的审美化。有论者曾指出鲁羊的小说有一种古典的美感,它既摒弃了前期新潮小说的西方语言范式,又不似贾平凹等人采用文言语式,而是充分发挥汉语语言的自身魅力和美感,典雅、冲灵,在语感、语调、声韵等方面都达到了一种和谐的境界。

其二,语言的哲学化。从某种程度上说,鲁羊的小说都是一首首关于存在的诗。他的语言既有理性的因素又有诗性的因素,甚至它本身就成了存在的一种状态和方式。正如海德格尔在《存在与时间》中所指出的那样："人是由历史与时间构成的，同样也是由语言构成的。语言是人类生活的范围，是首先使世界得以存在的东西。语言有自身的存在，而人类则参与了这一存在，并且只有在参与进去之后才得以成为人类。语言总是作为他或她有所施展的领域存在于个别的主体之前。"也许正由于鲁羊同意海德格尔的观点，对语言有这种哲学化的体认，他的小说就充满了言说的冲动和话语的欲望。另一方面，鲁羊的语言又充满了智慧和禅机，需要阅读者的悟性参与。在这个意义上，鲁羊的文体近似于孙甘露。这大概由于两人都是由写诗而写小说，都把诗歌思维融进了小说思维，进而以诗化的语言感觉来描述生存的体验。试看：

  纸箱里冒出一朵朵白云，一只只尿桶，蟋蟀的鸣唱，一股股泉水，一排排药铺，一位位公主及其随从，一匹匹情绪阴沉的哑马，一种又一种古老的农具，一株又一株奇怪的草木，一条又一条肥黑的水蛭。一朵朵白云，一朵白云朵，白云一朵朵。
——鲁羊《弦歌》

  它是一种心智的迷宫，一处充满危险而又美不胜收的福地，一个布满标记而又无路可寻的迷惘的果园，一个曲折的情感泄洪道，一个规则繁复的语言跳棋棋盘……一个纸张、油墨、文字构成的生命的墓园。
——孙甘露《呼吸》

  如果不看作者，我们会以为这两段文字出自同一人之手：充满诗意的激情，也充满语言游戏的色彩。然而，按照维特根斯坦的观点，语言游戏是一种最根本的哲学活动，是一种本体论意义上的哲学。鲁羊和孙甘露显然正是借助于语言游戏平衡了语言的诗性和智性，从而达到了一种富有语言魅力的文体境界。

三

  中国当代新潮（先锋）小说可以说构成了中国当代文学最具有话语价值的文本。而对于鲁羊来说，这个文本就是矗立在他身后的一个巨大背景。鲁羊的创作也许要实现的正是对这个"权威"文本的拒绝和超越,然而,他的拒绝和超越最终却只能是这个文本的一个延续环节。鲁羊肯定为这而感到痛苦,而我却恰恰相反有点幸灾乐祸的兴奋。

中国新潮小说在中国当代文学整体格局中从来就没有占过大的比重,然而它可能是中国文学中最具活力和革命性的。真正意义上的当代文学和文学的现代化,可以说是从新潮小说面世才开始的。大致说来,中国新潮小说的发展经历了三个阶段:一是以马原、洪峰等为代表的前期新潮派。他们对传统现实主义叙事原则和文本规范进行了全面颠覆和破坏,同时对读者的阅读趣味和审美习惯也构成了巨大的冲击。二是以余华、苏童、格非等为代表的后期新潮派。这些作家在继承马原等人新潮传统的同时更注重新潮小说自身美学规范的建构,他们的创作业绩都颇为骄人。在小说形式和技术的追求之外,他们更多地挖掘了"历史",以"历史"作为他们技术操作的审美框架。这一方面拓展了新潮小说的艺术功能,另一方面又限制了新潮小说表现生活的广度,并进而孕育了新潮小说的危机。更重要的是,这一阶段新潮小说家已经从边缘化的写作状态转而成为社会话语的中心。新潮作家已经由被拒绝变成了被追逐,这一方面固然与新潮小说艺术水平的提高有关(新潮长篇小说的崛起就是一个标志),另一方面也源于新潮作家以策略性写作向读者的投诚。可以说新潮小说先锋性的萎缩和通俗性的滋长正是一个不容忽视的文学事实。很显然,新潮小说在这个时期既走到了它的巅峰,也迫近了深渊的边缘。生存还是毁灭,正是悬在新潮小说头顶的一柄达摩克利斯剑。也就是在这种情况下,新潮小说的第三个阶段降临了。它的标志就是鲁羊、韩东、陈染、叶曙明等新生代作家的悄然登场,有感于新潮作家由"革命"的写作沦为"媚俗"的写作之教训,这一代作家一登场就高举"非功利主义"和"自由写作"的大旗。他们认为,虽然第一、第二阶段的新潮作家在小说中表现出先锋性,他们对小说本体的技术革命也是小说审美本性实现的前提,但从整体上说,这两代新潮作家都没有获得一种自由的写作心态。对第一代作家来说,革命的热情、现实的挫折、读者的冷漠都构成了一种巨大的心理压力。对第二代作家来说,成名的快感、商业的策略、大众的诱惑都加剧了他们心态的浮躁。而在第三代作家这里,虽然没有拯救新潮小说的雄心,然而他们对小说审美本性的强调,对自由和非功利主义的追求，都赋予他们一种新的可能性。他们不算太多的作品无疑给衰落中的新潮小说注入了新的活力。先锋精神和新潮品格流淌在他们小说的血液里，先锋的火炬正在他们手中传递。这火炬不但照亮了他们自身，照亮了新潮小说的前途，也照亮了那些曾扔掉过这火炬的作家的心灵。

鲁羊的意义也许正在这里呈现。离开了这个背景，我们对他的阐释将浮萍无依。

第12章　韩东：与诗同行

韩东作为一名诗人，他的风光早已在十年前就确定无疑了。而作为一名小说家，韩东的被人发现与被人评论似乎还是晚近的事。不过，韩东自从辞去公职，赌命似的在他南京的一间小房子里专门经营小说以来，他的小说家的光芒可以说正把他诗人的皇冠给遮盖住了。诗人的韩东毕竟只是一段值得追忆的光荣历史，而新小说家的韩东才真正是栩栩如生触手可及。有人断言，1995年的中国文坛将是"韩东年"，这当然也是针对他的小说而立论的。只要你看看1995年度全国各大期刊的小说版，你就不得不承认这样的预言还是有其可信性的。当然，我这样说韩东，并不意味着他的小说就埋葬了他的诗。不，我恰恰认为小说正是韩东的另一种诗，是更大的一首诗。或者说，小说正是韩东的另一种写诗的方式，是诗对于小说的主动进入，也是小说对于诗的主动迎纳。实际上，在韩东的艺术世界里小说和诗是合二为一的。从韩东的小说里读到韩东的诗，或从小说家韩东身上寻找诗人韩东，都显然不会令人失望。正因为如此，我觉得"与诗同行"正是小说家韩东当下的基本写作姿态和写作方式。他放弃了诗的表层操作方式，却赋予了小说一种诗的内核和本质。在我看来这种对于小说和诗本身的双重革命与颠覆无疑是意味深长而具有特殊的启示性的。

一

要进入韩东的艺术世界并对之作出合理的阐释，我们首先就必须对韩东的诗人化的小说态度有充分的认识。韩东有自己独特的小说家理想，他认为："一个自觉的小说家必须对小说有某种与其说是新的不如说是更个人化的理解。必须有某种远景、观念（或想法），注意力集中，必须有他的固执己见和坚定不移，以癖好或信条的方式鲜明地存在着。"而在《有别于三种小说》一文中他更是清晰地阐述了自己对于小说的理解,他把自己的小说称作"虚构小说",以区别于他所认为的镜面小说家、传奇小说家和预言小说家。他觉得小说是一个虚构的世界,虚构作为一种小说方式几乎是不言自明的。虚构小说面对的是"生活的可能性",它对生活的现实性不感兴趣(和镜面小说家相比)、对脱离现实的程度不感兴趣(和传奇小说家相比)、对现实的必然结果——向另一种现实的转化不感兴趣(和预言小说家相比),它反对唯一,没有根据和必须。这就使韩东的写作呈现出一种与传统的游离状态:一方面,他反对传统的对于小说与生活关系的机械理解;另一方面,他又坚信小说与生活的不可分割的关系。作为新生代新潮作家,韩东的文本自然也在与经典的现实主义文本相区别的同时,和他的大哥一族的新潮作家保持了距离。他对那些现代主义抽象化的、形而上的、哲学化的对生活与存在关系的理念化的理解不以为然,而这确实又是前一代新潮作家孜孜以求并引以为荣的。韩东曾是口语诗的首倡者之一,而他的小说也带有这种口语之风。他的小说平平淡淡,呈现一种与现实的似梦似真的朦胧关系,给人一种言犹未尽,或者恍然大悟的感觉。他的小说总是把生活中我们习以为常的那种"被湮灭和潜在可能性"不动声色地展现出来,从而不经意间给我们灵魂以震颤。从这个意义上说,他的小说是"虚构",但却更近乎"写实",只不过"写实"和"虚构"在他的这种对生活无限可能性的展示中已经泯灭了界限,而成为一种一而二、二而一的存在了。

与新潮作家推崇想象和语言的倾向相反:韩东似乎更推崇诗性和智性。他重视的是对生活的潜隐的逻辑关系的智性把握,而非想象化的描述。因此他的小说也常给人一种智力构架,在一种近乎智力游戏般的现实中,小说逼进了现实。这自然与作家对小说和生活关系的理解有关。在《小说家与生活》一文中,韩东表示:"我赞成小说家的写作有赖于他的生活。但我认为更重要的还在于他对生活的理解,甚至就是对'生活'这一词语的理解。由于对'生活'的不同理解产生了对小说家的不同要求,他们的作品因此在面貌上也迥然有别。"为此,他赋予"生活"四种新的阐释:生活是恒常的、本质的,而非转瞬即逝的,如人们的衣食住行生老病死;生活处于人类的知识体系以外,或主要不是那些给了人们方便的知识;真正的生活在此处,它不是你主动追求的那种,恰恰是你不得不接受的那种。正因为你不得不接受（它的不可选择）才显示了它的严重性。从根本上说：生活就是一种命运；每个人都有他自己的命运，小说家也不例外，都得渡过时间之河。显然，韩东对小说的理解是一种纯粹诗人化的理解。我们只有从他的这种特殊的"理解"出发才会对他的文本世界作出符合实际的阐释。

二

迄今为止，韩东创作了近三十部中短篇小说。这些小说如果从题材上来看主要有三大类：一是对知青或下放生活的表现，如《西天上》《田园》《描红练习》《下放地》《母狗》《树杈间的月亮》《掘地三尺》等；二是对校园或诗人生活的描绘，如《反标》《同窗共读》《三人行》《请李元画像》《假头》《去年夏天》《新版黄山游》《文学青年的月亮》等；三是对普通人生存状态的书写，如《于八十岁自杀》《房间与风景》《吃点心，就白酒》《要饭的和做客的》等。但题材的划分对于韩东来说几乎是毫无意义的，因为无论哪一种"题材"在韩东的小说里都只是上文所说的一种"虚构"，它们只服从和服务于一个唯一的主题：那就是对于生活可能性和丰富性的最大限度的挖掘与表现。韩东曾多次说过："我相信以人为主体的生活它的'本质'、它的重要性及其意义并不在于其零星实现的有限部分，而在于它那多种的抑或无限的可能性。"只不过，"可能性"的内涵和呈现方式在不同的题材中又具有各不相同的形态而已。

如果说从五六十年代"上山下乡"到"文革"结束这段特殊的中国当代史在此前的中国文学中主要呈现的是一种历史悲剧性和控诉性的话，那么在韩东的此类题材的小说中则更多地体现为历史的日常性、具体性和细节性。对比于中国文学所惯常的那种历史的整体和本质化的观照方式，韩东的作品无疑开辟了一种言说历史的崭新可能性。韩东在他的作品中几乎彻底消泯了那些先验的价值判断，而把"历史"作为一种常态的个体生命状态来加以体认和描写，生活的荒诞与生活的诗意并存、人性的崇高与人性的卑琐相伴，这就使"历史"作为一种存在有了前所未有的鲜活的生命性和立体性。另一方面，为了让"历史"在他的文本中具有丰富可能性，韩东还特别重视对于荒诞主题的挖掘。某种意义上说，对于生活荒诞性的发现与表现正是诗人最拿手的一种特长。而我觉得韩东之所以对荒诞情有独钟,除了得力于他作为一个卓有成就的诗人的思维惯性外,更主要的还是与他在小说领域对于生活无限丰富性和可能性进行最大限度挖掘的艺术追求有关。因为荒诞的状态正是生活脱离了其常态和秩序后的无序状态。正如加缪所说,演员与舞台和他的角色分离,演员与观众分离的状态就是一种荒诞的状态。在韩东的小说中这样的荒诞情境可以说是比比皆是。韩东常把他小说的主人公置于一个荒诞的大的历史氛围和背景之内,因此,大荒诞派生小荒诞,小荒诞又丰富大荒诞,个体与个体之间、个体与群体之间、个体与现实之间、历史与现实之间都有着无穷的荒诞性存在着。《西天上》以女知青顾凡和男知青之间的爱情为表现对象,荒诞的是两者之间其实并不存在所谓的"爱情",但主人公却不得不在小村人面前"表演"爱情,而且成了小村的一大风景。当他们不再"表演",回归现实时却受到了小村人的声讨,以致男主人公不得不逃跑回城。在这里生活的荒诞性与特定时代的文化心理、生存心态的可能性和丰富性水乳交融地统一在一体,具有一种特殊的艺术魅力。《母狗》则以女知青小范在农村生活知识方面的盲区所导致的尴尬处境为故事线索,把三余人从老到少对小范所表现出的浓厚兴趣和集体"关心"中所透露出的生活的荒诞的一面进行了淋漓尽致的描绘。而三余人对小范被余先生奸污场面的想象和解释也生动地展示了当地人病态生存心态的复杂性和变动性。平平凡凡的生活场景中,我们看到的是各不相同的生命行程以及生活纷繁而多维的发展可能性。而《描红练习》则通过"我"的视点对"文革"中家庭成员的不同命运进行了特殊的表现,生活的悲剧中有时也会呈现出诗意的一面,比如爷爷对于标语粘贴的认真态度以及要"我"作描红练习的举措,都把普通人面对灾难和荒诞时的达观天真的一面进行了挖掘,而这一切配合童性对于下放、对于反动话等的个性化理解就使人不得不从小说的具体的人生画面和"过程"中去体味一种全新的"历史"和生活的"可能性"了。很难说韩东的小说就如时下流行的小说那样在从事着对于"历史"的消解,但我们发现韩东确实以他对于"历史"细节化、写实化、片断化的特殊把握方式颠覆了当代文学对于"历史"的那种本质化的叙事风格。这也许并不是韩东的自觉追求,但他的艺术努力天然地赋予了其文本以这样一种"可能"境界,无论如何这都是令人欣喜和值得肯定的。对于韩东来说,尽管其作品对世态人心的表现与刻画入木三分而又不动声色，对个体生存状态和历史与现实画面的生动化、具体化、细节化的描摹也冷峻而深刻，但他关注的只是对生活和"历史"的理解而不是简单的复现。正因为此，他的小说虽具有朴素的现实主义形态，却又无法用现实主义的话语原则对它进行言说和解析。这一点在他的"现实"题材的作品中表现得就更为充分。

应该说，韩东是一个非常强调个体生命和生存体验的作家，他的小说总是散发着极其浓烈的私人性和经验性。那些表现诗人生活和校园生活的小说尤其如此。从特定意义上说，私人性和经验性的挖掘也正是"生活"的可能性得以凸现的前提，因为生活的可能性既包容了个体的可能性，又只有在个体的可能性身上才能体现出来。在这类小说中，韩东擅长于在生活的现行逻辑秩序内开拓出新的"反逻辑"的可能性。《新版黄山游》的文本表层可以说是相当朴素，作家以两对情侣游黄山的行踪的近乎流水账式的记叙为主体，读者所期待的黄山诗意与美全被登山过程的乏味、枯燥与艰难消泯了。但你不能不承认作家笔下这种"黄山游"的真实性，甚至你还不得不承认这是最日常、最接近生活本来面目的一种可能性。《去年夏天》也是如此，小说以郁红和常义的两种视角叙述了"去年夏天"常义到南京造访"我"的几天的生活，松弛的叙事中只有在吵架和空难这两个场景中才微见波澜。但就是这平凡的生活在"我们"不同的视线中却是全然不同的两种形态、两种可能，而常义的生死问题则更是把小说的可能性延伸到了小说之外。同样的情形在韩东新近的中篇小说《三人行》中可以说有了进一步的发展。三个诗人春节聚会南京，他们的生活将会是怎样的呢？不仅读者心中充满好奇，就是主人公自己也充满憧憬。然而他们似乎也并没有冲出年年相似的生活经历，玩手枪、放鞭炮、吹牛乃至最后砸错别人的门成为大学校卫队猎物，诗人的生活与普通人的生活实在也并无多大的区别。然而却正是这种种相似中，作为诗人的平凡性和日常性的一面可能就凸现了出来。这也许正是韩东高明的地方所在。

考察韩东的全部小说我们不难发现，无论是对历史还是对现实的表现，无论是对诗人、学生还是普通人的描写，我们耳熟能详的那些传统题材经作家艺术之笔的涂抹都能在不知不觉自自然然之间提供给我们一种崭新的阅读经验，让我们面对一种特殊的可能性。当然韩东这种由各种各样的"可能性"所构建起来的艺术世界也是与"韩东式"的开掘"可能性"的独特方式紧密相连的。我个人认为，韩东深挖"可能性"的具体操作方式不外有下列几个方面。

其一，童年视角。韩东的小说基本上都是采用第一人称叙事和童年视角，这既为他的小说所描写的生活带来了相当浓的日常性、私人性和亲历性，也为他迅速把现实世界转化为"可能性世界"提供了艺术上的便捷。因为利用童年视角作家可以把成人眼中的现实、历史乃至生活本身都进行颠覆，使得"生活"从单一视角的观照下解放出来，显示了新的言说可能性。《描红练习》对于家庭的下放和"文革"中的"斗争"，"我"的理解就远不如父母那么沉重；《田园》中小波在母亲被抓走后也对生活没有忧虑，相反他更担心的是小狗小白；《掘地三尺》中"我们"对于"文革"提供给我们的"游戏"机会更是充满感激；《反标》对一个"反标"的寻找和演示也无疑给了小说主人公们许多参与其中的实践机会。而小说所表达的围绕"反标"制造者的寻找而派生的种种可能如果离开了童年视角无疑就会大打折扣；《于八十岁自杀》中陆平安活到八十岁却要用自杀的方式自我了结，这样的可能性也只有从"我"童年的视角去加以阐释才更真实可信。

其二，对于人物关系的透视与剥离。毫无疑问，韩东在对于人物之间的各种不同关系的表现与剖析上有浓厚的兴趣。他的几乎所有小说都以对主人公之间"关系"的探讨为中心内容，而从不同焦距、不同视点对各种不同"关系"的透视也正构成了生活可能性的源泉。正如朱伟在评价韩东小说时所说："韩东是在确定了一个目标以后，以达到这个目标的过程来体现他的可能性。这使小说回到生活真实中活的网络关系状态，每一具体人物与他对应的关系，都在一个无限交叉的网络关系之中；每个人物的每一行动，都可能导致网络状态发生丰富多变的关系变化，而这种关系变化就又会影响着人物每一具体行为，使它也发生变化。这样小说就不再是经简单的意图归结后的空洞而僵死的虚构，不再是标签式的必然和归类化逻辑的平庸组合，丰富了对复杂生活的复杂表达。"①《下放地》中卫民与故乡的"关系"是小说的中心内容，在叙述者眼中、在卫民自己心中、在卫民女朋友小萌的想象中，这种"关系"可以说是各不相同。而随着卫民故乡之行的完成，那种想象性的"可能"被现实一

---

① 花城，1993（3）.

个个地粉碎了。而一个卫民不愿看到的"可能"却又突现在主人公的面前，这个"可能"就是：他不但得不到他故乡的认同，而且连让女朋友看银河的愿望也被满天的阴云打破了。韩东以《同窗共读》为题完成了一个短篇和一个中篇，两篇小说虽然故事线索和内涵不同，但对于人与人之间"关系"的透视却仍是共同的主题。短篇以三个女同学末末、林红、宋晓月为主人公，以他们三人之间"关系"的层层剥离为基本线索。末末和林红本是形影不离的朋友，但她们内心却又在深深地较着劲，以至终于在恋爱问题上分道扬镳。其后，末末又在宋晓月偷窃被她撞上后让她偷了林红的毛衣并从而成了朋友。但宋晓月之于末末只不过是一种表达对林红仇恨的工具，事实上她也更近乎是末末的使唤丫头。小说通过她们表层"关系"的演变，把主人公心理的病态性呈现出来并最终以林红和末末的和好如初，向读者揭示了林红和末末的同性恋这一成为事实了的"可能性"。中篇在题材上虽然与短篇有相似之处，但小说在展示"女性"之间的"关系"的同时，增加了对于"男女"间"关系"的透视。尤其以"我"（孔妍）和苏青、蔡冬冬等几个女性之间的复杂"关系"的风云变幻及"我"、小霞为许德民而明争暗斗的心理"关系"的呈现最引人注目。在种种"关系"的变化中主人公内心的痛苦与欢乐、矛盾与思索，平常人性中的高尚与卑下、自私与自恋等等灵魂景观交相辉映，把生活的"可能"动态而立体地凸现在小说时空中。我觉得这应该是韩东最好的小说之一。他的另一个中篇《房间与风景》也同样是一部在对生活中"关系"的把握上有突出成就的小说。小说把主人公莉莉的生存心理具象地表现在其房间和建筑工地之间的高度"关系"上，一场窥视与反窥视的较量就在楼房高度的变化中生动地上演着，最后以窥视者的摔死和莉莉生下一个失聪的孩子结束了这一场战斗。作家巧妙地在一个平常的生活现象中发现了隐藏的可能性，并以一种对比的画面形式进行了立体的表现，从而深刻地把握了当下人生存中的那种无奈、无聊而又尴尬的状态。

其三，韩东的小说推进方式无疑也增加了他文本的可能性和丰富性。如果说鲁羊的小说方式是"倾听"的话，那么韩东的小说方式则是"看"。冷静的观照可以说是韩东小说的基本风格。这一方面使小说呈现出某种自然性和原生性，减少了作家人为控制小说的主观痕迹，生活的可能性自然而然地增加了；另一方面，"看"也赋予了小说一种戏剧性效果，使小说的空间性和画面性都极大地强化了，小说的诗意也由此衍生。《西天上》以赵启明和顾凡的剪影把生活的各种可能展示给读者，叙事简洁而干练。《房间与风景》更是通过看与被看的转换与错位把人与人之间的各种可能性尽情呈现出来。而由于作者把生活的可能性包括荒诞的可能性都通过"看"的方式而不是"说"的方式透示出来，小说叙述就具有某种消泯了价值评判的客观性和反讽效果。与这种"看"的小说方式相适应，韩东的小说也几乎从不对人物的心理进行"心理分析式"直接描写，而是以一种戏剧化的白描把人物的心理具象地呈现出来。《于八十岁自杀》中陆平安晚年的心态是通过他满腿皮屑和在椅背上挺直腰的形象凸现的。《田园》中陆洪英被审查的痛苦也只是以她红肿的双眼和一夜读报的奇特方式来宣泄。《同窗共读》本来完全可以写成一篇有特色的心理小说，因为在某种意义上我们已经可以认定末末是一个心理变态者了。但韩东却对此不感兴趣，他侧重的是在这种心理支配下的人物关系的生动变化和各种各样的生活现象和生活细节。读韩东的小说总是会有一种强烈的绘画效果，这不能不说是得力于他这种"看"的小说方式和心理戏剧化的独特爱好。

三

韩东的小说对于生活可能性的艺术挖掘与表现也在他小说的叙述和结构层面上体现出来。

从叙述上看，虽然韩东的小说在整体上以朴素的叙述形态见长，难见一般新潮作家所擅长的那种玩弄叙述游戏的技术主义倾向，但作家对于"元叙述"的手法还是情有独钟并极其擅长的，他的小说总是在文本的间隙突现叙述人或作家的身份并不时地在小说中插入议论、说明和总结之类，以凸现小说的虚构性和超现实色彩，而这本身就是使小说的文本可能和意指可能双重增殖的有效艺术手法。在《于八十岁自杀》的最后，小说以这样的叙述作结：

在这篇小说就要结束的时候陆小波想做以下的总结（虽然作为一个作家他知道更多的禁忌）：
于八十岁自杀是一件比想象悲哀的事。因为你已经活到八十岁了，在你的一生中可能有过多次危机，但是你都挺过来了，没有死，并且活到了八十岁了，你以为到了八十岁再也不用自己动手了，剩下的部分交到了上帝手里。但是你错了。

陆小波继续思索——

这个悲剧的性质在于：对于生命的错误估计。

这段叙述文字里我们看到了作家韩东与作为主人公的作家陆小波的角色重叠，这种重叠赋予小说一种新的文本力量，在通篇的平静叙事之后突然来一转折和延宕，小说的主题、情绪、节奏等等都随之向一种新的可能境界敞开了。而在《去年夏天》这篇小说中作家更是在第七小节直接让读者出场：

也许读者朋友会对我说："喂，老兄，你不能就这么把这篇小说结束了！我们花了钱（买杂志）和时间（阅读）。"在此我得对占用了他们的宝贵时间表示抱歉。对他们的认真阅读的精神我也充满了敬意。他们大度地说："我们做了什么倒也无所谓。但你至少得告诉我们常义的生死呀？那可是人命关天的大事，马虎不得的。"我深知他们对我的信任，赋予了我判定人物生死的权力。同时我还了解他们善良的愿望，那就是不希望任何有名有姓的人在那场空难中死去。既然如此我就让常义那小子活着。死里逃生？不。那样做的机会的确太小了。他根本就没有登机。他把当天的飞机票退掉了。显然不是由于他有着超常的预感能力，他把机票退掉以后直接去了郁红的那位女同事家。常义曾受到过明确的邀请，而她单身一人，因此，二人的投合也不是什么冒昧反常的事。由于对生活的热爱我们的朋友避免了一场灭顶之灾。

在此，不仅小说故事和人物的命运增加了新发展方向和可能性，而且真实和虚构、故事人物与现实人物、作家与主人公全部混为一体失去了界限：文本的空间也就随着这种"叙述"而极大地拓展了。同样的情形，在韩东的《西天上》《母狗》《假头》等小说中也得到充分的体现。

而从结构来看，韩东小说的叙述人对于小说节奏和结构的调度又非常随意和放松，文本基本上是以自然的生活画面和人生片断松散地联结起来的,像《去年夏天》这样的文本作家甚至承认:"这篇小说正是我1992年夏天的几篇日记凑合而成的,掩人耳目的说法即是:以小说的方式对日记的解析。"作家通常采用自由的板块式的画面结构,利用特定空间在文本中的穿插带来小说的结构弹性。这种结构的魅力主要体现在小说内含的智力构架的设定和拆除上。韩东极喜欢在他的文本中确立标示其故事和主题逻辑的智力构架,并以此为叙述者、主人公和读者都提供一个演示和参与小说可能性的机会。他的许多小说往往一开始就赋予主人公一种目的和愿望,而小说也就沿着这种愿望向前滑行,但即使小说的行进过程中没有枝蔓丛生,其最终结果也总是事与愿违。我们当然不能否认这带给韩东小说的智力游戏色彩,然而韩东自有他高明的地方:他总是能以最朴素的方式给他小说的"游戏"以逻辑的秩序和规则。《反标》可以说是一个典型性的文本。教室里出现了反标,必须追查,追查的通常方式是"排队",是对笔迹,如此种种都是"正常"的写法,韩东的出奇之处在于他在写这一反标所引起的惊恐的同时还关注了它所引发的另一种好奇的神秘的情绪。一个偶然的情况使正常的写法改变了方向,反标出现的夜晚,曾有两个孩子为拿一个排球潜入过教室,但他们没有看见反标。为什么没有看到?是本来没有,还是没有注意或距离的原因?孩子们竟然在当时的情境下荒唐地决定去试验一下,他们写下了两句话,但这革命的两句话却被另一个孩子通过改动标点的方式改成了反标。为什么要改动?因为怀疑他们。当她发现不是反标时,她很失望,她必须改变现状使之符合自己的判断。如此,偶然改变了正常的逻辑,最具严厉性的结果竟然是通过游戏的方式组合起来的,这就使作品出现了超常的怪诞。此外,谈到韩东小说结构的智力构架问题我们还特别应注意他小说的结尾。韩东特别善于运用一种反转式的结尾来结束小说,这种方式在小说行将结束之际把小说所演进的可能性推翻,并出示一种新可能性。这不仅使作家挖掘生活可能性的主题得到了进一步的深化,为小说带来了出其不意的阅读效果,而且使韩东的小说文本具有结构上的开放性。《西天上》为小松打开眼界让他知道还有一个比中国好的美国存在的英语启蒙老师赵启明在小说结束之际却还在读电大外语大专班;《树杈间的月亮》中"我"关于大头害死桂兰的判断在小说开展的过程中本是越来越令人信服的,但小说最后父亲的话却彻底推翻了这一可能:"怎么可能呢?桂兰死时九月子才九岁,和你小松现在一样大。"《文学青年的月亮》中青年诗人大出本是对小尹的女朋友玉米不屑一顾的,但在小说结尾我们却发现情况正好相反,玉米早就和大出密切往来,倒是小尹自己成了局外人。《三人行》通篇都以三个诗人的游戏人生为主要内容,可他们的寻欢作乐发展到最后却不得不以充当一回别人的猎物作结,这真可以说是有奇峰突起的意味了。《同窗共读》通篇故事可以说都是围绕女主人公们对许德民的诗意情感和争风吃醋而展开的,但到小说的最后我们却发现女主人公们的所作所为实在是太不值得:许德民不过是一个喜欢骗取女性欢心的凡夫俗子。据此,小说不仅以新的可能性对故事进行了反讽式的消解,而且使整部小说的结构有了逆向性。

　　语言上,韩东的小说特别值得肯定的是他的干练和简洁。与前期新潮小说对于语言的铺张和宣泄倾向相比,韩东在语言上的节制和朴素相当难能可贵。韩东虽然不动声色,但他的小说语言对于描写对象来说却具有令人惊叹的穿透力和表现力。他的小说追求诗意,但他的诗意都是在对生活可能性的发现中自然呈示出来的。而孙甘露的诗意则往往是一种语言自身表演的诗意,是一种为语言而语言的诗意。我不是说孙甘露的诗意就不美就没有魅力,但相对说来我更欣赏韩东这种让生活的诗意自然流淌出来的方式。且让我们看看下面几段文字:

　　　　这里是平原,最明显的标志莫过于天地间平滑分明的地平线,黄昏时分更是如此:土地逐渐沉入下面的黑暗,上面的天空却明亮异常。如果云层分布得当,会有长时间的晚霞,作为对贫苦村庄的馈赠。……这里的高处不外是河堤、桥头。没有峰峦或楼顶平台,赵启明就把河堤、桥头当峰峦平台用,其感觉效果是一样的。他最喜欢那条新挖的大寨河。河堤是又高又直,还未及时植上树,不会有多余的枝叶来破坏他们的剪影。选择大寨河上的三拱桥身和他俩纹丝不动的黑影——似乎化作了桥体一样的石头。那石头眼望桥下黑乎乎的流水,位于短暂和永恒之间。殊不知这正是爱情的位置。(《西天上》)

　　　　大约过了零点,街上一片沉寂,只有铁栅后面的商店里还亮着灯。他们的脑袋刚冒出大堤顶端的平面,头发就被湖风吹得直立起来。接着,他们的整个身体也沐浴在这阵冷湿但充满快意的风中了。湖堤右拐就到了昔日的船闸,今夜也还是船闸。

他们俯身在铁管栏杆上,撅着屁股,欣赏起共水湖上渔火点点的夜景来。(《下放地》)

从这样的文字中,我们当然能触摸和感受到那种扑面而来的诗意,但我们更欣赏的还是韩东的干净利落的文风和他那具有白描色彩的语言所特具的内蕴悠长、点铁成金的魅力。

下篇
作品论

第 13 章　绝望中诞生：
新潮长篇小说的崛起

　　在 90 年代的中国，文学失败的命运似乎早已注定。文学不但被挤压在社会和时代文化话语的边缘，而且它只能痛不欲生而又无可奈何地听任商业巨手的任意涂抹和侮辱。商业对文学的吞没和文学对商业的投诚规定了中国文学在世纪末文化屠场里的基本景观和宿命。虽然在末日来临之际中国文学经由王朔、贾平凹、陈忠实等导演了一出出绝处逢生的喜剧，但洋溢在这些喜剧中的欢声笑语却不是歌唱文学的凯旋而是在举杯欢庆商业主义的全面告捷。文学的高地终于在虚假的狂欢仪式后彻底沦陷了。绝望的文学和文学的绝望标志着我们这个时代文化的空前颓败和没落。从理论上讲，在这样一个惨不忍睹的文学时刻如果我们仍奢望那从诞生之日起就被压迫在文学话语的边缘并无所作为危在旦夕地匍匐在文化悬崖上的新潮（先锋）小说再展宏图，那么我们无疑是不自觉地把自己投身在一个天方夜谭式的白日梦中了。而从实践上说，这种空想显然也因其两眼一抹黑的不切实际而呈现出一种荒诞意味。然而，也许在一个荒诞的时代里荒诞总是无法避免。新潮小说却正是在文学落荒而逃地惨败的废墟上真实而不可思议地复兴了。这次复兴大典的旗帜由新潮长篇小说扯起，那群在 80 年代中期刚刚登场就被文化接受的闷棍击退，连"最后的仪式"也未及举行就仓皇地销声匿迹了的新潮作家一夜间就苏醒了过来，格非的《敌人》《边缘》，苏童的《米》《我的帝王生涯》，余华的《呼喊与细雨》，吕新的《黑手高悬》《抚摸》，洪峰的《东八时区》《和平年代》，北村的《施洗的河》，迟子建的《树下》，潘军的《风》，孙甘露的《呼吸》等新潮长篇小说仿佛雨后春笋般降临了我们这个虚弱时代，并给予得意忘形的商业文化以迎头的痛击，这次文学暴动完成得如此彻底果断毫无预兆，以至我们整个时代都茫然无措目瞪口呆，在铺天盖地的商业沙海中新潮作家们竟然能够营构出自己如此丰饶的精神绿洲，这使关于我们时代文学（文化）彻底消亡的预言最终成为一个不确的假设，也使我在这个没有希望的时代里有了言说希望的信心和勇气，我相信商业和金钱根本上无力也不可能完成对于文学真正意义上的解构与消解。文学如果存在着危机，那这危机只能根源于文学内部而不会是别的什么。因此，我不能同意目前弥漫在我们文坛上的那一片悲凉之声，我尤其不能同意有些人对于新潮（先锋）文学灭亡的一次次宣判。我以为这些悲观的叹息和宣判起码表明了其发出者对于新潮长篇小说的蜂拥而至这样一个重大的文化（文学）事件的视若无睹。如果我们的时代和我们的文学界不能为我们时代的如此重大的精神成果骄傲，而仍然乐此不疲地奔波于商业巨人掀起的一个个虚假的文学热点之中，以一种"批判"的态度从一个相反的方向完成和商业主义的殊途同归，那么文学的厄运也就真的来临了。我们的理论界和评论界至今对新潮长篇小说非但没有表现出应有的热情而且简直就毫无反应。如果新潮小说的这一轮冲击仍被冷落和遗忘，那就只能说明我们文学自信心和生命力的彻底沦丧，我们也就只能无奈地聆听文学的丧钟在我们时代的天空中回荡。显然，对于商业和文学的双重暧昧构成了我们这个时代最为矛盾的文化（文学）现象。

　　幸运的是，新潮长篇小说本身并没有对读者抱太大的期望。它不但习惯了寂寞和孤独，而且正是把寂寞和孤独作为自己成长的营养品，因此，新潮长篇小说的繁荣和复兴在本质上就锐不可当。我现在相信，新潮小说在第一次浪潮中的提前谢幕是一个纯粹的文学策略，这种策略既是一种自我保护，也是一次自我再认识。它们从文化话语中心的主动撤退，其实并不是消失而是潜伏在文化视野之外。从它们的最初命运来说，读者的冷漠和大众的拒绝固然是它们夭折的外因，而新潮小说自身艺术力量和艺术能力的缺乏也是一个内在原因（新潮长篇小说的缺席正是这种不足的重要表征）。这样，新潮小说的被置之"死地"正是赋予了它一个完善自我和重整旗鼓的机会。整个文化防御系统对它的弃之不顾，使新潮作家们可以自由甚至放肆地沉醉在他们的"精神象牙塔"中把新潮小说的探索和实验极端化、绝对化和纯粹化，在这样的环境中新潮长篇小说终于孕育成熟并破土而出了。新潮作家选择一个文学几乎被放逐的绝望时刻举行了自己重新登台的复兴大典，这一方面捍卫了新潮小说永不媚俗的文化精神，另一方面也充分证明了新潮作家艺术自信心的强大和艺术水平的提高、艺术能力的扩张。他们对这个时代的抗击也许是悲壮的，但绝不是失败的。他们对这个时代精神上的征服和占领是绝对的也是深刻的，这个时代最脆弱的神经已经被击中，其存在本身就已经是一个巨大的胜利。花城出版社的"先锋长篇小说丛书"印数能达到万册，长江文艺出版社的"跨世纪文丛"能跻身畅销书行列，似乎都是对这个胜利的证明。如果说新潮作家在他们首次出场时努力完成的是对小说叙述态度和观念的背叛以及对中短篇小说结构操作方式的颠覆的话，那么新潮作家此次出征的艺术起点就更高了。新潮长篇小说不仅深化了新潮小说固有的艺术实验，而且在对长篇小说诗学规范和操作模式的全面颠覆中把新潮小说对小说观念和态度的革命与反叛现实化了。也就是说新潮长篇小说在完成对传统的解构和颠覆的同时也在致力于重构——对新潮小说自身美学规范和美学原则的重构。因此，新潮长篇小说标志着新潮小说这一文学方式和文学过程的最后完成。自从新潮长篇小说面世，新潮小说就有了一个从萌芽到发展再到成熟的完整线索和形态，新潮小说从此将不再是残缺的而是完整的了。本章其实无力承担对新潮长篇小说的主题和艺术特征进行全面而准确阐述的繁重使命，我之所以仍然不揣浅陋尝试着来做这力所不及的工作，只是为了抛砖引玉，唤起广大专家学者对这一文学现象的关注和研究。

一

新潮长篇小说的主题深深地打上了新潮作家精神探索的孤独印记。对于人类生存的追寻是这些小说的一个总主题，而新潮作家们对新潮小说悲剧命运的绝望体验和灵魂抗击也正隐喻般地贯穿在这个总主题中。新潮长篇小说不仅在主题上疏离了中心意识形态和主潮文学话语，而且彻底消解了经典和现实的关于小说主题的理论话语系统。虽然新潮长篇小说仍然不能逃脱对"历史"和"现实"这两个小说母题的书写，但这时的"历史"和"现实"经由新潮作家悲剧眼光的浸润和形而上的思想过滤已经完全脱离了它们原先的语义，丧失了它们的传统意义上的可理解性和概括性，本质上说，"历史"和"现实"在新潮作家这里只是一种主题和主题手段，它们在经典小说中作为主题本身的光荣已经一去不复返了。由于新潮长篇小说致力于对宇宙性和人类性主题的思索，因而抽象性和寓言性成为这些小说的首要特色。而从主题形态上看，对人类生存状态和生存图景的描绘以及对人类终极命运的关怀正构成了新潮长篇小说主题所指的两个互为因果的方面，可以说沦落→救赎的终极人类意识正是新潮作家主题建构的核心和基本线索。

在我看来，还从未有作家（特别是中国作家）像新潮作家这样表达出对人类灾难处境和苦难命运如此深刻的理解。新潮长篇小说也正是在对灾难的终极体验和本体书写中描绘出生命的"存在版图"的。这样新潮长篇小说的主题就必然沿着两个维度展开：其一是小说与现实（历史）的关系；其二是小说与主体（人和生命）的关系。而联系这两者的共同人生图景就是灾难和末日景象，其共同的主题词汇就是深渊堕落。我们发现在我们这个充满商业狂欢气氛和消闲娱乐趣味的时代，新潮作家却义正词严地书写着苦难和灾难，这是一种反叛，同时也是一种迫不得已的洁身自好。

本来，无论基于什么样的小说观念和小说态度，小说与"现实"和"历史"在小说中出现的方式都可以大相径庭，然而文学的事实却注定了无法抹杀。新潮作家对历史的痴迷和对现实的遗忘是他们早就确定了的文学策略和原则，新潮长篇小说也基本上继承了这样的写作传统，但相对于前期新潮小说来说现实性的渗透和介入已是大大增强了。然而，我不同意有人把新潮小说执着于历史理解为缺乏把握和表现现实生活能力的武断意见。我以为这本质上根源于对新潮作家小说观念的误解。从实质上来说，现实和历史是根本无法分开的，现实是发展中的"历史"，历史是过去的"现实"。更关键的是，在新潮作家笔下"历史"和"现实"的区分其实毫无意义，它们不仅是相通的，有时甚至是同一的。更何况新潮小说之偏嗜于历史，本身不过是一种文学策略。一方面，新潮小说被冷落的命运是"现实"施加给它们的，它们主动地冷落"现实"正是一种自卫和还击；另一方面，"现实"与中心意识形态和主潮文学话语的关系总是异常密切，这与新潮小说旨在疏离中心意识形态话语的纯粹艺术实验相龃龉。新潮小说放弃对"现实"的书写既贯彻了自己永不媚俗的先锋态度，同时又营造了自己艺术实验的更多自由，这完全是一桩一举两得的事情。此外，新潮小说选择"历史"也是对小说本质的一次回归。因为小说本质上是一种"过去"的艺术，"回忆"本是小说最本源最典型的方式。小说叙述永远只能是过去时，它对现在和未来的无能为力是理所当然的。因此，即使是写"现实"的如孙甘露的《呼吸》、洪峰的《和平年代》、潘军的《风》等新潮长篇小说也总是设立一种现实和历史的对比结构，"现实"的意义只不过是对"过去"的冥想和回忆。虽然新潮长篇小说充满了众多"历史情境"，但是这些"历史"都是无法指认没有具体时间背景的冷化的"历史"，是一种主观的想象中的虚拟"历史"。它在小说中更多的是被精神化、情绪化和象征化了的，而当它作为人类生存处境的象征时，它甚至具备了相当浓厚的现实意义。在这方面，苏童的《我的帝王生涯》《米》，北村的《施洗的河》，吕新的《抚摸》等小说提供了绝好的例证。而即使在那些历史具有某种程度可确认性的长篇小说如余华的《呼喊与细雨》、洪峰的《东八时区》和格非的《边缘》等小说中，"历史"也是根本上脱离了那个具有意识形态性的本真"历史"，它不是以事件和事变的意义凸现，而是作为一种笼罩性的精神氛围和心理力量自在自为地出现在人类命运之中的。"文革""战乱"等历史情境就是以这样的方式被再现的。而当我们对这些历史情境进行审视时，我们发现新潮长篇小说所描绘的其实正是"历史"的一种崩溃和颓败状态，它纯粹是一种负面的"历史"、一种失去了真实辩证性的"历史"。这里有连绵不断的战乱（《我的帝王生涯》《抚摸》），有疯狂肆虐的洪水、干旱和瘟疫（《米》《故乡相处流传》），也有命运的恐怖和残酷（《施洗的河》）……这些灾难性的"历史"图景作为一种整体的生存背景矗立在小说人生命运的背后，以一种腐朽没落的气息弥漫在小说上空并成为一种令人触目惊心的对人生的压迫力量。它一方面是人类灾难处境的一个构成部分，另一方面又是人类灾难处境的寓言和象征，预言了人类末日和生存之夜的降临。

  与历史的颓败因果相连的则是主体（人）的颓败和沦落。新潮长篇小说对历史颓境的书写，最终目的还是在于对人和生命的关怀。新潮作家已经彻底放弃了新时期中国文学对于"大写的人"的乐观和理想，他们专心书写的其实却是人的沉沦和堕落。所有的新潮长篇小说的主体几乎都是人生的失败者，无论是《米》中的五龙，《我的帝王生涯》中的端白，还是《抚摸》中的"我"、广春，《施洗的河》中的刘浪、马大，也无论是《呼吸》中的罗克，《和平年代》中的段援朝，抑或是《敌人》中的赵少忠，《呼喊与细雨》中的孙光林，他们人生的挣扎和奋斗无不以悲剧性的惨败而告终。生命的扭曲、变态、孤独、恐惧和沉入深渊的绝望构成了新潮长篇小说最深刻的精神主题。这些长篇小说一般多从下面几个层面来表现主体（人）的沦落：其一，性爱。如果说前期新潮小说乃至新时期文学都把性爱作为一种生命的火花来书写的话，那么在新潮长篇小说中性、爱则是作为人生命力萎缩的证明来表现的。在五龙、刘浪、马大等人的性爱生活中我们不但无缘读到生命的辉煌与美丽，相反却只能目睹一幕幕丑恶的人性图景，目睹在性爱生活中主人公生命的流逝。性爱给予主人公的不是激情、冲动和渴望，相反却是无边无际的厌烦、恐惧和憎恶，爱变成恨正是新潮长篇小说性爱主题的基本模式。其二，人性。新潮长篇小说总是把对于生存意义的追寻和对人性的拷问紧密结合在一起。个体生命在无力突破文化、历史和社会伦理之网的包围和束缚时，孤独、空虚和无边的绝望情绪的侵袭就变得无法抗拒。他们不但没有勇气面对生存的残酷，而且几乎是心甘情愿地跳入黑暗的深渊，用主动的人性堕落和精神死亡去挥霍掉最后的一丝生命能量，最后以无可奈何而又卑琐肮脏的死亡为生存之夜再涂上一层黑漆。某种意义上，他们本是罪恶的受害者，但更多的时候他们又把自己异化为罪恶的制造者。他们无限制地放大自己的贪婪、残暴、嫉妒、狡黠，在罪恶中消耗社会、他人也消耗自己。他们把自己武装成了他人的地狱，而首先得受这地狱煎熬的却是他们自己。《米》中的五龙、《我的帝王生涯》中的前期端白以及《施洗的河》中的刘浪都是这种人性堕落和异化的典型。他们是历史颓败的受难者，又是历史颓败的参与者，主体和历史在这里以一种巧妙的遇合共同创造了一幅人类末日降临的黑暗画卷。其三，死亡和命运。新潮长篇小说对于死亡和命运的深刻体验在此前的中国小说中是十分罕见的。在新潮小说提供的每一个故事单元里主人公都难免一死，众多生命奔赴死亡之门可以说是新潮小说最常见的存在意象，死亡作为主体沉沦的最后一个场景，成了新潮作家观照生命、历史，理解人类终极命运的重要窗口，而"历史"也不过是一个生命走向死亡的过程。它其实正是以对生命送葬的形式完成了自身。因此，无论是历史的颓败还是主体的沉沦都不得不以死亡作为最终的结局，而在这种存在终局中，新潮作家又打开了命运的黑匣子，并把它表现为造成人类生存灾难处境的又一只看不见的黑手。命运强化了人类生存的悲剧性，也预言了末日来临的不可避免性。这样，小说反复渲染的人生绝望、恐惧和孤独的情绪就有了合理的阐释性。而小说的主题也据此获得了某种宗教意味。读新潮长篇小说我们之所以有一种强烈的宗教感,很大程度上也正源于新潮作家对于命运和死亡的体验与描写。

可以说,新潮长篇小说正是以"沉沦"的基色描绘了人类的生存状态和生存景观。在历史和主体的双重沉沦面前,生存的本真性已经丧失。黑暗的"世界之夜"无可逃避地降临了,任何生存主体都已无法回避苦难的洗礼。有人认为新潮小说对人类生存灾难性的渲染是对生存假象的揭示,是缺少精神向度的表现。这是对新潮作家的极大误解。其实,新潮长篇小说刮骨疗毒式的对生存假象的夸张性描写,正是新潮作家关注人类精神生存的具体表现。新潮小说对沉沦式生存状态的描摹正是为了寻求一种精神超越和救赎的路途。如果只看到"沉沦"而看不到"救赎",那么我们对新潮长篇小说的理解就只能是买椟还珠式的理解。我始终认为新潮小说之区别于传统小说,最本质的还是它的精神力量和精神亮度。还从未有小说能像新潮小说这样对人类精神世界表现出如此本真而深刻的理解,也从未有小说能像新潮小说这样让人类精神的河流如此自由奔放地流淌过。只不过由于新潮小说的精神追求本质上陌生于中心意识形态话语和经典文学方式,因而不断地被人误解和冷落而已。我觉得在新潮长篇小说的沉沦景象背后始终有一束穿透生存黑暗的强劲精神火光照耀着我们的心灵。这束火光就是对人类精神家园的追寻,就是对超越和救赎的追求。我发现,在新潮长篇小说中存在着两种最基本的救赎。一种是端白式的自我救赎。在《我的帝王生涯》中端白正是在经历了人生的绝境之后激起了生活的勇气。而帝王→庶民的生存角色的转换正成了他人生救赎的前提。在经历了人生的流浪和磨难之后,随着人性的复苏和潜能的发挥他终于有一天变成了一只"会飞的鸟"、一个绝世艺人——走索王。失落的自由已经找回,被拯救的灵魂愉快地飞扬,他不但拯救了自我,同时也拯救了八岁的女孩金锁,拯救了燕郎。他彻底实现了生命对于自由的幻想。另一种是刘浪式的宗教救赎。《施洗的河》中刘浪以自己的罪恶制造了自己的堕落和恐惧。而他的救赎之路也就比常人更曲折。他的救赎大致说来经历了人→鬼(妖)→神(上帝)三个阶段。他的读书、穴居、奔丧以及与唐松的倾诉和独居都是他自我救赎的悲怆努力,然而他一一失败了。其后,他又转向对鬼、对妖术、对"推背图"的归附和企求,然而他的这一轮救赎也只能以失败告终。最后,主人公听到了神的召唤,传道士作为上帝和神的使者降临到了他身旁,并给他指明了获救的坦途:"你要认识神。"在神的感召下刘浪终于变成了上帝的"羔羊",不但他自己获救了,而且还拯救了仇人马大。当然,新潮长篇小说所表现的人类救赎模式还不止上述两种,但无论怎样的救赎模式,它吸引我们的都是在这种模式背后贯穿着的作家终极性的人类眼光。显然,对于人类终极命运的关怀和永恒存在的思索使新潮长篇小说的主题本质上超越了传统小说的世俗性,而具备了一种形而上的世界性宗教品格,这才是新潮小说的主题魅力所在。

二

新潮长篇小说所掀起的最深刻的文学革命还是表现在长篇小说的文体形态上,新潮作家用创作短篇或中篇小说的叙述与结构方式来经营对长篇小说的实验,从而使经典长篇小说的规范和形象遭到了全面颠覆。不过,从本质上说新潮长篇小说形式风格的确立首先仍然根源于新潮作家反动于经典美学原则和主潮文学话语的崭新小说态度和小说观念。这些观念包括:(1)重叙述,轻描写,把小说叙述最终本体化终极化了。(2)重想象,轻体验,不认同于"文学根源于生活"的经典训条,也不承认"中短篇靠技巧,长篇靠生活"的文学经验,他们认为文学与生活之间只存在一种想象和虚构关系而不存在实际的体验关系。(3)反对长篇小说全景化与包容性的史诗追求,张扬长篇小说的艺术纯度。新潮长篇小说普遍不追求篇幅和容量(表层的生活容量而非精神容量),显得体制短小。(4)反对割裂内容和形式的关系,主张内容形式化,形式本体化等等。而只有当我们对新潮作家这些激进的小说观念有了比较全面的理解之后,我们才对新潮长篇小说在艺术形态和文体风貌上表现出的下列诸特征具备了阐释的可能性。

第一,叙述游戏。我个人认为新潮小说的最大成就和最大贡献归根结底都根源于其在小说叙述方式上的实验。尽管他们在叙述上的扑朔迷离和游戏成分曾给他们自身带来了许多尴尬,但他们能把这种叙述"游戏"继续到长篇小说的写作中,却也充分证明了新潮作家在叙述方面的强烈自信和出色才能。我们发现,一经新潮作家将中短篇小说的技术性操作融合于长篇小说的文体,长篇小说的文体面貌顷刻间就焕然一新了。新潮作家们在如此长的篇幅里挥洒他们的叙述游戏,不仅毫无力不从心之感,而且简直就像在进行一场轻松自如的技术表演,他们水涨船高般的叙述能力只能让传统的长篇小说望洋兴叹。在叙述人称的选择上,新潮作家们对主观操作性很强的第一人称倾注了巨大热情,苏童的《我的帝王生涯》、潘军的《风》、格非的《边缘》、余华的《呼喊与细雨》、吕新的《抚摸》、王安忆的《纪实和虚构》、洪峰的《和平年代》等长篇新作都成功地使用了这种叙述人称。一般来说,第一人称具有内视性和心理化叙述的优势,但同时这种内视叙事的局限性也与生俱来,它能较好地适应中短篇小说的内容和结构,却无法满足长篇小说文体对其内容丰富性和结构多重性的要求。因此,在传统的长篇小说中进一步扩张了第一人称的叙述功能,从而使它站在了新潮长篇小说艺术的最前沿。我们发现,经由新潮作家们天才想象力和创造力的浸润,出现于新潮长篇小说中的第一人称事实上已经被篡改为一种包容进了第三人称的异己和多功能叙述视角,这种叙述视角以其你中有我,我中有你的多维性赋予了长篇小说操作前所未有的自由。而即使是第三人称视角在新潮长篇小说中也往往由叙事者的主人公化和主人公叙事能力的强化等艺术手段而拥有了第一人称的叙述功能并某种程度上"第一人称化"了。显然,这种叙述视角的整合正是新潮长篇小说叙述游戏的前提和基础,它本质上规定了新潮长篇小说特殊的叙事魅力和风格。对于新潮长篇小说叙述操作的游戏性,我们可从下面几个方面作进一步的分析。

其一,叙述的解构性。新潮长篇小说在对"故事"的态度上相对于他们从前的中短篇创作似乎有所妥协,几乎所有的新潮长篇小说都不再拒绝"故事"的介入了。在苏童的《米》等小说中我们甚至还可以读到一种充满古典色彩的凄美故事,然而,在更多的情况下,新潮长篇小说中的"故事"对比于传统小说理论和实践中的"故事"范畴实在已是面目全非了。新潮长篇小说中的叙述者明显地超越于故事之上。他不仅以自己的至高无上分割、重组着故事,而且他还常常以自己的叙述游戏在同一篇小说中完成着对故事的建构与解构的双重循环。在这种情形下,新潮长篇小说的故事形态就呈现出松散性和片断性的色彩。它如散兵游勇般地在小说的各个领地全线铺开、彼此间以一种偶然性的非逻辑无因果的关系共同陈列在小说的空间里,传统小说故事中司空见惯的那种完整情节线索在这里是彻底灰飞烟灭了。潘军的《风》、王安忆的《纪实和虚构》、吕新的《抚摸》在这种意义上可视为新潮长篇小说最典型的文本。在这些小说中叙述者风尘仆仆地奔波于小说的时空中不惜以自己的破绽百出和矛盾重重乐此不疲地制造着生活和小说、真实和虚构、人生与命运、偶然与必然之间的矛盾,从而使小说中的故事不仅支离破碎而且互相拆解、颠覆。即使在苏童的《我的帝王生涯》这样具有故事相对完整性的小说中,解构也同样无所不在。端白的庶民生涯是对他帝王生涯的解构,而他的隐居生涯无疑又是对前两者的双重解构。我们发现,在新潮长篇小说里不仅故事与故事之间存在一种解构关系,而且同一个故事的不同阶段也互相解构和颠覆着对方。显然,在新潮作家的小说观念里,故事的经典意义已经被埋葬,它只不过作为一种游戏的对象和道具,演示着叙述者的智力和叙述能力。通过对于故事的解构,新潮作家最终解构了叙述者也解构了小说本身。其二,叙述的超验性和分析性。正由于新潮作家蓄意制造着小说逻辑和生活逻辑的分离,叙述者在小说中的特权就被无形中放大了。他一方面在小说中进行着解构的游戏,另一方面又不断地"神化"和异化着自己,进而从相反的方向解构了叙述者自身。正因为如此,新潮长篇小说从叙述方式上看超验性的预言式叙事就占了相当大的比重,《施洗的河》《抚摸》《呼喊与细雨》《九月寓言》《敌人》等小说就多充斥了预言式叙述语句,这带来了新潮长篇小说文体形式上浓重的神话寓言色彩以及思想内容上强烈的神秘和宿命倾向。表面上看似乎"后来,我也以近似的方式威胁了王立强,后来,我在学校遭受诬陷时,只有她一个人相信我是清白的"(《呼喊与细雨》)等超前地概括故事的预言句式是对哥伦比亚人马尔克斯的"许多年之后,面对着行刑队,奥雷连诺上校将会想起那久远的一天下午,他父亲带他去见识冰块"这个经典名句的模仿,然而,我却更愿意把这看成新潮作家叙述游戏冲动的必然结果,是他们解构故事和解构小说的艺术需要。因为,在新潮长篇小说里超验性叙述其实也只不过是一种游戏手段,它在更多的情况下是和分析式叙事共同发挥游戏功能的。可以说超验性叙述赋予了叙述者一个万能的有预见性和后瞻性的视角,从而使他获得了隔离直接进行态的故事并超越时代进入不同人物心灵空间解剖众多心理世界的高度自由,这是进入分析式叙事的前提。借助于分析式叙事叙述者又可以对整部小说,对各种故事的空缺进行超越的理性分析,有时甚至将作家构思和写作小说的过程加以呈示和剖析。这样预言又遭到了怀疑，其超验性又被分析性击破，而小说的游戏也就在这种颠覆和轮回中深化了。

总之，对于新潮长篇小说来说，游戏性是其叙述的首要特征和主要方式。借助于小说叙述的游戏，新潮长篇小说实现了小说原则和生活原则的彻底分离，获得了创作和表达的更多自由和自尊。在这个意义上，我非常不同意有人所谓新潮小说已经陷入技术主义迷津和形式误区的耸人听闻的看法。我以为这如果不是偏见，至少也是一种偏执。我不能设想离开了技术和形式的革命，文学的现代化将如何实现，我也不能设想如果"五四"先驱者在传播"民主"和"科学"的同时不从形式上首先打破文言的枷锁中国文学的面貌将如何更新。事实上，离开了技术（包括各种形式实验和叙述游戏），新潮小说将不成其为新潮小说，技术是新潮小说存在的前提和基础，也是新潮小说重要的内涵。同时它还是新潮小说实现自我的主要手段。本质上，它是一个二而一、三而一乃至四而一的文学范畴。离开了技术，新潮小说失去的将是它最重要的本体性文化符码，面目全非无疑是它自我迷失后无可挽回的宿命。

第二，语言的狂欢。如果说叙述方式是显示新潮小说自我的一个重要的本体符码的话，那么语言无疑是新潮小说的另一个重要的本体性文化代码。作为小说物质化的前提，汉语语言自身的差别并不明显，但一经它和作家的语感及词语组合能力结合，不同的小说风格也就自然形成了。可以说，语言既是小说的物化，同时又更是一种方式，一种进行小说的方式，因而，它也是小说风格的基础。从某种意义上我认为新潮作家最杰出的天才就是他们的语言天才。在新潮小说这里，汉语语言的一切功能，无论是抒情联想还是造型会意都被"穷形尽相"了。新潮小说无疑是汉语语言真正的狂欢节。在这个小说舞台上汉语第一次放弃了自己的羞涩和拘谨，充分享受了放浪形骸地自由舞蹈的欢乐。新潮作家把语言还原为了小说的本源、起点和最终目的，语言成了小说事实上的主体和本体。通过语言的强化，新潮作家试图证明，小说不是故事，不是人物，不是情节，也不是结构，它是语言而且只能是语言。离开了语言，小说什么都可能是，但也什么都可能不是。因此，语言的本体化可以说正是新潮小说的首要特点，如果说在新潮中短篇小说中我们曾领略过新潮作家挥洒语言的狂热和激情的话，那么在新潮长篇小说中语言的流光溢彩就更令人赏心悦目。走进新潮长篇小说，你首先遭遇的只能是它的语言，它的卓尔不群的话语方式，而不可能是别的。

（1）语言的铺张性。新潮小说显示了新潮作家强烈的话语欲望。对语言装饰性的刻意追求成了新潮小说铺张化的语言使用方式的首要特征。《呼吸》等长篇小说甚至给人一种语言淹没故事淹没人物淹没小说的感觉。新潮作家一方面在他们的小说中创造寓言和象征的风格，另一方面又弃传统的简洁含蓄的语言规范于不顾，大肆地用充满修饰语的长句挥洒着自己对语言的暴力占领。在新潮长篇小说里我们既可以读到《施洗的河》式的一浪高过一浪的"天问"句式，也可以读到《抚摸》等小说中语言对于客观物体以及抽象范畴的弯弯曲曲山重水复的语词演示。例如，在孙甘露眼中，图书馆"是一个象征。它是无数时代人们艰苦或随意写作的缩影，同时，它也是伴随着一切写作的绵长沉寂的一种写照。它使古往今来形形色色的词和个人陈述在静默中簇拥在一起，成为图书馆的一种日常情景，它是一种心智的迷宫，一处充满危险而又美不胜收的福地，一个布满标记而又无路可寻的迷惘的乐园，一个曲折的情感泄洪道，一个规则繁多的语言跳棋棋盘，一个令人生畏的灵魂寄宿处，一个小件知识饰品加工场，一个室内公园或者一个由书架隔开的散步回廊，一个纸张、油墨、文字构成的生命的墓园"（《呼吸》）。在吕新眼中"死亡"是"在文字覆盖下的一个月黑风高的夜晚里，几个巨大的名字将一只蜡染布包袱从书中的某一章节里排挤了去，沉重的包袱沿着山岗上舞蹈般的纹路一直向山下滚去"（《抚摸》）。新潮作家不仅具有特殊的语言欲望和语言感觉，并由此形成了各自独特的言语风格，如余华无限切近对象的那种语言与感觉所处的临界状态，北村的那种缓慢向前推移的蠕动状态，苏童那种纯净如水明朗俊逸的情境，格非的那种优美俊秀的抒情意味，孙甘露的那种冗长的类似古代骈文的清词丽句等等，而且正如陈晓明先生所言他们还特别酷爱和擅长使用"像……"的比喻结构，通过"像……"引进比喻从句既引进另一个时空中的情境使叙事主语在这里突然敞开，发出类似海德格尔的"光"或"空地"的那种感觉，又表达了一种反常规的经验以"反讽"的方式不断瓦解着主句的存在情态及确定意义，从而在语言上配合了小说的叙述游戏。

（2）语言方式的陌生化。新潮长篇小说乃至所有新潮小说之所以被冠以"新潮"之名，叙述和语言方式的陌生性不能不说是一个重要原因。新潮小说完成了小说观念上从"写什么"到"怎么写"的转变,这"怎么写"的一个重要内涵就是指语言的如何操作。新潮小说其实最终还是以它的特殊小说话语指认和证明了自己,我们只要读小说的第一句话就能判断出其是新潮小说与否,其根据正源于此。大致说来,新潮长篇小说获得它语言陌生化的途径有两条:一是语言的哲学化和诗化。孙甘露的小说可为代表,整部《呼吸》读来仿佛是远离人世的内心默诵,又仿佛是来自天堂的优美奏鸣,超验世界、现实人生、哲学寓言、变形物象等接踵而至,经由语符的精心编织闪烁出奇异美丽的光泽。无疑,孙甘露以他的诉诸感觉的理性和超常的语言敏感创造出了一种近似哲理诗的文本境界。二是语言所指和能指的分离。在新潮小说中叙事在一定程度上只不过是一次语词放任自流的自律反应,在语言的暴力面前,叙事被彻底能指化了。话语在小说中随意跟踪、中断、遗漏所造成的缝隙和断裂层中不断涌现出来,而叙事的所指却被放逐了。我们已经无法在新潮小说的话语世界里追寻语言的传统和世俗意义,语言的指涉被无限制地扩大了,各种可能的能指层出不穷地出现在小说的天空里,我们习以为常的阅读经验只能在一筹莫展之中接受这陌生的考验。读孙甘露、吕新和北村的小说我们都会有这种语言的痛苦,这种痛苦正是语言快感实现的前奏,一旦我们的心灵真正沉浸到那一无所指的语言之流中,我们对一部新潮小说的进入和对话就实现了。这是一种美好的前景,但我们首先必须穿越一个语言的炼狱,才能到达最后的目的地。

第三,变幻灵动的结构。新潮长篇小说叙述的游戏性和语言的本体化都无疑给小说的结构增加了许多困难。但新潮作家却正是在限制中求自由,以一种漫不经心的结构方式创造了新潮长篇小说充满空灵气韵的结构美感。他们摒弃了传统长篇小说对于完整、严谨和逻辑性的强调,也不以经典的情节和故事线索作为结构的关键。而是以叙述和语言本身来完成小说的结构,这无疑是对长篇小说结构的一次重大革命。新潮小说具体的结构方式多种多样,但主要有两种。

(1)意象式结构。这是新潮长篇小说运用得最为成功也是最具魅力的一种结构方式,《呼喊与细雨》《我的帝王生涯》《抚摸》等小说都是这种结构最为成功的范例。拿《我的帝王生涯》来说,苏童正是通过有象征性的意象组织了这部小说的结构层次和主题意蕴。

小说前半部的主题意象是"白色的小鬼"和"美丽的纸人"。它们是主人公沦落为空心人的绝望生命过程的展示,是一种生存命运的象征性缩影。"白色的小鬼"一方面是一种生存境况的写照,另一方面又是主人公生存恐惧的根源,"美丽的纸人"的生命感受其实正是"白色小鬼"压迫的结果。此外,"鸟"在小说的前半部也有重要意味,它是联结"白色小鬼"和"美丽纸人"意象的中介,体现了在两者之间的生命挣扎历程,它正是灰暗生命中的最末一线曙光,是绝望中的希望。不过,从另一个方面说,"鸟"又是大燮国这个文化存在的象征,因此在上半部的最后,我们看到了"鸟"变成"死鸟"的悲剧意象,它是对存在的一种悲歌。而小说后半部分的主题意象则是"自由的飞鸟",它代表了主人公"想飞的欲望",象征了主人公人生救赎的途程。最终,它与自由驰骋于棕绳之上的"走索王"合为一体,意味着主人公人生救赎和人生超越的完成。其实不只是下半部,整部小说叙述的也正是"我"学"飞",并最终成为一只"自由飞鸟"的过程。只不过"鸟"在上半部还只是一种生存理想,一种不能实现的心灵承诺,但它却又正是对后半部的预言,后半部因而既是一种应答又是一种实现。这样,在巧妙的意象转换中小说完成了它结构的过渡和转换,也完成了小说结构和主题涵旨的深层整合。

(2) 复调式结构。与新潮作家对于人类精神世界的探求联系,陀思妥耶夫式的复调结构在新潮长篇小说中也得到了广泛的运用。张炜的《九月寓言》、潘军的《风》、王安忆的《纪实和虚构》、洪峰的《东八时区》和《和平年代》等小说都以这种结构方式引人注目。在这些小说中大都存在"过去"和"现在"两种时空,而小说其实正是以一种双重本文的对话方式而展开。以洪峰的《和平年代》为例,小说叙述时间虽然是在刘明明和段和平婚后,他们婚后的日常生活也事实上构成了小说的一条情节线索。但小说在刘明明和段和平的"对话"中却重点在营构一次历史叙事,对话的内容和旨归都是针对过去的。在这意义上小说自然形成了"过去"和"现在"两个结构单元,"过去"影响了"现在",而"现在"则在挖掘"过去",两种时空就在小说中彼此交叉地不断对话并互相切割。而对于这种时空上的转换,叙述者基本上不去人为调度而是自然地运用"时间"写实的方法,以自然的"1929""1990""1980"这样的时间标码完成结构上的交替和过渡,这不仅给小说叙述带来了极大的自由，而且也把小说的结构和对人物心理的剖示巧妙地结合起来，形成了独特的"复调"小说魅力。

当然，对于新潮长篇小说这种特殊文学体裁，我对它艺术形态的分析只能是浅尝辄止的，这不仅因为它本身就是一种最拒绝概括性和共性而永远处在个性化的变动不居状态中的文学形式，而且也受到我自身理论素养和阅读视野的限制，我期待着更全面、深入、系统的研究成果出现。

三

我发现，当我在本章中大唱反调不停地批评别人对于新潮小说的主观武断和误解的同时，我自己也无法避免理论上武断化的嫌疑。虽然，就目前的创作态势而言，新潮长篇小说蒸蒸日上的磅礴气势似乎支持了我对于新潮文学的乐观态度，但我却发现一个真实的文学困境终于无法遮掩。这个困境就是文学与读者的关系。在我们印象中新潮作家的读者意识丝毫也不逊于通俗文学作家，甚至在许多方面还有过之而无不及。在中国文学界最能经受住接受美学理论阐释和解析的文本也只有新潮小说文本。只不过，通俗作家往往以"媚俗"的姿态刺激大众阅读口味，而新潮作家则试图从本质上修复文学与读者的关系，他们以一种反传统的姿态不惜以故意的文本空缺和意义流失来召唤读者的悟性和智力，把小说创作的另一半权力拱手相让。然而，不幸在于，新潮作家这种礼贤下士的阅读期待在大众读者这里却被嗤之以鼻了。大众传媒的发达已使现代读者越来越倾向于感性画面接收和对消闲读物的懒散阅读，他们在阅读方面的智力、悟性和素质是大幅度下降了。在这样的情形下，新潮作家努力发动的对于阅读的革命无疑是一次与读者自身实际南辕北辙的文化行动，其曲高和寡乃至惨不忍睹的结局几乎可以说是必然的了。因为整个民族文化素质和审美水平的提高，并不是仅依赖于文学就能完成的。它还必须依赖于政治、经济、历史等等许多综合性因素。新潮作家以卵击石收复文学失地的努力无疑是悲壮而令人尊敬的。然而"谋事在人，成事在天"，新潮文学最终能否在商业主义重重包围下的文化荒原上建立起一个雄伟的文学金字塔，其前景仍然是令人忧虑的。

我觉得，新潮作家虽然可以在自己的象牙塔里从事自己的文学实验而不管身前身后事，但文学毕竟不能永远待在象牙塔里，它终究必须走向社会才能得到最终的价值确认。因此，对于新潮作家来说如何在保持艺术纯度时融入对于读者问题的策略化思考，这是一个必须提到议事日程上来的话题了。我认为作家与影视界的联姻就不失为一种文学策略，尽管在作品变成影视剧后它已经由导演的个人读解而面目全非，读者观看的已不是小说本身，而是一种适合他们需要的文化画面。读者与作者的隔膜问题虽未真正解决，但至少借助于这个商业策略文学赢得了表面上的生存权利。此外，我觉得新潮作家文学策略的另一方面就是应在先锋性的实验中尽量减少极端色彩，把先锋性进行适当的遮蔽和包装，充分考虑新潮文学得以存活的空间质量。在这方面苏童等作家的尝试我觉得就值得借鉴，在对先锋精神的内化和转化中他们的小说就秘密地把先锋性融化在小说深层血液中，小说的表层则被赋予了一种读者乐于接近的形态。

当然，对于新潮小说来说，其前途的最大关键仍在于新潮作家艺术能力和艺术水平的不断提高，如果他们能一如既往地保持如今新潮长篇小说这样的创造活力，那么，他们的存在和兴盛终将是无法阻挡的。然而，不管怎样，我可以宽容大众读者对新潮长篇小说的束之高阁和不屑一顾，我却绝不能容忍评论界对新潮长篇小说的冷落和隔膜。如果，我们的评论界、文学界自己都不能珍惜、保护、温暖我们时代这最难得的精神花朵，眼睁睁地看着它在商业炉火的烘烤中凋谢、零落最终烟消云散，那么我们还有什么资格喋喋不休地对文学衰亡之命运鸣发哀叹？难道我们一面夸大其词地感叹文学的没落，一面又对文学复兴的现实熟视无睹，这不是自欺欺人的商业骗局？

第 14 章　《米》：在乡村与都市的对峙中构筑神话

中国文学从来也没有像当代新潮小说这样需要阐释。新潮作家和新潮小说在各种各样的批评视界中可谓是面目全非了。苏童发表于 1991 年第 3 期《钟山》上的长篇小说《米》也无疑正是一部具有这种阐释可能性的小说。对它的阅读将有助于我们把握 90 年代新潮小说发展变化的某种崭新信息。

一、故事表层：个体的流浪与家族的颓败

应该说苏童是以他的"枫杨树"系列小说而为文坛注目的，成名之后，他也曾有过走出"枫杨树"的创作转移。而一进入长篇新作《米》的语言情境，我很快就又感受到了久违了的"枫杨树"故事气息。对主人公逃亡历程和不幸命运的刻画，对家族没落过程的描绘，都使我有一种重回《1934 年的逃亡》《罂粟之家》《妻妾成群》等小说世界的感觉。"天灾人祸"所构成的灾难、毁灭、漂泊、流亡可以说是这些小说的共同主题。但《米》完整地刻画了五龙在乡村⇌都市间双向漂流的全部过程，笔墨重心则落在都市的挣扎上。而《1934 年的逃亡》等小说则重在描写乡村家族破败过程中人物的罪恶、遭遇和精神流浪，却对人物逃进都市后的行踪缺少纵深跟踪，人物逃亡后变得无影无踪，作家的着笔重点仍在乡村。在此意义上说，《米》正是以前小说的自然延伸和深化，是中篇小说世界的自然伸展。而就描写家族的衰落这一点上来看，像《妻妾成群》这类小说所描写的走向穷途的"家族"，往往是在故事开始之前已然存在的，小说是在封闭的格局内展开故事。而《米》则由主人公出场串联起若干家族，并在小说时空中由主人公改造和创造出一个新家族，逐步揭示这个家族的毁灭过程，因而呈现出开放性。因此《米》又

有着根本不同于以往中篇小说的长篇品格。那么，作者构筑的是怎样一个故事呢？首先，小说真实地刻画了五龙逃离乡村，流浪于都市的精神和生命历程。在小说刻画的若干人物中，五龙无疑居于中心地位。他是故事的主体，也是故事的衍生剂。他的流浪生涯无疑是《米》故事表层的核心。在枫杨树乡村，五龙是个孤儿，一个无父的精神个体。这特殊的身份使他成为一个乡村的无家流浪者。然而，尽管如此，他在枫杨树乡村的生活仍是自足而安的。但一场大水，使五龙和所有的枫杨树男人在乡村的存在失去了现实依据。五龙是怀着对故乡的依恋和对城市的幻想踏上逃亡途程的。一方面，这种逃离有着历史和现实的强制性（水灾）；另一方面，又有着个体的主动性，尽管这种主动性在潜意识中也许是一种完全相反的运动方向。这就使五龙的流浪不可避免地带上了矛盾色彩，其现实流浪与精神流浪的背离趋势必然会影响和伴随他即将面临的流浪生涯。从离开乡村偷偷爬上一节开往南方的运煤列车起，五龙的流浪生命经历了三个阶段：第一，进入都市。五龙一脚踏到陌生都市的土地上，就有一种晕眩感。都市给他的第一个景观便是一具僵硬的死尸，一具眼睛发蓝、头发结霜的死尸。这是五龙在都市安身立命前景的一种不良预兆，而"死人"也成为贯穿《米》的主题意象，小说的最后一具尸体便是五龙自己的。在对死尸的逃避中，他偏偏又撞上了都市的毒瘤——码头兄弟会。在饥饿的疯狂压榨下，五龙被逼着叫了"爹"。一个无父的孤儿，一个"杀"了父亲而获得人格自由的人，一踏进都市，就又被强制性地配给了若干个"父亲"，这无疑给漂泊都市的五龙戴上了沉重的人格枷锁。要在这人生地不熟的都市生存，五龙的前途相当黯淡。陌生中唯一感到亲切的就是大米和米的清香，米引导他走向米店，并且，以自己极度的愚朴赢得了冯老板的信任。他走进了米店，他找到了城市里让他栖身的房檐。他参与了都市，与米店和都市的故事也就拉开了帷幕。他反复疑惑着的"我是否正远离了贫困的屡遭天灾的枫杨树乡村呢？现在我真的到达城市了吗？"这一问题，似乎到此才有了肯定性的答案，五龙的流浪旅途此时终于找到了一个可以依靠的港湾。他有了一种幻想满足的快感，"他觉得冥冥中向往的也许就是这个地方。雪白的堆积如山的粮食，美貌丰腴、骚劲十足的女人，靠近铁路和轮船，靠近城市和工业，也靠近人群和金银财宝，它体现了每一个枫杨树男人的梦想，它已经接近五龙在脑子里虚拟的天堂。"然而，五龙真的能在都市里建筑美丽的天堂吗？第二，占领都市。进入都市之后，五龙物质层面的流浪，转变为在都市的暂时寓居，现实流浪似乎终止了。但他漫长的精神流浪的征途才渐渐拉开了序幕。都市以它的罪恶和腐败向五龙张开了血盆大口。五龙的生存地位仍然岌岌可危。他必须随时承受对都市的失望以及都市对他的侮辱这双重的精神负荷。而织云的躁动和淫荡也在五龙面前展示出了都市普通人的生存景况。如果说五龙的流浪是妄想在对都市的投靠中忘却乡村的苦难，那么织云的放荡正是都市平民向往另一种生活的精神追求，尽管织云的这种追求以卑贱甚至罪恶的形式表现出来，但她的精神流浪的痛楚还是令人同情的。小说正以织云的精神流浪作为五龙都市漂泊的对应和参照，织云的命运在某种程度上说也正是五龙前途的暗示。而这种对应描写也表明了都市人与乡村人在个体存在中面临的普遍困境和共同挣扎。五龙毕竟是受过灾难洗礼的枫杨树男人。城市侮辱了他，但也磨炼了他。正是在城市的欺凌和打击下他的生存意志得到强化，而仇恨的烈火也熊熊燃烧起来。他要报复并占有这个城市！五龙首先对米店和米店的女孩实施他的占领计划。一种先天性的狡猾，使他巧妙地借六爷之手杀死了阿保，这是双重复仇，既报了进城时的胯下之辱，又杀死了潜意识中的情敌。织云与他的通奸是他从城市手中得到的第一件东西，在织云身上，他既感到了精神价值的实现，又有一种对城市实施报复的快感。冯老板无可奈何地把织云嫁给他，他终于有了一个真正的城市人的身份，开始进入了城市的生存状态。在冯老板对他的暗算失败后，他用"以毒攻毒"的手段气死了冯老板，赶走了织云和抱玉，并最终占有了绮云。他在都市有了自己的家，他成了米店的主人，儿女们的父亲，并且以自己的残暴和机警炸了吕公馆，赶走了六爷，从而成为码头兄弟会的头领，成了地头蛇。他的地位发生了根本的转变，由都市的"儿子"变成了都市的"父亲"。不可一世的都市被他占领了、征服了。第三，逃离都市。五龙对都市的统治是相当残酷的。他的残暴和凶狠甚至作为一种精神病毒遗传给了他的儿子。同时，他也极力把自己消融进都市的生活，他忍着痛苦把自己满嘴牙齿换上金牙，这是都市用潜隐的力量对他生命力的一次沉重打击。五龙注定要为他所做的一切付出代价。都市以受虐的形式，通过女人而完成了对五龙的施虐，梅毒使五龙的都市生命出现了逆转，杀死妓女，并不能拯救他生命力的萎缩，生殖器的溃烂、脓肿，宣告五龙已到了危急时刻。

他甚至无力对家庭的淫乱和罪恶加以治理，抱玉的出现也对他构成了极为现实的威胁。尽管当码头兄弟会背叛他时，他用自己的狡诈再次剿灭了敌手，给都市最后一次放了血，但这最后的挣扎丝毫不能挽救他日薄西山的命运。抱玉借用日本人的力量最后给了他致命的一击，他失去了双腿，失去了流浪的能力。这时候，他想到了回归。他玩弄了都市，都市也玩弄了他，他占有过都市，都市最终又吞没了他。他只有回家。五龙终于以他个体生命的抛掷完成了由乡村到都市再返回乡村的流浪。他得到的是两车大米，失去的是双腿和健康的生命，而属于都市的满口金牙也在生命终结的时候被敲掉了。五龙是多么无奈的一个生命体啊！

　　其次，小说浓墨重彩地刻画了几个都市家族的败落，从而整体上寓言式地揭示了一种历史的颓败。《米》的基调是灰暗和压抑的，充塞着一股冷气。小说对五龙流浪命运的素描，是在整个都市生存群体的生存窘境和没落气象的背景上展开的，小说中的其他人物无一例外地挣扎着走向他们生命的黄昏。沉重的窒息感压迫着小说主人公的同时，也压迫着读者的神经。当然，小说是从家族的角度来串联人物演进情节的。冯老板"米店"家庭的变质和衰败是小说主体。冯老板的死表明了"大鸿记米店"辉煌历史的终结，修家史先生的疑惑也正是一种历史的疑问。五龙强娶绮云后，其实冯家的历史就已终结，五龙家族开始登上舞台，但五龙的罪恶和凶狠并不能拯救这个家的衰败，一代不如一代，在家的崩溃声中五龙逃离了都市。作为背景式映衬，小说还刻画了六爷家的破败。这个都市的特权人物，拥有令人羡慕而又神秘、恐怖的家，一座豪华的公馆。但在一声爆炸声中，一切化为烟云，随风飘得无影无踪。杂货店一家勤恳经营，精明贪婪，但他们的财富和生命在日寇的炮火中归于虚无……人物总是属于自己的家族，家族的破落与毁灭，也正是与人物的虚幻而徒劳的生存挣扎相对应着的。织云拼命想从自己的生存境遇中突围出去，甚至不惜以自己人格和身体的双重抛弃为代价，但最终了然无痕地离开了人生；绮云终身想维持自己"家"的纯正与兴旺，对五龙有最恶毒的诅咒和仇恨，但她始终挣不脱五龙的魔爪。阿保曾以凶狠和歹毒让五龙做了他的"儿子"，可五龙要他的命又是何等的轻松；六爷既统治着别人，又统治着家族和都市，但面对一堆焦土，他也只能一逃了之……小说事实上写了都市大家族中的三代人，但每个人物无一例外都暮气沉沉，这是怎样惨烈的一幅

…247

图画？

更为重要的是小说借个体与家族命运的描写透出了一种关于历史的气息。小说对日本人杀人比赛的描写，正是为了证明这种令人悲哀的历史原则，而五龙个人的沉浮悲欢，又何尝不是说明了这一点？

但苏童的小说又毕竟不同于现代主义的小说，《米》把个人的遭际和对形而上的历史哲学的思考，落实在特定而具体的历史情境和个体生命情境中，把对整个人类苦难历程的追索，落实在特定的历史时空中，并以特定的历史事件进行穿插，因而历史的灾难和现实个体的灾难又有一种生活的原生性质。

二、故事深层：分离的人性与悖反的人格

其一，由"食"和"性"的冲突所构成的人类生存困境。《米》以五龙为焦点，把乡村生活和都市生活勾连起来，但都市和乡村的冲突并不是作者关注的重心，作者所要表现的却是在这种表面冲突背后的人性和人格的变化冲突，表现生命个体在现实存在中追求和失落的永恒矛盾。小说深层作者主要展示的是人性的世界，探究的是人的生存本性。只不过，在《米》中人性形态具有某种单一性，小说执着刻画和追究的只是人性的一个方面——恶性。人性的主题也可以说是苏童小说的一贯主题。他总是把人的原始本性进行客观观照，极少透露有主观倾向的价值评价。但作者把人性放在一个动荡、变化的历史背景中来展示，人物的丑恶，也就自然衬托了历史的丑恶，从而也就整体性地否定了一种历史、一种存在、一种生命方式，而这一切又显然具有超越功能。苏童是无为而为。

《米》在人性的刻画上又是通过对人性的分离来完成的。小说中的人性在"食"和"性"两个层面上展开，而这两个方面正是人性构成的最基本的因素。在"食"的层面上，五龙不能得到基本的满足，因而带着一把生米流浪都市。而正是饥饿的感觉，使他遭到了都市的凌辱，精神人格遭到伤害。"食"的本能是与对故乡"米"的记忆与寻找融为一体的，正是对"米"的执着使他在都市的漂泊中有了精神的着落。他紧紧抓住"米"不放，从而在都市的拒绝中，找到了突围的缺口，巧妙而执着地闯入了米店，也闯入了都市。他

获得了"食"本能的满足，这种本能甚至在他从前米仓一样的故乡也不能完全得到满足。这使他对都市有了第一个层次的认同感，也正基于此，我们可以理解五龙吃了三碗米饭后无法形容的舒坦和满足。可以说在"食"本能的表现上，五龙既有所失，也有所得，他失去的是精神人格，得到的也是精神人格，得与失在他的生存延续中巧妙地统一起来了。五龙由"食"的本性的压抑而追求"食"本能的满足，这本是极正常的人性，问题是五龙在"食"的实现过程中恶的品性得到培养，这最终会损害他人性的正常发展。

但五龙不能满足于寄人篱下获得"食"，他还有着日益滋长的其他欲望。青春身体的骚动，使他由对"米"的寻找，转向对女人的迷恋。既然，五龙十八岁就与堂嫂有过草堆里通奸的故事，那么，他那远胜于"食"的"性"要求也原本是可以理解的。他的第一个"性"目标就是织云。在织云丰腴肉体的诱惑下，他的性欲像海潮一样汹涌。但出于一种生存策略，他对织云的"性"欲望最初是在潜意识中实践着的。在除去阿保，离间了六爷之后，他才把对织云的性欲现实化。而五龙托人给六爷的告密信，则最集中地体现了他的阴险和歹毒。这封信，真可谓一箭双雕，既导致了阿保的毁灭，又带来了织云被遗弃的命运。他巧妙地把两个情敌都从织云身边赶走，自己独自品尝着"通奸这一杯酒"。如果说五龙在"食"本能的满足上还有自己劳动的出卖，因而有其合理性的话，那么，他在"性"本能的实现上，则使罪恶大放光芒，他是用"以恶抗恶"的方法用自己人性的堕落来满足性欲的。不仅如此，他在性的发泄中，又开始尝试利用"性"实施他报复和占领都市的罪恶计划。他首先迫使冯老板把织云正式嫁给了他，这既使他性的发泄得到城市的正式认可，又在"人"的意义上给他在都市的存在签发了"女婿"身份证。都市以无可奈何的姿态认可接纳了他。此时，他又盯上了绮云，强奸绮云之后，他才最终在都市里获得了性实现。高傲而冷漠的绮云可以被占有，那么都市中还有哪一个女人能逃出五龙的手心？他干脆在都市的妓女中畅游。事实上，就人类的本性来说，"性"与"爱"是不可分的，原始本能的发泄，理应伴有爱的温馨。但五龙的"性"却根本上弃绝"爱"，他反而要用"恨"去对待女人。他与织云是通奸，他与绮云的婚姻是强奸，对都市的妓女们更只有丑恶的淫乱……五龙的"性"很显然是拒绝"爱情"的畸形的"性"。对他来说，"性"的成功也正是他的失败。当他以"性"的方式对都市的女人实行占领时,他自己也在这占领过程中毁掉了。他的生命力在女人身上得到了迸发和实现,也导致了最终的萎缩。梅毒是女人给他的,也是他自己的罪恶结晶,他的前途悲观无比。

五龙的悲剧也许正在这里,他的"食"与"性"的本能满足的同时,却又导致了生命的完结。他是个漂泊的孤魂,最终仍将被风吹回枫杨树乡村。小说也正是在这里,对人类生存进行哲学追问。"食"和"性"的原生态展示所透露出的却是对人生存困境和生存悖论的揭示。五龙生存挣扎和生命终结背后,正隐含着对人生意义的某种否定,这种特定的存在主义哲学情绪,被苏童用特定的历史灾难、自然灾难和个体罪恶装饰起来,用冷静从容的笔调传达出来,看不出悲观,倒有一种对历史彻悟的旷达,这也许正是苏童高明的地方。

其二,五龙的生存心态与人格构成。长篇小说《米》的故事表层固然活跃着五龙的流浪人生,但作者显然并不着意于以他人生遭际的变幻吸引读者,故事深层除了流淌着上文分析过的人性之流外,人物的心态刻画和人格解剖也占有相当突出的地位,也正借助于此,小说对人物的描写才达到了相当的深度。小说也据此透露出文化的意味。

首先,我们看看五龙的生存心态。五龙的人生挣扎之途中,生存心态的巨大矛盾一直萦绕着他。他既热心于流浪,又盼望着安定,既企慕都市,又贪恋着乡村。漂泊心态、幻想心态和回归心态是他矛盾心态的三个构成要素。其实早在枫杨树乡村,作为一个"无父"的孤儿,他的漂泊心态就已存在。只不过,一场大水灾才把他送上漂泊的旅程。"他仍然在火车上,缓缓地运行"的意象成为他这种心态的最直接的表征。他的精神一直是流动着的,在乡村和都市间飘荡。他在乡村和都市都不能维持心绪的宁静和平衡,也许只有那行驶的列车才是他唯一的精神方式,他的流浪并不是指向一个目标,而是在流浪漂泊的过程上得到精神的洗礼与满足,从这个意义上,漂泊正是他的一种精神需要。因此,即使他在进入米店,与织云结婚,得到都市认同的时候,他仍觉得新房也是"一节火车,它在原野上缓缓行驶,他仍然在颠簸流浪的途中",甚至在他把绮云这个城市"最后的女人"强奸在米堆上,从而实现了对都市的占领的时候,他也觉得"身下的米以及整个米店都在有节律地晃动,梦幻的火车汽笛在遥远的地方拉响,他仍然在火车上,他仍然在火车上缓缓地运行。"他不知自己流浪的前途，也不知神奇的列车要把他带向何方。而且对五龙来说列车的颠簸、震动所带来的晕眩是他对生活最真切的感受，这种感受伴随着一种人生深刻的孤独，使他的漂泊心态又有了精神自尊的深长意味。五龙最终在运动的火车上走完了生命的征程。他不属于都市，也不属于即将奔赴的故乡，他只是一个孤独的精神浪子，漂泊流浪是他生命的唯一形式和精神的唯一归宿，但我们又要看到五龙的流浪心态是建立在他对生活幻想的基础上，幻想心态正是他流浪心态的动力和催化。他逃离枫杨树乡村固然有灾难的压迫，但更多的还是他对都市和金钱与女人的幻想的驱使。他对城市的占领也正是他梦想的实现过程。五龙打碎他的牙齿而不顾痛苦换上满嘴的金牙，也正是一种幻想的力量。他所能得到的也仅仅是一种幻想的满足。而五龙之能够历尽磨难在罪恶的都市生根成长，也全依仗他对生活的幻想。同时，他的毁灭也同样来源于他的幻想。他喜欢宿娼，并把米灌进女人的子宫，这种性癖好正体现了他征服都市女人，改造都市女人，用故乡的"米"改造都市人种的幻想。他的幻想太多，在幻想的现实化过程中，他的生命也萎缩了。女人给了他梅毒，但他明白，"他并非为女人所贻害"，不仅如此，他的幻想心态，也直接推动和滋生了他的回归心态。他的出发就寓含着回归，他是带着拯救苦难的枫杨树的幻想流浪都市的。尽管他在都市获得了巨大的"成功"，但在都市每一个生活的转折关头，他都是以对枫杨树的回忆来安抚自己。瓦匠街家庭的丑恶，使他想起了枫杨树的乡情，而城市的雪在五龙看来也不过是枫杨树的霜，都市女人的淫荡也远比枫杨树乡村女人的苟合庸俗，纵然都市里的灾难在五龙心中也远没有遥远乡村的洪水真实。特别是在他生命的暮年，他心灵的虚弱和孤独中，唯一有着活力的思想便是回乡。他据此对一个逃难的枫杨树青年表现出极大的热情，并用枫杨树的风俗来约束儿媳妇的生产，致使乃芳葬身在日本兵的屠刀下。越到他生命的尽头，他的回归心态就越强烈，终于在他设计的诸多"衣锦荣归"的梦想中，登上了回归乡村的列车。由此我们看到，五龙以他的幻想，驱动着他的流浪，而流浪的回归又正是他幻想的一部分。他的流浪心态和回归心态，既是他幻想心态的内涵，又是实现和完成他幻想心态的步骤，三者的交叉演进中又透露出人格的因素。

其次，我们来看五龙的人格构成，"衣锦还乡"的梦想可以说最能代表五龙的精神人格，这是一种相当典型的乡村人格和农民人格。

这种人格占据着他意识和潜意识的中心，与他流浪都市获得的都市人格，自始至终发生着冲突，并最终彻底排挤了都市人格，而维持了五龙这个精神个体原始人格的纯洁性。乡村向城市的逃亡，实在是近代文明史上的一种普遍现象，"没有谁赞美城市但他们最终都向这里迁徙而来"。而事实上，这迁徙的过程，也正是人格被改造被异化的过程。五龙也是如此。他来城市带着的一把米其实正是他潜意识中对自己乡村人格的偏执维护，米实际上是他以后生命旅程中的精神支柱和人格象征，是他逃避和回归的避难所，是他心中的故乡的唯一安慰。进入都市之后，他盯上米，并走进米店，其实正是冥冥之中他人格的指引，他在都市的生活也确实没有割断过与"米"的联系。他接近城市其实只是为了改造城市，企图以自己的乡村生活方式同化都市生活方式，以自己的乡村人格影响都市人的精神人格，他的不良性癖好也正是这种潜意识的证明，他置放在妇人子宫里的大米，其实正是他幻想中的乡村人格。然而，尽管他"心灵始终仇视着城市以及城市生活，但他的肉体却在向它们靠拢、接近，千百种诱惑难以抵挡"。在占领城市的过程中，他的行为方式首先被都市同化了，"以毒攻毒"其实正是以城市的罪恶方式对付城市的罪恶。而行为方式必然也有着人格的投影，都市人格对他精神世界的侵略，显然不可避免。而五龙以牙齿与都市黄金的这场交换代价是相当巨大的，这是他的乡村人格向都市的主动投降。尽管这次退却很快在心灵深处得到纠正，但是乡村人格仍然只能活跃在他的人格深层，而表面上五龙则越来越变成了都市的俘虏（物质层面）。对都市的现实占领，并不能驱散他精神改造的孤独感和失败感。他只能以自己的诅咒来维持自己乡村人格的平衡与自足。他之没有在心灵上被都市同化，也同时显现了乡村文化因子在他血液中积淀的深厚。"这就是城市，这就是狗娘养的下流的罪恶的城市，它是一个巨大的圈套，诱惑你自投罗网。为了一把米，为了一文钱，为了一次欢情，人们从铁道和江边码头涌向这里，那些可怜的人努力寻找人间天堂，他们不知道天堂是不存在的。"这是五龙对城市的彻悟，是他反身自省之后的一种绝望的叫喊和诅咒！一旦清醒，五龙对都市人格的清扫就相当轻松，他买了三千亩地，买了两车大米，他设计的"衣锦还乡"的场面，给了他乡村人格巨大的满足。他不属于都市，他应该抛弃它，他一无所有了，但他毫无损失，一身的伤口并没有毁去他的精神人格。他带来了一把米，而运回去的是两车皮米，他的乡村人格不仅没有被磨损，反而经过磨难而被放大了。然而，不幸的是五龙人格独立性的维持是以他个体生命的终结为代价的，这在更深的意义上把他灵魂深处两种人格的拼杀变得毫无意义，五龙纵然"乡音未改"，但终究不能衣锦还乡。

在考察和梳理了长篇《米》的深层内涵之后，我仍觉得尚有某种遗漏和欠缺。在主人公五龙的存在心态和人格背后，还活动着作家自己的身影，作家心态显然在小说的故事深层有着同等重要的地位。当然，这种心态是相当隐蔽的，我只能作出主观的猜测。熟悉苏童的读者都知道，苏童小说创作一直交织着历史和现实两种题材层面，但近两年来，他和叶兆言、周梅森等许多著名作家一样都表现出了对"历史"的过度热情，对"现实"采取了一种冷漠甚至回避的态度，小说时空全部在"历史"中展开。我们当然不会相信作家们缺少把握和反映现实生活的能力，但这种创作转移作为一种普遍的文学思潮和文学现象则是不能不引人深思的。在我看来，苏童等作家对现实的回避，正表明了他们美学思想的嬗变。他们显然是试图通过历史话语的营造，而获得一种创作心态的自由。而历史的情境则往往是现实的补充和象征，作家们试图通过审美距离的延伸而加深现实反应的浓度。他们的"历史小说"不同于一般的"历史题材"的小说，他们不需要借助于真实的历史事件和历史人物，完全在虚构和想象中营构小说世界。小说中的"历史"其实只是借用了一种历史氛围、历史情调、历史话语方式。当然，毋庸置疑，这种创作转移现象除了美学因素之外还有更为现实的社会历史原因。这使作家的创作就呈现了矛盾性，作家既有现实情结，而又要用"历史"来伪饰，这导致了文学表面功能的偏离，以及能指与所指的模糊化。

三、故事操作：长篇小说的叙述话语系统

《米》的成就也表现在它的小说物态层面上，独特的风格和话语方式，使这个长篇小说获得了相当独特的品格，这既是相对于苏童的小说创作，又是相对于长篇创作的整体态势而言的。苏童以往的创作大都采用第一人称叙事，强烈的主观抒情性和随意机警的叙述风格是他小说的重要特色。从《妻妾成群》等小说开始，苏童开始

采用第三人称叙事,而出色的冷静与凄艳的色调使他获得了极大成功。《米》显然承袭了这一路的叙述方式。作者以全知叙事,但视角更多归附于五龙,小说正是以五龙的角度来构思和演进故事的。而第三人称"他"作为故事的全知全能的叙述人,这个隐含在故事的自我起源、自我发展的情节中的"他"最大可能地构造了现实的客观历史性,"他"始终饱含着一种纯历史的过程。因此,《米》的叙述态度相当平静从容,一反从前小说中躁动、热切的情绪,小说据此而呈现出一种原生态、客观化的趋势。同时,我们也看到,作者叙述人称的选择,也正是为了适应长篇小说操作的体裁需要。一般来说,长篇小说头绪复杂线索众多,反映的生活面比较广阔。如果用第一人称限制叙事,往往会影响小说反映的容量,造成的小说空白就会增多。而第三人称叙事,由于叙述人跳出故事之外,可以自由随意地从不同的角度切入故事,因而故事的操作就潇洒自如了。当然,《米》的第三人称并不是单一和凝固的,第三人称其实是由众多分散的第一人称叙事综合而成的整体格调上的第三人称,并不能抹杀局部的第一人称叙述。这使得整部小说在整一中见变化,平衡中现张力和弹性,因而又有了一种活泼灵动之美。

与叙述人称相联系,《米》的话语方式也与以往的家族小说判然有别。苏童在他过去的小说中喜欢使用带有"回忆"性质的、"古老的传说"这一讲述方式,从叙述者的当前回溯过去的故事,时空上有个明显的倒流和交叉。而《米》则把叙述者摆在和故事时空相同的起跑线上,从顺序的时空叙述一个特定历史阶段的故事,"历史形态"得到本色的再现,没有那种反观抽象的"回忆"色彩,仿佛从生活和历史的河床上截取了一股完整的支流,原色原味,却醇味无穷。不过,在小说中,叙述者对故事的超越,以及先知色彩,也可以从他的叙述语式上透露出来。这范例要算"直到后来,他屡遇码头会兄弟,这些人杀人越货,无所不干,五龙想到他初入此地就闯进码头会的虎穴,心里总是不寒而栗"这个"马尔克斯句式",这种语式,对故事有一种居高临下的态度。

从艺术上说,《米》的结构艺术也极为出色。小说以"米"和"五龙"作为两个基本的结构酵素。小说以五龙为故事的媒介,通过他的命运遭际串联起三条情节线,包容了城市和乡村两种生存方式、两种生活形态,牵连三代人的命运。这种辐射式的结构,把故事组织得精致、完整。五龙从乡村逃难到城市是一条情节主线,而他在进城时被阿保毒打，就与阿保、六爷为代表的都市黑势力挂上了钩。当他进入米店后，又与冯老板和织云、绮云的粮店生活联系起来。一旦他被雇为伙计，参与米店生活，三条线索就拧成了一股，把故事推向了结局。不过，这三条线索中，五龙这条主线一直占据中心地位并改变和支配着其他两条线索，而且最终完全吞并和整合了这两者。此外，这篇小说在结构上还特别讲究照应与铺垫，结构相当圆满和典雅，古典色彩很浓。小说以五龙乘火车进入都市开幕，又以五龙乘火车离开都市闭幕，故事情节正好构成了一个封闭"圆"。这一方面显示了作者独到的艺术匠心，另一方面，也与小说的内涵有高度的一致，暗示了主人公一无所有的最终结局。

当然，在津津乐道于苏童小说出色的词语感觉能力和娴熟、高超的结构技巧的同时，我们也不能不指出这个长篇小说的先天不足。就个人感受而言，《米》更像一部加长了的中篇小说，精美圆熟有余而规模气势不足。不过，从另一个角度来看，这也许正是苏童的杰出和高明之处，是他对长篇创作普遍存在的粗糙化倾向的反拨。也许作者正尝试着以另一种方式为长篇小说的构筑贡献出新的艺术经验，为长篇小说艺术的完美提供一种崭新的范式。果然如此，那我们是应该庆幸的。

第 15 章 《敌人》：心狱中的幻境与真实

在新潮小说家中格非的形象因为那连绵不断的"格非迷宫"而显得有些神秘。他进进出出于"迷宫"游戏的乐此不疲的追求固然给读者许多诱惑，但其中故弄玄虚的色彩也让读者在望而生畏的同时有一种被冷落的感觉，而格非本人对此则似乎毫无意识，或者即使意识到了他也不想改弦更辙，他甚至以《迷舟》《褐色鸟群》《青黄》《风琴》等几乎每一部小说完成一次变本加厉。发表于 1990 年第 2 期《收获》上的他的第一部长篇小说《敌人》更是他陶醉于"迷宫"式写作的一次登峰造极的表演。对于他来说，"迷宫"不仅仅是一种智慧，一种故事方式，而且更似乎是他本人精神存在的一个家园。因此，任何企图把格非剥离"迷宫"的努力都注定了徒劳无功的结局，正如海明威曾说过的："真正优秀的作品，不管你读多少遍，你不知道它是怎样写成的。这是因为一切伟大的作品都有神秘之处，而这种神秘之处是分离不出来的。它继续存在着，永远有生命力。"自然，本章对《敌人》的解读也不存此奢望。

一

表面上看，《敌人》具有家族演义的色彩，它和马尔克斯的《百年孤独》具备许多结构上的相似性。《百年孤独》中的马孔多和《敌人》中的子午镇同样都是一个与世隔绝的小镇，都是凭着浪游的戏班子维系着它们与外界的联系。布恩迪亚家族和赵氏家族的命运也都为某种阴影所笼罩，只不过对于布恩迪亚家族来说这个阴影是家族生出猪尾巴的神话；而对于赵氏家族的后代来说则是关于那场遥远的大火的记忆和恐惧。此外，发黄的羊皮手稿，灵验的预言，乱伦，众多的私生子以及为儿子寻找生父的女人，在被打开的尘封已久的小屋与早已故去的老者的"对话"，跟随戏班子的浪子等等《百年孤独》中被化解开了的碎片都幽灵般游荡在《敌人》的各个角落。但是，毕竟梅尔加德斯的羊皮纸手稿和赵伯衡的那些发黄的宣纸讲述的是两种完全不同的"故事"。格非正是借助于家族的框架，让小说中歧义丛生的故事颠沛流离于历史和现实、真实和幻境之间，从而营造了一个巨大的"迷宫"。

居于迷宫表层的是赵氏家族由历史向现实逶迤而至的灾难，它以绵绵不绝的姿态彻底摧毁了一个庞大兴旺的家族和这个家族的子子孙孙。在这里，小说的标题"敌人"得到了第一种意义上的解释，作为一种灾难，"敌人"成为赵氏家族无法面对又不得不面对的一种存在，它既是有形的，又是抽象的，既是具体的，又是朦胧的，几乎宿命般地统治和笼罩了赵氏家族的历史、现实以及黯淡的未来。小说灾难的信息最初是从"引子"部分传达出来的，"村中上了年纪的人都还记得几十年前的那场大火"，那场发生在清明节的"大火"，"从傍晚一直烧到第二天拂晓"把赵家的庞大作坊、阁楼、房铺烧成了一片瓦砾遍地的焦土和废墟。它不仅烧掉了赵家世代靠勤劳和聪慧建立起来的全部家业，而且还几乎直接杀死了刚毅的赵伯衡和他的儿子赵景轩，并成为一道永远抹不去的记忆嵌刻在赵少忠及其子孙的人生路途上。显然，大火是赵家直接的灾难和第一个真正的"敌人"，它直接制造了赵家的没落。尽管相对于赵家后世子孙来说，发生在历史时态中的那场大火是那样遥远，但实际上"大火的印象"已经成了赵家代代相传的禁忌，对大火原因的寻找成了赵家共同的隐秘和渴望。小说其后所展示的接二连三的灾难都与"大火"有着隐隐约约的联系，它是赵家一切灾难的源头和背景。

如果说"大火"是赵氏家族的第一大"敌人"和灾难的话，那么死亡则是小说描绘的第二大"敌人"和第二大灾难。传说中的赵伯衡虽然"在火灾后的最初几天里依旧孤身一人在门前的白果树下打拳，他想积攒起残存生命的最后一丝光亮，但是那丝光亮仿佛是耗尽了油的灯芯草尖上的火星，在风中扑闪了几下，旋即就熄灭了。"而赵景轩"这个忧郁的中年人承袭了先辈沉默寡言的秉性，却染上了一种颓唐散漫的习性。他整天衣冠不整、蓬头垢面，慵懒的身影像幽灵一样在林中四处晃荡"，他把一生中剩余的几年光阴完全耗费在父亲遗留下来的宣纸上，直到五十五岁时死于疟疾。虽然，在"引子"部分小说叙述的两次死亡具有某种自然性，其灾难意味更多地凸现于主人公的精神生命内部。但是，这种"精神"死亡其

第15章 《敌人》：心狱中的幻境与真实

...257

实才是最本质意义上的死亡,在此意义上赵家后代子孙的死亡无论多么莫名其妙,更深层却总是一脉相承的。大火烧掉了一切,更烧掉了从精神上维系赵氏家族的某种根本性东西,这也天然地赋予了赵家各种生命的飘浮性和无根性。然而,从"死亡形态"来看,相对于历史祖先赵伯衡和赵景轩的死,"现实"中的子孙们的死则更多某种意外性和阴谋性,这也可以说是两者的根本区别。在这些死亡中,如果说赵少忠女人在一个大雨之夜吃有毒的花瓣而自杀具有一种主动意味的话,那么其他人的死亡则无一例外是被动的,在主人公的死亡背后都隐藏着一个若隐若现的"敌人"。这也是小说"迷宫"特性的一次显露。在赵少忠六十大寿的时候,赵龙的儿子猴子意外地在大水缸中溺死了,而事实上那么高的水缸缸沿上还积了一层滑溜溜的冰,猴子本是爬不上去的。显然,猴子的死亡已经传达出一种谋杀的信息,只不过谋杀者没有露面而已。这之后曾经在偃林寨遭到打劫九死一生回到家乡的赵虎又陷入了"死亡"的追踪之中,他一度被迫栖息在破庙里的草堆之中以躲避那如影随形的隐形杀手。然而,木船修好第二天一早就可离家的消息,虽然把他"在子午镇蛰居的这个漫长的春夏曾经带给他的一连串不愉快"以及"内心潜藏的不安"在微微的醉意中化为乌有,但赵虎却终未能完成他的"胜利大逃亡",在出走前一天的夜里他横尸家门。而杀手则在赵少忠的视线中露出几个背影"大模大样地拨开竹林的枝条,消失在远处的黑暗之中"。尽管赵少忠怪诞地掩埋了赵虎的尸体并试图让赵虎的死亡销声匿迹,但腐烂的尸体最终还是被从桑园中挖了出来。此时,柳柳也似乎在劫难逃了,"许多个不眠之夜在院子里传出的磨刀声又一次回荡在她的周围,在那个闷热的夏季她常常被尖刀在砂石上发出的声音惊醒,从赵虎从偃林寨逃回来的那个晚上起,她一直感到一种不祥的阴云笼罩在他脸上,他躲躲闪闪的目光从那件血污染红的衬衫上,从那座破庙的阴影之中,从一个月明星稀的天空深黛色的背景中迭现出来,使她不寒而栗。现在他的死亡使她心中积存已久的谜团变成了支离破碎的一堆乱麻"。从此,她开始时常彻夜不归并莫名其妙地怀了孕,她整天昏昏沉沉,对于外界事物敏感的触觉仿佛在一夜之间就变得迟钝了,她甚至觉察不到季节的变化。而她生命最后的形象也最终凝结为一个狂奔的逃命的意象,"她漫无目地地在田野上狂奔着,她跨过一道道的沟壑,最后钻进了那片横亘在她面前的密密的苇丛",在那里面她惨遭杀害。这接踵而至的死亡不仅彻底埋葬了赵家大院残余的一点生命气息，而且"人们对赵家大院接连不断的葬仪也早就习以为常，一切庄重的禁忌与葬规似乎成了多余，人们稀稀拉拉簇拥着那口棺材，叽叽喳喳地谈论着一些细琐的往事，一路小跑消失在树篱的背后"。一个生命的消失，就如同一片洒落的树叶寂然无声地归于大地，甚至不能激起外人心中的一点涟漪，这是一种怎样的悲哀呢？然而灾难却似乎永无穷期。两个外来的瞎子又无情地预告了赵龙的死讯，这使乌云密布的赵家大院雪上加霜。赵龙觉得一切恍若梦幻，"他似乎已经成了一个死去多年的幽灵"。无论赵龙怎样枉费心机地追寻两个瞎子的下落，也无论翠婶怎样夜复一夜地在赵龙房门上上锁，"接连不断的倒霉的日子"并没有如他想象的那样在"这即将过去的一天终于显出了中止的迹象"。他根本无力跨越他生命的大限，哪怕在死神面前他终于看清了父亲苍白的脸，他的死仍然无可挽救。至此，赵家大院的败落和灾难也达到了高潮，不仅那块带有禁忌意味的家族废墟被出卖给了二老倌，而且赵家大宅"那座摇摇坠坠的房梁随时都会倒塌下来"。死亡已经扼杀了赵家的一切生机和生命，使它没有了未来，只剩下了一个灰暗的穷途末日，连哑巴也最终离开了它。因此，除夕之夜的那个葬礼就不仅是为赵龙送葬，而是为赵虎，为猴子，为柳柳，为黄狗，为整个赵氏家族送葬，为赵家的兴盛、败落以及不可捉摸的命运送葬。

在目睹了赵家接踵而至的灾难之后，我们终于无法抵挡一个不期而至的追问：赵家灾难真正的原因是什么？小说正是借助于标题"敌人"和"引子"中的大火构成了这个疑问，并以一个年老家佣的话道出了某种猜测："如果不是上天有意要灭掉这一族，一定是有人故意放火。另外，好好的水龙怎么也压不出水来，也许有人用木塞将水龙头的喷水管堵住了。"这样，小说就以陈述的方式提出了一个与家族灾难相关的问题：谁是这场大火的肇事者、纵火人或罪犯？是"上天"的旨意，还是有人故意放火？无论是哪一种结论，这个"敌人"似乎都是来自外部的力量。"上天"是命定的劫数，是不可违逆和逃避的自然之力。通常，它反而更容易使人平静地接受这种命定的安排，因为，自然性的毁灭或打击固然会使人恐惧痛苦，但它毕竟是暂时的。如果赵家的大火是偶然的事故，那么赵家后人重建家园应该是完全可能的。然而赵伯衡没能走出这场大火，其后辈赵景轩、赵少忠也没有走出这场大火。显然，真正打败他俩的并不

第15章 《敌人》：心狱中的幻境与真实

是这场大火本身，而是另外一种来自外部的力量，一个他们所独自面对的外在的敌对世界，一个人为的世界。当村庄的每一个角落都流传着有关火灾的各种传说时，当大火从铁匠铺、木器铺、鞋店里同时窜出来时，当好好的水龙怎样也压不出水来时，这种意外的巧合本身就是对偶然性的一种否定，使人们很难相信这只是上天的旨意和安排。因此，悬念、恐惧、仇恨和阴云般的疑虑均由此而生。那么，潜藏在灾难背后的真正敌人是什么呢？

二

"谁是敌人？"这声追问不仅是作家有意设置的迷宫纽结，同时也是主人公们面对灾难时的心理纽结。"敌人"已经不仅是一种灾难性的人生处境，而是已经幻化成了一种精神氛围，一种永恒的心理威胁。它对主人公们心灵的伤害其程度要远远超过了一个赵氏家族的毁灭。然而，耐人寻味的是，不仅那场大火的纵火者在小说中面目全非，而且在几乎所有具有凶杀意味的场面中，我们始终看不到"敌人"的面孔，或者至多看到一个背影、一个水中的倒影。这样，由于"敌人"的隐形化，在主人公心中其就被进一步强化、抽象化和世界化，整个宇宙都在他们心中作为一种"敌人"而存在着。因此，"敌人"也就成了他们沉重的心狱，它使真正的大火以及各种死亡灾难都虚幻化了。它不仅彻底谋杀了他们生命的激情，甚至直接造成了他们的精神真空状态。这具体体现在两个方面。

其一，彻底的孤独。那场毁灭性的大火打垮了赵伯衡这个刚毅果敢的老人，他把晚年的时光都消耗在对村子里的人名的书写上。"那些歪歪扭扭的文字仿佛刻下了赵伯衡临终前孤独深邃的内心"，这句话不仅道出了人物对于孤独的深刻体验，同时也道出了那个"刚毅的老人"被打败的真正原因。宣纸上的名单喻示着这位老人独自面对着一个过于庞大的完全敌对的世界。但这种对立未必完全是外界强加于他的，并不是村中每一个人都存心与赵家为敌。只是巨大的恐惧和怀疑使他无法摆脱火灾噩梦的纠缠，即便他确实有能力在废墟上重整家园，他也无法真正战胜他内心的敌人，这个敌人不再仅仅是一种外在的力量，它蛰伏于意识深处，成为他内在言语中一个最为重要的词，成为他身体内部一个深入骨髓的毒瘤，并且不断增长弥漫于他的血液中，吞噬着他的生命。而且，他还把怀有巨大恐惧的这种孤独症像一种难以治愈的顽疾遗传给了他的后代子孙。"赵景轩把他一生中剩余的几年光阴完全耗费在父亲遗留下来的宣纸上"，用来破译这些名单中潜藏的真正的家族敌人，并把不相干的人名"一个个划掉"，他的脸也"渐渐呈现和父亲垂暮之年一样的神色"。也许，只有"划掉"这一动作才可以减轻他内心中的巨大恐惧。十年之后，长大成人的赵少忠也未能摆脱这一噩梦的纠缠，即使在他结婚的时候，"他的脑中一旦掠过那些宣纸上的人名，就感到浑身无力"，他生命的更多日子里都是一个人孤独地居住，他天天起得很早，"坐在后院廊下的那处护栏石上，一锅接一锅地吸着旱烟，在渐亮的天色中，看着井南边的那排阁楼发愣。有时，他整天缩在那间尘封的斗室里翻阅着一本本发黄的旧书，有时独自一人沿着弯弯曲曲的墨河的堤岸走到赵家的墓地上"，"当他的目光偶然掠过那边沙土的时候，他惊异地发现沙土上写满了模模糊糊的字迹，在一层雪花的掩盖下，他能够辨认出地上写着的那些人名。他被自己的行为吓得不知所措，仿佛地上的字迹是由另外一个写出来的一样。他的眼前渐渐呈现出父亲和祖父脸上镌刻着的迷茫的神情……"他不仅视村中所有人的目光"充满敌意"，而且几乎跟自己的儿女们也毫无交流。赵虎"在独自一人面对父亲的时候总是感到一种莫名其妙的紧张，尤其是沉默不语的时候，他更是手足无措，在他的记忆里，父亲像是对沉默上了瘾，在他那两片薄薄的嘴唇中似乎掩藏了无尽的心思"。赵龙也几乎没有跟父亲说过话，"每到他们独自面对的时刻，赵龙总是感到一阵莫名其妙的局促不安"。而柳柳、梅梅也无不有孤独的癖性。对于父亲"柳柳几乎从来不敢正视他那张冷漠的脸颊"，梅梅则更是很少跟赵少忠讲话，赵家人总是孤独地固守着他们的内心，他们无法沟通，无法对话，仿佛都患了失语症。至于哑巴和翠婶，他们作为外乡人最初并不具有赵氏家族所共有的孤独多疑的特征。哑巴是随着戏班子来子午镇的。他对戏班子的迷恋使人很难把他看作性格孤僻的人，因为戏班子总是和嘈杂热闹的场合联系在一起的。而当他被赵家正式收留之后，当他真的仿佛已成为赵家的一员时，哑巴也变得让人难以捉摸了，"他躲躲闪闪的目光像是包含着某种不为人知的秘密"，他的"沉默寡言"使柳柳担心，认为他的聋哑是装出来的，"她害怕有一天他会突然说出一两句什么话来"。翠婶是在经历了宫塘镇上那个触发情焰的夜晚之后来到赵家的。她对赵少忠难以说明的恋情使她无法抗拒赵少忠躲躲闪闪的目光对她的诱惑。最初我们在小说中还能听到她爽朗的大笑，但当她渐渐与赵家融为一体时，在她脸上也蒙上了"沉重的阴影"，尽管她试图使自己成为"一个外来人，一个旁观者"，但她最终也被大火的阴影所笼罩，甚至她有时觉得自己亲眼看到了几十年前的那场大火。"她感到自己在笼罩在这个大院上空的命运的迷雾中越来越远，除了心中尚存的她对于未知将来的一种莫名其妙的兴趣，她日益觉得心力衰竭，疲惫不堪"。可见，大火、死亡等一连串的灾难以及这灾难背后鲜为人知的秘密共同铸造了赵氏家族孤独的心灵，他们在孤独的存在中咀嚼和回避灾难，但沉重的心狱却注定无法摆脱。

其二，无名的恐惧。如果说孤独构成了主人公心狱的一个层面的话，那么恐惧则是遥相呼应的另一层面。赵伯衡、赵景轩晚年的恐惧和害怕自不必说。就是外表不失长者威严的赵少忠，虽然在家族和镇子上扮演着权威角色并受到尊重，但他的胆子却像"菜籽一样大小"。一个黑影在楼梯拐角处划亮一根火柴就足以使他魂飞魄散，"骨碌碌地顺着楼梯滚了下去"；散落的豆子"像水珠一般溅落的声音"也使他从梦中惊醒，再也无法入睡。他的脸上永远镌刻着焦灼和惶恐，"像一块发了霉的朽木"。而恐惧多疑症甚至已成了女儿柳柳对于外界环境的超常感觉方式，成为一种被应验的不祥的预兆，"噩梦一个接着一个向她昭示了未来发生的一切"。赵虎一踏上子午镇也就"被一种莫名其妙的恐惧感笼罩着。他总感到在那条船修好之前有一件什么事在等待着他"，他不但磨了一把尖刀带在身上，而且甚至到了不敢回家住的地步。但赵虎的死是小说一开头就注定了的。三个外乡女子用几只脏兮兮的花圈给赵虎拜年，就仿佛宣布了赵虎的死刑，而他也真的就死了。至于赵龙，他不但觉得"这个荒芜的大宅好像从来都不适合他居住，它就像一艘即将沉没的船只，他总是渴望远离它，或者希望有一天它在地上消失"。这种近乎怪诞的感觉连他自己也无法说清，而且，他生命的末日几乎就全是在恐惧中度过的，"用一根树杈抵住门，躺在凉飕飕的床上"，他久久难以入睡，"赵虎的脸上被固定的惊骇的表情不时在他眼前闪现，那把在他的身体上没入很深的尖刀使他感到胸口一阵阵发麻，村里那些充满敌意的人的脸在空气中隐伏着，他一遍遍地在黑暗里聚敛着那些散乱的目光，最后他看到了一副枯树般的瞎子的脸"。当死亡来临时，他已经丝毫没有勇气反抗已过于苍老的父亲，"他感到一种令人难以置信的恐惧正把他的躯体一片片撕碎"。也许真正的凶手并不是他的父亲,因为内心的巨大恐惧已经事先杀死了他,所以这间小屋里发生的事才会"像拂过旷野的轻风没有留下一丝痕迹"。就是翠婶也时时被梦幻般的"莫名其妙的惆怅"缠绕着,"她记不清赵家大院是从哪一天开始倒霉的,在这个空阔的大院里待了几十年之后,翠婶对它越来越感到陌生。赵虎的猝死带给了她一丝隐隐的忧伤,除此之外,她更多地感到了恐惧,这个院落的平静的外表之下似乎一直隐藏着什么鲜为人知的秘密"。在这里,我们发现小说所展示的主人公的恐惧其实有两个方面的内涵:一方面,它是对灾难、对死亡、对"敌人"的恐惧;另一方面,它又是对命运和报应的恐惧,是一种心理真实。当柳柳第一次在楼梯上发现死鼠时,她只是奇怪,"老鼠怎么会死在这儿?"而当她不止一次地在楼梯上看见死鼠时,同一事件的简单重复就有了令人恐惧的意味。当第一次"赵家的郎猪被剥掉皮还从地上立起来在地上到处乱窜"时,它也许会引人发笑,而第二次它就成了可怖的事情了,"送葬的人被眼前的情景惊得目瞪口呆",它因此成为一种凶兆。这些凶兆连同遍布小说中的传说、预言和梦境共同传达出一种不祥的命运气息,成为主人公精神恐惧的一个重要原因。

而孤独和恐惧的必然结果就是人生的变态。由于创伤性的经验,主人公们总是在意识中放大自己想象中的敌人,并在不断的压抑中引起不断的焦虑。这事实上在他们的心狱中已经再造了一个敌人,它不仅仅是一种幻象,而是直接成为主人公对自身处境的一种判断,成为对周围事物的一种态度,成为一种对外部世界的感知方式。它既是对孤独中恐惧的深刻体验,同时也是一种不断被反复体验着的东西。这种情况下,世界被认定为"充满敌意的",是"我"的对立面和"敌人"。反之,"我"也把自身置于世界的对立面,"我"也成了世界的敌人。这正是解释主人公们怪诞行径和变态人生方式的关节点。

三

格非的小说向来注重故事,他善于运用博尔赫斯式的机智把小说的情节和悬念营造出一种戏剧性效果,虚虚实实,扑朔迷离。然而不同于传统意义上的情节小说利用错位的情节在阅读过程中得以重新组合让读者在真相大白后的恍然大悟中实现阅读期待的艺术手法，格非不仅拒绝对小说最初的悬案提供答案，而且在小说结束时，反而会给读者留下更多的疑问。它的故事不仅不和"游戏"同步结束，而且在故事结束时，游戏才真正开始。这也许就是"格非迷宫"的精奥所在。在《敌人》中情节链的补充已变得无足轻重，甚至连最初那场大火的悬案是否解决也变得毫无意义。小说中正式出场的人物以及所发生的事件与那场火灾几乎没有任何关联。那场大火对于他们来说不过是个"遥远的印象"。它是作者在引子部分为小说中的人物设置的一个阴影，一个"红色的影子"。重要的是这个影子对人物究竟施予了什么影响。而对读者来说，它是智力游戏中的一个陷阱，诱使读者过分专注于破译手稿中的秘密，而把真正的悬念保持到最后，从而使作者在这场智力角逐的游戏中始终占据主动，同时也避免了读者由于提前破译或者说阅读期待的提前满足，而使故事变得索然无味。因此，我们发现，《敌人》事实上构成了一个特殊的小说世界，在这里既存在一种隐喻的大方无隅的哲理世界，一种写实的深入奥秘的心灵世界，又存在一种虚无缥缈的神话传说世界，一种能触目惊心的人类现实世界。它们形影相随，无法分开。这个世界好像包孕了一个永远不会消失的预言，云集了人类所创造、所想象、可望而不可即的一切现实，主观的和客观的不可分割地交织、在一起，使读者在恍惚和清醒之间徘徊，在现实和非现实中徜徉，并在幻境中理解真实，在真实中融入一个神秘的世界。

虽然，在小说的行进过程中，"谁是敌人？"这个悬念得到了部分应答。比如猴子似乎死于麻子之手，而麻子与赵少忠有某种暧昧关系，赵龙也确确实实死于赵少忠之手，我们在打雷的光亮中看到了赵少忠"苍白的脸"。但小说开头破空而来的第一大悬念"谁是纵火者"并没有得到揭示；赵虎的被刺死和柳柳的被奸杀也都是悬案未破；三个被划去的人名也被赵少忠丢进了火盆难见天日，三个人名仿佛三个巨大的问号连同那只燃烧的火盆成为主人公记忆中的巨大纽结……格非正是通过悬念的增殖和情节的流失过程构筑了一个巨大的充满可能性的"迷宫"，它既带给读者不尽的诱惑，也为小说文本增添了神秘的魅力。概括起来说，《敌人》的"迷宫"建构具有以下几个特点。

第一，非判断性叙述。《敌人》最大限度赋予了小说情节直达本意的功能。格非坚持只作陈述而不作判断，从而使阅读过程成为读者参与创作的过程，成为一种智力游戏。通部小说完全贯彻了陈述的原则，一切都只是过程的叙述。即使在唯一的一段关于主人公心理的描写中（第五章第 13 小节），那段未加标点的内心"独白"，由支离破碎的意识流动碎片连缀而成的大段回忆，也还是以陈述事件的方式来表现的，关于人物心理活动以及性格逻辑的发展究竟怎样，作者似乎并不比读者知道得更多。他的唯一的兴趣似乎仅仅在于如何巧妙地使事件发生的时间与文本的叙述时间错位，从而不断地制造悬念，使读者始终在"是谁""为什么""后来怎样"这一连串的追问中保持一种阅读期待。同时，小说的语言和故事也据此获得了一种客观性效应，它使那些神秘梦幻色彩的故事在语言上获得了一种真实性。

第二，暗示和象征手法的大量运用。《敌人》是一部充满隐喻的小说，作者有意识地抹去现实与非现实的界限。瞎子的预言和柳柳的梦兆的准确应验，使最为平常的事件也罩上了一层神秘色彩，它在我们心中引发了一种捉摸不定、朦朦胧胧的情感。这使我们不但不能够肯定在这个世界中、真实与幻象之间是否真有一条明确的界限，而且也无法判定作者所选择的世界的真实性质。初看起来，这部小说完全恪守着写实的原则，没有什么过分的夸张和虚幻的色彩，一个家族因为一场大火而衰败，这是平常的话题，而一旦作者以暗示性写法来代替原原本本的描述时，事件本身就具有了更多的意味，同时也构成了象征。钱老板的花圈店正对着赵家的院门，这可能是完全偶然的细节，但在赵家不断被"死亡"事件困扰时，这种不寻常的重复，便使原本最为平常的事件突然间具有了象征的意味，成为一种与死亡做邻居的象征。赵家大院本身是灾难的承受者，然而当灾难接踵而至时它本身就已成了灾难的一种象征，"鸽子、小鸟以及所有的活物都离它而去……赵家大院的每一个人都渴望逃离它"。而象征之外，我们更多的应注意到这部小说中星云密布的暗示，可以说理解暗示，正是解读这部小说的钥匙。暗示本质上是一种话语的省略，一个眼神，一个手势或神态都可以成为暗示性语句。翠婶"以自己独有的方式向赵少忠传递着天真的暗示"，她在为赵少忠赶做的鞋帮上绣上一朵晚茶花包，在为他缝的被子里夹上一缕自己的黑发。这种意味深长的表示是否被对方觉察和领会，需要一种默契。而在柳柳被奸杀的场景中作者提供给我们的唯一线索是"一束灰色的光影"和"敲击她后脑勺的那件东西像一根捶洗衣服用的木杵"。这根"道具"使我们联想起了三老倌曾把一只"扒灰用的木榔头"塞到赵少忠手中……这个暗示性的场景,由家族长者履行的这个仪式仿佛是古老的"初夜权"的象征。但谁是凶手?是那个有着众多私生子并时常使柳柳恐惧和心慌意乱的三老倌,还是那个"在她梦中萦绕多回的人"——父亲?而柳柳请女尼圆梦的场景则进一步暗示了这个梦中的乱伦意味。这几乎使赵少忠作为罪犯的可能昭然若揭了。猴子的死在小说中也始终是个疑问。赵龙小时遭到赵少忠毒打本不会"生出孩子",我们通过暗示才能推测出猴子的真正父亲恰恰是那个被他称作祖父的人。赵少忠显然同猴子的母亲——那个如花似玉的外乡女子之间有一段超出名分的私情。第五章第13小节那段无标点回忆中将猴子同那场羊圈里发生的偷情场景联系在一起似乎证实了猴子的身世。于是以往所有朦胧的暗示突然间有了明晰的意味,为什么赵龙父子有时会像兄弟一样;为什么赵少忠停留在猴子身上的目光会"像蛇一样游开";为什么当三老倌戏称猴子为野种时赵少忠会"像被雷击了一下"等等疑难问题顷刻间都有了合理的解释。而赵虎的死似乎可以免除赵少忠的嫌疑,但他在埋葬赵虎时"慌乱之中他好像是自己亲手将赵虎杀死的一样"这暗示性的情节也隐约透露了他内心的某种隐秘,至少我们可以从凶手近乎"大模大样"的离开中猜测出赵少忠与凶手不同寻常的关系。至此,我们突然发现,这个始终保持着"彬彬有礼的外表"的家族统治者,恰恰就是这个家族的最大"敌人",几乎每桩命案都与他有关。当他把世界认定为自己的敌人时,心理上的巨大恐惧和病态的虚弱反而使他在行动上最终成为整个世界的"敌人"。他最不能容忍的敌人是离他最近的人和最为熟悉的人,只有当这些人陆续死去之后,他才终于从病态的恐惧中解脱出来,"枯皱的脸上泛出早已消失的红润光泽"。从某种意义上说,赵少忠甚至对灾难和死亡有着潜隐的期待:"在过去平静的岁月之中,他总是被隐约的恐惧感压得喘不过气来,当灾难在他身边降临的瞬间,那种压抑之感早已消失得无影无踪。"

显然,在格非的《敌人》中,作为情节纽结的"敌人",既是主人公心狱的症结,同时也是小说结构的动力,它以一种悖论式的存在营造了一种迷宫氛围。作为主人公的赵少忠和家族其他成员一样都有着对"敌人"的恐惧,虽然他曾努力压抑这种恐惧否定"敌人"的存在,并总是扮演一个否认并为罪犯开脱的角色,他所不断重复的"猴子太顽皮了""没有人能活那么久""没有人和我们过不去"这些解释其实他自己也未必相信。但最终他还是自己作为敌人凸现出来，赶尽杀绝了家族中几乎全部的生命，从而印证了戈尔丁的一句名言："一伙人与另一伙人生来是没有两样的，人类的唯一敌人存在于人类的内心。"然而，那个纵火者，那个家族的真正敌人依然在迷宫深处微笑，赵少忠的解脱恐怕注定了只是暂时的，前途依然迷茫。

第15章 《敌人》：心狱中的幻境与真实

第 16 章 《东八时区》：对于生命的两种阐释

　　对于文字之外的那个小说家洪峰我其实根本就一无所知。但他携带着《瀚海》《奔丧》《极地之侧》等小说在当年新潮小说第一个潮头上踏浪而过的迷人景象是如此令我无法忘怀，以至于当《风》《米》《呼喊与细雨》《九月寓言》等新潮长篇小说呼啸文坛之时，我对他的怀念终于无法遏止。我不知道如果不是洪峰带着《东八时区》在 1992 年第 5 期的《收获》上再次破空而来，我将如何终结我那遥遥无期的"单相思"痛苦。从这点来想象，洪峰至少是一个善解人意的作家。而《东八时区》则更是一部善解人意的小说，它带给我的阅读快感和满足是如此强烈，以至于我无论如何也无法控制自己的话语欲望。洪峰曾自称他的小说主要关注人的生命、爱与死亡。史铁生也指出：洪峰这人主要不是想写小说，主要是借纸笔以悟死生，以看清人的处境，以不断追问那个俗而又俗却万古难灭的问题——生之意义。这确实是洪峰所有小说的共同主题，《东八时区》自然也没有超越这个总主题。然而，也就在对这个主题卓有成效的艺术阐释上《东八时区》提供了崭新的美学经验，呈现出一方全新的艺术风景。小说在两个家族的框架内描绘了历时和共时状态中各种不同的生命状态和生命态度，在由不同历史时空、地域经济背景、各异的气质、经历与社会地位、文化性格等所促成的人生悲欢和生命、爱、死亡的复杂而又矛盾的形态后面流淌着作家对生命存在的诗意向往和对生存意义的永恒追问。而性爱和死亡无疑则是这种追问的艺术视点，它们既是小说故事的结构线索和艺术关怀的焦点，同时又辩证地拆解着生命的神秘，以各自的主题象征意义共同构筑了《东八时区》深邃幽远的人生意味。我觉得这部小说对于洪峰的意义是双重的：一方面，它超越了洪峰以前小说（也是所有新潮小说）晦涩难懂的叙事风格，小说文本形态上呈现出一种技术的明晰境界，这也可算是对新潮小说既有艺术形式的一种颠覆；另一方面，它超越了当前新潮长篇小说的题材囿限和"历史"化倾向，显示了新潮作家直接介入现实人生的艺术能力，修正了新潮小说远离现实的偏激形象，扩张了新潮小说的艺术功能。对于这部具有现实主义或新写实主义风格的小说，我的解读不可避免地陷入了一种尴尬，但我无论如何不愿放弃小说赋予我的哪怕是荒诞的思想过程，我只有义无反顾地走进《东八时区》的艺术世界，别无选择。

一

洪峰是以对生命的过分执着和过分敏感区别于其他新潮作家的，但与其他作家没有显著区别的却是他对生命的朦胧而又含混的理解。在《东八时区》及此前的大多数小说中洪峰总是以性爱作为理解生命的逻辑起点，企图通过性爱来复苏生命的原欲，当心理体验和幻觉回忆式的性爱无法拯救现实人生时，他有时干脆就弃心理与现实的矛盾于不顾，将其演示为一场蓬蓬勃勃的原欲意义上的现实性性爱运动。事实上，就性爱的本质而言，它是一种最基本的人类生命关系，在性爱中包容了生命的全部美感和神秘，它是种族繁衍和绵绵不尽的血缘关系的纽带，也是人类生命本能的确证，人类的文化行为和生命方式最终都会打上性爱的印记。可以说，在某种程度上性爱正是人类文明演进的根本动力。因此，洪峰选择性爱作为自己阐释生命的视角和逻辑起点既是他的深刻之处，又存在着先天性的偏差，尤其当他在《生命之觅》等小说中对性欲作简化社会性程序的露骨描写时，这种偏差就更是昭然若揭。显然，《东八时区》是一种超越。虽然小说所展示的人生故事仍然以各自的性爱经历为中心，在许多时候作家仍然没有放弃直接跨入性本能领域的直率甚至粗鲁的领会生命的方式，反复渲染了主人公们的性体验、性意识、性快感。但同时《东八时区》也赋予了性爱较多的社会性内容，并且不乏抒情性的描写，这带来了小说中性爱形态的矛盾性和复杂性，也创造了最动人也最使人困惑的艺术魅力。具体来讲，《东八时区》以祖孙三代人的性爱生活为中心展现了三种性爱形态。

其一，祖父辈的性爱。卢振庭和田玉兰的结合有一种古典英雄主义色彩，卢振庭亲手杀了两个日本浪人，并以一种原始质朴的方式给了田玉兰生活的勇气。从此，他们同生死共患难，劫富济贫，保护女性，成为具有传说色彩的神男仙女，最后双双殉情殉节而死，共同谱写了一曲旧时代的侠义爱情颂歌。如果说对比于封建正统婚姻文化形态卢振庭式的性爱毕竟具有边缘性的话，那么王先佩的性爱模式正典型地契合了封建婚姻文化的本源形态。作为一个封建时代的商人王先佩有三个太太，照理这种畸形婚姻所完成的应该是最不道德、最违反人性、最丑恶的性爱。然而，小说却赋予其一种特殊的和谐。这一方面源于二太太的乐天知命；另一方面也源于王先佩的民主性格和善良人性。很显然，本质上卢振庭的性爱和王先佩的性爱是根本冲突的，前者超越于文化秩序和社会轨道之外，后者正是这种文化的产物，而且王先佩式的性爱也正是卢振庭所切齿痛恨的，但小说却赋予了他们各自独立不可或缺的和谐与美感。这不仅体现了作者观念的大胆和反抗教条式意识形态的勇气，更重要的是它呈示了艺术思维的辩证法，从另一个侧面展示了最具不可言说性的人类性爱的复杂性。

其二，父辈的性爱。如果说在祖父辈的性爱形态中作家揭示的是一种和谐性的话，那么在父辈的性爱中作家挖掘的则更多是其矛盾性和复杂性。王家四姐妹的性爱中王路琴的婚姻最缺乏现代情爱色彩和生命诗意，但却是小说时空中最稳定的一组性爱关系，人生也许终究就无法避免这样的悖论！卢景林和王路遥的爱情则是一场真正"旷日持久和艰苦卓绝"的浪漫的结果，这里有诗情的梦想，有奔放的激情，也有现实的磨难，更有卢景林式"强奸"的悲壮。而王路敏对姐夫的崇敬和爱则使他们的性爱陷入了三角误区。时代和文明的进步使他们失去了王先佩在相同处境下的平静，而是各自陷进了永劫不复的精神苦海。卢景林背着两个女人的十字架艰难地消耗着自己的生命，而两个女人则更在爱与渴望、冲动与压抑的心灵搏斗中咀嚼各自灵魂的痛楚和生命的残缺。在这里，我们发现了主人公本能欲望与文化伦理的激烈冲撞，作家关注和表现的仍是人性中善的一面，反映的是主人公主动的文化伦理压抑和人性痛苦。而到了王建生式的三角性爱中，我们则发现了完全相反的形态。王建生和王路玲有一段闪电式的性爱关系，但"文化大革命"中先是造反派派别之争介入进了他们的婚姻，然后是女大学生周明秀直接制造了他们婚姻的解体。王建生毫不犹豫地完成了卢景林想做而不敢做的抉择，重新确立了新的婚姻。可惜，时代风云的变幻很快就改变了这段性爱的颜色。苗人凤以几乎和王建生同样的方式抢走了周明秀，王建生注定了只能在一种报应般的人生遭遇中品尝自己酿造的苦酒。如果说卢景林式的性爱还有一种绝望的追求诗意的崇高的色彩的话，那么王建生、苗人凤式的三角性爱则是完全的拒绝诗意，在他们的性爱形态中不仅找不到诗意的余烬，找不到精神性的情爱火花，而且他们根本上就把性爱视为一种纯粹的肉体欲望的占有，一种社会政治性的交易，此外我们还能嗅到一股人性恶的浊臭。当然，这种畸形性爱也有着畸形社会现实的投射，这种投射最典型地表现在李尔刚和邓婕婕的性爱关系上。政治与爱情的两难不仅葬送了一个可能相当美丽的婚姻，而且更重要的是从精神上戕杀了一个人。政治和历史的残酷就这样毁灭了爱情的诗意，潜藏在这出性爱悲剧后面的已不仅是一出生命和人性的悲剧而更是一出社会和历史的悲剧，我们从中读到了沉重，读到了反讽，更读到了愤怒和诅咒。

其三，子辈的性爱。不同于上两代人的性爱观念和生命态度，以卢小兵、卢小杉为代表的这代人的性爱远离了文化、道德、伦理的束缚，具有更为自由开放的色彩，然而却更为现实地拒绝诗意。卢小杉与朱力的浪漫恋情终于无法抗拒战争的残酷，朱力男人功能的丧失带给双方的既有巨大的人生伤痛和遗憾，又有性爱理想的幻灭。卢小杉的嫁给万家喜正是她认同现实的表现，这种认同也驱使她在厌倦西北边地枯燥的生活后毅然决然地返回家乡。显然，这一代人已经不再相信神话，不再执着于精神的虚幻和空洞的诗意，他们根本不愿为某种文化的虚荣而作出虚伪的承诺。姜丽在丈夫王路牺牲后，也毫不犹豫地打掉了自己怀孕三个月的胎儿，坚决地割断了与既往性爱的关系。虽然，她的行为表面上悖于我们文明积淀中的某种文明渴望，但又有谁能对她远离浪漫和诗意的人生抉择说长道短呢？

而卢小兵的性爱生活又代表了这代人性爱观的另一个方面，即对本能意义上原欲满足的渴求，她的性爱经历正演示了这代人在性爱态度上由追求精神上的诗意浪漫到游戏性的欲望满足的过程，也就是由诗意到反诗意的过程。卢小兵和赵启明的爱情很有祖父卢振庭式英雄美人的古典色彩，甚至为了这段性爱生活她还气死了父亲。但赵启明流汗的后身及身下女人的呻吟彻底摧毁了她的诗意梦想。其后她和刘大刚、李蒙、画家等的性交往都有游戏性质距诗意已是相当遥远了。直到魏迪降临她身边，她才重新拾起了失落的爱情梦想，她的"像妓女一样看人的眼睛"由此变得清澈，石岛偷欢的日日夜夜，更使她真正体会到了性爱的美和惊心动魄的力量。但这种爱的深刻体验随即又从另一个层面驱赶了性爱的诗意。本来性爱的追求作为人生存过程中的原动力之一，它应当融入文化形态而成为一种社会化行为，并通过蓬勃的生命激活外在文化，然而卢小兵却抛弃了社会、道德、文化、伦理使之成为纯生理和心理意义上的性爱运动，这其中必然蕴含着自身无法克服的矛盾。作者显然也无法解释这种矛盾，他无力为卢小兵和魏迪设计永恒的世外桃源式的石岛，也无法把他们永远安排在现实之外，作家抬出命运让魏迪如此仓促的死去，正是回避矛盾的一种消极方式。

对于《东八时区》来说，上文我们分析的三种性爱形态既有着各自的独立性和对比参照意义，同时又有着共同的精神联系，贯穿于三者之间的是一种浓得化不开的沉重与感伤，在某种程度上这也正是整部小说的基调。事实上，在小说中性爱已不仅是一种人生形式，而是作家观照历史沧桑及生命存在的角度。首先，作家在性爱里写尽了时代的变幻、世事的沧桑。不同形态的性爱受制约于不同时代，同时又是各自时代的一个侧面和投影，从性爱中可以发现文化、政治、历史的涵容状态。其次，小说展示了性爱本体的全部复杂性，既渲染描绘了王路敏、周明秀、卢小兵等主人公破身瞬间的或欢乐或痛苦的生理心理体验，又揭示了性意识、性冲动中的人性色彩。再次，小说反复强调了命运对于性爱形态的决定性影响，而且某种程度上时代、政治、文化的氛围也正体现为一种左右性爱进程的命运。性爱的沉重和爱情的残缺与失落是主人公始终无法逃避的悲剧命运，小说也始终未能突围出"13"这个不吉利的命运数字，而只能在对"13"的"上、中、下"的环绕中终篇。"13"的阴影笼罩了整部小说。

二

在我们对《东八时区》性爱描写的分析中我们时常会和死亡的话题不期而遇。虽然我们反复强调了性爱在小说中的中心位置，但性爱无法绕开死亡而直接奔赴主题。显然，无论在作家的意识中还是小说的涵义空间里性爱和死亡都是一对相辅相成的互补视角。如果说性爱旨在激活生命能力的话，死亡则重在审视生命衰竭；如果说性爱描绘的是生命的形而下的状态，那么死亡则更关心生命的形而上意义；如果说性爱对生命的阐释具有世俗的性质，那么，死亡则提供了一种关于生命超越的超验的视角。海德格尔曾指出："日常生活就是生和死之间的存在。"在任何一个生命的时刻，我们都走向死亡，死亡其实就是生命的一种特殊形态。生命和死亡只是一个统一的存在形态的两个方面，在其形而上意义上，两者属于同一个哲学的问题。对于洪峰来说，它以《东八时区》来完成的对生命的一种构想和对生命的一种想象，本质上正是基于生命意识中性爱冲动和死亡恐惧的相互缠绕，而死亡的宿命性更是直接决定了人的生存态度和生存方式。洪峰总是富有创造性地将他的主人公设置到一个个特殊的情境里，让他们孤独地面对自己生命的种种可能与不可能。这时候，死亡既是被动的宿命，又是主动的选择，既是人生的沉沦，又是人生的超脱。它已经没有了通常我们所感触到的严峻、悲哀，而是作为一个起点、一种参照、一种尺度在小说的审美观照中导演着生命的戏剧。当我们具体考察小说所呈示的各种死亡形态时，我们又发现了死亡和性爱无法割裂的紧密关系：死亡是性爱的结果，性爱是死亡的原因。正如卢小兵所说，他们家有自杀的遗传，王路敏、卢小红、朱力乃至卢小兵自己都直接或间接地为性爱而自杀过。虽然，卢小红和王路敏的自杀是对特殊时代的一种抗议，但同时更是对自身性爱前景的绝望。这种绝望也直接导致了卢小兵和朱力的蹈海自杀，虽然他们最终没有抗拒生命的诱惑，但如果没有获得拯救，他们精神的死亡则无以挽回。还是让我们循着洪峰的视角来具体剖视一下他对人类现实生存处境和永恒归宿间无法克服的矛盾的解释以及《东八时区》呈示的两种死亡形态吧。

其一，虽死犹生。这里涉及的是精神和肉体的二律背反，以及生命极限和灵魂永恒之间的辩证关系。卢振庭夫妇是小说时空中最遥远的一次死亡，然而他们殉情的惨烈和悲壮却一直作为一种笼罩性的精神氛围笼罩在小说的时空中，几十年后卢景林还梦想着能为父母平反，他大学毕业后到岫岩工作其最隐秘的愿望也是为了探访祖父的事迹。在李龙岗、七师哥等老人的记忆里祖父母更是神圣得不容玷污，一谈起他们就会止不住的热泪盈眶。而卢小兵则更是以祖父作为自己第一本书的主人公，她所努力的正是从精神和文字上复活祖父和家族的英雄历史。在这种死亡形态中王路敏的自杀更具有典型意义。在王路敏决心把卢景林完整地还给姐姐之后，她的心其实早已经死了。她的政治狂热其实正是转嫁痛苦的一种方式。老刘头对她的强奸和虐待只不过现实地坚决了她赴死的决心，她的自杀一方面维护了自己的清白，另一方面，更是为了捍卫心灵中的那块性爱的圣土，她试图以死完成的是那段生命辉煌的永恒。小说最后魏迪临死前寄给卢小兵关于王路敏仍然活着的信，正是暗示了性爱超越死亡的象征主题。

其二，虽生犹死。这是一种相反的死亡形态，是一种精神泯灭的本质死亡。朱力被战争剥夺了男人的功能，生命理想的幻灭和心灵的空虚绝望事实上已经是一种永无止境的人生折磨了，他的犯罪正是对自我的一种虚妄的证明，是对人生的绝望而悲凉的嘲讽。对于他来说，死亡只是一种仪式，他是如此坦然如此平静地面对最后的枪声，因为这枪声正是他在离开战场之后就一直期待着的。李尔刚在性爱挫折和政治失意的双重打击下，终于变成了一个在大街上强奸老婆的疯子，他那像女人一样的嗓音在小说中响起时不由得令人不寒而栗。与他相似，苗人凤脆弱的心理经不住政治挫折的打击，以一种畸形的性爱心态陶醉于女人般的寻死觅活和阿Q式的精神妄想中，他事实上已成了一堆毫无生命价值的行尸走肉。对他们来说，活着就意味着一种死亡，一种生命的蒸发。怎么才能超度自身呢？

显然，对于洪峰来说死亡既是人类孤独境界的体现，同时也是摆脱孤独境地的唯一方式。正如莎士比亚在《俄狄浦斯王》中所说："在还没有跨越生命的大限之前，在还没有从痛苦中得到解脱之前，没有一个人敢说自己是幸福的。"因为人被置于一个广大无比的空间之中，在这种空间中他的存在似乎处在一种孤独的尽头。他被一个不出声的宇宙所包围，被一个对他的宗教情感和最深沉的道德要求缄默不语的世界所包围。人的孤独是终极的，近乎命定的。因此，超越孤独则是人类近乎西绪弗斯般努力的最深动力。因而宗教、政治、哲理、爱情、死亡等正成了超越孤独、超越死亡自身而步入永恒的台阶。确实，在《东八时区》中我们可以发现许多的人生失落以及对失落和孤独的恐惧，但我们却很少能看到主人公的死亡恐惧，无论是第一种还是第二种死亡形态中主人公面对死亡都有一种异乎寻常的宁静，尤其是相对于小说中对于性爱追求的躁狂，这份宁静就更为触目惊心。在小说中即使是偶然的或意外的死亡也被赋予一种拯救和解脱的功能。魏迪死了，他可以抹去情感和理智的痛苦，不必为妻子和情人的矛盾而困惑，也彻底解脱了心灵深处对妻子的原罪感和负疚；二太太死了，她终于可以不再为子女操心，不再为老头子和老三的重修旧好感到痛苦；卢景林也倒下了，许多年来的忏悔与思念，冲动与压抑再也不能折磨他的生命，他终于可以放弃他的责任和义务自由地去追逐他的情人和实现那遥远的"俄罗斯梦想"了，倒地而死是一种多么及时的拯救啊！

我们发现，洪峰的《东八时区》正是洪峰亲自驾驭的生命之筏，它从性爱之河中漂流而来，却不得不停泊在死亡的港湾，超越人类悖论本性和生存困境的路途依然是"生死两茫茫"。洪峰挥动着性爱和死亡的双桨，建构的却终究是含混的生命。那么，生命之筏又将如何远航？

三

当我试图具体地分析《东八时区》的艺术成就和艺术魅力时，我终于不得不再次捡起关于叙述的话题，尽管前文我曾经说过《东八时区》有非常朴素的叙述形态。而且，我发现正是这种对于洪峰来说前所未有的朴素孕育了触目惊心的叙述变幻和美学新质。洪峰其实正是以一种不动声色的表面复归完成了一场叙述革命，这场革命不仅对于洪峰本人而且对于新潮小说群落都具有拯救和启示意义。《东八时区》是一部典型的复调小说，"复调"式的叙述改造了新潮文本的晦涩特征，而创造了一种具有复合特征和可接受性的叙述风格。照巴赫金的说法，复调小说具有这样几个显著特点：（1）复调小说的主人公不仅是作者描写的对象客体，同时也是表现自己观念的主体；（2）复调小说的主旨不在于展开情节、人物命运、人物性格而在于展现那些有着同等价值的各种不同的独立意识；（3）复调小说没有作者的统一意识，它是由不相混合的独立意识、各具完整价值的声音组成的对话小说。主人公的自我意识的独立性、对话性以及主人公与主人公、主人公与作者的平等对话关系在这类小说中被高度重视。而对于《东八时区》来说，其鲜明的"复调"特征首先体现在小说叙述人的设置上。洪峰放弃了曾经使中国当代文学天翻地覆而他自己亦情有独钟的第一人称叙事，采用了被新潮作家视为落后技巧的第三人称全知叙事。叙述者潜隐于小说的故事和主人公后面，消泯了第一人称叙述者的主观倾向和个体价值评判，而是以叙述的方式全方位地呈现人生。叙述者从未在小说中露面，但却对故事和小说有一种先知般的超越地位，而叙述语言就具有了一种预言性，像"卢小兵一直熟悉那种气味，1989年初夏卢小兵再一次从自己的呼吸中嗅到了十二年前的那种气味，卢小兵意识到自己的命运在降临人世的瞬间就已经被规定，她应该对命运表现出尊重"，"后来，副区长毁在邓婕婕手上"，"王家姐妹、除了小妹王路敏，其他三个都领导了自己的婚姻革命。从九十年代的角度看问题，王路遥的革命最浪漫和艰苦卓绝"，"如果不是在1983年春节突然见到卢小杉、朱力真以为自己的思想中不再有20岁前的记忆"这类叙述语式可以说镶嵌在小说的各种情节故事的转捩处，从而以语言的方式控制着小说时空的切换。同时，由于小说叙述人的幕后性质，他就具备了自由出入主人公的内外和故事内外的艺术能力，可以对小说中众多主人公作视角归附，因而小说就提供了众多主人公赤裸裸的灵魂和精神状态。虽然在很大程度上我会把卢小兵误解为小说的叙述人，小说从她的出生写起，又是在关于她的不幸命运中结束，祖父的故事也似乎是她所寻访出的，但"爷爷和奶奶，对她说来是一个传说一个故事，她没办法把时间和两个老人联系起来，她甚至从来不曾被他们的故事真正激动过，就如同看一幕失声的电影，一切都有点荒诞不经，一切都可以随你的心意去解释"，"历史对她说来总有点含含糊糊，时间在她短促的记忆中无法与半个多世纪前的人物和事件结合起来。卢小兵经常在最需要想象和虚构的地方陷入困境，文学中的真实二字搞得未来的小说家对已经占有的材料没有信心"。因此，她其实终究也只能发出她自己的"声音"，她对于别人的故事并没有发言权。正因为如此，我感到这部小说具有一种多声部的合唱性质：各种生命和性爱形态彼此没有价值上的评判关系，而只有平等的对比性的对话互补关系。各个主人公正是以各自独立的"思想""声音"和"态度"与作者、叙述者进行着自由的对话，并进而交织成一曲关于生命存在的大合奏。

其次，《东八时区》的"复调"特征也体现在小说的结构上。这部小说无论人物关系、故事线索，还是情节演进都遵循一种"对位"原则，形成了一种具有高度对话精神的复式结构。家族是一个重要的结构要素。正如前文我曾说过的，家族的框架正是小说中众多性爱形态和生命故事的展开背景，而两个家族在小说中也处于一种对比关系之中，当王路遥和卢景林结婚后，两个家族的对话关系不仅彻底完成了，而且事实上已经合二为一了。此外，家族在小说中也具有象征意义，家族的历史正是整个中华民族一段历史的见证和象征，家族隐喻般地存在于小说的时空中，成为小说具体人生形态之上的一股笼罩性的精神氛围。象征是一座桥梁，借助于它小说完成了家族与家族，家族与时代、家族与历史之间的对话，并从而使各个分散的小说单元和意义群落有了结构性的关系。而小说的另一个重要的结构要素则是时间。作家在《东八时区》中对时间的兴趣浓烈得近乎反常，以至于读者对小说中的每一个关于时间的细节都不敢不深长思之。小说标题"东八时区"无疑是一种提醒，它对于中国这个文化国度的特殊象征意义要通过时间的敏感来体现，这本身就是意味深长的。无疑，作家放弃传统的意象性象征方式正是为了制造小说总体上的时间氛围。而在小说展开过程中，像"1957年初秋，卢景林和王路遥开始帮助王路玲筹措婚事"，"1948年冬天，王路琴19岁"，"卢小兵的爷爷死于1947年冬天"，"1991年夏天，卢小兵和那个男人经过一番从精神到肉体的较量"这样直接的纪实性的时间记载方式可以说比比皆是，作家通过时间的纪实作为联结三代人不同时间段内的生命故事的结构枢纽，一个个的具体时间跳跃在小说中串联起众多人物和故事，使得《东八时区》现实时空和历史时空互相交织，并以共时态的方式自由呈现在小说的叙述空间中，从而有了电影蒙太奇的闪回效果。这样，家族线索和时间线索互相推进并互相对话，共同完成了《东八时区》复杂的结构形态。

最后，我们还必须指出《东八时区》的"复调"特征还直接体现在小说的语言上。小说整体的叙述语调是平静的，但平静中有幽默也有反讽。在老老实实正儿八经得使人怀疑的语言里面，我们常常会读到一种悲怆一种辛酸。无论是王路敏的故事还是李尔刚的故事都会让我们体会到浸泡在语言中的这种情绪。而读卢振庭的故事、卢小杉和卢小兵的故事我们则无法不体味到一种怀念和沉重的感伤。相反，在叙述王建生和苗人凤故事的字字句句后面我们则发现了掩饰不住的嘲讽，甚至调侃。显然，洪峰对于不同的生命不同的故事使用的是不同的叙述语言和叙述方式。这也就使得《东八时区》的语言形态具有了双声语的特征，在语言的现实层面之下流淌着甚至根本冲突的不同"意味"。我想，无论如何洪峰的冷漠都是虚假的，"路遥和卢景林结婚后就没有回苏子沟，年底时申请退职，此后的几十年她以一个纯粹的家庭妇女身份生活,一直把几个孩子抚养成人。"这样的语言背后汹涌的情感力量对于主人公,对于叙述者,对于读者都同样是撼人心魄的。作家之所以蓄意制造这种语言假象正是为了让小说的意蕴自在自为地涌现,为读者创造一个充分占有自己的阅读心境。而这种语言矛盾也正是"复调"小说的典型特征和特殊魅力。

第17章 《呼喊与细雨》：切碎了的生命故事

尽管余华是捧着温馨甜美的《星星》走上文坛的，但他确立在文坛的最终形象却与此背道而驰。他的小说也被视为"人性恶的证明"，精神病者的"疯言疯语"。这就使评论界在对余华小说表层故事的盲目投入中难以避免对作家和作品的双重误读。在误读面前，余华保持了宽厚的沉默。这种沉默带给评论界的欣喜，终于没能维持多久。1991年《收获》第6期上他推出了长篇新作《呼喊与细雨》，这部长篇无疑是余华自我文学形象的再次否定，并从根本上颠覆了评论界对他的框定。小说回复和平衡了他以往创作的主题，而显出一种更质朴的圆熟，尤其是以其"新写实主义"的浓郁气息，为读者展示了另一个余华形象，并提供了许多新的话题。

一、故事：多重主题的变奏

这部小说的故事世界如果概括起来讲就是叙述"我"六岁到十八岁所经历的人生故事。故事演进的时空是"文革"中的"南门"和"孙荡"。但小说展示的故事本身并不完整，其间充满了众多的人生片断。"我"的故事固然在小说中占有地位，但通过"我"而讲述的冯玉青、国庆、鲁鲁、王立强、苏杭、苏宇等人的故事也同样举足轻重。从某种程度上说，小说正是通过切碎了的各自独立的故事段落组合、构建统一的人生图式，因而故事的信息呈现出显明的多维性、开放性和衍生性。正基于此，小说文本通过故事传达出多重的复合的主题意蕴。尽管余华的小说的哲学重心总是落实在对人生存在的追问上，对生命的诞生、挣扎以及毁灭过程的描刻也是这部小说最为深刻的地方。但这种深刻是从具有模糊性的多重题旨的互补作用中透射出来的。而且，就《呼喊与细雨》而言，它所提供的不同范式的人生故事，正是与不同的人生母题互为表里的。首先，孤独的母题。在西方世界中人的孤独体验是伴随世界大战后的"精神荒原"而降临的。中国特别是解放初期人与人之间的集体主义温情根本上有别于西方人的个体孤独。但十年"文革"这种真正意义上的人类灾难其残酷之处还不在于物质世界的毁灭，它根本上彻底摧毁了人的正常心灵。脉脉温情一下子变得很遥远，而曾经遥远的孤独则成为一种迫切的人生现实。《呼喊与细雨》正是从1965年的一个雨夜开始故事的。这种"历史同步"寓含的人生意味是深长的。由此，作者建造了使主人公不得不体验孤独的小说情境。而其中最为孤独的就是"我"——孙光林。六岁那年他被王立强领养，而十二岁那年回家后又处于一种被父亲斥为"灾星"的孤独处境，"仿佛又开始了被人领养的生活"。他与家中兄弟父母格格不入，在村中更是声名狼藉。这形成了他特有的倔强孤傲的性格，并尽可能地把外面的世界收缩进内心宇宙，一个人坐在池塘边让思想"风尘仆仆"，并在与池塘的对话中体味人生的孤独意味。难怪小说一再提到池塘这个意象，这池塘不但是吞食了他弟弟孙光明的历史证据，也是他自己生命孤独的佐证和孤独情绪的依托。正是池塘抚慰了他受伤的心灵，塑造了他的人格，从而能以孤独的方式独立于人生，评判着外面世界。这样，"孤独"事实上正成为孙光林的一种人生方式，并一直贯穿到他的学校生活中。在学校这个最具集体温暖的地方，他感受最强烈的却只有孤独。小说对这个时期的友谊的渲染也正突出了孤独的主题。小说着重刻画了冯玉青→曹丽→音乐教师→刘小青哥哥为代表的人生各阶段的四次理想的幻灭，失落的心灵创痛积淀为灵魂的沉重孤独，压迫窒息着他的人生。而且这种孤独情绪几乎弥漫在小说世界的每一个角落，其他人物如孙广才、孙有元、王立强、李秀英等也无不在孤独的苦水里浸泡着。不过，不同于西方现代主义把孤独感抽象化，余华的孤独是一种形而下的生活孤独，它是伴随着具体、真实的人生情境，有特定历史、人生内涵的孤独。如果说孙光林的孤独来自外界人生关系的失落而引发的心灵创痛，那么孙有元的孤独则有着人到暮年的末世感伤，而孙广才的孤独则源于人生狂热后的情绪失控……在小说中，孤独具体化的另一个原因就是与抛弃的紧密勾连。主人公的孤独人生总是源于某种程度的人生抛弃。孙光林、国庆是被父亲被"家"抛弃，孙有元则经受了被父母和儿孙的双重抛弃，而鲁鲁更是由母亲对他的抛弃导演了悲剧的人生。这是小说展示的一种意义上的抛弃。此外，父亲对母亲的抛弃，王立强对李秀英的抛弃则又有了另一种人生背叛意味。苏宇因父亲与寡妇的暧昧诱发家庭自卑并进而厌弃家庭，孙光平因人生失意而渴求对家的摆脱都是如此。抛弃与反抗抛弃都既源于孤独又创造孤独，其人生意味是相当具体丰富的。因此，我们说孤独是人生的旋律，它是一种不幸，又是一种宿命，它固然是一种痛苦，但与现实的对立却正代表了相对于荒诞历史而更具真实意义的人生存在，它体现为一种有穿透力的精神力量，它可以孕育鲁鲁的刚强，也可以培养国庆的勇敢，更为光林铺设了新的人生轨道。它其实也正是一种考验，超越存在的诗化人生正在这种考验中成长。这样，孙光林十八岁能出门远行上大学，其象征喻义就很明显了。其次，成长的母题。正如许多新潮小说一样，《呼喊与细雨》也使用童年视角，从童年的心理体验来透射人生变幻。因而，人的成长母题在小说中卓然可见。小说设计的人物大致为三组，即祖先辈（曾祖父、曾祖母包括祖父有元）、父辈（孙广才、王立强、国庆父亲、冯玉青等）、儿孙辈（"我"、国庆、鲁鲁等）。故事以"我"的孕育诞生与曾祖父、祖父等的死亡为两极构成一种人生循环。而不同人生的故事整合又共同完成了一个完整的成长过程。小说的主要情节也是在"我"这一辈中展开，并着重表述了两个方面的成长话题：其一，成长的焦灼。"我"、苏宇、孙光平等人的"性觉醒"正是这种焦灼的典型特征。其二，成长的恐惧。"我们"的境遇并不适宜"我"的成长，而孤独感与被弃感则使成长的前途灰暗无比。孙光明的死和鲁鲁的辛酸遭遇固然印证了"我"的成长恐惧，而父辈孙广才、孙有元赴死的艰难历程和悲惨状态，更加深了"我们"对成长归宿的畏惧。这就使成长本身成为一种冲突性的存在，一方面既为不能成长而焦灼，另一方面又为成长的没有出路而绝望。这是种悖反情绪，这情绪的现实根源就是现实之"家"的丧失。在小说世界中，"我"其实在孙荡和南门都没有真正的"家"。这也应使我们能理解主人公十二岁回到家中时"悖论"式的陌生感。客观上家已经异化，而主观上"我"也极端厌恶这个真实的"家"。事实上，小说动人的地方也正在于主人公的精神漫游。换句话说，小说本身正是作家寻找精神之家的心灵记录，是精神漫游的产物。

再次，人性母题。余华的小说向来与人性的表现有割舍不开的联系，谈论余华的小说，"人性恶"曾经是一个必不可少的话题。但人性从来就不是孤立的，它联系着人的生存态度，其具体形态则是多样的。应该说在《呼喊与细雨》中余华的人性表现模态是生动有变化的。这里有他一贯擅长表现的人性之恶：孙广平对"我"的毒打与诬陷，父亲的荒淫无耻，寡妇与母亲的战斗，探人隐私而毁掉两个生命的女干部……这些人性的相互仇视、欺骗、攻击的恶形客观上已经成了小说情节变化演进的动力因素。但比较起来，这篇小说中作者对美好人性模态的表现给人的印象更为深刻，他对顽强的生命力的歌颂，对纯洁童心和赤诚友谊的追求，对爱与奉献的理解都是相当真诚的。他的人性母题在具体形态上根本不同于以前的抽象的"人性恶"的表现，他不是从人生中抽取人性而是展示有人性的人生。因此，在这部小说中，他没有对人性的"先入之见"，小说对人的存在的终极关怀反而散发出了余华从前少有的人道主义情怀，这已与《星星》时代无异。不过，表现形态上人性母题所体现的乐观→悲观→乐观的转换，并不是一种简单的回归，而是一种否定之否定的超越式回归。不仅在具体的人生故事里作者写足了历史的作用，而且整体的故事背后也透射出对历史的沉思。"我"在学校因为一张标语被审查而引发出的人性故事，看似荒诞其实又何尝不是对"文革"历史的寓言式写照？孙光平与孙广才因孙光明之死而萌生的权势梦，展示的是最现实主义的历史人性与时代心态。而他们由权力追求失落而转向的金钱索求，这已不仅是一种真实的人生心态人性画面，而是已经跨越了两个时代的人生层面，既让读者体味那段历史中权力的魅力，又能体味当今社会对金钱的狂热，这真使人不得不佩服余华的纵横笔意了。

当然，《呼喊与细雨》在故事主题上多重变幻的复合特征，并不影响其表达统一的人生意蕴。也许通过这种切割与重组而凸现的人生才是一种更为真实的存在。此外，作者以统一的语言态度，让零碎的人生故事全部漂浮在流动的生命之河上，以生命作为小说统一的主题和基调，因而分散中见整合，自由中见统一，这自是余华高明的地方。

二、生命：语言意象与终极语义

读完《呼喊与细雨》，一种沉重，一种令人浮想联翩的生命沉重紧紧压迫着我的心灵。这一方面由于余华对生命诞生、生命挣扎、生命毁灭的动态过程的展示，其对生命勃发、死亡战栗的刻画都充满摄人心魄的悲剧力感。另一方面，则是由于小说世界里漂浮着凝重的生命意象。可以说，这部小说正是由具有象征意义的沉甸甸的意象构筑而成的。小说叙述的南门和孙荡两地的生命故事有几十个，但错综的生命形态却都为"呼喊"与"细雨"两个意象所概括，这两个语言意象正是开解这部小说的钥匙。而小说一开始也就浮雕般地把两个意象凸现在读者面前。一个"哭泣般的女人"的呼喊奠定了整部小说的基调。而伴随这声呼喊的是绵绵的细雨和一个六岁孩童的恐惧。细雨既是呼喊的背景又是呼喊的原因，是贯彻小说的主题，而细雨也在小说时空中淅淅沥沥从未间断。它是呼喊的应答与响应，是呼喊的映照与衬托，而从另外的意义上它本身也正是小说展示的一种生命方式，一种隐秘的呼喊。两者互相作用，拉开了故事的帷幕，又互相纠结封闭了故事时空。这是小说的两个主题意象，代表着两种生命方式、生命形态，余华正是在对呼喊的生命与细雨的生命的描写上超越了自我。

  第一，"呼喊"的生命意象、生命故事。《呼喊与细雨》中作者浓墨重彩地表现的其实正是呼喊的生命方式与生命故事，其体现为两种呼喊方式：一种是"我"为代表的年轻一辈的呼喊。这种呼喊伴随着上文所谈到的孤独体验与成长焦灼。"我"六岁时已经处于被抛弃的人生状态，心灵的绝望构筑的是孤独的居住。孤独是"我"生命存在的特征，它源于抛弃，而反抗抛弃以及由此而来的绝望则是生命呼喊的主要内容。此外，"性"的觉醒与渴望，也是我们生命呼喊的另一种方式。如果说"友谊"是生命呼喊的一种应答，那么性觉醒与性战栗则又是呼喊的动力了。另一种是以孙广才为代表的父辈的生命呼喊。年轻一代的生命呼喊有着由成长的焦灼而来的对生命的恐惧和忧伤，而孙广才、王立强等人的生命呼喊则更多现实生命的缺憾与失落。正如冯玉青一样，父辈的生命呼喊里生命骚动与情欲因素占有很大比重。寡妇与母亲交战则是两种畸形生命的火拼。母亲的呼喊是一种愤怒一种防卫。而寡妇则是一种宣战一种骚动。如果说孙广才的骚动的生命呼喊尚有政治失意的外在理由，那么王立强的生命呼喊则以毁灭自我的方式，实现了生命刹那间的辉煌。"我"的呼喊是一种生命骚动，也是一声愤怒的责问，这也许正是余华的匠心所在，他是在揭示最纯粹的生命现象时联系到特定历史氛围中的人性和社会心态，因而内涵更为丰富。

第二,"细雨"的生命意象、生命故事。《呼喊与细雨》本质上是一种对称结构,无论从意象的设置还是从小说结构看都是如此。"细雨"意象是"呼喊"意象的补充。呼喊的生命与细雨的生命有时互为原因互为结果。从某种意义上说,没有呼喊也就没有细雨,而没有细雨,呼喊也失去了意义。在小说世界中,细雨的生命意象也有两个象征性的代表。一是祖父孙有元的生命。孙有元的生命也曾经有过光芒四射的时刻,其典当父亲尸体的壮举和大难临头从容脱险的狡诈,都是他生命振聋发聩的呼喊。但行进在孙光林身边时,孙有元已随着生存能力的丧失而开始了被人施舍的篱下生活,只能靠回忆打发时光。而回忆甚至也被孙子孙光平禁止了。细雨式的生存成为他生命的全部真实。他的求死是对细雨式生存的拒绝,是不能承受生命之重的绝望。而他雨中向苍天狂吼的悲壮意象以及卧床不吃而不死的奇迹都是他生命回光返照的呼喊,是以呼喊对抗细雨,是细雨向呼喊的转化,但最终完成的却是以死亡为表征的生命的彻底细雨化。二是李秀英的生命。祖父的呼喊是试图借过去的辉煌挣扎着从细雨的生命中突围而出。李秀英的生命存在则是一种失去呼喊能力的无声细雨。命若游丝可以说正是她细雨式生命的典型特征,她只能在心底深处渴望阳光与生命。但小说却成功地让这种绵绵的细雨迸发出了呼喊的火花。她最终的生命呼喊是一种发自心灵深处的痛苦的呻吟,是细雨中"哭泣般的呼喊",是继冯玉青之后对于小说开头的又一个阐释性意象。而这篇小说惊心动魄之处也正在于对呼喊与细雨这两种生命转换过程的把握上。

第三,关于死亡。余华是写死亡的小说好手。这篇小说同样如此。在小说里,在"呼喊"与细雨"两个意象之后,小说展示了第三个主题意象"黑衣人"的到来和死亡。作为呼喊的应答,这个神秘的黑色幽灵正代表了前两种意象的归宿,也是统一"呼喊"与"细雨"两个意象的终极意象,它是人类终极命运的象征,呼喊的生命与细雨的生命在生命的死亡这一点上得到了重合。"死亡意象"可以说正是这篇小说的终极语义,它极大地承载了作家的哲学意识。死亡相对于生命是一种更为永恒的终极性存在,生命是时间性的,而死亡是无限性的。"呼喊"是一种挣扎,而"细雨"则是一种真实。一方面,"呼喊"与"细雨"代表了两种生命形态与生命方式,另一方面,又体现为两种生存态度和文化方式。"呼喊"是挣脱一种存在,也是向往一种存在,其终极关怀的目标正是生命本身。正如小说所说："事实上，我过去和现在都不是那种愿为信念去死的人，我是那样崇拜生命在我体内流淌的声音。除了生命本身，我再也找不到活下去的另外理由了。"这正是对小说语义的最好阐释。

三、记忆：人生方式与小说方式的重合

我不能断定《呼喊与细雨》是否是余华写得最好的小说，但我相信这是他用力最多的小说。无论小说的语言方式还是结构形态都呈现出独特的品格。

从结构形态上看，这部长篇小说尽管由众多故事单元组合而成，但却毫无破碎零乱之感。统一的情绪主题和内在的诗意潜流把各个故事整合成完美的艺术整体。小说有三个结构元素，这就是"生命""我""家"。前者是小说的总体主题，是小说诗意关怀的终极目标，后两者则既是主题的承载体，又是小说的叙述和结构单位。与此相联系，小说情节沿两条结构线索展开。以"我"为线索展示了南门和孙荡两地众多的生命故事。小说主要从"我"的视角叙述，因而父亲、哥哥、王立强、国庆等的故事无不与"我"相关。另一方面，以"家"为线索，小说描绘了孙广才家、王立强家、苏宇家、国庆家、冯玉青家等等家庭内部的人生故事，个体的生命正是在与"家"的关系中被凸现出来。这正体现了余华的独特构思，小说一方面揭示个体生命存在以至毁灭的悲剧，另一方面又把这些故事安放在积淀着全部文化乃至时代因素的"家"之框架内展开，这就使人与人之间的冲突更多了一层文化色彩。固然小说笔墨重心在于探寻人的生存境遇与生存心态，但这一切附着于"家"之上，就汇合成一种整体的文化心态。可以说，余华在《呼喊与细雨》中采用的是种简洁、自由的结构方式，操作的灵活性既增加了文本的弹性同时也扩展了小说内涵的张力。没有显山露水却能挥洒文思，这是《呼喊与细雨》独特的结构魅力。

当然，对于小说来说结构方式总是离不开特定的叙述方式，《呼喊与细雨》的语言艺术和叙事形态，也是这篇小说艺术成就不可或缺的方面。曾经有人断言新时期小说的一大成就就是第一人称叙事的崛起。但这种人称在体裁上主要限制于中、短篇小说，其在长篇小说中的尝试并不普遍。第一人称叙事的优点在于小说的心理深度

的开掘以及视点的相对集中。但这种视点的限制就减少了长篇小说所需要的众多信息，而心灵世界的深入也难以拓展到"我"之外的芸芸众生，这是一个艺术难题。余华的成功在于他找到了一种弹性自由的故事操作方式——"回忆"。故事的单元和块状组合以及物态层面的无序状态都与这种"回忆"的小说方式有关。回忆制造了一段时间距离，回避了当前状况中难免的短视，并且具有被人认可的模糊性。回忆又是一个成长了的过程，它可以包容进历史状态中无法知晓的辽阔信息，并综合了许多崭新的认识和评判。因此，伴随着这种"回忆"的叙述方式，《呼喊与细雨》就透发出浓郁的主观化、情绪化的文体色彩，梦幻般的叙述语调里有着对生命和人生的哲人般的沉思，它溶化在故事中不但不突兀唐突，甚至成了重要的故事因素。这就形成了这篇小说两种特有的话语方式。

其一，预言式叙述。小说第一章"南门"就是整部小说的信息场。作者通过跟踪性的超前叙述把小说时空中将要发生的消息传达出来。不过，需要指出的是相对于叙述者，除了"回忆"是"现在时"外，小说中的时间都是完成态的，故事宣泄的"将来"只是"过去的将来"。这种预言式叙述的首要特征就是先概括式地把故事讲述出来然后再描述故事过程。它使小说时空摇曳多姿，也加强了故事的立体感。

这种话语方式在小说中比比皆是。

其二，分析式叙述。这也是"回忆"的特殊叙述功能，作者把故事从直接进行态中隔离出来，以分析猜测的语气讲述故事，既扩大了小说的内涵容量，又能在对故事过程的分析评判中传达出对人生乃至文化的思考，既开拓了作品的思想浓度又有利于统一的叙述风格的形成。更重要的是这种分析式的叙述可以超越时代而进入不同人物的心灵空间，以猜测完成了对人物的心理分析，小说就获得了解剖众多心理世界的高度自由。这种方式在小说中还被广泛应用于对人的行为、处境的分析。"我在家里处境越来越糟时，又发生了一件事。这又导致了我和家人永远无法弥补的隔膜，使我不得不在家中而且在村里声名狼藉。"这是对"我"十二岁回家后生活的分析式叙述。此外，苏宇之死的叙述，以及国庆被捕场景的叙述也都是典型的分析式话语。

"回忆"作为《呼喊与细雨》的小说方式其叙事优势和文体特征主要是指小说在形式方面的建树。余华的出众之处在于把"回忆"

的故事操作方式与小说人生的生命方式合二为一，做到了内涵与形式的完美统一。首先，小说讲述的都是"回忆"中的故事与生命。小说表现了对时间的终极意识。作者所尝试的是一种固定时间的艺术努力。正如小说中所说："我们并不是生活在地上，事实上，我们生活在时间里。时间将我们推移向前或者向后，并且改变着我们的模样。""生者将死者埋葬以后，死者便永远躺在那里，而生者继续走动。这真实的场景是时间给予依然活在这现实里的人的暗示。"作者对时间的这种哲学认识，其最终指向的正是对人的生命存在的终极价值关怀。其次，对于小说中的主要人物来说，"回忆"正是一种生存方式。这典型的代表，一个是"我"，一个就是孙有元。"我"固然在过去的时间里"风尘仆仆"，而孙有元也只有靠"回忆"才能支撑"风烛残年"。小说借此暗示出一道人生命题：人只有执着于现实的存在。过去可以补充现在，但现在却没有未来。"我"的未来是一个个人生理想的破灭，而孙有元等人的未来则是终极的存在——死亡。因此，作者说："回首往事，或者怀念故乡。其实只是在现实里不知所措以后的故作镇静，即使有某种抒情伴随出现，也不过是装饰而已。""童年的故乡只是已经逃离了的现实。"它对于人生不仅是抚慰，不仅是温暖，更是一种永恒的提醒。此外，《呼喊与细雨》中"我"以"怀旧的目光"完成的"回忆"，是"超越了尘世的思想之后，独自来到的"。"回想中的往事已被抽去了当初的情绪，只剩下了外壳。此刻蕴含其中的情绪是我现在的情绪。"小说在此意义上，正是通过"回忆"实现了对人生的超越，"回忆"背后是通彻的人生感悟。也正是由于此，"回忆"作为一种承载了人生方式的故事操作手段才有了更为丰富的可供阐释的内涵。

第 18 章 《抚摸》：末日图景与超越之梦

在我从前走马观花般的阅读印象中，山西作家吕新总是和赵树理为代表的传统现实主义作家联系在一起。在我尘封已久的阅读记忆中，吕新绝对与新潮小说无关。然而，当他的中篇小说《手稿时代：对一个圆形遗址的叙述》《发现》和《南方遗事》等呈现在我眼前时，其先锋性的文本形态、语言意识和话语方式彻底颠覆了我的阅读经验。我惭愧于自己对吕新的盲视和误读，我深信把吕新摒弃在新潮小说之外而武断地置他于传统小说的河流之中是一个巨大的历史误会。吕新注定是一个与传统无缘的典型的新潮作家！面对吕新，我们的评论显然难以逃避那迎面而来的尴尬与困窘。我想，吕新之于新潮小说和新潮小说之于吕新其意义是相同的。没有吕新，新潮小说就会减少一份光芒，而离开新潮小说，吕新的价值也无从呈现。吕新实在是主动而宿命般地登上了新潮之船并义无反顾地分享着新潮的孤独和磨难。当我读到《花城》1993 年第 1 期上他的长篇新作《抚摸》时，我对吕新的感受和认识又加深了一层。这部小说的诞生无疑给复苏中的新潮小说又灌注进了一股新的生机和活力，它独特的叙事和文本价值无疑会在新潮小说史乃至当代小说史上刻上重重的一笔，它不可能被遗忘。然而，我又发现哪怕以最现代性的审美眼光和解读模式都难以对这部新潮小说文本的语言表象、主题意旨、文体类型等进行有效的阐释和言说。本章也只是一种尝试，我深信随着时间的推移，这部小说必然会越来越激发起我们的阅读冲动和话语欲望，也许到那时，真正的解读才有实现的可能性。

一

进入每位作家的小说世界，我们总是无法跨过故事的门槛，对故事的兴趣很大程度上也正决定了我们对于小说的兴趣。我们对小说任何层面的认同与感悟都根本上难以超脱故事的羁绊。但我们无法以对传统小说故事的阅读习惯和阅读期待去面对新潮小说家提供的"故事"。对于他们来说，故事的意味已经与传统小说规范背道而驰了。他们对"故事"的有意识的淡化、异化和篡改，使读者对他们的小说和故事的接近变得艰难起来。对于这种陌生化的故事内涵和故事操作与呈现方式，我们只有在把无法避免的经验抛弃之后，才有进入的希望。对于吕新的小说，对于《抚摸》亦是如此。

《抚摸》和他此前所有小说一样，其艺术聚焦点仍然没有离开那块他生长其中的晋北山区。事实上这片土地苍凉的风景、铅色的人生和古老的历史被作者以斑驳而新奇的叙述巧妙地编织成了一个幽深、绮丽又有点神神秘秘的虚幻世界，并作为一种背景画面凸现在小说的故事时空里。不过，不同于以往的小说，《抚摸》在故事背景中又增加了两个新的因素：战争和动乱。这里战争和动乱也感觉化、模糊化了，在摒弃了具体的历史真实性之后，呈现出一种梦幻般的象征色彩，它们以一种笼罩性的氛围和存在构成了故事和小说的主体背景。它们作为人类的一种生存境界横卧在人类走向永恒的路途上，人无法回避它，正如无法回避小说中反复出现的"大风"和"伤寒"一样，也许只有通过了这种生存炼狱的考验，人类的救赎与超越才有可能实现。

其实，《抚摸》也并不存在一个中心故事，小说正是由许多故事的群落组构而成的。这些故事具有衍生性、组合性和各自的独立性，一般来说在故事之间也不存在因果关系和逻辑关联，它们只是原生态地通过叙述人的冷静语调呈现在小说中。吕新试图把家族的历史以及主人公们的遭遇、数十年的战乱、民间传说和神话、晋北风情和叙述方式上的实验融为一个艺术整体，因而小说中故事形态也具有了繁复变幻之美。这里有不同家族的故事（"我"家和广春家），也有发生在不同地域（南宋和黄村流域）的故事；有不同年代（童年时代、青年时代）里的故事，也有不同辈分的人（"我"和父亲）的故事；有军队里的故事（小六子和军官哗变），也有村庄里的故事（铜匠暴动）；有普通平民（健生和琳）的故事，也有珠宝商、尼姑、道士、和尚（崔燕林、妙香、宝公、丁野鹤）的故事……由于这些故事都是"我"回忆和转述的，因而故事群落又俨然分成了"我"的故事和"他人"的故事两个部分，小说的展开的过程也就是"我"寻找和发现故事的过程。正如小说中所说的："至于故事本身，我一直不遗余力地探索了好多个年头。""我在别人的故事外面坐了二三年,我伸出沾满陶泥和血迹的手抚摸那个时期的土漆的陈设,流泻在那些年代里的阳光使人感到炙手可热,目光肿胀。我看到一些离我很近的脸孔远在某一个风声鹤唳,草木皆兵的年代里背水而立。"这样,《抚摸》中的故事就通过"我"心灵的转换而以一种场景和画面的形式呈现出来,它削弱了许多动作性的情节而具有体验化和心理化的特点。

就思想内涵来讲,这些松散的故事却由对生命永恒的关注这一共同的主题贯穿起来了,它们共同构筑了一幅"世界之夜"降临后的末日图景,以及在这个末日景象中挣扎的群体生存状态和苦难体验。其一,小说展示了众多生命奔赴死亡之门的悲凉景象。可以说每一个故事单元中的主人公都难免一死。"仁慈的义父以身殉职,他在返回家园的途中,踩响了别人埋设在尼姑庵前的地雷。""舅舅在地毯商和铜匠们共同策划的一次暗杀活动中突然下落不明。""在已逝年代里的这个清冷而阴湿的早晨,侍卫团先遣队无一人生还,使命与信念正是这样夺走了他们的生命。""悲伤的声音消逝后,无数具横陈竖卧的尸体构成了初秋的田野里第一种首要的风景。""背景的内容是几个疲惫不堪的人拖着一具同伴的尸体在沉落的夕阳中慢慢地向一条空寂无人的江边走去。""先前的那支旧军里发生了一次血腥的哗变,那位退伍军官已经面色红润地死去了,他的尸体与其他许多人的尸体都遍布在一座蛇形的山脚下。"……这样,小说中的"历史"其实就是一个个生命走向死亡的过程,正如父亲所说"历史是男人为女人收尸"的一种过程,它正是以对生命送葬的形式完成了自身。于是我们看到小六子、广春、工匠、蒋尚武、税务官、大丰、长生老爹、表叔、何碧云、宝公和尚、崔燕林、智远,甚至连一向活得有滋有味的流氓柳亭都最终逃不过死亡的劫数。作者正是从死亡这个窗口去观照生命、去观照历史、去理解人的存在的,而且在这个意义上死亡也成了小说的一个结构因素串联和整合了众多故事形态。其二,在小说的故事中到处充溢着人性的恶臭。在小说风景中我们可以看到苍凉的荒原上人与驴子交媾的丑恶一幕,也可以看到燃烧的欲火和妒火怎样驱使女儿亲手杀死了自己的母亲,我们甚至还会看到善果寺的和尚怎样谋财害命和士兵们怎样在"守财奴的尸体旁相互凶狠而残忍地厮打起来,像一群争食腐肉的秃鹫"。而士兵们在一瞬之间毁灭一座青砖古塔后,"他们发现里面原来什么东西也没有，空空荡荡的窟窿和格层里积满了面粉般的灰尘。一座塔原来就是无数的砖石堆砌起来的一个空洞的东西，一件事实上等于零的事物，它的千古流传的宏伟神圣的形式像一个庄严而谨慎的玩笑，曾经在不知不觉中诱捕了那么多的人，它的一触即逝的核心使得挖掘者都一无所获而声名狼藉"，但贪欲的行为却导致这些惨无人性的士兵对一个无辜工匠的残杀。这里我们再次看到了战争是怎样异化了人、剥夺了人性，对生命的摧残与伤害可以说正是战争的本质，它是人类存在荒诞性的一个重要根源。其三，"心狱"煎熬中的生命和荒诞绝望的生存。小说从某种程度上说正是主人公"我"的绝望心理自传，一个在一本书上躺了 40 年的风瘫病人的心灵呓语。从童年时光到"白发苍苍"的岁月，"我"在时间之河中变成了一个"废人"，一种痛苦的存在。广春对林少女的思念及对无意伤害他们生命的原罪忏悔也都事实上构成了广春生存心理的主体。而母亲对父亲的刻骨仇恨，"我要把陈家祖上剩下的土地全部卖光，一分一厘地不剩，我想让陈雪泥死无葬身之地"，可以说也正是母亲一生的情感锁结所在。父亲亲睹自己的爱人云漪被人谋杀的惨痛记忆又何尝不是一种生存负担窒息着他的生命？至于宝公和尚和那个隐匿多年的叛徒其生命也都生存在一次血腥屠杀的阴影中，其心灵的绝望焦虑和恐惧情绪是永远无法摆脱的。

　　这样，在小说描绘的一幅幅末日图景里主人公们都成了"空心人"和"手持声音和言辞的聋哑人"，被置身在一种无意义的荒诞存在中。每一个都是一个生存孤岛无法沟通无法对话。广春承认自己"耳朵完了"，"我"也曾被一个陌生人虚构在故事里被叫着七郎，而"父亲"更是被人当作"汪伦"被强迫作为别人的丈夫……正如义父周永稚向"我"解释《孔子见老子图》时所说："所有的话都已经说完了，话有说够的时候，再在一起就毫无任何意义了。他们哪里也不去，孔子回孔子的家，老子回老子的家，他们知道长期在一起是荒唐的，毫无意义的，永远在一起更是愚蠢的，不可能的。"这也构成了无意义和荒诞的存在版图和存在历史。"我们"寻找一匹也许并不存在的马，"我们的寻找就要变成真正的无期的苦役了，得永远找下去，只要不死，就得像现在这样一直找下去"，其结果是如捕鱼人收网，但"网里没有鱼"。在这个意义上，战争本身也只是一件偶然性的人类行为，在它面前"一串村落和一个城镇在不久的将来便会灰飞烟灭，永远地消失在地图以外的时间里，与之有关的血泪也会

...291

像流畅的溪水一样穿过隐蔽的树桩,在流动过程中慢慢地被土地吸干",此外别无意义。广春就总结自己的情报生涯说:"一切的情报都是毫无意义的废纸,世上不存在任何一种秘密,事情的好坏完全听命于决策者的良心和意志。"那么,人类就注定了无所作为地面对那永劫难逃的沦落吗?沉入黑暗之中的人生还有没有拯救的希望呢?

二

然而,人类对失落的精神家园的寻找永远都不会停止,从弥尔顿《失乐园》开始的那条人类寻找之路上从来就是熙熙攘攘、人影幢幢的。此在的黑暗仍然无法遮蔽彼岸的光芒,人们一刻也不愿惊破那奔向永恒和超越的美梦。文学由此也成了人类试图摆脱尘俗世界"物"的羁绊,追求精神上的自由和解放的一种心理向往和实践努力。作为一种永恒之学,它唤起的是对整个宇宙本真存在的永恒感悟。虽然,在《抚摸》的精神世界里有着浓得化不开的死亡情绪和末日恐惧,但小说深层却始终深切地关注着永恒和超越。"永恒"是小说世界中所有物象的共同意向维系。吕新显然因对永恒境界的近乎神秘的体悟而心迷神醉而魂牵梦萦。小说可以说正是作者精神漫游的产物,他的心理指向总是朝着久远的过去和遥远的空间倾斜、滑落,他漫游在整个人类历史乃至宇宙历史的极远处。漫游意味着超越,小说时空序列就在极远处的地平线上交相融合并彼此消解,从而构成了一个超越于日常观念时空之外的先验意念世界。

我们知道,在《抚摸》的生命存在中人生的无意义和荒诞已经沦为一种宿命般的黑暗,但在这令人战栗的黑暗景象中人们仍然没有放弃哪怕是无意义的对"意义"的寻找。这是一种对生命的宗教态度。也许人只有在"极境"中才可能迸发出自己全部辉煌的生命本质,生存"乌托邦"思想的幻灭并不能消泯人们对生命本身的虔诚、崇拜和彻悟。正如乌纳穆诺所说,有意义的生命永远只存在于"此在"的行动挣扎中,"人注定是要毁灭的,也许如此;然而,就让我们在抗拒行动中毁灭吧,再说,如果等候在我们面前的是'空无',那么我们不应当在意它,否则它将成为不可改变的渊薮"。拿父亲来说,他对存在的拒绝可以说是决绝的,青年时代他绝弃了美貌的母亲,并且"他在新婚之夜的仓促紧张,甚至虚晃一枪的做法也使我自出生以来一直多灾多病,他的稀里哗啦的动作赋予了我一个耽于幻想、敏感多疑的心灵和一具无法向世界索求的弱不禁风的肉体",而晚年回"家"之后他更是对这个世界深恶痛绝,"这是一个异常卑鄙龌龊的世界,所有的都无耻到了极点,猪狗不如","我不愿意看见任何人,我太知道人是怎么回事了,我清楚他们是一种什么东西。我可以不吃不穿,但只求能保留这点权利,不要让我与任何人相遇……与人相遇,我感到害怕和难受"。但"这个被时间和典籍中的妖术折磨得头破血流的人对于石头、汤锅、火焰和丹鼎的狂热迷恋",本质上则是对生命的一种"抚摸"和"崇拜",他拒绝存在但并不拒绝生命,长生不老的生命幻想和得道升天的希望正如他最终的"乘风而去"都象征了人类超越此在向往终极彼岸的生存理想。

我发现,在《抚摸》的故事里其实横亘着一个关于寻找的神话,每个主人公都在寻找着什么,期待着什么。就是"故事"也是在"我"的寻找中呈现出来的。"我"一生都在寻找着父亲,广春多年来渴望的正是这样一个使他安心而温情的供他养修精神之伤的地方,宝公和尚终生生活在对叛徒的寻找中并企盼着由此而来的对罪孽的解脱。而陌生人则对"我"说:"他要寻找一种现象,这是他漂泊多年的唯一的一个目的,至于那种现象能否如期再现,他对此毫不介意。""他老在回忆一个典故,不能完全肯定他要寻找的那种现象是否源于这个典故,但或多或少它与这个典故有关,我们其实至今都说不清山的颜色是什么,我想谁也不会阐释清这种现象,我们曾经居住过的那座山,就在天的附近。"这样,"寻找"就有了一种哲学和宗教的意味而成为一种文化"仪式"。也许"寻找"的结果最终永远也不会与"意义"发生关联,正如"我"对典故大师所说:"我是一个牧羊人,可是我始终无法接近山,无法接近贮存草的谷仓,以及所有长草的地方和一切河流。"但关键在于这个"寻找"的过程,过程比结果更有意义。

在寻找的前方天宇中一直有两道最美丽的彩虹,这就是家园的构想和童年的迷恋。现代人真是太需要一个抚慰自己伤口的精神家园了,我们在小说中能强烈地感受到主人公们的那种"回家"的欲望。广春从军的日子里时刻忆念着自己的家园,并最终登上"辽阔雪景里猝然出现的一辆马车",驶向了"梦中的家园",他"感到旧年的青烟正由棋子的四周慢慢随风而去,善果寺深厚苍郁的钟声像道道纹理明晰的树轮一样在四周回荡、盘绕", "流动在这个花园里的气息和视线中各种一尘未变的设施使广春产生了一种魂归故里的感觉。他不停地呼唤重复童年时的种种愿望和声音,但花园里平静得出奇,预料中的人语和声音都没有出现"。他就这样终于心满意足地死在他梦中的花园和梦中的椅子上。而小说的第三卷的主体也正是写了三个主人公"我"、父亲和崔燕林的回家:"我带领着我的手,几十年如一日地行走在流域两岸,寻找我所认识的那个冬天⋯⋯我找到了我们从前曾经拥有过的那个花园。我带领我的伤残的身体,有如一个行动缓慢的长毛动物一样潜入某个门洞时,我望见四十年前的山冈一片碧绿,女人们手中的镰刀像天空里弯曲如钩的月牙和士兵们孤独而寂寞的眉毛。""穿过风中的树叶,我的父亲陈雪泥手持一卷橘黄的丹经,突然出现在家乡的土地上。这个多年来一直流落、隐匿在时间之外的人,神情瞑漠地打量着故乡的一切。半个世纪以来的逃亡生涯使他的嗓音变得南腔北调,听起来陌生而滑稽。"珠宝商人崔燕林"在一个细雨迷蒙的傍晚时分弃舟登岸。⋯⋯黄村岸边苔迹上潮冷的阴风将崔燕林的靛蓝长衫在顷刻之间吹成一团,这最初的情形使他连日漂泊奔波的脸上蒙上了一层沉郁的阴影"。尽管,当他们踏上现实的"家园"时不可避免地会面临"理想家园"的崩塌,但比起居住在黄村流域岸边废船上的那些"无家可归的人",比起一生惶惶如丧家之犬的漏网叛徒,比起黄村客店里那一对叫琳和健生的陌生过客,比起在异域他乡企盼立地成佛的宝公和尚来,他们终究是幸运的了。至于对童年的神往和迷恋更是小说中主人公尤其是"我"和广春的精神指向之一,它事实上也构成了《抚摸》的一个重要主题,吕新是一个活在童年世界里的作家。他的孤独、封闭的性格,保存了一颗纯洁无瑕的童心。《抚摸》的题记就是"昔日顽童今何在?"而"左手写字的人"给义父周永稚的信中也质问:"沉船启动了,岸上的顽童何在?"对童年的寻找其实正体现了人类一种生存理想,一种重返本身自我的渴望。如果说《抚摸》留给人的是一种灾难记忆的话,那么"我"和广春在童年时代只不过是灾难的旁观者,"我们"仍然可以自由地幻想。"我"可以幻想那飞奔的马车,也可以做振翅欲飞的梦,广春可以亲手制作他神往的简板,也可以天真地谈论尼姑的乳房,"我们"事实上是游离在现实的苦难之外而另有一片纯净的天空。但自从从军之后。"我们"就不得不参与苦难,并成了苦难的牺牲者,广春迷失在他那疯狂的逃亡路途上，而"我"最终也成为废人，觉得"我什么都不是。我只是一堆目前还尚能勉强呼吸的器官，一堆一文不值的下水，一个转瞬即逝的影子"，"我的影子在天空青色的背景下，看上去像一堆没有生命但永不腐烂的瓷器。像一个虚幻的设想，像一个传说，像一种被假设出来的并不成立的因果关系"。很显然，对童年的缅怀与伤悼正是主人公们拒绝现实存在的一种方式，一种特殊的自我观照手段，也是对生命的另一种"抚摸"。

而在我看来，《抚摸》寻找的终极目标无疑是对时间之门的穿越。正如小说中所说："我唯一的目的就是能够比较顺利地穿越时间，这路途不但坎坷而且遥遥无期。"这样，我们就获得了对"抚摸"意义的另一种理解，它不仅如我上文所指的是对生命和精神伤口的抚摸，它更是对历史、对时间的抚摸，对存在意义本身的抚摸，恐怕还没有哪部小说对时间的理解有《抚摸》深刻。小说中人物甚至有一种对时间的崇拜倾向，正如父亲所说："只有时间才具有这种力量。一切的一切全都是故作姿态，都会在时间中腐烂。"而出现在小说中的宝公和尚就像"一枚重见天日的玉佩或璎珞一样突然从那种修茂浩荡的野史中凸现而出，在墨迹斑驳的泥墙下眺望来去匆匆的时间，眺望无数的信念和使命在时间的形式中化为青烟或灰烬"。正因为时间本质上铸造着人生、历史和意义，它的无所不在和无所不能又给人一种压迫，"时间是一种无法把握的颜色，遗忘了这颜色里的黑白部分就是迷乱的预兆"。因此，它也滋生了人们超时间向往永恒的强烈渴望。父亲深信"时间使我忘记了一切"，他把时间化作了"焦虑的烟云"，"紊乱的回忆和烦琐而冗长的计算中的困难使他丧失了找回寻谜一般的几十年动荡生活的信心和勇气"，他自称"我已成仙，我已得道"而"乘风"消逝了。我相信，至少他是在心灵上超越了时间，超脱了自己。此外小说中反复出现尼姑、道士、和尚等人的朦胧身影，其旨意也正在传达一种超越的欲望，只不过他们由于自身的死亡而滞留在时间之门外，最终没能完成超越罢了。那么，在作者的意识中真正的超越之路和永恒之路在哪里呢？《抚摸》告诉我们这最佳的精神征服方式就是阅读和写作。"写作是一种毁灭性的日常行为"，时间某种程度上也正是语言和文字的"气泡"，语言的写作和时间具有同样的改写、创造历史和故事的功能。小说中"我"、广春、周永稚等都是以日常的阅读和写作来编排、改写时间并超越自己的人生苦难的。而且在这个意义上，写作和阅读也正是一种"抚摸",并从而有了一种哲学意义。

　　这样,由于《抚摸》总是从缤纷的意象、朦胧的人影中寻找历史的底蕴、人生的意义、哲学的真谛、时间的秘密,因而这部寓意深刻的小说总体上就成了一部关于历史、命运、人性的哲理长诗。

三

　　《抚摸》的最重要的成就在我看来还是在它独到的叙述和语言方式上。小说的叙述者当然是"我","我"的回忆和精神漫游构成了整部小说的纷繁故事与人生。某种意义上,小说也可以说是"我"晚年精神抚摸的结果,"我"在"床上抚摸我从前亲手打造出来的这面光辉灿烂的铜镜,我在镜子里看到了我的脸,它是潮湿的,却又看不到任何的水分。一双耳朵像一种凭空附属在某种势力之外的裙带关系。多少日子以来,失去知觉的下肢使我像一种干枯的记忆一样无可奈何地日复一日地停留在床上,我成了床上的一个局部,与我为伴的是那些从前的被褥,与阳光的长期远离,使它们散发出深重的老味","对于黑胭脂与铜器的双重抚摸,使我找到了生命与物质的交汇之处,我摆弄铜器的时候,黑胭脂在一旁显得落落寡合,无所事事。我亲近黑胭脂的时候,铜器灿烂的光芒又使我常常不寒而栗,如履薄冰。"而且,"我"在这部小说中也不仅是单纯的"叙述者",而是具有一种哲学和超验意味。"我"在这个玄幻的世界上如透明的幽灵般玄幻地无声游荡。"我"从不曾以自身的任何行为或语言来证实自我的存在,相反,"我"的存在仅仅是为"我"所置身的这个世界的存在提供证明:"我"绝不是个纯粹、完整的人,也即如小说中一位军官所说:"你算什么东西?你以为你是什么?你什么都不是,你形同灰尘,你只是一堆无处堆放的废铜烂铁。"但"我"至少是一双"眼睛",一双巡视世界即眼前之存在的眼睛,"我"是存在世界的证明者,"我"使一切存在着的物象不断地在被发现中呈现,这就是《抚摸》变幻的故事和变幻的人生的来源。此外,除"我"之外,小说还伴有几个次叙述者。第一卷中的故事离不开广春的《战地笔记》,"我"是在对广春"叙述"的阅读中重温战地故事的,正如小说第一句所言:"有一天我在一只藏有印泥与笔记的抽屉里找到了一张战前的合影,照片上移动的云彩遮去了一行翔实的日期,剩下的人奄奄一息。"这可以说是小说的总括和故事总纲。小说第二卷中的义父周永稚"春天以来，开始致力于民间风光方面的描写。他描述了流域上下一百年间的人文风光和种种自然现象。……他的沉默多年的姿态显然是要努力忘掉一些什么。他想把已经发生过的已经遥远了的和正在发生的事情，通过文字来化为乌有，只留下一种模糊而短暂的面目全非的印象在跟踪，他想建造一种没有记忆没有时间的世界，他觉得只有文字才具有这种非凡的可能性"。他显然用他的文字帮助"我"完成、丰富了故事，实现了小说的主题。这样许多"我"视线之外的人文景观也能顺理成章地在小说中出现，即如那个古典时期的女贵族丽思夫人的形象一样。小说第三卷中的宝公和尚也同样具有这种叙事功能，"大约距此两年以前，我在他的一卷《中秋赏月》里发现了一段关于对收割烟草的农妇所持有的砍刀和钩镰的生动描写，炙手可热的文字涉及了最初淬火的细节和霍霍磨砺的过程，蓝色的火星和砂石纷纷坠落"，而他的梦境更是直接提供了关于武工队和漏网叛徒的故事。事实上，也正是借助于不同的叙述者和叙述视角的整合，《抚摸》中各种情况和氛围中的故事才能熔铸为一个完整的艺术整体和思想整体。

　　叙述之外，《抚摸》的结构方式也令人称道。由于小说没有贯穿性的中心情节，故事又是散装性的以感觉化的方式呈现出来的。因此小说就采用了意象联结方式，这不仅赋予了小说思想内涵上的象征性关联，而且也构成了众多故事形态物质层面上的想象性关系。"大风"和"炊烟"就是这部小说的两个统摄性意象，"大风"不仅象征着现实的灾难，而且也象征着历史狰狞的一面，"炊烟"则是日常宁静的家园生活的梦想。但"大风"总是把"炊烟"吹得无影无踪，"大风"吹走了粮食和工具，"使日常的炊事突然变得困难起来，失真起来"，"大风"也"吹跑了女眷们华丽的首饰和羊毛披风，披散的长发和飘舞的旗袍长裙使她们看上去形同一群长期生活在典籍和野史中的冤魂"。"门"也是小说中的一个重要意象，它联结着沦落和超越，既是死亡之门、灾难之门，又是永恒之门、时间之门。"在门的数目不断增减的过程中，有关时光和往事的附属物如同描红的折扇一样招数百出却一触即逝。隐秘的岁月里袒露着往昔的痕迹，一种徐缓的含辛茹苦的语言一直持续到日落时分。""他们途经那道废弃的石拱门下时，发现浇花的老人早已不翼而飞了。灾难其实就是从那座苍老的石拱门的下面开始向外面逐渐延伸出来的。""拱形的城门突然在我的面前关闭了。""偏离城门后，牛车和马匹开始在岸边狂奔。"我们发现《抚摸》中的众多生命正是在门内外的进出中演化了许多悲惨的故事。此外，小说中还充满了诸如"马车、蜜罐、狗、圆形水塔、花园"等饱含叙事意味的意象，作者借助于各种各样的"梦境"使那些"隐身于悠久历史和灿烂文化中的著名的温文尔雅的典故像是被施了妖术，一再地重现，图文并茂，古色斑斓"。但梦又是非理性的，"梦中的诗句长短不一，浓淡的失调，绝望而忧伤的情调使所要表达的有关线索和因果关系变得像一种失传多年的绝句和哑语"，也正因为此小说故事和意象的结构才显出了它的合理性和逻辑性。

意象的成功的运用也带来了这部小说语言的特殊魅力，语言的"物性"消融在一片空虚无垠的像梦呓般飞飘无序的意象画卷之中。吕新的语言不仅高度纯净，哲学化了，语言的指向总是流于"永恒"的超验境域，语言为"永恒之水"所浸透，我们从每字每句中均可以体验到和感受到"永恒"的神韵弥漫。而且他的语言也极富造型功能、描绘功能、宣泄功能，既有纷纭变幻的色彩和画面又有铿锵作响的声音，可以说它最充分地向我们展示了语言的各种可能性。我对他的语言是如此喜爱和神迷，以至于在本章中实在无法抗拒一次次引用他小说原文的欲望。小说这样描写宝公和尚梦中的孔祥云："孔祥云的神情像一个骑在驴背上的来自古代社会里的苦吟诗人，一双失血的耳朵像两片透着寒气的白果树叶子。"小说这样展示崔燕林意识中的"炊烟"："雨雾中飘来的一阵沉闷而悠久的钟鼎之声使崔燕林阴冷潮湿的记忆里长起了一缕姿态袅袅的炊烟。升起的炊烟有如温软的丝绸，舒缓漫卷，翩然而行。升起的炊烟是一种民间的日常的生态格局，它下面的鸡犬之声温馨如初，日常的器皿在有条不紊的起居之间叮当作响，裙裾丝带拂地而过，窸窣有声。"而"死亡"在小说中则以这样的文字呈现出来："在文字覆盖下的一个月黑风高的夜晚里，几个巨大的名字将一只蜡染布包袱从书中的某一章里排挤了出去，沉重的包袱沿着山冈上舞蹈般的纹路一直向山下滚去。"……无须赘例，吕新的语言总是充满象征的寓意和隐语，而话语方式上又总是陌生于日常的言语形式，像"甲骨文的手段秋毫可鉴，淋漓尽致"，"我看见文字的黑脸和短腿在缓慢周旋，原地奔驰，形同半坡时期沉默不语的农人"，这样的句式总是给人一种崭新的美感和阅读享受。我想吕新小说的语言魅力应该是一篇独立的论文探讨的目标，我在本章对《抚摸》的解读文字对之只能蜻蜓点水般一带而过，就此打住。

第19章 《风》：穿行于写实和虚构之间

1987年，潘军带着中篇小说《白色沙龙》跨进新潮作家的行列。其后，他又推出了《南方的情绪》《省略》《蓝堡》《流动的沙滩》等中篇小说。他甚至把新潮小说的叙述——结构方式淋漓尽致地发挥到长篇小说创作中。几年前发表的《日晕》以及从1992年第3期起连载于《钟山》上的《风》都有鲜明的新潮文体风格。从某种意义上说，潘军在中国新潮小说的发展中起到了继往开来的作用，而长篇小说《风》更以其独特的文体方式和成功的艺术探索在崛起中的新潮长篇小说中占有一席之地。

一

作为典型的新潮小说文本，《风》的艺术时空具有扑朔迷离的迷宫色彩，其故事形态不仅迥异于传统小说，即使在新潮实验族小说中也是卓尔不群的。虽然，从小说的表面进程看，作家自称"我是从前故事的追踪者，但这种追踪不存在方向性，是一次散步或者一次漫游"，然而，事实上，"这部小说有一半的篇幅是写现实的"，小说其实正是由平等的两重故事世界组构而成的。"不难看出这部小说里与从前的故事平行的似乎还有一个现在的故事。从前的故事是现在人物的回忆和作家的想象交融的结果。"如果说"从前"的故事属于虚构的话，那么"现在"的故事则具有很浓的写实倾向，虚构和写实不仅是《风》着重展示的两种小说可能性，而且两者的交织也是历时态的人生故事能够共时态呈现的主要艺术方式，整部小说的艺术风格事实上也正由此而奠定。

"现在"的故事以"我"两去罐子窑采访的经历为线索，"它基本上是作家本人的观感"。"我"本来是要寻访郑海的事迹和故事的，但最后发现自己也不得不陷入一个"故事"之中，成为一个必不可

...299

少的见证人和主人公。本来，"我"和小说中陈士林、陈士旺、田藕、秦贞、林重远等人物之间真实的人生关系是松散的，如果没有那段"从前"的故事存在，"我们"的关系将失去根基。正是在"我"的小说创作进程中，主人公们的现实人生故事凸现了。这里上演的是一出生命和历史的悲剧，虽然作家很少进入人物的内心世界，但在散文化的写实叙述中我们仍能感受到主人公们精神扭曲、压抑的痛楚。陈士林是第一重悲剧，他放浪形骸的生命方式其实正是对心灵痛苦的一种掩饰。他的悲剧来自两个方面：一是无父的恐惧。作为一个私生子，他从小就生活在一种荒诞感之中。他渴望能找到自己的父亲，这也是他对"我"寻访郑海特别热心的原因之一。二是爱情的绝望。陈士林的第一次爱情失落在一个错误的时代里，作为生产队长的他为了偷一点稻子回家糊口而被抓坐牢，他心爱的姑娘枝子被迫嫁给了他的哥哥糙坯子，由此陈士林和枝子都陷入了永劫不复的精神苦海。枝子最终无法忍受心灵的折磨而与人私奔了。但陈士林的炼狱还远没有到头，他和田藕又陷入了没有前途的忘年恋之中，然而，社会、文化、伦理都把他们这种爱情置于一种绝望境界中。他们的爱情悲剧后面，我们读到了社会和历史的悲剧，读到了人的社会、政治性格与其情感性格的永恒矛盾。陈士旺是第二重悲剧。始终沉默寡言的糙坯子几十年来一直生活在一种"虚荣"中，作为一个乡镇企业的先进标兵，陈士旺是以他的辛勤和汗水获得政治光荣的。他也明白罐子窑的土质不适于烧制陶瓷工艺品。他的作品远销国外是一个偶然的误会。但他必须为此付出代价，他把林重远视为恩人，夜以继日为林重远给他的荣誉烧制陶罐，在蛮干苦干中忘记了身外的一切。最后，他甚至还用生命去祭奠那近乎虚妄的荣耀。他的惨死虽不乏一种悲壮意味，但更透视出一种根深蒂固的愚昧。人大代表的身份对于他的生命来说实在是一种反讽，读者从中不难读出作家对于中华民族政治文化心理的那份沉重。另外，陈士旺的死还是一出深层的情感和心理悲剧。陈士旺的政治地位引人注目，但他的心灵痛苦往往被忽视了。其实，陈士旺也有其心理重负。他娶了枝子，但枝子并不爱他。这种精神打击几乎是致命的。而且他也察觉了田藕与陈士林的恋情，这雪上加霜的折磨可以说正是他常年避居窑洞并紧抱住荣誉不放的根本原因。显然，辛劳和政治荣誉使他获得一种拯救和解脱。在某种意义上，甚至可以说他最后的惨死也是一种逃避现实、追求解脱的行动。第三重悲剧是林重远。林重远是郑海的战友，又是陈士旺的恩人。这双重身份注定了他与罐子窑和叶家大院无法割裂的关系。我们虽然很难说是林重远制造了陈士旺的悲剧，但显然林重远之于陈士旺具有某种灾难性。作为一个知识渊博、平易近人的高级干部，林重远所受的心狱煎熬远远超过小说中的任何一个人物，不过作家是通过艺术暗示折射出他心灵深处的一种原罪恐慌的。他最终被毒蛇咬死，其中似乎隐含着因果报应和命运因素。林重远的悲剧在于他一辈子只能以一个异化的形象过虚假的生活，而遭遇惩罚的恐惧永远伴随着他。

显然，作家讲述"现在"的故事具有一种渐进的意味，故事始终是未完成态的，它在对现实的记叙中逐步呈现。而"虚构"的故事则处于一种相反状态，它不但是过去完成态的，而且处于不断的消解和颠覆过程之中。它是小说中的"小说"，其创作者不仅是作家本人，"现在"故事中的主人公们都同时参与了对这部"小说"的构筑，对于"以前"故事的讲述一方面是他们重要的现实人生行为，另一方面又对"从前"进行着阐释、消解、颠覆和重建。他们既不停地上演着现实人生故事，从而成为作家"写实"的对象，同时又作为"从前"故事的见证人成为作家"虚构"的对象。这种跨越小说中两个不同时空的双重身份以陈士林兄弟、一樵、林重远、王裁缝为典型。正因为如此，"从前"的故事在作家的"虚构"和主人公们的"回忆"共同作用下始终处于一种假定状态。故事情节、人物冲突、主题涵蕴都处于一种复杂的配合与变动状态，并具有多重可阐释性。首先，这里讲述了一个家族故事。虽然在作家的最初构思中，郑海应是"从前"的主人公，但实际上小说后来所展开的四十年前的那段历史中真正的主角却是叶家大院中的人们，小说"虚构"的主要是叶氏家族的恩怨沧桑，是叶家大院中神秘而无法侦破的谋杀案。其次，"从前"的故事凸现了爱情秘史的内容。叶家大院中的两个女人莲子和唐月霜都视陈士林为自己的私生子，其中隐情深深，人物的心理冲突和家族历史由此被推上了小说前台。再次，"从前"的故事还具有一种革命历史传奇色彩。在小说扑朔迷离的"虚构"中我们可以看到叶家和革命英雄郑海的神秘关系，莲子似乎是郑海的地下联络员，叶家两个少爷叶千帆和叶之秋的诡谲行径也无不关联着郑海。在小说中，叶家似乎成了一个阶级斗争的袖珍舞台，敌我双方明争暗斗，因而到处刀光剑影、血雨腥风，具有极强的传奇性。

二

当然，上文我们对《风》中蕴含的两种故事形态所进行的拆解式分析完全是一种行文需要。而事实上，它们统一于《风》这个艺术整体中，水乳交融无法分割。"从前"孕育预言了"现在"，并一直活在现在人的记忆里，"现在"是"从前"的延续，"现在"的许多主人公正是由"从前"的见证人成长起来的。因此，"现在"和"从前"的故事不仅具有隐含的逻辑因果关系，而且具有一种轮回意味。不仅陈士林、陈士旺兄弟和叶之秋、叶千帆兄弟有对应关系，而且郑海和林重远、唐月霜与枝子也不无某种宿命般的联系。

无疑，小说能自由地穿行于写实和虚构、现在和历史之间最功不可没的因素当推其巧妙的艺术结构。作家把结构上升到一种本文的地位，并以自己的探索完成了对于结构的领悟与理解："结构是种运动，小说采用感觉的方式破坏原始生活秩序，然后重建以求对生活底蕴的把握。"《风》可以说是一部充满谜语的小说，谜体结构是其最重要的特征。小说的展开过程其实也就是设谜→猜谜→解谜的过程。正是通过对"历史"之谜的求解，小说把现实和历史紧紧交合在一起。

其一，人物之谜。显然郑海是小说设置的最大一个谜，同时也是小说最重要一个结构因素。他不仅使"从前"故事的主人公叶之秋、叶千帆、六指等苦苦追寻，也使"现在"故事的主人公作家、陈士林、陈士旺、一樵等对他的考证、回忆充满歧义。郑海就如"一阵风"，一个幽灵飘荡在小说的时空中，谁也无法真正把握他。难怪田藕要说："只有郑海是一个影子。"因此，实际上也许他根本就不存在，只是一个漂亮的民间传说。小说也似乎根本无意去彻底揭开谜底而是在展示一种解谜的过程，展示这个谜语的各种可能的解。正是在这个过程中，有了"历史"和"现在"的故事及其勾连，也就有了《风》这部小说。此外，叶之秋、叶千帆、莲子、陈士林、陈士旺、一樵、林重远等也都是具有结构功能的谜语人物。陈士林究竟是郑海的儿子还是莲子与叶之秋的私生子？他和陈士旺谁更可能是唐月霜那遗失的孩子？叶之秋和叶千帆秘密回乡的真正使命究竟是什么？他们和郑海有什么关系？林重远真是郑海的战友吗？小说就是这样让人物在解谜的过程中自身陷入一个个谜语中，从而形成了小说扑朔迷离的结构。

其二，情节之谜。作为一部充满探索意味的小说，《风》之所以具有很强的可读性，显然与小说的情节性有关。如果说小说的"写实"部分情节具有完整性的话，那么在"虚构"部分情节则一定程度上呈肢解状态。但这种肢解由于充满了谜语式的悬念，反而给小说带来了另一种紧张状态，增强了整部小说文本的结构弹性。叶念慈临死时伸出两个指头的情节可以说是贯穿于"四十年前"的故事的一个关键性谜语，众多主人公的人生历程似乎都在从不同的侧面解释这个谜语："有人说他是舍不得二太太唐月霜，也有的说是惦念着留洋在外的二少爷叶之秋，还有的说是想再建一座窑——一龙一凤。"这使小说颇能引人入胜。而最后在六指的眼中"两个指头"却是指对两个少爷的仇恨和恐惧。陈士林被莲子和六指救上船那个夜晚二少爷上岸的情节也是个充满神秘色彩的谜。作家自己"虚构"了情节发展的两种可能状态：一是二少爷和莲子在旧楼幽会，提示出两人私情内幕；一是莲子跟踪二少爷，而自己又被六指跟踪，从而给小说覆盖上一层地下斗争传奇的色彩。但两种形态都具有谜语性质，它们事实上成为小说后来人物关系和故事矛盾变幻状态的基础，情节的紧张性和动荡性质也由此奠定了基调。此外，叶念慈的被暗杀、六指的中弹而亡等也都是小说重要的悬念情节，它们作为作家艺术想象和"现在"故事中主人公们回忆的重要内容，具有歧义丛生、悬谜难解的意味。

其三，意象之谜。《风》的艺术结构除了上文提到的人物和情节联结之外，其最重要的结构方式是意象化贯穿，作家借助具有暗示和隐喻功能的意象沟通历史和"现在"、想象与现实，效果甚佳。"风"是小说中最飘忽的一个意象，其象征意味十分丰富，对不同的人物有不同的意义。而对于作家"我"，风不仅是"生命的象征"和"岁月的印痕"，它更是一种浓得化不开的情绪。那么，"风"究竟是什么？它既是历史的证明，又是人生的宿命；既是绵延不息的生命，又是沧桑变幻的时间。……而更重要的是，它飘刮在小说的时空中，连缀了"现实"和"过去"，是一个活泼灵动的结构符号。"坟墓"是小说的另一结构性意象。比如郑海的墓和叶念慈的墓在小说中都构成了意象。而从某种意义上看，叶家大院又何尝不是一个从"过去"延伸到"现在"的坟墓？在小说中坟墓的意象传达出一种死亡和灾难的气息，成为统摄整部小说故事的又一结构因素。叶念慈的死亡固然是一个谜，而"我"所寻找的郑海墓的不翼而飞或许是一个更深的谜。最后，当郑海的墓重新奠基之后，"蓦然一阵清风，仿佛自九霄而落，优雅地将那红绸面从容撩开，而后吹进了幽谷"，墓碑赫然呈现了，却是一块无字之碑。至此，不仅"风"的意象与"坟墓"的意象联系在一起，而且"从前"和"现在"的故事对郑海的寻找终于有了共同的着落。正是在这个总结性意象中，"从前"和"现在"有了结构性的统一。在《风》中还要提到的一个结构性意象是火，它带有梦境色彩和警示意味，对于小说的主题和故事都有重要意义。莲子在"过去"曾多次见到一个"火球"："一团巴掌大的红火球由柴垛里蹿出，飞向窗外，像流星一般划出一道光迹，遂坠入夜的深渊……""我总看到院子里有一团红火，一下东，一下西，一下上，一下下，窜来窜去了。"后来，叶家大院也在一场大火中毁于一旦。"据说当大火像林子一样矗立起来时，院子却异常宁静，连狗也不叫。有人看见一只巨大的红蝙蝠呼啸着从钢蓝色的火焰中穿过……"小说由这个"火"的意象开始，然后"风"助"火"势烧尽了小说中的一切，到小说结尾时作家只能站在一个火后的废墟上为"大火"送行。这样，"火"便赋予小说一种古典悲剧的情调、一种优雅的结构方式和一种意味深长的寓意。

三

《风》的先锋性特征还特别明显地表现在小说的叙述方式和语言风格上。小说的文体正如作家自己所说："按流行的原则是缺乏规范的，至少是不够严谨的。材料的芜杂造成作者的忙乱是一个不可忽视的原因。另一个原因则是我的想入非非，甚至胡思乱想，于是使这部小说带有一定的神秘主义倾向。"然而，事实上这部小说在叙述方面的特殊魅力也正是体现在这种芜杂和"神秘"上，再加上小说情节结构的不断"短路"和"口语实录"对叙述语调的介入，整部小说呈现出一种纷杂又不失统一、混声而不失谐和的独有叙述风格。小说采用复合人称叙事，第一人称、第三人称交替使用，主人公、叙述者、作家同时呈现，极大地拓宽了小说的叙述功能。尽管第一人称叙事的"现在"故事如作者所说只有作家"我"一个人的视角，但由于作家有意识地加强主人公的叙事能力,因而在第一人称叙述者作家"我"之外,又插入了许多主人公"我"的直接叙述。这就不但使第一人称的视角成为多重视角,而且也赋予了单一故事形态的多重解释性和变幻意味。而小说对"从前"故事的叙述则有更为复杂的状态,作家自己宣称:"鉴于我要写的内容时间跨度很大,我有必要不停地调整视角。许多发生了的局限于我的视角位置,我难以说清楚。我只能权且暂时充当一位全知全能的上帝去编排左右这些陈旧的东西。但我需要声明的是:我绝不凭空捏造。我可以借题发挥,可以推测,可以再现,当然更多的可能是表现。"因此,"从前"的故事基本上是由叙述人讲述的。但其叙述视角则是多重的,它融入了作家的视角,也融入了陈士林、陈士旺、一樵、林重远、王裁缝、田藕等主人公们的视角。这不仅使第三人称叙事兼有了第一人称叙事的功能,而且不同视角的叙事所进行的互相拆解、颠覆、修正与证明,也使故事处于一种永恒的变动和假设状态之中,它可以是作家一个梦境,也可以是主人公的一段自白或回忆。"现在"不仅参与了"过去",而且某种程度上也成了"过去"一个无法缺少的故事环节。作家不去"主观缝缀"存在于"历史"中的许多漏洞,而是让主人公以自己的话语去自然填补,这一方面显示了作家独到的艺术匠心和读者意识,另一方面也隐语般地强化了小说的主题意义。

《风》的语言正如作家自己所承认的具有风格上的"不统一性",但这种不统一又适应于故事的不同形态和讲述方式,因而更具一种魅力。小说至少存在三种不同的语言形态和话语方式,它们穿行于"纪实"和"虚构"两种小说的可能性之中,并呼应着小说的不同的叙述视角,共同构筑了《风》的特殊文本特征。"现在"故事是一种语言方式。由于叙述人是作家,而"故事"又是作家见闻行踪的"纪实",因此,有一种散文笔调和清晰优美的语言风格。作家这样叙述自己第一次去罐子窑:"我记得我是下午动身的,骑着一辆很旧很脏的单车。其时秋已深了,太阳非常软,落叶纷飞。路很不好走,前一天的雨把路泡得稀烂,再让太阳一晒,就全是疙疙瘩瘩的。"从这样的文字中我们不仅可以读到一种轻松、活泼的韵味,而且能感受到一股强烈的口语化和抒情性。整个"现在"的故事就如一篇长长的散文华章,既有原生态的生活气息和口语风采,又有古典散文美的境界。

而"过去"的故事中我们又发现了迥然相异的另一种语言方式。不同于"现在"的口语化,"过去"的语言具有浓厚的梦幻色彩和凝重风格,而且更重要的是"过去"的语言具有一种强烈的隐喻象征性和暗示功能,这也是与故事的内容相维系的。这不仅是指弥漫于"过去"时空中用语言构筑的众多象征性意象,如风、火、白马、门等,而且主人公的语言也都充满了"机关"和暗示。"那个夏天对于叶之秋来说仿佛十分遥远,他希望它从自己记忆里完全消逝。他恨那阵突如其来的风,如果它不把一粒微尘送到唐月霜的眼里,后来的一切将不会发生。""然而这女人终究是不能作用的,叶念慈留她不过是一种摆设,闲时看一看,摸一摸。毕竟叶念慈的心事不会在这上面,况且业已年过半百,下地艰难。可是两年后的一个秋天的夜晚,叶家大院传出了婴儿的啼哭。这声音随风飘荡惊醒了全村各户。第二天村里传出:叶老爷喜得三太子。到了第三天,人们又知道那孩子死了,葬于青云山脚。"从这样的叙述中我们明显感觉到某种灰暗意味和神秘色彩,其高度的装饰性和文学性都天然地为"过去"的故事涂抹上了一层"虚拟"和"变幻"特征。《风》的小说文体所具有的上述特征,一方面固然与其谜语结构有关,另一方面也显然得力于这种暗示性的语言。

此外,在《风》中还存在一种独立于故事之外的语言形态。比如,作者写道:"从某种意义上讲,创作是一种精神漫游,它远离了哲学式的思辨。哲学往往同时伸出两只手,既想打别人的耳光,又打自己的耳光,其结局总是悲惨的。"这种同小说情节无直接关联的分析式语言是作家对于《风》这部小说的构思过程的袒露,同时也是作家对于"过去"和"现在"两种故事的分析与阐释。因此,它具有一种理论文字的特色。作家在《风》中自如地运用这种语言形态,其中既有对于作家文学思想的陈述,又有若干史料的引证和考察,既有对文学现状的分析,又有对小说创作方式的思考,同时也还有作家对各种哲学、心理学理论的解释。它均匀地分布于小说各个章节之间,似乎超越于小说之上,而又是这部实验体长篇小说不可或缺的一个结构成分。显然,《风》摇曳多姿的叙述风格正是由三种语言形态共同作用才完成的,缺了其中任何一方都会使小说失去它特有的魅力。

第20章 《施洗的河》：罪与罚

面对北村这个名字我有一种彻底的陌生。这种陌生赋予我自己和正在阅读的小说《施洗的河》一种共同的孤零零的意味。当我拼命地试图以对自己阅读历史的回溯来消解这种陌生时，我不得不为自己的无可奈何而尴尬：我的记忆中排列不出哪怕一部属于北村这个名字的作品，我的头脑中也想象不出一句曾经有过的关于北村的言语。这就是说，在北村这个港口我无法靠岸。然而我相信，诞生于1993年第3期《花城》上的《施洗的河》不可能没有兄弟姐妹而孤零零地降临我们这个危机四伏的文学时代，我一定轻易地遗忘了北村在此之前所作的许多文学伏笔和铺垫。因此，《施洗的河》的孤独姿态纯粹是我人为遗忘的后果。我为自己制造了孤独面对的阅读境况，并从而使本章的撰写丧失了应有的对比和参照体系。但我仍无法保持沉默，无法绕开作家关注人生的宗教眼光，也无法忘怀小说梦魇般的生存景观。"罪与罚"不仅是我对小说故事的概括和主题的想象，同时也是对自己阅读心态的阐释。唯有通过语言的穿越，我才能走出生命的荒芜重铸《施洗的河》的意义世界。

一

《施洗的河》有比较完整的故事和清晰的人物关系，小说在霍童和樟坂两个城镇的背景上展开，而情节冲突则主要围绕樟坂的两大黑势力龙帮和蛇帮的争斗残杀而变幻。作家选择一种特殊的观照视角展示了生命和人性的形态，表现了特定生存境域中生命的凋残和人性的丑恶。可以说，罪恶正是小说的一个基本主题，它作为一种媒介沟通了小说中众多的生命存在，赋予了各种故事形态特别的阐释意义。《旧约全书》认为："人有两种能力——为善和作恶——而且必须在善和恶、祈祷和詈骂、生和死之间作出选择，即使上帝也不干涉他的选择。"而在《施洗的河》中"作恶"则成了主人公们共同的选择，不管他们有什么样的文化背景和性格特征，罪恶都是支撑他人生行为的重要支柱。在小说的"罪恶"大厦中，刘成业、刘浪、马大、董云无疑是举足轻重的四大恶人，他们在不同的时空中共时态地编织了一张覆盖整部小说的罪恶故事。事实上，他们也构成了我们进入《施洗的河》必须首先跨越的门槛，和他们的遭遇将是本章无法回避的宿命。

刘成业是小说凸现出来的第一大恶人，在霍童他是一个草莽英雄的形象。他的粗暴和残忍突出地表现在对儿子刘浪的折磨上。在他眼中，刘浪作为他和陈氏在菜地里的杰作只不过是"一把芥末、一只虫和一块土坷垃"，他可以在刘浪受伤的头颅上再猛砸一拳，也可以用最恶毒的流氓语言诅咒刘浪。在小说中刘成业一直作为刘浪人生和心灵的背景存在着，他像一个罪恶的幽灵紧紧纠缠着刘浪的灵魂。可以说，刘成业正是刘浪的一个预言，他的存在正是刘浪生命的一种前景，他以自己特有的残暴塑造了刘浪的性格和罪恶，同时又以自己的生存理念第一次为刘浪施洗："小子，做人要做头，做事要占人先，啥时你玩人像玩鸡巴一样了，你就算是人了，因为他们都是鸡巴，你才是人。"显然，刘浪的罪恶之路正是刘成业的又一"杰作"，而他荒谬的生存逻辑则几乎是响彻整部小说的罪恶进行曲。

无疑，刘浪是《施洗的河》的真正主角，小说也正是以他的出生、堕落、获救为中心情节编织故事的。在他身上，人性恶的本性得到了淋漓尽致的表演，在某种程度上他似乎已经变成了罪恶的根源和证明。他本是一个"沉默寡言的孩子"，却宿命般地走上了父亲的道路。重回樟坂，他一下子就成了"一次抢劫或火并的牺牲品"，从此他也就从一只羔羊变成了凶猛的狼。杀人越货，虐待女人，以自己狐狸般的狡猾和算计在樟坂黑社会中站稳了脚跟。他以自己的满手血污和马大相互残杀并疯狂地实施自己对樟坂的征服。他害死了徐丽丝、杀死了如玉，也杀了自己的儿子和弟弟。他似乎天生充满了对生命的仇恨，就像一个瘟神，凡被他染指过的一切顷刻间就会死气沉沉。他容不下一对鹦鹉，也看不惯狼犬的兴高采烈，甚至满园的鲜花也会刺激他罪恶的冲动。花园侍花的情节和遍地枯萎的意象正是关于他毁灭生命的罪恶的象征。正如穴居时他对自己的分析一样，他充满黑暗，"那些有生命的东西一跟他接触就要死去"，"他跟一切上好的事物无关，跟阳光无关，属于洞穴的性质：黑暗、阴郁、潮湿、寂静和死亡"。

马大则是和刘浪遥相响应的另一恶棍。他登峰造极的罪恶从他独自和刘成业、刘浪两代人争斗的血腥事实中即可得到证明。刘成业的提前隐退和他最终与刘浪战成平手的结局都显示了他"一枝独秀"的作恶能力。和刘浪不同，马大对于作恶有直言不讳的坦率，他扬言："我是杜村的乡巴佬，我不识字，我只对女人感兴趣，对于我来说，樟坂就是一个女人，十足的贱货。"他开烟馆和妓院，并疯狂地以残杀一个个生命而积聚财富。如果说刘浪还在某种程度上以一个书生的形象出现在樟坂的公众场合的话，那么马大则是一个彻头彻尾的土匪，高兴时他会高唱山歌，失意时他会抽打自己的老婆，仇恨时他更飓风似的杀人放火。他以自己特殊的方式奏响了《施洗的河》中又一曲罪恶音调，从而与刘浪一道在樟坂这棵罪恶的大树下相依为命。

还有董云，这是一个幕后人物。作为刘成业和刘浪父子的管家，他的罪恶呈现为一种特有的老谋深算。他精通阴阳、法术，"整天只做三件事：吸烟、睡觉和查读《推背图》"。然而，正是这位足不出户的阴阳先生，他像一条毒蛇总是在最关键的时刻咬人一口，以自己特有的阴险狡诈一手导演了樟坂的罪恶。应该说，他才是真正的四个恶人之首。他能最终战胜马大和刘浪使龙、蛇两派悉归其所有正是他卓尔不群的作恶能力的证明。

上述四大恶人正是《施洗的河》编织故事的经纬和纲目，小说借他们展示了罪恶的可能形态以及罪恶笼罩下的人生图景，并以极端的艺术方式折射了非理性的时代弱肉强食、豺狼当道的荒谬现实。也正是在这个意义上小说被赋予了一种寓言功能，罪恶正是作家对于存在的一种寓言假定，它作为一面镜子一方面照出了人性中罪恶的本能，另一方面也透示出隐藏在罪恶背后的历史、社会和文化根源。

二

如果说在《施洗的河》中罪恶是故事的基本主题的话，那么恐惧和焦虑则是弥漫于小说的共同精神情绪。恶人们把罪恶推到极限，而他们心灵的承受能力也达到了极限。他们为即将来临的惩罚而恐惧，但对他们肉体和精神上的惩罚却总是不期而至。堕落是他们作恶之后的必然人生宿命。

首先，从肉体上看。恶人们登峰造极地残暴毁灭生命的同时，他们身体的健康也被他们自己处心积虑的作恶和荒淫无度的生活剥夺了。刘成业隐居霍童后不仅性格蜕变得像个女人，生病之后"人也慢慢地消瘦和走形，像一只弓一样绷在床上"。这个昔日不可一世的恶霸最终变得跟一根木头一样，用一种麻木到极点的目光看人，连瞳孔都是僵死的。刘浪不仅最后失去了对于女人的性能力，而且几乎失去了言语和行动能力，他怕光、幻听、幻视，甚至跨过门槛也要摔倒，除了卧床和穴居他几乎不能做任何事，玉食珍馐，女人的胎盘和各种药膳都无法挽救他日益衰败的身体。这个威风凛凛的"英雄"终于变得"干瘪、坚硬、起皱，像一个核桃，眼神空洞，莫衷一是"。马大在敛财和作恶的同时也日益昏聩，成为一个梦游症患者，他甚至无法记住自己的珠宝藏在哪里，而像一只"老鼠"一样在黑暗地窖里生活。他不仅不能再引吭高歌，就是言语的能力也几乎丧失了。对于世界对话能力的失落正是这个土匪走向末路的标志。而董云虽由于少年时代就意外丧失了性功能而长期不近女色，但殚精竭虑的罪恶计谋同样掏空了他的身心，他肉体腐烂的恶臭透过他紧裹的皮袄依然是浊气逼人。

其次，从精神上看。对于小说中的恶人们来说，肉体的惩罚毕竟还是次要的，解救的希望也还存在。但精神和灵魂上的恐惧与折磨则无疑是致命和绝望的了。伴随他们的每一次罪恶，都是无法排遣的灵魂空虚，这种空虚不仅消解了主人公人生的意义，就是罪恶本身的征服和掠夺意义也被瓦解了。他们把罪恶播向世界和他人，而自己也不得不在灵魂的地狱里挣扎，以精神的变态和疯狂去承受遥遥无期的惩罚和报应。

具体说来，主人公们的生存恐惧表现在下面几个方面。

其一，生命的孤独感。在《施洗的河》中主人公们对世界和他人充满了仇恨，这种仇恨使他们自绝于他人和世界，泯灭了一切亲情关系，无法与他人对话和沟通，从而置身于一种彻底的孤独境界。刘成业作恶多端的结果是真正的众叛亲离，他只能以疯言疯语和怪诞行径聊以抒发自己的孤独。刘浪从小就离群索居，来到樟坂后更是主动割断了与家庭的亲情关系，他杀死了自己的弟弟，舍弃了与母亲的温情，独自一人品尝失意时的孤独。马大也不仅仅是在老婆被刘浪抢走之后才感到孤独，他拥有的不是财富而是把他折磨得疲惫不堪的黑色性情和无边无际的孤独。至于董云这个几乎从不见阳光而只在黑暗的法术中生活的人，其阴暗的心情和难言的寂寞更是注定了他只能以孤独的阴谋去暗算这个世界，孤独对他是一种折磨，但也是他主动的选择。

其二，生存的无意义感。小说主人公们一生都陷在罪恶的泥塘里左冲右突，他们在很多时候把作恶当成了人生的目的和意义，可一旦他们生命的虚荣被击落，其生存意义的匮乏就昭然若揭了。刘成业"英雄"一世只不过是得到了一口自己并不能躺进去的棺材；董云机关算尽但仍不能在功成名就之时苟全自己的性命。至于刘浪和马大几十年血雨腥风的恶斗到头来只不过是一场游戏，这种人生的反讽使他们的存在归于荒诞。人可以忍受饥饿感，但人绝对无法忍受生存的无意义感，当他们一度无比辉煌的人生呈现出无意义的本质时，生存恐惧就会潮水般地淹没他们。

其三，命运和死亡焦虑。当主人公作出作恶的人生选择时，他们事实上已经把自己置于一种险恶的生存境域之中，长期紧张压抑的罪恶生活不仅摧毁了他们的身体，更重要的是摧毁了他们的神经。在某种程度上，他们都变成了神经症患者和处于异化状态的非人。他们无法逃避命运的惩罚，只能无能为力地陷身焦虑和恐惧之中。一方面，命运向主人公张开了它的黑手，正如小说中所言："命运是很奇怪的一种东西，总是与人的意愿拧着干，如果你让命运领着走，就会走上一条与你的愿望全然背弃的路，并使你信以为真，而且离原来的路越来越远，到了终了的一天，你已经无法分辨哪一条路是真的了，你只知道自己走完了一条路，在这种无法肯定的旷野中，死亡带着绝望以巨大的恐怖把一个人吸干。"另一方面，在主人公们的生存焦虑中死神又露出了它狰狞的面孔。刘成业整个晚年都没能逃出"他就要来"的阴影，"他"既是他曾经残害过的生命，又是死神的象征。刘浪也几乎永远被死亡之气笼罩着，时常为索命的噩梦所纠缠，只得提前躲入墓穴消解死亡给他的威胁。而马大、董云、唐松等人也无不是在死神的蹬蹬足音中走向生命的末路。他们畏惧死亡，而死亡总是横亘在他们生命的前途上，他们永远也无法跨越这道门槛。

三

然而,《施洗的河》并没有把恶人们全送进地狱,在淋漓尽致地表现了他们的生命罪恶和精神恐惧之后,作家在"罪与罚"的主题之外,又进一步描绘了主人公们绝望的救赎途程,表达了对于生命的神性关怀以及对永恒归宿的追问。在此意义上,小说的主题和故事又得到了新的阐释。对于罪恶的主人公来说,惩罚的恐惧和被拯救的企盼是互为因果的人生情绪,只不过他们自身的罪恶使他们的获救之路比常人更多曲折而已。在小说的文本世界中,主人公的人生救赎经历了人→鬼(妖)→神(上帝)三个阶段,最终在对上帝的归附中超越了罪恶超越了存在而获得了生命的澄明。

其一,现实的拯救。当恶人们把罪恶之网撒向世界时,最终的受害者却往往是他们自己。他们无法甩开无所不在、水银泻地般的惩罚恐惧,只好绝望地进行拯救自我的尝试。刘成业的隐居是一种拯救;马大对母亲的孝心也无非是为了拯救自己的良心;而对于刘浪来说,天如可以说是拯救他的第一道光亮,其后他的读书、穴居、赈灾、奔丧都一一失败了。确实,主人公们无法清洗自己的罪恶,也根本实现不了对于自我对于罪恶的拯救,既然他们把现实改造成了地狱,首先被煎熬的就只能是他们自己。

其二,鬼(妖)的拯救。作为主人公活动背景的霍童和樟坂都是人妖混杂,充满鬼气。当主人公们现实拯救的路途被斩断之后,他们又虚幻地转向对鬼和妖的乞求。刘浪自己对传道士说:"在霍童我胆小怕事,唯一不怕的是鬼。"而且他从小就有异乎寻常的预知能力:"我疑心我是一只鬼,一只索命的鬼,我被鬼附了身。"这使他在与马大的最初较量中占尽风头,马大和徐大头都对他的作恶能力感到不可思议,以为见到了"鬼"。对刘浪充满仇恨的马大也在某个黄昏疲惫地走进了云骧阁,在妖术的氛围中两个昔日的宿敌化干戈为玉帛共同陶醉于占卜斗法之中,他们幻想着法术能挽救他们日益沦丧的信心,并战胜董云挽回颓风。然而法术却注定只是另一种鸦片,生活在法术中的董云最后自己栽倒在法术之中,而刘浪他们的师父也"在一个雨夜突然消失"。前路茫茫,等待主人公的依然是万劫不复的沉沦。

其三，神和上帝的拯救。在主人公突围和救赎的途程一次次被封堵之后，主人公"听到了一个声音"，也就是神的召唤。刘浪让他的小船顺流而下，在近20年的思虑中"第一次变得真正的毫无主见，他实在疲倦，实在不想决定什么，他希望有一种别的东西来决定他，决定他的方向和去处"，这时候他萌生了对于神灵的祈求和追问。一连30多个暴风骤雨般的"天问"酣畅淋漓地宣泄了刘浪的绝望和迷惘。正如普鲁斯特在《追忆逝水年华》中所说："有时当我们觉得一切全完了时，能够救我们的通知到了：人们敲了所有堵死的门，唯一那扇可以进入，却要白白找寻一百年的门，人们无意中叩了一下，它就打开了。"在经历了灭顶之灾后他终于靠岸了，传道士作为上帝和神的使者降临到了他身旁，给他带来了神谕，并指明了获救的坦途。刘浪最终接受了传道士给他精神上的第二次洗礼，开口向主祷告，他由此再次变成了一只温顺的上帝的"羔羊"。上帝拯救了刘浪，忏悔和眼泪使他获得了再生。作为一个上帝的子民他还承担了拯救马大的使命，并带马大乘船返回霍童。小说也正是在刘浪朗读《圣经》的娓娓余音中完成了对恶人的"转回"，从而实现了"恶人转离他的恶，行正直与合理的事，就必因此存活"的宗教主题。

第 21 章 《边缘》：超越与澄明

《边缘》作为格非的第二部长篇小说对他本人乃至整个中国当代文学的意义似乎至今还未得到足够的重视，我为我们评论界对这部作品保持如此绵长的沉默而惊讶不已。从 1990 年度的《敌人》到 1992 年度的《边缘》，格非几乎不着痕迹地完成了对既往艺术范式的全面突围，他不仅以清晰的时空结构和透明的情节线索消解了以往神秘晦涩的艺术倾向，而且在对文本游戏色彩的抛弃过程中实现了风格由混沌向澄明的升华，并由此表现出了对"迷宫"式写作姿态的真正遗弃！格非无疑以其卓有成效的艺术努力和出人意料、判若霄壤的"艺术蜕变"，显示了作家超越自我的可能及其限度，并在此意义上对整个新潮小说界作了一次意味深长的提醒。"超越与澄明"既是小说艺术姿态的绝好总结，同时更是小说主题和人生内涵的精妙概括，据此，格非为新潮小说指明了某种方向。

一

如果说格非的迷宫小说一度因其朦胧晦涩和危机四伏的神秘而令人望而生畏的话，那么一旦格非跨出迷宫的门槛其不期而至的清晰给予读者的欣喜也是不言自明的。尽管《边缘》以一个老者弥留之际的灵魂坦露为线索叙述故事，小说时空依然变幻、飘忽不定，但众多跳荡的故事片断和人生画面不仅具有可重组性，而且各自也具有逻辑联系，这就使《边缘》的故事形态有了整体上的统一性和透明性。小说主人公是"我"，因此"我"的人生经历也正成了这部小说的故事主体，而从"我"的视角出发，小说又平行地展开了仲月楼、徐复观、宋癫子、杜鹃、小扣、胡蝶、花儿等人物的故事，彼此互相交织又互相对比共同构筑了整部小说的故事框架和主题结构。具体地说，"我"的人生故事又呈现为三个阶段。

其一,少年麦村阶段。"我"的记忆开始于"那条通往麦村的道路",而这条光秃秃的实际上"包含了我漫长而短促的一生中所有的秘密"的道路也正是"我"人生和故事的开端。通过这次母亲眼中的"错误"迁徙,"我"在麦村的童年生涯揭开了帷幕。"在那段寂静的日子里,我日复一日坐在阁楼的窗前,听母亲给我讲述她做过的每一个梦,这些古怪的梦经过我不安的睡眠的滋养和复制,构成了我来到麦村以后第一个深刻的记忆。"而母亲对麦村阴雨连绵的天气和弥漫在空气中的稻草气息的抱怨以及对往昔时日的刻骨留恋也感染了"我","我"日益被一种颓伤和忧郁的情绪包围。父母之间的隔膜和隐隐的仇恨也时时加剧着"我"的孤独和寂寞。父亲的病死和母亲与徐复观私通的场景更给"我"幼小的心灵带来了巨大的刺激和伤害。"我"眼中的麦村到处充满了灾难和死亡的气息,尤其当我目睹了宋癫子姐姐的驱鬼仪式、花儿莫名其妙的吊死,听了母亲的临终叫喊之后,不但一种对于生命经久不散的忧伤无法排解,而且"我"的身体也开始向生命的边缘滑行。"我"患上了越来越重的失眠症和梦游症,"我常常在半夜三更的时候不知不觉地从床上爬起来,独自一人悄悄溜出枣梨园,在寂静的旷野上四处游荡"。最后,虽然徐复观以"大粪"治好了"我"的病,但"我"对于麦村的恐惧和逃离已是无可避免。无论是母亲的死亡,还是和杜鹃的结婚、和小扣的私通都无法阻挡"我"突围而出的决心。在"我"的印象中,麦村正是借助于仇恨和恐惧完成了对"我"人生的最初洗礼和放逐。一方面,"我"无法摆脱弥漫于麦村各个角落的仇恨和敌意。如果说徐复观对"我"的仇恨源于对母亲欲望受挫后的报复心理、母亲对小扣的仇恨源于女人之间近乎天生的嫉妒的话,那么宋癫子对"我"的仇恨以及父母亲到麦村后的相互仇恨则似乎莫名其妙。另一方面,"我"的童年稚拙而脆弱的想象中又充满了对于麦村世界的深深恐惧。"我"的幻觉中"窗外的世界浩瀚而不可理喻,它奥妙无穷,令人战栗",并最终凝聚为一种恐惧的征象,"直到现在,我依旧无法弄清,我幼年根深蒂固的恐惧究竟源于何处"。从某种意义上说,对麦村的逃离,正是一次对灾难和痛苦的抛弃与告别,是一次精神涅槃的自我拯救。只不过,此时,"我"忽视了自己与麦村似乎命定般的联系,因而没有意识到正在踏上的只是一条虚妄的救赎之途。

其二,军旅阶段。对于"我"来说,信阳的军校生活无疑揭开了人生的崭新一页，但这一页尚未完全打开却又急遽地合拢了。"在充满火药味的战争气息"中，"我"不得不一次又一次地与接踵而至的梦魇般的灾难和罪恶狭路相逢。虽然，对于军校大兵奸淫乡村女子丑剧身不由己的目睹与参与使"我"度过了三个月的禁闭生活，那几个大兵也终于被处决，但惩罚并不能真正消泯那笼罩和折磨"我"灵魂的罪恶恐怖，这种恐怖几乎一直伴在"我"此后的人生路途上。军校毕业后，"我"上前线投入了战争，并把战争视为"我的身体对于沉睡而无所适从的心灵的一次小小的拯救"。然而，战争却以其残酷和荒诞对人与生命进行了无情的嘲讽和戏弄，并彻底摧毁了"拯救"的妄想。一方面，战争以接二连三的死亡作为成果表现出对生命最大限度的轻蔑和不屑一顾。如果说霍乱伤员被活活烧死，仲月楼关于这件小事的解释多少还能使"我"信服的话，那么当"我"所在的三团"也许只是为了给对方造成一种错觉，或者仅仅是为了试探一下他们的火力"而在进攻中"像被收割的庄稼一样一排一排地倒在河边"，大规模的潜伏部队竟无动于衷时，战争的残酷本性和狰狞面目则无疑令"我"毛骨悚然了。另一方面，战争也以其荒诞昭示了其无意义的本质。两个军官的口角可以引发一场尸横遍野的内讧、火并；一个伤员的生命也不会中断医生谈论女人的兴趣；而对于师长来说，一桶酒的价值自然远远地高于士兵的生命……这里已经没有什么理性、原则、正义、真理，只有到处肆虐的暴力、死亡、罪恶以及随风飘散的荒诞。"我们"曾在凛冽的风雪中穿越八十里路程去架一座后来证明一无所用的桥梁；"我们"也曾在一夜之间与"一直想要我们性命的死敌"成了兄弟，"多少年的仗算是白打了，好像十来年的兵戎相见只是出于一种误会。我们奉命用最隆重的礼仪来欢迎他们"。置身于战争的这种无所不在的荒诞中，"我"的忧郁症终于无可遏止地再度爆发了，而逃跑的念头也与日俱增，"好像每一次作战、行军、扎营总是在为逃亡做准备似的，我慢慢地对这个念头上了瘾"，并先后逃跑过三次，最后一次还差一点获得了成功。但"我"终于明白，"即使逃出了军营，也逃不出这个兵荒马乱的岁月"，"我慢慢适应了军营里的一切，学会了忍耐，学会了吃生马肉、喝铁锈一般的污水、在行走中的战马上打瞌睡"。面对着风雨飘摇的战争岁月，"我"除了独自一人去面对"自己的黑夜"外，精神上的唯一慰藉就是与仲月楼的友谊和对杜鹃的怀念。对于仲月楼，虽然"在频繁作战的间隙，我常常能够看到他，有时在奔驰的马上，有时是在两辆相向开过的战车里。不过，我依旧怀念我们在一起相处的时光，盼望重新相聚的时刻，以便延续我们那永不厌倦的话题"；而杜鹃实际上"长期以来成了我动荡不安的内心唯一的一道屏障，一朵缀满安宁气息的花蕾，我就像一只在花枝上迷了路的昆虫，正急切地寻找道路，渴望重新回到她的花萼之中去"。有意味的是，恰恰是战争本身完成了"我"对于战争的逃离。这也许正是战争荒诞性的一种特殊表现。在与日本人战斗中受伤后，"我"在充满糜烂和淫荡气息的东驿度过了近两年的时光。东驿仿佛是又一个麦村，"我"感到了弥漫在淫秽氛围中的仇恨和灾难气息，不但亲历了玉绣含羞自杀，而且目睹了日本人当着胡公祠的面凌辱、强奸其女儿胡蝶的耻辱画面和胡家大院的冲天大火……胡蝶双眼失明、胡公祠含羞出走的悲剧景象成了"我"一生中对于东驿的最深刻记忆。而在东驿的灾难中，"我"那渐渐淡忘了的家园记忆也迅速滋长起来。虽然随着返回麦村愿望的迫切，"我"对东驿的留念也与日俱增，"这个村子里似乎有一种无法说明的东西在深深地吸引着我"，但麦村的召唤毕竟无法阻挡，1939年秋天"我"终于沿着卖狗皮膏药老人的指引踏上了"归家"的路途。

其三，晚年麦村阶段。然而，正如"我"当年的出逃被证明是一个错误一样，现今的返回又注定是在重返一个错误。梦中的家园不仅遥远而且事实上已支离破碎。麦村给倦极思归风尘仆仆的"我"的见面礼竟然是杜鹃和宋癫子偷情时宋癫子汗流浃背的身影和杜鹃持续不断的呻吟。悲剧和灾难又一次把"我"残缺不全的人生击打得千疮百孔，"我"一下子失去了所有的记忆、想象和梦想，失去了对于生活的最后一丝热情，以至"我们初见面时的那种令人难堪的气氛维持了很长的时间，它让我感到沮丧，脑子里一片空白。我的记忆在沉睡，甚至连欲念都被一块石头压着，唯独血液在肌肤下流淌得很快"。在这痛苦的洗礼中，"我"晚年的黯淡生涯可以说一下子就露出了狰狞面目："我感觉到，在我泥泞不堪的道路尽头的一盏灯熄灭了。"此时的麦村所能赋予"我"的只是这样两重身份：一是受难者，一是旁观者。作为受难者，"我"将一如既往地承受噩运的打击，并理所当然地成为历史、时代、罪恶的牺牲品；作为旁观者，"我"不得不亲眼看着罪恶如野草般滋长，并亲自为这弯曲的世代、为前仆后继的生命、为历史上仅存于一个个瞬间的美好和神圣送葬。在这个意义上，麦村已经不再是家园，而是一座硕大无比的坟墓。

尽管"我"仍然是故事的主人公，但这时"我"不仅充当的是人生的悲剧角色，而且"我"的人生已经失去了一切主动性，而完全成了被历史罪恶屠宰的羔羊，"我"梦见自己被用绳子捆绑住放在羊圈里的意象正是"我"晚年命运的绝好象征。"我"感到"在我的一生中每时每刻似乎都被光阴刻下了耻辱的印记，尽管我一直试图和周围的环境协调一致，但总是漏洞百出，捉襟见肘。仿佛我这个人天生就做不出让别人（或者我自己）感到高兴的事"。杜鹃的变节给了"我"第一重打击，而"我"与小扣的再度同居也只能以生下一个死胎和小扣的出走为结局。其后，经过一次次的批斗和改造，"我"和杜鹃被赶出了麦村，名副其实地成了在历史的旋涡中打转的祭品。而此时，占据麦村政治和历史舞台的宋癫子、路队长等人的人生故事固然强化了"我"的人生悲剧，但他们自己最终完成的也只能是另一出悲剧。呼应于仲月楼和徐复观的凄凉晚景以及小扣、胡蝶等人的奇特命运，麦村正以对"我"的抛弃走向了和"我"相同的"沧桑"。更具反讽意味的是，"我"至今仍作为历史的垃圾生活在麦村的角落里并幸运地等到了平反的信邮，而曾经叱咤风云的宋癫子、徐复观、路队长以及杜鹃、小扣、仲月楼等却如同麦村的一对孪生兄弟一样无法逃脱死亡的判决，真正沦落在时间的黑洞里。这是人生的悖论，也是历史的玩笑，在经历了生与死、高尚与卑鄙、残酷与罪恶、荒诞与真实、忠诚与背叛、耻辱与亵渎等一幕幕人生悲剧之后，在与死神的长期擦肩而过、不期而遇之后，"我"不但获得了在死亡边缘挣扎的漫长生命，而且获得了一种回忆与澄明的寂静人生境界。这是不是一种人生的报答呢？

二

当我们透视《边缘》展示的一个个生命悲剧时，一方面我们不能不为主人公们挣扎于丑恶之中的悲壮而伤感，另一方面，我们又对弥漫于小说之中的伤感的宿命情绪以及浸透在主人公人生背后的宗教徒般宁静淡然的人生态度难以释怀。然而，也正是在这种黯然神伤的精神气息中，我们获得了对于《边缘》主题的全新领悟。

"边缘"无疑首先是一种人生状态的描述，它是对"我"为代表的小说众多主人公生命状态和生命方式的极好概括。它代表了人类的一种不幸的命运和灾难处境，一种以痛苦和受难为特征的存在方式。在这种方式中，人只能异己地存在于生与死、天堂与地狱、忠诚与背叛、善与恶、罪与罚的边缘地带，而尤其当主人公陷身于特殊的历史情境（比如战争或"文革"）中时，这种边缘处境就更是昭然若揭。某种意义上说，"边缘"也正是对人类在历史和战争中的真实处境的隐喻性写照，是对人类不断被消解和粉碎的灾难命运的寓言暗示。因此，在小说故事的背后我们更多地读到的还是作家对于人类命运的沉思与关怀，以及作家远距离地形而上地观照人类生存困境的忧虑眼光。尽管徐复观在夜校上课时，曾把"人"大写到黑板上并断言"你们认识了它，不仅有饭吃，有衣服穿，还会有房子、金银、玛瑙和棉花，你们什么都不会缺"，尽管在"浅浅的睡意中，我们看见那个字像一棵梧桐树一下就长高了，并生出了枝丫，它的枝条湿漉漉的，宛若河底的水草轻轻飘拂，像绳子一样紧紧地捆住了我的身躯，使我喘不过气来"，但事实上，无论是徐复观还是"我"都没有能真正穿越历史和战争的屏障成为一个"大写的人"。客观上，战争以死亡架设它的前进轨道，它命定地把人类扔在了死亡的边缘，让他们目睹每一个偶然的历史瞬间生命的烟消云散；主观上，战争以其残酷和荒诞使人类陷入了可怕的自我否定之中。不但指挥官们视生命的毁灭为寻常，就是仲月楼也说："人当然不是畜生，可是干我们这一行的，特别是在这一个军营里，你有时不得不把他们当畜生看待。"从这个角度来看，《边缘》正借助于悲剧性的故事描绘了"大写的人"变成"受难的人""被动的人""可怜的人"的过程。"我"有时觉得自己只不过是一只乌鸦，"甚至只是它在天空中投下的一缕阴影"，"我就像一棵楝树上成熟的果实，在秋风中残喘，仿佛随时都会掉落下来"，"在我一生快要走完的时候，我忽然感到自己只是经历了一些事情的片断，这些片断之间毫无关联，错杂纷乱。就连岁月给我留下的记忆也是乱糟糟的，我在回忆起从前的时候，不得不从中剔除掉一些令人不快的部分，而留下一些无可遗憾的画面。即使这样，这些美妙而纯净的画面也无法使我对自己的一生作一个简单的归结，比如归入某种意义，或者是某种人的类别"。而事实上，当"我"用舌头舔猪圈上的痰迹时，当"我"在烈日炎炎的中午跪在一对倒扣的瓷碗上时，当"我"跟母鸡的屁股亲嘴时，"我"已经根本上作为一个"非人"而存活着。仲月楼虽然在与日本人的战争中"煽起了他长年积郁难排的体内激情，并使他晦暝而颓废的生命得到了拯救",但战争和历史最终还是把他置于了一个"可笑的境地",晋升上校军衔的他不但没有看到蒋家王朝的灭亡,反而至死被以"神秘莫测的方式向前推进的历史"和时间无情地戏弄着。他没有逃往台湾却成了一个剃头匠,一个潜伏特务,一个生活于生活和女人给他的双重耻辱中的废人,"岁月在他脸上留下的痕迹比我想象的还要深刻,他的身体如同一具蚕蛹褪下的空洞的壳,衰朽不堪,弱不禁风",并最终在粪池中了却悲惨的一生。胡公祠这个昔日威风凛凛的乡绅在日军的残暴面前只能亲眼看着女儿惨遭凌辱的一幕,并带着一生中无法洗清的耻辱一去不返孤独地离开东驿,等再次出现在人们面前时他已经沦落到"怀里挟着一顶破旧的草帽,手里拿着一只碗钵,挨家挨户,沿路乞讨"的凄凉境地,他曾经拥有的荣耀自是荡然无存了。而他那位孤傲、清高、贞洁的女儿胡蝶曾让东驿所有的女人艳羡和嫉妒,但她拥有的一切在日军的兽行面前也顷刻间土崩瓦解了。她那么珍视的人的尊严也终于随大火被烧得一干二净。当"我"几十年后找到双目失明的胡蝶时,"她正坐在一处锅炉房的门边削着土豆。她的脸颊像一盆发酵过头的面粉一样显得虚弱而浮肿,铅灰色的头发在风中拂动,看上去,她如一只被人弄坏的玩具似的弱不禁风"。此外,徐复观、路队长甚至连宋癫子也没有能逃脱在时间中沦落的宿命,他们一度辉煌的人生也都在历史的跫跫足音中无法挽回地萎缩成了"小写的人"。

其次,"边缘"又正是一种精神状态和精神方式的写照,是对主人公心灵风景和生命态度的纪实。小说中的主人公们不仅如上文所说的处于历史和现实的边缘地带,而且他们也某种程度上居于"人群"的边缘,居于各自心灵的边缘。他们无法沟通、对话,无法真正进入彼此的心灵。在小说上空自始至终飘荡着一股冷漠、隔绝的黑雾,传播着一种令人心惊胆战的孤独,正如小说中所说的:"麦村的人像是对所有的事情都丧失了兴趣,人们彼此之间很少说话,即使偶尔交谈一两句,也是心事重重。饱含提防、猜忌的沉默不语再次成为时尚。"在这里,不只陌生的人们之间无法沟通,就是兄弟、父子、母子、夫妻、师生、朋友之间也无不充满一种隔膜和自我封闭的敌意:"我"不能理解父亲和母亲晚年的彼此仇视,也不能解释杜鹃和小扣的变化;"我"和仲月楼的友情虽然极其宝贵,但它毕竟经受不住历史的嘲弄,而"我们"唯一的话题其实也不过是那千古常青百说不厌的"女人",并且最后两个人都不得不承受"女人"带给他们的耻辱。"他人是自我的监狱"这个存在主义的哲学命题，在《边缘》中无疑又焕发了生命的活力。

然而，精神边缘的状态固然对于人生来说是一种不幸的处境，但同时它也是一种机遇，它提供了一种从具体人生泥淖中抽身而出进而参悟人生的机会，这也可以说是"边缘"所寓含的一种特殊的辩证法。对于这部小说来说，这种机遇可以说直接催生了"我"——一个老人在死亡"边缘"的回忆。这使我们在小说令人触目惊心的丑恶和灾难背后读到了一种令人惊异的平静。尽管在老人漫长的一生中，滞留在他记忆中的几乎全是人世间一望无边的丑恶，但无论怎样残酷、丑恶、强暴，叙述者都以一种冷静超然的态度进行着审美（审丑）的观照。小说既展示了看母亲洗澡、私通等亵渎神圣的情节，又描绘了强奸、偷情、杀人、行刑等场景。固然，在这中间我们能感受到人在环境和命运中的无可奈何与无能为力，也能感觉到作家对人性丑恶的厌恶，可是，在小说展示的这种"存在密度"背后，除了生命的体验之外我们读不到主人公情感态度上的愤怒、渴望和呐喊，只有一种强烈的自恋式的冷漠弥漫字里行间。也正是在这种"冷漠"的精神状态下，主人公对"回忆"中的人生有了心如止水的彻悟，并由此获得了一种人生的澄明："我的记忆像月亮一样高挂在这个夜晚的天空，停留在某一种时间的边缘。它越过一只陶瓷的水杯，照在我的床前，带给我无法说明的忧伤、悲悯和深深的怀念。"而澄明同时也意味着宽容和理解，当"我"远离尘世的喧嚣独自面对自己在人世间的遭际时，"我"对命运有了清晰的理解："我在想，时间并不能除灭任何东西，相反，它像一根线串起粒粒念珠，使各种事物互相关联，并不断提醒人们的记忆。当我的眼前再次浮现迁徙途中的那个风雨晦暝的雨季，我似乎感到一生岁月的经纬在那时就彻底打乱了。我意识到，我掉到时间的窠臼里，对它的抱怨和愤怒不仅无用，而且可笑。"为此，他对人生的态度不仅超越了道德的视角，而且突破了情感和文化的樊篱，从而对战争、死亡、爱情、女人都有了新的阐释。当他每时每刻都感到死亡在他的血液中流淌时，他即领悟到"在这样一个时代，死亡已经失去了往常那悲伤而庄重的气氛，它有时就像一个玩笑那样轻松"。他明白了母亲对死亡的情感，"她是那样地渴望消失，渴望进入死亡的黑暗之中，就像急急忙忙地去赶赴一场盛宴一样"；"我"还对自杀有了一种全新的认识，"对于仲月楼（或者我）来说，自杀早就不是一种令人恐惧的意念,它只不过是一把神秘的钥匙,通过它人可以打开通往另一座掩蔽体的大门,仲月楼随身携带着这把钥匙,在流逝的岁月中,用想象和梦境磨砺它,使它永不生锈";至于战争,"我"不仅认同了它的残酷性而且把它视为心灵的一种拯救,并在记忆中"留下了一些美好的片断";而对于女人,"我"也终于认识到她们"总是像那些动荡不安的水流,随着盛水的器皿的形状不断改变着原先的样子",而习惯上我们总是错误地把她们看成一成不变的,这"只是一种虚妄的信念"。因此,在这澄明的时刻,"我"不仅原谅认同了杜鹃的一切,而且认为"在那样一个岁月里,还是她身上的耻辱造就了她的贞洁,正如我们常常从黑夜之中看到黎明一样。她现在已经无法知道我对她永久的思念。我时常像一个孩子那样将自己的脸贴在收音机的外壁上,在枕边一遍遍地呼唤着她的名字"。甚至童年时偷看母亲洗澡的罪愆在"我"现在的印象中也已变得"那样的亲切,圣洁,带着美好而纯净的气息"。显然,主人公正是在边缘式的存在中用边缘化的精神方式原谅了生活中的罪恶和灾难,并借助回忆对现实进行了逃避和"修改",正如小说中所言:"现实是令人厌倦的,它只不过是过去单调而拙劣的重复,到了某一个时刻,回忆注定要对它进行必要的修改。"主人公无意于升华和超越人生,但在非道德化的审美体验中他却获得了一种特别的宁静和澄明,一种对于人生苦难的超脱。"我"不但对几十年风风雨雨的"历史问题"的平反表现出一种无动于衷的冷漠,而且即使令"我"恐惧和不安的宋癫子的死也没有引发"我"期待已久的喜悦,"当厄运的绳索突如其来地套上了他时,由于时间过于漫长,期待的种子早已在我疲惫不堪的心田里悄悄腐烂了"。只是这种超脱又似乎透发出一种消极、颓唐的气息。

三

与《边缘》的故事和主题的澄明状态相一致,小说的叙述风格和结构方式也呈现出了对格非此前小说文体的全面超越。它们以"互文"的方式共同完成了一种崭新的文本境界,从而在格非的小说世界乃至整个新潮小说世界熠熠生辉。无疑,《边缘》提供了新潮小说的又一种审美可能性。

《边缘》的叙事成就首先体现在叙述人的设置上。在我们的印象中，格非的迷宫小说由于着力于迷宫的营构，因而通常都是采用第三人称的全知叙事，这为叙述者故弄玄虚地设计故事提供了可能性，同时也使叙述者在和读者的智力游戏中保持一种主导地位，从而一次又一次地引导小说向出人意料的方向发展。而到了《边缘》中作者开始使用第一人称叙事视角，这一方面加强了小说的体验性和心理真实感，另一方面又一定程度上拓展了小说的文本弹性和叙述张力。不仅第三人称视角无力进入人物内心的羞涩和尴尬被一扫而光，而且在小说心理内涵的丰富和强化中第三人称视角的其他技术优势也一如既往地得到了发挥。可以说，在由"他"向"我"的人称转换中《边缘》一无所失。这当然得力于小说叙述人特殊的身份。"我"是小说的叙述者同时又是小说的主人公，小说正是"我"弥留之际浮想联翩的"回忆"的产物。"我"对既往的人生片断都有着亲身的体验，对活跃在小说世界内的各个生命也都具有某种"全知性"。"我"不但以比他们更漫长的生命为他们一一送了终，而且由于"我"对过去的回忆与叙述是立足于"现在"的基点之上的，因而历时态的人生就得以以共时态的方式呈现，"我"就有了以"现在"的观点重组、猜测、分析故事的自由，以及自由进出各个主人公心灵深处的绝对便利，这使小说中与"我"相关的众多生命故事都不同程度地烙上了"我"的印记，别人的生命只不过从不同侧面丰富和扩展了"我"对于生命的体验。正如小说中所说："我深切地知道，在疾速飘动的时间的某一个间隙，仲月楼就是我自己。"这种情况下，"我"与"他"的视点障碍已经根本不存在了，"我"在"沉睡和清醒"边缘挣扎的精神状态和思维方式才真正决定着小说和故事的方向。"我已经老了，就像一棵正在枯死的树木一样，在静寂的时间里残喘，我在想，谁都有过青春欢畅的时辰，有过令人艳羡的美妙岁月，而现在，生活已经将我远远地撇开——它独自往前走了。它给我留下的是一段残缺不全的记忆，一株过去的树木，一叶枯萎的花瓣，棉花地里的阴影，以及茶水房的壁炉中散发出来的灰烬的气息。""我常常通过床前的一只水杯看到过去的人和事。""我长久地注视着它，有时候我什么也想不起来，或者说，即使我通过这只水杯看见了过去它也只是稍纵即逝的——就像风行水上，没有声音，单单留下了一些散乱的波纹。"然而，正是在这样的叙述格式中《边缘》获得了一种熔主观性和客观性、真实性与假定性以及纪实性与分析性于一炉的特殊叙述风格和叙述境界,并以此打造了整部小说的美学魅力。

结构上,虽然这部小说采用主人公"我"一个意识套着另一个意识的交叉流动展现故事,因而时空的切碎、打乱、重组一直处于一种永不停息的变动过程中,但整部小说读来仍然文气酣畅连贯,结构紧凑有序。作家成功的艺术经验主要来自两个方面:其一,对"回忆"结构功能的发掘和审美发现。回忆正如柏格森所指出的那样是一种复杂而深刻的生理和精神现实,它意味着内在化的强调。在回忆中客观对象被纳入主观的维度中来,被置于个人化的心理氛围中,过去的客观的公共经验仿佛转化为纯个人所有,有了个体性、亲历性和内在性。如此,"对象心灵化"的回忆就不但给主体带来了心灵解放的感觉,而且成为一种具有超越禀质的审美框架直接介入小说的结构。因为人们的心理活动一旦在小说中获得自己独立的时间和空间,就意味着一种新的小说时空观念的诞生,从而大大拓展了小说创作的自由天地。心理时间取代了恒常的自然时间能够把瞬间无限制地延展开去,也可以把几十年乃至几千年的历史聚集在一个瞬间。正由于《边缘》把一切的人生与故事乃至整个历史都纳入"我"的回忆之中,因而整部小说的时空和结构乃至小说本身都心理化了,这也就使得小说结构纯粹抽象为一种精神氛围的流动,破碎的情节和错乱的人生都在这条精神之河上结构性地统一起来。其二,对词语结构功能的发现。《边缘》一方面尽可能地扩展小说结构的心理内涵,另一方面又对词语本身的结构功能进行了开拓,并取得了引人注目的成功。作家在利用主人公的意识流动组接不同时空的人生片断时,终于找到了"共时态"呈现的物质媒介——语词。小说一共42节,每一节的标题都是一个名词或者短语,它们无疑是每一段的主题词,通常情况下每一个主题词都会以主人公的幻觉、对话、沉思、遐想等方式提前在上一节的末尾出现。比如第13节末尾战斗结束后,"我似乎听到了风筝的线桄骨碌碌滚动的声音,竹哨嗡嗡作响",第14节主题词"风筝"就自然而然地接续上了。再比如第19节"我"受伤后,"一个女人的脸庞……像一束豁亮的光线突然闪动了一下",第20节对"花儿"的回忆就开始了。显然,借助于主题词语的勾连,作者不仅指引了小说意识流动的方向,而且直接创造了小说结构的逻辑性和统一性。作为一种别具魅力的小说结构方式,语词的地位显然举足轻重。

而《边缘》在语言上也有新的探索。虽然小说叙述和描写的是充满灾难甚至丑恶意味的人生画面,但整部小说的语言却如散文诗一般自然流淌,充满古典美感的优雅比喻几乎镶嵌在小说的各个角落,给人以层出不穷的阅读快感。正是凭借"第二天的早晨,玉绣的尸体从鹰坊外的一块水塘里浮了起来,她的肚子像鼓面一样凸出,眼睛平睁着,依旧是往昔那副既腼腆又放荡的样子""我的心脏的跳动渐渐跟不上它的节奏,它跳得非常慢,好像随时都会停下来,只是凭借一种惯性在跳动,我感觉到,它的发条也许被锈住了""我仿佛听到了一种久远而空旷的声音,在一阵沉寂的喧响上,我的眼前出现了一个和尚披着袈裟的孤单身影"这样典雅优美的语言,格非巩固了他在新潮小说作家中卓尔不群的语言风格,他的语言既不同于苏童的轻灵、余华的凝重,也不同于孙甘露、吕新的玄奥艰涩,而是呈现出一种梦幻般的纯净和透明。在格非这里语言不仅物化感极强,而且某种程度上直接成为一种物的存在,做到了抒情性与感觉化、装饰性与隐喻化、贵族气与写实性的完美统一。

第 22 章 《呼吸》：在沉思中言说并命名

> 小说仿佛是一首渐慢曲，它以文本之外的某种速度逐渐沉静下来，融入美和忧伤之中，从而避开所谓需求。
> ——孙甘露《呼吸·后记》

孙甘露的写作姿态，即使在新潮作家群中也天然地带有一种极端意味。他的《信使之函》《请女人猜谜》《仿佛》等诗化小说无不以其极端的晦涩令处于"读不懂"困境中的新潮小说雪上加霜。而他在现代→后现代、新潮→后新潮的文学思潮递嬗中处变不惊的执迷不悟，也令文学界瞠目结舌。因此，我们无论读孙甘露从前的《访问梦境》一类的小说还是读他刚出版的长篇小说《呼吸》，首先要面对的正是他那种绝对化的先锋精神方式以及贯穿于这种绝对中的那份令人感动的文学赤诚。

一

我们对孙甘露的阅读经验中曾经有过许多次无功而返的寻找故事的经历，在《信使之函》这样隐而不露的小说中我们甚至连起码的故事信息都难以发现。不过，在长篇小说《呼吸》中一种针对故事的"革命"已经悄悄发生。即使在小说中"故事"事实上仍然只有作为一种"叙述圈套"和"阅读陷阱"才会产生小说意义，但大致清晰的故事格局毕竟是令人兴奋的。《呼吸》的故事围绕着主人公罗克与五位女性——大学生尹芒、尹楚、女演员区小临、美术教师刘亚之、图书管理员项安的感情纠葛而展开。五个女人共同完成了罗克的性爱和人生悲剧，并塑造了罗克沉思的灵魂和性格。性爱是小说的一个当然主题，它结构性地勾连了罗克和五个女性的关系，但性爱又不是唯一的主题，它对于个体存在者罗克来说只不过是提供了一种生存的可能性和机会，提供了一种人生的参照和沉思过程。显然，要真正地进入《呼吸》的故事和意义世界，我们首先必须解释的正是罗克和五位女性的性爱关系，也许只有在这里我们才会获得开启这部小说深层主题的钥匙。

罗克和尹芒。在罗克的生命中，尹芒虽然不是他的第一个恋人，但无疑是最令他刻骨铭心的一位。因为尹芒的出现，"放荡不羁"的罗克被改造成循规蹈矩的罗克。并且终于在一个雪夜在罗克的行军床上，他们相拥而眠，"经历了一次飞翔，一次弥漫的呼吸，一次最初的也是最后的苏醒。他们互相使对方感觉到唯一的存在和唯一的事物，从此之后他们确认人是可以忘我的"。在以后的多年中他们"几乎是沉浸在对那个雪夜的缅怀之中。所有午夜或凌晨的欢愉都成了那个永恒之夜的回想"。但尹芒是一个脆弱、多疑、言词含混、目光深不可测的人，由她引领罗克这个倒霉蛋在人世间跋山涉水的确是"一幅值得珍藏的戏谑的风情画"。不仅在与罗克颠鸾倒凤的性爱狂欢后，尹芒能理性地引证科学成果，指出"男性在性高潮瞬间的智商跟一条狗一样，都是零"；而且她也可以不加掩饰地与罗克讨论和另一个男人孙澍的关系，声明"他是一个丈夫，即使他是邪恶的，更何况他过于善良。他有许多毛病，但他是一个丈夫，而你不是，罗克"，并最终宣布断绝与罗克的关系，和孙澍结婚并出国了。尽管如此，罗克仍时刻难以忘怀对于她的思恋，即使在与别的女人相遇时他的思维也仍然定格在尹芒身上，当他独自回顾他与尹芒的关系时，"他私自认为他与尹芒之间的情谊是适度的。虽然它开始时有点仓促，结束时有点荒谬，但它无疑是一次精神上的美丽的滑翔；它用赤裸的情感扫荡了镶嵌在这花上虚饰的花茎，使之在世俗的风暴面前飞离了土地，盲目而又愉快地冉冉上升。它的无形的升华就像是对待失败所采取的宽解之举，尽管它最终为浩瀚的海洋所隔绝。同时，它又象征着感情关系的汇聚和心灵演算的远望"。显然，在《呼吸》中罗克和尹芒的爱情才是真正贯穿小说时空的爱情，虽然它只是梦幻般存在于罗克的遐想和回忆中，但其实它已经由罗克的心理结构转化为一种笼罩性氛围，对主人公"现实"的性爱关系施加压力和影响，从而使"现实"蜕化为"过去"的一种陪衬。无疑，尹芒和罗克的关系从最根本意义上制造了罗克最大的"生存创痛"。

罗克与刘亚之。他们两人的性爱关系在小说里也是于罗克的回忆中呈现的。刘亚之比尹芒更早地进入了罗克的生活。在离婚后一个早晨,看牙医的刘亚之吵醒了复员回家无所事事的罗克,从此成了罗克人生道路上的一个"引路人"。而罗克自从结识了见多识广的刘亚之,转眼之间就变成了一个"全天候的梦者",他"越来越难以分辨昼夜之间的含混界限,至于错综复杂的人情世故无疑是走起路来跌跌撞撞的罗克的永无出头之日的迷宫。犟脾气的罗克认为走出迷宫既徒劳又无趣,完全彻底迷失在迷宫里才是要义所在"。在刘亚之这个综合性迷宫里,罗克首先闯入的是绘画的迷宫,其以慌不择路开始,以落荒而逃终结。而随之而来的女性迷宫又使他误入歧途,在与刘亚之性欢娱过程中他的感官完全为外部世界所控制,他完全失去了触摸智慧的能力,他以为刘亚之与他一样快乐。而其实刘亚之渴望男人却从来没有快感没有达到过性高潮。最后,刘亚之也离开罗克前往澳门,从而留给罗克一种永恒的伤逝之情和人生的遗憾。"望着这个离自己仅一步之遥的女人,那些不会再来的欢乐时刻栩栩如生地在眼前浮现,他就像是在哀悼即将为空间和国界的沙砾、泥土、枝叶所埋葬的一段轶事,而这段艳情的葬身之地会像一缕时光的絮语在伤逝之情的吹拂下飘往永怀之心的深处,并在那里安睡以至永恒。"

　　罗克和项安。在罗克"现实"的人生历程中,项安可以说是第二个尹芒。在许多次云情雨意之后罗克总是相信"她是他一生中最珍爱的女人",他无法在"尹芒和项安之间作出选择"。然而项安在他们做爱的过程中,在"罗克涨潮般的呼吸中"总是会在漫游中"回到少女时代,回到对她唯一的叔叔的无数探望的最末一次,回到那个屋顶成三角形的阁楼,回到她父亲兄弟的怀抱",回到那个乱伦的故事。她不但决定对罗克撒谎,而且在罗克于往事之舟上奋力划水时和"唐朝饭店"的美籍中国佬马理查先生滚到人间天堂杭州了。在项安精心设计的一个雨夜告别的仪式之后,她终于覆水难收作为别人的妻子远涉重洋了,在"黑暗之中道别时,他们都失去了将手伸向对方的兴趣,就像一本烂熟于心耳熟能详的书,已经再也没有翻阅的兴致了。它的封面已经因抚摸变得皱纹丛生,磨损的边页空白处留下的个人批语,不慎撕毁的某些篇章,在无数次阅读中在欣喜的领悟中划下的表示深有体会的横线上,它的版权页标明的无可更改的身世,扉页上的赠言,封底列出供人一目了然的它的概要"。罗克终于再次成为一个急待拯救的弃儿,孤独地徘徊在他一生的旅途上。

罗克与尹楚。罗克是在三位女性毫无保留的遗弃之后出于对尹芒的缅怀而和尹楚相遇的。他们的相聚从某种意义上说具有"同是天涯沦落人"的意味，整个秋季他们一起度过，罗克慢慢适应了尹楚那种随意编排自己处境的作风，那种对待生活的浮夸态度以及漫不经心的神情和对性爱孜孜不倦的渴望。他们互相把对方视为生活和精神上的朋友，"他们觉得是在一个习俗的断头台上相互厮守，同时像狂风暴雨之后的恋人那样寻求各自的上帝，他们希望生活在奇迹之中，而这个奇迹就是情感的理论上的统一性"。他们两人之间的感情似乎达到了某种只有在共同创造时才存在的浓度，但他们随时可能失去它，事实上，他们正进行着一次无望的精神救赎，尹楚演变成了罗克眼中的尹芒，而罗克也扮演了混血儿国际流浪汉赖特的角色。他们的关系还会维持和继续，然而他们的孤独以及对"世界脱节的秋天怀念般的迷惘"每时每刻都会在他们的前途中闪亮。

罗克与区小临。他们的性爱关系与其他几位相比具有显而易见的游戏色彩，他们仿佛一对萍水相逢的旅人上演了一出短暂的人生戏剧。无论跟区小临做爱还是旅行，都引起罗克更加深切的对于尹芒的怀念，在一次无效的迁徙中，"他更专注于往事及其含义"。也许区小临的意义就在于她提供了一个机会，让罗克全面反思自己与尹芒的关系。他第一次在情爱中看到了悲戚和忧虑混合而成的恐怖，他每时每刻都想念着尹芒，他感到尹芒的离去揭示了他自己也不清楚的真正情感，他觉得"他是失去了与他生活多年的妻子，她的年轻、她的任性、她的美丽和不可捉摸全都使他心碎"。从这个角度来说，区小临也正促生并完成了罗克这个沉思者的悲剧形象，他们之间的关系既有一种对于罗克性爱历史的总结性，又有一种隐喻和象征意义。

虽然如上分析，小说以共同的悲剧结局对罗克的性爱经历作了回顾与呈现，但本质上这五次性爱对于生命的意义却是全然不同的。正如恩斯特·卡西尔所说："有机生命只是就其在时间中逐渐形成而言才存在着。它不是一个物而是一个过程——一个永不停歇的持续的事件之流。在这个事件之流中，从没有任何东西能以完全同一的时态重新发生。"显然，对于主人公罗克来说五次性爱并不是孤立的分离的，而是共同完成了一个"过程"，一个生命和性爱体验的"过程"。也正是在这个"过程"中小说凸现了性爱和人生的悲剧性主题。首先，罗克的性爱是一出性格的悲剧。他是一个处于生存边缘的零余者的形象。他时常不能判定自己身在何处，恬适之感和忧郁之情均使他茫然无措，失去方位感，失去对自身的判断，更不用说审时度势择机行事这类"高难度技术动作"了。他是一个不朽的失败者，"他的千秋万代的业绩就是一错再错。他的无可避免的最终形象就是一个道德完善的奴才，但他尚不能安全抵达这一归宿，他是一个在途中徘徊的人，一头荒原之狼，一个试图以搏杀拯救灵魂的内心幽闭的流放者"。他永远与这个世界有着距离，他无法实现对世界的真正进入。他把他的一生看成是"一次长假"。慵懒是他的标志。他把每一天都看作最后一天，仿佛他是介乎浮士德主义者和花花公子唐·璜之间的某种漂浮物。除了与女人混在一起外，他是一个没有他自己所谓的那种圈子的人，他跑到哪儿暗地里都想扮演国王，但他总是而且永远只能是一名油嘴滑舌的弄臣。他一生都处于一种恍惚的心不在焉的状态中，即使在情爱过程中也是如此，"他总在思考爱，眷恋着另外的人，另外的时间，另外的地点，所以他总是显得心不在焉，不能专心致志，以致最终失去眼前的一切，进入新的一轮恍惚"。正如尹楚所认为的："罗克是一只在室内飞翔的鸽子，它的纯洁有其限度。同时，他也是一头卧室里的骆驼，它的孤独的跋涉同样有其限度。他的情感有着广阔的背景，但这背景更像一种窗外的景色或者镜框中的静物，是一种预先设定的寄托，它的美感使他迷惘，他享有它，但永远不会伸手触摸。他的爱是自我关闭的。他的眷恋使他误认每一个人、每一种情景都是唯一的，不论是性还是一切边缘性的经验，都像性高潮和死亡一样绝对而又无以表述。"无疑正是罗克沉浸于内心幻想的慵懒性格造成了他人生的迷失和爱的迷失。其次，罗克的性爱又是一出文化的悲剧。小说在主人公的性爱故事背后象征性地凸现了作为背景的家族形象。在这里家族不仅传达出一种文化心理和历史气息，同时它也作为一种创伤性的文化情结镶嵌在主人公的记忆中，从而成为造成性爱悲剧的一个深层根源。尹芒托儿所式的大家族及其家族内源远流长的婚姻悲剧无疑在尹芒和尹楚的心灵上打上了痛苦的印记；项安的那个充满乱伦罪孽的家庭更是从根本上完成了对于项安人生信念的彻底摧毁；罗克的幻想性格从某种程度上说正根源于家庭的熏染，根源于父亲的特殊精神；而刘亚之、区小临的家庭悲剧也无不潜隐地制约着他们的性格和人生态度。最后，现实的文化氛围也是罗克性爱悲剧的一个原因，尽管这在小说中表现得比较隐晦和抽象，但从小说的心理氛围,从女性离弃罗克而远涉重洋与罗克当年出国参战的对比情节中我们不难发现历史转型期人们生存心态的巨大变化,以及这种心态变化对他们各自人生和性爱态度的影响。这样,"性爱"的意义也就有了某种扩散性,它不仅体现为一种人生境界,而且是一种文化行为。

二

如果我们注意一下"呼吸"这个词在小说中出现的频率,我们就会发现一个有趣的现象,即它总是伴随着作家对性爱过程的描写。显然,无论对于作家还是对于罗克而言,性爱都正是一种人生的"呼吸",它代表了一种典型的生命状态,是男女双方一次真正触及灵魂的对话。因此,在这个意义上性爱的悲剧已不是灾难性的而是积极的了。罗克从五个女人身上得到了五次"呼吸"的体验,在这五次"涨潮般的呼吸"中他获得了对于自己生命存在的真正确认。而且,"正是爱情的创痛才使罗克扮演起了思想者的角色",使他能够借助哲学的纯粹从艺术化的怨恨中脱身而出。对他来说独自一人就意味着追抚往事而又痛惜不已,同时又对这一切保持白痴般的超然冷漠。这样,虽然小说展示了罗克众多的性爱经历,但这些性爱图景本质上却是抽象化和晦涩化了的,罗克仿佛是一个异己的观众对自身的性爱进行着漫无边际的沉思与佶屈聱牙的解释。我们知道,当个人对自身所处的现实处境无能为力时,他充当一异己的观众可能是缓解现实压力的最好办法。而也正是在罗克这种特有的生存策略背后,隐藏于性爱之中的小说深层主题昭然若揭了。

罗克感到自己总是不合时宜地不停顿地旅行,总是不合时宜地在一些并未慎重选择的地点逗留,这种"双重的背时处境给他带来了昏迷的感觉",他只是从内部发现自己的面貌,而这一面貌的外在形象是他永远也无法仔细端详的,"它宿命地被安排在他的视野之外,宛如一则永不显露的旨意,深藏在光天化日之下,它那明白无误的复杂之处使所有外在的探询归于盲目"。他没有自己的家园,没有未来,甚至也没有现在。然而,他却拥有过去,拥有回忆。如果说性爱是罗克不断中断的呼吸和一种生存方式的话,那么回忆则是性爱给予罗克的另一种生存方式,一种绵绵不绝的"呼吸"。在这种生存方式中，罗克恍惚状态的生存有了诗性，"回忆之思"使他的存在获得某种本真性的澄明和敞开。这也可以说是因祸得福，是一种生存悖论了。在海德格尔看来，人的本真存在正是一种"诗化活动"，是对存在的诗意之"思"，是一种虔诚的"回忆之思"，是对"存在"之召唤的聆听与应答。只有"回忆之思"才是存在之思的典型形式，因为它沉思的是"存在"本身。某种意义上，《呼吸》完全就是主人公罗克的"回忆之思"，它展示的是罗克对既往一切包括性爱的缅怀与遐想，在沉思中性爱不知不觉地在升华，"有时他觉得那就像一册拆散了的故事，被打乱，被毁弃的只是书页，它的内容被赋予了更为隐秘的秩序，他们之间的接触也由能够触摸到的肌肤、呼吸甚至欲念转为更加遥远的联系。在这些断章残页中寻章摘句依然能看见那曾经熊熊燃烧的情欲之火，这类拼拼凑凑的工作依然能使只言片语重现那些本末倒置首尾相接的场面和时刻"。回忆不仅使罗克产生了一种周而复始的奇妙感受，而且使弥漫于小说中的欲望和渴望的声音哲学化了。不仅如此，回忆还传达出一种对于存在的领悟，并通过诗性的语言活动在对"存在"自身言说的聆听和应答中体现出来。回忆"包含了无奈的思念以及读解和阐释的分析性倾向，它所遵循的思路像英语中副词化的后缀，给予不同的含义以一种道德上的统一性，同时又是整理本身的一次延伸。不断的回忆在罗克的精神中建立了规则般的沟壑，回忆的钟摆日益频繁地趋向于诠释的一端，冲动渐渐消失了"。这样，罗克也就某种程度上作为一个对存在有所领悟者存在于存在之澄明中。具体地说，《呼吸》对存在的"回忆"和"语言还原"体现在下面两个方面。

其一，存在者对于存在的不断言说。《呼吸》是一部言语淹没了故事的小说，在小说世界内部触手可及的是无处不在的各种言说，而故事则下降到一个次要和从属的地位，只不过为主人公提供言说的机会。小说中的每个主人公几乎都以其强烈的话语欲望引人注目。罗克和五个女性的关系正是一种言说和对话关系，他们每一性爱场景都充满了对话和各自的言语冲动。与其说他们的性爱满足是一种生理满足，还不如说是一种言语的满足和言语快感的实现。性爱在这里事实上只是言语欲望和言语冲动的隐喻与象征。小说这样展示罗克和尹芒的性爱场面："他们确切地听见了性欲的呼喊，它由弥漫的风雪所映照，携带着冰冷的伤感。他们在一次呼吸中停顿下来，互相在唇边寻找着残存的欲念，借此作为心潮起伏的佐证，一组美妙的诗句仅仅是以节奏和音韵掠过脑际,而一个旋律犹如新音在空气中震颤不已。""她的连绵不尽的絮语改换了语速,词义已经无从辨认,呻吟不时为若隐若现的抽泣所替换,她不断重复一些简单的章节用以勾画一个呈现在外的秘密。有时,她又屏息凝神,静候他对唯一的秘密的反响,在无比热烈的梦想中他们像神祇那样毫不羞愧地结合了,这一想象激励着他们漫无边际的探索。岁月之河将通过一次跌宕使河床拐向平缓而丰盈的平原,它所携带的泥沙会在入海处冲积成一个浅滩,它在海水之下等待历史使它浮升出来,等待命令,就像处女的那一次感恩,那对忠贞的最初的誓言。"这里,我们读到的是铺天盖地的言语,是潮起潮落般的言语的呼唤与应答,性爱本身已被语言化、抽象化了。而对于言语本身来说,它既是幻觉,又是现实的,既是有声的,又是无声的,它的具体语义已经不重要。正是借助于一个形而下的言说过程,小说以言语本身的汹涌澎湃的词语构筑了言说者临时的"灵魂寄宿处",因而,言说和性爱具有一种共同的发泄性质和生命意味。

其二,对存在的诗性命名。显然,小说真正的言说和话语主体是罗克。相对于小说中的其他主人公,罗克的言说又具有特殊性。和五个不同女人的对话满足了罗克的言说冲动,而五个女人相继离他而去的结局则铸造了罗克人生的回顾性。他无法生活于现在和未来的期待中,但他可以沉浸于对过去的回想与缅怀之中。借助于沉思和回忆,他获得了一种对于既往存在的"再言说"能力,这种"再言说"由于植根于对存在的回忆式领悟,因而他的作家(诗人)梦事实上也在这种"再言说"中得到了实现。面对过去,他可以借助于感觉、言词和遐想为存在作"再言说"命名。经由他的命名,日常图景和生命现象都有了新的意味和意义。在他的语汇中,他的居住小楼已经变成"像人体的某个器官,处在一条扭曲幽深的小巷的尽头。它的日常景观由孔空练习曲或者民谣、拔牙时的呻吟或时不时蹿出的大呼小叫以及不断修改着的戏剧台词交织而成"。而在他看来,图书馆更"是一个象征。它是无数时代人们艰苦或随意写作的缩影。同时,它也是伴随着一切写作的绵长沉寂的一种写照。它使古往今来形形色色的词和个人陈述在静默中簇拥在一起,成为图书馆的一种日常情景,它是一种心智的迷宫,一处充满危险而又美不胜收的福地,一个布满标记而又无路可寻的迷惘的乐园,一个曲折的情感泄洪道,一个规则繁复的语言跳棋棋盘,一个令人生畏的灵魂寄宿处,一个小件知识饰品加工场,一个室内公园或者一个由书架隔开的散步回廊,一个纸张、油墨、文字构成的生命的墓园"。至于那些曾经与他在性爱言语中相遇过的女人们,罗克更是进行了重新命名与改写,"在他的意念中,女性是梦态的,具有日常的抒情气息。她们从不以超凡入圣的性质出现,总是活生生的无法回避的,从来也不会与任何概念相吻合。她们就像风景中的一缕光线,转瞬即逝而又使人魂牵梦绕难以忘怀。她们值得你永久回忆,在内心深处不断地复现她们,她们为你的记忆所改变,罗克知道她们在某处过着他一无所知的生活或者已经死去","他竭力把刘亚之设想为一个丰饶的宝藏,一只玻璃缸中的水母,丛林中叶簇覆盖的一枚露珠,一个可以也必须深入其中的幽冥之穴"。即使舌头这一生命门户在罗克的领悟中其言语含义也重新显现:"它既是杯中之勺,是摄取内涵的一件银器,同时也是祭坛上的一具芳香四溢的牺牲,是火中之炭,是梦幻的一束花朵,是性欲的一次引申,或者就是罗克此时此刻的一次下体的冲动。"我们发现,罗克其实是在想象性的言语活动中完成了对人生存在的体验与命名,他的悲剧本质上就有了一种形而上的意义。他在言语的活动中完成了与五个女人的悲剧关系,而他们的爱情之所以不能突破婚前的偷欢而向结婚前进就在于他们之间言语对话的提前结束。因此,罗克的悲剧不只是性爱的悲剧,而本质上更是一种语言的悲剧,"难以言说"的痛苦时时折磨着他。尽管他对回忆之思进行了无声的倾诉和言说,但这种言说毕竟是没有人聆听的:"说话没有开始便告完结,就像在昏暗中他们之间无话可说,只是就此讨论了一番,只是进行了一次有关谎话的谎话。"因此,罗克"对他正在做着的事情缺乏把握,不知道这究竟意味着什么。他在黑暗中独自思忖,像一个巡夜的更夫独自漫步在阒无人迹的街头,在他的周围充满了鼾声和午夜的乱梦,人们沉湎于或深或浅的睡眠之中,放松他们的肢体和知觉,他们的呓语无声地飘向罗克,向他致以催眠般的问候,使他丧失了时间和所有与内心有关的尺度",他本质上完成的只是对存在的一种绝望的言说和命名,由此而揭示的他的本真生存只是充满缺憾的存在,他无力穿越世界之夜的黑暗而达到一种生存的澄明,人类的隔膜、孤独和无法沟通天然地遮蔽了他言说与命名的光芒。贫乏的时代,诗人何为?

三

　　本质上说，《呼吸》是一部梦幻小说，这不仅是指小说描绘了主人公的许多梦境，而且是指作家把心理能量甚至生理能量在小说中作尽情的释放，仿照变形、跳跃、象征、简化等梦的样式进行漫无边际的遐想，并且将感觉和智慧浓缩成高度凝练而又绝对完美的符号世界，向读者作艺术的奉献。因此，整部小说不但传达出一种18—19世纪浪漫主义的感伤气息，而且也天然地具有一种梦幻般的情调和结构。《呼吸》的艺术结构遵循的完全是一种心理逻辑而不是现实逻辑。梦游症患者罗克是小说主要的结构符号，他事实上已经被物化成一种结构视角，小说的故事形态正是呈现于他的心理结构中从而具有了一种"过去""现在"乃至"未来"相互交织的复合性。虽然就故事情节本身而言，五个女人与罗克的性爱关系具有历时性和阶段性，但小说在具体的呈现方式上并没有历时性或平等性地展开故事，而是借助于罗克的幻觉、遐想和回忆共时态地交叉演进。小说的叙述总是把线性的时间打乱，而不断从故事的破裂处重新开始，叙述的原有起源被消解，故事总是在错位的时间关节转换。因此，就故事而言，《呼吸》这部小说没有发展意味，而是平面的、静止的，几乎同时地拉开了罗克与五位女性恶性循环般的性爱关系的帷幕。如果说罗克和项安、尹楚、区小临的性爱关系处于一种现时态并存在向未来发展的意义的话，那么罗克与尹芒和刘亚之的性爱关系则纯粹处于一种追溯过去的回忆和完成状态。但在小说中这"现实"和"过去"两重时空不仅没有时间差的意味，反而甚至有某种梦幻般的统一性。作为两条情节线索，读者基本上感觉不到那种速度变化，而只是在缓慢的故事、铺天盖地的语言以及循环轮回色彩的人生背后得到一种共同的心痛感觉。小说以罗克和项安的"现实"偷欢为开端，但一个远洋电话就把罗克拉向了"从前"，于是罗克与项安、罗克与尹芒、罗克与刘亚之的性爱历史全在"回忆之乡"涌现。而当"过去"的尹芒和刘亚之的离弃作为一部旧影片在罗克脑海中重放完时，他的"现实"女人项安也几乎同时完成了对他的抛弃。在这里"过去"与"现实"不仅一脉相承而且有了宿命意味，其后罗克在"现实"中对尹楚和区小临的性爱不但具有一种浮光掠影的性质，而且其根本目的也只不过是为复制和想象"过去"。这样，"过去"不仅笼罩性地存在于"现在"时空中，而且最终同化并吞没了"现在"。小说以关于尹芒死讯的"电话"和"信件"分别作为开端和结尾正是象征性地展示了"过去"对于"现在"的超越力量，它在带来小说结构形态的完整性和变幻意味的同时，也赋予了《呼吸》一种古典式的结构美感。

作为一部典型的孙甘露式的文本，《呼吸》最为超群的依然是他的叙述话语。整部小说文本读来仿佛是远离人世的内心默诵，又仿佛是来自天堂的优美奏鸣，作家雍容华贵的叙述仿佛是在进行一场心高气傲的精神远足，超验世界、现实人生、哲学寓言、变形物象等接踵而至，终由语符的精心编织，闪烁出奇异美丽的光泽。孙甘露以他诉诸感觉的理性配合超常的语言敏感，创造出一种近似哲理诗的文本境界。当我们在一本小说中读到"他自己弄不明白，为什么只要一闻到旧房子的味道，不论何时何地，就起了恻隐之心，就对沧桑、浮沉这样难以理解的字样满心的敬畏，就想起一批跟自己毫不相干的死人——迷了路困死在沙漠里的阿拉伯人，老死的哲学家，古战场上的无名尸首，离家出走的人，在光天化日之下失踪的人，自己否认自己乃至消失不见的人，在传记中熠熠生辉的人，在你的生活中出现却又在你的睡梦中道别而去的人，作古的传人，为人所怀念的恶棍，缄默无语至死不悔的哑巴，生前滔滔不绝废话连篇的人，谨慎的猝死者，欲死不能最终完好无损地变成石头的人，殉情的人，誓死捍卫一个概念的人，出生即死的人，永生的人还有活死人"以及"令人怦然心动的电话铃声，一封不期而至的信件，书籍的片断，一首乐曲的让人心驰神往的休止，风景勾起的弥漫的回忆，人们道旁的邂逅，对一部影片的久久的期待，巫术唤起的惶惑而甜蜜的关注。这些飘忽不定的事物都会闯入他毫无防备的心田，而当他若有所思时，在他面前游移不定的尽是些丑恶的事物"这样的叙述语句，那晦涩而又深刻的哲理，那飘逸晃动而又气势磅礴的语言气势，给人的感觉都绝对是属于抽象和诗的。孙甘露似乎具有天生的语言抽象能力，无论叙述故事还是描绘人物场景他都能天才地通过语言的抽象，使描述对象失去感性色彩从而呈现为一种纯粹和诗性。在《呼吸》中他曾经这样写江水："浑浊的江水在阳光的照射下闪烁着黑色的光点，江水在缓慢无情的沉浮之间叙述着悄然埋葬了飘浮无依的物质的语言，它们状如阳光、水和空气一般次第转换着外部的形态，在冷漠而持久的星空上化作大地上的植被与沉积物，它们曾经是泡沫的血泊而今只是寂静。"这将使读者的阅读经验和阅读习惯不可避免地遭受颠覆，语言凸现的不是"江水"的可观性形象性，而是关于"江水"的沉思与想象，是上文所说的一种抽象的"命名"。

此外，孙甘露总是把叙述话语主体抽象虚化为一个幻想的主体，一个主体滑过的"不同心理时空"。他总是首先确定一个具体的情态进行描写，而后加以抽象意蕴的探究，在从具体向抽象转化的同时，也就是在瞬间向永恒伸越的同时，叙述的描写性组织又将某种抽象的永恒思考再次注入一个具体情态。他以叙述的幻觉瓦解话语的实在性，话语与叙述之间的对立消失了，遗留下话语追踪与叙述提示的虚构轨迹。在《呼吸》的叙述话语中充斥了许多堆砌了大量形容词的长句式，它表达了一种难以实现也难以遏止的话语欲望。正如小说开头的叙述："现在，思念仅仅是书桌上的一件摆设。十年中的最末一年，所有遇合中的最后一次遇合。在一帧欧罗巴的晨景和一次如今已经无限遥远的恳求之后，在南方这条恶浊之河的堤岸上，除了冰和一首心脏的酣睡之诗，他已无所委弃。除了室内的音乐和窗外五月的雨滴，远方之邦已是一无奥秘。异域之行对他来说宛若飘零的书页。对于罗克，这只是一个安魂之夜。他想象自己在山上说话，在水面沉思。这个故事对他一生来说将成为一则心灵的附录，就如回忆是一部内心的文库。所有的日子都重叠起来如同他的结合在一起的肌肤以及表皮之下的神经。它们的相遇是一幅器官的挂图：血脉的河流，心脏的都城以及一无所见的爱情的呼吸。"在这种既具高度诗性和抽象性又具强烈情绪铺陈性的话语之流中，词语语法意义已被委弃，让位于修辞意义，而我们获得的将是对时间隧道的穿越以及流动不息的语言造就的时间感。作家显然借助于这样的叙述将自己主体的形而上存在体验转化成了语式的构造，他正是以文学和诗的语式书写着对存在的永恒性与瞬间性的哲学思考。

第 23 章　《和平年代》：梦魇与激情

当洪峰在 90 年代中国新潮小说复兴大典中再度登场时，他面目全非的小说形象多少有点令人不知所措。那个曾经无动于衷的"超人"洪峰现在也浪漫地感伤起来了；那个沉迷于技术操作和形式游戏的洪峰居然也开始思索和重建具有世俗意味的小说主题了；那个一度佶屈聱牙的洪峰，竟然也能平易近人了……对比于《极地之侧》时代，洪峰的如此"蜕变"是意味深长的。如果说在《东八时区》中，洪峰的大相径庭的小说方式还具有朦胧色彩无法确定的话，那么当其第二部长篇小说《和平年代》在 1993 年第 4 期《花城》上面世时，这种蜕变就昭然若揭了。然而，我不同意把新潮作家从极端化的形式实验领域撤退视为先锋性的丧失，我认为新潮作家从纯技术主义的小说泥淖中抽身而出正是他们艺术成熟的表现。我承认新潮小说内部四分五裂的分化已经无法挽回（洪峰的《东八时区》《和平年代》事实上也在为这种分化推波助澜），但这种分化并不预示新潮小说的灯残油尽，恰恰相反，它标志着以永远的探索为特征的先锋精神的发扬光大。它不是终结，而是开始，是新潮小说多元化艺术格局的完成和多种艺术可能性的诞生。它试图确立的是矗立于反叛的小说态度和固定的形式探索之外的真正先锋性，最终颠覆的是长期以来对于新潮小说的含混理解和暧昧的态度。在此意义上，《和平年代》无疑以其主人公的故事和命运，以其关于"终结"和"开端"的神话，对新潮小说的命运进行了寓言式展示。也正是借助于整个新潮小说的理论背景，我们对《和平年代》的解读有了一种新的可能性。

一、遗弃者与被遗弃者：永远无法改写的人生境遇

《和平年代》的故事开始于一场遥远的遗弃。战地记者段方在朝

鲜战场上被生命抛弃，而他的饮弹自尽创造了两个被遗弃者：没有父亲的儿子段援朝（段和平）和失去丈夫的妻子秦朗月。一个生命终结了，一个生命又开始了，这就是小说所呈示的最初的人生情境也是最终的人生情境，因为在小说的终局我们将看到：段和平的儿子段忘降生了，段和平却死了。这种生命的循环和悖论虽然令人心酸，却是无法逃避的人生真实。因此，遗弃与被遗弃可以说是贯穿《和平年代》的基本主题，它决定了小说人生的凄凉意味。从某种意义上说，小说故事所叙述的正是被遗弃者的心灵史和精神蒙难史。洪峰一方面继续着他一以贯之的对于生命的关注与热情，一方面又表现出了对于人物精神生长痛苦的理解与同情。这使小说不仅贴近具体的历史真实，而且有了很强的世俗关怀的意味。就故事来说，小说主体是被遗弃者段和平的成长史和秦朗月的生命挣扎，但在主人公梦魇般的生存境遇里扑面而来的却是世俗化的历史和现实风景以及这些景象在心理记忆中的梦态呈现。显然，遗弃和被遗弃共同完成的是一种创伤性的人生遭遇和人生处境，置身于这种生命境遇中的人生是绝望和痛苦的，而突围而出的希望也终将是渺茫的。《和平年代》正是沿着两条线索来勾画段和平和秦朗月在悲剧性生存境遇中左冲右突的人生形象的。

其一，家庭。洪峰说："在我的历史和道德观念中，家庭始终是左右世界变化的重要因素。我一直以为一个时代或者一种历史都能通过家庭的生活得到最具象的展示，一个缺少家庭生活描述能力的作家总是些最特殊的人。"在《和平年代》中洪峰正是把主人公置于"家庭"这个特殊社会历史细胞内来表现的，"家庭"在小说中成了主人公生存的一种背景，而其支离破碎的残缺特征又在特定意义上成为主人公生存境遇的直接象征。对于由秦朗月和段援朝组成的这个两人家庭来说，父亲（丈夫）的缺席是一道浓重的阴影。寡妇门前是非多的伦理现实使母子二人都变得谨小慎微。在段援朝的童年意识里家庭意味着母爱的温暖，意味着一种生存庇护和慰藉，而在秦朗月那里，家庭则是一种责任一种使命一种回忆和一种幻想。她努力保持着家庭的温馨色彩，并把对段方的怀念和爱全部倾注在段援朝身上。事实上真正属于秦朗月自己的生命只有53天，她本真的生命早已跟随段方漂流而去了。她此后的生命本质上说已经不属于她自己，而属于恒定在过去的一段时间里。在由一个少女通向老年的漫长人生之途中她不动声色地把一个少女的欲望压抑得了无痕迹，并平静如水地接受历史和命运的坎坷。一方面，她苦心经营着关于段方的英雄神话，拒绝一切男人对这个神圣家庭的介入；另一方面她又以自己坚韧不拔的生存态度掩饰了生活的虚幻性，从而培养了段援朝的生活信念。在她的努力下段方作为一个英雄神话不仅仅是虚设，更具有直接的现实力量，秦朗月和她的家庭小舟能平静地驶过历史的急流险滩，如果离开了段方的神庇是根本无法想象的。秦朗月虽然言语冒犯了"苏联老大哥"，但她也只是被补划为"右倾"，更重要的是她还能带着自己的完整家庭流放东北。这种待遇，她的好朋友曲亚眠就可望而不可即了。丈夫柳志国被专政，自己不堪羞辱跳崖弃世，孤零零的柳盼盼只能投奔千里之外的秦朗月。她唤起的只是秦朗月心底对于一个充满生机的活泼的家庭的七零八落的记忆。显然，当一个人被社会抛弃时，同时被绑赴刑场的还有一个家庭——一个生命的组合体。这也使得存在于人与社会之间的遗弃及被遗弃的灾难有了扩散性，一个人的悲剧由此演变成了一群人的悲剧。这样，小说也正借助于家庭对于时代和个体生命的双重意义，借助于家庭自身结构的风云变幻隐喻般地凸现了历史。

其二，性爱。性爱总是联系于家庭的，某种程度上说家庭正是以性爱作为结构轴心的，性爱与家庭正是一对具有互文性及逆向阐释性的主题词。洪峰是以其对生命和性爱的特殊敏感区别于其他新潮作家的，而事实上在《和平年代》中性爱也正是家庭之外通向小说主题的又一个重要途径。在性爱领域，洪峰驾轻就熟地把小说关于遗弃与被遗弃的主题作了生动的演示。占据《和平年代》中心的其实就是两代人的性爱命运。秦朗月的真正性爱生活不足两个月，然后弃妇的命运就降临了。在此后的生命中她与这段性爱的唯一联系就是段援朝，她大部分的生命时光都消耗在对这段性爱的怀想和美化中。可以说正是这种虚幻的性爱回想以及对段援朝"移情式"的爱支撑了她的一生。她时时刻刻都能意识到自己性爱的缺憾，但她时时刻刻都不愿承认这种事实，她其实最终完成的是一个关于永恒爱情的神话。某种程度上，她这种过于执着的性爱心理也给儿子段和平以潜在的影响。虽然在小说中秦朗月的性爱是作为一种背景一种过去的风景而存在的，但当其性爱转变为一种心理氛围时，其力量就远远突破了过去，以至我们在段和平不同的性爱故事背后总能读到秦朗月的声音。大致地说，段和平的性爱历程是以与五个女性的关系为标志的，即与夏小青朦胧的小学之恋，与柳盼盼的热恋，与李丽菲的短暂情恋，与王明英的私情，以及与刘明明的婚姻。除了王明英和刘明明在段和平的性爱生活中的出现具有重叠性之外，应该说段和平的性爱阶段性是很明显的，性爱串联起了他从小学到军旅再到大学以至生命终结的完整一生，并由此决定了他人生的基调和生命的形态。在段和平与性爱以及段和平与女人的关系中最基本的色彩仍然由遗弃的基色决定。段和平最深刻的一次恋爱发生在柳盼盼身上，而他被性爱遗弃的命运也正是由柳盼盼导演和执行的。柳盼盼的被逼发疯几乎彻底摧毁了段和平的生存信念与性爱激情。从此柳盼盼就成为一种梦魇般的黑云流动漂浮在段和平的性爱天空里，并实质上镶嵌在段和平的生存记忆里。正如秦朗月一生生活在对于段方的记忆与复制中一样，段和平的大半生其实也就活在对柳盼盼的回忆中。他不仅年复一年地坚持每周六去疯人院探视柳盼盼，而且在他心中柳盼盼也被神圣化，以至他从来也不愿向刘明明讲起。如果说他和秦朗月有什么不同的话，那就是他们沉浸于过往时光的方式不同：秦朗月为了自己的爱情神话甚至不惜自己的生命维持自己的"贞节"形象（她的车祸后匆忙出院在段和平看来就是为了避免闲话，而她的生命的过早终结也正潜隐于这次车祸中），段和平则在失去柳盼盼的爱情之后从心底里剥夺了自己再次获得性爱的权利，以一种虚无甚至放荡的态度缅怀过去的神圣。他甚至不顾刘明明晕倒在地，梦游般地坐上了王明英的摩托车，在疯狂的性发泄后才疲惫不堪地回到刘明明身边。然而，即使与王明英做爱产生的也不是一种对生命的热爱与留念。在他的潜意识里，其实是希望在那种时刻死在王明英的身上，一种最具生命性的行为，其目的却在于生命的毁灭，这只能说明这段性爱激情在本质上仍然是虚假的。可以说，性爱构成了段和平人生的最大痛苦与悲剧，作为一个被性爱抛弃的人，他几乎全部生活在一种虚幻飘忽的想象世界里，生活在对生活的恐惧当中。他被性爱抛离了生命的轨道，而同时他又以自暴自弃造成了对别人生命的伤害。刘明明的性爱欢乐其实正是被段和平扼杀了。在这里，段和平作为一个被性爱遗弃者又完成了对性爱的遗弃，他以自己的悲剧完成了别人的悲剧。他曾经保证不让刘明明重复秦朗月的命运，然而当他终于从柳盼盼的阴影中渐渐走出，意识到自己对家庭对妻子的责任时，王明英又来宣告了他的死亡。他终于没能抗拒天意，在一个螺母的打击下命归黄泉，使刘明明和段忘作为被遗弃者的命运变成了现实。小说在它的终点又走向了它的起点，以人生的循环完成了小说的循环，以人生的悖论完成了小说的悖论。

我们发现，在《和平年代》中家庭和性爱各自以其悲剧性的景象展示了无激情生命的泥泞状态，在无法逃避的遗弃与被遗弃的宿命中揭示了个体生命在特定历史时空内的压抑、萎缩，以及这种梦魇般存在的非本真性、虚拟性、假象性，从而引导小说之舟向人的精神世界远航。而在这个时刻小说的另一重主题降临了。

二、战争与政治：背离神话的历史宿命

当我们把《和平年代》关于主人公悲剧命运的一页掀开之后，一个横亘于小说世界内部深藏在人物精神宇宙中心的和平神话就展露在我们面前了。虽然对于人生来说，段和平是一个失败者，但他同时又是一个作家、一个思想者。在某种意义上说，他正是生活在思想中，通过思想获得了对梦魇状态的超越，也通过思想获得了一种生命的激情。这样说来，他的人生遭遇既是他的不幸又是他的幸运。正是由于被父亲遗弃，以及家庭被社会遗弃，他获得了一种"多余人"的生存地位，由这种局外的生存，他失去的只是生命的自由，得到的却是思想的自由。因此，在段和平的成长史中，在他悲剧性人生的各个阶段，我们所感受到的其实只是他精神的变迁和成长，他的命运和生存体验全部外化为一种思想一种心理内容在小说中流淌。他把整个世界整个人类整个变化无定的时代和历史全部收缩进自己的内心，他以自己单薄的生命承担着他其实难以承担的思想之重，这也许正是段和平的真正悲剧所在。然而，即使如此，他思想和精神的火光、他关注人类命运的真诚仍然照亮了小说中的人生泥泞之途，并赋予小说一种震撼人心的精神感动。

占据段和平思想核心的词是"和平"，它直接继承于在朝鲜战场上饮弹自尽的父亲。段和平一直认为父亲不是一个英雄，但他为父亲骄傲。他所理解和为之骄傲的正是父亲在战争时刻对于和平的那种渴望与幻想。同时，段和平对于"和平"的思索也来源于对现实的恐惧与逃避，他无法承受父亲的死亡、盼盼的发疯、李丽菲的惨剧给予他的心理压力，也无法面对枪杀王明英父亲和陈晓明粉身碎骨的血腥记忆。一种根深蒂固的原罪心理一直压迫着他，正如小说

中所说:"身为一个天生的作家,援朝的负罪感来源于母亲生产的痛苦和外祖母的中年饿死。这种罪恶感将在潜意识中支配他的全部心灵,直到他死去。"他总是"觉得自己罪孽深不可测,他觉得自己似乎生来就是为了给所有爱自己的人带去灾难"。他几乎一生都活在对过去的回忆里,但他最终却心酸地发现"十几年的时间把自己的记忆变成了一种感觉,它随着时间的流逝或近或远或深切或平淡,但不管哪种情况,都无法诉说了"。"无法诉说"是这个世界给段和平规定的最基本的生存现实,这决定了他所能完成的自我拯救和自我超越只能在他的内心实现,他注定只能是一个精神的流浪者,他的生存之家永远植根于心灵和精神世界而与现实世界无关。他以自己无声的话语不断强化着"和平"的信念,并对"和平"的两个最大敌人"战争"和"政治"进行了思想的批判与诅咒。在此,段和平以思想赢得了对于尘世悲剧的逃离,而小说主题也在现实生命悲剧和主人公精神升华的对照中得到了开拓。

在段和平的思想话语中,战争是一种毁灭性的人类行为,它是和平的对立面。早在中学刚毕业时段援朝见到《人民日报》刊登的尼克松访华的消息就发出了质问:"为什么要死了千百万人之后再想到和平呢?难道他们不知道杀人是罪恶吗?"而在秦朗月那里,战争这个词也具有同样的灾难性:"它意味着失去亲人,意味着没有父亲,没有儿子,没有丈夫。"战争的最基本特征是摧毁生命,而荒诞的是战争却又是文明和进步的一种步骤。在战争这个魔盒里面段方客死他乡,陈晓明粉身碎骨。作为背景,《和平年代》的背后一直隐伏着一条战争的线索,它写到了抗美援朝,写到了中印边境自卫反击战、越南战争、中苏武装冲突,也写到了阿富汗战争和海湾战争,但无论哪一种战争都以死亡为纪念碑矗立在历史的河岸上,它"不仅是内心创伤的最大制造者,它本身也是一种难以承受的恐怖,它使人产生了一种时刻担惊受怕的本能"。不仅如此,战争还彻底剥夺了人的思想权利。段和平军旅生涯中所犯的两次错误都是他"思想"的错误,这也是段和平离开军营的一个根本原因。人可以没有生命,但人不能没有思想,因此,任何战争说到底都是人本身的失败,"战争最终都以人的失败结束",它本质上体现为对于人和生命的不尊重,它"永远是人类社会中一座最难以融化的冰山。对于战争,人类永远需要去做最长久的思索"。《和平年代》在一种非战争的题材中表现了一种反战的主题,通过战争在人生存心理中的呈现,通过不同国籍、不同时代、不同性别的人对于战争的共同感受完成了对战争的颠覆和对和平的渴望，这也是小说构思上引人注目之处。

在《和平年代》中，政治是笼罩在主人公生命天宇中的又一道阴影，是又一种强大得足以摧毁一切生命的力量。秦朗月认为"战争是政治的一种形式"，而从本质上说政治也是一场残酷的战争。在段和平一生经历的许多死亡中，政治造成的死亡远比战争带给他的精神创伤更直接更具体。政治也赋予了秦朗月和段和平坎坷曲折的命运。最重要的是，政治葬送了段和平人生中最美好的一段爱情，它以一种疯狂的煽动力鼓动起柳盼盼的政治激情，而最后又以同样的方式摧毁了这个美丽而充满魅力的生命。在这里政治成了性爱的坟墓，也成了主人公精神受难的炼狱。对于盼盼的命运，和平这样分析："人可以从容赴死，但很难无动于衷地承受尊严被不停地粉碎、玩耍和嘲弄。中国的民众一直没能从理智上认识到政治不仅仅需要勇气，还需要放弃自尊。一个不肯放弃自尊的人，只能被政治强奸而丧失生存下去的信念，结局是可想而知的。……盼盼不肯放弃自尊，因而她被消灭了。七年过去了，没有谁会记得中国历史上曾经存在过那样一个少女，她为了一种美好但却单纯的理想牺牲了自己最宝贵的东西。对于所有人来说，那个日子已经成为没有实用价值的抽象符号，回忆那个日子只是为了帮助一种政治打击另一种政治。"他知道，政治和战争一样，它的唯一牺牲者和失败者只能是人自身，他"不懂政治，不想成为政治的工具，更不想为一种政治牺牲自己"，他盼望一种新的人文传统能建立，在这种传统中人热爱生命和人类自身。然而正如倪敬之对段和平所说，"你是一个国家一个民族的成员之一，你不可能选择力所不及的命运"，和平如此小心翼翼地逃避政治的纠缠，即使和朋友爱德华·加斯科因合写的关于"和平"的那本书，他连名字也不敢签，但他还是被政治审问了一次又一次。命中注定"和平"永远只能是一个神话，不仅段方和保罗以及段和平和爱德华的跨国友谊无法不受到历史的制约和束缚，主人公对于和平的渴望、激情和理想最终也不能跨越战争和政治的屏障，甚至他们自身也无法逃避被战争和政治吞没的噩运，小说结尾爱德华·加斯科因正是在海湾战场上收到了段和平的死讯，他其实重温了他父亲在朝鲜战场上的悲剧体验和幻灭感受。

我们发现，当小说对政治和战争的思索落实到具体故事即人生的世俗层面时，家庭和性爱必然地也是宿命地成了透视政治和战争灾难性的两个窗口，作家一方面不厌其烦地展示了思想和意识领域的全部精神探索和形而上思考，另一方面又总是把这些形而上的东西贯彻在形而下的生命痛苦之中。在对人类生命残缺和精神创伤的永恒凭吊之中，小说获得了形而上和形而下的统一，获得了一种感性和理性互为因果的悲剧性精神力量。显然，即使在"和平年代"，"和平"也只是一个无法实现的神话。段和平还是以他的猝死完成了对这个神话的消解，完成了一则关于"和平必死"的历史寓言。小说以一个人的历史隐喻了作为人生存背景和生存现实的整个"历史"背离"和平"的残酷性。所谓"和平年代"永远只是一种假设和无法兑现的心灵允诺，而战争、政治、命运、疾病以及其他各种各样的天灾人祸才是人类和历史最为真实的面目和处境，不管是在人的记忆中还是在具体的现实中，都是如此。一个虚构的神话永远只在心灵的层面上才有意义，它本质上逃不脱现实和历史的解构，逃不出接踵而至的一次又一次的颠覆与消亡。

三、对话与对称：小说叙述可能性的扩张

在另一章评论洪峰第一部长篇小说《东八时区》的文字中，我已经对洪峰叙事策略的改弦易辙作过议论，这里再对《和平年代》的叙述成就作简略的论说。《和平年代》无疑是标志着洪峰已从张牙舞爪的主观性技术实验中彻底走出来的最典型的一部小说文本。小说采用传统的第三人称叙事，平平淡淡的叙述笔调甚至有一种传统写实小说的意味。但不同于传统小说的是，这部小说的心理化色彩特别浓，这使以单声话语为特征的古典第三人称叙事被改造成了一种洪峰式的多声话语合唱式的叙事。整部小说纪实性的人生片断（包括历史和现在）中贯穿了多种叙述声音，"对话"成了小说故事展开的主要方式。在对话式的心理叙事中，小说主人公的叙事功能都得到了不同程度的强化。而显然，在这部小说中最典型的一对对话和叙述者正是段和平、刘明明夫妇。尽管小说故事时间包容了历史和现实两个不同阶段，但小说叙事时间无疑只开始于段和平和刘明明婚后，顺向和逆向两种叙事视角和时间指向正是在他们的对话中统一起来的。他们日常生活最主要的就是一种对话场景。他们的对话以及对话存身于其中的日常生活片断既是小说一条重要故事线

索,同时这条线索在对话中的精神指向却总是针对过去的。这样,在刘明明和段和平的谈论中"过去"的故事画面总是以分散和平行的方式不时地呈现出来并构成了一条独立发展的线索。它一方面丰富了现实故事的内涵,并且事实上成了现实故事不可分割的一部分,另一方面又不得不受到现实故事以言说、分析的方式所实施的制约和重组,因而从形态上说它有一种支离破碎的特征。从这个意义上说历史和现实也正处于一种不断进行着的对话关系中。然而,就小说而言,对话的方式和对话的意义对于不同的主人公而言内涵又是不尽相同的。刘明明虽然知道"和平是一个生活在幻想和自我封闭中的人,除了他自己,没有人能改变他",但她还是作为一个主要发话者,对历史、对段和平进行着主动的追问。某种意义上说,她正是"历史"故事得以不断呈现的现实动力。她近乎悲壮地完成的与段和平在对话中的心灵沟通,对于段和平无疑具有拯救意义。段和平不仅最终走出了柳盼盼的阴影和梦魇般的记忆而开始对这个世界言说,而且他还充满激情地喊出了"日这个世界"的宣言。尽管刘明明仍没能抗拒命运对段和平命运的掠夺,但一场旷日持久的心灵对话的过程及其最终的真正实现都赋予了小说一种特殊的魅力。显然,刘明明拯救段和平的同时,也拯救了小说本身。而作为对话的另一方,段和平却一直充当着一个被动角色。他不但总是力图回避对历史真实形态的叙述(尽管他的身份是作家),而且在许多时候他放弃了自己的话语权利。他情愿充当一个听众和受虐者,而不愿发出自己的声音,施展自己对语言的暴力。因此,他的沉默寡言本质上与这部小说先天赋予他的主要叙述者的角色产生了致命的背离。他是一个思想者而不是一个说话者与叙述者。"他想""他觉得"等词语是对他现实人生状态的绝好描述,他以自己的深刻矛盾构成了这部小说最基本的矛盾。甚至刘明明劝他作为作家以自己特有的方式"通过文字去谈论"、去言说以化解痛苦时,他也觉得无话可说:"谈论什么呢?……你怎么去谈论它呢?你可以去责怪命运,你可以指责生活不公正,但有什么意义呢?……你除了惹人厌倦还能有别的什么呢?你的生活只能影响你自己,对别人又有什么意义?没有,一点也没有。你谈论什么呢?在1975年,在1976年,该谈论的其实已经谈论过了,甚至整个中国都已经谈论过了,又怎么样呢?没有人能抹掉历史烙在一个民族身上的印记。历史或许能故意忘掉那些丢脸的东西,但人不能够,人不是变成文字的历史,人的全部意义在于他有记忆，生命存在而记忆存在，记忆存在就不可能遗落所有经历过的事情。噢，上帝，我的意义是什么呢？我的意义就是把自己的故事讲给自己听，我不愿意想到自己是个作家。在中国，作家的意义是什么？就是把别人的故事讲给别人听，自己可以躲在后边怀着恶意把别人的痛苦当作追名逐利的牺牲供奉出去。"显然，段和平的反叙述是一种悲观心态的流露，他所崇奉的其实是一种内心的自我言说。正由于作为一个叙述者其叙述的过程是在内心"无声"地进行的，因而这部小说对时间的强调就有了叙述上的意义。一个具体的故事（事件）总是被切割分散在不同的叙述时间里，故事的完整性在叙述的流动过程中才得以实现。这种实现不是叙述者主观人为调动的结果，而是借助于时间标记以客观化的方式呈现的，现实切割过去，过去也切割现实，在时间和细节的重复中小说使过去的故事和现实的故事在一种一体化的语境中融为一个有机的整体。而从结构上说，《和平年代》最重要的特色恐怕就是其对称性的文本形态。这种结构是和小说的故事内容、叙述方式紧密相关的。某种意义上说，"对话"式的叙述正是小说对称结构的直接根源。在小说中，不同的两代人之间，不同的两国人之间，不同的男女主人公之间，都有一种对比和对称的关系。而人物的命运更是具有重复性和循环色彩。段和平不自觉地重复了段方的命运，爱德华也身不由己地走进了秦朗月的命运，至于在小说的未来即将茁壮成长的段忘对段和平命运的重复也几乎是命里注定的。因此，就小说的故事来说，它所展示的遗弃者与被遗弃者的人生正是一种典型的对称性人生。此外，在小说的展开方式上，过去时空和历史时空既交叉又平行的演进方式，本身就把整体的小说时空切割成了对称的两部分。甚至在语言上这部小说也传达出一种对称色彩。平平淡淡的写实语调与人物巨大的精神感伤情绪形成了一种强烈的反差，这种反差既带来了小说叙述和思想内涵的巨大张力，创造了小说语言性、写实性和议论性的完美统一，同时也使这部小说语言和情绪、语言和思想之间形成了很强的对比性。不过，同样在这点上，《和平年代》暴露了它的弱点。小说采用自白式的分析语言固然有利于传达主人公和作家对于人生和历史的独特而精彩的思考，但思想阐释的一泻千里也造成了这部小说"思想太露"的局限。

第 24 章 《黑手高悬》：苍凉的挽歌

在阅读吕新长篇小说《抚摸》时，我曾因自己对于吕新的视若无睹后悔不迭。这种后悔驱使我对吕新的小说历程进行了一次回顾，在这个过程中许多似乎被人遗忘了的小说文本熠熠生辉地呈现在我面前。吕新是一个被误读已久的作家，而他的小说则是中国当代小说中最具有阐释学价值的文本。他的第一部长篇小说《黑手高悬》（《当代作家》1992 年第 1 期）就是一部备受冷落而今迫切需要我们重新加以阐释和评价的作品。我以为，无论是对于吕新本人还是对于整个新潮小说界来说，《黑手高悬》都是一部经得住时间考验和阅读阐析的作品。如果评论界在其文本的晦涩和多义面前望而却步，那么我们就丧失了与新潮小说正面对话的绝好机会，也失去了进入新潮小说艺术世界的真正希望。

一

吕新的小说几乎总是天然地维系着晋北山区风情，他乐此不疲地在晋北这块焦黑的土地上耕耘着颂歌和敬意，几乎每一部小说都以对"晋北山区"这个特殊文学形象的建构而引人注目，《黑手高悬》依然如此。小说借助于层出不穷的神秘和变幻无定的视角传达出了陶醉和执着于晋北故乡的那份令人感动的痴情。然而，这份浓烈的迷恋和痴情却又与他艺术世界一以贯之的那种苍凉、凝重、灰暗的基调构成了一种无法消解的矛盾。这种矛盾固然魅力无穷，但我们却又难免疑窦丛生。对我来说，恍然大悟的机会是在我全部回顾了吕新的小说历程之后获得的。我发现吕新苦心经营的"晋北情结"其实正是建筑在一个卓有成效的阅读陷阱之上的，这个陷阱就是对"晋北世界"的建构热情和狂热迷恋。我坚信，吕新对于晋北农村的痴迷完全是一种假象，他的建构只是为了拆碎，他的执着只是为了告别。显然，"告别"才是吕新所有小说真正的主题词，他的小说只不过是完成了对晋北大地的一次绝望告别，悠扬的挽歌是这场"告别"的基本旋律，在这旋律中那座空中楼阁一般的"晋北家园"烟消云散。吕新以他的两部长篇小说完成了这种告别的仪式：《黑手高悬》正式奏响了告别的挽歌序曲，《抚摸》以凄楚动人的死亡之响弹拨最终的祭奠哀乐。这里，我们获得了理解吕新小说的总纲和进入他艺术世界的钥匙。拿这把钥匙去打开《黑手高悬》的门户，我们无疑将面临一种崭新的阐释可能。

二

从某种意义上说，吕新的小说都是一种背景小说，占据小说中心的不是某一个人物或故事情节，而是一种具有整体意味的背景和氛围，《黑手高悬》尤其如此。小说不惜"扬物抑人"，活动在小说舞台上的主人公们都仿佛是一些风物和标记，已经被融化在一个大风景之中，成为一根"枯枝"、一块"石块"、一堵"矮墙"，无法分离出他们脚下的那片混沌大地。这样，我们将无时无刻不在小说中与晋北大地迎面相遇，在体味深重的历史感的同时，也接受这曲土地哀歌对我们灵魂的洗礼。在小说中漫长而破旧的山区岁月始终以土黄色和灰褐色两种颜色交替着相继重复出现，贯穿于这种颜色更迭之中的则是无边无际的大风，"每一天都在刮风，风声很少中断过"，"风刮得很厉害，刮一个秋天，刮一个冬天，再刮一个春天和半个夏天"，"一年里……风常常把这里的白天变成黄昏或者夜晚。大家世代都久居在这山区里，对于这种自然现象早已司空见惯，熟视无睹了，都不觉得这有什么不好，都觉得世界其实就是这样，这就是世界"。在这个世界里，"人"被风沙裹挟着成为这"风沙"的一个部分，愚昧而麻木地苦度时光，身影模糊如冷风中的枯枝残叶。生命之花已经凋谢。在《黑手高悬》里我们几乎无法读到一声笑语，触摸一丝欢颜，在凝重的时空中蠕动的似乎只是一群没有生命的木偶。即使最具生机和喜庆意味的娶亲场景，在小说中也同样呈现出风声鹤唳、人影幢幢的凄凉味："娶亲的队伍走在山区西北方向的灰蒙蒙的山梁上，唢呐声被山梁上的风刮得不成为调子了，吹唢呐的瞎子们都穿着又破又旧的蓝黑两种颜色的棉袄棉裤，无一例外地淌着各自的清鼻涕，他们的衣服上都均匀地蒙了厚厚的尘土。大家的脚像一些污黑的岩块一样在山梁上深厚的黄土中拱出来，又拱进去。"这里我们不仅看不到生命的亮色和火花，看不到激情、温暖和诗意，甚至连生命挣扎的波纹都无从感觉。在这片贫穷的土地上流动着沉重和灰暗的阴云、匍匐着枯萎的灵魂。这是一片没有历史、没有未来的孤零零的土地，也是一片窒息生命、播种灾难的大地。一代代的子民们辛勤地耕耘着希望，而收获的却只是灾难和绝望。显然，吕新正是在小说中对晋北大地这个"黑手"首先发出了绝望的怒吼，小说哀婉而决绝的挽歌首先正是唱给这深色的土地的。

三

然而，晋北土地并不仅仅是随着肆虐的狂风才变幻其颜色，它也浸透了时代风雨之变幻。吕新要告别的与其说是那亘古不变的山地，倒不如说是流淌在它之上的某一个时代。他实际上无法抹去地球上的这方土地，而只能埋葬在这块土地上演绎而过的特殊时代。因此，我觉得《黑手高悬》既是一曲土地的挽歌，更是一曲时代的挽歌。如果说高悬在小说世界中的一个"黑手"是晋北大地的话，那么时代则是另一个"黑手"。小说以凄伤的曲调复现了一个完全畸形的时代，也勾画了存活于这个时代中的芸芸众生之生命苍凉。这个时代虽然在小说中没有明确的所指，但从小说中朦胧的风物标志和历史景观中我们可以推定这是20世纪五六十年代中国历史的一个特殊岁月，在这个农业岁月"一穷二白，贫困如洗的天空里曾经飘荡着无数农村政策的弯曲倒影和艰辛瘦削的面孔"。这个时代充满闭塞、隔绝的气息，匮乏是这个时代的首要特征。生存需要的满足只是一个悬挂在天边的神话，主人公品尝的却总是贫穷和饥饿的苦酒。物质和精神的双重缺乏导致了《黑手高悬》内芸芸众生的悲剧生存状态。三元家只能以焦糊饭充饥，饥饿难忍的三元把一本书都撕啃完了，因为"他一看见书上画着的那些猪肉和白菜就忍不住想吃，就更加饿得不行。书上的那些猪肉和白菜吃完以后，就又开始吃书上的鱼、青蛙甚至棉花团里的大片棉花"。而《黑手高悬》活动着的其他几个主要家庭如语文教师家、天宝家、小女孩家亦何尝不是整日为"食"殚精竭虑？贫困犹如一柄达摩克利斯剑高悬在晋北人民的头顶，使他们整日惶恐不安并日益走向沉沦。正如小说中所说："贫困常常使人急于占有一切的东西，从而忽略一切的细节，忘记一切的后果，进而陷入某种灾难之中自取灭亡。"语文教师偷煤开荒不仅丢掉了他的尊严也丢掉了他正常的人格，借酒浇愁也未能挽救他的疯狂；大元偷军用电缆卖钱不仅使他失去在这块土地上的"权力"还使他被迫失去人身自由；而山里人前仆后继争当煤矿工人并"纷纷栽倒"的惨剧也正是这个贫穷时代最悲惨的一幕生存图景。那些"黑手"既是这个时代众多生命的象征，又是这个时代本身的象征，是贫穷和灾难的象征，是缺乏的象征。而从本质上说，这个时代匮乏的还不仅是物质，物质的匮乏更造成和加剧了时代精神的匮乏。精神的愚昧和麻木使主人公们不仅认命于自然和混沌，而且崇拜权力和畸形。冯支书和兽医能在村里呼风唤雨成为贵族阶层，山里女人的门户能一次次被冯支书"紫红色的大手"扇开，其最终的根源就正是这种精神的贫乏。这是一种双重的悲剧，一种无言的沉痛，在惨不忍睹的生存境遇里挣扎的主人公不仅被物质的残缺压迫得奄奄一息，而且几乎心甘情愿地把精神和自我送向权力和财富的屠刀，向着另一种惨不忍睹投诚。这时候，无知和迷信瘟疫一样毒化着主人公的心灵，天宝爹黑夜迷路后坚信拖拉机的光正是传说已久的银圆、玉器、宝石、金子等在向他召唤，"一种无形的不可抗拒的东西在努力驱赶着他向那幽深莫测的灯光处靠近……那时候他仿佛接受了某种力量的暗示，他十分强烈而清晰地感到，那灯光是属于他的，他不去不行"，并最终在迷狂状态中命归黄泉。而即使山里的"知识分子"语文教师在醉酒后遇见一个麻脸老太太时也不得不陷入一种迷信中不能自拔："老太太脸上的麻子和皱纹交织混杂在一起，看上去像一些苍老的花瓣。语文老师看见她像一张矮小的纸片一样在午后的风中无息地飘来飘去。……在语文教师茫然混乱的记忆里，那位身材矮小的麻脸老太太是从一条阴暗狭窄的山沟里猝然飘出来的。之后，她又在那条空寂无人、纸灰飘扬的乡间大道上飘了许久，她的两只黑布缠裹着的眼睛中，年代久远的景象是一派灰褐色的山水情调，迷乱的天空里一直徘徊着一种偷梁换柱、暗度陈仓的古老气氛，一种阴谋在天地之间窜上窜下，精心旋转，精心选择。阴谋所到之处，无数的纸灰纷纷扬扬，无形的哭泣声隐隐约约。"拜伏在权力和迷信的脚下，知识就事实上成了这个时代的一种奢侈品，三元"每次打开书本的时候都会明白无误地听见一种十分锐利的叫声，就是杀猪时那种惊心动魄的尖叫声。一看见书，他就忍不住尿紧，那种强烈的紧迫感让人六神无主、忍无可忍"。出乎意料的是，当三元向班主任老师提出不再上学时，对方作出了一个令人心酸的反应："李三元，我跟你说句良心话，识时务者为俊杰，你能这样想并能这样做很好，我非常同意，我举双手表示赞成。咱们的病其实差不多，你是一看到书就肚疼，我一看见书就头痛得不行，还腿疼、牙疼。……我告诉你，一个人知道的东西越多，懂得的事情越多，就活得越不痛快，越心烦，一天好日子也没有。"显然，在这个时代理性已经被贫穷、迷信榨干，三元对学校的告别，我觉得正是对一个悲剧时代的告别，这告别声虽然悲怆、无奈，但我觉得仍然是一种希望，一种绝望的希望，透过时代的"弯曲倒影"我们似乎能够把握一种沉重的历史内涵。

四

我觉得，《黑手高悬》虽然以一种冷静的笔调把土地和时代的挽歌弹唱着，然而，人却始终是小说关注的一个焦点，即使作家故意把人符号化、物化也无法遮盖这一焦点。在一个贫穷的时代和贫穷的土地上生命的悲剧状态背后，我更感动地读到了一曲人性的挽歌，读到了人性在生存绝境中的扭曲、变形和异化。在小说中人性畸变的第一个祭品就是天宝，他是这个时代一个最典型的受难者。父亲的罪过和遭遇，使他成为一个被人嘲笑的对象。他不敢上学只好整天关在自家的庭院里以小人书陪伴着自己。他永远生活在一个封闭的空间和停滞的时间里。他不知道人世间的变幻，甚至不知道男女之事，他很天真，天真得让人心酸，他很潇洒，潇洒得让人沉痛。他光着身子与妇人睡觉的画面，以及他把母亲当马骑的画面却让人毛骨悚然。面对父亲的尸体"他觉得如同置身于一个白色恐怖的噩梦之中，一切的景象和标志都令人不寒而栗，心惊肉跳。他的身体抖动得十分厉害，两条腿一点儿也不听使唤。那噩梦以一种固定的形式静止在那里，不苟言笑，肃穆而沉重，酷似一座灵堂上显隐出的无数张破碎而残废的面孔，无数条枯枝般的手臂一齐伸向他"，"他像一只受惊后的乌鸦一般怪叫一声，便冲出人群，跑得无影无踪了"。他似乎已经泯灭了一个人的理智和认知感觉，像一个动物非人地生活着。他对于生命对于死亡都已泯灭了冲动和情感,有时他甚至像一只野兽一样残忍凶暴。他杀死了自己的母亲,也杀死了自己的妻子。然而,他自己却在她们的尸体旁大笑。他成了一个疯子,一个背叛自我背叛人性的疯子,一个和时代一同疯狂了的疯子。正如小说所说:"天宝作为一个人,一个年轻的人,他只是一种模糊的记忆,一种属于过去的东西,羽毛或灯笼,或者是门楣上往年的一道旧符。三元一直认为天宝其实是一个旧时代里的人,属于另外一个世界的一个人,三元甚至从来就没觉得有过天宝这么一个人。天宝作为一个人,一个活人,其实只是一个空洞的名字,只是一个消逝已久的符号或痕迹,没有了具体真实的形状和实物。在山区里人们的记忆中,天宝其实在很多年以前就死去了,又仿佛他从来就没有活过。"虽然小说以天雷埋葬天宝,结束了一个无知而罪恶的生命,但是这种上天的惩罚是否能同样埋葬那个扭曲制造了天宝的时代呢?如果说,天宝被雷电劈死是一个寓言和象征,那么这种寓言何时才能真正兑现呢?

  我们发现,当人性的篱笆被拆碎瓦解之后,罪恶在小说中真可谓是肆无忌惮甚嚣尘上了。强奸、告密、谋杀、私通……种种丑恶的人性随风播散几乎渗透到了小说的每一寸空间。人性的阴云毒化着平凡的人生,使现实生活图景里悲剧丛生。一方面,主人公以无灵魂的姿态目睹自己人性的枯萎、沉沦;另一方面,权力的暴徒们又以自己的无人性疯狂残夺着他人的人性。在这里,一个"红色的大手"可以掀翻几乎每一个女人,兽医的孩子也可把公社的学生当马骑,院长因奸情败露可以残害一个天真少年的生命,赵五几乎阉割了天宝爹,大元也以光天化日下的强奸阴谋杀死了天宝女人……我深信,生命在萎缩状态中死去倒是一种幸运,至少他们可以在客观上完成对土地和时代的告别,死亡在这种意义上正具有了生命意义。而无人性也借此死亡否定获得了一种人性的肯定,这也许是一个贫乏时代无法逃脱的生存悖论。从这个角度来说,《黑手高悬》正是以接踵而至的死亡事件使人性的挽歌余音绕梁。

五

  尽管放眼《黑手高悬》满是旷远和苍凉,过着灰色人生的一群人，就活动在这个大的背景下：他们活得平凡，平凡得连生命本身都失去了重量；他们活得潇洒，潇洒到不知道外面日新月异的世界带给了他们怎样的失落。然而，小说深处几个绝望的告别者仍然愤世嫉俗地向我们走来，他们的觉醒是这片土地上最响亮的一声春雷。我相信《黑手高悬》中阵阵挽歌正是由他们演唱的。他们的人生舞蹈正是跳动在小说时空中的挽歌音符。

第一个音符是由黑衣老头奏响的。他神出鬼没地光临了小说世界，"在那些如烟似雾的漫长岁月里，黑衣服老头的身影几乎随处可见，随时可闻。他像一片乌云一样，日夜出没在那边远寂寞的山区里"。他有一种看破红尘而又超然物外的天赋，在他眼中，"一切都没有用，都不过是一些过眼云烟罢了"。他有精湛的冶炼技术，坚信"掌握了这种技术，你就能比一般人活得更好，更自在，就能轻轻松松地活一辈子"。他对世界和宇宙有自己独到的体会，认为："世界上真正的独一无二的绝技和重大的发明创造永远都在那书本以外的另一个世界里，那就是一个人的天赋和禀性、聪慧和灵秀之气。……世界实际上就是因为几个寥若晨星的天赋超群的聪慧灵秀的人才闪光明亮的，才能永远进步，向前。"他一辈子无儿无女，孤身一人，四处漂泊，却从三元身上看到了一种他渴望已久而"世人所没有的灵秀之气"，并把自己的冶炼技术传授给了三元。虽然他终于难免在山里人的疑虑和憎恶中消失在"苍茫迷蒙的雨雾之中"，永远也不会回来了，但我更愿意把他的出走当作一次自觉的选择。他以自己神秘的到来和神秘的隐匿完成了对于山里人的一次有意味的提示，他传达出了人性觉醒的第一个信息。

语文老师是小说中的又一个觉醒者和告别者。在他的记忆里"他的生涯永远都是一个无边无际的、寒风呼啸大雪纷飞的冬天，永远是冬天"，尽管他最终陷入人性的迷狂而悲惨地死去了，但他对人生和生命的认识却是深邃而深刻的。他对儿童有一种近乎崇拜的心理，他认为："十二岁好像是一道生与死的分水岭：一边是聪明灵秀，一边是凶残愚顽；一边是纯情与天良，一边是贪婪与万恶；一边是天真，一边是伪饰；一边是童贞，一边是虚伪和丑恶，奸诈与龌龊；一边是浮云流水，一边是粪土余孽；一边是清风明月，一边是行尸走肉。十二岁以前，能看到和听到时间和空间以外的各种事物景象和声音。十二岁以后便开始日胜一日地走向卑鄙和贪婪，最后彻底成为一个地地道道的无耻之徒，一个彻头彻尾的卑鄙小人。"

"几乎所有的成年人都那样出尔反尔,翻手为云,覆手为雨,全无信义和廉耻可言。"在经历了生命的诸多磨难之后,他对自己的人生命运有了一种透彻和清晰的理解,他坚信:"一切都是命,所有大大小小的事情都是命中注定,无法更改,更无力更改。"他疯了,他死了,但他是作为一个觉醒者死的,这种死把他从那愚昧的混沌中区分出来,因而具有了一种崇高的意味。

而黑衣老头和语文老师对于童心和"灵秀之气"的追求也并没有落空,三元和小女孩是小说世界里的两颗明日之星,他们对这块土地上的生存方式的决绝和否定是小说这曲挽歌的最强音符。前面我们就曾谈到三元的觉醒和聪秀,他对世界和生命的认识丝毫也不逊于黑衣人和语文老师,面对"福祸难测,生死无常的场面,……他感到其实世上任何一种生命都不堪一击,形同虚设"。至于小女孩,她仿佛在一瞬间就"觉得自己已经长大了,像一个大人一样,沉着、冷静、从容不迫了,能长久地沉住气了,能永远地保持一种沉默的心境了"。她的最后失踪是一次卓有成效的逃亡,她将是《黑手高悬》中第一个真正走出那块灾难之地的人。她的失踪才真正把小说中悠扬婉转的挽歌带向了高潮和结局。告别的仪式最终完成了。

六

对于我们来说,《黑手高悬》文本本身就是悬挂在我们面前的一大"黑手",这部极富实验性的长篇小说对我们既往的阅读经验构成了全面冲击。

这不是一部情节小说,里面少有情节的铺垫、展开和发展,也少有紧张的悬念、激烈的冲突,有的只是一些相互关联又实实在在的人生故事。各个故事彼此独立,没有因果联系地原生态发展,各自仿佛一些遥远的风景彼此呼应,并浑然一体地构成一个大宇宙背景。作者放弃了经典现实主义的通常做法,似乎有意淡化情节,但情节的淡化并不代表小说意味的淡化。作者不遗余力地营造氛围、刻画心理,既充分观照和展示了人物多层次的复杂内心世界,也感应了独特浓郁的地域文化特征。统观全篇,那阵阵无休无止的塞外大风,质感粗糙强烈的枯树、顽石,色调浓重的煤炭、月牙,寓意昭然的手电筒、古鞋等等一切晋北山区起眼的不起眼的风物次第出现，作者都不惜笔墨地状其形、写其貌、绘其声，而目睹此情此景的主人公却往往退为一个默然的旁观者，这种有意的扬物抑人，反而将人置于一种强烈的自然氛围中，作者对生命与存在的理解也就自在不言中，这种对作品氛围的精心营构，很大程度上弥补了情节吸引力的那份不足。

《黑手高悬》的叙述方式也正是这部小说的特殊魅力所在。作者采用童年和成人的双重视角，以一个若有若无的"我"在时空和语言缝隙里的穿行统一整合全篇，第一人称和第三人称的功能在小说中都得到了充分的发挥。在小说里，每一个主人公都是一位叙述者，他们既经历着故事的发展变幻，又不时地把对人生故事的感知倾吐出来，这就是这部似乎以第三人称为主的小说却通篇充满第一人称独白的原因所在。这些"主人公叙述者"对于世界的言说和独白构成了小说许多摄人心魄的灵魂风景，使这部几乎"零度叙述"的文本充满了强烈的主观抒情性。而主体叙述者"我"的叙述句式与主人公叙述者正构成一种强烈的反差，"那时候""那个夏日的午后""冬天里的时候""回忆那些阳光奔放、气候莫测的夏日时光"等充满怀旧和埋葬意味的语句不仅构成了文本叙述上的张力，而且正与小说告别的主题遥相呼应，体现了作家独具的匠心。

与小说幻觉化的语言形式相适应，这部小说的结构也极其空灵。各种故事和众多小说场景表面上是松散独立的，似乎以一种"蒙太奇"的方式结构在一起，不着雕琢之痕，有"无为而为"的艺术效果。但从整体上说小说仍然于松散中见完整和严谨。几个家庭是小说的主要结构单元，各自演绎着一种近乎封闭的故事，然而这些独立的单位又服从于整体的背景和人生命运，并共同奔向小说的告别主题。小说主人公之间虽然没有直接的逻辑因果联系（也有例外，如：大元之于天宝女人之死，黑衣人之于三元等），但他们彼此有一种见证和互文关系。他们共同完成了作家对于群体生存状态的素描。这种卓越的素描帮助作家轻松自如地实现了文化的告别。晋北大地矗立在小说的天空里，但这将只能是一种永远的回忆，走出这块土地的人们（包括作者）是义无反顾的。

第 25 章 《纪实和虚构》：由敞开到重建

从某种意义上说，王安忆应该是新时期中国文学的一个奇迹。从"三恋"到《小鲍庄》到《岗上的世纪》再到《叔叔的故事》，王安忆不仅极少庸作，而且几乎每部作品都能获得轰动性的反响。她从来也没有在理论上张扬过某种新潮旗帜，然而她不断的文体探索、风格转型和自我重塑却总是天然地吻合着新时期小说的潮汐，并在每一个小说潮头中占据一个不容替代的位置。显然，单纯的机遇已无法解释王安忆一次胜过一次的成功，她的小说智慧和人生体验，她的深厚功底和文学天赋才是其艺术世界真正的发光源！在这样的大背景下，我们又面对了她的长篇作品《纪实和虚构》（《收获》1993 年第 2 期），无法避免地又经历了一场灵魂的震颤和文学的感动。我相信这部在王安忆的文学历程和整个新时期文学史上都有非凡意义的长篇佳构的面世，应该是我们的文学在世纪末所能达到成就的一次绝好总结，也为正在崛起的新潮长篇小说再次擂响了战鼓，从而预示了一个新的文学时代的必将到来。在这个意义上看，《纪实和虚构》作为一种文学存在，其价值已经远远超越了文本自身，这注定了小说形而上的不可解读性，也注定了本章的阐释最终只能是一种尝试，一种话语欲望的表达。

一、纪实：经验和往事对于世界的敞开

如果说在《叔叔的故事》中王安忆开始了对小说和故事的双重颠覆的话，那么这种颠覆到了长篇《纪实和虚构》中可算是彻底实现了。这是一部完全没有"故事"的小说，小说的主人公也只有一个"我"（真实作者而非隐含作者）。传统意义上的"故事"被淡化为散文化的往事和经验的记录。而小说其实也被还原成了散文式的心灵写实，无论"纪实"还是"虚构"都只是作者生存心态的真实

展露和精神世界的毕肖素描。占据这部小说中心的是作者的感受、体验以及对这种感受和体验的讲述与分析。作者对生存境域的叙述总是勾连着主体汹涌的精神潮流，无疑，孤独正是联结这两者的纽带和这部小说事实上的主题，它也构成了人生存在的实体和背景，并本质上规约了"纪实"的内容和方向。在小说展示的各种记忆碎片和人生往事中，在小说对出身的追寻、战争与革命、保姆、邻人、儿时的玩伴、信差、同学、路遇者、音乐教师、各种方式的反抗、好奇、冥想、欲望、日常快乐和写作生涯等消亡了或正在消亡的戏剧性情节和人物关系的"纪实"与讲述中，一方面我们可以从作者的内心独白、事后追加的感受、理性的类比和推论中发现一种对意义的抽象追寻，另一方面，我们感受最深的仍然是隐藏在作者对往事和存在的伤悼背后的那种浓得化不开的孤独氛围和旋律。

表面上看，《纪实和虚构》的情节和人物具有纷乱性和松散性，尤其是各种串联出场的符号式人物，似乎只是各个往事片断的向导和小说事实上的"过客"，从而使小说丧失了传统意义上的整体性、有机性和逻辑联系。这种颠覆在某种意义上也许是触目惊心的，然而当我们面对作者敞开生存世界的"纪实"意图时，这样的小说方式又实在是再恰当、再自然不过了，这才是以精神漫游的方式把握纷繁人生的"纵横"关系的最佳"纪实"方式！何况小说深层还潜隐着孤独体验和意义抽象这两个统一散乱的人生世相的更为本质、更为纯粹的结构因素呢？

首先，小说呈示了"我"的孤独。这无疑是《纪实和虚构》情节和情绪的主体，在小说世界中，"我"的孤独又分为童年、青年、作家三个阶段。"我"是坐在一个痰盂上坐火车进入上海的。但作为一个"同志"的后代，"我"和"我"的家很久以来都像是上海的外来户，于是"我"从小就"热衷于进入这个城市，这样生怕落伍"，并形成了一种极其矛盾的心情，"自卑和骄傲混杂在一起，使我的思想左右摇摆，前后不一。但无论是自卑还是骄傲，都是我心感孤独的原因"。这种孤独在"我"童年时代的两大表征，一是语言的隔膜，一是找不到伙伴的寂寞。"我"的大部分时间都是独处的，"我一个人在家里走来走去"，无法解答那种"刻骨铭心"的孤独疑团。"我"努力地结交同伴并随保姆进入别人的"家庭"；"我"跟邻居家到过"向往它向往得发疯、有些挪亚方舟的味道，还有点苟且偷欢的味道"的国际俱乐部；"我"和孩童们在楼梯口约会，并以"这些口舌官司，建立了我们最初时期的人际关系，也建立了我们独立的情感世界"；"我"积极地参加学校活动，也热衷于"开小组"；"我"陶醉于游行也神往于跟英语教师捣蛋……但每一次人生经历都把"我"投入了更深的人生困境，并常常有一种"两败俱伤"的感觉，因此"无法挽回是我幼年时的最伤心的情感，它常常使我陷入绝望的泥潭"，这样，孤独之感不但无法消解甚至还成了"我"的宿命。而在"文化大革命"中，"我"的生命进入了"故事最多的季节"。"寂寞只是在一个故事和另一故事的中间才会来临"，通过与一群高干子弟的相遇，"我"有生以来第一次有了命运的经验，"命运的感觉使我生出庄严的激情，这就是'文化大革命'带给我们的最大好处，它将我们卷入了命运的旋涡"。但最终"我"却发现被"我"视作那样神圣的命运关系，于别人仅仅是"社交的一种"。"我"不得不正视"成为路人"这一"我"与人交往的唯一下场，"我们这城市的街道上摩肩接踵却素不相识的行人，是我们永恒性的关系。我总是在寻找并企图建设一种命运性的关系，以使我在人群中位置牢固，处境明确，以免遗失自己，陷入渺茫"，然而，一次次的失望终于使"我"明白这城市充满一股隔绝的空气，"我好像是这世界的外人，这世界生气勃勃，我却参加不进去"。成年之后，"我"总是期待着通信，并盼望爱情来拯救"我"的孤独，但"我"接触了相识了几个男人，最后留下的只是"几个片断印象，组织不成故事。我们最终只是夏夜的流星，各穿银河"，"我"和别人总是处于一种虚无缥缈的具有象征意味的路人关系中。"我"只能伤感地承认"爱情这种深刻的关系是世上难得"："我们好像是专门为错过机会出生于世，我们永远也谈不上抓住机会，尽是错过。我们的人生乃是损失，损失了这样再接着损失那样。等我们吸取教训要去建设什么的时候，脚下已是一片废墟。"事实上，孤独已经成了"我"的一种存在方式，"我"最终选择以一个作家的身份作为自己的生存角色，这也根本上受制约于那种感伤孤独的心态，作为一个作家"在时间上她没有过去，只有现在；空间上，她只有自己，没有别人"，这是一种本质性的孤独境界。

其次，小说作为一种背景展示了母亲及人群的孤独。在《纪实和虚构》中母亲是"我"之外的另一个重要小说因素，她是"纪实"和"虚构"的结合体以及过渡桥梁。她不仅强化了孤独的人生主题，而且某种程度上她还是"我"孤独的原因。母亲总是坚持讲普通话，这使"我"与人交往有了困难；母亲还不准"我"和邻家的孩子往来，认为他们会带给"我"不好的影响；母亲不让"我"和别人游戏，让"我"补习英语……这些在"我"幼小的心灵中一直是"我"孤独的主要原因，因此"我就觉得我的孤独全是母亲一手缔造的。母亲在我某一个成长时期里，成为我假想的仇敌"，"我一个人在家里走来走去心里恨着母亲，觉得是她使我们一家都成了孤儿一样的人"。但其实作为一个"同志"，母亲的内心也是很寂寞和孤独的，她的坚强和严厉其实只是内心的一种掩饰，她反对串门，除了同志外也没有别的朋友。这种主动的孤独姿态，其实正反映了母亲对于亲情和友情的渴望。老同学找上门来她的迷茫和激动就是一个绝好的证明。而且，"我"发现母亲原来就是一个孤儿，她是一个浪子的女儿，"集孤儿与被抛弃于一身"，我甚至在那样小小的年纪就已经感觉到了，作为一个孤儿的寂寞比做一个上海城市的局外人还要来得大，来得深，并且没有缓解的办法。从某种意义上说，"纪实"正是母亲一种无可奈何的生存态度，她喜欢并坚持要做一个孤儿，这是她离开孤儿院的原因之一。而对孤独处境的"纪实"与认同也构成了她保留至今的孤独习性。"母亲是个朝前看的人，从不为往昔嗟叹"，她有着一往无前的现实精神，"所有人将她抛弃，她也将所有人抛弃"，对于她来说抛弃上海一无困难，重返上海同样一无困难，在她孤独的一生她无牵无挂，不需要对任何人负责，走到哪里算哪里并一次次地切断历史。这最终构成了母亲的人生孤独和生存心境，也影响了"我"及"我"们家庭的生命色彩。此外，作为陪衬和参照，《纪实和虚构》还透过张先生家和民族资本家家等几个家庭敞开了整个人群"类"的孤独。张先生觉得"他和这房子一样有一种被抛弃的心情"，他就仿佛站在一个内患重重的"孤堡"上，他绝望地在房子里跳来跳去的意象总有令人伤怀的凄凉意味。而文明戏女演员的女孩子、小五、资本家的姨太太等人物身上也无不笼罩着一种孤独的精神氛围。甚至，游行的狂热在那个特殊的时代也成了拯救人群从一个个孤岛式的院子里走出来的药方，但"游行毕竟只是一个临时的集合，随聚随散，具有一种形式上的集合含义，却没有实际的内容。它可暂时地使人感受到集体性、社会性的气氛，却联合不起人的命运关系"。"它只是在感情上满足了我们人类群体性的本能需要，暂时将我们从各自的孤岛上挽救出来，集合一会儿，再放逐我们回家。"因此，孤独仍然是无法克服的。这样，孤独也就具有了一种历史和文化的意味，它是处在一个"贫乏时代"（"文化大革命"可为典型）的人类的非本真生存状态的写真，是人类无法确定自身存在的生存焦灼的反映，是人对于深渊处境的自觉与发现、体验与忍受。

可以说《纪实和虚构》以对于生存孤独感的体验敞开了现实生存中"自己"的本真性，小说人物的抽象化、无个性化和符码化恰好表示了作者对"我"自己之非本真生存的洞观与发现，并以直观感性的"去蔽方式"揭示了"自己"生存的空洞性。但孤独情态的展示与敞开，其宗旨并不在把人们置入"世界之夜"的黑暗深渊中，而是通过敞开和怀疑引导人们步入一种诗意的"澄明之境"，建立起人们的神性期待和向往，并从根本上反抗和弃绝孤独。这就需要从"纪实"向"虚构"的转化和升华，而其实在深层这仍然是两种人生态度和生存心态的转换，本质上都是人以精神超越存在、摆脱现实牢笼的特定方式。

二、虚构：神话的寻找和家园的重建

正因为"纪实"敞开了时代和世界的"贫乏"，敞开了人的偶然存在的孤寂，于是"虚构"的欲望由此诞生。如果说"纪实"消解了人生存在的意义和家园的话，那么"虚构"则试图对被解构被消灭的一切予以重建。这也正体现了一种人创造世界、创造历史的本能冲动，是一种绝望的反抗，也是一种对于生命的具有浪漫色彩的乌托邦。

"虚构"在孤独"纪实"的背景上展开，它以现实的"纪实"作依凭，最终只是把现实中的线索经想象系统化、实体化了。某种意义上，它是对"纪实"中被压抑的各种人生欲望的释放和实现，它是对"残缺"的修补和完善，是从另一个角度重新"纪实"。因此，"虚构"总是联系着对人生残缺的一次次"发现"。

在"我"的生命中最大的残缺和遗憾莫过于祖先的迷失了，没有一个血脉相因的庞大家族历史以及没有一个祖先的神话传说，使"我"时常处于一种没有归属感的无依无靠的孤独痛苦中。母亲所讲的现代新型童话虽然极富教育意义，却始终不能弥补没有家庭传说的遗憾以及由此带给"我"的巨大苦恼。甚至在"我"们眼中家族神话还具有形而上的意义和神性的宗教意味,"现代童话从现实出发的创作方式告诉人们,这世界是一个后天的充满选择性的世界,使人摒除崇高的观念。而家族传说超越了人们的认识,它将世界置于'知'之上的渺茫境界之中,使敬仰之心油然而生。家族神话像黑夜里的火把,照亮了生命历久不疲的行程"。"我"是如此崇拜家族神话,以至把人生获救的希望都寄托在它上面,偏激地认为:"将无论哪个阶段的家族神话挽留了一点记忆,这样的家庭是了不起的家庭,它具有强大的向心力,也证明他们的家族神话灿烂辉煌。家族神话是一种壮丽的遗产,是一个家族的文化与精神的财富,记录了家族的起源。起源对于我们的重要性在于它可使我们至少看见一端的光亮,而不至于陷入彻底的迷茫。"但人仍然无法抗拒家族神话最后堕落的命运,这种堕落和变异也是种反讽式的"纪实",它隐喻般地昭示了一种存在和一种文化的腐蚀力量与扭曲力量,"家族"神话在此出现了一种荒诞的意味,好像滑稽戏一样。"祖先脱去了神圣的外衣……他们的骚扰总是以惩恶扬善为名,具有劝世的现实含义。他们失去了家族神话原来的崇高的精神领袖的作用,而总是介入具体的实事。这种家族神话的演化其实带有社会学的研究意义,它体现了价值观念和文化面貌的转变。"另一方面,现实中"人无定居"的频繁迁址和搬家,不仅使人生具有"流浪的性质",从而处于永恒的孤独与漂泊之中,而且它也加快了家族神话堕落的步伐,正如小说中所指出的"迁址切断了人和鬼的家族联系,使人和鬼彼此成了陌生人。迁址造成了一大批流动的鬼,他们无家可归,在别人家的屋檐下拘束委屈地走动。我想,这正是家族神话最后消散的情景"。也正由于没有了家族神话,"我们都成了孤儿,栖栖惶惶,我们生命的一头隐在伸手不见五指的黑暗里,另一头隐在迷雾中",只是在那黑暗当中尚有一线光明,那便是母亲的姓氏,这也许是作者寻根溯源,去编写和"虚构""我"们家族神话的唯一线索了。不幸的是,"在上海这城市,姓的家族背景已经彻底消散,姓只是个人的标记,我们丧失了它的原义,只记住了它的表面形式,一种代号的作用,表明了我们身后的那个亲情集团与我们的解散",这事实上也正是"我"追根溯源的真正困难,它注定了"我"精神漫游的遥遥无期和追寻途程的一无止境。然而,唯有寻找,唯有孜孜不倦地寻找,唯有在寻找过程中义无反顾地"虚构"与重建,我们才有可能面对希望的彼岸,从生存的盲目中返回澄明之境,从非本真的生存返回本真的生存。也正由此才有可能将过去还原给过去，将未来召唤到现在，在另一种"真"维度上展开一种新的生存，并重建人与神的联系，恢复人的本真，引导人们走出世界之夜，共同归"家"。

前文已经说过，母亲是"纪实"和"虚构"的纽结，小说对母亲生存心态和孤独历史的敞开正是"纪实"和"虚构"共同作用下实现的。而《纪实和虚构》中"虚构"的起点也正建立在对母亲的"纪实"的基础上。一方面，母亲的"茹"姓是"我"和祖先相隔遥遥的唯一维系；另一方面，正是母亲点滴往事片断的回忆和人际关系的"纪实"为"我"提供了想象与"虚构"的依据。此外，资料的考证、典籍史册的查询、历史古迹的寻访也都是一种"纪实"，而正是这种"纪实"推进了"虚构"的进程，拓宽了"虚构"的线索渠道，从而建立了一种纵向的人生关系。而我们也由此看到了一个完整的家族神话，看到了一个家族从无到有、从盛到衰的生生不息的完整生命过程。如果说小说中"纪实"与"虚构"世界是两个互为因果的对等人生域境的话，那么"虚构"世界则无疑更具有系统性、体系性和完整性。这里有辽阔草原和沙漠风光，也有金戈铁马的战争；有忍辱负重的逃亡，也有血腥的残杀和背叛；有攻城略地的豪迈，也有亡国灭种的悲哀；有生命降生的愉悦，也有死亡来临的恐惧，甚至还有苍色狼和白色鹿的美丽传说和动人景观……这些都构成了属于《纪实和虚构》的一个独立的小说世界，也可以说是"小说"中的"小说"。而在这部"虚构"的小说中，作者以浪漫的激情塑造了一代又一代具有生命强力的祖先英雄，展示了一种具有生命光彩和神性力量的人生状态，以此对应于"纪实"小说中疲软、孤独的生命景观。而且尽管在祖先奋斗不止的家族神话中，"孤独"仍是时常袭击英雄们的人生情绪，但这种孤独更具有了人生超越力量，并在根本上刺激和成就了祖先们的辉煌业绩，它其实正是对"纪实"状态中"我"的人生孤独的升华。"虚构"中的孤独唤起的已不是对个体存在的感伤和悲悼，而是对现实存在的拒绝以及超越生存的勇气。显然，"虚构"的神话集中表达了"我"的生存理想，而神话的寻找的过程也正是"我"的自我确证与实现的过程，是"我"的家园梦想的具体化和现实化，通过祖先们绵绵不绝的努力，"我"终于获得了本质意义上的"存在之家"。如果说"纪实"代表一种现实主义的人生态度的话，那么，"虚构"则是一种浪漫主义的人生态度，而"虚构"世界和神话家园的最终建立则是这两种人生态度不断转化、相互作用的产物。

"我"追寻家族神话的方式,一是实际的考证和类比推理,一是冥想。而作者"虚构"和编写家族历史的主要手段还是冥想。"我祖先艰苦卓绝惨淡经营的时候,我在熟睡……现在我醒着,祖先们沉睡了,我与他们永远阻隔,千山万水,万载千年。我想,我和祖先的相会是在无知无觉的骨血里。我的冥想就是我骨血的记忆,这是祖先们留给我的一个纪念。""我的祖先们在我的冥想中复苏,就像我的生命在他的骨血中复苏,我们其实是唇齿相依,不可分离。"在确立了"我"的家族衍生神话后,"我"的具有主题先行意味的历史"虚构"就开始转向对"家"和故乡的寻找。"离开祖先们生存的地方是多么悲伤,离乡背井一去不还是多么伤怀,中原再好也不是我的家,血肉相连的故乡变成子孙们人生地疏的地方。他们定是一步三回头,肝肠寸断。我想我母亲流浪的历史其实是从这时开始的,我们再不会知道,什么才是我们真正的故乡,这是我们家永远的绝望。"这时,"我"的思想就好像是一艘船,引渡"我"母亲的祖先,而"我"的家族也不可避免地进入了它的衰落时期,豪迈的英雄气概已经沦落为一种悲凉之感,重建家园已是"我"祖先们的现实使命了。无家的焦灼窒息着祖先,也窒息着后代的"我"。在这里"纪实"和"虚构"又一次遥相呼应。这时候,在"我"祖先们中间,曾外祖母的形象凸现了出来,并对"我"们家族之"家"的建设起着决定作用。当"我"在这城市的街道上茫然地走来走去,像吞食空气一样吞食着我的孤独,想着人多么像无根的浮萍时,曾外祖母对于"茹家楼"的精神执着就会浮上"我"的心头:"我感到我曾外祖母的精神与我的汇合起来了。我与她老人家跨越了两代人:我的甘愿做了孤魂野鬼的外公和我那以吃饭为准则的母亲,他们是两代快乐的流浪汉,他们一个只要寻欢作乐,另一个只要有饭吃,他们根本想不到回家。而我和我曾外祖母却不同,她老人家是离家不久的漂泊者,而我在整整两代漂泊之后,已经漂泊得累了。"尽管关于茹家的传说于今相隔有半个世纪,曾外祖母已化为泥土烟尘,而"我"终于在一个春雨连绵的日子时"于茫然无知"中还了乡,开始了对充满歧义的"茹家楼"的寻找。"我"们家族的历史和传说也在这次寻找中露出了一连串的破绽,这"使我的寻找进入了一个有趣的境界。好像我所寻找的其实并不存在,但人们为了安慰我,都认真地帮我找。这使我们的寻找还带有一股荒诞的意味,但这荒诞不象征虚无,而是象征了最善良与最善解的同情","我"虽然最后到了茹家楼,"接近了我的河流,可却是条断头河"。"当我母亲家族确凿无疑之后,我对这家族所有的严密推理却变成了一场空:迁移不存在了,状元也不复存在了。"到这里,"我""虚构"的一切重新陷入了一种解构的危机中,追根溯源的结果"我"又不得不再面对伤心的失落,曾外祖父和外公不仅具有"篡改历史"的意味,还根本上颠覆了"我"魂牵梦绕的"家","我曾外祖父是一个严格的现实主义者,我外公则是一个自由的浪漫主义者。浪漫主义是我们家历史的主流,它挥霍了现实主义的积累,注定我们家破产的命运"。曾外祖父的一把天火烧毁了"我"家的一切,而外公则以一个出走的形象结束了我们家族的全部故事,无论怎么说,这都是一个浪漫的行为。显然,对于神话和家园的"虚构"至此已无法回避地滑向对于灾难的"纪实",升腾于"纪实"之上的反抗孤独的绝望"虚构"最终仍一无遏止地回返和重温那孤独的"纪实"心态,这只能说是一个生存的悖论。

三、纪实和虚构:小说与人生的二律背反

对于《纪实和虚构》的阅读过程在我的印象中也就是感受解构与重建的矛盾运动的过程。"纪实"以彻底敞开生存状态的方式消解了生存的意义,解散了现实的"生存之家";"虚构"则以对祖先和神话的寻找试图创造"世界"、重建"家园",但最终也因历史的歧义和祖先的逃遁而陷于虚妄。一切都在消亡,一切都无法挽留,这可以说是"纪实"和"虚构"传达的共同的生存伤痛。显然,作者对小说的写作过程也就是一个对存在的一切予以不断拆解的过程,她拆解了故事,拆解了人生,拆解了时间,拆解了空间,也拆解了自己梦寐以求的"纵横"关系。表面上看,"纪实"和"虚构"具有因果关系,"纪实"是"虚构"的背景,"虚构"是对"纪实"的解构。而其实"纪实"本身(史书查证、实地考证等)就是"虚构"的一种方式,因为世界本身就是具有虚构性的,以"语言"的方式来确证自身存在、记录世界的真实,只能在假想的意义上实现,"语言"毕竟是第二位的。另一方面,"虚构"也是一种"纪实",是对于欲望的"纪实",是对当时"我"作家角色的"纪实"。因此,事

实上,"纪实"对于"虚构"也具有同样的解构作用,二者的联系是辩证的。

然而,不管《纪实和虚构》颠覆和瓦解了多少神话,多少往事,多少家园梦想,我们从中得到的仍然不是"虚无"。至少,作家"纪实"和"虚构"的共同媒体"语言"留下了,这种语言的物化产品小说也留下了。也许我们会说作家创造世界的幻想只是一个空洞的乌托邦梦想,但作家创造世界的愿望事实上已经在创作小说这一过程中实现了,小说就是一个完整的世界,或者这也就是一个"家"。在这个意义上,我们才真正接近了这部小说的标题。"纪实"和"虚构"都是小说的方式,而这种以语词的方式实现的小说本身某种程度上背离了传统小说的轨道,成为一种特殊的具有综合性的艺术样式。在此,我们发现了人生与小说的一个深层悖论:世界是人的建构,又是人生存的前提,世界是随着人的诞生而诞生的。被建构的"世界在根本上是一种无形的意义关系而不能等同于任何实物,它不是对象而是一种运动过程,这个运动过程就是通过一种意义化将世界内的一切存在者牵连在一起,纳入一定的秩序,使之对人敞开其意义"。然而在《纪实和虚构》中对于世界的创造和建构,也即对于世界的意义化却是以现实乃至历史人生的无意义为前提和终结的,这就给"纪实"和"虚构"覆盖了一个惨淡的前途,并从根本上否定了以精神超越解救人生沦落的幻想。最终,建构仍然演变为解构:消解意义状态还原到无意义状态,消解语言状态还原到无语状态,消解无蔽状态还原到隐蔽状态。

从叙述的角度看,《纪实和虚构》是一部"独语"式自白小说,它本质上产生于一种语言的愿望,产生于对无法沟通无法对话的孤儿状态的反动,它是一种纯粹的个人化的心理活动的产物。文体形态上,它也没有传统意义上"……"式的小说对话,作者以一种彻底的自言自语式的回忆和想象,记述了人生的往事,"虚构"了家族神话,并对生存、对世界、对"纪实"和"虚构"本身进行了精神分析。在对存在置疑的终点,她赋予其作品以启示的氛围,一种"自发地摆脱了形式、平行的进步、单独的高涨的奥义书"特征,怀疑与信仰,无意义与意义,混乱与秩序……均衡与矛盾的二律背反,虚无主义与相信意义普遍存在的二律背反,以及反复地表达出来的心灵的深刻绝望、黯淡和分裂与对生命的形而上的神性的追寻之间的矛盾,就是这部小说的全部主题。在这个主题下面,小说与人生的关系，最终就归结到了"我"与世界的关系、"我"与"小说"的关系，以及"我"与"纪实"和"虚构"的关系，从而赋予了小说一种新的阐释。

正如作者所说："创造这事……它不仅源于自身的经验，还源于想象力"，而"小说的别称就是虚构，它从一出发时就走上了虚拟的道路"，她认为写小说本质上就是"去建立沙上城堡，从无到有地去创造一个情感与经验上的世界"，而且它也是我们人生具备意义的最简便又有效的方式。这里，作者又从创作的角度对"纪实"作了否定，看来在"纪实和虚构"这个并列词组中，仍然有着不平衡的关系。"纪实"本身也是以"虚构"的方式来实现的，"虚构"是作家的一种"最基本的权利"。对于作家来说，《纪实和虚构》就是对"虚构"武器的最好运用，"我以交叉的形式轮番叙述这两个虚构世界。我虚构我家族的历史，将此视作我的纵向关系，这是一种生命性质的关系，是一个浩瀚的工程"；"我还虚构我的社会，将此视作我的横向关系，这则是一种人生性质的关系，也是个伤脑筋的工程"；"我甚至以推理和考古的方式去进行虚构，悬念迭起，连自己都被吸引住了"。而最后我们发现作家其实是在"虚构"自己，穿行于小说中的童年往事和记忆碎片都源于对"意义"和"孤独"的"虚构"，"童年的往事因现在的我参与，才有了意义。童年的往事往往是一种哲理性的故事，也就是有意义的故事，它的情节发展是一种认识发展"，"我又是一个喜欢回顾的人，当我只有并不多的东西可供回顾时，我就开始了回顾的活动，这又像是一个早衰的人。所以，这种自我关系的故事将永远伴随我，我总是不断地和过去的我发生情感的、哲学的、教育的关系。这也是由我的孤独境地所造成的"。在此意义上"虚构"不仅对于小说有意义，对于"纪实"有意义，而且与"我"的人生也有了深刻的现实联系。同时，它也成了整部小说一个统一的结构因素，使小说的形式和内容、"纪实"与"虚构"统一在一种抽象的精神氛围中。

由此，我们也可以说《纪实和虚构》不仅创造了"世界"，创造了"纵横"的人生关系，更重要的是它也创造了小说，创造了一种新的小说形式和小说可能性。它模糊了小说时空与现实时空的界限，拓展了小说的结构维度，根本上消解了许多传统小说因素。事实上，它展示的是一种人的认识过程和意识过程，它可以创造世界也可以评价世界，它只是一个小说的构思过程，"纪实"和"虚构"只是在构思意义上凸现的。小说的第 9 章就是对于这部小说的解释,同时也是对作者全部小说创作动机和意图的解释,甚至还带有某种理论色彩。这样的小说文本形态反映了人认识世界的思维真实,是一种逼真的"纪实",是对"虚构"的反拨。显然,我们无法以一种阐释去规范《纪实和虚构》复杂的文本存在,对它的阐释和认识也应是一个不断接近的过程,本章最多只能是这个跋涉过程的起步。

第 26 章　《我的帝王生涯》：沦落与救赎

一

尽管苏童自己不承认，但我仍认为是他挽救了先锋派。当然，这种挽救首先源于一种背叛，源于对曾经热衷过的夸张激进的形式实验的抛弃与改造，源于他在先锋派昙花一现命运到来之前不露痕迹的抽身而出。首先，苏童选择了故事。这个曾经被先锋派亵渎、肢解过的小说范畴，重新被苏童捡了回来。他以传统的古典韵味极浓的叙述方式精致地编织着具有充分情节完整性的故事，这对崇尚词不达意和莫测高深的先锋派作品无疑是一种莫大的讽刺。不过苏童这种形式上的古典复归倾向，并没有使小说丧失先锋品格，相反他在作品主题意识上触及人类灵魂和存在本质的深刻思索，无疑比先锋派以夸大其词的变态为表征的所谓深刻更具震撼人心的力量。而故事性的加入也使先锋小说可读性增强，这是它们摆脱为读者所抛弃的尴尬处境的良药。其次，苏童发现了"历史"。我不能断言苏童就是当前弥漫文坛的"历史"之风的开创者，但我敢说苏童是在创作中最好地实现了"历史"的叙事功能和审美功能的作家。在他这里，"历史"固然是一种内容，一种小说的现实，但同时，它又是一种形式，一种艺术的方法。"历史"的原初意义已经消失，它可以是作家艺术思维的框架，也可以是小说中人物生存境遇的象征。正由于"历史"与先锋的相遇，才有了时下文坛方兴未艾的"新历史"小说，也才有了先锋派创作活力的迅捷复苏和《米》《呼喊与细雨》等一批优秀作品的面世。"新历史"小说把"先锋"和"历史"这似乎处于对立两极的东西统一在一起，摒弃了先锋小说不知所云的故弄玄虚，以对主题思想多方位深层次的开掘避免了传统小说难以避免的一览无余。一方面，小说的内涵更为凝重浑厚；另一方面，小说形式上也更向读者开放。作家秘密地完成了对小说某种意义上的强化和某种意义上的削弱，而整体上则以故事维持着小说体系的平衡。脱胎换骨的转型痛苦被作家们以似曾相识的文学面貌巧妙地掩盖了，这其实正是文学的机智。对于苏童来说，他的《米》使读者感受到这份机智，而长篇新作《我的帝王生涯》更充满了此种机智。他的小说常常给人提供咀嚼和思索的巨大空间，让人在文学美的陶醉之中，更有着哲学层次上的领悟、通融和突破后的豁然洞开。因此，进入苏童的艺术世界我们首先必须把握住他用轻捷的线条捕捉凝重的感受，用轻松的文体开掘沉重的主题这种"举重若轻"的特殊艺术思维方式。只有这样我们才能有效地对他属意于人生困境的揭示和形而上沉思的现代寓言模式做出阐释。这也是我们解读《我的帝王生涯》的钥匙。

二

在某种意义上，"我的帝王生涯"正是对自我个体存在和文化存在的一种象征隐语，是对宗教意义上"堕落与拯救"的寓言原型的现代诠释。但是在苏童这里"沦落与救赎"首先仍然呈现为一则凄美动人的故事，这种本分、古典的故事形态成为我们进入《我的帝王生涯》无法超越、难以回避的第一道门槛。这是苏童的机智，也是他比余华等先锋作家更为朴实可爱的地方。

在故事层面上，这部长篇小说和《米》有着几乎相同的情节构架，都是叙述一个主人公成长过程中的生存心态和生命际遇。只不过乡野子民五龙和五世燮王端白的存在角色和文化身份大相径庭，两者生命挣扎的途程也南辕北辙。但不管怎样，在他们生命此在中，沦落与救赎、突围与委顿、逃离与回归等存在境界和存在意象则是相同的，他们都是绝望存在中的存在者，都曾经面对过"世界之夜"降临的黑暗和恐惧。但是端白的故事又根本不能与五龙的故事等同，在端白兴衰荣辱的特殊性中寓含着更为丰富深刻的文化意味，同样是对存在发出疑问，但苏童的声音和语调是变化着的。在这部小说中苏童对他擅长的"历史"和他笔下的人物都进行了特殊的艺术处理。主人公成为君临天下、唯我独尊的皇帝，他本应有着芸芸众生难以企及的生存自由和生命境界，但作者揭示的却是这个生存个体的绝望心态和生存困境。这就使作者对生存方式和存在本质的探寻更具有普遍性和概括性。另一方面，历代帝王将相作为一种文化传统在中国文化中占有重要的地位。事实上对于漫长的中国封建社会来说，真正的文化主体其实只是帝王。但帝王在中国文化价值体系中是一个具有神圣性和神秘性的神，人们因而无法真正进入这种文化的本质。苏童把帝王作为一种生存意义上的人而不是宗教意义上的神来审视，正是赋予了这种文化可阐释的生命力。更为重要的是苏童始终把人放在"文化"和"历史"场的中心，通过人与"历史"和"文化"的关系来构筑故事，传达自己对于人类终极命运的思索。按照米兰·昆德拉的意见："存在并不是已经发生的，存在是人的可能的场所，是一切人可以成为的，一切人所能够的，小说家发现人们这种或那种可能，画出'存在的版图'。"如果说大燮国是象征一种"历史"，一种文化，那么大燮国的毁灭无疑是一种文化的毁灭、历史的毁灭。不过，这种"历史"与"文化"正是人存在的"可能的场所"，是一种生存境域，是一种"存在的版图"。因此小说着力刻画的生存之境以及人生在其中左冲右突的挣扎，正凝结为一种痛苦的人生体验。小说所展示的人生绝境和难以言说的人生尴尬，正使我们重温了钱锺书先生笔下城外的人拼命想冲进去、城里的人拼命想冲出来的"围城"境界。人对这个生存怪圈的投入，正是丧失自我、成为文化祭品的肇始。"我的帝王生涯"其实正是演示这个具有悲剧和宿命色彩的人生过程。

在对主人公端白人生形态的表现上，小说自然形成了两个故事单元。第1—2章作为第一个小说意义群落叙述的是"文化"存在对人的扭曲和对神的谋杀；第3章则以神还原为人的挣扎和自我拯救自然形成了小说的另一个意义群落。两个部分以对主人公生存的展示作为贯穿线索连通一气，向读者敞开了一个对存在和生命世界置疑而又充满诗情、幻想和玄思的艺术世界。

对于14岁的端白来说，父王的突然驾崩和自己的意外登基纯属偶然。"我"的浪漫童心对此除了"好奇"，除了对皇甫夫人腰间玉如意的喜爱之外，并无特别的意识。因此，"我"本质上只是这个仪式的旁观者，但对于大燮宫来说这却是一次必然的王朝延续和文化接种，这就注定了"我"必须为此虚妄的仪式付出代价。事实上戴上皇冠的那一刹那就宣告了"我"的人性必须服从于帝王文化的需要，"我"获得的也许是人生中最无价值的东西，但必须放弃的则是人生中最珍贵的东西，这一巨大的生存悖论正是"我"即将来临的孤独与痛苦的人生命运的预言。正如觉空所说："少年为王，既是你的造化，又是你的不幸。"帝王身份无疑是一把利剑，把主人公的灵魂和肉体彻底劈开了。作为肉体的那部分存在逐步演变为一个文化代码，一个没有人性血肉而仅有帝王的文化共性的文化符号。而作为灵魂的那个自我则无疑开始了精神沦亡的痛苦历程。人性的正常发展被阻遏、中断和变形，人变成帝王的过程，是人被神化，以至走火入魔的过程，据此人的个体存在异化为一种文化存在。而灵、肉分离导致的也是一种人性的负生长，一种人性的沦落。这样，"我"就成了一个"空心人"，在黑暗的世界游荡，"我的意见都来源于他们的一个眼色或一句暗示。我乐于这样，即使我的年龄和学识足以摒弃两位妇人的垂帘听政，我也乐于这样以免却咬文嚼字的思索之苦"。伴随着自我的迷失，主人公开始了难以自已的人生沦落。"我"无法逃避文化的规范力和文化腐蚀性，声色犬马、纸醉金迷的生活作为一种文化的集体无意识深深侵入了"我"的骨髓，对于国家被外敌入侵的危急，"我"能保持一种"旁观者"的身份。但猜疑、宠宦、荒淫、残酷、无信、暴虐等帝王恶性无一例外地遗传给了"我"，"我"开始陶醉并自在自为地成了一个真正的帝王。"我有权毁灭我厌恶的一切，包括来自梧桐树下的夜半哭声。""我想杀死谁谁就得死，否则我就不喜欢当燮王了。""我想我既然是燮王，我就有权做我想做的任何事……"这样，"我"充分体会到了肉体存在的高度"自由"，这种自由甚至包括自由地摧残别的生存个体的生命，这是一场可怕的人性政变，是一种具有灾难血腥味的精神戕杀。但自由是有限度的，一种自由的获得往往伴随着另一种自由的散失。端白也是如此，肉体存在的虚假自由，不仅使他备尝精神孤独的痛苦和人性沦丧的耻辱，甚至肉体的物质存在本身也在生命的虚掷中归于虚无，他的"阳痿"是对他"空心"存在的又一记沉重的打击。因此，我们只有从生存的绝望和恐惧出发，才能理解端白焦灼自卑的精神状态和刁怪顽劣的性格。在小说中展示的作为存在境域的帝王文化赋予人的生存的最重要的特点就是"人是非人"的强烈危机意识。老疯子孙信对事物的忧患从一开始就笼罩了小说的时空。而端白与端文的猜忌争斗和后妃之间的互相倾轧遥相呼应，也都源于一种生存恐怖。作为一个异己的文化符号，小说中每个生存个体都失去了人的身份和位置。端白之不能挽救蕙妃，正是端白"非人"的生存危机的具体体现，万人之上的皇帝，竟然无能为力于自己心爱的宠妃,这似乎是一种讽刺,其实更是一种文化真实与生存真实。而农人李义芝的暴动既是普遍的生存危机的体现,同时作为一种背景也强化了"帝王文化"的另一个特点,即对于生命的扼杀。孙信、杨松、李义芝等人的惨死,以及宫妃"殉葬"的噩运,固然强化了这种文化存在的残酷性,帝王端白生命力的阳痿更是印证了这种残酷。而小说中"新生儿"出生的艰难也是一个象征性的隐喻。蕙妃的"胎儿"被文化强制异化为一只白狐,兰妃的幼儿在出生前就同母体一道死亡⋯⋯帝王文化本身正是一道摧残生命的魔影。

但是苏童是把"帝王"作为一个存在的人来表现的,因而他揭示的是主人公由人异化为神的过程,他是在人性与文化对峙、搏斗的背景上来展示端白的人性和生命沦落的。因此人性与存在的冲突和此消彼长的变化,作者是动态立体而不是静态直观地表现的,这样我们就读到了沦落中的救赎和绝望中的希望,看到了主人公精神生命的另一层面。显然,正如端白自己所言:"我很敏感。我很残暴。我很贪玩。其实我还很幼稚。"这种幼稚的童心正是"我"自然人性的延续,"我"对促织的喜爱,"我"对蕙妃的爱情,"我"对燕郎天真与聪明的欣赏,"我"对走索艺人的崇拜等等都是"世界之夜"的人性曙光。这是主人公生存孤独中的心灵慰藉。一方面,他无法阻止自我符号化的人生沦落命运;另一方面,超越存在的心灵幻想与向往又使他投入了一场"无望的救赎"。他爱上蕙妃就是因为看上了她学鸟飞翔、学鸟叫的意象:"她是宫中另一个爱鸟成癖的人,她天真稚拙的灵魂与我的孤独遥相响应。"为了她,他甚至更愿意做一个"在潦倒失意中情念红粉佳人的文人墨客"。他想念走索艺人是因为他"野性奔放的笑容和自由轻盈的身姿",因此,他断言:"我觉得走索比当燮王威武多了,那才是英雄。""我不喜欢当燮王,我喜欢当走索艺人。"这是主人公对自己存在角色的一种拒绝,但这种拒绝是无力的,他被绑缚着和文化一同走向毁灭的命运无法改变。他的自我救赎更多的只是一种心灵梦想,而事实上这种梦想已越来越推动了与文化对峙的力量。他在人生沦落的末日来临之际,只能以悲壮的姿态迎接灾难:"我是天底下最软弱最无能最可怜的帝王⋯⋯我明知道有把刀在朝我脖子上砍来,却只能在这里一声声叹息。"他无力拯救自我,只能以虚妄的救赎面对自己的沦落。那么,这只折断了双翅的死鸟,还有展翅飞翔的希望吗?

三

　　然而，灾难却拯救了端白。他被作为一个失败者赶下了帝王宝座，这和他的少年为王一样"既是不幸，又是造化"。作为帝王，他只不过在某种文化存在的规范下进行着异己的常规表演，他不可能完成自我救赎的突围。因此，由帝王而庶民的生存角色的转换就成了主人公人生救赎的前提。只有在这个前提下，才有可能实现神性向人性的复归，达到人的还原。

　　但对于在帝王文化中浸淫已久几乎失去了生存能力的端白来说，其救赎的途程依然是那么遥遥无期。这个世界已经不再属于他，他所有的只是"一条灼热的白茫茫的逃亡之路"。因此，一方面，他逃离了京城这个生存地狱，另一方面，他依然无法预测自己的生存前景。正是在漫长的旅程中，他开始与世俗生活不断接触，开始走入了另一种生存境况，体味新的人生遭际和痛苦。土匪剪径，虽然没有对端白直接的伤害，却毁灭了想衣锦还乡的燕郎的意志。金钱的丧失对于燕郎来说是直接意识到的损失，而对于端白来说则是一种暂时尚不能意识的人生冲击。这使他们奔赴采石县的流亡前途灰暗无比。这也直接导致了老铁匠不认儿子的残酷一幕，以及端白寄人篱下的尴尬处境。这个"家"也许属于燕郎，但绝不属于端白，他注定了是一个无家的孤独者，一个属于漂泊和流浪的生命。面对燕郎"妇人式的寻死觅活"之后关于"我到底是个什么东西？"的追问，端白一下子对自己的存在发出了疑问："那么与燕郎相比，我又算个什么东西呢？"这是作为一个个体的人的自我意识的真正觉醒，可以说到这里端白才真正还原为人。这样真正意义上的救赎才开始了。如果说，逃离京城后的端白很大程度上还是把自己的存在依赖于燕郎的话，那么此刻他已确立了自己拯救自己的生存准则。他舍弃燕郎独自远行，是他自我救赎的必要步骤，是自我主动对生存炼狱的投入。他明白自己需要一次"凤凰涅槃"般的新生，因此，他高喊"我贩我自己"，"我卖我自己"，他希望通过肉体的磨难，获得灵魂的复生。他在随之而来的艰辛历程中受到的第一个"最严厉的嘲弄和惩罚"是投宿香县与蕙妃的重逢，对蕙妃的失望，其实也正是一种残酷的自我否定。这最后一次寻花问柳也是他彻底告别帝王生涯的必要的精神洗礼。他义无反顾地离开了蕙妃去寻找自己青年时代的理想,去寻找像"真正的自由的飞鸟"的走索艺人。但品州有瘟疫,他丧失了目的地,"整个夏天的旅程也显得荒诞和愚不可及",这是一次更为沉重的打击,一次绝望的封堵,一个痛苦的轮回。生存绝境再次降临到本已险关重重的突围之路。他终于达到了某种人生彻悟:"虔诚的香火救不了我,能救我的只有我自己了。"人生的失落激起的是人存在的勇气,他注定要自己确立自己的生命价值。他最后终于放弃了梦想般的人生救赎方式,开辟了超越生存虚妄的坦途。

如果说"寻找走索艺人"阶段,端白对人生的沦落的救赎还是寄托在过去的幻想中的话,那么"苦练走索"阶段,端白已经事实中完成了自己的精神救赎。他与重新回到他身边的燕郎,"主仆关系也正在消失",正像"一对生死同根的患难兄弟",这是一种崭新的人生境界。人性的复苏和潜能的发挥使他终于有一天练成了"一只会飞的鸟",一个绝世艺人——走索王。失落的自由已经找回,被拯救的灵魂愉快地飞扬,他不但拯救了自我,同时也拯救了八岁的女孩金锁,拯救了燕郎。他彻底实现了生命对于自由的幻想。人→帝王(神)→人→走索王的生命旅程,概括了他人→非人→人的个体沦落和自我救赎的完整过程。但是,作为一个个体,端白挽救了自己、创造了自己,但他并不能拯救作为一种生存背景的帝王文化,他仍然无法在这种文化压迫中找到精神乐土。他必须再次面对那个生存境界,抵赴"一场仪式的终极之地"。不过,经过沦落和救赎的精神洗礼,端白再次进京已是一个傲视芸芸众生的自由之子,一个面对"死亡之邀"无所畏惧的超人。他本想与沦落中的文化存在作一次公开的对峙,用自我自由活泼的生命宣判自己曾经耽于其中的文化的残废。但他的愿望没有实现,他目睹的是彭国军队的血腥屠杀,沦落中的文化被毁灭了,存在已经没有救赎的希望,一种黑暗替代了另一种黑暗。生存的残酷使端白的人生救赎很快失去了意义,走索班的自由生命顷刻就被从存在之门中驱逐而出。端白最终只能选择师父为他选择的生命方式:苦竹寺里苦度残生。面对永劫不复和日益沦落的生存境况,《论语》和棕绳又怎能实现平静如水的彻悟?救赎的希望在荒谬的世界中难道还能存在?

四

　　和苏童的其他许多小说一样，《我的帝王生涯》不仅有上文我们分析过的完美的故事，而且有着异常完整、对称的小说结构形态。这与它第一人称的叙事艺术密不可分。一方面，叙事人和主人公角色的同化导致了小说人生段落与作品结构层次的整合。帝王生涯和庶民生涯正是这部小说两个自然的结构单元和意义部落。表面上对于小说的题目而言，"庶民生涯"似乎是一种多余的附着物，是对小说主题的偏离，但实际上"庶民生涯"正是"帝王生涯"的一种延续和必要的补充。"帝王"在苏童这里只是一个泛指的存在境界，它事实上象征的是一种生存的限度。小说揭示的也正是两种"帝王生涯"。前半部的"帝王"身份是偶然的文化恩赐，因而对于主体来说只是一种异己的存在。后半部主人公通过自我救赎变为"走索王"的生命历程，也正是一种成为"帝王"的历程。如果说前者只是一个作为文化存在的"符号化帝王"的话，那么后者则是一种真正具有生命意义的精神和人性的"为王"。前者对于个体存在来说只是一种沦落，而后者则是一种救赎，一种不但拯救自我也拯救前者的救赎。因此"帝王生涯"呈现的是生命个体人性的沦落和自由的丧失，"庶民生涯"呈示的则是"帝王"身份的舍弃和个体人性的复归。没有"庶民生涯"的延伸，"帝王生涯"的意义就不可能完整，这不但会伤害小说的整体结构和情节脉络，更会造成作品主题意义的中断、空白和残缺。作者在意义层面上所表达的关于文化存在与人性对峙中的沦落和救赎的主题，以及对存在本质发问的寓言主题也就根本无从展示。

　　很显然，"沦落与救赎"不仅可以概括小说的主题意义，可以描述小说的结构层次，而且正可以用来解释小说结构层面和意义层面之间存在的巨大张力。不过，从根本上说，这种张力首先仍然来自语言叙事。在这部小说中苏童可以说把他的隐语叙事的能力发挥到了极限。虽然在他的诸多小说尤其是"家庭"和"新历史"小说中，他早就有意识地通过语言氛围的创造来带动故事和情节的变化，通过语言意识的表现来张扬和强化主体意识，但先知性的第一人称叙事的预言色彩从来也没有像《我的帝王生涯》给人的印象如此强烈。

正因为叙事人"我"向作为帝王的"我"的归附，这篇小说就具备了很浓的心理分析色彩。但需要指出的是这篇小说叙事虽然附着于主人公身上，然而这种视角并不是一个与主人公的生命历程平行的流动视角，它根本上不是要展示一个线性的生命日记，而是更想完成在"苦竹寺"里的人生回忆。因而，叙事视点其实又正是超越了主人公的，它是一种回视，一种对既往人生的分析和感悟，那种深山高僧的禅思机趣对经历过的人生故事的重组和沉思冥想式的回述，一方面很大程度上改变了这篇小说的故事形态和结构形态，另一方面也使小说文本具备了预言和隐语氛围下的寓言功能。

首先，这篇小说最为突出的结构要素和故事因素就是"咒语"，它促生了这篇小说叙事和故事的全部魅力。这个咒语就是对于"灾难"的预言，它在故事情节和人物命运的每一个转折关头出现，成为支配整部小说的笼罩性存在。这个咒语所预言的"灾难"有两个方面：一是指"大燮国"，一种文化存在的灾难；一是指个体的灾难，它催生了绝望的反抗——救赎。可以说这个咒语就是这部小说结构、情节和意义的主体。主人公"我"正是在"灾难就要降临了"的咒语中经历和体味生存绝境的。从某种意义上说，"我"只是被这个咒语支配着命运的符号代码，"我"具体地体现着这个咒语，也实践着这个咒语，"我"和整部小说一样从一开始就被规定了在劫难逃的噩运。因此，我们说这部小说事实上的主人公不是"我"，而是这个咒语，这个"灾难就要降临了"将来时态的主谓句型。从开篇到结尾这个咒语句型重复达 15 次之多，人物和情节都沿着这个咒语规划的方向朝"灾难"的"未来"前行。咒语的最终完成是作为一种存在象征的大燮国的毁灭以及小说的终结。

其次，这部小说在结构叙事上另一个重要特点就是意象的创造。正是通过有象征性的意象，苏童组织了这部小说的结构层次和主题意蕴。小说的前半部的主导意象是"白色的小鬼"和"美丽的纸人"。它们是主人公沦落为空心人的绝望生命过程的展示，是一种生存命运的象征性缩影。"白色的小鬼"一方面是一种生存境况的写照，另一方面又是主人公生存恐惧的根源，"美丽的纸人"的生命感受其实正是"白色的小鬼"压迫的结果。此外，"鸟"的意象在小说前半部也有重要意味，它在主人公初见蕙妃时第一次出现，其后则经常在主人公心灵幻觉中浮现，它是主人公摆脱生存绝境，向往自由生命的人生理想的象征，它也是联结着"白色的小鬼"和"美丽的纸人"意象的中介,体现了在两者之间的生命挣扎历程。它正是灰暗生命中的最后一线曙光,是绝望中的希望。不过,从另一方面说,"鸟"又是大燮国这个文化存在的象征,因此在上半部的最后,我们看到了"鸟"变成"死鸟"的悲剧意象,它是对存在的一种悲歌。而小说的后半部分的主题意象则是"自由的飞鸟",它代表了主人公"想飞的欲望",象征了主人公人生救赎的途程,最终,它与自由驰骋于棕绳之上的"走索王"形象合为一体,"我发现自己崇尚鸟类而鄙视天空下的芸芸众生,在我看来最接近于飞鸟的生活方式莫过于神奇的走索绝艺了,一条棕绳横亘于高空之中,一个人像云朵一样,升起来,像云朵一样行走于棕绳之上,我想一个走索艺人就是一只真正的自由的飞鸟","我知道我在这条棕绳上捡回了一生中最后的梦想……我终于变成了会飞的鸟,我看见我的两只翅膀迎着雨线訇然展开,现在我终于飞起来了"。它意味着主人公人生救赎和人生超越的完成。其实不只是下半部,整部小说叙述也正是"我"学飞,并最终成为一只"自由的飞鸟"的过程,只不过,"鸟"在上半部还只是一种生存理想,一种不能实现的心灵承诺,但它又正是对后半部分的预言,后半部分因而既是一种应答又是一种实现。因此,我们说苏童正是以生命意象的创造完成了对小说的人生象征和寓言意义,它既形成了小说的情绪氛围,又有生动直观的画面感,同时也是读者由故事层面进入小说深层意义世界的桥梁,小说美学的魅力很大程度上导源于此。这其实也与苏童自己所称的电影思维有关,他说他写小说不但运用通常的小说思维,更注意电影思维的引入,注重把人生故事抽象为具体可感的意象和画面,使读者体味思索"有意味的形式"中的寓意。《我的帝王生涯》正是这方面成功的艺术实践。

最后,要理解这篇小说的叙事特点和隐语意义,我们还必须充分注意小说提供的两个象征性的语言符号——《论语》和"棕绳"。小说结尾主人公曾这样感叹:"我埋葬了十七个艺人,背囊中又是空空如洗,只有《论语》和棕绳,我想这两个风马牛不相及的事物是对我一生最好的总结。"显然,这是两个与主人公人生命运和故事主题内涵密切相关的语言形象。《论语》也是贯穿整部小说的语言道具,从内容上说,《论语》旨在"治国平天下",它体现的是一种特殊的生存方式。而从小说的进程来看,它又是主人公命运变幻的旁证。如果说我们把主人公人生沦落的悲剧归结为其不读《论语》,无法真正进入"帝王"生存角色,那么当主人公最后在"苦竹寺"苦读《论语》时,他人生的困惑也依然没能解除。"棕绳"在上半部出现过一次,那就是当走索艺人在品州卖艺时。从此,"棕绳"也成了他心灵幻觉中经常出现的东西,并在下半部终于与主人公现实人生发生联系,并成了最终拯救主人公人生的"挪亚方舟"。因此,我们完全可以把《论语》和"棕绳"作为主人公"帝王生涯"和"庶民生涯"的象征,其各自的隐语含蕴是相当丰富的。在结构上,二者也都是重要的结构要素,《论语》是师父觉空所赠,第一章中觉空说"你至今没读完这部书,这是我离宫的唯一遗憾",其实正是一种预言,小说正是以《论语》为见证应验了主人公人生命运的"遗憾"与"残缺"。从《论语》到"棕绳"既是主人公走过的生命历程,又是小说情节、结构乃至故事形态发展变化的主要线索和脉络。因此,从这两个语言道具出发,我们同样可以把握小说关于"沦落与救赎"的深层主题。

当然,对任何一部文学作品来说,其被解读的可能性是无限的。《我的帝王生涯》也正是如此。本章撇开许多可能性的话题,而仅尝试从小说意义内涵的把握切入小说世界背后的心灵空间,以求在某种程度上达到与作家精神生命的沟通与对话。但"误读"的可能同样存在。唯愿我们的目标不致因"误读"而全盘落空。

第 27 章 《一个人的战争》：
女性的神话和误区

　　林白能在各种各样的文化"英雄"纷纷粉墨登场的 90 年代脱颖而出取得令人刮目相看的成就，固然与她作为新潮小说第三代的代表人物为推动濒临绝境的新潮小说火中涅槃作出的重大贡献有关，但更重要的原因还在于她的女性文本独树一帜的神秘魅力。林白常让人想起残雪，但共同的新潮血液和女性话语所建构的文学风景却迥异其趣。林白不失残雪的深刻、奇诡，却远没有残雪的晦涩。残雪总是试图泯灭文本的女性特征，而林白所孜孜以求的正是对于女性文本的膜拜。发表于《花城》1994 年第 2 期的长篇处女作《一个人的战争》就是这样一部典型的林白式的文本，它绽开在我们这个充满商业气息的文化丛林里，不仅清香扑鼻，而且意味深长。我相信，我们时代每一位真正企图通过文学阅读而蹈入精神圣地的阅读者都无法绕开《一个人的战争》这片奇异的风景。某种意义上，《一个人的战争》对我们生存世界的女性注视和叙述无疑是标示我们时代文化良心的界碑，它期待着我们心灵的理解与应答。

一

　　许多评论者都已发现，林白的小说文本总是建立在一个波诡云谲的女性世界的基础之上，与她文本的整体相平行的是女人自我的整体，她对女性欲望和女性意识的体认和书写、对女性经验和女性心理的全方位的敞开都不能不令人肃然起敬。不管你是否认同矗立于她小说文本中的女性主体，对它的存在你永远都没法视若无睹。本章所面对的《一个人的战争》自然也正是一部具有此种艺术力量的女性文本。占据小说中心的唯一女性就是多米，她的流动的心理意识、她的想象和回忆、她的梦幻情结导演了一场涉及女性与自我、女性与男性、女性与社会等方方面面的"战争"。这场由女人发动的没有硝烟的心理战争不仅将男性世界夷为一片废墟，而且在废墟之上还冉冉升起了一个女性王朝。与其说这部具有强烈自传色彩的小说展示给我们许多女性的经验和体悟，不如说这部小说淋漓尽致地向我们描绘了一个女性自我的成长历程。作家对女性意识深层结构的解剖应该说是非常精彩而惊心动魄的。多米无疑代表了一个女性的神话，这个神话的诞生和破灭很大程度上正是我们时代女性命运的寓言式写照。在小说世界中，多米女性意识的生长或者说多米神话的实现呈现出明显的阶段性。

其一，手淫阶段。虽然多米手淫的嗜好萌生于五六岁的幼女时期并陪伴了她一生，但我仍愿意把手淫阶段视为多米女性意识觉醒的萌芽。多米从小就与人不同，对于她从幼儿园开始就陶醉于其中的手淫她不仅有明确的意识，而且她也不和同龄的小孩一样把手淫单纯视为一种游戏，她是要在这种运动中获得生理和心理的满足与快感。只要灯一黑，她就"放心地把自己变成水，把手变成鱼，鱼在滑动，鸟在飞"，手淫总是伴随着多米热烈的渴求和体验。在每一个迷人的时刻，小说都会呈现出一些美好而令人回味的幻境和形象。因此，手淫就不单纯是对多米自我色情质激昂而贴切的提问，而更是一种富有创造力的美学活动。在这种具有激情美的实践中，多米真正发现和体认了女性的躯体，充分认识到了女性的魅力和美，从而产生了探寻女性全部奥秘的欲望与冲动。此时，"镜子"就成了多米的宠物："一镜在手，专看隐秘的地方。亚热带，漫长的夏天，在单独的洗澡间冲凉，从容地看遍全身，并且抚摸。"应该说，"镜子"是多米自我意识觉醒的标志，从"镜子"里她真正发现和认识了自己的躯体，并由此对女性的躯体充满了痴迷和崇拜、渴望与向往。这表明多米已经开始从自我的经验走向女性的经验，她的女性意识也在对别的女性的渴望上超越手淫阶段而进入了一个更广阔的天地。

其二，同性恋阶段。多米自己说过："我有些怀疑自己是具有同性恋倾向的那一类人。""我对女性的美丽和芬芳有着极端的好感和崇拜。""美丽而奇特的女人，总是在我的某些阶段不期而至，然后又倏然消失，使我看不清生命的真相。生命的确就像一场梦，无数的影像从眼前经过，然后消失了，永不再回来，你不能确定是不是真正经历过某些事情。"不但很小的时候，她就和邻居孩子莉莉在堆满人体器官模型的阁楼上玩过同性恋的游戏，而且在B镇漫长的童年岁月中,多米就一直渴望"看到那些形体优美女人衣服下面的景象"。姚琼是她的第一个迷恋对象。当姚琼在空无一人的化妆间,脱下她的外衣,戴着乳罩裸露在多米面前时,多米"眼睛的余光看到她的乳房形状姣好,结实挺拔,内心充满了渴望,这渴望包括两层,一是想抚摸这美妙绝伦的身体,就像面对一朵花,或一颗珍珠,再一就是希望自己也能长成这样"。正是姚琼为多米树立了第一个女性神话的偶像,对姚琼的膜拜和欣赏启示了多米的女性自我。正因为如此,许多年后多米回忆起姚琼仍心存感激并对她的沦为世俗女性充满了伤感。不过,多米与姚琼的关系毕竟还只是一种膜拜关系,并不具有通常意义上的同性恋的实践性。而南丹对多米的追求才带有了真正的同性恋意义。多米甚至觉得南丹是一个女巫:"你的语言就像一个无形的魔鬼引导我前行,就像一万根带毒的刺呜呜地飞向我,使我全身麻木,只剩下听觉。"她使多米"找到了一个女人的自我感觉","总是使我返回我的原来面目,这是她对我的意义。她辟开一条路,使我走回过去重新沐浴"。她洞悉了多米的"潜质",启蒙了多米的爱情意识。作为多米生命中第一个追多米的女性,南丹在多米的女性成长史上可谓功不可没。她对多米的爱和崇拜,给了多米营构"天才"女性神话的自信与勇气。从此,多米将不仅在对自我的幻想和对女性的幻想中描绘她的女性神话,而且将到社会和男权世界中去验证她的女性神话了。

二

如果说在手淫和同性恋阶段多米实现了她的女性自我神话的话,那么当她试图介入男权社会建构女性的社会神话时,她的自我神话本身又受到了威胁。

本质上,女性自我神话印证的只是女性躯体的力量,而女性社会神话则力图显示女性强大的精神力量。多米对于社会和男性的对话理想是建立一个超越世俗的纯粹女性空间,在她的感觉中"房间越小越不能让人害怕,空间是一种可以让人害怕的东西,而墙把它们隔开了"。正因为如此,在多米的一生中对女性空间的渴望和寻找就成了她女性意识成长的重要内涵,无论是幼儿园里的蚊帐,还是大学宿舍里的上铺都是她浸泡自我的"个人空间",她觉得"蚊帐是小家园，山包是大家园，有了家园的人是多么幸福，多么自由，家园里的一草一木是多么亲切"。显然，她的"空间"正是一种精神的家园，是她的自我得以展示和扩张的庇护所，她自己就说过她创作的最佳状态是一个人关在"房间"里做裸身运动的时刻。在小说中，我们发现，多米实现女性社会神话是和建构女性空间紧紧联系在一起的，而她建构女性空间的方式则主要有两种。

一是"逃"。多米是一个逃跑主义者。她从小就是一个要强的女孩，她的梦想永远在远方。正如小说中所说：

B镇的孩子从小就想到远处去。谁走得最远谁就最有出息，谁的哥哥姐姐在N城工作（N城是我们这个省份最辉煌的地方），那是全班连班主任在内都要羡慕的。
谁走得最远
谁就最有出息
谁要有出息
谁就要到远方去
这是我们牢不可破的观念。远处是哪里？不是西藏，不是新疆，也不是美国（这是一个远到不存在的地方），而是：
N城
还有一个最终极的远处，那就是：
北京

因此对多米来说，逃离家乡是她的一个最重要的精神追求和梦想，是她建构女性空间的一个重要步骤。N城是她第一个飞跃目标："没有去过N城实在算不了什么，肯定是要去的，那是一个早就预定了的目的地，我们将长上翅膀，乘风破浪，蓝色的风在我们的耳边呼呼作响，我们就是海鸥，就是船，就是闪电。"事实上，这个梦想多米很快就实现了，她的诗作被《N城文学》录用，并在N城巧遇了电影厂的宋编剧。其后，多米考取了W大学，完成了对家乡的真正逃离。大学时代，她几乎割断了与"家"的一切联系而完全沉浸在自己的内心空间里，她从不想念家乡，不参加同乡会，不认老乡，不说家乡话。她连着两三个春节不回家，"摆出一副殉道者的面孔"，实际上这只是一个面具，她拿它来掩盖对故乡、家庭和亲情的冷漠。正如多米自己所意识到的："很长时间里，我对家乡、母亲、故乡这样的字眼毫不动心,我甚至不能理解别人思乡文章的深情厚意,我不知道我为什么会如此冷漠,到底是天生的,还是后天长成的。在我的心目中学校永远比家庭好,我最不喜欢星期天,最怕放假,在这些不需要学校的日子里,我总是感到十分难熬。学校是我的自由世界,而家庭却是牢狱……我常常幻想着有一种永远没有星期天、永远没有寒暑假的学校,幻想着一个人一辈子永远读书。"实际上,对家乡的逃离正是多米闯入社会、获得自我意识的一个人格保证,它坚定了多米重新寻找家园——精神空间的决心。她把自己逃亡的终极目的地定在北京,她觉得:"我第一要去的地方是北京,这是一个深入我的骨髓、流淌在我的血液里的念头,它不用我思考和选择,只要我活着我就要到那里。很早我就认为,我的目的地在北京,不管那地方多么远,多么难以到达,多么寒冷,多么虚幻,我反正就是要去……"于是,多米用去她大学毕业前两年的积蓄去漫游了北京和北海,"这两次平淡无奇的旅行没有动摇我的信心,我深信某些事情正在前面等着我,它有着变幻莫测的面孔,幽深而神秘,它的一双美丽的眼睛穿越层层空间在未来的时间里盯着我。我深信,有某个契约让我出门远行。这个契约说:你只要一人,走到一个不为人知的地方去,那里必须没有你的亲人、熟人,你将经历艰难与危险,在那以后,你将获得一种能力"。在这里,我们目睹了多米女性社会神话的强大:它不仅义无反顾地要和"家"断裂,而且执意把自己的女性空间构建在我们文化的心脏——北京,它的自信、对男性文化的鄙视和占有欲望可谓昭然若揭。

多米的另一个逃离对象是男性。她从小就对男性有一种鄙视,这不仅因为自己的家庭是一个父亲缺席的破损之家,而更因为她是一个杰出的女性,在中学时代她的杰出就使所有的男生黯然失色。而她对女性的崇拜和痴迷本质上也正是拒绝男性的一种方式。此外,她的流浪和旅行,她的独守"空间"的孤独也使男性望而生畏。在多米的女性神话中,男性的存在理由只不过是为了证明女性心理的优越性和文化独立性。

如果说"逃"为多米建构女性社会神话提供了"空间"和条件的话,那么"写作"正是多米建构自己神话世界的主要方式。多米几乎天生对文字有着一种热情,她常想:"只要我写下来,用文字把某些事情抓住,放在白纸上,它们就是真正存在过的了。""只有看到文字我才会心安。"早在B镇看露天电影的那个夜晚,多米对于

"写作"的信仰就已建立了:"眼前银幕里的遥远荒原和头顶的惊雷从两个不同的方向将她从凡俗的日常生活中抽取出来,多米无端地觉得她奋斗的时候到了,她必须开始了,奋斗这个词从她幼年时代就潜伏在她胸中,现在被一场电影唤起,空荡地跳了出来。""她想她日后一定要写电影,她赌了咒发了誓,生着气地想,一定要写电影,写不了也要写,电影这个字眼如同一粒璀璨的晶体,在高不可攀的上天遥遥地闪耀,伴随着闪电来到多米的心里。"不过,对于多米的"写作"来说,"电影"只是她的第二阶段。她首先是从写诗开始呈现自我的。诗歌可以说完成了多米人生的第一次飞跃。她实现了进N城的愿望,也几乎同时跨进了电影厂的大门。春风得意的多米甚至连高考也只是当作一种自我测试,她轻佻地对人说:"我考上了也是不会去的,我只是试试自己的能力。"但多米最终还是上了W大学,四年之后毕业回到N城,实现了进电影厂当编剧的夙愿。由诗歌而电影,多米的自我神话和社会理想可以说是初步定型了,但最后完成她社会神话的还是小说。正是一篇篇小说为多米赢得了作家的声誉,而密密麻麻成群结队的"文字"更是成了多米建构女性社会神话的"基石",从这些文字中她看到了强大的自我,看到了自我对于社会、对于时间、对于男性的"占领"。她甚至不相信电脑:"我的电脑不带打印机,我在电脑上写作,存在硬盘和软盘里,机子一关,就什么也没有了,写作像做梦,关机就像梦醒,我不能确定我刚刚写的东西是否真的能再现出来,因为我看不见它们。每当我写完一个小说,我总是来不及修改订正,常常是急如救火地找一个可以打印的地方把文字印出来,只有看到文字我才会心安。"可以毫不夸张地说,"小说"是多米女性神话的最高境界,在这里既包容了她女性自我的局限,又塞满了她女性的社会理想。多米其实是把她的社会神话建筑在一种强大的语言神话之上,语言对于世界,对于存在,对于社会水银泻地般的"言说"能力,正是多米对女性力量的一种想象。

三

然而,也许正由于多米把她的女性神话建筑在语言的根基上,因而其神话空间也就有了虚幻性。也就是说,多米不辞劳苦所营构的神话世界只是一种想象之物而非实在之物,其对世俗社会的超越和占有也只是在意识和语言层面上而不是实践层面上。事实上,多米及其神话几乎天生就伴随着种种误区,这就决定了神话破灭的结局正是一种不可抗拒的宿命。在《一个人的战争》中,多米所代表的女性误区至少在三个方面有所体现。

首先,爱情的误区。多米虽然自认天生是个同性恋者,但其实她根本就不具备那种行动力量。如她自己所分析的:"在与女性的关系中,我全部的感觉只是欣赏她们的美,肉体的欲望几乎等于零,也许偶然有,也许被我的羞耻之心挡住了,使我看不到它。"因此,她的强烈的同性恋渴望只是一种潜意识倾向。这种潜意识的另一端也并不是拒绝男性和爱情,而是充满着爱情的焦虑。她发誓:"我一定要疯狂地爱一次……如果再不爱一次我就来不及了。"此种心态导致她三十岁生日前一段时间在电影厂里跟N一相遇就如同"一个性能良好的自燃体""奋不顾身地燃烧起来"。她毫不自持,不顾自尊,一无策略地爱上了N,"刚刚交谈了两次就迫不及待地想把自己交给他"。但爱情是无比残酷的一件事,"爱得越深越悲惨"。尽管多米全身心地扑在对N的爱上,并为他牺牲掉一个孩子,像个受虐狂一样"无穷无尽地爱他,盼望他每天都来,来了就盼望他不要走盼望他要我。其实我跟他做爱从未达到过高潮,从未有过快感,有时甚至还会有一种生理上的难受。但我想他是男的,男的是一定要的,我应该作出贡献。只要他有几天不来,我就觉得活不下去,就想到自杀。我想哪怕他是个骗子,毫无真才实学,哪怕他曾经杀人放火强奸,都会爱他"。但多米这种奉献式的爱情却陷入了一个男性陷阱中,终无法逃脱"弃妇"的命运:当她痛不欲生地做手术时,N正跪倒在另一个女人的石榴裙下。这就是爱情的残酷和荒诞之处。多米一直幻想着以一个强大的女性主体的形象矗立在男性面前,但到头来,她却发现被耍弄的恰恰是女性自己。她终于认识到:"我的爱情是一些来自自身的虚拟的火焰,我爱的正是这些火焰。"她决心远离爱情,平静度日,并把N视作一个幻影而不是真实的存在,并彻悟了"男人和女人没有共同的目标"。可悲的是,多米是一个永远挣不脱男性羁绊的女性,不管她内心里多么鄙视和洞察男性,她"一碰到麻烦就想逃避,一逃避就总是逃避到男人那里,逃到男人那里的结果是出现更大的麻烦,她便只有承受这更大的麻烦","她常常不由自主地听从一个男人,男性的声音总是使她起一种本能的反应,她情不自禁地把身体转向那个声音，不管这种声音来自什么方向，她总是觉得它来自她的上方，她情不自禁地像向日葵那样朝向她的头顶，她仰望着这个异性的声音，这是她不自觉的一个姿势"。显然，对于男性的矛盾，正构成了多米的一个永恒的悖论，这也是她女性神话最终破灭的一个根源。在小说最后，我们发现，多米还是通过嫁给一个老头的行为才实现了她留在北京的心愿。

其次，人格的误区。多米是一个逃跑者也是一个孤独者，但逃跑和孤独并无助于建构一个女性神话，正如小说所说："逃跑是一道深渊。出逃是一道深渊，在路上是一道深渊。女人是一道深渊，男人是一道深渊。故乡是一道深渊，异地是一道深渊。路的尽头是一道永远的深渊。"独居山顶她不能逃脱王姓男孩对她的强暴，"旅游"在外也未能抗拒矢村对她初夜权的掠夺，N对她的伤害更几乎摧毁了她的全部梦想，而实际上，无论是逃跑还是孤独，多米都无法克服自身人性和人格的弱点与误区。多米是个沉浸于内心、耽于幻想的女孩，她是一个永远的幻想者。她的幻想型人格使她把自己封闭起来，"永远看不见她眼前的事物"。她"不喜欢群体，对别人视而不见，永远沉浸内心，独立而坚定，独立到别人无法孤立的程度"。和她肉体的裸露欲望相反，多米在心理上有着强烈的"隐蔽欲"："我喜欢独处，任何朋友都会使我感到障碍。我想裸身运动与独处的爱好之间一定有某种联系……只要离开人群，离开他人，我就有一种放假的感觉，这种感觉使我感到安静和轻松。"她常常在黑暗中想象自己"浮在太空中，没有空气，没有轻，没有重，宇宙射线像梦中的彩虹一样呼呼地穿过她的肉体。某个神秘的命中注定的瞬间，黑洞或者某个恒星炽烈的火焰将她吞没"。她甚至无法与他人分享内心的快乐，"她无法忍受熟识的人与她一道看电影，越熟越不能忍受，最怕的是跟母亲一起看电影，她或她们会妨碍她走进梦幻，她们是平常的现实的日子的见证，多米看电影却是要超拔这些日子，她要腾空进入另一个世界，她们却像一些石头压着她的衣服。她们的眼睛紧紧地盯着她，使她坐立不安"。幻想当然是超越现实的一种方式，但幻想也把幻想者和世界隔离了开来，她自我内心的强大无法转换成现实的强大，自然，强大的女性神话也就注定只能是一个虚幻的神话。因为，幻想剥夺了多米的行动能力，她自己也意识到："我觉得我像一个幽灵在生活着，我离人群越来越远。我对真实的人越来越不喜欢，我日益生活在文学和幻觉中，我吃得越来越少，我的体重越来越轻,我担心哪一天一觉醒来,我真的变成了一个幽灵,再也无法返回人间。""我离正常人类的康庄大道越来越远了,如果再往前走我就永远无法返回了。"几乎影响了她生命的全部进程的"抄袭"事件也正根源于她幻想性的人生方式,正由于她只能在内心深处指出那首抄袭的诗却不能用语言表达出来,才导致事后秘密披露的尴尬:"所有的光荣与梦想,一切的辉煌全部坠入了深渊。"

再次,语言或文字的误区。多米在经过多次挫折后,把"写作"当作了拯救自我的最后一张王牌。她觉得文学是她的唯一出路:"我悲观绝望,又从绝望中诞生。有什么比文学更适合一个没有了别的指望的人呢?只需要纸和笔,弱小的人就能变成孙悟空,翻出如来佛的手心,仅凭这当年的一筋斗,文学就永远成了我心目中最为壮丽的事业。"即使在与N的爱情破灭之后,多米也仍然没有忘记写小说,没有了小说她甚至觉得没法活下去,正是在"穿过苦难和炼狱"之后,多米出现了"文学的繁荣"。固然,对于幻想型的多米来说,丰富的内心生活适宜文学创作和文学想象,但文学毕竟和真实的世界是两回事。文学不能拯救她,更不能拯救她那雄伟的女性神话。事实上,尽管在小说中多米不停地"写作"着,但她依然无法回避"无可奈何花落去"的命运。当她只能凭借"嫁人"而不是"文学"实现她居住在北京的理想之时,多米的那个女性神话真实地幻灭了。"旧的多米已经死去,她的激情和爱像远去的雷声永远沉落在地平线之下了,她被抽空的躯体骨瘦如柴地在北京的街头轻盈地游逛,她常常到地铁去。在多米的小说中,河流总是地狱的入口处,她想着要在一个庞大的城市寻找地狱的入口处,那一定就是地铁深处某个黝黑的洞口。……她的身上散发着寂静的气息,她的长发飘扬,翻卷着另一个世界的图案,就像她是一个已经逝去的灵魂。"就这样,幻想的人格使多米走向了文学,而文学又加剧了多米的幻想,她也许超越了世俗,但她却失去了进入社会的能力。没有了对社会"空间"的占领,她的女性神话注定了只是一座空中楼阁。

当然,多米女性神话的最终破灭,也有着命运和缘分的因素。一个孤独的女性独自面对一个强大的男性社会,她的"天才"、她的奋斗、她的追求固然有助于一个女性神话的建立,但这个神话毕竟需要建立在男性社会里,一些偶然的机缘就会葬送她的梦想。建立这样一个女性神话是她力所不能及的,即使多米超越了她人性和人格的误区变成一个完美的女性,也是如此。

四

《一个人的战争》作为一部典型的女权主义文本,一方面正如上文所指出的它对女性的神话和误区作了淋漓尽致的揭示,另一方面,这部小说的叙述也显露出纯粹的女性话语特征。

这是一部缺少故事甚至连中心情节线也没有的小说,各种各样的人生经历和心理体验的碎片天女散花般点缀在小说的文本枝干上。读这部小说,我们就如同走进了女性的心理空间,女性的意识和话语成了这部小说的文本结构的真正中心。小说语言充满了梦幻色彩,叙述者"我"和多米互相重叠又互相分离,"梦幻、想象与真实,就像水、镜子和事实,多米站在中间,看到三个自己":水中的自己、镜中的自己、事实中的自己。"三者互相辉映,变幻莫测,就像一个万花筒。"事实上,小说所展示的女性自我神话和社会神话正是在具有私语性质的女性话语中诞生的。我觉得,《一个人的战争》本身就是一个巨大的语言神话,它的独一无二的"女性"力量使它在当代小说的丛林中显得光彩夺目。

余论　先锋的还原：新潮小说批判

　　世纪之交的中国无疑经历着一场声势浩大的文化转型。不绝于耳的文化喧闹和层出不穷的话语更迭使我们这个商业时代充塞了令人目不暇接的文化闹剧。"文化"在商品化的普及和推广中迅速地膨胀着。MTV、卡拉OK乃至我们日常生活中吃喝拉撒等最具世俗性的方方面面顷刻间都被烙上了文化的印痕。一切都"文化"化了，我们已经无法在这个文化的狂欢节中寻找"文化"与"非文化"的区别。显然，文化在它的普及和世俗化过程中被"非文化"化了，文化在辉煌的同时却蚕食了它自己的本质，从而远离了它曾经令人炫目的精神属性。而我们时代的文学在其"文化"化的过程中也逐步远离了它的边缘状态而具有了"轰动"效应。寂寞的文学如今一次又一次地成为热点，这种充满喜剧性的神话实在让人目瞪口呆。文学不再神圣也不再高贵，它切切实实地变成了我们日常生活中的一种极普通的文化消费品。我不知道文学这种轻而易举的民间化和普及化究竟是文学的成功还是文学的失落。也许这是我们这个时代文化转型期的必然成果。然而，当我在这个时刻面对先锋（新潮）小说的命运，总有一种无法遏止的黯然神伤。先锋派的民间性还原和通俗化转型这样一个文化事实我很长时间都不愿正视和承认。作为一个热心的先锋、新潮鼓噪者，我无法面对这个事实带给我的自我否定和自相矛盾。因此，我很长时间都把有关这一事实的话语压抑在意识最深层而不愿捡起。但不管怎么说转型期的先锋派能在自我还原的同时完成对于先锋性和通俗性这水火不相容的文学两极的融化与嫁接，似乎仍然是值得言说并能赢得敬意的。这也就决定了在我们这个时代对新潮小说的转型和"蜕变"进行批判是相当艰难的。

一

　　虽然在理智上我们也许会因文化的消费性、经济性吞没了文化的精神性和神圣性而痛心疾首，但平心静气地想想，这种阵痛性的文化转型也确实为我们反思文化和文学的本质提供了一种新的尺度和参照。对于先锋派来说，不仅在作家意义上他们"先锋"的光圈被剥落了，而且在公民和人的层次上他们也被还原成了普通人。尽管这种还原在我们看来既有自觉和主动的一面，也有不自觉和被动的一面，但无可怀疑的是，在时代的试金石面前，先锋派已经逐步呈现出了他们的"本真"状态。在此之前，我们关于先锋派的期望和幻想在他们还原为自身之后也已经袒露出了一厢情愿的乌托邦本质。真实令人痛苦，但真实毕竟让人清醒，只有在这种真实面前，我们才可能真正走进中国作家的心灵世界。中国的作家和文人有着几千年的清高传统，重名轻实，重义轻利，"贫贱不能移，富贵不能淫，威武不能屈"是他们在漫长历史长河中世代相袭、引以为荣的人生哲学。而在我们的印象中先锋派作家更是把这种清高哲学发扬光大到了极致。他们呈现在读者面前的形象是甘于寂寞、"荷戟独徘徊"的文学清教徒形象。独居文学的象牙塔内，他们不停地创作出为读者所冷落的文学精品，其不计利害得失、功过荣辱的悲壮令人油然而生敬意。他们的文学眼光更是具有超越性，他们从来也不愿为当下读者写作，某种意义上说现世读者的茫然无措正是他们求之不得的事情。他们的一部部"传世之作"所召唤的本质上并非当下读者而是诞生在未来世纪的"假想读者"。在先锋派这里被拒绝非但不是一种耻辱反而是一种荣耀，他们不但借此维护和巩固了神秘清高的人格形象，而且更证明了作为"阳春白雪"的先锋、新潮文学的超前性和前卫性。而广大的世俗读者虽然对先锋派的莫测高深望而却步，但对他们陌生的人生方式仍不失敬意，正如对待某种可望而不可即的事物一样。这样，在世俗读者眼中先锋派人生和他们的作品被等同了，先锋小说所描述的对当下世俗性生存图景的拒绝也就顺理成章地被误读为先锋作家自身对世俗的拒绝。这样就促生了对先锋派人生和人格的文学化和艺术化的阐释，也促生了清高作为一种文学和人生境界的神圣化理解。

　　然而，当大规模的文化转型变成现实，当经济原则和金钱原则彻底击溃精神原则的时候，清高的传统就一触即溃了。中国的文人作为一个整体几乎是转眼之间就完成了对清高时代的告别和抛弃，纷纷以不同的方式、不同的手段，重新创造自己的生活史：走进世俗，为争取更多的实利而奋斗。而在这个整体性的奔赴世俗的文人大军中，先锋派的世俗性还原尤其令人触目惊心。这些从清高中乍醒过来而落入世俗物欲的"昔日先锋"甚至比那些天生世俗的人更善于算计和钻营。他们花样百出的世俗本领证明了他们从前的自命清高是一个多么巨大的误会和骗局。我相信，清高对于先锋派来说从来就不过是一种姿态，一种伪装，一种自我安慰，一种生存策略，一种在受到压抑时聊以自卫、自慰的手段。清高从来也没有成为他们的禀性，融入他们的人格中并升华为一种崇高的精神境界。显然，中国文人的清高不但具有局限性、脆弱性、虚伪性，而且本身就饱含世俗的因子。一旦遇到适宜的气候和土壤（比如我们眼下的文化转型），这种世俗很快就会抽茎发芽原形毕露。我们终于发现，先锋作家其实并不是想象中那种淡泊功名的清高之士。他们成名的焦虑实在远甚于这个商业社会中的任何一位凡夫俗子。他们之心甘情愿地居于文学主流之外从事远离世俗的纯粹文学实验的壮举实际上不过是一种无可奈何的表演。他们的故弄玄虚，他们的愤世嫉俗，他们的离经叛道等等，事实上都是在卧薪尝胆地寻找一个突围而出的缺口。他们是那样渴望进入意识形态话语的中心，是那样渴望被注视被谈论，以致当他们有机会走出边缘状态时都显得迫不及待。进入90年代以后，少数评论家（精英读者）为先锋派的鼓噪终于被汇入了时代的洪流之中，先锋作家开始被当作我们时代最杰出的文学精英被言说，先锋小说作品开始走俏畅销书场并借助于影视传媒而声名远播。清高的先锋派们一下子就甩去了先前的清高外衣奔出书斋投入世俗的河流畅游起来。作为世俗的名人，他们乐此不疲地晃动在全国各地的电视镜头和报刊封面上。他们有过寂寞和失落的痛苦，如今是他们加倍收获和享受荣耀的时候了，而"先锋"和"新潮"也开始脱离其本身的文学意义而纯粹作为一种荣誉被先锋派享用着。正是在一次次的粉墨登场中先锋派走到了前台，走出了他们的清高和神秘，从而彻头彻尾地还原为一个个俗人，一个个以名人的面目出现的俗人。

另一方面，先锋派也绝非"喻于义"的君子。当他们还原为俗人之后其对金钱利益的追逐丝毫也不逊于普通民众。文学的经济效益在他们这里可以说被实现得淋漓尽致。他们一旦撕去从前文学实验的伪装，创作的生产性特征就一览无遗。现今的先锋作家比任何时代的作家都要高产，不仅一年可生产数部长篇小说，而且选集、文集、全集铺天盖地。几乎是一夜之间中国的文学大师就如雨后春笋般涌现了。他们一方面以自己的赫赫大名占据各地的报纸杂志,另一方面又收获大量的金钱。先锋作家们显然正以他们卓尔不群的适应能力,成为我们文化转型期最先富起来的文化阶层。而电脑的介入则加速了他们的生产和资本积累。这时的先锋派可以堂而皇之地下海、经商,也可以毫无顾忌地游乐消费。他们淹没于世俗的河流如此不着痕迹以至于我们常常能在世俗的人群中与先锋派摩肩接踵。先锋走进了我们,融化在我们之中,却没有一丝余响。我们茫然回顾只发现四溅的水珠,先锋派却永远地消失了逝去了。这样的结局令我们感伤。也许,先锋派作为一种文学存在其最高的价值本就不是其实在性而是其理想性,我们是把先锋派作为一种精神宗教信奉着以对抗世俗的。我们盼望先锋的火炬能永远照耀我们的灵魂,这种企盼虽然不无一厢情愿的性质,却是绝对真诚的。然而,先锋派的本意却与我们的愿望背道而驰。他们燃烧自己而发出的些微精神火光不仅不是为了照亮和引渡他人的灵魂,甚至也无意于照亮自己的黑暗。那纯粹是一星照明的火花,一旦他们找到跨入世俗领地的台阶和路径,火光就自然熄灭了。这真是一个阴差阳错的误读,一个巨大的时代误会。当我们从这个误会中醒悟过来时,那种我们用理想和热情浇灌起来的先锋派的清高已经烟消云散了。与此同时,我们关于先锋文学的理想也就注定要遭受一次同样沉重的打击。因为真正的清高对于文人来说是绝对需要的。这种清高是根植于对物质文明本质的深刻了解和彻底藐视之上的,它将牢固地以人格的形式存在,绝不会一受到物质的诱惑就溃不成军。相反,这种清高将有助于作家个人精神高度独立、升华和扩张并最终冲破整个物质世界的围困。对于我们时代这些弃绝清高而沉入世俗河流的先锋作家,我们还能期待他们有何作为?

二

当我们时代的文化转型把先锋作家们打回原形之后,他们世俗化的人生景观也随即颠覆了先锋小说文本的先锋性和超越性。面对先锋文本的迅速通俗化,我们阅读策略的调整也注定无法避免。先锋派显然已经修改了他们早期对通俗小说深恶痛绝不屑一顾的态度,如今甚至表现为一种忘乎所以的喜爱,通俗乃至媚俗成了先锋小说文本的典型表征。作为一种现象，先锋小说的通俗化倾向首先体现在下面两个文化热点上。

其一，先锋小说的畅销情结。90年代以来，经过精心商业包装的先锋小说纷纷以新的形象出现在各种各样的街头书摊上。"跨世纪文丛""先锋长篇小说丛书"等为传媒哄炒的先锋小说文本甚至成了大众阅读的抢手货。这种奇迹至少从客观上证明了先锋作品通俗性的一面。而洪峰、赵玫、苏童、叶兆言等先锋作家直言不讳地打出招牌制作"布老虎"之类的畅销书这一文化事实更从主观上提示了先锋作家对于通俗化血脉相因的亲近感。通俗化实在不是商业文化对先锋小说侵蚀与诱惑的结果，而是先锋作家一种非常主动的文化选择。

其二，先锋小说的影视情结。自从莫言、苏童、刘恒等先锋作家的小说经张艺谋之手搬上银幕获得巨大声誉之后，先锋作家对影视传媒的心向神往就变得不可遏止。而王朔的火爆则更是一种致命的诱惑，在他的大旗之下先锋作家一个个跃跃欲试。不仅杨争光等人循其足迹直接办起了影视制作公司，而且苏童、格非等先锋作家也在品尝名利双收的影视"禁果"之后一发不可收地投入了影视剧本的创作。时下被大众传媒炒得沸沸扬扬的《中国模特》这个通俗剧作，其十一位作者就几乎是清一色的先锋作家。更令人莫名惊诧的是，先锋作家为了"触电"，甚至心甘情愿地沦为张艺谋的"电影妃子"。一时间，张艺谋成了我们这个时代最具权威的文化英雄，那些曾经不可一世、睥睨一切的先锋作家也不得不向他顶礼膜拜，以至于张艺谋要拍摄电影《武则天》的号令一下，竟有六位声名赫赫的新潮作家共同出手炮制出六部《武则天》。我真不知道，这是我们时代的一个文化奇迹还是一出文化闹剧。在我眼中，先锋小说的影视化也就是它的通俗化。导演的任务无疑就是抹去先锋文本的先锋性，从观众的趣味出发把先锋小说改成通俗性的画面和音乐。先锋作家能够毫不心疼地目睹电影对自己作品的任意篡改和肢解，这一方面证明了先锋作家对通俗化的热情，另一方面也提示了先锋文学自身的软弱性。毫无疑问，当先锋小说以通俗画面和通俗音乐的形式呈现时，它事实上已沦落为一种文化快餐。我们只能感叹在现代商业文明和科技革命的春风吹拂下，通俗化的潮流是如此锐不可当，以致我们只能再一次无可奈何地面对它对时代和人类精神花朵的吞食。

显然，这两个热点所涉及的先锋小说的通俗化问题还仅限于现象和背景的描述，这种描述具有显而易见的时代性和阶段性。当我们从当前的视角出发对先锋小说的历史作一总的回顾时，我们不得不正视这样一个更为惨不忍睹的现实：通俗性其实正是先锋小说的一种潜在的本质属性，无论从阅读意义创作意义还是从文本意义上来审视都是如此。

首先，小说的模式化倾向正是通俗小说的最典型特征。恐怕谁也无法否认通俗小说的模式化创作方式，其在主题、结构、讲述方式等方面都有相沿成习的"程式"。这种"程式"不仅被广大读者认同和接受，而且它本身就构成了通俗小说的一种特殊价值。而先锋小说虽然最初的文本形态相对于通俗小说和传统小说具有某种革命性，并对中国读者的阅读和审美习惯构成了巨大冲击，但这种革命性很快就消失在不同的作家周而复始的"复制"式写作中。中国先锋小说的历史虽然不长，但在主题结构、语言方式、叙事原则等方面却均已形成了共同的"模式"与规范，天知道，这是一个神话还是一个悲剧！可以肯定的是，当先锋作家的革命以其模式化的创作为终结时，其所谓的革命已经毫无意义。我甚至相信，先锋小说能在时下走红也正与它这种"模式化"的重复呈现沟通了读者通俗化的阅读记忆有关。不仅先锋小说主题逃不出"历史""暴力""色情""灾难""宿命"等通俗性话语，而且叙述方式上也是惊人一致地采用回忆、孤独、痛苦、痴想。读他们的小说总使人怀疑这些先锋作品全出自一人之手。有人曾指出，对于先锋小说可以读单个作品而不能读作品集，可以孤立地进入一个作家的小说而不能接触先锋小说群体，这其实就是针对先锋小说的模式化而言的。先锋小说可以说是最无法经受整体审视和比较阅读考验的文本，它们的文本词汇、叙述语气、时空处置似乎都比通俗小说先进和现代化，但在模式化方面不仅与通俗小说殊途同归，而且毫无高明之处。

其次，先锋小说写作方式的模仿化也是通俗小说惯用的创作手法。如果说80年代初国门初敞之际，先锋派的写作还呈现出很强的陌生性的话，那么当西方文学的经典纷纷进入我们的阅读视野之后，先锋小说模仿的本性就暴露无遗了。可以说，先锋小说的创新事实上只不过是对西方现代派小说甚至是已经被摒弃的传统小说的模仿。至此，先锋小说呈现在阅读意义中的先锋性顷刻就变成了一个深刻的讽刺。有人甚至苛刻地说只要五部外国小说就可以概括中国当代文学尤其是先锋（新潮）文学史，这话虽然不无偏颇，却实实在在地道出了先锋小说的本质。我们知道，模仿是一种制作行为而不是一种创造行为，通俗小说对通俗文本和读者趣味的模仿除了能带给读者短暂的消闲快慰之外，并不能提供任何人生体验和灵魂震撼。在这方面，先锋小说与通俗小说不仅如出一辙，而且往往有过之而无不及，其对作家人生体验的放逐可以说正是先锋小说走向末路的根本原因。具体地说，先锋小说的模仿方式有两种：一是翻译，二是改写。前者主要针对先锋小说的叙述方式而言，在先锋文本里我们可以发现两个西方文学的图腾，这就是马尔克斯和法国新小说。由衷的崇拜和热爱使得先锋作家甚至在遣词造句等最微小的小说层面都师法和模仿着他们的大师，这样就使得"马尔克斯句式"席卷整个先锋文坛，而谈玄说怪的拉美式魔幻、机械分类按图索骥的略萨式结构、情绪宣泄毫无节制的福克纳式意识流、末流相声般的海勒式黑色幽默以及吞吞吐吐不得要领的博尔赫斯式语言游戏更是搅得文坛风起云涌。这些作品仿佛都经由同一位外国文学教授翻译而出，每一部作品都被其模仿"母本"的光辉照耀着。我们确实应该佩服中国先锋作家有如此出神入化的语言模仿能力，这也应该是他们才华横溢的一个证明。而后者主要是针对先锋作家对于中国古典典籍的态度而言的，中国先锋小说总是逃避当下生存而遁入"历史"的雾障中，这一现象曾经颇令人费解。我曾经把这种"历史"痴迷解释为一种独特的审美追求，如今联系先锋派的创作方法考察，我发现这种理解实在是太幼稚和理想化了。其实，"历史"只不过是一种障眼法，先锋作家躲在"历史"的外衣里面可以轻松自如地获得创作的灵感和素材。经过西方叙述和语言方式的"改写"，中国传统经典文本如"三言二拍"、《聊斋志异》、《红楼梦》、《金瓶梅》等纷纷改头换面活跃在先锋小说的舞台上。我现在终于可以理解先锋作家的"高产"了，"翻译"和"改写"实在不需要什么生活积累和人生体验，只要大量的阅读、适当的想象力和一定的语言表达能力，闭门造车实在可以做到轻松自如。这也就是说，"玩"文学不仅完全可能，而且非常有效率。想当初我们听到苏童桌上堆满了宋元话本之类的古籍时，内心是多么高兴于先锋作家古典文化修养的深厚；而当先锋作家的创作谈里总是开出一长溜西方文学大师的名单时，我们心中又是多么自豪于先锋派的学贯中西。然而，在我们彻底消化了阅读层面上的创新快感之后，先锋派还留给我们什么呢？先锋作家对故事的承诺也曾令我们欣喜若狂，但当这些故事总是以近似的面孔从东西方的经典之中浮现时，那种受骗感又是何等刻骨铭心呢？重复、模仿、重复，这样的循环总令人不寒而栗。其实，就我个人而言，我一点也不轻视模仿，我觉得模仿也是艺术创作的一个必经阶段和一种特定方式，关于文学艺术的起源不是至今仍有一个无法抹杀的模仿说吗？但问题在于，我们的先锋作家似乎太热衷于模仿了，他们早就应该跨过模仿的门槛了，这些名声上已是大师和准大师的先锋，如果在创作上仍停留在学童阶段像永远不能长大的孩子，难道不令人大失所望？

再次，先锋小说喜浓厌淡的审美趣味也与通俗小说不谋而合。众所周知，通俗小说是以强烈的传奇性、故事性、动作性等感官刺激手段来娱悦读者的，往往在瞬间的阅读快感消失之后，读者就很难再体味什么深度意义，更不用说去期待什么人文关怀和精神向度了。而作为阳春白雪登上中国文学舞台的先锋小说，其审美追求本应是与通俗小说背道而驰的，但不幸的是在文学观念和审美理想上先锋小说和通俗小说竟表现出了惊人的一致，这就是弃清淡而追求浓艳的审美趣味。看来先锋小说如此迅速地滑入通俗小说的泥淖中绝不是偶然的，而是有着其内在的必然性的。不仅在故事性和情节性上先锋小说与通俗小说直接接轨，使远离当下生存的传奇在先锋小说世界里异彩纷呈，而且在主题层面上，先锋文本也对色情、暴力、秘史等通俗小说的经典词汇进行了淋漓尽致的渲染。先锋小说几乎没有不描写"性"的，如果剥去先锋小说性描写过程中故弄玄虚的语言外套，我们会发现他们笔下的"性"比任何一部通俗小说都更变态、更没有节制、更赤裸地渲染了"色情"。而暴力更是先锋作家共同的心理嗜好，一个时期以来中国先锋文坛可谓黑云压城，不仅土匪横行、豺狼当道，血雨腥风、天灾人祸的场景层出不穷，而且复仇、凶杀甚至食肉寝皮的罪恶画面也铺天盖地，读者仿佛置身于香港暴力"三级"片的血淋淋的世界，恐怖、紧张、窒息，感官上的刺激可谓惊心动魄。至于神秘，则几乎融化在先锋小说从主题至结构的各个层面，宿命、预兆、感应、鬼魂、报应等等神秘的语汇镶嵌在先锋文本的各个部件上，成为先锋文本正常运转的润滑剂。一方面，它们为先锋小说破绽百出的故事编织了种种借口；另一方面，它们也是先锋文本迎合读者猎奇心理的一个卓有成效的手段。而一旦先锋作家通过艺术方式上不顾一切的夸张和铺陈去经营色情、暴力、神秘等闪闪发光的趣味符码，它们就会以浓得化不开的色彩和声响在先锋文本中对通俗读者发出亲切的召唤。我现在丝毫也不奇怪先锋小说能在短时间内征服如此众多的通俗大众了，其在本质上与通俗小说的相通无疑使它获得了毫不逊色于通俗小说的文本快感。作为通俗小说家庭中的一员新兵，先锋小说没有理由再度被通俗读者拒绝。

三

应该说明的是，本章列举和描述新潮作家世俗化和先锋文本通俗化的种种表征，目的不在于对文化转型期这一特殊的文化现象进行口诛笔伐，尽管作为一个先锋信奉者，我内心的失望可想而知。我真正的意图只在于通过对一个文化现实的陈述，让我们从文学的乌托邦幻想中走出来，正视文化转型期文学的实际境况。文学已经失去了过去曾经拥有的荣耀和辉煌，它充其量只是一种文化产品，一种消费品，一种商品。这样的结论虽然残酷，却是真实的。文学在商业文化的氛围中蜕变了，蜕变后的文学已经是商业文化的重要组成部分，而不仅仅是牺牲品。我们应该平静地面对现实，浮躁于事无补。我们该庆幸，时代造就了先锋派的转型和还原，它撩去了先锋派的神秘的面纱，给了我们真正面对先锋派的机会。感情的痛苦往往会带来理性的收获，也许在这个时刻，我们正视先锋派的还原并寻绎其"意义"已经可能。

一方面，先锋派的还原和通俗化转型是先锋小说走出生存困境的一个标志。至少先锋作家生存的焦虑感可以消除，而功成名就的喜悦也会给这批有才华的作家更大的文学信心。很难说在通俗化河流上漂泊一段时间之后先锋派不会重新登上实验之船，也很难说通俗化本身就不是先锋实验的一种形式和一个阶段。因为先锋本应最崇尚创造性，它本质上弃绝任何清规戒律，它充满魅力也充满各种可能性。也许通俗化写作也正是先锋派的一种可能性，一次阵痛。单就目前而言，先锋作家仍可不断地"写作"，不断地推出"产品"，这就足以令人欣慰，它起码证明了先锋作家没有被埋没，没有消失，没有沉沦。存在着就是希望。

另一方面，先锋派的转型也提升了通俗文学。文学就其本质来说仍然是通俗的，离开了大众接受的文学是不能想象也是不会存在的。任何优秀的作品都无法回避现实效应，回避当前读者的阅读期待。很难设想，不具当前时效的作品，能取得未来的时效。那种企望同现时相隔离的所谓将来时的"不朽"，不过是自欺欺人之谈。从这个意义上说，先锋小说在通俗性上幡然醒悟仍不失进步意义。更重要的是，先锋文学和通俗文学的并轨，无疑为通俗文学肌体注入了新的生机和活力。即使同是模式化，先锋小说先进的叙述模式也会给通俗小说带来冲击和某种意义上的革命。而在语言、结构等小说技术的其他层面，先锋文学也会给通俗小说确立新的艺术参照。我觉得这种自我牺牲式的对通俗文学的改良和接管也不失为一种值得尊敬的"和平演变"策略。我们有理由期待通俗文学在质量和数量上的革命。

唯其如此，我才视先锋派的世俗化还原和通俗化转型为平民文学时代到来之际一起具有进步性的文学事件。而本章对于新潮小说的批判最终也演化成了对于它的无穷期待，这是本人的悖论，也是一个时代的悖论。

后　记

　　当我在泉城济南的瑟瑟秋风和萧萧落叶中整理完这部写于南方的书稿时，我对于那炎热而多雨的南方故乡的思念和怀想终于不可遏止。南方的风物景致连同南方师长、亲人、朋友的话语、容貌都以一种特殊的精神形式影响、感染着我此刻的心情。而写作本书的那些令人难忘的日日夜夜更是犹如昨天一样清晰生动。对于新潮小说的热爱最早萌生于我在扬州读研究生的时期。那时虽然我的专业是现代文学，但我对刚刚在文坛崭露头角的苏童、余华、格非、残雪、孙甘露等新潮作家们充满热情，他们的几乎每一部小说都会引起我阅读的冲动和痴迷。也就是从那个时刻我开始了对新潮小说的最初研究，并在《当代作家评论》上发表了关于苏童的第一篇新潮作家论。随后，我进入苏州大学攻读范伯群教授的博士研究生，并在范先生的指导下决定以"中国当代新潮小说论"作为博士论文的课题。应该说，进入90年代以后新潮文学研究的形势还是相当好的：一方面苏童等新潮作家的创作地位已经得到了文学界和全社会的普遍认同与肯定；另一方面更年轻一代的新潮作家的创作也已引起了广泛的关注。更重要的是这几年来学术界的空气已经大为宽松，多元化的格局无论对于创作还是对于研究来说都是难能可贵的。这也是我的新潮小说研究能顺利进行的一个背景。这使我在这本书稿即将付梓的时刻首先对我们的时代充满了感激。

　　三年来我的研究得到了评论界和新潮作家朋友的许多支持和帮助，我与他们建立了深厚的友谊。大概由于我们都是同龄人的关系吧，我对新潮作家的心态、行为以及他们的文本总是有一种天然的亲近感和理解。我追踪他们的创作，关注他们的人生，并总是试图对他们创作中的新因素作出迅速的反应。对于90年代新潮长篇小说和对于90年代新生代作家我大多作出了比较快的评价。本书的结构分为三大部分，即"综论""作家论""作品论"。为了节约篇幅和避免重复，"作家论"部分我主要选择的是晚生代作家而把原计划中的许多新潮作家舍弃了,"作品论"部分则重点阐释新潮长篇小说。本书传达的只是我个人对于新潮长篇小说的理解和认识,这里面有许多我个人的偏见。但这些偏见之能顺利表达出来,实在还是仰仗我的作家、批评家和编辑朋友们的信任与鼓励。这里,我要特别感谢《文艺评论》的韦健玮先生,《小说评论》的解洛成、李星先生,《当代作家评论》的林建法、许振强先生,《当代文坛》的黄树凯先生,《作家报》的魏绪玉先生,《时代文学》的李广鼐先生,《文学世界》的王光东先生等对我的厚爱与关怀,本书的一些章节发表之后能引起一定的反响完全是这些师长、朋友辛勤工作的结果。

这个时刻,我特别不能忘怀我的两个导师范伯群教授和曾华鹏教授多年来对我的教导和培养。他们的善良、宽容和博大人格是我一生永远的精神财富。曾华鹏先生一直把我们这些学生比作"小鸡",把他自己当作"母鸡"。范伯群先生则把我们完全当作他的朋友、孩子。我在苏州的几年是范伯群先生精神上很痛苦的几年,慈祥、温和、待我们如亲子女一样的范师母患上癌症而过早地离开了先生,离开了她的学生。我们能感受到这对于先生的沉重打击,但作为学生我们除了悲痛之外再不能为先生做一点什么。我们只能眼看着先生的头上又增添了几缕白发。即使如此,先生一天也没有放松对我们学业上的要求。而为了我博士毕业后的工作和去向,范先生更是花费了大量的心血和时间。我愿用我这本小书来表达我对范师母的深深怀念并再一次对我的两位恩师说一声感谢。作为现代文学研究界著名的"双子星座",他们三年前共同为我的第一本书写了序,今天再度联手为我的第二本书作序。这是令我感动不已的荣誉,我将深深铭记两位先生对我的教诲并在学术之路上坚定地走下去。同时,我也要感谢参加本人博士论文答辩的贾植芳、钱谷融、潘旭澜、陈思和、王晓明、张德林几位教授对于这部书稿的肯定和鼓励,感谢他们为书稿的修改所提的大量珍贵意见。

我是1995年6月离开苏州奔赴齐鲁大地的。对我来说,放弃扬州、苏州、上海、南京无疑是痛苦的,但泉城济南也是一个巨大的诱惑。我相信宋遂良先生给我的信中的话:"一个南方人感受一下北方的地气是必要的,它有利于人性的健康发展。"我要感谢山东师范大学给了我一个体验"北方地气"的机会,感谢朱德发、韩之友、蒋心焕、宋遂良、王万森、郑太春、袁忠岳等老师对我的无微不至的关怀,感谢他们对于本书出版的关心和支持。如今,当我站在北方的土地上回首南方时，我的怀念没有悲伤也没有后悔，我相信在我所期待的将来，我的南方岁月将为我的北方形象而自豪。

最后，我要特别感谢江苏文艺出版社吴星飞社长对于本书出版的大力支持，感谢责任编辑陈飞、郭济访先生为本书所付出的大量劳动，感谢我的师兄徐德明的辛勤奔波。这部写于南方的书稿能够在南方出版可以说是我最大的心愿，它是我南方生活的记录和总结，也是我对南方最好的怀念与告别，它使我在北方的日子会同时拥有一份南方的心情和南方的记忆。为此，我将永远心存感激。

谨以此书献给我的妻子 HJL 和儿子 WH！他们构成了我当下写作的唯一动力与灵感。

吴义勤
1996 年 10 月于泉城

再版后记

这本书写于20世纪90年代初,是我个人研究兴趣从现代文学转向当代文学后的第一本书。写作的时候还很年轻,对研究对象充满激情和喜爱,行文难免主观溢美之词,夸赞有余,鼓吹有余,冷静沉淀不足,自然留下了诸多遗憾。可以说,出版之后,一直就期待着有修订再版的机会。

非常感谢青年作家刘汀,两年前,他还在中国人民大学出版社工作时,主动联系我修订再版这本书。我当然大喜过望,并与他立即签订了合同。但遗憾的是,签下合同后,我就被组织派到西安挂职锻炼,修订的事就耽搁下来了。等两年后回到北京,发现刘汀已经离职了,我很内疚,觉得对不起刘汀的热情,同时也以为修订再版的事中国人民大学出版社可能不会继续下去了。没想到,5月份,我又接到了周莹女士的电话,她说,她接手刘汀的合同,希望我尽快完成修订工作。这真给了我意外之喜,立即着手开始修订工作。

对于本书的修订,总的原则还是尊重原书原貌,基本结构、基本框架和基本观点都不变,只在微观和局部做一些调整和修订,这主要集中在以下三个方面。

一是,对文字上的"硬伤"进行订正。因为本书当初出版的时候正是我从江苏往山东调动工作的时候,排版和校对时的一些错误,包括一些错别字和不准确的表述,因为自己校得匆忙,当时没能发现,这次重新进行了校改。

二是,对一些观点进行了完善和修正。比如,综论部分,对新潮小说观念、母题、叙事风格的论述进行了重新调整,改正了一些明显有失偏颇的观点。同时,作家论部分也补充了叶兆言、毕飞宇两个代表性的作家。

三是,对一些不符合学术规范的地方进行了纠正。写作本书的时候,因本人同时还在扬州大学讲授当代文学课,故而有些章节就是同步进行课堂讲授的讲稿。因为讲课时间的关系,涉及的有些内容在讲课的时候研究还不能同步跟上，因此讲稿就会不时参照相关学人已完成的研究成果，他们对某些作品的分析、他们的学术观点会成为课堂讲授和介绍的主要内容。作为讲稿，这些介绍多是采取间接引用和参阅的方式，注释只是注明参阅某文某著作，并没有进行严格的直接引用和页码标注。这种方式作为讲稿当然是可以的，但作为学术著作就不符合学术规范。当初在成书出版的时候，因为工作调动等原因，奔波于南北几个城市之间，未有时间和心情认真审校，这类问题没能及时发现和修正。虽然我在发现这点后随即向诸位学界朋友作了专门说明，他们对此也都表示谅解，但我内心终究还是很不安的。这次，有机会对这方面的欠缺做认真的弥补和纠正，既可反省自己的不足，也可使我再次对诸位师友表示深深的谢意。

年轻时的书，毕竟有着青春浮躁的痕迹，虽是一段难忘的人生回忆和记录，但自己的浅薄和无知终究是掩藏不住的。有些观点，在今天看来，难免过时，难免武断，甚至是完全错误和站不住脚的。作为一面镜子，它既可以照亮过去，也可以启示未来。无论如何，文学没有错，对文学的热情没有错，只有不断地反省自我、超越自我，我们才会与文学一同进步。

是为后记。

2016 年 10 月于北京

当代中国人文大系

文学

论二十世纪中国文学　　　　　　　　　　　　　　谢　冕
新世纪的太阳
　　——二十世纪中国诗潮　　　　　　　　　　　谢　冕
中国反封建思想革命的一面镜子
　　——《呐喊》《彷徨》综论　　　　　　　　　王富仁
嬗变
　　——辛亥革命时期至五四时期的中国文学（修订版）　刘　纳
性格组合论　　　　　　　　　　　　　　　　　　　刘再复
中华古代文论的现代阐释　　　　　　　　　　　　　童庆炳
维纳斯的腰带
　　——创作美学　　　　　　　　　　　　　　　童庆炳
中西比较诗学（修订版）　　　　　　　　　　　　　曹顺庆
文学的维度　　　　　　　　　　　　　　　　　　　南　帆
修辞论美学
　　——文化语境中的20世纪中国文艺　　　　　　王一川
众神狂欢
　　——世纪之交的中国文化现象（最新版）　　　孟繁华
楚辞与原始宗教　　　　　　　　　　　　　　　　　过常宝
中国现代新诗与古典诗歌传统　　　　　　　　　　　李　怡
无边的挑战
　　——中国先锋文学的后现代性（修订版）　　　陈晓明
中国现代喜剧论稿　　　　　　　　　　　　　　　　张　健

历史学

古文献丛论　　　　　　　　　　　　　　　　　　　李学勤
楚史　　　　　　　　　　　　　　　　　　　　　　张正明
夏商西周的社会变迁　　　　　　　　　　　　　　　晁福林
《周礼》主体思想与成书年代研究（增订版）　　　　彭　林
简帛数术文献探论（修订版）　　　　　　　　　　　刘乐贤
秦史稿　　　　　　　　　　　　　　　　　　　　　林剑鸣
秦汉交通史稿（增订版）　　　　　　　　　　　　　王子今

汉代婚姻形态	彭　卫
察举制度变迁史稿	阎步克
唐、吐蕃、大食政治关系史	王小甫
唐代藩镇研究（增订版）	张国刚
唐五代敦煌寺户制度（增订版）	姜伯勤
宋朝阶级结构（增订版）	王曾瑜
宋代地方财政史研究	包伟民
宋夏关系史	李华瑞
元代大都上都研究	陈高华　史卫民
明清土地契约文书研究（修订版）	杨国桢
在国家与社会之间	
——明清广东地区里甲赋役制度与乡村社会	刘志伟
市场机制与社会变迁	
——18世纪广东米价分析	陈春声
明清福建家族组织与社会变迁	郑振满
近五百年来福建的家族社会与文化	陈支平
清代社会的贱民等级	经君健
江南的早期工业化（1550—1850）（增订本）	李伯重
中国的社与会（增订本）	陈宝良
近代中国社会的新陈代谢	陈旭麓
十九世纪后半期的中国财政与经济	彭泽益
太平天国的历史和思想	王庆成
离异与回归	
——传统文化与近代化关系试析（增订版）	章开沅
二十世纪初中国政治改革风潮	
——清末立宪运动史	侯宜杰
中国近代会党史研究（增订版）	蔡少卿
章太炎思想研究	姜义华
寻求历史的谜底	
——近代中国的政治与人物	杨天石
胡适新论	耿云志
国学与汉学	
——近代中外学界交往录	桑　兵
西学东渐与晚清社会（修订版）	熊月之
晚清政治革命新论（增订版）	郭世佑

美国的奠基时代（1585—1775）（修订版）	李剑鸣

哲学

哲学与主体自我意识	高清海
走向历史的深处	
——马克思历史观研究	陈先达
理论思维的前提批判	
——论辩证法的批判本性	孙正聿
为马克思辩护	
——对马克思哲学的一种新解读	杨耕
论黑格尔的逻辑学（第3版）	张世英
海德格尔思想与中国天道	张祥龙
走进分析哲学	王路
现象学的始基	
——对胡塞尔《逻辑研究》的理解与思考	倪梁康
论可能生活（第2版）	赵汀阳
寻求普世伦理	万俊人
激动人心的年代	李醒民
现代科学与伦理世界	
——道德哲学的探索与反思	张华夏
希腊空间概念的发展	吴国盛
中国佛教与传统文化	方立天
中国伊斯兰探秘	
——刘智研究	金宜久
多元化的上帝观	
——20世纪西方宗教哲学概览	何光沪
宗教哲学研究	
——当代观念、关键环节及其方法论批判（增订本）	张志刚
心学之思	
——王阳明哲学的阐释	杨国荣
孟子性善论研究（修订版）	杨泽波
情感与理性	蒙培元
从物质实体到关系实在	罗嘉昌
因果观念与休谟问题	张志林

图书在版编目（CIP）数据

中国当代新潮小说论/吴义勤著.—修订版.—北京：中国人民大学出版社，2018.7
（当代中国人文大系）
ISBN 978-7-300-25372-5

Ⅰ.①中… Ⅱ.①吴… Ⅲ.①小说评论-中国-现代 Ⅳ.①I207.42

中国版本图书馆CIP数据核字（2018）第001702号

当代中国人文大系
中国当代新潮小说论
修订版
吴义勤 著
Zhongguo Dangdai Xinchao Xiaoshuo Lun

出版发行	中国人民大学出版社		
社　　址	北京中关村大街31号	邮政编码	100080
电　　话	010-62511242（总编室）	010-62511770（质管部）	
	010-82501766（邮购部）	010-62514148（门市部）	
	010-62515195（发行公司）	010-62515275（盗版举报）	
网　　址	http://www.crup.com.cn		
	http://www.ttrnet.com（人大教研网）		
经　　销	新华书店		
印　　刷	天津中印联印务有限公司		
规　　格	155mm×235mm 16开本	版　次	2018年7月第1版
印　　张	26.25 插页2	印　次	2018年7月第1次印刷
字　　数	403 000	定　价	88.00元

版权所有　侵权必究　　印装差错　负责调换